夏承燾全集

吴蓓 主編

# 詞例

（上册）

夏承燾 著

浙江古籍出版社

# 《夏承燾全集》整理委員會

**顧　問**：吴熊和　吴戰壘　吴常雲　周篤文　施議對　沈松勤
陳　銘　陸　堅　朱宏達

**主　編**：吴　蓓

**副主編**：李劍亮　陶　然　黄　傑　錢之江

**委　員**（以姓氏筆畫爲序）：李保陽　李越深　李寒晴　李劍亮　吴　敢
吴　晶　吴　蓓　何勇强　谷輝之　宋雪玲　金一平　金燦燦
孟國棟　俞　强　徐晉如　陸蓓容　陶　然　黄　傑　張　萍
路　偉　鄭　績　劉　斌　潘丕秀　錢之江

**録　稿**（以姓氏筆畫爲序）：何　振　袁恩東　徐小憶　黄寶芯　彭穎琪
趙益三　蔡思超　蔡國强　劉含之　羅舒敏　羅愷文

# 《夏承燾全集》前言

夏承燾先生是中國現代著名的詞學家、教育家。畢生致力於詞學研究和教學，是現代詞學的開拓者和奠基人，有『一代詞宗』、『詞學宗師』的美譽。一生治學勤奮，著述宏富。一系列經典著作是詞學史上的里程碑，也是二十世紀優秀的學術成果和文化成果。著作流播中外，幾十年來沾溉學界及詩詞愛好者良多，爲無數的後學開啓了治學法門，也爲詩詞文化的普及與傳播做出了傑出的貢獻。爲更好地繼承和發揚這份文化遺產，擴大中華詞學的影響力，我們在八卷本《夏承燾集》的基礎上，彙集未經出版的夏承燾先生手稿以及多方搜羅的散篇、書信等都爲全集，以饗讀者。兹就夏承燾先生學術的淵源背景、主要貢獻、全集的價值意義以及全集編纂情況等略作闡述和介紹。

## 壹

夏承燾（一九〇〇—一九八六），字瞿禪，晚號瞿髯，浙江永嘉（今温州市）人。一九一八年畢業於温州師範學校，在任橋小學、温州布業國民小學任教。一九二一年七月赴北京任《民意報》副刊編輯，同年冬往陝西教育廳任職，一九二二年在西安中學任教。一九二四年冬離西安返家完婚，次年初再度西行入秦，四月兼任西北大學國文講席。七月返温，任教於甌海公學、温州第十中學、女子中學。一九二七年二月至三月，曾在國民革命軍浙江省防軍秘書處短暫工作。隨後在寧波第四中學、嚴州第九中學任教。一九三〇年秋始任教於之江大學。一九三七年抗日戰爭爆發，年末避寇返里。一九三八年八月末抵上海繼任之江大學教席（時之江大學遷滬復課），一九三九年兼任無錫國學專科學校和太炎文學院教席。一九四〇年任之江大學國文系代主任。一九四二年上海淪陷後，先後在雁蕩山樂清師範、温州中學任教，年底赴浙江大學龍泉分校任教。一九五二年浙大院系調整後，任浙江師範學院中文系主任。一九五八年浙江師範學院改爲杭州大學，任中文系教授兼語文教研室主任。一九六三年曾在北京大學、北京師範大學講詞學。一九七二年後病假長休。一九七五年七月末離杭赴京調養。一九七九年以後爲中國社會科學院文學研究所特約研究員和《文學評論》雜誌編委。一九八六年逝世於北京。

夏承燾先生前半生經歷晚清民國，這是一個天崩地解、社會轉型的時代，學術界因受西方近代文明的衝擊，力争突破傳統的窠臼而求自新，歷代學術，舉凡先秦諸子、兩漢經學、宋明理學乃至有清一代的學術，都被一一翻檢審視，新舊中西，錯綜交錯，學術思想因此而極爲活躍。夏承燾先生的道德學問，也不可避免地帶有時代的烙印。青年時代的他，曾對陽明心學、關學、諸子學、小學、史地學等等，發生了廣泛的興趣。自然，對兩浙學術地源性傳承的經史之學，更是一度表現出了儒生本色的熱衷。

以一九二七年末夏承燾先生開始研治詞學爲界，此前的十幾年，從入讀浙江省立温州師範學院，到畢業任教、北上西遊、回鄉求職，皆可視爲其藏修階段。

夏承燾先生出身普通商人家庭，雖無家學淵源，却自小勤奮向學，中學時代起，便曾熟背除《爾雅》之外的十三經，打下了扎實的國學基礎。青年時期，更是博覽群書，一面繼續背誦經學原典，一面大量閲讀四部文獻。同時敏鋭捕捉學術動向，在中西新舊的交錯中，努力汲取多種滋養。在西安，他曾癡迷於王陽明心學而發意研治性理。陽明學説儘管在清初被實學家所批判，但它的影響却十分深遠。自陽明學後，儒家似乎已經不再把『道』的實現完全寄託在以『聖君』行使權力中心的政治建制上面，而是把先天妙道通貫到日用常行，對象遍及『愚夫愚婦』。這是儒家由上到下、由聖君賢相到普通百姓、由面向朝廷到面向社會所發生的一種重心的轉移。年輕的夏承燾先生讀王陽明而至於激動到『繞室狂走』，足見陽明學説幾百年來對知識分子心靈的震撼程度。王陽明之後，另一位激起夏承燾先生强烈震動的思想家是顔元（習齋）。顔元與他的學生李塨主張『實文、實行、實體、實用』，人稱『顔李學派』。這是清初把經世致用的思想發揮到極致，並且自成統系的一個流派。顔氏與王氏，一實一空，都被西安時期的夏承燾先生統一在他的以《省身格》爲代表的日常生活化的儒家内修之課中。如果説，性理學給予夏承燾先生以靈動之思從而有助於他的詩性詞情的話，那麽實學對於他最大的影響除『實文』外，恐怕還數『實行』。而無論清初顏李實學，抑或產自夏氏祖籍的永嘉實學，它們作用於夏承燾先生的，更多的似乎不在於事功經濟思想，而在於務實、敏行的行爲方式。這兩者對於成就他的詩詞創作以及催生大量的學術成果而言，當爲不虛的潛在因由。

西安時期，夏承燾先生對小學、諸子學也費力頗多。小學作爲研經的基礎，得到夏承燾先生的重視原是儒生學問格局中的應有之義。許慎的《説文解字》及段玉裁的《説文注》，數年間成爲他堅持不輟的精讀日課。閲讀過程中，曾劄有《段氏説文釋例》一本、《簡名編》兩本、《正名編》兩本、《假借編》及《引申編》三本、《筆樸》一本、許書字義有關於人生哲學者一本，共得劄記十本之多（手稿現存温州市圖書館）。回温州後，繼續通讀各家研治《説文解字》的專著，曾繪製《各家〈説文〉書作表》，分門别類地列舉了七八家七十三種之多，除此之外，尚有如王夫之的《説文廣義》、孔廣居的《説文疑疑》、馮鼎調的《六書準》、潘肇豐的《六書會原》等，因『皆未脱宋元明人鄉壁虚造之陋習。不録』。他還曾作《説文通論》、《説文廣例》等。總之，儼然治《説文》的專家裏手。諸子之學興盛於春秋戰國，後由於儒學逐漸定於一尊而日趨消歇；明末隨著儒家思想一統局面的鬆動，思想家李贄等人開始重新宣導諸子學説，子學開始引起人們的興趣；清代考據學興盛，由於考證六經以及三代歷史的需要，先秦諸子成爲證經、證史的重要旁證； 晚清民國，在許多學者的大力提倡下，子學開始在西學的映照下而彰顯其多元的價值，不僅走出了『異端』的境遇，而且彰顯一時，成爲近代新學的重要組成部分。 這個學術背景，顯然影響到了夏承燾先生，他遍讀諸子，認真作了讀書劄記，有《〈慎子〉、〈尹文子〉、〈公孫龍子〉、〈吕氏春秋〉劄記》一本，《〈揚子法言〉劄記》一本，手稿今存於温州市圖書館。 他所作的《荀子界説》，更是超乎一般的讀書筆記之上，具有一定的學術性。

一九二五年秋，夏承燾先生從西安回到温州，爲方便讀書，移家到現温州市圖書館前身舊温屬六縣聯立籀園圖書館附近。 用兩年的時間，遍閲籀園九萬餘卷藏書（以經部居多）。 一九二七年下半年，赴嚴州九中任教，又得以恣讀原州府書院的二十四史等藏書，對史學的興趣有增無減。 中國現代學術中，史學一門可謂人才濟濟，最見實績。 其中浙東史學，貢獻尤大。 梁啟超的《論中國學術思想變遷之大勢》、《清代學術概論》、《中國近三百年學術史》諸作，開啟了現代史學中學術史一目的端緒。 梁氏之書，對夏承燾先生產生了不小的影響，他後來專治詞學，就頗以學術史的理路來構築詞學研究的系統。 在西北大學時，夏承燾先生曾講授章學誠《文史通議》，編《史學外之章學誠》作爲講義，打算合章氏與劉知幾、鄭樵三人作《中國三大史學家之研究》一書。 回温州後，曾撰成《五代史記劄記》。 嚴州任教期間，發願編撰《中國學者（術）地表》，『此書成，可推求某地域、某學派發生及盛衰之故』（此書稿本，見於二〇一五年西泠印社秋季拍賣會上，内粗列各地域學者名録，眉目略見，而格局未成）。

從十年藏修的經歷來看，青年時代的夏承燾先生，其理想與抱負，是頗以清儒爲模範的：治群經子史，以爲經世濟時之用；一面『尊德性』，講究道德修養，一面『道問學』，熱衷學問考究。然而，正如時代的風雲變幻使清儒濟世的宏大希冀漸次破滅而專意於學問一樣，將近而立的夏承燾先生，也面臨著術業的抉擇。一九二七年四月，蔣介石國民政府成立。内戰頻仍，時局不穩，讓夏承燾先生深感『事功非所望』，於是決意維護書生本色、靠做學問而謀生。究竟以何種學問謀生計、遣生涯？他思忖再三，認爲『惟小學及詞，稍可自勉』。於是，在這一年的年尾，他做了一個階段性的打算：『擬以四五年功夫專精學詞。』（一九二七年十月四日日記）此後又續了十年期約。儘管在續期内，他也依然心有旁騖，幻想回到『大者遠者』的治經治史的『正途』上去，但終究敵不過内心真實的興趣愛好與世易時移下職事觀念的變化所綰合而成的魔力，到底與詞學締結了一生的不解之緣。

詞學對應於當時的時代律動是這樣一個情形。清末民初，傳統的四部之學在西學的衝擊下，分類格局發生了動搖，學者分科分類的意識日益突出，中國現代學術，呈現出由務博的通人之學（如嚴復、康有爲、梁啟超、章太炎、王國維）轉向專精的專家之學（如現代史學重鎮陳寅恪、陳垣）的特點。社會情境也隨之而變，二十年代初，南北各地的高校出現了越來越多的以講授詞學爲職志的學者，如北京俞平伯、吴世昌、劉毓盤，南京吴梅、盧前、陳匪石、唐圭璋，上海龍沐勛，江蘇任二北等。在這樣的背景下，夏承燾先生與他的詞學，也順理成章地成爲了這個由新學科與新專業而構成的新棋盤中的浙江方面的代表。這自然是夏承燾先生後來難以脱離詞學軌跡的一個重要的社會客觀因素。從學術背景與學術個體的關係來看，一方面，現代學術的轉型，促成了夏承燾先生由通入精，鍥而不舍，在詞人年譜、詞史、詞樂、詞律、詞韻、詞籍箋校整理及詞論、鑒賞諸方面均取得突破性成果，拓展了詞學研究的疆域，提高了詞學研究的總體水準，促進了詞學向現代轉型。另一方面，在古典文學的研究領域，詞學是最早具備現代學術的架構和體系的專門之學，因此夏承燾先生所代表的詞學，作爲中國現代學術繁榮昌盛的有機組成部分，實具有特殊的學術價值與研究價值。而這個關係的視點，過去似一直未被學術界所關注和認知。

未到而立之年的夏承燾先生，甫一轉到詞學，便表現出非凡的大家氣度。自一九二七年十月四日打定主意治詞後，才過一月，他已經『搜集歷代詞話竟』，並擬定計劃作四書：《中國詞學史》（或《詞學批評史》）、《歷代名家詞評》、《歷代詞話選》、《名家論詞書牘》（一九二七年十一月十一日）。不到兩月，他又修訂計劃，要作《詞學考》、《歷代詞人傳》、《詞學史》、《詞林續事》、《詞林年表》、《學詞問話》（見一九二七年十二月一日日記及眉批）。《詞學考》之一的《詞樂考》所擬綱目，包括源流考、樂器考、製曲考、大晟樂府考、樂工歌妓考、譜字考、詞譜考等内容。這個計劃之所以引起我們高度關注，是因爲它關涉到現代詞學的體系建構問題。詞學界每將現代詞學學科體系的理論構建上溯至龍沐勛先生發表於一九三四年四月的《研究詞學之商榷》一文，認爲這篇文章提出詞學研究的八個方面：圖譜之學、音律之學、詞韻之學、詞史之學、校勘之學以及聲調之學、批評之學、目録之學，正式界定了詞學内涵。我們看到，夏承燾先生於一九二七年底擬定的詞學計劃，實已大體涵蓋了這些方面。到一九三五年，夏承燾先生又擬在《詞學考》基礎上分撰《詞學史》、《詞學志》、《詞學典》、《詞學譜表》四部巨著。一九三九年底，四書擴爲六書：《詞史》、《詞史表》、《詞人行實及年譜》、《詞例》、《詞籍考》、《詞樂考》。這些計劃，雖然有些未能完成，但其構想和思路，實已奠定了現代詞學研究的基本格局。因此，與其説現代詞學的體系構築成於某人之手，不如説，它是那個時代夏承燾、龍沐勛、唐圭璋先生等精英們相互切磋、相互影響所達成的共識。只不過，龍先生將之理論化，而夏承燾先生呢，更多地付諸實踐。除制定詞學規劃外，自一九二八年起，夏承燾先生的代表作《唐宋詞人年譜》的諸種單譜源源不斷地撰寫出來；對姜夔詞樂、樂譜的考證也成果迭出；另一部重要著作《詞例》也在著手編集之中；一九三二年十二月《燕京學報》第十二期刊登他的第一篇詞學論文《白石歌曲旁譜辨》，也是他的成名作；一九三三年龍沐勛先生主編的《詞學季刊》創刊，夏先生成爲該陣地的三大主力之一。總之，夏承燾先生不僅在涉足詞壇的第一時間構築了龐大的詞學規劃，其詞學成果也在短短幾年内噴薄而出，這兩者的格局和質地，不僅使他迅速成爲詞壇的領軍人物，也爲現代詞學做了堅實的奠基。程千帆先生巨眼洞悉夏氏詞學成就之因：『以清儒治群經子史之法治詞，舉凡校勘、目録、版本、箋注、考證之術，無不採用……當世學林，殆無與抗手者。』的確，經史之術便是夏氏詞學的點金術。

夏承燾先生晚年總結自己的治詞經驗時説：『我自師校畢業後，因爲家庭經濟等各方面條件的限制，未能繼續升學，苦無名師指點，才走了一段彎路，花費了將近十年的探索時間。』這種認識恐不足爲憑。相反，十年研治經史、諸子、小學的經歷，不僅使夏承燾先生對中國學術文化的淵源流變有了較爲深入的瞭解，也使他掌握了校勘、目録、版本、箋注、考證等傳統治學方法。簡單説來，志、典、譜、表，都是史學方法，而考、注、疏、箋，則都是經學長術。從夏承燾先生早年的詞學構架《詞林繫年》《詞學志》《詞學典》《詞學譜表》《詞學考》裏，以及詞學成果《唐宋詞人年譜》《姜白石詞編年箋校》中，經史之法都昭然若揭。因此，以經史之術别立詞學，正是夏承燾先生快速成名的奥妙所在，而他所藉以構築現代詞學堂廡的手法，並非某些人意會的西學之方，而恰恰是騰挪自傳統的經史之術。這是我們審視現代詞學構築元素的一個奇妙的點，也是我們藉以反省中國現代學術的一個有意味的出發場域。

在二十世紀三十年代，夏承燾先生與龍沐勛先生、唐圭璋先生幾乎同時蜚聲詞壇，這三位後來被視爲大師級的人物，不同程度地體現出了宏大的治學氣象，這是與『舊學』的土壤息息相關的。

## 貳

余英時在《中國思想傳統及其現代變遷》中説：『學術史每當發生革命性的變化時，總會出現新的「典範」。』所謂現代學術的『典範』，不外乎有這樣幾個特徵：其一，有方法論的貢獻，爲後學開啟法門，或取得舉一反三的功效。其二，有體系的建構，爲學科的建立和發展奠定基礎。其三，取得空前的成就、一流的成果，起到高標準的示範作用。其四，在該學術領域留下無數的工作讓後人接續，從而逐漸形成一個新的研究傳統。有著『一代詞宗』之稱的夏承燾先生，正是中國現代詞學的『典範』。試分析特徵如下：

一、方法論建樹：以經史之術別立詞學。

以經史之術別立詞學，對今人而言，理論上似乎顯得有些高深莫測，但從操作層面而言，其實很簡單：夏承燾先生是通過老老實實地閱讀大量的經史之作、沿著目録學的基本路徑而達成此功的。具體説來，可分兩種情形。

其一是通過研讀目録學著作而步入學術殿堂。目録學既是做學問的基礎，它本身也是做學問的方法。夏承燾先生很早就掌握了目録學作武器，在他二十三四歲時，他就讀了《四庫全書簡明目録》、《四庫全書提要》這樣的目録學入門書。很快，他就能嫻熟地運用這一武器、快步進入學術正途。比如：一九二三年六月，爲了鑽研諸子，他爲自己開列了一長串『子類』書目。一九二五年，他從錢基博的《古書治要之舉例》中，著録了經、史、子、集四部目録，圈定了今後讀書的重點。他也很快藉目録學而『辨章學術，考鏡源流』。比如，他窮年研讀《説文解字》，作了『《説文》學著作表』，按『考訂小徐本各家』、『考訂大徐本各家』、『訂補段注各家』、『考訂新坿字各家』、『考訂逸字各家』、『各家學説』、『引經考證及古語考各家』七類編排各家著作，爲研修《説文》者提供方便。這樣井然有序的章法，可見目録學的良好訓練。

其二是通過大量閲讀四部書籍，尤其是經、史部書籍，從具體的書籍中借鑒其體例，完成詞學對於經史學的某種『克隆』。比如：夏承燾先生的《唐宋詞人年譜》，是因爲『早年嘗讀蔡上翔所爲《王荆公年譜》，見其考訂荆公事蹟，但以年月比勘，辨誣徵實，判然無疑，因知年譜一體，不特可校核事蹟發生之先後，並可鑒定其流傳之真僞，誠史學一長術也』（見《自序》），從而發意撰著的。再比如：夏承燾先生的另一部未刊稿《詞例》，是他閲讀了清末學者俞樾的經學名著《古書疑義舉例》後起心編著的。在夏承燾先生的日記裏，像這樣因受某書體例的啟發而準備做某項工作的例子不勝枚舉。

目録學知識體系性的涵泳與大量經史著作實證性的不斷刺激，這兩種情形經緯交織，與『詞學』這個新興的學科支點相遭遇，便産生了這樣一種效應：一方面，夏承燾先生運用目録學這一嫻熟的工具，得以準確定位與『詞』有關的資料的出處，從而快速提取他所需要的材料；一方面，目録學的自成體系，尤其是經史兩部目録學所内生的系統性，使得他所參照設立的詞學規劃也别具格局；再一方面，大量經史經典之作的閲讀，不斷刺激著夏承燾先生的靈感與興奮點，從而也不斷催生出一個又一個的詞學項目。因而，夏承燾先生援經史以治詞學，不是簡單的、個别的、偶然的、零碎的取資和克隆，而呈現出『工程』般的、體系騰挪的本質。甫一涉足詞學研究，便能够觸手成春，天才的解釋不免唯心，惟有體系騰挪的效應方能得到合理的解釋。而這，也是我們表述『以經史之術别立詞學』的用意所在。

二、現代詞學的奠基人。

二十世紀詞學，發端於晚清詞學。如果以『傳統派』與『革新派』而論，夏承燾先生無疑屬於『傳統派』。『革新派』曾經造成很大的影響，但是無論是從研究的陣營，還是從研究成果來看，『傳統派』其實都佔主流。這一點，現在尤其有反觀的必要。夏承燾先生之對於現代詞學的奠基意義，在於他個體性地突破了傳統詞學家難免偏向的研究格局，走向了自覺構築系統的、全面的、宏大的詞學研究堂廡。

在夏承燾先生意欲打造成的詞學建構中，詞史、批評史、詞體（包括詞的起源、詞樂、詞律、詞韻等）、詞人（包括年譜、傳記等）、詞作（包括作品繫年、賞析等）、詞論（包括詞話、評論等）、詞集（包括版本、校勘、箋注、輯佚等）等，靡不囊括。姑且不論其體系的結構是否嚴密，無可否認的是其系統建構思維的存在。

夏承燾詞學氣象之大，從體系自不難窺見，而他的許多具體實施項目，也無不體現出這樣一個『大』的特點。比如《唐宋詞人年譜》。詞人年譜，在夏承燾先生之前并非無見，但如此大規模地將譜牒應用於詞學，端爲第一人。在夏承燾先生的計劃中，除了已結集的十種，尚有年譜續集多種。不僅如此，他還有更長序列的《詞林繫年》，是更爲廣泛的詞人詞事的集合。因此前人謂《唐宋詞人年譜》『十種並行，可代一部詞史』並非謬贊。夏承燾先生的詞人年譜，本不出於零星打造，著眼即在於將珍珠成串的詞史構築。又比如《詞例》，這部有關詞體的巨製，分字例、句例、片例、換頭例、調例、體例、辭例、聲例、韻例九大例，每部下又細分數十例，力圖將有關詞體的諸如詞樂、詞律、詞韻、體式等一切問題涵蓋殆盡。夏承燾先生曾編輯《域外詞》，將詞學研究對象拓展到國外，也是『大』的一個例證。『大』之外，夏承燾先生詞學還體現了一個『重』字。能準確判斷詞學研究的重要内容，并且敢碰肯綮，勇擔重任。這方面，可舉姜夔詞聲律考訂爲代表，他對南宋詞人姜夔十七首詞古譜的考訂，是對絕學的挑戰，論文《白石歌曲旁譜辨》，解答了詞史與音樂史上的共同難題，而後彙成的專著《姜白石詞編年箋校》，有『白石聲學研究的小百科全書』之譽，則是『重』與『大』的又一項結合。

對於現代詞學的界定，詞學界每將『現代性』聚焦於西學影響下的詞論，私意以爲，現代詞學得以巍然自立的根基，詞論至多只能算是一個因子，它的根本在於系統的建立。傳統的詞學研究，有對於詩學研究的依附性，更有個體的隨意性、群體的散在性，而現代詞學系統的建立，正以夏承燾先生以經史之術別立詞學爲代表，它是在西學分科的背景影響下，以傳統學術爲手段，體系騰挪、別立新科而形成的，新的理論只不過是浪花，實學的考據方爲汩汩活水。現代詞學系統的構建，自然不免於尊體意識，亦即詞學的自我覺醒。但這種尊體，絕不是胡適以平民文學與白話文學而倡導的尊體，而是承自南宋、明末清初以來對詞體認識的循環往復式遞進，並在民國新學科的客觀背景的觸發下得以固化的。現代詞學系統的構建，有個體的自覺性、群體的集合性，這從夏承燾先生、龍沐勛先生、唐圭璋先生等人的詞學活動、《詞學季刊》陣地的開闢，都可得到印證的。而我們以往的評論，往往關注於某人首發的理論建樹，而忽視當時群體的傾向，更忽視活色生香的詞學實踐。如果我們對於這種重理論、輕實踐的教條主義傾向有所戒備，更重要的是，如果我們能基於對『五四』新文化的反思而重新考量現代詞學的構成與性質的話，我們對於夏承燾先生所代表的詞學，當會有更爲準確而深刻的認知。

三、一系列经典著作是詞学史上的里程碑。『以經史之術别立詞學』，是著眼於詞學體系建構而用的表述，在具體的運用上，我們也可以用『考據學』來指代經史之術。夏承燾先生詞學成就最尖端之處，體現在考據之學的運用所取得的一系列傑出成果。請舉其三：

（一）詞人譜牒之學的代表作。有意識地將譜牒之學大規模地引入詞學，使之從此成爲顯學，夏承燾先生堪稱首功之人。晚清詞學，長於訂律校勘而疏於考史，詞人生平行實因多隱而不顯，各類書籍記載多有牴牾訛異，不少作品亦因此詞義幽隱，難以考索。夏承燾先生取正史人物本傳，兼羅野史增删之，無本傳者，旁取他證；復博采集部、子部群書，旁搜遠紹，精心考辨，匡謬決疑，積歲月而成《唐宋詞人年譜》，『爲論世知人之事』。由此詞人生平事蹟始若繩貫珠聯，清晰可辨，爲勾稽詞史打下了堅實的基礎，一些難解之作亦遂得妥當詮釋。《唐宋詞人年譜》在《詞學季刊》發表後，反響極大，二十世紀五十年代結集出版後，更是得到高度的讚譽，如張爾田贊其『湛深譜牒之學，文苑春秋，史家别子，求之近古，未易多覯』；趙百辛贊其『十種並行，可代一部詞史』。『前無古人』（趙尊岳、顧學頡）、『空前之作』（唐圭璋先生）的觀感，代表了詞學界對其領風氣之先的普遍認可。夏承燾先生的詞人年譜實遠不止已結集出版的十種十二家，據日記記載，他還做過范成大、朱敦儒、王衍、孟昶、和凝、孫洙、張孝祥、劉辰翁、郭應祥、王結、劉將孫、王奕、趙文、吴存、黎廷瑞、蒲道源、段克己、段成己、王義山、蔡松年、蔡圭、党懷英、任詢、李獻能、趙秉文、陸游等二十多人的年譜，因不够成熟，最後未予刊發，夏先生晚年曾計劃修改謄抄，但最終稿子零落，本全集《唐宋詞人年譜續編》所收乃殘存的幾種。

（二）詞體研究的代表作。詞原可歌，宋以後詞譜失傳，其唱法遂不可知。姜夔有十七首詞附有樂譜，成爲考訂詞的聲樂的稀罕資料。但白石詞旁譜却因譜字爲當時俗體，與後世工尺譜有異，釋讀不易，歷來視作絶學。夏承燾先生以此爲突破口，窮年攻治，成《白石歌曲旁譜辨》一文，發表於《燕京大學學報》，是爲其成名之作。此後更進一步對白石詞聲律進行全面研究考訂，其成果彙爲《姜白石詞編年箋校》一書，被譽爲『白石聲學研究的小百科全書』。唐圭璋先生云：『瞿禪對詞之樂律研究，致力最勤，故其校箋姜白石詞，尤爲精當。』王仲聞先生亦謂夏承燾先生『對於唐宋詞之聲律，剖析入微，前無古人』（據《唐宋詞論叢》附録《承教録》）。《詞例》也是夏承燾先生費力尤多的一部詞體研究的巨製，雖未最終成書，而從整理成文、正式發表之若干篇章看，則辨例周詳，創獲甚多。

（三）詞集文獻學代表。對於詞文獻的整理，有别于王鵬運、朱彊村等人的詞總集整理，夏承燾先生的貢獻突出地表現在對於詞人别集的整理上。其中，《姜白石詞編年箋校》、《龍川詞校箋》是編年、箋校之學的代表作，除了編年、箋、校之外，還增添了『輯傳』、『輯評』、『版本考』、『各本序跋』、『白石道人歌曲校勘表』、『行實考』、『集事』（附録一）、

『酬贈』(附録二)等有關詞人的各種資料，極大地深化了詞人的研究。尤其是白石詞箋校，疏解精湛，考訂翔實，搜輯宏富，廣受學界推譽，允稱範本。

四、留下無數的工作，形成新的研究傳統。

在夏承燾先生日記裏，清楚地記載著他爲後人所留下的無數的工作。這些工作，有些是他前後花費數十年心力、最終因種種原因而未能定稿的，最突出的數《詞例》《詞林繫年》兩部書稿；有些是他做了一半而中輟的；有一些則是有計劃而未得實施的；還有一些則是閃念間的著述意願和將來可行之事。這些記載，爲後學開啟了無數法門。

承其法乳，夏承燾先生的一代弟子如吴熊和、吴戰壘、陸堅、施議對、陳銘、周篤文等先生，再傳弟子沈松勤、肖瑞峰等先生，皆已卓然名家，其所形成的新的研究傳統，有如下幾個特點：

(一)具有宏通的視野。夏承燾先生以經史之術别立詞學，今天來看，就是文化學研究的視角。吴熊和先生《唐宋詞通論》後記指出，詞是一種文學—文化現象，倡詞學文化學研究，爲再傳弟子張目。吴戰壘先生廣涉哲學、美學、書畫、陶瓷等諸領域以治詩詞，臻於新境。施議對先生論百年詞學、陳銘先生治民國詞、陸堅先生治唐宋詞，均能擺脱以詞論詞之逼仄而高屋建瓴。沈松勤先生考探黨争與文學的關係，肖瑞峰先生從事海外漢詩研究，都取得了代表性的成就。

（二）運用實學的方法。乾嘉經史考據之學謂之樸學，這種重實學、不尚空論的治學方法，經由夏承燾先生的言傳身教而影響到弟子，成爲他們共同的遵從。傳統經學的一般方法有傳、注、疏、箋、考、辨，其核心更是『注』。爲名家詞集作校注，是夏門弟子的基本功。夏承燾先生詞論多『以資料作底子』，不尚空言，這種踏實的學風，也深刻地影響到了吳熊和先生及其弟子。

（三）創作與研究並舉。夏承燾先生自承作詩『於昌黎取煉韻，於東坡取波瀾，於山谷取造句』，具體而言，古體以韓、蘇諸家爲格範，律絕則以宋人爲基調，兼具唐詩風神，詩風磊落清奇，高明沉著，堪稱二十世紀一大家。填詞則欲『合稼軒、白石、遺山、碧山於一家』，有感而發，情辭並茂，詞筆『堅蒼老辣，每以宋詩之氣骨度入詞中，外柔内剛，戛然獨造，并世詞家，殆罕其匹』。如此，『以其創作心得與經驗印證前人所作，故深知箇中甘苦』，『每有論述，則如燃犀下照，洞見魚龍變幻』（見吳戰壘《前言》）。其弟子吳熊和、吳戰壘、施議對、周篤文等先生也都雅善詩詞，堅持創作與研究並舉，相互促發，爲杜絕『研詞者未能作詞，作詞者未解研詞』之生態惡化作出新的表率。

以上淺析夏承燾先生的學術成就。而從全集編纂的角度而言，它所呈現的，一方面自然是完善其學術體系，深化對其學術價值的認知。另一方面，則是更多的文化價值與社會意義。

全集增收了《詞例》《詞林繫年》《永嘉詞徵》《唐宋詞人年譜續編》《姜白石詩編年箋校》《白石叢稿》《域外詞選》等重要著作，完善了夏承燾先生詞學體系的呈現。增收了夏承燾先生早年詞學之外的一些作品，包括課稿、研讀經史的筆記及論作。還增收了早年日記、缺失年份的日記，這些新增加的内容，可以讓我們『知所從來』，幫助我們了解夏承燾先生詞學的淵源、背景。同時，也能讓我們了解到，夏承燾先生不僅是二十世紀著名的詞學家、教育家，他也堪稱一位國學家。

補充完整的《夏承燾先生日記全編》，在葆有《天風閣學詞日記》的詞學價值、文學價值之外，爲我們呈現出一個更爲完整的二十世紀詞學生態、學術生態、文化生態，這份價值是難以估量的。其中一些關鍵年份的日記材料，尤爲引人注目。比如一九三三年日記，原先全年缺失，而這一年正好是現代詞學確立的標誌性年份，因爲這一年《詞學季刊》創刊。補足的日記顯示，這一年夏承燾先生與龍沐勛先生交往極密，不僅書札往來數十通，還曾數度會面交流。從這一年裏我們還可以讀到這樣的信息：『年來擬從事全唐五代宋元詞，先從整理毛、王、朱、江各匯刻入手，囑圭璋專輯佚詞，分工合力爲之。』（一月十九日）新增的由吴無聞先生代筆的晚年京華日記，記載了大量與文化名人的交遊往來、晚年詞學著作出版的過程、在京中受禮遇的盛況等等，可折射上世紀七十年代末到八十年代中的文化生態，可考索『一代詞宗』功成名就的多重因素。而新增的『文化大革命』前夕日記，也爲重現特定年代的荒誕提供了真實的腳本。總之，增加了一倍篇幅的《日記全編》，從時間維度上看，由原來的三十幾年上下延展到七十年，人物影像更清晰，脈絡更完整，内容更豐富，也更有價值。以其一生，觀一世紀，這樣的代表性，建立在對人或物或事漫長的歲月雕刻的敬畏裏。而從内容維度上看，依原稿增補完畢的《日記全編》，突破了『學詞』主題的匡限，除讀書劄記、治詞方法、治學方法、作品存録、唱和紀要之外，還廣涉時政要聞、百姓生活、地方風貌、朋從交遊、人物述評、山川遊覽，以及數次運動中知識分子的心態等等，大大拓展了反映面，不僅是『二十世紀最重要的詞學文獻』、『日記文學的上乘之作』，也是二十世紀的珍貴文獻，具有重要的史料價值、文化價值和社會價值，是二十世紀優秀的学术成果和文化成果。

誠然，全集的編纂，也會不可避免地導致負面性效應發生的可能，如在某種程度上，讓『作者』從『毁其少作』或『選集』等手段造就的神壇上跌回人間，這或許會讓一些讀者感到失望和難受。但是，真正有理性、有辨識力的讀者是不會受此干擾的，因爲，惟有考察的視角更多維，我們對『作家』的瞭解才會更全面，對『作品』的把握才會更準確，對『成就』的評判才會更客觀，對其社會成因、個體成因等種種因素的分析才會更深入。而這些，也是今天的編纂者所應具備的責任和擔當。

## 叁

夏承燾先生全集的編撰，發意由來已久。據日記記載，早在一九七三年八月廿三日，夏先生本人就與夫人吴無聞先生坐談過此事，當時取名《月輪樓詞學叢書》（以下簡稱《叢書》），開列目録如下：

甲：已出版的十種。乙：未出版的：一、《詞林繫年》。二、《詞例》。三、《詞律駢枝》。四、《宋詞繫》。五、《詞林博聞》。六、《温州詞徵》。七、《湖樓詞問》即《論詞絶句》。八、《域外詞》。九、《詞人年譜續編》張于湖、王沂孫、趙文、劉須溪、蘇詞繫年等十種。一〇、《唐宋詞論叢續》即《月輪山詞論集》。一一、《詞論十種》。一二、《説詞劄叢》包括《西溪詞話》《湖畔詞談》已整理付印。一三、《學詞記》。一四、《詞日記》。一五、詩創作。一六、詞創作。一七、詞辭典。一八、《樂府補題四考》。一九、《西湖詩詞注釋》。二〇、《西湖楹聯注釋》。二一、《蘇辛詞繫》。二二、《四聲繹（論）［説］》。二三、《〈四庫全書〉詞集提要校議》。二四、《李煜集輯注校附事輯》。二五、《詞調韻目》。外篇：（一）《杜詩劄叢》。（二）雜稿（包括序跋書劄）。（三）《唐長安詩人行迹考》、《白居易曲江考》等。（四）讀書劄記。（五）《月輪樓詩詞歌曲譜》。

這份《叢書》目録既由夏承燾先生親自制定，理應引起我們的高度重視。晚年的夏先生，在吴無聞先生的幫助下，意欲對他半世紀辛勤灌溉出來的成果，進行一次總的收穫。可惜，《月輪樓詞學叢書》的整體出版規劃，並未能果行。但此後十數年，吴無聞先生在悉心照料夏先生的身體与起居之外，顯然將夏先生的名山事業當成了己任，爲此而不遺餘力。在她的辛苦整理和張羅籌措下，《論詞絕句》（一九七九）、《域外詞》（一九八一）、《夏承燾詞集》（一九八一）、《天風閣詩集》（一九八二）、《天風閣詞集》（一九八四）、《天風閣學詞日記》初編（一九八五）相繼出版，文章也得以密集發表。目録『未出版』的一〇、一一、一二、二二、二三項，以及『外篇』的一、三項，多收録於中華書局一九七九年出的《月輪山詞論集》修訂版，以及一九八〇年天津百花文藝出版社出的《唐宋詞欣賞》。從一九七九年至一九八五年，夏承燾先生著作的出版和文章的發表達到了一個井噴期，爲以後全集的整理出版奠定了很好的基礎。

一九八四年底，又有陳邦彦先生與上海古籍出版社洽談出《夏承燾文集》之事，『談妥文集包括《唐宋詞人年譜》、《詞林繫年》、《唐宋詞論叢》、《月輪山詞論集》、序跋（即文集）、詩、詞、《學詞日記》、《論詞絕句》、《姜白石詞編年箋校》、《詞源注》、《姜白石詩詞集》、《域外詞》等』（十二月廿三日）。然此事亦未果行。八十年代出書對於一般的讀書人而言尚難夢見，儘管夏承燾先生當時聲譽隆盛，但是出版叢書，仍然是一件極不容易的事。

先父吴戰壘先生繼一九八四年、一九八九年助吴無聞先生完成《天風閣學詞日記》初編的出版及二編的整理之後（二編於一九九二年出版），復與先師吴熊和先生商議編纂夏承燾先生全集。其時，夏承燾先生與夫人吴無聞皆已辭世，無聞先生原先所挑的擔子就落在了其子吴常雲先生身上。一九九〇年五月，杭州大學中文系朱宏達先生與先父一起赴北京，從吴常雲先生手中接受七十册夏承燾先生日記手稿及其他資料，以作整理出版之用，其中二十三册由先父保管，四十七册日記由杭大中文系保管。爲出全集，先父又屢次與吴常雲先生接洽，接收到大批夏承燾先生的資料，開始布局全集的整理，名之曰《夏承燾詞學全書》。這項工作進展並不算順利，當時適逢出版系統改制，造成整理、出版經費短缺，只得退而求其次，編成八卷本《夏承燾集》（以下簡稱八卷本），由浙江古籍出版社和浙江教育出版社於一九九七年聯合出版。八卷本完成了一次對《叢書》目録的覆蓋，是對夏承燾先生詞學的一次總結。然而，這次覆蓋並不完全，目録中仍然有不少溢出於八卷本之外。先父雖然也許並未看到過這份目録，但他知道：『八卷本遠未能體現夏承燾先生的詞學體系及學術價值，還有更重要、更豐富的著述有待面世。』爲饜初心，他繼續四方化齋，上下奔走。二〇〇四年春夏，在金鑒才、張如元等先生的周旋之下，温州市政協終於承允次年撥款，助成此事。詎料天有不測風雲，這年春節未到，先父竟突然駕鶴西去，全集整理再度擱淺。二〇〇九年元月，吴常雲先生全權委託於我，將浙江古籍出版社的資料轉移到我杭州城西的居地聽風樓。九月，在吴常雲先生授意下，『夏承燾日記整理』經我所在的單位浙江省社會科學院申報成爲『浙江文化研究工程』項目。《夏承燾全集》的編纂工作，隨後也在對所接手資料的慢慢董理中重啟。

這次全集的重啟，可謂困難重重，簡言之有以下幾點：

一、資料歸置的難度。由於先父走得突然，全集之事一無交待，臨危受命，一切從頭開始。浙江古籍出版社的資料交接並不順利，接手的十箱資料散亂無章。因量大而序亂，完成初步的清理工作即達數月之久。此後對照八卷本已出版内容，確定是否收録、如何收録，亦隨著對資料的把握程度的加深而有更新。

二、資料蒐集的難度。存於浙江古籍出版社的資料經與吴常雲先生提供的目録對照已經有所缺失，數經周折發覆於個人私藏及浙江大學人文學院資料室的大批日記手稿，使得啟動項目《日記全編》兩度易版，抄録校工作一再推倒重做。除了公藏於圖書館的資料外，尚有一些私藏的手稿及信札難以收集。

三、抄録核校的難度。此次全集編纂，日記部分悉從手稿整理抄録，由於時間跨度長，晚年日記又出别人之手，字跡辨認難度極大，分配到各人之手的抄、校工作遠遠超乎事先預估，大大影響進程。全集對已出版過的集子重新標點，書名號、引號等的添加需要核對原書，也遠比八卷本工作要費時費力。

四、全集編排的難度。全集雖謂『全』，亦並非將所有資料悉數收納。收哪些，不收哪些；以何種方式整理呈現；文集、詩集等編排如何兼顧到歷史性與内在體系。凡此種種的定奪，雖關乎體例，實關乎原則與主張，亦皆令編委會大費周章。

五、資金短缺的難度。繼日記之後，雖説又通過我院的浙江歷史研究中心争取到一個省課題的立項，但是先父時代的資金困擾依然存在。人文社科類課題每每二三萬元的資助，對於這樣難度極高的大型手稿文獻整理工作無異於杯水車薪，極少的點校費只能對義務付出聊作安慰。且因課題經費管理體制的不合理限定，一項課題未出版結題，不得再申請新的課題；經費的使用，勞務支出的比例極有限；申請的課題，又每設限於一年至多兩年内完成整理並出版。如此這般，皆大不利於《夏承燾全集》這樣的大型課題的操作。

六、人才使用的難度。主編、副主編各自單位尚有許多本職工作，全集的整理只能利用業餘時間完成。編委的徵用，又陷入有心者力不足、有力者不得暇的尷尬。而文獻整理成果不能納入考核體系，如此高難度的整理工作效益與付出不成正比的考核制度性缺陷，也在一定程度上影響著編委積極性的充分發揮。

雖然困難重重，所幸在多方的支持下、在編委會成員的共同努力下，歷經坎坷的《夏承燾全集》，總算得以面世。

全集以『求全』、『存真』、『存史』爲編撰宗旨，努力做到以下幾點：

一、收録完備。此前的八卷本，出版字數在三百五十萬，而此全集内容將增加一倍左右。光是日記部分就已趕超八卷本的篇幅。對照《叢書》目録，全集覆蓋了八卷本未能覆蓋的《詞林繫年》《詞例》《詞律駢枝》《詞林博聞》《温州詞徵》《域外詞》《詞人年譜續編》《西湖楹聯注釋》《李煜集輯注校附事輯》《詞調韻目》等。仍然未能覆蓋的幾種中，《詞辭典》《西湖詩詞注釋》《月輪樓詩詞歌曲譜》皆未成，只留存目。《詞辭典》是夏承燾先生很早就計劃要做的事，後來業師吴熊和與馬興榮、曹濟平先生編撰出版第一部《中國詞學大辭典》，也算是對夏承燾先生詞學規劃的一個很好踐行。唯一遺憾的是《蘇辛詞繫》，原目録下注『已成』，但在接收的資料中，並未見完整的抄稿，『蘇辛詞繫』條目紙袋中僅存數頁綱目文字，列蘇系詞人數名、蘇辛過渡詞人數名、辛系詞人數名，完整的抄稿不知流向何處。全集對詩集、詞集、文集皆酌情重做編排，增加内容不少。總之，盡可能收録夏承燾先生已出版過的所有作品，盡最大努力從零散的手稿中整理出有價值的成果，庶幾讓『全集』之『全』得以名副其實。

二、資料可靠。收録的著作均經嚴格甄别，剔除誤認及疑似之作。如温州市圖書館受贈于游止水先生（夏承燾先生妻舅）的著作中，著録有『丙丁存稿』和『戊寅存稿』油印本，題名據卷端。按『丙丁存稿』當爲丙子與丁丑兩年合稿，『戊寅存稿』同理接續之。丙子年爲一九三六年，民國二十五年。此二本既未署名，初實難定作者。考『丙丁存稿』有《秉燭》詩：『歲歲愁將白髮催，自迎明月上瑶臺。何堪秉燭春寒夜，兒女明朝諫疏來。』『兒女』詩意，當非夏承燾先生作。又有《寄次女溧陽》詩題，可確定非夏承燾先生作矣。又有詩《定居魚池王祠贈弟子陸孔章並仲卿》：『孔章讀我書，報我以赤血。』注：『名山三集出，孔章坐視半日不起，起乃咯血。』則此二稿乃江南大儒錢名山之作（孔章爲錢名山得意弟子）。又如從浙江古籍出版社接手的資料中，有《清詞人小傳》抄稿，未署姓名，查今全集日記，未見提及，而吴無聞先生過録的夏氏著作目録中亦未見，雖則不必定非夏氏所作，亦必不能貿然收録。

三、底本最佳。全集底本有四大出處：其一，日記以夏承燾先生手稿（包括吴無聞先生代筆手稿）爲底本，不僅增加了一半多的内容，而且還糾正了《天風閣學詞日記》因抄録而造成的失誤；其二，單行本以後出而轉精的八卷本作底本（多依從夏承燾先生手定本）；其三，以抄定本爲底本；其四，單篇文章以正式刊發者爲底本。

四、抄録、點校精細。日記抄録自手稿，辨認難度極高，尤其晚年日記，塗乙嚴重，一校在實行編委互校的基礎上，要求核對手稿。加書名號、引號時，要求核查書目及原著引文。校記務求精要、有選擇，删汰無價值的異文以免校記過於冗雜，最後由主編以簡式校記作統一。

五、編排系統、合理。詩集、詞集由夏先生手自編定的，依其生前，新增者闢爲詩集補編、詞集補編，均按年序編排。文集根據内容分類稍作調整，以清眉目，以成體系。

六、不同手稿區別對待，以最佳方式呈現。全集絕大多數内容皆整理點校出版，《永嘉詞徵》、《詞林繫年》、《詞例》三種以及《唐宋詞人年譜續編》裏的《放翁年譜》採用影印出版的方式。因《詞林繫年》、《詞例》雖爲夏承燾先生極爲重要的作品，向爲詞學界所矚目，但二稿皆乃未成稿。夏先生晚年雖曾多次請人抄録整理，但因難度大，終究未能形成定本。《詞林繫年》王榮初先生曾有部分整理發表，有些内容又爲詞人年譜所資採，今稿本有些欄目之下皆爲留白，需要大量填充，而填充則意味著再創造。《詞例》亦大多留白，需要有相應的卡片内容作填充，而稿本的複雜程度似更大於《詞林繫年》。在這樣的情況下，依原稿影印出版，或許是最好的方式。它一方面滿足了詞學界對此二稿的好奇與期盼之心，一方面以原貌面世，避免厚誣先賢，也鼓勵真正有興趣的研究者前去攻艱，催生一項新的成果。《永嘉詞徵》原稿相對完善，但二〇〇四年出版的『温州文獻叢書』裏已經有了《東甌詞徵》，以如今文獻搜集的便利程度而言，後出而轉精，未爲難事，故此《永嘉詞徵》的使用價值與當年相比已經不可同日而語。但此手稿以毛筆書寫，字跡秀雅，影印出版，欣賞價值更高，同時，也不妨礙有心人拿它與《東甌詞徵》互校，查遺補缺，並不影響發揮它的文獻價值。《唐宋詞人年譜續編》裏的幾種詞人年譜，如今也都已有出版成果，其文獻價值有類《永嘉詞徵》，已然大打折扣，故毛筆書寫的《放翁年譜》亦做同樣處理了。

『求全』是全集的必要條件，但是對於一些合作的成果，因爲有版權糾紛的擔憂，我們的全集不予採録。如：《唐宋詞録最》，夏承燾先生輯，藍江注，一九四八年，上海華夏圖書出版公司出版；《怎樣讀唐宋詞》，夏承燾先生、吴熊和著，一九五七年，浙江人民出版社出版；《讀詞常識》，夏承燾先生、吴熊和著，一九六二年，中華書局出版；《唐宋詞選》，夏承燾先生、盛静霞選注，一九五九年，中國青年出版社出版；《辛棄疾》，夏承燾先生、游止水著，一九六二年，上海中華書局出版；《韋莊集箋注》，劉金城校注，夏承燾先生審訂，一九八一年，中國社會科學出版社出版；《放翁詞編年箋注》，夏承燾先生、吴熊和箋注，一九八一年，上海古籍出版社出版；《蘇軾詩選注》，吴鷺山、夏承燾先生、蕭楫合編，一九八二年，百花文藝出版社出版；《金元明清詞選》，夏承燾先生、張璋編選，一九八三年，人民文學出版社出版。這些合作裏，夏承燾先生的擔責與用力程度當是有所區别的，大家可從日記有所分辨。從中也可以體會出夏承燾先生對於後學的提攜。這些合作的著述，有些也體現出夏承燾先生的詞學思想，比如《金元明清詞選》，與唐宋詞相比較，金元明清詞顯然是冷門。因此這本詞選，也是能體現夏承燾先生詞學的廣度的。也有的合作成果，我們是要做點處理而後加以選録的。如《域外詞選》，夏承燾先生選校，張珍懷、胡樹淼注釋，此次删去張珍懷、胡樹淼的注釋部分内容，而將詞選納入全集。因爲域外詞這個視角很獨特、很重要，也是夏承燾先生詞學堂廡宏大、氣象萬千的一個佐證。

全集重啟後，在繼續蒐集資料的過程中，得到了温州市圖書館、浙江大學圖書館、浙江大學古代文學教研室、浙江圖書館、浙江省社會科學院圖書館、西泠印社等單位以及金鑒才、張如元、胡可先、盧禮陽、陳瑞贊、胡永啟、沈迦等先生的熱情相助。全集編纂出版，得到了多方關心和幫助。浙江省社會科學院、浙江省社科聯、浙江省歷史文化研究中心提供課題經費，浙江古籍出版社領導和編輯全力支援，責任編輯費力尤多，在此均表示誠摯的謝意！最後，也感謝編委會全體成員齊心協力、克服困難，堅持到了勝利的這一天！

凝聚著三代人心血的全集即將面世，在這百感交集的時刻，我們深切緬懷吴無聞、吴戰壘、吴熊和等已故前輩學者，他們是全集的功臣，讓我們牢記他們曾經所做的一切！全集的出版，應該是對他們最好的告慰。

六年來，以小兵而擔重任，誠惶誠恐，如履薄冰。雖竭盡全力，但主觀上因學識有限，各種疏失，情知不免，懇請方家和讀者教正；客觀上，因諸如上所列的種種困難，仍然有些工作未能一步到位，例如《日記全編》的人名索引，依然未能找到的《稼軒詞評注》（書名未確，見張如元《西湖雁蕩寄相思》，《吴戰壘先生紀念集》第二八四頁，中華書局二〇一五年版）、一些手札和部分日記等，但願日後尚有機緣，可俟補充，再呈座下。

吴　蓓

二〇一六年春於杭州城西聽風樓

# 《夏承燾集》前言

夏承燾（一九〇〇—一九八六），字瞿禪，晚號瞿髯，浙江永嘉（今温州市）人。出身普通商人家庭，雖無家學淵源，却自小勤奮向學，十三經除了《爾雅》外，都能背誦，於經學、小學打下深厚的根基。他最初學填詞，是在温州師範學校求學時期，所填《如夢令》結句：『鸚鵡，鸚鵡，知否夢中言語？』受到國文老師張震軒的激賞，以濃墨加了幾個大圓圈，這給他以很大的鼓舞。師範畢業後，先生在小學任教，參加當地的詩社活動。所作得到林鵾翔、劉次饒等長輩的贊賞，於詩詞創作，興趣更濃，奠定了一生攻治詩詞的始基。一九二一年夏，先生赴北京任《民意報》副刊編輯，同年冬轉赴西安中學任教，一九二五年兼任西北大學國文講席。此時先生曾研究宋明理學，並發願整理研究宋史。一九二五年秋先生回到故鄉，爲方便讀書，乃移家温州圖書館附近，於兩年間，幾遍讀鄉賢孫仲容『玉海樓』和黄仲弢『蔘綏閣』兩家藏書。一九二七年下半年，先生赴嚴州九中任教，又得以恣讀原州府書院藏書。此時先生正當而立之年，苦苦尋求一生之治學鵠的，終於認定以詞學爲自己終身奮鬥的事業。一九三〇年，先生到之江大學任教，自此以後，幾近半個世紀的時間，先生一直主持東南詞學講席，與海內詞家、學人聲氣相通，治詞授業，多所建樹，終於成爲蜚聲海内外的一代詞學宗師。

先生繼晚清詞學復興之後，以深厚的傳統學殖爲根底，師承朱孝臧等前輩詞學家考信求實的治學風範，却又不爲其所囿，而廣求新知，多方取資，進一步開拓研究領域，改進研究方法，在詞學研究上開闢一個新境界，代表了一個歷史階段的研究水平，具有繼往開來的學術意義。王瑶先生主編《中國文學研究現代化進程》，遴選近百年來二十位中國文學研究大家，在詞學方面獨選了先生。這應是學術界的公論。

綜觀先生一生學術建樹，約有下列數端：

## 一、開創詞人譜牒之學。

晚清詞學，長於訂律校勘而疏於考史，先生則以詞學與史學結褵，進而『爲論世知人之事』。他博覽羣書，究心尋檢和校核唐宋詞人的年里事迹和創作背景等，積歲月而成《唐宋詞人年譜》十種十二家，由此詞人行實得稱信史。前輩學人張爾田贊其『湛深譜牒之學，文苑春秋，史家别子，求之近古，未易多覯』。趙百辛則稱：『十種并行，可代一部詞史。』唐圭璋先生譽爲『空前之作』，並推爲『詞學研究者必讀之要籍』。先生於詞人事迹考證，尚有更宏大之著作規劃，其遺著《詞林繫年》（一名《唐宋金元詞人繫年總譜》），以年代爲經，詞人事迹爲緯，涵括面極廣，惜未殺青，尚待進一步充實整理。

## 二、對詞的聲律和表現形式的深入研究。

詞原名曲子詞，是可歌唱的，宋以後詞的樂譜失傳，其唱法遂不可知。但姜白石有十七首詞附有樂譜，却因譜字爲當時俗體，與後世工尺譜有異，釋讀不易，歷來視爲絶學。先生即以此爲突破口，窮年攻治，成《白石歌曲旁譜辨》一文，發表於《燕京大學學報》，是爲先生成名之作。此後先生更進一步對白石詞聲律進行全面研究考訂，其成果彙爲《姜白石詞編年箋校》一書，被譽爲『白石聲學研究的小百科全書』。唐圭璋先生云：『瞿禪對詞之樂律研究，致力最勤，故其校箋姜白石詞，尤爲精當。』先生對於詞的四聲、用韻、字法、句法、換頭等藝術形式規律也進行細心研究，仿俞樾《古書疑義舉例》，擬成《詞例》一書，包括字例、句例、片例、辭例、體例、調例、聲例、韻例諸門，規模宏闊，洵爲巨製。雖未最終成書，而從整理發表之若干看，則辨例周詳，創獲甚多。其所積累的豐富資料，有待系統整理。

## 三、詞學論述。

先生對於詞史、詞人、詞作的研究和評述，早歲已曾着手，但較全面地展開，則是在新中國成立以後。嘗擬撰述一部《詞史》，已完成唐五代温、韋數篇，並於兩宋詞的發展脈絡，自具獨識。他對易安、稼軒、龍川、放翁諸家的評論，準確、深刻，迥出時流。對詞論的研究，也一空依傍，時有卓見。先生還熱心於詞學普及工作，寫了不少深入淺出的鑒賞文章和知識性讀物，受到廣大讀者的歡迎。先生留下許多片段的讀詞感想、詞話雜札和詞籍批注等，尚待整理發表。

## 四、詩詞創作。

先生早歲即耽吟詠，豪興至老不衰。終其一生，學術研究與詩詞創作並重，以其創作心得與經驗印證前人所作，故深知箇中甘苦，每有論述，則如燃犀下照，洞見魚龍變幻。先生自承作詩『於昌黎取煉韻，於東坡取波瀾，於山谷取造句』，填詞則欲『合稼軒、白石、遺山、碧山於一家』，所作均有感而發，情辭并茂；詩風磊落清奇，高明沉着，詞筆則堅蒼老辣，每以宋詩之氣骨度入詞中，外柔内剛，戛然獨造，并世詞家，殆罕其匹。

## 五、治詞日記。

先生少時即記日記，今存日記自一九一六年（十六歲）始，迄於易簣之前，數十年來，從未中斷，誠爲可貴。一九二八年後，先生專心治詞，日記中多有讀書教學、研究撰述、詩詞創作、友好過從、函札磋商、南北遊歷等記録，先生原擬在此基礎上另撰《學詞記》，而逡巡未果。一九八一年應施蟄存先生之請，乃選抄從一九二八年起日記爲《天風閣學詞日記》，發表於《詞學》專刊，後次第出版。這是先生一生治學的翔實記録，反映了半個多世紀以來的詞學史和當代許多重要的學術界掌故，具有重要的學術文獻價值。其治學方法與經驗，燦然俱陳，無異現身説法，金針度人。而文筆之雋美，亦堪稱一流。施蟄存先生已有專文贊之。唐圭璋先生也很看重老友的這部日記，認爲先生的許多想法，『提出了治詞的宏偉廣闊課題』，『爲治詞學開闢了生疏的渠道，拓寬了研究領域』，先生的未竟之業，乃是『今後詞學研究發展之奮鬥目標』。

## 六、培養人才。

先生的一生經歷十分單純，概括起來就是讀書、著書、教書。他是一位大學問家，也是一位大教育家。他先後在小學、中學、大學任教六十餘年，桃李滿天下。『得天下英才而教育之』，先生認爲是平生最大快事。他熱愛教育事業，覺得教書有無窮的滋味，在日記中每有真摯動人的記録。先生還做《教書樂》一文，回顧數十年教育生涯的感想和體會，言之醰醰有味，在豐富的教學經驗中滲透着深刻的哲理和醉人的詩情。聽先生講課，是一大享受。他氣度從容，笑容可掬，娓娓而談，莊諧雜出，課堂氣氛十分活躍，使人有如坐春風之感。先生性情温厚，虛懷若谷，見人一善，則拳拳服膺；見時賢之精彩著述，則喜形於色，『恨不識其人』。先生於門下，也從來不擺師道尊嚴的架子。他送給一位老學生的對聯寫道：『南面教之，北面師之。』其撝謙善納如此。對於學生的優點，他總是盡量加以獎勉，且用以自勵，在日記中亦有不少感人的記述。先生治學門廡廣大，從不以自己的愛好和專長來規範學生，而是因材施教，充分鼓勵學生發揮自己的才性，揚長避短，卓然有所成就。故先生門下，濟濟多士，略舉其著者，如繙譯莎士比亞的專家朱生豪，語言文字學家任銘善、蔣禮鴻，園林建築家陳從周，戲曲小説專家徐朔方，臺灣散文名家琦君（潘希真）

等，均親炙先生而另闢學術新境；傳先生詞學一脈而卓然成家者則有吳熊和等。

先生治學勤奮，著作甚豐，已出版者二十多種，遺作尚待整理者，數量亦不少。這次編輯《夏承燾集》，由吳熊和、吳戰壘、吳常雲主編，吳戰壘負責具體編輯工作。商定體例如下：

一、凡經先生寫定，最足以代表其學術成就之著作，全部編入；已成書者，均按其原貌，不另行分散編排。

二、先生與人合作者暫不收；尚待整理者亦不收。

三、凡一文數見者，則視其所宜，編入一册，概不重出，而於編後記中加以説明。

四、凡一文數經修改，則收最後改定者；倘前後差異較大而各有價值者，則兩存之。

五、尊重先生不同時期之行文習慣，如書名號、引號、異體字等，不强求規範和統一。

六、全書分八册編次，每册編輯情況具見編後記。

本書的出版，得到各方面的關心和幫助，浙江古籍出版社的領導和浙江教育出版社的領導，均十分支持，謹於此表示深切的謝意。至於全書在資料收集、編排校對方面的疏失，情知不免，懇望讀者教正。

吳戰壘

一九九七年木樨香中於杭州

# 全集凡例

一、全集以『求全』、『存真』、『存史』爲編撰宗旨，竭盡所能收集夏承燾先生的全部著述。其中與人合作的爲免版權糾紛，一般不予收録（特殊情況下分離著作權加以採録）；單純摘抄型的讀書筆記不予收録；無法整理的零碎草稿不予收録；檔案資料中的思想匯報不予收録；餘則皆在收録之内。

二、全集按日記、書劄、詞學研究、國學研究、詩詞集等分類編排，每類以時間先後爲次。其中佔全集泰半篇幅的日記十卷以一個書號整理出版，另外十種十卷各用一個書號整理出版。十種十卷裏面，《永嘉詞徵》、《詞林繫年》、《詞例》三種以及《唐宋詞人年譜續編》裏的《放翁年譜》採用影印出版的方式，其餘均爲點校出版。

三、每種卷首均有編校説明，簡述著作、版本及點校情況。

四、著作内容有重見者，視情形而定是否重出，當交待於編校説明。

五、全集爲符合現行學術規範的引文要求而統一重新標點。標點符號依從一般古籍整理句讀原理。詩詞依韻而斷句。書名號的運用：書籍統稱不加書名號，如：四書、五經、三禮、二十四史；單部書籍簡稱加書名號，如：《毛詩》、《論》（《論語》）、《孟》（《孟子》)、《説文》;　叢書名一般需加書名號,如《十三經注疏》;　附屬於某書的注釋之作不加書名號,如:毛傳、鄭箋、五臣注;　作者與書名連用時的簡稱,如『班書』(指班固《漢書》)、『謝沈書』(指謝沈《後漢書》)等,標作班《書》、謝沈《書》;　書名與篇名連用時的簡稱,如『漢表』(指《漢書》諸表)、『隋志』(指《隋書·經籍志》)等,均連標作《漢表》、《隋志》;　書名號内又有書名時,裏面一層一般不用標明,如《蘇軾文集》卷六十六《跋嵇叔夜養生論後》,嵇康(叔夜)作《養生論》,蘇軾跋後,《養生論》可不標書名號;　同一書中不同篇名連用,書名號使用如下:《後漢書·竇融傳》《范升傳》《陳元傳》。

六、對原稿訛(錯)、脱(缺、奪)、衍(多)、倒(顛倒)的處理:係明顯錯字、筆誤者,徑改,不出校;　删去原稿中誤字加圓括號『( )』表示,改正或增補字加方括號『[　]』表示,一般不再出校,如『《古書疑(意)[義]舉例》』;　顛倒字一般徑改不出校。疑誤,通常無本不改,但可酌情出校。

七、詩詞作品義可兩通者,注存異文。

八、原稿文字不能辨認者,作截圖處理。原稿空缺文字,用空方格『□』表示,每格一字,不出校記;　未能確定字數者,用『□□』表示,並出校記,説明大約字數。原稿文字係作者自行塗墨者,用實方格『■』表示,每格一字,不出校記;　未能確定字數者,用『■■』表示,並出校記,説明大約字數。原稿空缺之人名(多因記時遺忘,晚年尤甚),以『姓氏』

加『某』表示，如『王某』； 若無著姓氏，則以『某某』處理； 皆不出校。原稿文字係作者一筆勾去或『×』去者，乃因多種原因，顯見作者猶豫不定，兹編照録，並出校記； 原稿文字蠹損者，以省略號『……』表示，並出校記，説明大約行數、字數。

九、原稿中的異體字（多見於早年），較生僻者徑改，如『姓』，徑改爲『晴』。不甚生僻，仍爲一般古籍通用字，不作統一，如『迹』、『跡』、『蹟』； 『踪』、『蹤』，均可保留底本原樣。

十、引文與原著有異者，或檃括大意者，一般依原稿，不改； 若改動，則出校。

十一、日記卷因情況特殊，在本凡例基礎上另作補充説明。

# 《詞例》出版説明

《詞例》與《詞林繫年》，在夏承燾先生未曾出版的著述中，是兩部具有別樣重要意義的著作。這兩部書稿，發意早，歷時长，影響大。可惜的是，終究未能足成而面世。

《詞例》的編纂分成幾個階段。一九三二年一月二日的日記裏，夏先生記述受清末俞樾《古書疑義舉例》的啓發，欲仿其體例而編一部書，並記下了當時所想到的五十八例。這便是《詞例》的最早發意。夏先生自然明白，這些例子之外，可增者當甚多，擬於此後『再翻各詞集一過，舉證不厭求多，再分類爲一編』，『隱括爲《辭例》、《律例》、《韻例》三卷』，其中論律論韻，可補萬樹《詞律》、戈載《詞林正韻》所未及者。此後的兩年内，夏先生劄録《詞例》甚勤，幾乎每日必劄。《詞例》大致的體例規劃應該是在這第一個階段就奠定了的。一九三四年之後劄《詞例》的節奏緩下來，日記中相關的記載漸稀。到一九三八年之後的數年，劄録《詞例》進入第二個階段。此時夏先生欲在治詞方法上開新徑，如一九三九年五月五日日記中所言，『思用科學方法解析詞之體例』，他思忖『舊作《詞例》，僅能襞積，尚須再深用力』，這也許是他重新聚力於《詞例》的原因之一。到一九四一年一月十日，『共得《詞例》劄記六本，約一千四五百條，聲、韻兩類最多』。隨後繼續劄録。一九四二年二月九日謂『思於离滬前寫出《詞例》一部分』，則是想在劄録的基礎上，加以理董，寫爲篇章。一九四九年四月四日，夏先生整理舊稿十四、五種，日記謂『《詞例》皆未寫出，在各詞集書眉者，亦未劄入』。可徵在漫長的歲月裏，《詞例》都處在不斷增補新例的狀態中。第三個階段已是中華人民共和國建立之後。从一九五六年四季度開始之後的數年中，夏先生發動他的研究生來幫助整理這部舊稿，並通過多種形式讓它發揮新用。如十月十四日日記謂：『以《詞例》稿一册交侯志明爲論文。研究生選予出論文題共六人，予皆令其整理予所劄稿。爲詞調演變者：侯志明、倪復賢；爲詞體釋例者：周滿江；爲詞源箋注者：吴熊和；爲韋莊詞注者：劉金城。』十一月廿五日日記謂：『夕寫一《讀詞須知》大綱，囑吴熊和寫成一書，予所劄《詞例》及《填詞四説》可增删爲之，書成可名《讀詞初步》。』這階段的籌措，實爲研究生們提供了頗多受益。直到『文化大革命』爆發前，夏先生都一直在謀劃《詞例》的出路。第四個階段則始於『文化大革命』後期，一九七二年三月廿七日，夏先生領回了『文化大革命』初被抄走的第二批還書，看到『舊日記自十四歲至六十六歲所記皆少殘失，《詞例》及《詞林繫年》亦完具』，不禁喜出望外，亦再次燃起了重整舊稿之心。次年，喪偶的夏先生與吴無聞結爲連理，此後無聞夫人便致力於促成夏先生的名山事業，爲夏作的整理與出版諸事孜孜矻矻，可謂第一功臣。在夏先生最後的十幾年裏，據日記記載，曾爲他抄録《詞例》稿的有吴無聞、馮統一、吴常雲、君曼、阿芒諸人。

在漫長的整理過程中，雖然《詞例》中的一些素材已被採用到了後來出版的一些著述與論文之中（如《怎樣讀唐宋詞》、《讀詞常識》［與吴熊和合作］中的部分章節，《詞律三義》、《『陽上作去』、『入派三聲』説》、《詞韻約例》、《唐宋詞字聲之演變》、《犯調三説》、《填詞四説》等論文），但是《詞例》全璧最終未能圓成。個中原因，一歸於世道之不太平。《詞例》與《詞林繫年》諸稿，躲過了抗戰烽火、内戰槍彈，後經歷次運動尤其是『文化大革命』抄家，一九七六年又幾涉大地震之險，可謂命運多舛。二歸於著作本身的難度，一方面所涉範圍廣，資料的探查與尋訪不易，大量的翻閲與長年的劄録需要有堅强的毅力；另一方面，《詞例》手稿因跨數十年劄録、增補、剪貼，字跡難辨，後來整理起來亦大不易。還有一個内在的原因，在長達半世紀的流光遷徙中，夏先生的《詞例》初心，亦有所遊移、反覆和變遷。如此書曾擬改名《詞形釋例》、《唐宋詞藝術形式特徵》。初年，夏先生還意欲『廓充《詞例》兼及詩及曲，爲《中國韻文例》』（一九三三年二月八日日記），到了晚年，則『擬著手爲《唐宋詞約例》，删節《詞例》爲之』（一九六五年五月廿五日日記）。這一『廓充』一『删節』，『鬥志』之衰減不言而喻。這期間，自有諸多愛之倦矣、欲罷不能的情緒磨難。如一九四一年五月一日謂：『剪排《詞例》舊劄記畢。平時每日劄得一二條，無異得一二張鈔票，今須動手理董，寫爲篇章，大以爲苦矣。』一九四一年十月十九日謂：『自念《白石六種》、《詞人年譜》各種，粗已寫定。《詞例》甚自愛，當勉力寫之。』一九四二年二月九日：『思於離滬前寫出《詞例》一部分，檢增韻例一目，僅寫數百字，日即夕矣。舊稿叢雜，不易理董，近頗好説名理，視此瑣瑣撏撦，亦復厭之，殊恨當時治學規模不大。』而無論如何，直到夏先生去世前一年，無聞夫人還在爲夏先生謀劃諸書的整理出版事宜，亦可謂初心不改。

《詞例》編著初年，即已名聲在外。一九三三年四月，近代詞學史上里程碑標誌之一的《詞學季刊》創刊，首期《詞壇消息》欄目即登《夏瞿禪草創〈詞例〉》，介紹了《詞例》約分字例、句例、片例、辭例、體例、聲例、韻例諸項。某種意義上説，《詞例》的影響，是與夏承燾的成名相伴生的。自此，這部書稿一直爲詞學界所關注，在夏先生有生之年的多個階段，不時有友人、學生勸其早日完成《詞例》以飨讀者。乃至此書稿的出版，也多次提上了議事日程。如龍榆生曾致信夏先生『囑寫《詞例》寄刊（《詞學季刊》）』（一九三四年六月廿二日日記）。一九四一年一月九日日記：『擬先寫出《詞例》，交《燕京學報》。』一九六四年八月四日日記：『接上海中華書局約稿合同三份（《唐宋詞人年譜續編》六四五號、《詞林繫年》六四六號、《詞例》六四七號）。』並於隨後幾日簽訂了此三份合同，計劃《詞例》卅萬字，於一九六七年年底交稿。如今影印出版夏先生的這部手稿，也算是一定程度上彌補了詞學界對於這部著作長久以來的一個期盼的空缺。

今存《詞例》手稿共七册，第一册爲字例、句例；二册爲片例；三册爲换頭例；四册爲調例、體例；五册爲辭例；六册爲聲例；七册爲韻例。對照《詞學季刊》創刊號消息所發，多了换頭例和調例兩項。《詞例》的手稿，經諸多人整理而終究未成定稿，實因整理的過程，乃意味著再編著的過程。因手稿只注明了該條詞例所在的書名頁碼，需要對照原參考書尋索抄録得來。而如今當初的參考資料即已散失不存，有些書可尋，而版本卻未必合符契，需重新搜索原詞例，工作之繁瑣反超當年。因此最終決定影印出版，一是盡原貌，以爲現代詞學史『存史』、『存真』，留一幀立照；二爲格律研究者提供線索，將來有心者可在此構架及資料基礎上，重新編著一部《詞例》，以盡先輩未竟之業。夏先生除了這部《詞例》手稿外，還留下一些《詞例》卡片。這些卡片，有些當是依據手稿中的頁碼抄録出來的，有些則當是後來陸續新增的。此番影印，未及卡片，特此説明。

吴　蓓

二〇一七年春

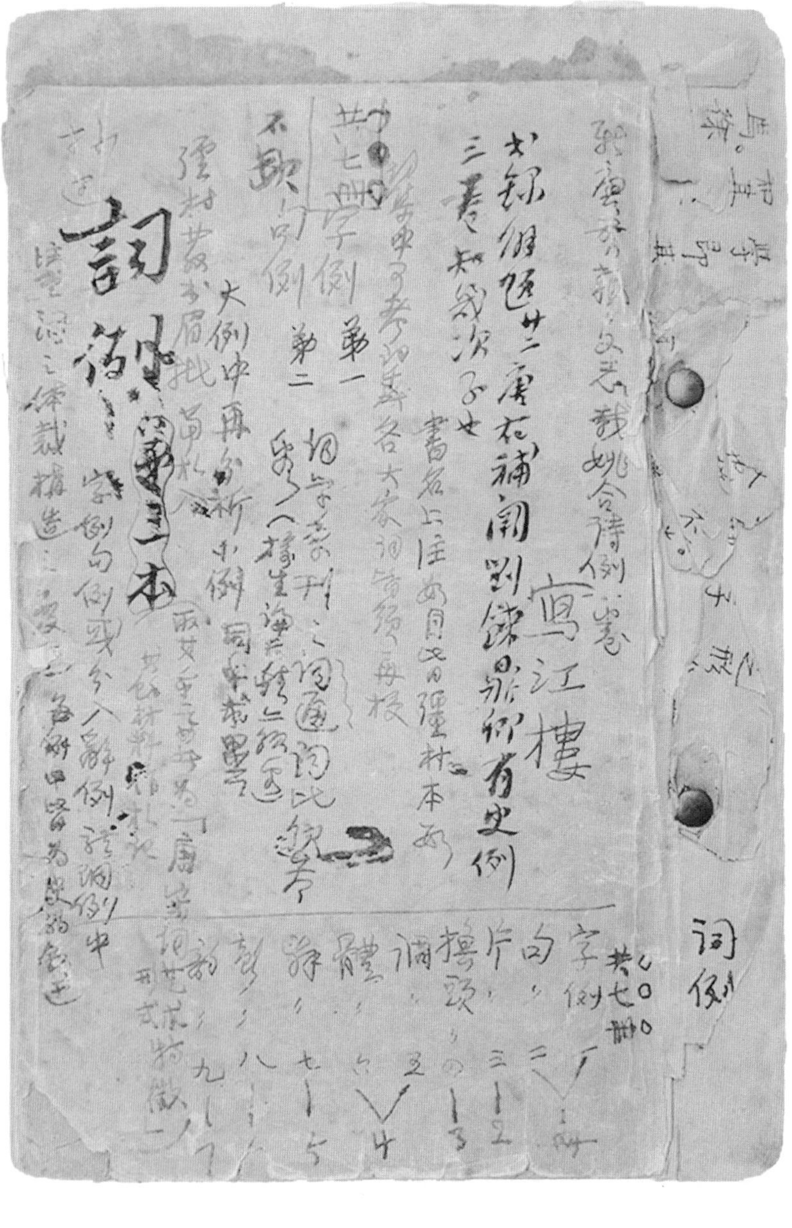
詞例
寫江樓
第一
第二

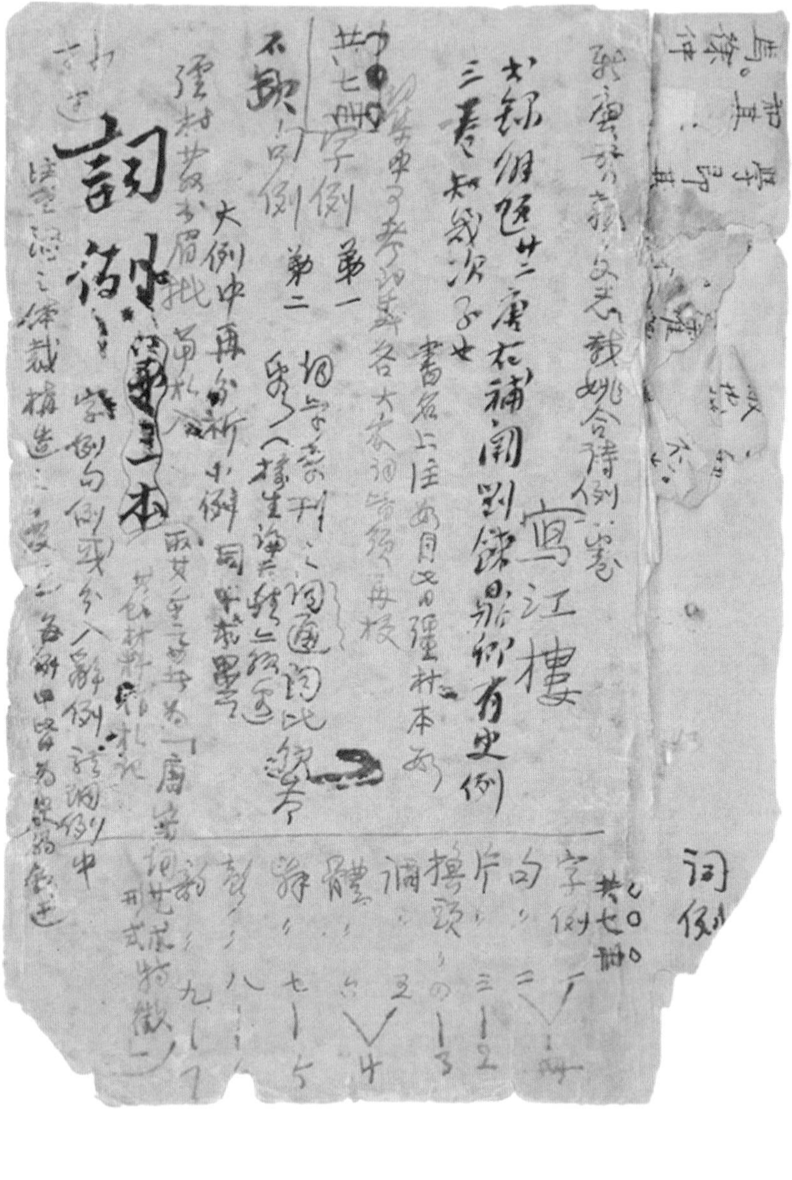
詞例
底本
寫江樓
字例 第一
句例 第二
大例中再分析小例
同中求異
書名上注明
彊村本
字例
句例
片
換頭
調
體
詞例

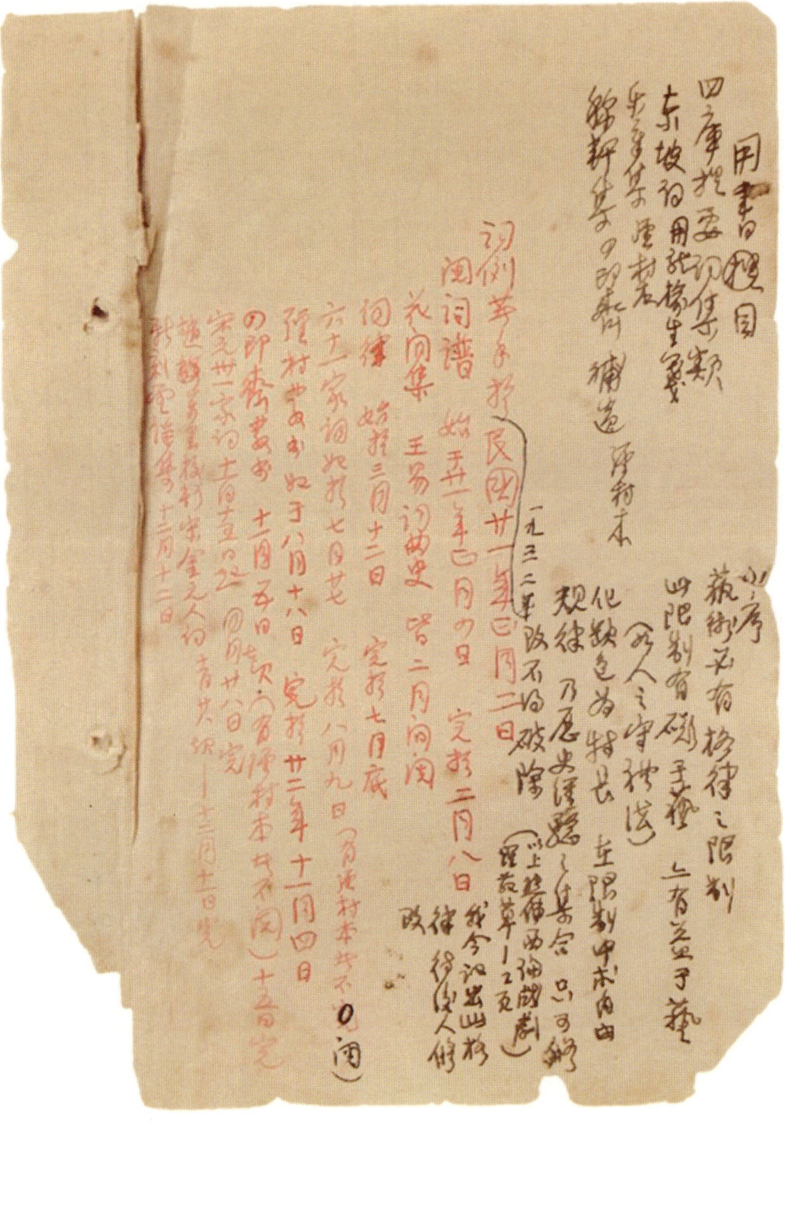
用書目錄
四庫提要詞集類
東坡詞用龍榆生箋
樂章集 陳校
稼軒集四印齋 補遺 彊村本

詞例第一稿於民國廿一年四月二日（一九三二年）
閱詞譜 始于廿一年四月四日 完於二月八日
花間集 王易詞曲史 皆二月間閱
詞律 始於二月十二日 完於七月底
六十一家詞 始於七月廿七 完於八月九日（有彊村本者不閱）
彊村叢書 始于八月十八日 完於廿二年十一月四日
四印齋叢書 十一月五日 完（有彊村本者不閱）十五日完
宋元卅一家詞 十一月十五日起 四月廿八日完
趙萬里校輯宋金元人詞 青失收 ——十二月十三日完
新刻詞 十二月十二日

小序
蘇辛並有格律之限制 亦有益于蘊
此限制有礙手腕（此人之字被法）
化缺點為特長 在限制中求自由
規律乃從此詞體之集合 只可解
改不得破除（以上錄係西論戲劇 見蔡草一二頁）
我今認此山格律 得後人所改

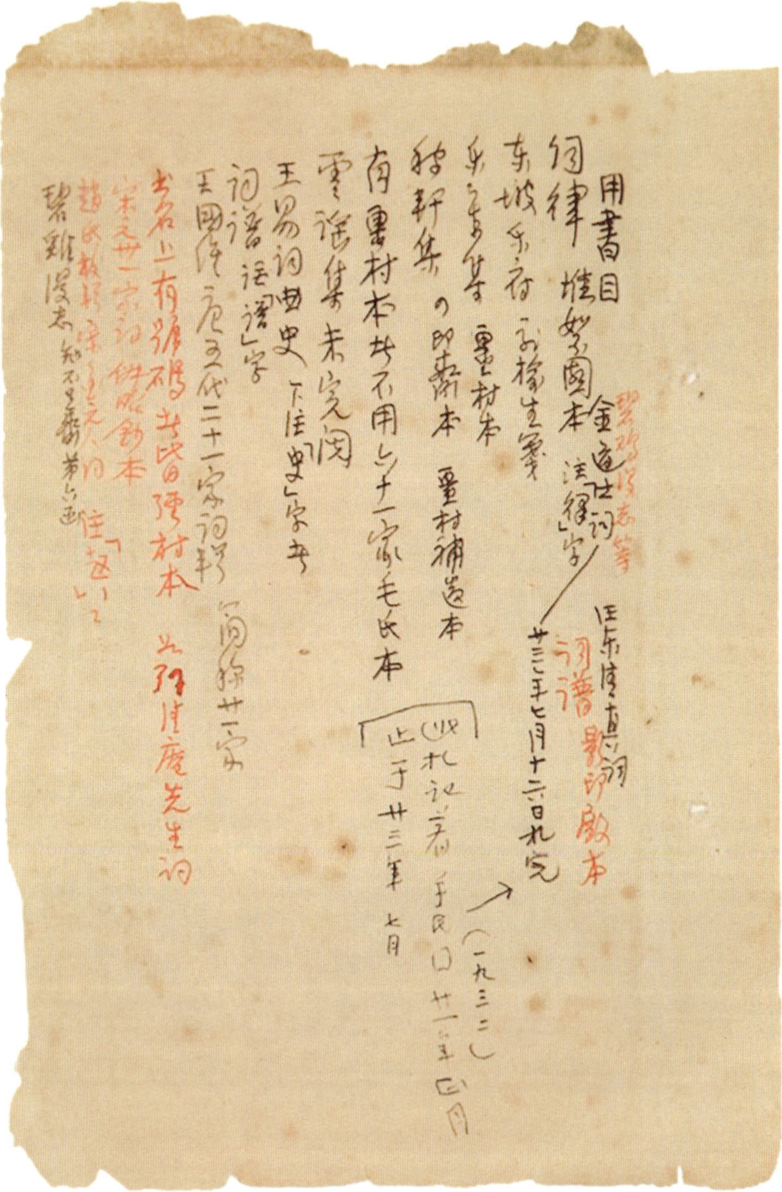
用書目
詞律 堆絮園本
東坡樂府 彊村叢書
樂章集 彊村本
稼軒集 四印齋本 彊村補遺本
彊村本均不用 六十一家毛氏本
雲謠集 未完閱
王易詞曲史
詞譜
王國維 唐五代二十一家詞輯
任東[illegible]詞
詞譜 影印殿本
廿三年七月十六日札完
（以札記者 止于廿三年七月）
（一九三二）
[illegible]

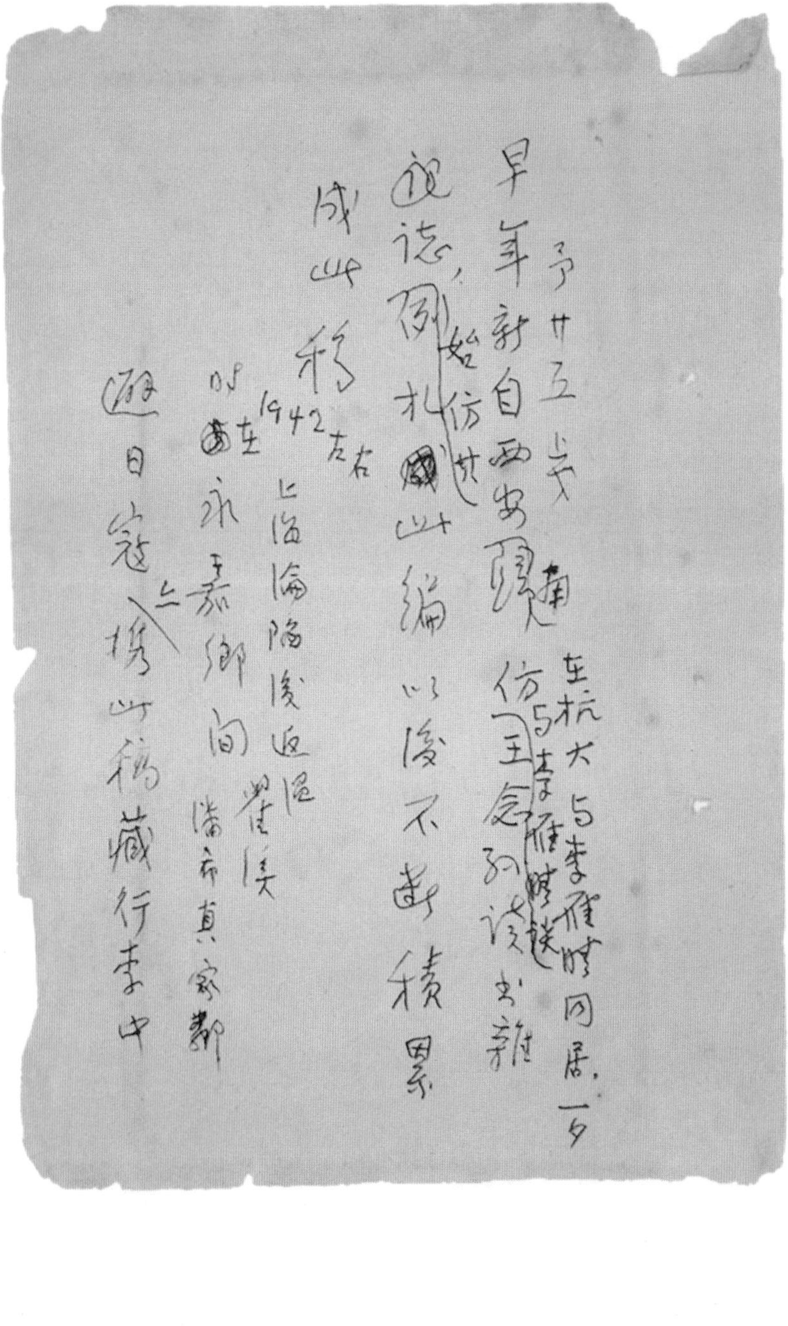

凡例

十華閣主

抄調名作小字　如辛棄疾賀新郎「馬上琵琶關塞黑」

例不必自我出

論韻論律式載萬樹已詳，此本其大者，并補其未備

每大例分小例，愈細愈好

例多并舉最著、特舉，或舉名家為例　如舉白石清真之作

誤舉山谷　於調舉柳永

各詞話須閱

引書須注碼　1本6卷7頁

詞在韻文之位置，之体裁，與三百篇及漢魏樂府同，三百篇即樂府

宋律而極嚴，宋詞不解放，各例皆須參詩及樂府　可令學生作此例

存詩聲例

每例之中，皆須依時代述其遞變之跡，及其原因

另作詞學志

? (一)總論

✓ (二)述源

(三)述體裁之變遷——詞例

✓ (四)述名家之派别——詞史

(五)綜考人家及績——詞人年譜　及詞人行實考

(六)考籍——詞集提要　佚詞集序跋

✓ (七)考年——詞林繫年

(八)考辭——（箋解字句等）

(九)考樂——詞樂考

(十)述評——詞評彙編

考調　改造詞譜　另為示

彙評　亦另為一书

或另作「詞學史」述源　派别　考年

三類入詞學史

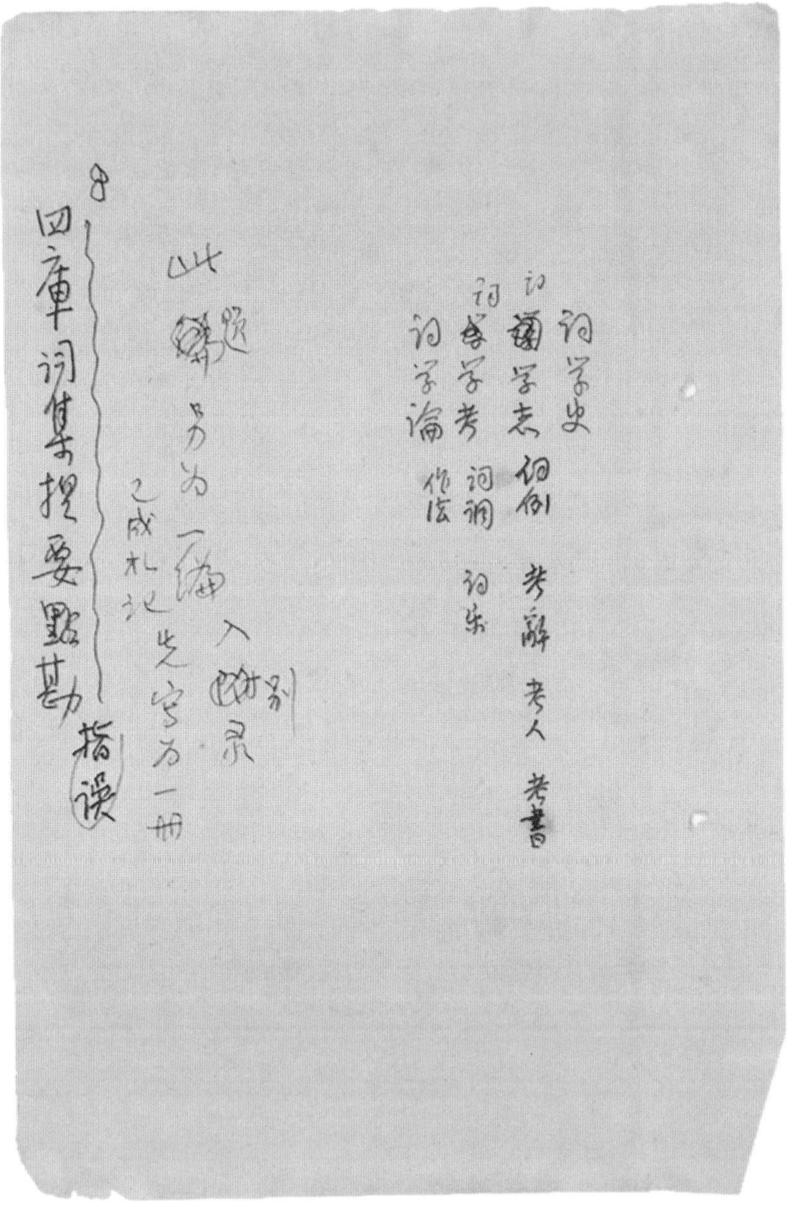

8

四库词集提要点勘 指误

此选 另为一编 入别录

已成札记先写为一册

词学史

词籍学志 词例 考辞 考人 考书

词乐学考 词调 词乐

词学论 作法

四庫全書提要詞曲類匡誤勘 校記

詞例

詞律詞譜諸書所以明一詞之格律，能溯爲之窮其源，必須舉宋元之全詞而貫穿之，以求其條貫，爲之窮其變。惟目下未有全宋元詞之輯，故未能盡宋元詞之全

中尋出……爲前人所未發者

○词人姓氏索引

花庵词选
中兴以来绝妙词选
绝妙词笺
四库提要
六十家词 汲古阁……
三十一家词
五十家词 刘子庚
中州乐府
天下同文
凤林书院
乐府补题
直斋书录解题

可校补词人姓氏录

○词人别号索引

○历代诗馀分人目录

○草堂诗馀分人目录

○乐府雅词分人调目录

○绝妙好词详目 又分调目

○花庵词选详目 又分调目 入历代诗馀书眉

○复堂刻词分调目

○梅苑分人分调目

風林書院之調目
花間集之調目
草堂集之調目
樂府補題之人目
詞綜之調目
陽春白雪
無

宋时歌者多因讳避辄改古词本文，如改苏词乱石崩云为穿空，故为避於韵声，改斜阳树为斜阳暮，改幽庭霜为幽庭芳，改近拍为傍拍　见项安世项氏家说5 11下

词徵卷二多说要籍　可利

姚华说北宋以琶笛为主，南宋以管笛为主，故词亦不同　词刊5 132

词集中可考见词乐之字句

(附)可考见词乐之字句　唐用此起乐　南宋以竹起乐见萧(?)16 5下

六一词8 减兰「重重轻按，一拨朱弦初入遍，慢拈轻拢，玉指纤纤嫩剥葱」

是入遍之初曲尚慢，下段云「拨头憁利，怨月愁花无限意」按

头未详

六一词27 玉楼春「从头歌韵响铮鏦，入破舞腰红乱旋」 此首又见珠玉词20 从头亦作「重头」 30 菩萨(?)「当头一曲情何限，入破

铮鏦金凤战」 「当头」与重头(见初阳)同音，当头或亦重头之讹

同前29 玉楼春「红条约束琼肌稳，拍碎香檀催急衮，陇头呜咽水潺声，蕊

下间关莺语近」 又见珠玉词22 知衮拍亦急刹比繁

同前玉楼春30「雪香浓透紫檀槽，胡语急随红玉腕」 此首又见珠玉词21 唱当作拍得

同前40 浣溪沙「云以催拍盏频传」

珠玉词24 渔家傲「齐唱调，神仙一曲渔家傲」是唱谓之唱调

小山词补上3 木兰花「紫蕊调官轻转未微」 或本一集亦有红蕊调官句

同上「轻乐低尘随声歇，合调破空云自凝」

东山木兰花「舞腰轻怯绯裙长，羞按筝毬花十八」 18 六么花十八外尚有此

东坡词18 剔银灯「倚筝以七急拍七拜功侄」

东坡南歌子「日暮拨头催花拍向祠神」 傅注「今乐府大鼓则有鼓奏之声，曲拍

則有花十八、花九之名，並三章曲子，由蠻鼓、花拍之隊，其始如是也，故曰隊舞，猶云隊也」

付真稀[illegible]以一詞入二宮調

樂章上4柳腰輕「下入霓裳促編，↗下鳳斷償檀板，慢垂霞袖，急趁蓮步，進退奇容千般」上4

樂章上11傳花枝「唱新詞，改難令」，總知顛倒。解刷扮，能噪、嗽，表裏都峭」

又卷4夜游宮「但拍弄送紅袖舉」

小山詞卅[illegible]「垂鞭自唱陽關徹」

就修補一心園春美人之「調萬僮衣，舞風裙」

17 沈瀛竹齋詞竹咸蘭「影調吹風，佛曲由來自普通」

19 林[illegible]洞詞行路引「祝英台近，子夜吳行，聲緩和，不須知拍」

22 後村長短句二念奴嬌「自按曲，自行之，坐是行家官樣」

22 後村3 10水龍吟「鸞鳳囊，淡詞唱此，落風度，舞衣稀帽」

同上4 8賀新郎「道是華堂為曾唱，笑教雞坊拍袞」毛本雞作街

29 竹山詞4大聖樂「……壽仙曲破。更聽得蠻拍流星，慢唱壽詞初了，高[illegible]唱董歌。……」

34 秋澗樂府21鷓鴣天「[illegible]李林氏花園，李氏以歌曲備[illegible]」（丁亥）

[illegible]天以歌之。李氏字十兩，英樂籍中之名角也」繹中「燭……以歌之」「因放事自行」「因放行如廝」等題，知多是元人為有引詞者。又錦

楊[illegible]女臣自緊於集：「六人日城南登高，引劉貢父說：『唐人飲宴，以令為酬，今人以絲管歌謳為令，即白傳所謂「醉翻……」者也……』」参看

項世項氏家說八「因諱改字條」「……近拍……凡近拍，皆改為[illegible]傍拍。太皇字諱近字……」

此近拍亦同傍拍據

（談詞[illegible]）

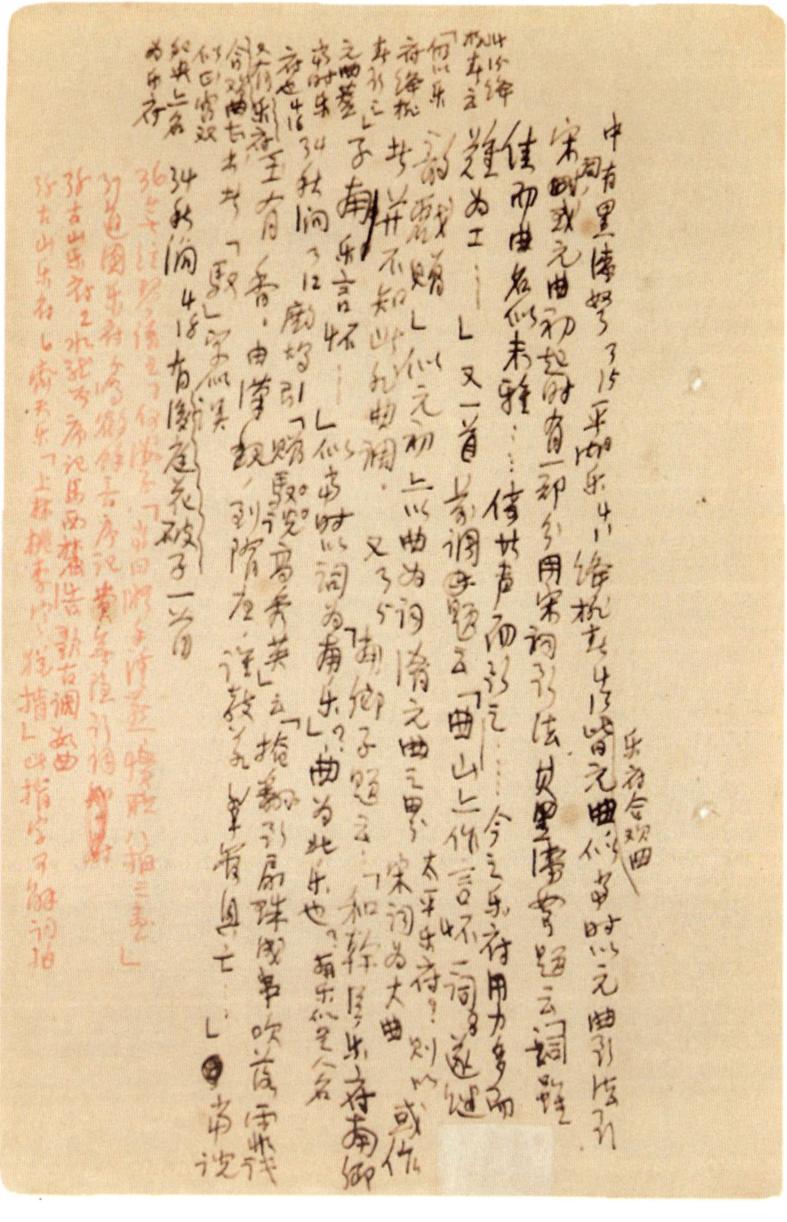

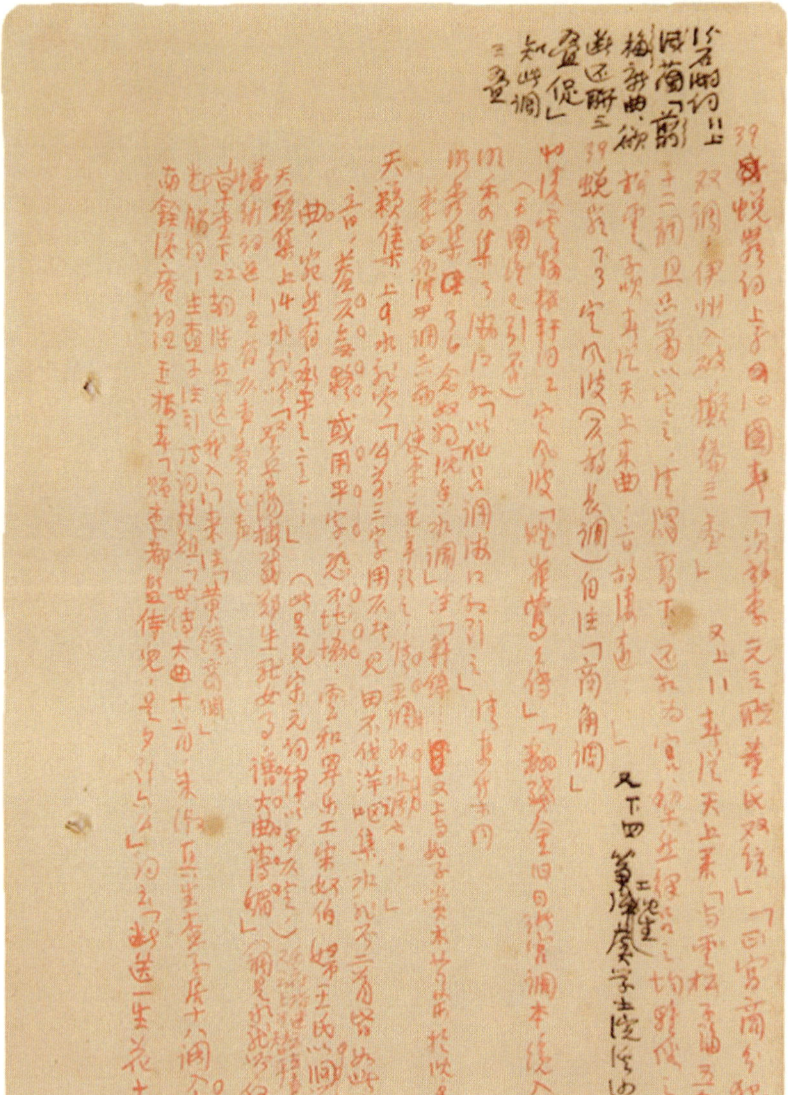

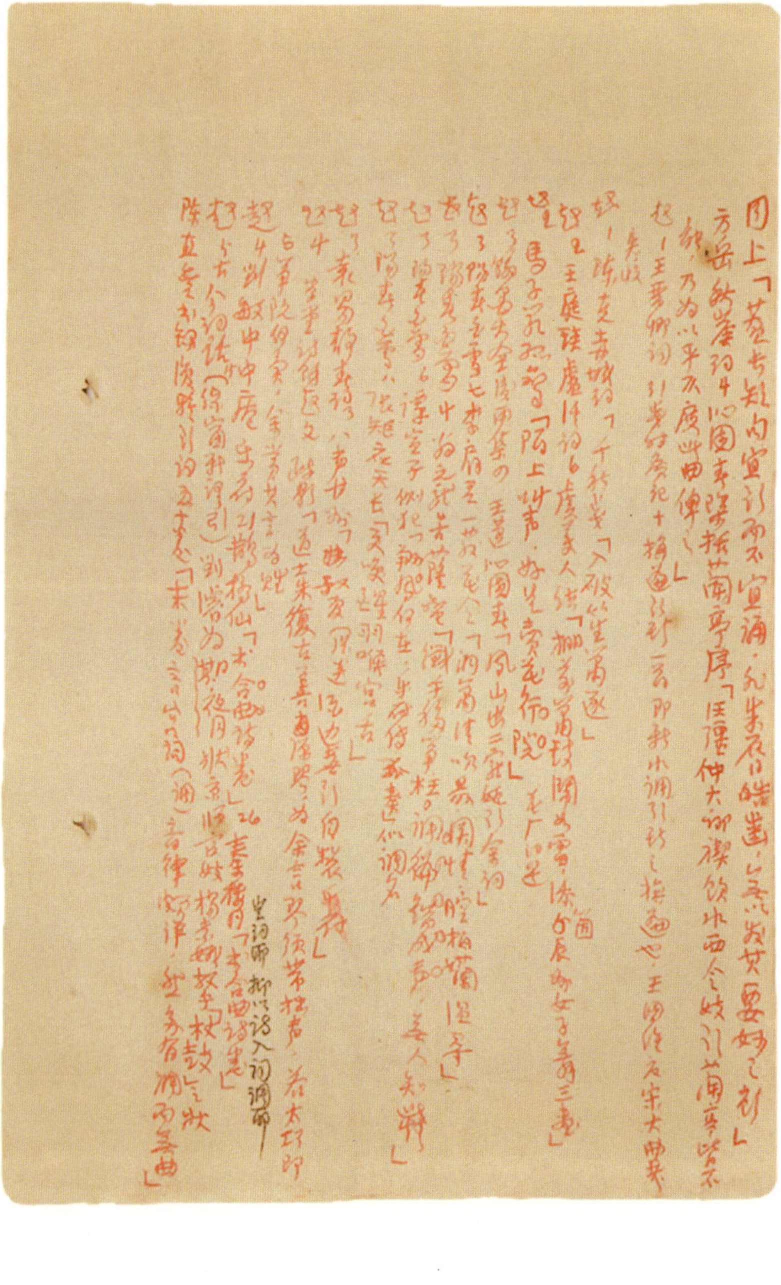

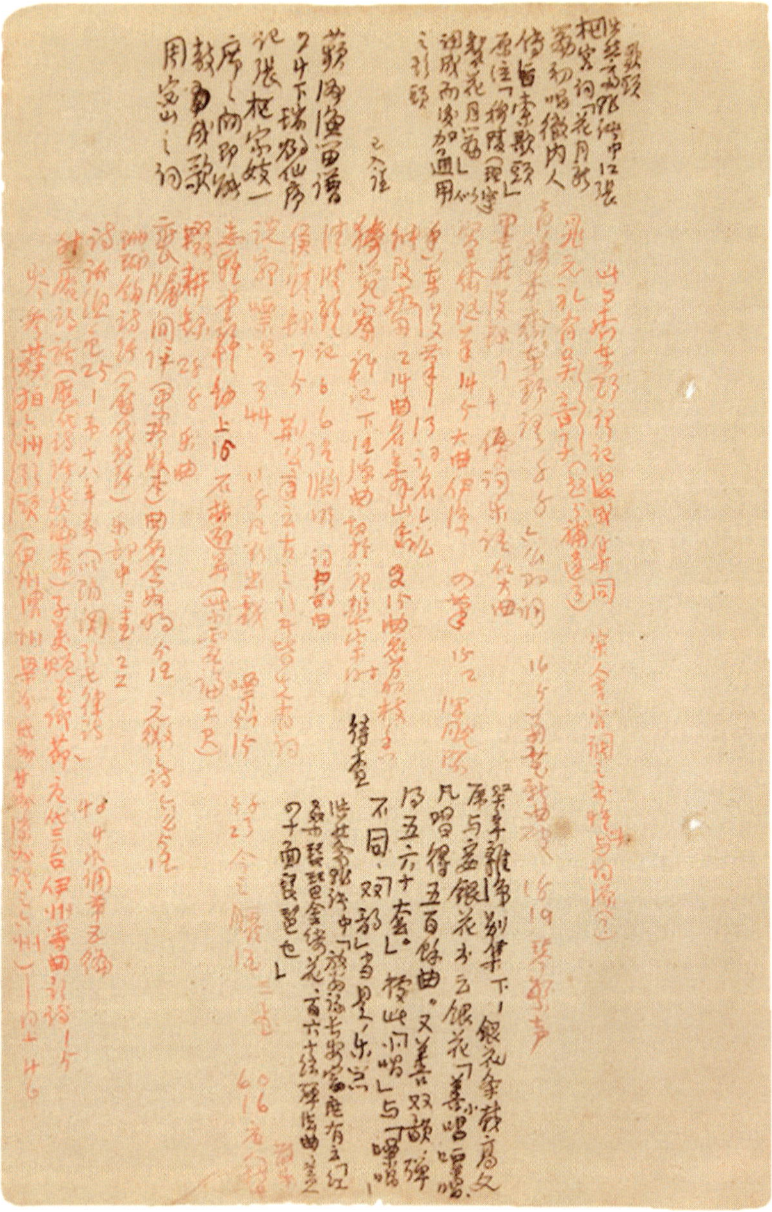

[illegible]晋[illegible]曰「[illegible]」……

風小岩以宋大殿三臺（三台之義）9.1

調笑令[illegible]「平陽古樂照鄰射，白傳三年在洛京，吳越音邪無法曲，莫教僧[illegible]」

[illegible]中，有方[illegible]不大有[illegible]之陽關，如今之[illegible]陽[illegible]也，蓋自唐宋之文[illegible]

[illegible]者也。[illegible]之[illegible]

[illegible]此[illegible]1.9.6 此[illegible]人[illegible]

此二條[illegible]

李東陽麓堂詩話云：「古詩歌之聲調節奏不傳久矣，比嘗聽人歌關雎、鹿鳴諸詩，不過以四字平引為長聲，無甚高下緩急之節，意古之人不徒爾也。今之詩惟吳越有歌，吳歌清而婉，越歌長而激，然士大夫亦皆不能……」

宋史樂志五 王普論其間上述重典禮未正者十一事，其十謂「古者既作詩，從而歌之，然後以聲律協和而成曲。自歷代至於本朝，雅樂皆先製樂章而後成譜，崇寧以後，乃先製譜，後命詞，於是詞律不相諧協，且與俗樂無異。」乃仍依詞製譜

姜引僖錄部丁分荊公云：古之歌者皆先有詞

碧雞漫志卷首亦引，先有

此不能以[illegible]

淮海後集上寄公闢詩「舞急錦腰迎十八，酒酣玉盞照東西」

顧阿瑛玉山草堂詞蝶戀花「……徐姬楚蘭以琵琶度曲……」

道人吳國良……以碧玉簫作清平樂……」 清平樂「梧桐

元人以琵琶度曲，宋以前以[illegible]，蓋宋以後以笛也

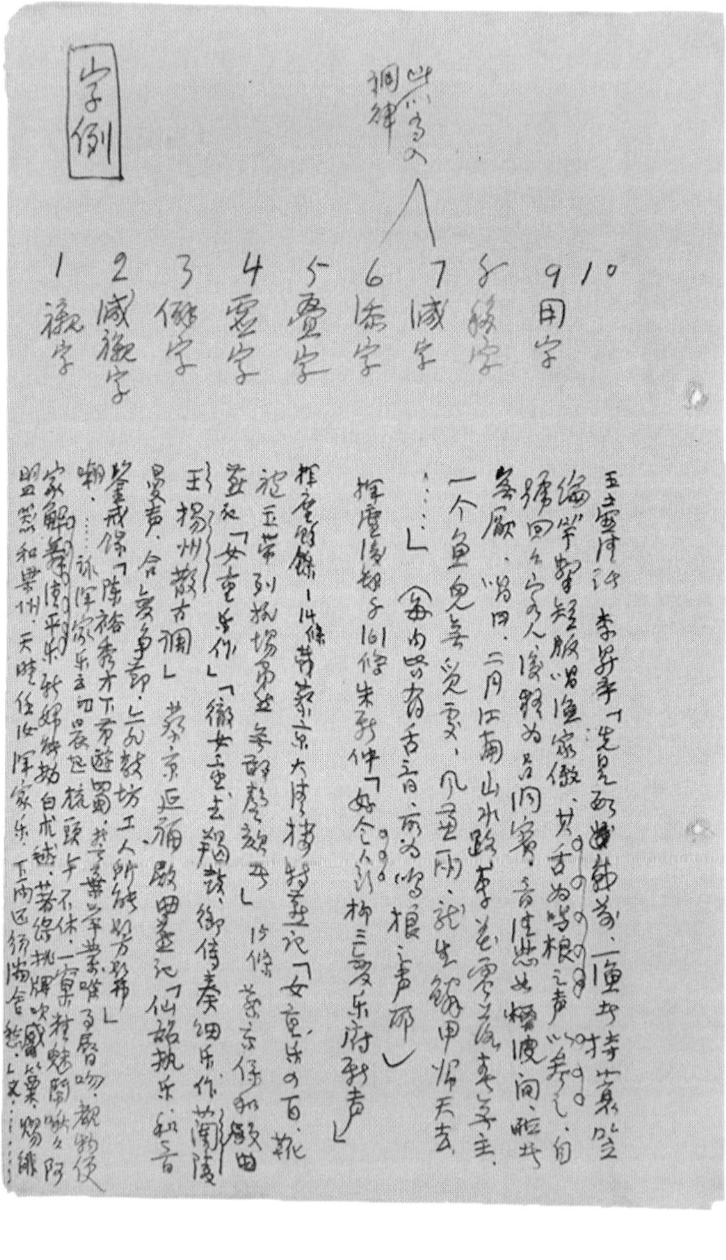

字例

此以下入词律

1 衬字
2 减衬字
3 偷字
4 垫字
5 叠字
6 添字
7 减字
8 移字
9 用字
10

玉壶清话 李易安「先是两渔者，一渔者持篆笠编竿，身短服，唱渔家傲，其音为哈根之声以和之，自称四方之人，后转为吕洞宾，音传此檀渡问，唱此家歌，唱曰：二月江南山水路，李花零落春无主，一个鱼儿无觅处，风和雨，玉龙生甲归天去……」（每句皆有吾音，为哈根之声耶）

挥麈后录子161条 朱新仲「好个人间柳三变乐府新声」

挥麈余录1-14条 蔡京大宴楼特奏衬「女童乐四百，靴袍玉带列排场，下马，声韵整齐……」 15条 蔡京保和殿曲燕和「女童乐作」「彻女童，去羯鼓，御侍奏细乐，作兰陵王、扬州、散花调」 蔡京延福殿曲燕记「仙韶执乐，和音曼声，合奏多节」「此教坊工人所能为也矣」

鉴戒录「陈裕秀才下第游蜀，我学业学唱多唇吻，观物便嘲。……」 孙洙家乐为盛夜起梳头，午不休，一宴数枝点阁吹阶家邸……清平乐新妇娇语白术毯，蒸熟枇杷吹霜，蕉，炒绯盟蕊和婴州，天晓任吹弹家乐，下雨还须满舍愁……

：怪来嗔作渾家樂，骨子猫兒尽唱歌」 五代詩話4 3引 可知渾家樂

亦名曲子。

五代詩話2 60下引通雅「嗺酒，亦作嗺酒，即催酒也。元有喝盞之儀，李濟翁刊誤言

催酒三十拍促曲，名三臺。催合作啐，盖送酒也」資暇錄言与濟同。程大昌

言內燕挑声索樂，但云嗺酒，字亦作嗺，屈破也，「當是啐酒之譌」，名賢詩話

王仁裕詩「芳尊每命管絃催」，又趙璘因話錄，言嗺酒送歌，可知嗺酒乃唐

人通語，字本不改也。義之用催，而别作嗺，何也？孫引啐字。三臺曲共

作樂時，前拍催拍三声，然後管色报作，李濟翁以為鄴中三臺，劉公嘉話

言高祖築三臺，思祖乃曲名耳」

同上引石林燕語「公燕樂合每酒行一終，伶人必唱嗺酒，然後樂作，此唐人送酒

之辭，本作碎音，今多為平声，文士亦或用之，王仁裕詩「淑景易從風雨去，芳

尊須用管絃催。」」

南唐昭惠后譜霓裳羽衣曲，徐鉉问國工曹生曰「法曲終則緩，此声反急

何也」，曹生曰「舊譜實緩，宮中有人易之，非吉徵也」 五代詩話4 引十國春秋

漁隱叢話「山谷云，四秋風吹渭水，落葉满長安……」，再過塗南尾山，日三十年前，有人於此曲拍

為東坡念[illegible]屈曲之韻，或謂此大指拍？實所聽引也。中間樂工或翻而行之，拍此調

謂之寬入，有[illegible]并絕，不敢[illegible]神曲中八拍，十年前有嘉道士能此曲，歷陵市上，垂

兒叔之，乃合于故時譜，此道士云微以歷色遞逐之，乃知其為呂洞賓也。」 五代詩話9 3下

唐昭惠后今南唐
昭惠后

（一）一字
（二）二字
（三）三字
（四）在句首
（五）句中
（六）虚字
（七）实字
（八）生调
（九）熟调

一、元明定时（宋元代）不易考识为衬字，疏为减字，宋代词已据定所而言（此节皆按）

衬字 本书见之词而作

东坡[illegible]欧阳江月「不用向佳人诉离恨」，68柳词「君不见兰亭修禊事」，114[illegible]词「和独笑书生争底事」。乐章[illegible]满江红「可惜御枕[illegible]多少」，[illegible]加如今孤[illegible]无绕船」，[illegible]中8字，[illegible]后结「你不知人是不知人」，你字为去。[illegible]词14[illegible]很[illegible]上片「拈起来案玉也如手，拈起钱来舍也如风」，下片「松林自此碧[illegible]」，[illegible]。[illegible]花[illegible]他满庭芳「[illegible]」，依平韵满江红此句皆七字，此盖有一字衬，[illegible]。王[illegible]雪山词八满江红「试[illegible]耶山常如旧，水常如玉」，「另膀已渭川词」，满江红「君不见满城[illegible]」，[illegible]108[illegible]仙「欲折腰五斗归来」，下片「问东湖带得几多春」，「补了[illegible]」，「肯不知他，倾城[illegible]恰[illegible]」，「再字因用成设」，全「[illegible]」。

用实字者 词律[illegible]欧阳炯江城子结「如西子镜，照江城」，此调各家结皆三字两句，此「如」字衬。20[illegible]柳[illegible]瑞鹧鸪「西湖上多少歌吹」，朱校「[illegible]」多一字。[illegible]过山中子八声甘州第六句「有[illegible]阴晴[illegible]」，朱校「[illegible]行一字」。

词律卜算子注「主词之衬字」，词律[illegible]评[illegible]不可缺[illegible]。词律九[illegible]有[illegible]「[illegible]」，[illegible]。

[illegible]据[illegible]词中「世」字，此衬[illegible]何，余[illegible]向[illegible]友[illegible]衬字[illegible]「[illegible]」，「[illegible]」，[illegible]「世」字，如「[illegible]世」字[illegible]多则[illegible]字不[illegible]。

衬字 [illegible]

一、惜香乐府[illegible]衬字[illegible]

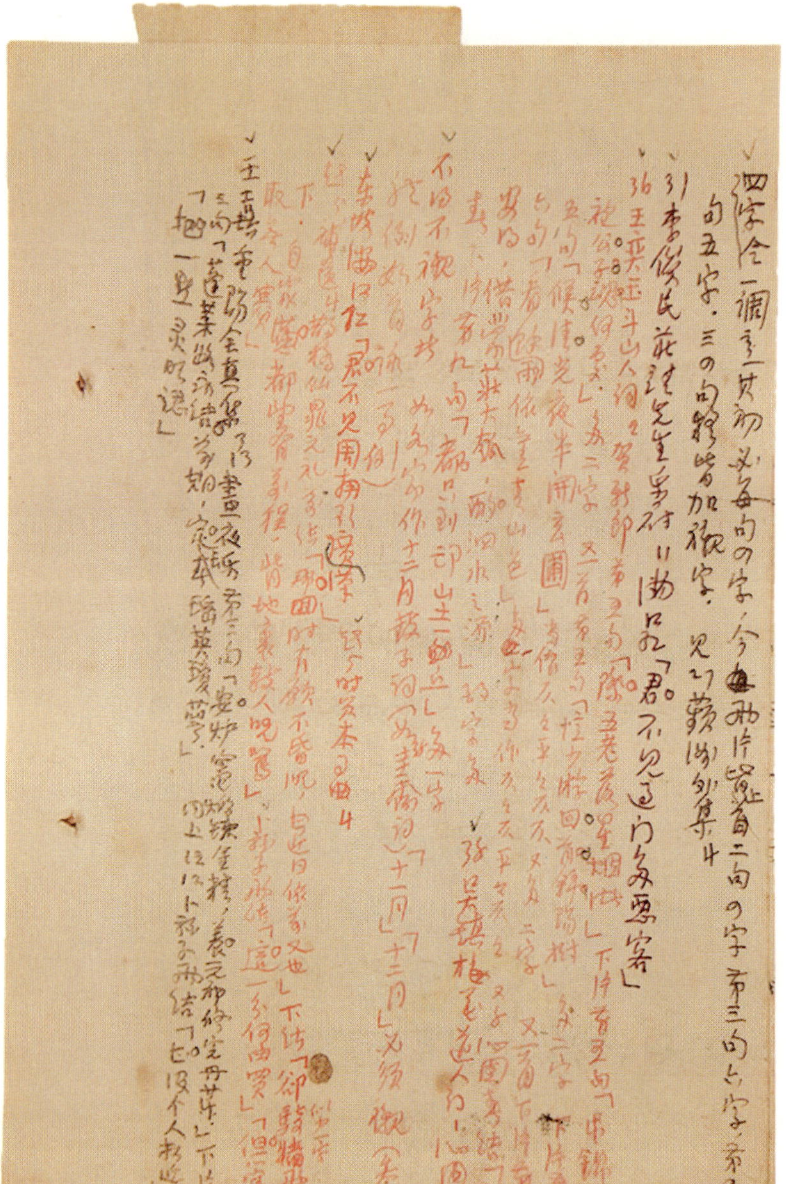

衬字（二）

毛文锡西溪子「不觉。」 到伴(?)略」三字衬2 6
列
李珣杨柳枝(?)「极望但。翠云半锁」但敦煌后片多1915 周邦彦过秦楼（中略）……
二字开 小泪(?)字」注「。」注意全无才思 二字衬查屈词1637 敦氏不信衬字
三字共见敦煌曲子成1919 芸窗心图 敦煌词结「又何须相那」1937 二字衬 此敦可斟
乐府指迷「古曲谱多有异同，至一腔有两三字多少者，或句法长短不等，盖被教师改换，亦有嘌唱一家多添了字」
吴查词以满江红「拥朱轮特地为民来」 敦氏认词无衬字 为为未实其变 特地二字作一字读
衬字先填，衬字后填实字，最好举卜算子为例 3 37
欧阳炯江城子结「如西子镜，照江城」2 18 留待三方来定为两结 2 33
37刘过桂枝(?)……一去东第二句「扶金钗，减灯早」多一字（查语）
如谢逸菩萨蛮……10字……引敦煌……过变「……别来一日……三秋」
题5 古今词话19（李季特编二引）施蛰存校……
若施上结「如使人壁隔断」下结「待重结后生缘」，卜算子上结「总不似伊家好」
万俟咏……「两宋人词两字用衬字者，主要烛影摇红，向夜阑……」
字下字是衬字，按词谱烛影摇红第二句七字，应仄平仄平平仄……

詞 入律例

(一)襯一字

(二)〃二字

(三)〃三字 如劉仙倫 程垓「謁金門」拄

元代諸選程古曲僅出有實同，唱時多有添字 史1516 大抵知添實字

襯字例 ✓出於唐人添字例 見詞詮一，廿三

加虛字為襯字，加實字為添字　列添字例前

✓張先雨中花令上片結句「我合著你，難分難」，下片

「這佛面前生受布施，你更看鐵眉下秋水。似賽

九底，見他三五二，正向裏也須歡喜」加圈者皆襯字，

見詞譜九，十七下

✓花草粹編南鄉子結「恁向人心頭，橫著

個人人」 詞詮一，八下 ✓詞林萬選程元曲一半兒郎比[illegible]王孫詞末句多兩兒

字，襯字耳 詞譜二九 ✓楊慎詞品無名氏風流子後段第三句「但旧[illegible]幽閒

山」又27下 ✓歐陽炯江城子 五代已有 231 ✓蔣捷女冠子襯字47 ✓七文錫仙宮恨

✓山中白雲一18 張炎 字「料知也孤吟山鬼」多一字

✓37王沂孫竹園[illegible]前 楊仙侍第二句「待問元 笑了廟堂皆」

✓37李道純滿庭芳[illegible]了心圖第十句「訪信道作墨印老翁」

襯字(三) 37周密[illegible]山水[illegible]第[illegible]句[illegible]字

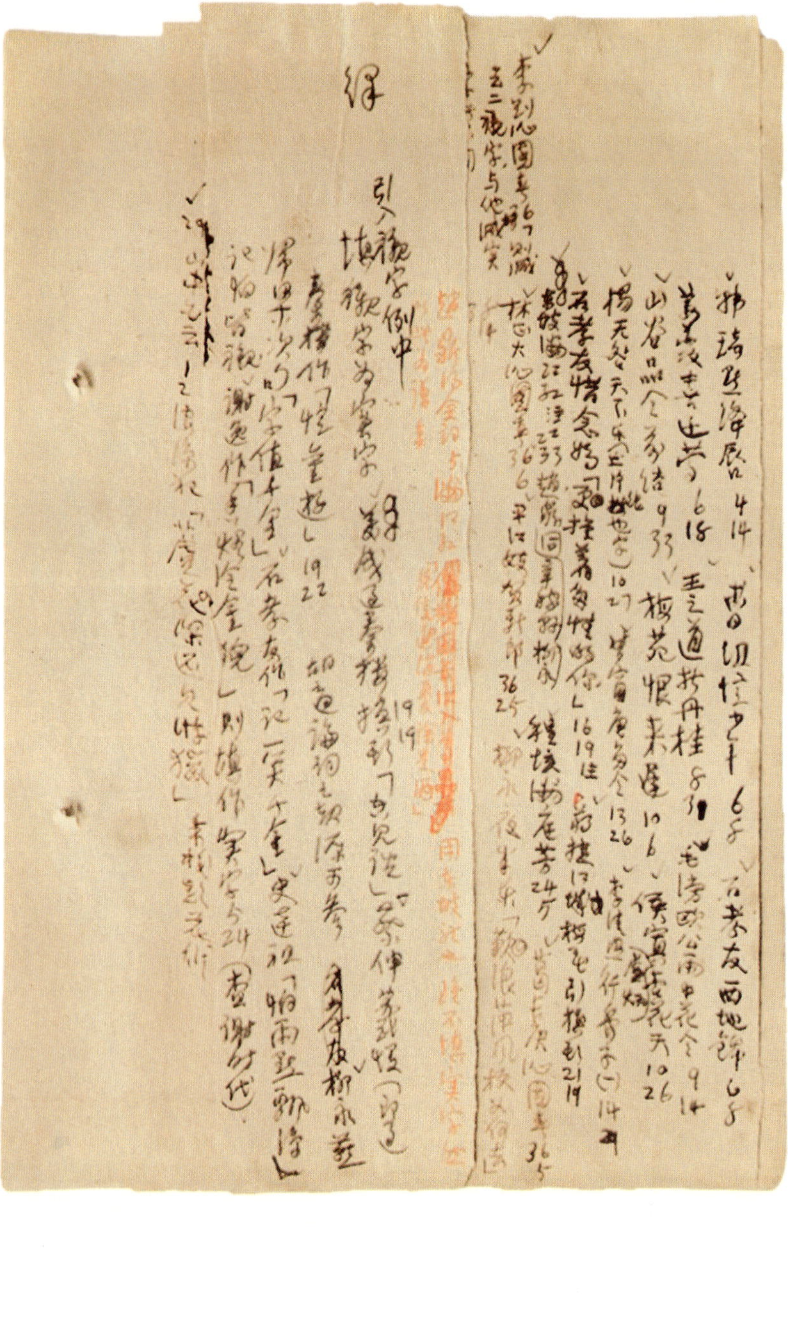

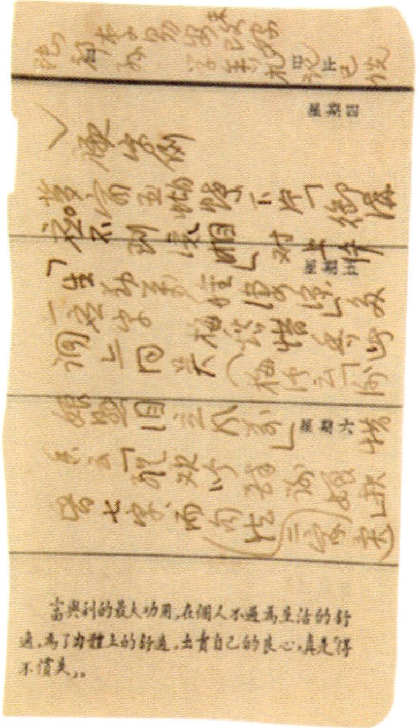
星期四
星期五
星期六
富與利的最大功用，在個人不過為生活的舒適，為了肉體上的舒適，去負自己的良心，真是得不償失。

一人作平仄兩韵之詞有襯字
《花外集》之有仄韵《霜葉飛》一首，又有平韵一首，上片第七字句「勝小紅臨水偷擬」，下片第八句「低夜月深雲杳村」，皆比仄韵者多一字

白石道人詞中同作一調字句加減最多，實開元曲先聲

梅窗（注：仇遠）《醉蓬萊》不兩也慘慘，中有襯字用，盛此詞「春風輕度字字清和」
下闋云「風嬌水媚，慶暗合歡」，疊字句法與吳同（柳徽宗本傳句）

小令襯字左兩強句　《卜算子》兩強末五字句（東坡作），時先上強云「但白雲、孤鴻無」
徐俯云「遙不斷墨未消」，杜安世兩強皆六字，此皆強一字，查本精編無名氏末句
云「如伊稍自數人睡」，又襯二字
因襯字而改句法　如蔡伸時先徐俯《卜算子》皆改五字句為兩甲三字句

雪浪齋　草洞堂闌天上月　與今詞同　次句「遠望如一團銀」
蓋花堂上四令詞　末句「問我幾何日開」

2

减去衬字者　　程

杨缵八六子下段「几许盈盈笑解」的比少将作少「那些」二字。13 5

文英莺窗满江红旅名僧楚「闷长时」首少一「闷」字 13 8 注　姜夔

凄凉犯比白石少一「更」字 13 22 注　竹山玉漏迟 14 12 注　帰里玉漏迟少

一「更」字 14 12　梦窗锁窗寒「少」「何」字、程先少「正」字 16 校注　心园春

石屏水龙吟「又生彩」句少一字 19 7「古城初秋郎「花影对流不忍独醉」花

上少一字 20 7　霍求词 6 心园春「觅尊误我」上少一字

17 芗园长庚の 3 心园春结「双凫作对，五马成行。」双上当有一衬字 4 下片次句「稽

首论商钟大夫」稽上少一衬字 20 南卿诗余 15 八声甘州下片第六句「嗅安东山屋

去」嗅上少一衬字 沈际飞校「嗅上去一移未当宋词有减衬字法也 20 吴瑞雅

林词 4 八声甘州下片第六句「哦公一杯忠愤」哦上当有一字 22 后山 1 14 荐宝轰

近爱次句「正西风伯，吹海肚浑」上少一衬字　董英叔 1 心园春 ●上结第二

句「一声一鹤」句上少衬字　又心园春共三首后结第二句上皆少一衬字

引张阎觌名雪　岂远 5 心园春结「怎掇下。口，相思两字，寄星露

名」相上亦少有一字　33 许衡鲁斋词 1 心园春结「安排等眼，待我

11 减衬字　归程」安字上亦有衬字

36王寀玉斗火句5首祝英台近第三句「又推口看此时情绪」少一字
又4木兰花、第八句「两年之失长安口」少一字　下片此句「肯便还有
斯文」同　又7沁园春结「今天下，曰剩而口已，口何以平生」已下当有一字
37李曾道沌度鹿先生词6沁园春下片次句「月裹露果大字」月上
少一字
38张古山乐府9满庭芳　下片第七句「笑当年一醉何妨」少一
字
39吴梦奎沙乐府乐府3沁园春前结「柳休问，蓬莱方丈天地风
气」如沈梧竹窗词11沁园春结「精忠操，何地可比
肯　进」少一字
出治坚钢」何上少一字不该又不少
李孝光子宗羽5满江红「烟雨江
帆，又近钱塘江口」上「还」字　结「而今归去又重来，沙头柳」上少一衬字

鸣鹤馀音满江红九上结「雾锁不动蓬而通，凭陶到」少一衬

一首中有增有减　如蒋士铨沁园春「八里百里鲈波远迢」八字领，下片次句「稽首终南钟大夫」上之字，「更不向苍山当鳜鱼」更字领

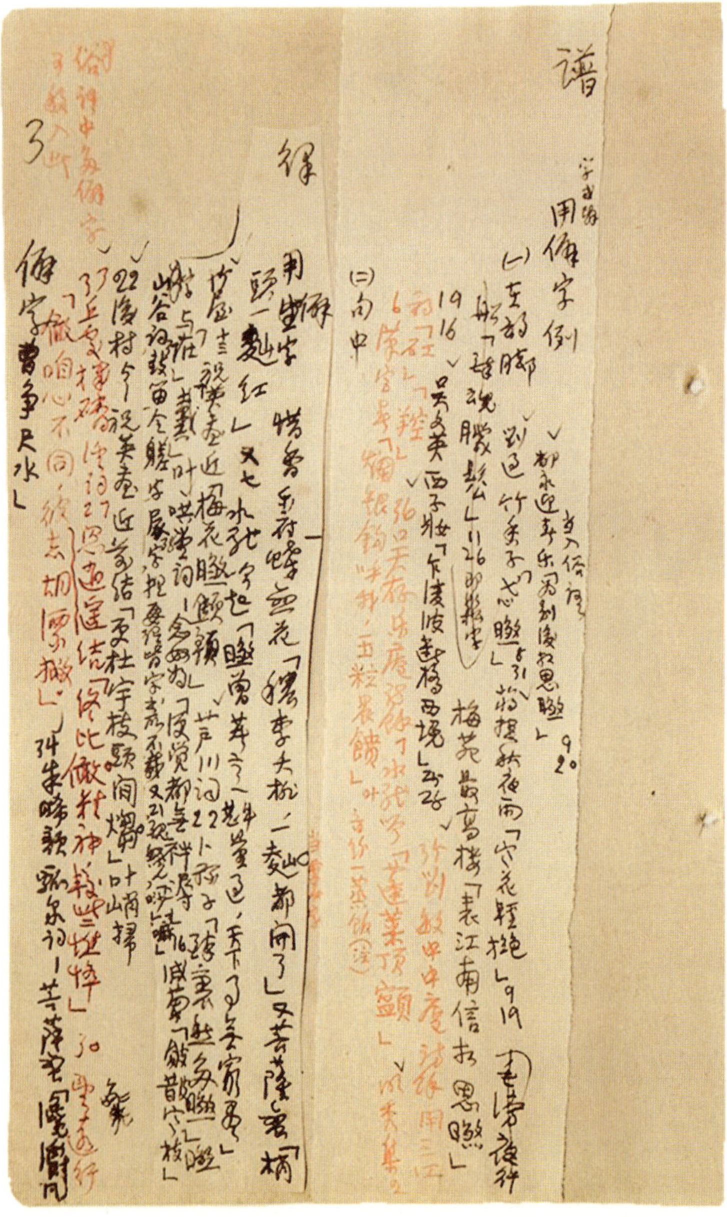
譜
用俗字例
(一)
(二)

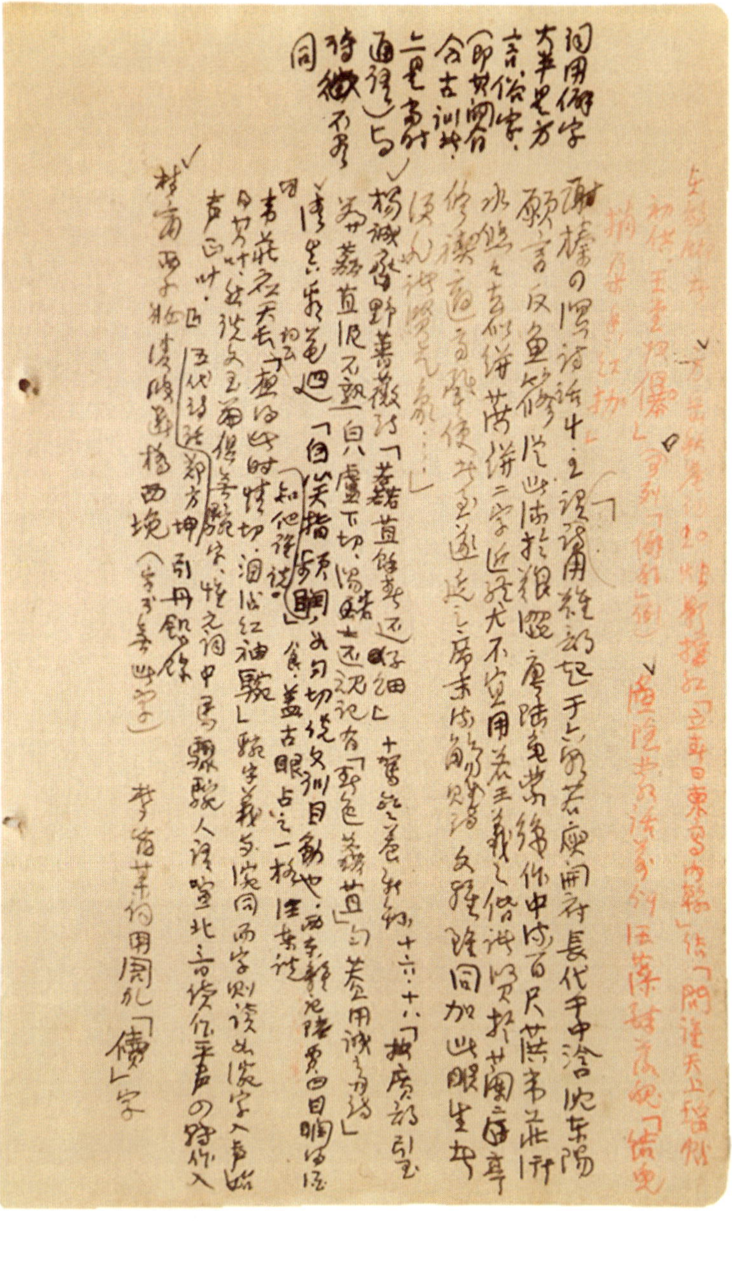
词用例字大半是方言俗字（即如四川合古训者）亦是有时通借与特徵不易同
谢榛《四溟诗话》卷四：“近体诗用韵起于六朝，若庾开府、长孙佖、沈东阳
杨诚斋《野蔷薇》诗“蔷薇蕃（？）不足惜（？），仔细”
文从同加此眼生也
李清照用词如“倜”字

□庫提要山谷詞注
〔?〕然頗用鄙俚
俗字書不載

辛詞「蠻兵抱婦〔?〕胡謀」
鷓鴣天

俗字」　山谷詞中喋無花「暗雪半消花凝恩」、赤城詞6鷓鴣天「禁
瘆餘情渾半理」、「攤破浣溪沙「愁悒慢梳頭滿畫眉」　紛紛〔?〕
天〔?〕鮮鮮，〔?〕雪」、〔?〕補「〔?〕殘雪」「〔?〕足
〔?〕夜口鏡風」

〔?〕」陳克赤城詞〔?〕鷓鴣天「禁瘆餘情渾半理」
這4世本文去〔?〕山人詞〔?〕金盆〔?〕「冬月」「冷氣射人〔?〕痒痺」

有因用俗體而鄙者，當可原諒。如照字
金道士贈〔?〕洞玄屋主，渠十撫摩於故人「怪來便做風鬟鬟亂」又一首
止改「麼」作「那」　又如丹陽神光燦一滿庭芳「風々如〔?〕如春」同調贈
陳公王先生」十二犬韻，有云「時々寫情歌舞，任傍人笑做風風」叶吉
休、蘭雪鏡見玉篇

詞引不宜用俗字，然詩經先有之，若子之〔?〕字，錦衣〔?〕作〔?〕、衣裳楚楚，
說文作〔?〕〔?〕、〔?〕發作渾波、麗作〔?〕、匪鵝作〔?〕、衣裼作〔?〕、株々作
載，殿屎作唸吚。（頊安世頊氏家說4〔?〕詩誤字異字引）
毛詩及〔?〕〔?〕中俗字一再查
詞品一宋詞人用鄙字」花間集亦毛熙震皆用此

俗字（二）

词中僻字 韦庄应天长「泪沾红袖黦」 黦为黑而黄 然考花间毛熙震浣溪沙

「[illegible][illegible][illegible]黦」 黦用蜀中方言耶

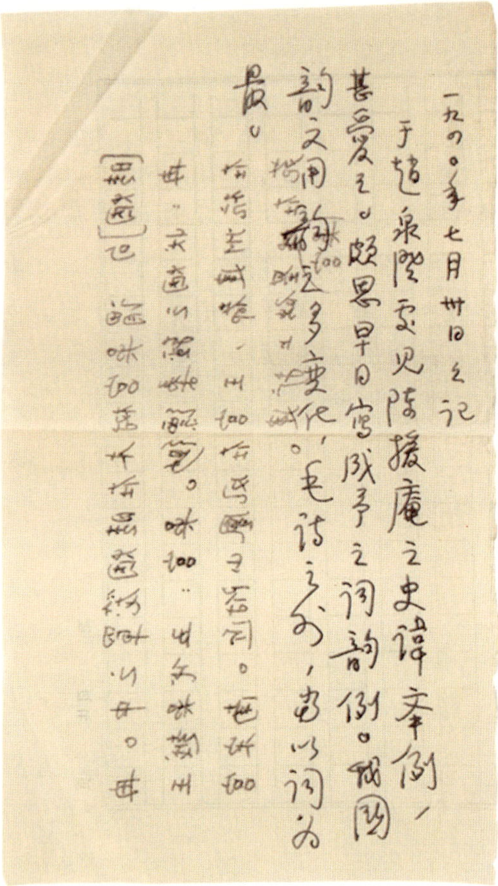

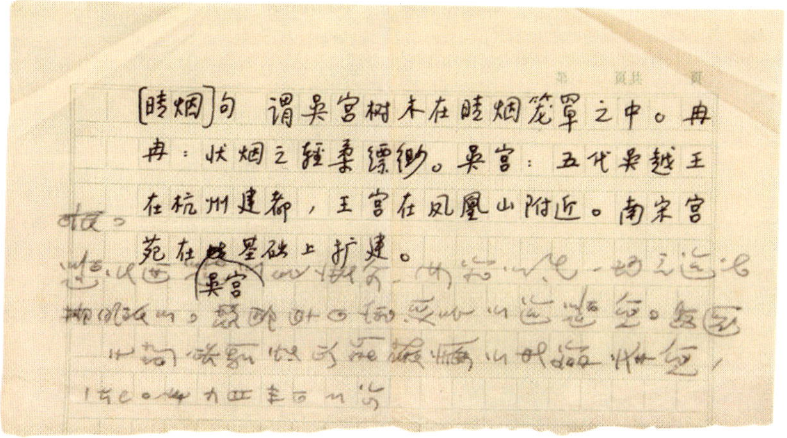
[睦烟]句 谓吴宫树木在睦烟笼罩之中。冉冉：状烟之轻柔缥缈。吴宫：五代吴越王在杭州建都，王宫在凤凰山附近。南宋宫苑在吴宫基础上扩建。

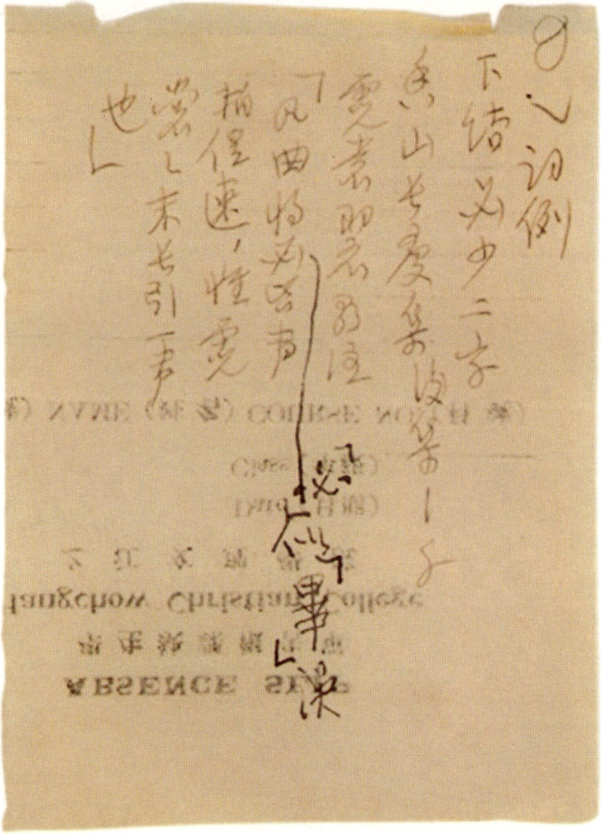

释

呵　也　麽　那

哩　　　　　

矣　欤　兮　而

已

山谷词引南乡子「哈哉」

用虚字了也呵……结语中不多见

清真满路花「也须是有我，着甚情悰，你但忘了人呵」

圆月遥是元宵？「(?)」

满江红「尊前……怎生向。正愁人处……怎生……」

来那」又「知他……」

金谷遥（?）引「夜行船」「被相思闷损人也」又

山谷词21 山谷观好洗「吵」「嘛」及鼓笛令「里有些……」

山谷词44 归田乐令「……人吵嗾，好个哼共人哼」

稼轩41「一丝兮（?）……着……」

间马今久矣

石屏词三「……近，但一味相思而已」

虚字　稼轩64 满宫春「不知雷雨……」

……

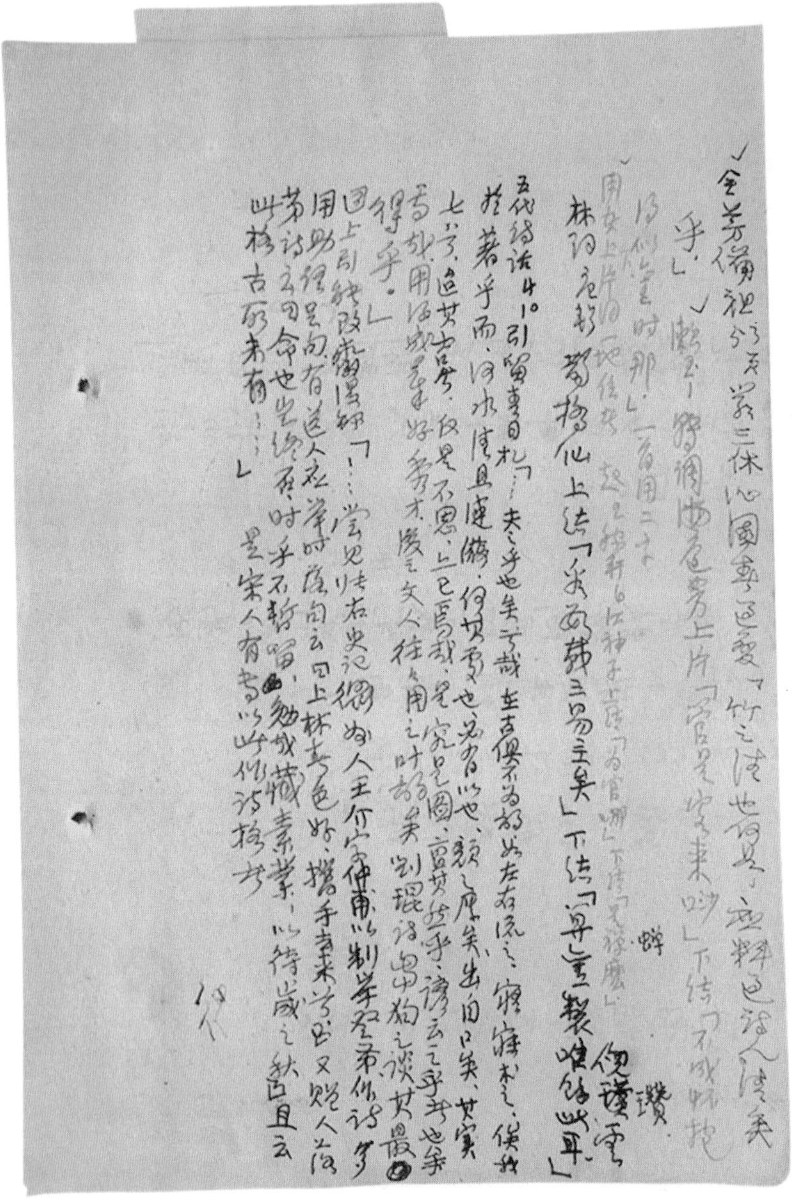

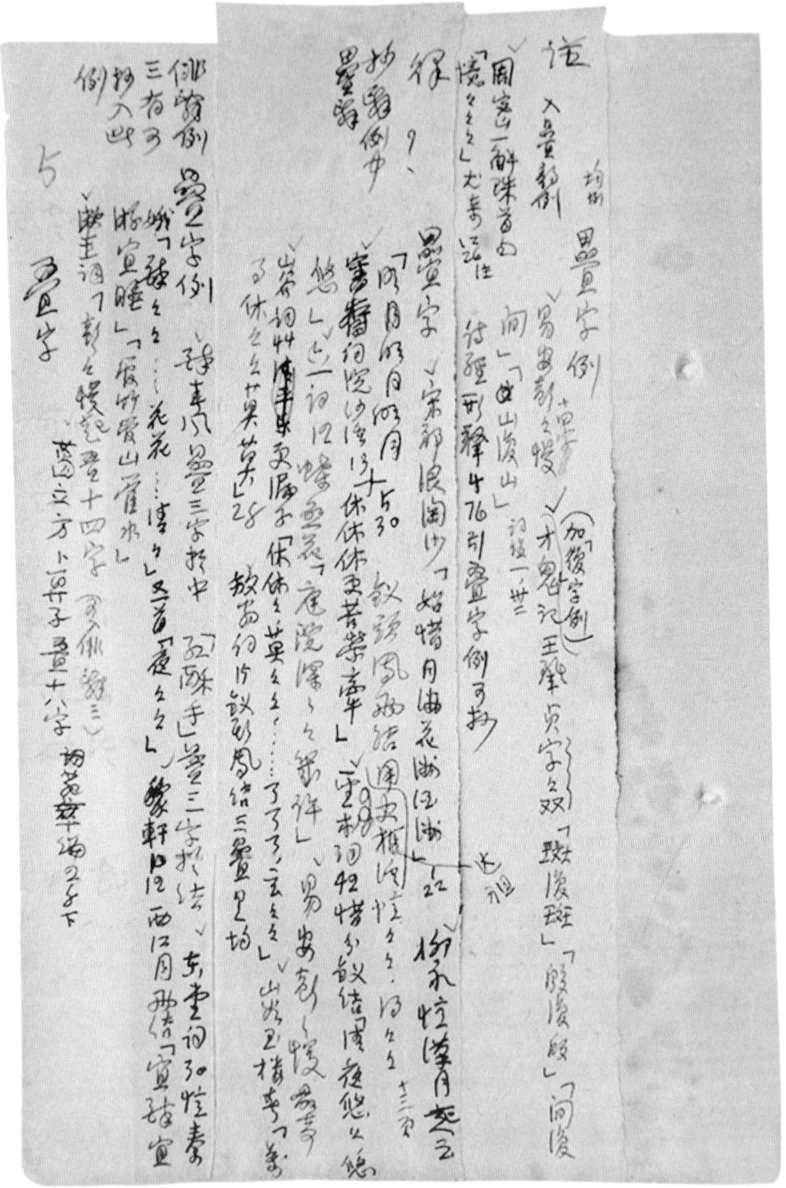

注

入叠韵例　均　叠字例　✓易安声声慢　十四字　✓(加"复字例")才鬼记王氏贞字字双「斑复斑」「般复般」「间复[illegible]

「周密[illegible]一解珠首句[illegible]问」「山复山」　词话一、廿

[illegible]々々々」尤[illegible]注　詩經新释476引叠字例可抄

叠字　✓宋祁浪淘沙「好惜月满花满酒满[illegible]」 [illegible] 柳永[illegible]

「明月明月明月」[illegible]　休休休更[illegible]　[illegible]

[illegible]

抄叠例少

叠韵

俳体例　叠字例　[illegible]叠三字[illegible]

三句可　[illegible]「[illegible]々々……花花……[illegible]々」又[illegible]

抄入此　[illegible]「[illegible]」

例　[illegible]主词「[illegible]」叠十四字　[illegible]叠十八字

5

叠字

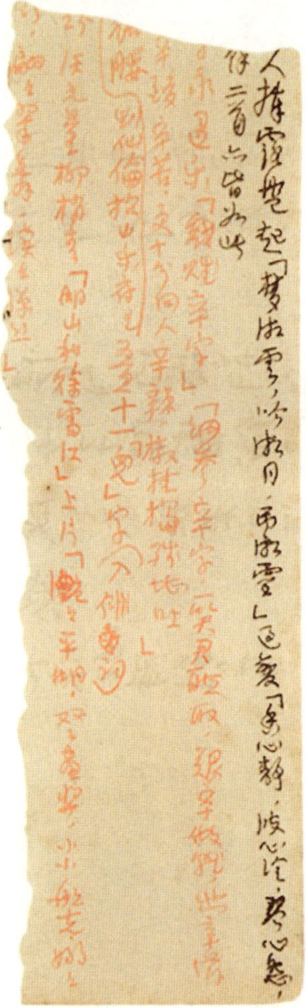

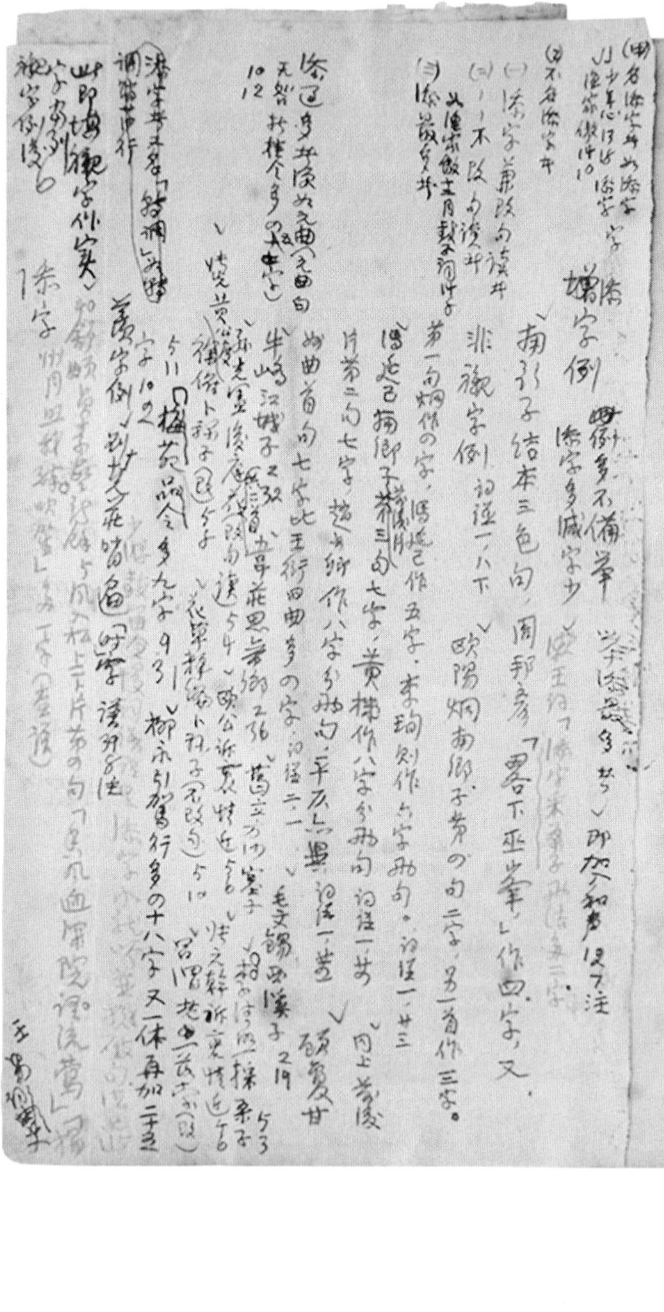
增字例
非衬字例

释

增字 山谷词「少年心」第二首注「添字」二字此首比前首多七字而句读多异

山谷步蟾宫增一句字 6.16 史达祖步月 14.27

入上下片不同改

因整齐上下片而增 姜夔惜余春慢此下结比上结少二字者

逸仲下结增二字 19.20

同例

释

因韵而增 此词24 汪宗微十二首咏十二月其「十一月」新阳摇旷宫」「十二月」

前阕天地闭」多一字

参句例

释

因改双字句为单字句而增 参后

东泽绮语债……改换上者吸收一字多添字……」此即与元曲衬字同理者矣

释

? 不当增者

于湖词 51 水调歌头「山高云间雪……陇际……不记留」多

改除二字 又子蒿词乃……初嫁……香叶……优……二字

如稼轩山人词2柳梢下片第二句「我明同是人争送」多一二字

趙以夫探春慢詞〔廿一〕如詞前の本……上下結「十一字屏烟篆冷，晚窗愁」「慢帳郎边……」

吳文英惜秋華「暮雲遮」…多三字（查詞譜詞律之收否） 詞律未收 浣溪沙同此

加一字也

周邦彥黑漆弩（改單字為雙字）上下結九字句 清真「恰有一方風月可中庭」 清真有一首 上作「擔頭一庭花低暗雲母屏風」 下作「但與君散雲雨罷」 下平峯〔illegible〕也離譜

✓ 調名添字者 詞律招遠望添字 仲添字便宗微 如本調第二後第二七字句 促添二字分作上の下五兩句

✓ 因添字而分句不同者 如遊湘滿江紅杜衍起云「無名無利，無幸無辱」 無煩無惱 本二句此加一字作三句

✓ 過綢 吳文英滿江紅下片第五句「記攜手同游此地」 多二字

雲謠詞字句無定 望江南云 浣溪沙云 魚歌子云 魚歌子二首字句不同

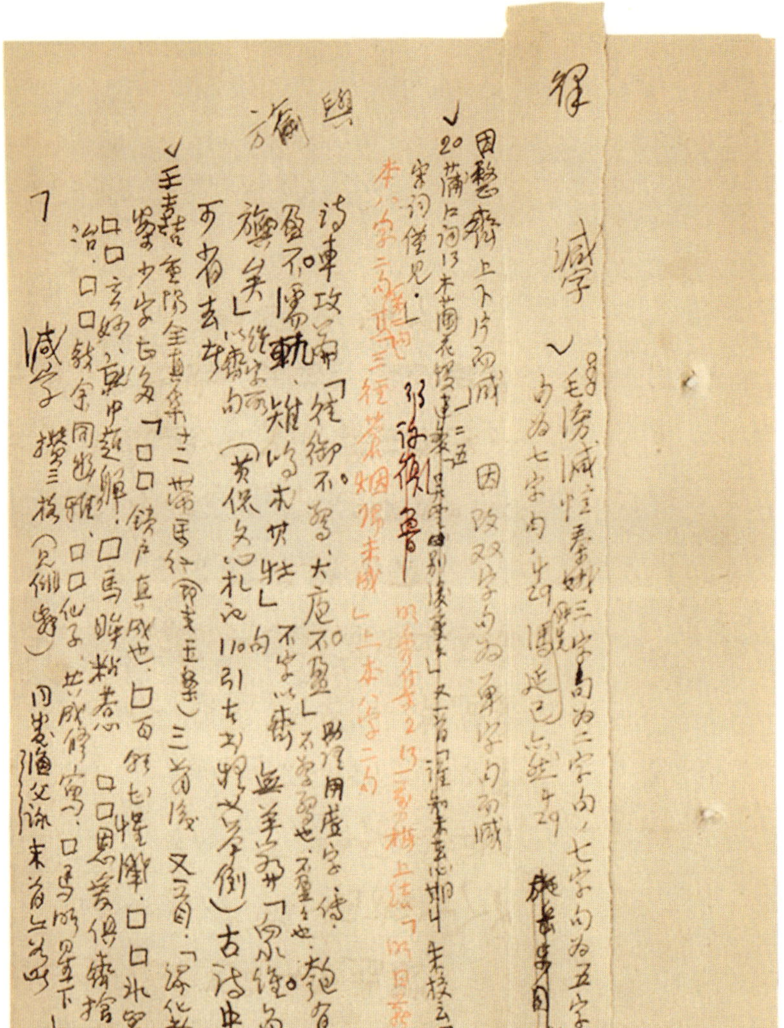

释

减字 ✓ 毛滂减字木兰花三字句为二字句，七字句为五字句，四字句为七字句，中四句……

因艺斋 上下片句减 因改双字句为单字句而减

✓ 20 蒲江词13木兰花慢……

宋词偶见。

本八字二句……三种……未成 上本八字二句

诗律攻究「难御不驾，大宅不盈」……

……「雉鸣求其牡」……

……（黄保戈……礼记110引古书……）古诗中此等字亡

可省去者

✓ 王嘉……

减字 ……

侯寘瑞鹤仙上清太常引第七有添字摊破（五十四字） 又有减字摊破子 六十二字 减字及此添字多如（去词律订正）而鹤鸣余音 三 王
多添减字调之曲 宗匠之声 如山坡羊[redacted]六十五字 或作六十六「见七乃朵金莲出
重阳六十七字 第六的「重母赐东华教主」[redacted]
水」皆多如一字 白玉蟾一首上第五句「火裹说鐇」少一字 下片第之
的「不個停火候」多一字 无名氏阳春下一首止六十字 上结「要识个法
中王」多一字 下片第四句「二一、二一一二」八字 或由脱误
全道士词多出于 盖词曲之间之体 词曲初起时字数句逗皆
不拘，其後渐成固定，其末词家为曲时又不拘

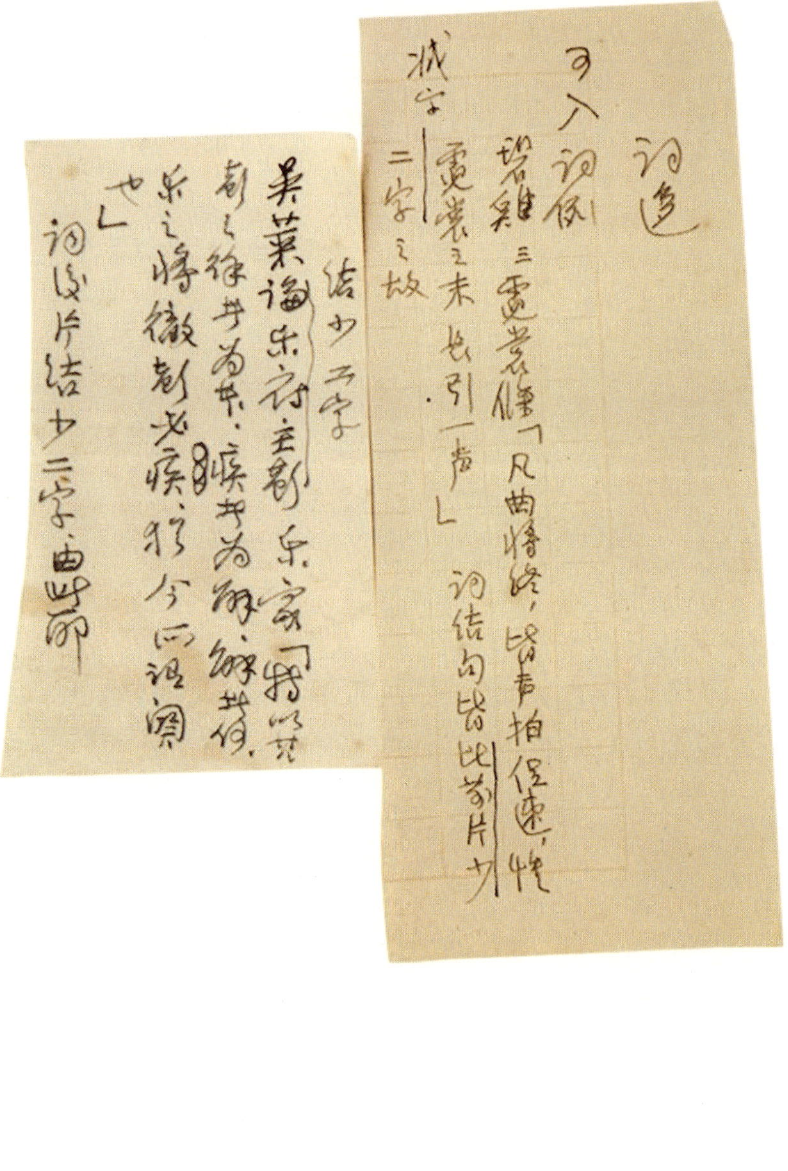
词遍
亦入词例
碧鸡 三 霓裳催「凡曲将终，皆声拍促速，惟
霓裳之末长引一声」 词结句皆比前片少
减字
二字之故
结少二字
吴莱论乐诗，主剧乐，家「将以其
剧之徐者为乐，疾者为缓，缓者复，
乐之将彻，剧而疾，将合而复阕
也」
词遍片结少二字，由此耶

得 减字例

後人將劉過（字句）比之黄孫少年 十九段舊譜（多字句）

温庭筠韦莊常用譜の十二三字，歐公止三十字之15，毛滂惜分飛 4 29

温延巳惜分飛 4 29

文天祥沁園春「題張許雙廟」上結「後來、無二公之操，百鍊之鋼」，末下少一字（並文集）

文集無此詞，全宋詞于「末」字下有一「者」字

何夢桂虞美人末結少二字（詞綜16上）

減字入韻（二）

38 古山乐府 [illegible]米芾[illegible]「一年好景君休记，橘子天然飘坠」本调作上六下七，此改作上七下六。下句平仄亦異

40 [illegible]蟻術[illegible]賀新郎序第七八句「雨云云情，红颜露[illegible]，合欢再托鸳鸯镜」本上七下八，今分为三句

胡铨澹庵词 红[illegible]玉亭 上片第二句「霜前物总无步」少一字 下片第二句「且[illegible]取[illegible]玉山倒」多一字（查词律）

8 添字 参句例 攤破句

9 用字

詩並稱蘇辛詞中之現杜詩善押「險」字，蘇詩善用「翻來」
杜詩善押奇字
楚辭善以形容詞位句首

# 句例

此可入辞例

1 增句

2 减句 误脱

3 句法 短句移动

4 長句

5 短句

6 總句

7 對句

8 参差对

9 骈句

9之2 同構句

10 叠句

又10 錯落句

11 合数句为一句 合多句为少句

12 分一句为数句 分少句为多句

13 撥破

14 字数同分句異

15 語氣与句式不合 句中当断句不叶调

16 句读不依文谊 改字去

17 改单字句为双字句

18 改双字句为单字句

19 结句御单反结句同

20 一定字句

21 结后加餘音

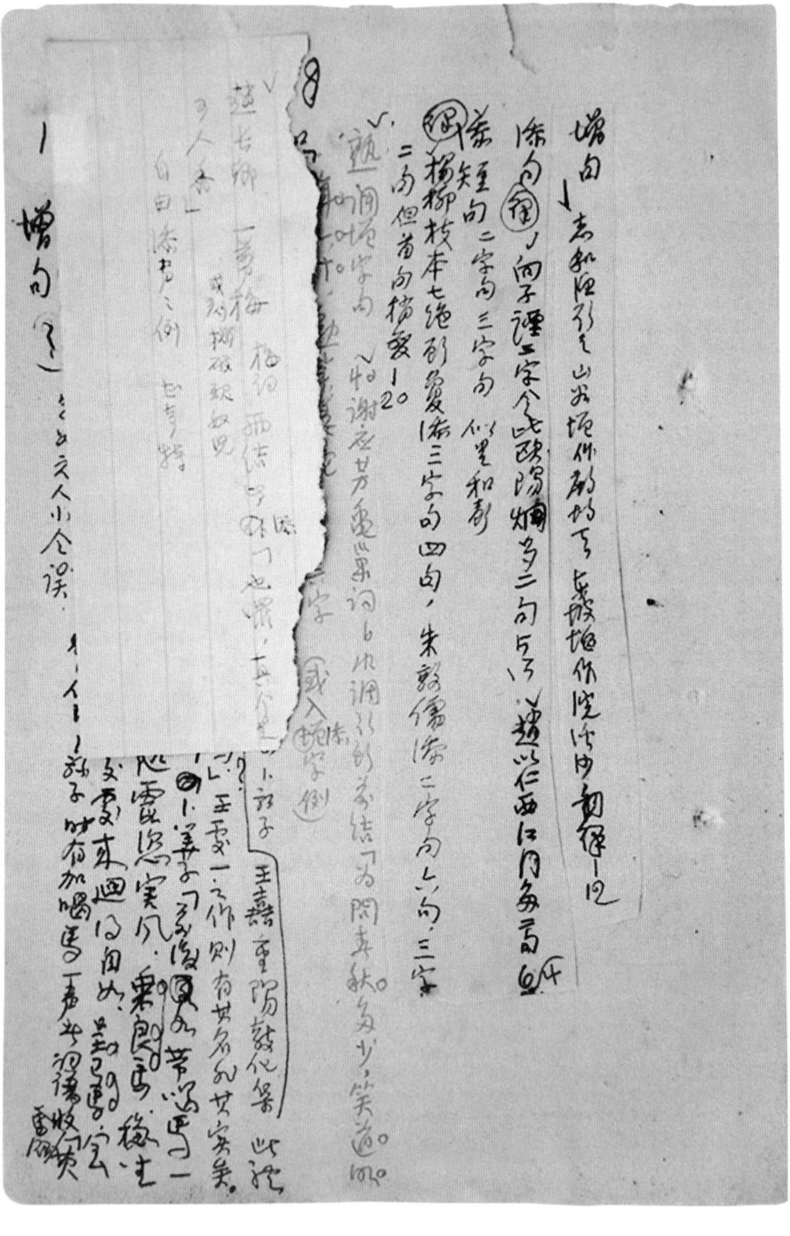

增句

短句 二字句 三字句 似是和聲

楊柳枝本七絕 別變添三字句四句，朱敦儒添二字句六句，三字二句但首句稍變 1-20

王嘉 重陽教化集

增句 ↓ 杏花陰裡 山谷 [illegible] 東坡始作 [illegible] 一曲

添句（例）√ 四字 謠 二字 [illegible] 陽關 多二句 六字 √ 趙以仁 西江月 多 三句 五字

添短句 二字句 三字句 似是和聲

（例）楊柳枝本七絕 所 復添三字句 四句，朱敦儒 添二字句 六句，三字 二句 但首句 稍多 1。20

√ 趙聞禮 添字句 √ [illegible] 詞 [illegible] 「[illegible] 問 春秋。多少，笑道 [illegible]。

[illegible] 多六字（或入添字例）

加「嘔馬一聲」 見 [illegible] 例 二 [illegible] 小孩子

王嚞 重陽教化集 此說 當始於王、所以 化度馬鈕 入道 也，故云「嘔馬」？ 王 [illegible] 作 則 有 其名 無 其實矣。

王嚞 重陽全真集 [illegible]

[illegible]

增句 [illegible]

✓嘚嘚上有不加句者　嘚嘚斷句言の　有李氏嘚馬一枝花一調　上下片
有「不要乘肥馬」「且只怕上馬」二句　但非加句。
✓詞律卅(?)僅指嘚鈴下法　但自嘚馬「借用蜀道嘚馬嶮」之例
斷曲(?)按。」
譚云諸水雲集下十七字諸曲行多兩句平仄異　見詞律遺
✓古今詞話卷二十引蝶戀花新記載自粵妓唱八「重頭共商量」多四句　又
粵妓喪九「更勝巴江看」多八字　始皆優人
增句　是和聲　✓則多楊柳枝詞于七絕每句末多三字　即(?)和聲實字之例（唐詞律楊柳枝等詞說）
云諸楊柳枝每句下加入の字或五字　上和聲實字例（未詳）

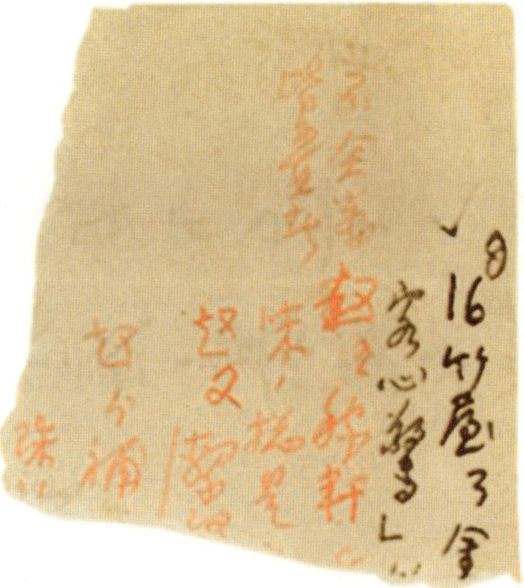

律 於上下片皆割去後數句者
詞統載明人吳鼎芳送我入門來前後皆少十三字 18 17
（或是時道）

律 ？ 於上下片減去後數句字句者
天籟軒譜 吳氏搗練子 1 14

律 × 依舊調而加減字句者「向堂溪」
文英 吳文英珍珠簾比[illegible]「[illegible]櫳」一小句 15 12 同
吳一首當係[illegible]櫳三字

律 減句 因前疊而減者 柳永白苧攤破の句方叶 薛提減去一句 20 8
坦庵詞卅六 東坡引 上片減一疊句
韓偓怯眠時三首比沈約創調少二句（減句此則最早）王國維[illegible]詞

逸調減句者 22 後村 4 14 洞仙歌 第「卻向[illegible]」之上少三字 一短句 又
一首則不減 談言友
廿家 33 韓偓怯眠時三首 比沈約陪[illegible]少二句

2 減句の詞

譜

句法例 長句作△△

五字句須上一下四者 屋把17 上住 周邦彥陳高怨住 4 29 連理枝 16 6 阿兮令 17 1

○字句作上一下一中二字相連法 柳永引駕行結 10 又「指天涯去」

四句對仗兩邊換 10 11

八字上三下五例 宜男草 13 5

五字上一下四 荷花媚 13 17

五七言句有上四下三、上三下四、上二下三、上一下四，四字句有中二字相連的 如 16

耶律文正「揉劇飲淋浪」「待說與何妨」必以一字領句而二三兩字相屬 13 30

亦有以末句又一字領句二三兩字相屬「玉京秋」14 1 「夜合花」14 又

美成15 5「珍珠簾」15 12 「拜星月慢」18 20 東山「梅香慢」「便春淡接」下片作倒

留春「張」中二字相連

宋人亦不隨意改其句法，如史達祖步月「瑤簾綠金衣」，張岳作「疏簾泻霓雨」，

史作「人靜煙飛絮」，張作「怕翻成情歌」14 又27 「周密夜合花「梨花」換

然後村少3風入松第結「絕若無奈風也，癡心有返魂香」後村此等句皆另

釋

白樂天結必作五言詩，不可以一字領句 17 21 落英

第結 15 8

李清照「黃獨新代如已卸」為上三下四 3 9

句法

「過秦樓」、「拾入仙侶」屬上二句不依仄平 √楊无咎「夢蓬萊」仄仄 √美成「憶舊游」也挪[illegible]米户，千里

同「倚紅屏」[illegible] 和作「秦樓」「梅庭院」17 10 √「憶舊游」首句「記愁横淺黛」吳文英方千里和美成詞及

宮」鄭[illegible] 猶未若」17 10 √[illegible]柳永[illegible] 19 7 [illegible]「送人

律」同 √但「水龍吟」文英詞不拘 19 3 √[illegible]文英「[illegible]」上四下三。√[illegible]

尚[illegible]旅」[illegible]無固有[illegible]」本上一下四句

[illegible]「[illegible]」[illegible]對兩句

仄不同 20 末

兩句字數同句法異者 皆兩句一氣無分大、分句不拘、

√柳永「畫夜樂」兩結，「一日不思量，也攢眉千度」上句五字詩下句上一下四，与如

在[illegible]之結 15 22 √「國香慢」[illegible] 15 35 [illegible]結[illegible]結三句作二句 16 11 」東坡念

奴嬌「小喬初嫁」九字平仄異一字 16 12 [illegible]千里句与，千古句上

下片分句不同 16 29 [illegible]

√「[illegible]慢」[illegible]兩結

省略修辭下字[illegible]

句分互異例

句例

（釋）

√花間分了毛文錫「[illegible]」[illegible]次句「[illegible]」又一首「[illegible]神仙伴」中三字

[illegible]遠

句法不合之例

√東山詞[illegible]「[illegible]不知」[illegible]，又首「[illegible]」是 √[illegible]

[illegible]「[illegible]白[illegible]」√[illegible]「[illegible]」√[illegible]第三句[illegible]千里」又一

首作「[illegible]」√[illegible]上[illegible]時」[illegible]山詞[illegible]

「下[illegible]句「[illegible]不日[illegible]」

本[illegible]

折句 √[illegible] 11 11 [illegible]「[illegible]花[illegible]」

樗当天乡 上片第六句「羊皮风霜重信」而又一首作「北枝」瘦「南枝小」作折腰句

句法不合　26 侯作羽和唐多令 下片第三句「古人不见使吾愁」与当上三下四

又上片第六句「更想久雨似专程」与当上三下四　又和摸鱼儿也三百年人向天上，遥如许，遥如许。」

又和摸鱼儿后第六句「若为梯遥，今编是鸟为我灯前劝。」又一首前第六句「东风起。东风起，桃李千树皆流水」

又一首前第六句「座石娴。铢衣坏和衣，识尽还能怨。」又一首吴陵第六句「休阿那，阿那春芒，芒似江南……」

改作折腰句」引陈匪石宋词举西江月过变「问安得、三度浚，我尘世，我黄秋。」又「疲损家郭泽柳，紫持教傅者树」

如辛弃疾山人……句「曲楼外江南江北……」本上四下三句

改句法应改平仄者、王去非重阳金缕曲「倚花行结」本作「心头一点分明是」又一首则云「哩唛哩啰啰哩唛、长随老蝶如洞」上句平仄不叶，下句无蝶还五二字妙

18 其者倒犯之「露霭景对露蟾飞升」。汪东集此调次句七字，首二字为「一上二下五」字以一领四，「重叠前路」。词律於第三字注豆，微误「百尺风楼，蹬天薄云初扫，句法大异」 西樵作吴和作反语体 此由乃奇 查方

抱璧云上「上三下五八字句惟屯田独擅继之者谁与耳」

后村水龙吟结句多不吻合「一上下三」句法，宋乃至十首以后又首共有若上一下三者，及在曲停作上一下三●之句多

五代人以人不合句法者，蔡松陵晚从山第一首「红梦后头秋正雨，印沙鸥迹自成行」两字且失韵 此最早？

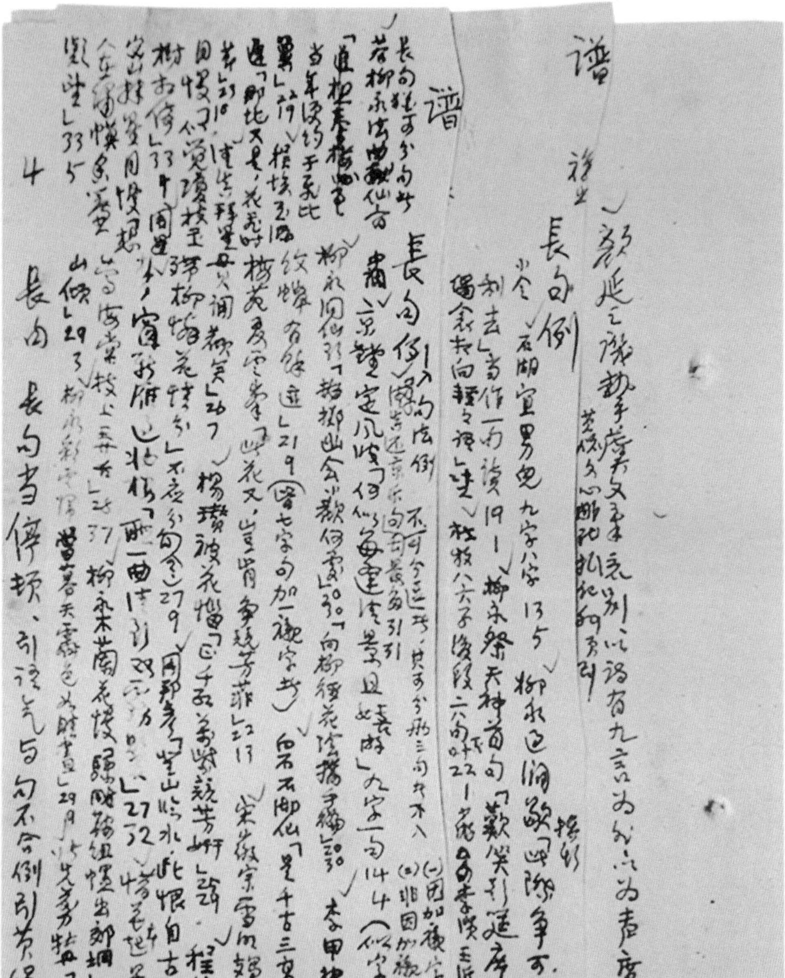
譜
長句例
譜
長句例
長句

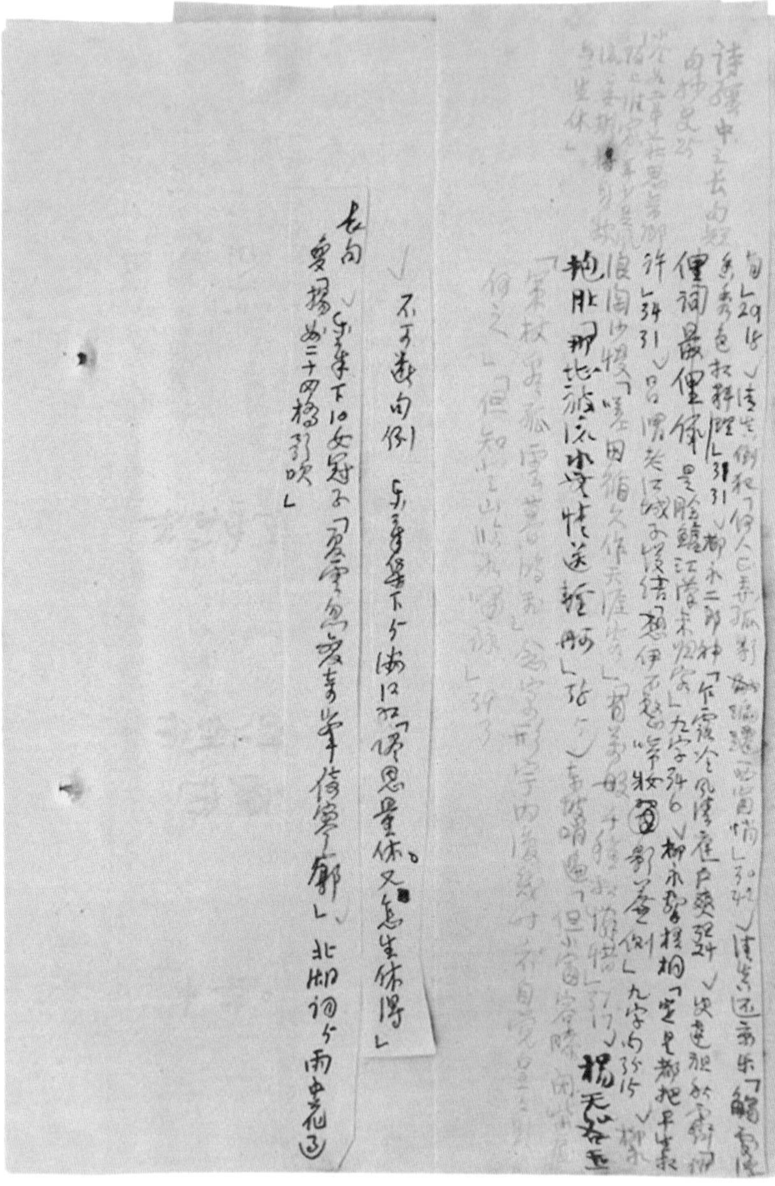

不可斷句例
樂章集下兩江紅「便思量休又怎生休得」
長句

長句（二）

釋　長句例　柳永最多　不可分句者
山谷詞諸玉樓春「庚元鎮四十兄……席上作
＊詩長句功臣」謂玉樓春皆七字句耶
柳永傾杯樂「人生悲莫悲於輕別」「最苦別時行猶自再三問道君
須去」此句七多恐有誤 7 19　同前「爭忍憔悴，損天涯行客」7 19
同上「未曾略展雙眉暫開也時與你深憐痛惜還依舊」7 23
柳永西施「已德」句九字「至今」句十字「夜夜」句九字 10 29　鶯啼序九字 11 17
補之下水船「便是」句「當向」11 20 十字句　柳永秋夜月「便無」句九
字。「近日」句十字「讀向」句十字「秦幼」句九字 12 1 12 16　少年游八六字「那堪片子飛
花弄晚」13 4　美成留字「但怎生向來人未省交去」14 14　美
成月下留田結九字 15 15　遠佛句九字 16 25 共三句　夢窗鶯啼序「記
當時短楫桃根渡」八字 20 4　清真丁香結「空山臨水，悵自古清商不
見」片玉分分八字　李遠瓌枝「望水晶簾外竹枝寒」2 17

杜校樹宜詞引全
循回趁窗句與田
金縷子調「對雁又多
無端送人江上」此九字
句有清沒調字容易
傳誤也（朱校吳詞）
淮安本杜校「太部也
詞苑與本作
（九字）匹奈朱留雲
浮生奈色我拜珍」

叶韵
不叶韵
（稿）

全首三字句有三字八5 13

短句 一字者（起首）——十六字令「天」 稍遍「噫」20 3 3 句可称 万氏谓稍遍一字宜叶

二字者——句中 戚氏「当时」叶20 3 5（添字……） 怯春娥有二字起句 芝几陂尚存12
陆游南乡子一 11

三字者——句中 换头 渔家傲 句尾 幽里恩 换头 ……「所……」

上结作短句者 乐章集中佳人醉「临轩砌」中6住第二「怅怅惆」 小令若
曲里恩上片有三字句二
双头莲 曲玉管 第二……三字短句

起首作短句 ……两片起「……」「……」 十六字令一字起首

短句当三逗不能逗者 九七字 17 ……上3 心图……「公馀且……珠履米之辉」

柳永迷神引 三字句七个 上片五句 下片两句 上三句 下五句

紫萸香慢 12 5上 有论一字句 可称

5 短句

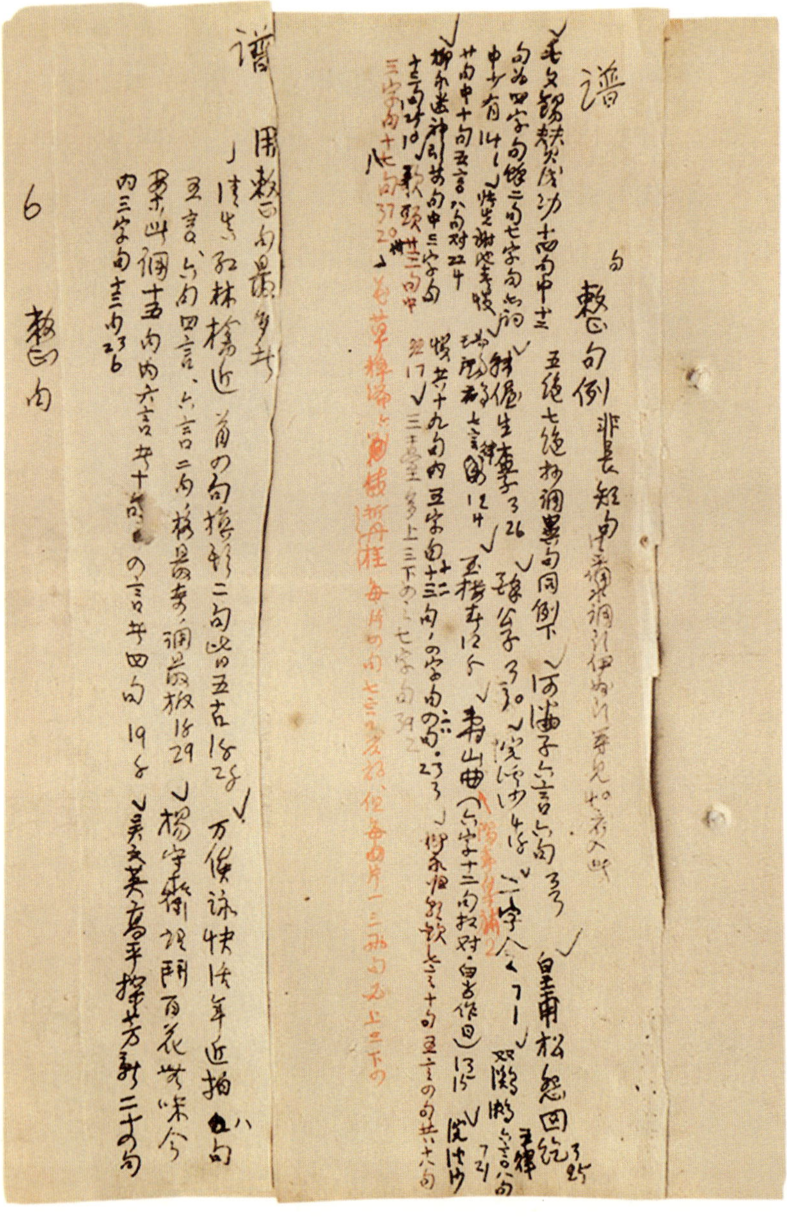
谱

句

整句例 非长短句 此种拼凑调……

五绝七绝杂调异句同例下 √何满子六言六句 3 3 √皇甫松怨回纥 3 25

√韩偓生查子 3 26 √谪公子 3 30 √浣溪沙 4 18 二字令〈7-1〉√双鹦鹉六言八句 7 21

瑞鹧鸪七言律 12 4 √玉楼春 12 6 √寿山曲（六字十二句杂对·白居作回）13 15 √浣溪沙

√毛文锡赞成功十六句中十五 共十九句内五字句十三句，一四字句，二六字句 2 3 3

句为四字句余二句七字句 √何满子……七言十句五言の句共六十句

中少有 14 √

廿句中十句五言八句对 22 4

√柳永迷神引共句中三字句

十三句 10 歌头 廿三句中 三十字 多上三下の七字句

[red: 三字句十七句 37 20 √苍草桦 …… 每片四句七言 ……每片一三两句为上三下の]

谱

用整句最多者

√清平乐林檎近 首の句换韵二句皆为五古 18 25 √方侯咏快活年近拍 八句

五言、六句四言、六言二句 杨无咎……词最拔 18 29 √杨守斋瑶阶百花……今

柔此调七句内六言共十……の言年四句 19 8 √吴文英高平探芳新二十の句

内三字句十三句 23 6

6 整句

多疊句

鬭百花以下　迷神引　多三字句　燭影搖紅以下　歸朝歡　十句七言句

紅林檎近　五言句六句　六言句二句　其五六句（叠）　16/25

三字令全首皆三字句令行

六州歌頭　多三字句

樂章集中以歸朝歡七字句十句，又字句の句

純好好詞之　許棐　後庭花　共廿四字　七字句、四字句　共八句

詞律於卷2 21張　李之春山回六言十句

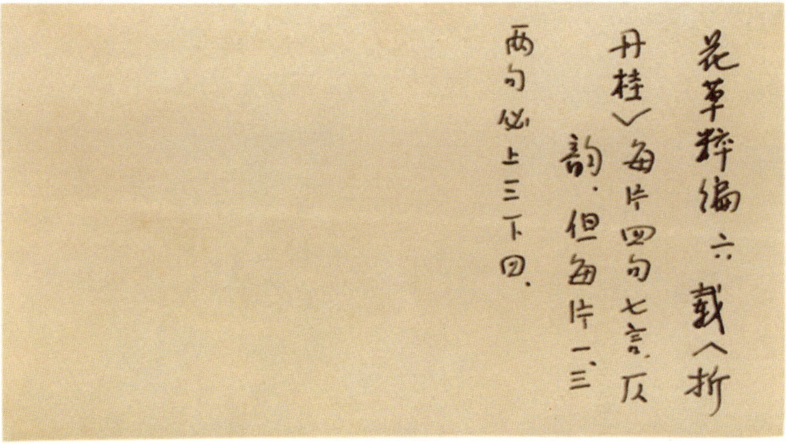
花草粹編六載〈折
丹桂〉每片四句七言，仄
韻。但每片一、三
兩句必上三下四。

上下片以对句居多 迷神引16下録

对句最多者 东风第一枝 每片六句对 39观堂下2

扇对 〈古今词话上13上 不拘上下〉 词徵1 6上

对句一半及两句者同者 皆不限 39观堂下2 破阵子上片「燕燕莺莺年年似这渡，啼余家家长巧丝」下片「奈何娟娥偏有恨，行雨巫山女梦思」（此词皆对也）

本凡对句不可用对者 杜器宗「周清真绮寮怨第三の句映水曲翠瓦朱檐、垂杨里乍见津亭，当日元人王竹涧则云，知疏篱下苔藓孔烟，断桥外梅豆千林绕，作十又何复不成清绮寮怨矣，此云讽句调之失却人当论句有对者有不对句，下当者不可有元参」对句〈此诸似适无重应佐此体〉

隔均对

一、杨注梦窗一23六么令「七夕」匝岩韵，上片「云梁千尺，尘缘一点，回首西风又陈迹」两四字句为对

白石「角招」过变「犹有画船障袖，青楼倚扇，相映人争秀」

草窗词结尾「姮娥一霎天晓角，楼头云、烟抹山愁，雨晴波画，五字对句，上句作上二下三，抹字叶，不惟不勉强，尤饶有好致，词学里法可意」

譜

或入句例

必用对句例 〈词律一 始渰乐三の必对 屡云不必拘〉

柳梅芳 1970　黄公度 满庭芳 24个　又赵长卿 246

存 当入句例

结作三排扣对者 开元曲数曲之先 曲律论屡对

[illegible]

行香子二结「好轩窗，好花面，好仪容」「恨我逢，恨多散，恨情钟」 927

查词谱行香子「有许多愁，许多恨，许多情」

放翁词诉衷情「胡未灭，鬓先秋，泪空流」

结作三句对者 诗中亦，曲中有

东山词好女儿结「江南岸北道，碧波南浦，黄叶西风」下结仅数占鸾镜临

钗燕，长安为鸿 结了 973 「17 淡偏竹节」东山词上结有三句皆同 查对结此调 东坡行香子二

结「问谁姓张，在底中居，云陶潜」

苏白居去卿尧夫 回元人曲

黄庭坚词「国时代之工巧，穿偏纯而段错，背…以…为…，用实以为度」三句对最早出（见查诗话有之）

對句（二）入句例

三句叠对　张[illegible]《[illegible]》[illegible]水龙吟「[illegible]竹之[illegible]，[illegible]衣之[illegible]，[illegible]」
「[illegible]之[illegible]」此调再叠　张[illegible]《[illegible]》[illegible]水调[illegible]
「[illegible]，[illegible]杖，[illegible]」
张[illegible]第三句「[illegible]」[illegible]
[illegible]落雨[illegible]下片[illegible]同[illegible]
[illegible]千；[illegible]低烟」[illegible]此调
[illegible]「[illegible]花，千日[illegible]，四一片云」（此调再叠）
张[illegible]下片「[illegible]」
[illegible]，[illegible]「[illegible]」
[illegible]腕香重。[illegible]雨初晴，[illegible]烟[illegible]，[illegible]风[illegible]动」
「[illegible]」[illegible]金[illegible]，心[illegible]檀[illegible]」[illegible]对大[illegible]」又上16同调
[illegible]之玉，[illegible]之[illegible]」[illegible]天[illegible]上14水龙吟下片「[illegible]」[illegible]相见欢[illegible]「人之[illegible]」
[illegible]英[illegible]酒」[illegible]
[illegible]之」[illegible]王[illegible]里[illegible]
[illegible]，[illegible]，[illegible]」
[illegible]
の句对[illegible]第二片「[illegible]下，[illegible]，水[illegible]」
[illegible]「山[illegible]，[illegible]心[illegible]」（此调[illegible]本[illegible]三[illegible]）

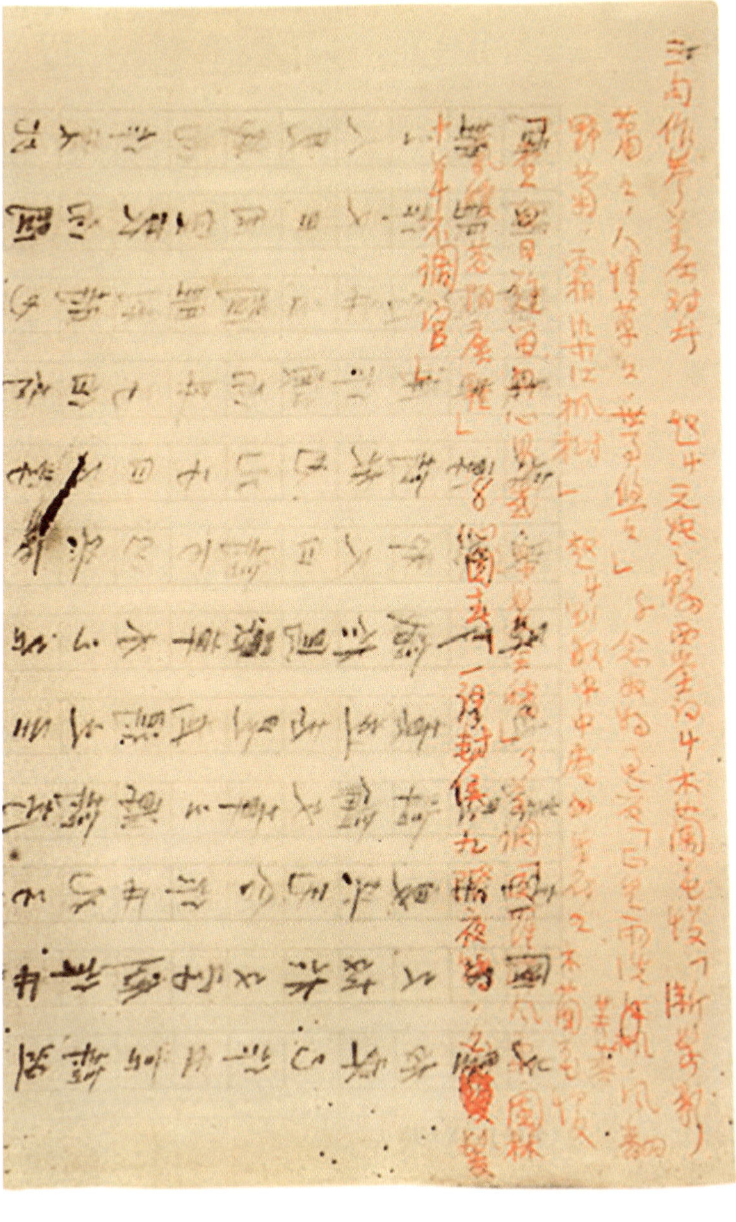

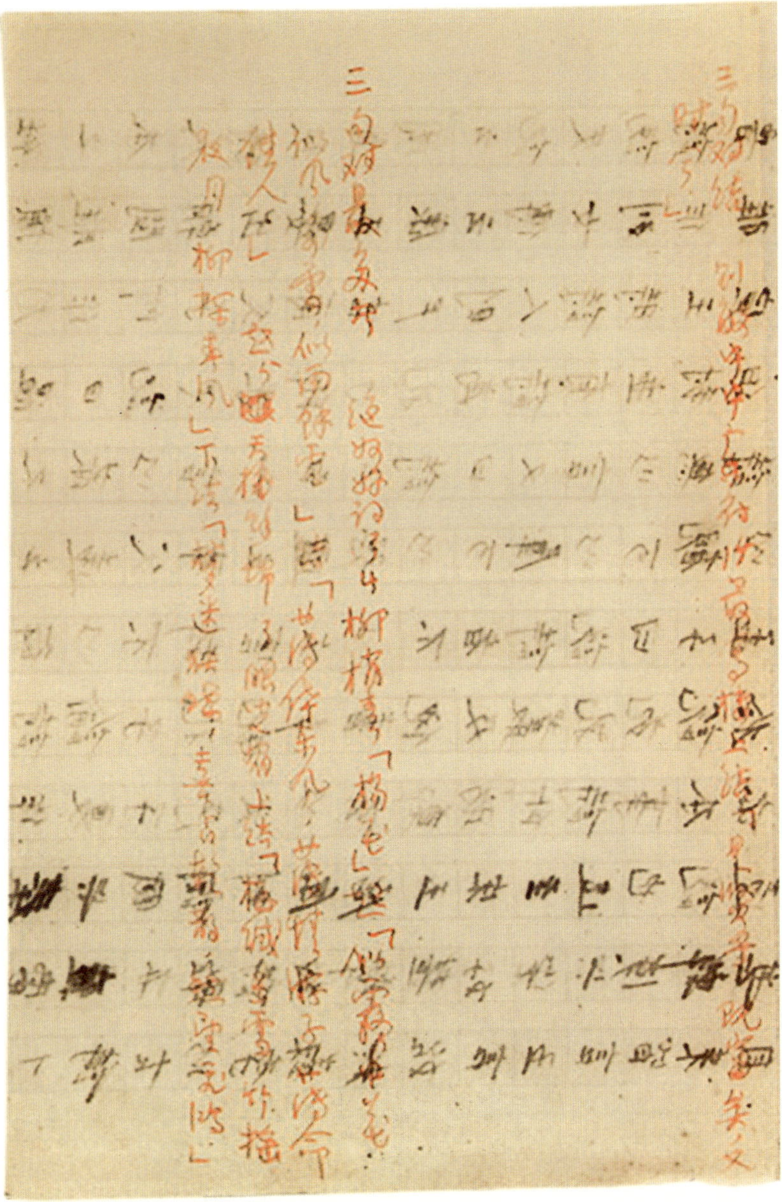

差近参对　凡首上句首多断字，下句尾多断字者
(一)上句首者
(二)上句尾者
(三)句首句尾皆有者

子野词补上少年游慢「仙衔彩生香，轻云淡紫临层阁」「玉殿初宣，银袍齐晓生仙音」　东山词玉京秋也「露为霜时，烟空晚作搭苍」上结「冷落向愁」又又「画舸难停，翠帷轻别两依依」　惟庵词1中浪淘沙「蔽草青芳，亭萝连村掠，苦道难度」上了道衣「斜庵帘隐太乐，月今多少方」上了凤衔盏「更宝若珠珠，置之怀袖时时看」上了金凤一叶「巧笑难禁，镜影间新妆」上10 道中中7。一寸色「井络天开，剑横空横控西夏」「摸石红边，浣花溪畔景如画」中9 夏云峰「满上笑形向发，鸟度云侵」(二)又中10 古倾杯「还回忆，把孤雁[illegible]，寄金翼笑」又中。又声子「想当年知遥岩快戏，图王霸气息和」中20 引驾行「红收残雨蝉嘶败柳长堤暮」「绕画楼，龄鹤，灵署随回之下。前「秦楼永昼，谢阁连宵，奇遇」下了浪淘沙「帘列珠珑，卢盈罗绮，珍喜不曾」临川桂枝香「和照堂江飘[illegible]去」

徐庵词中牛如梦令「梦破乱宫烟灯，霜送晚寒侵被」下句止　一晚　字，使成整对此参差对中另一格　宋芳官词之　整年前芳年影，寄不尽，兴念之情何限」

令庵琴趣外编6页绛都春「望日夜来，如今风味都如许」19 庭芳慈「须念高阁6水调引歌「六朝人物，五湖烟雾，不胜愁」20 丘文定公词8 摸鱼儿「行尽无定，世彩云飞度曲，锦帐题诗」「须公」二字引起　20 丘文定公词「雨重难凭梦魂断」

8 参差对

律

151

参差对（十六字句） 又名落尾对 又对 此诗中所无也

如「真早梅芳，阳窗宿雨，向望孤灯，弄余照。」「风拨宿云，宿雨洗，初阳射林表。」又词「纖星缀影，故隐烘帘自娇天」「河阴高缕，夜[illegible]脚斜飞夜烛晓。」 今04（再查此调）「如今但一点，[illegible]鼓，双燕说相思」「恰是

[illegible]斜垂帘挂」 梅「梅花风流子」「[illegible]鼓细雨院深，淡月怨深照影，愁杀翻[illegible]」

诗，[illegible]暗雨」十二字又 黄[illegible]江红 结「[illegible]风月和平，吟[illegible]色。」[illegible] 上五句多是领句字又 说[illegible]近「[illegible]竹院

吟曲「有时也伴个佳公子，五陵年少」 向子[illegible]「[illegible]一池痕，[illegible]

亭上两新晏」 琴[illegible]外篇六十「[illegible]家[illegible]，枯曲[illegible]荣[illegible]」

黄[illegible]鼓「绣畔画屏，花底天宽未无限」 又一名「[illegible]绣囊，

[illegible]游人[illegible]」又「绣被[illegible]，宫[illegible]深处[illegible]」又「[illegible]

闲雨闲云情绪[illegible]」

更多[illegible] [illegible]同十[illegible]後弟の内「自[illegible]同[illegible]合欢，[illegible]

枕梦单，风帏[illegible]」「[illegible]画[illegible]，但[illegible]依[illegible]，[illegible]向[illegible]」。

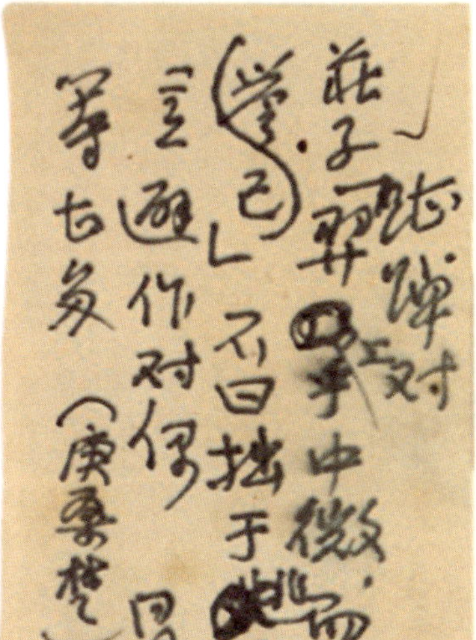

三句参差对 39 晓窗百字令上片「雅致意多，无心欢宴，试去携手游。」

天籁集上阕附僧仲殊念奴娇「人寿几期，佳会有限，花色宜如旧。」

句中有半句对之例，如张祜胡渭州云「亭亭孤月照行舟，寂寂长江万里流。乡国不知何处是，云山漫漫使人愁」全首皆半句对

8 三句参差对 杨铁夫曰梦窗三犯渡江云「回阑分燕尾，桂櫂轻鸥，宝勒倚残云」「下二句以多字对少字句法，於櫂下添一逐字便见」

梦窗花犯「寒泉贮绀壶渐暖，年事对青灯惊换了」下句去一了字上对也

又贺新郎赋小垂虹「千尺晴虹慵卧水，万叠罗屏拥绣」上多一慵

程

多排偶

宋人慢詞多排偶，「不合語調，文字遂亦鋪陳，而詞之生氣乃微，落矣」。唐五代8詞多用單數字之句，無此弊（詞曲通義16）

东风第一枝16 19

拜星月慢分四段相對18 20

北宋末人填三疊（如方保辭之比）辭句始多此長調初起情形（盛衰）

時尚之不免，至南宋，自吳夢窗人，便無此弊。（此之周姜不同之點）

新荷葉　鉄村和趙德莊　上下片各八句，皆四字句、六字句相間，惟上下片第六句多一襯字作七字句

9

俳句

又の用同様句

詞律 11 22 春草碧「一一一二一、四二一一」上五下三 全詞毎句

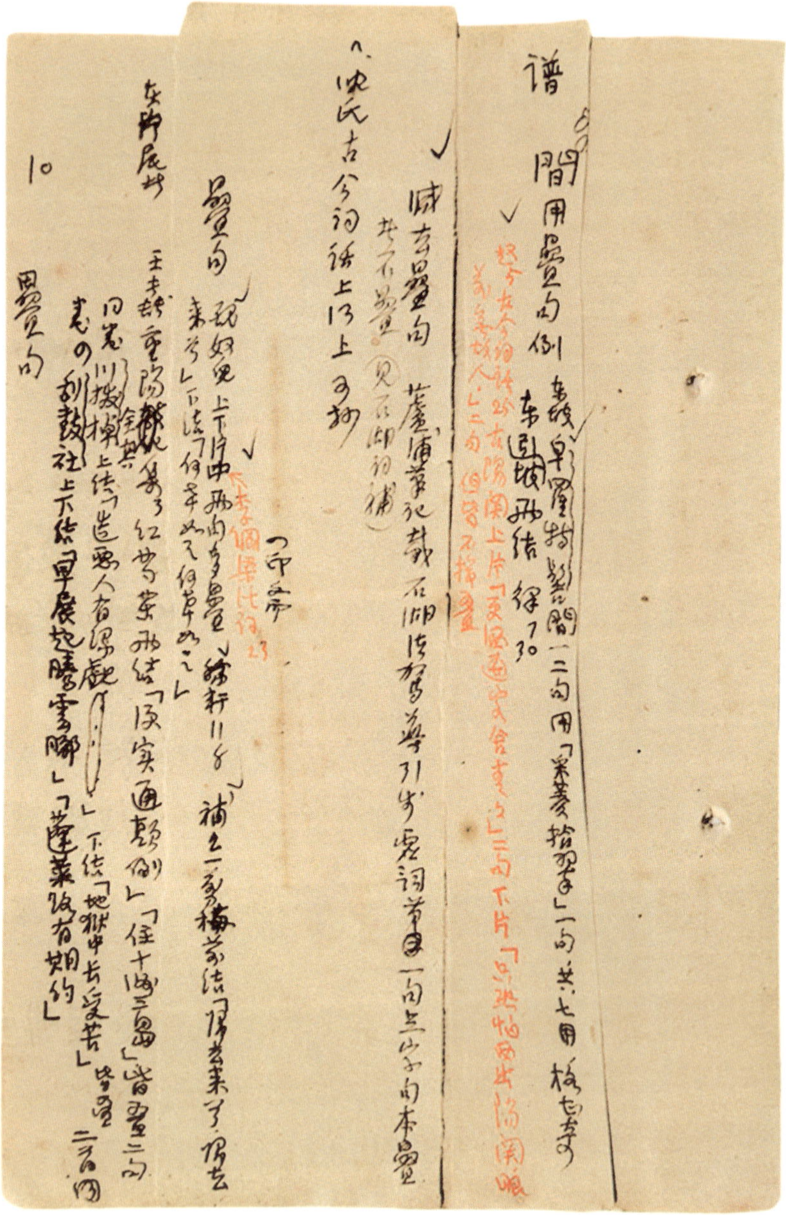
譜
間用疊句例

✓本不當疊者 19 稼軒補之一篇，據上結「歸去來兮，歸去來兮」，下結「何年如之，何年如之」

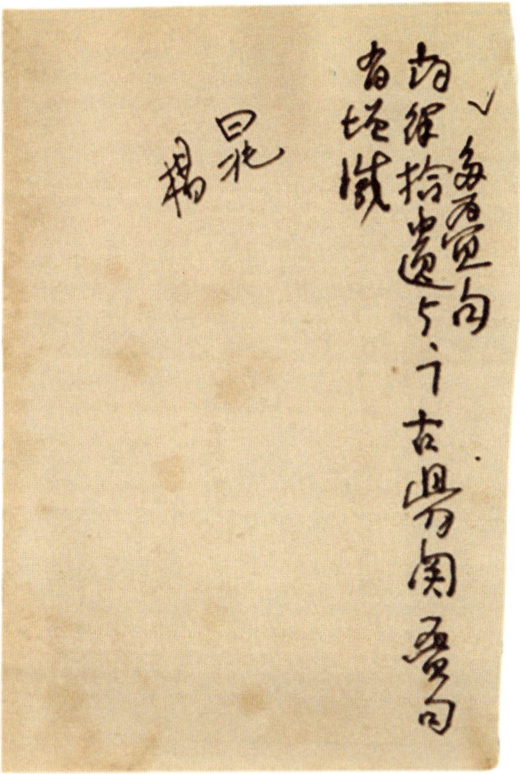

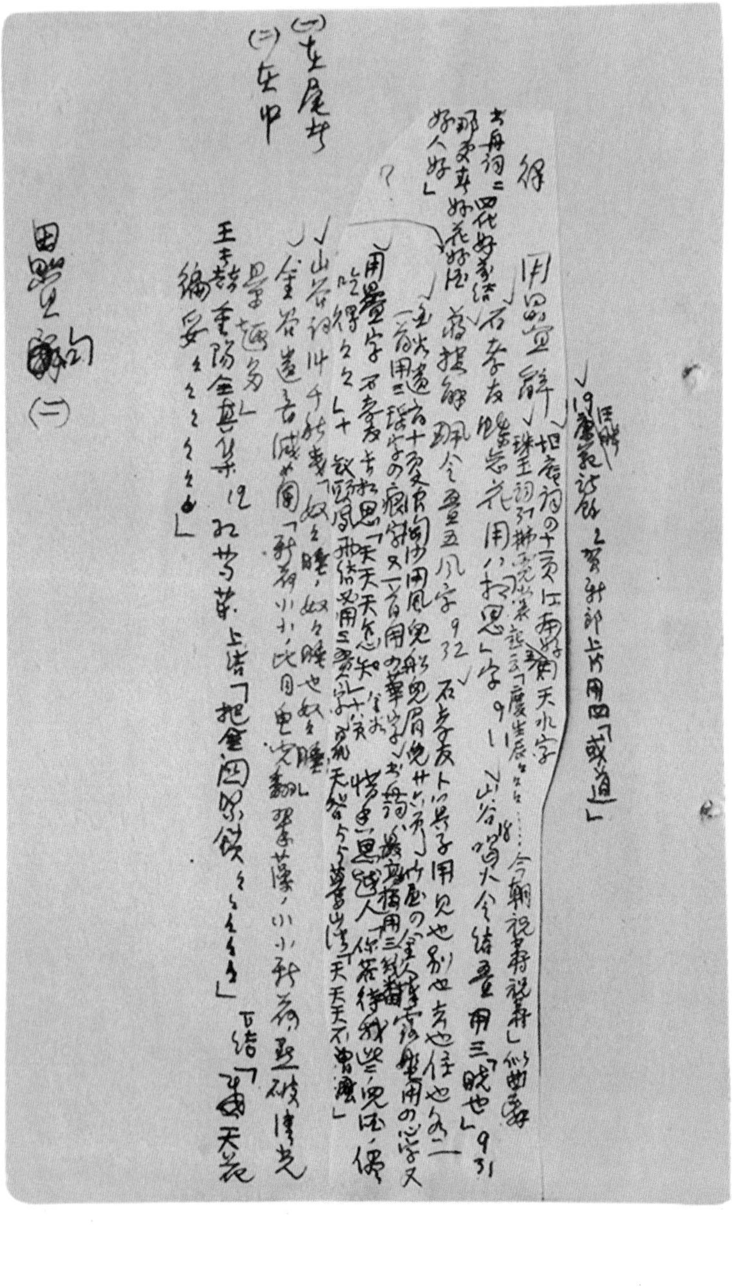
（二）
（一）在尾者
（二）在中
用疊字
賀新郎上片用四「或道」
今朝祝壽祝壽
天天天

又10 轉應句

如王建調笑令（上）絃管、、（下）管絃、、

王嚞重陽全真集分應園「青山綠水，自占今期古見蘇，綠水青山，得道之人本要同。清風明月，占得逍遙無可說。明月清風，共是三人我便同」

又一首心低大小，細細按尋玄裏妙，大小心低，屬上為東卯作西，心窩火出，生了三田飽与寶、火出心窩，轉數輪迴又一遭」又大有三首亦如此

律

(一)增减字者

(二)不增减字者

(三)增叠平仄者

(四)不叠平仄者

(五)上下片为叶者

(六)上下片叶叠又叶者

合数句为一句者

稼轩哥芳草「枕到觉放觉都不是叶金字叶总生睡叶」7 16 廣(?)

换头「晴则个，阴则个」改为「[illegible]易饮」14 32 [illegible]次句

「芳送春随人去天涯」17 10 情是悟是已[illegible]改两四字句为一七

字句 4 29 半塘毛文锡恋天去第三句合到[illegible]三字句为一七

句字 5 26 又换头合两三字句为一五字句 情[illegible]字[illegible]改两三字

句为一七字句 6 7

律

破 合多句为少句者（参前「两句字数同句法异例」）

第一句为二句或[illegible]十三句为[illegible]句者

紫[illegible]销窗户前结三句 [illegible]作二句，字数同 16 7

道[illegible]改三句为二 [illegible]改三为二 16 31 [illegible]

杨花结 16 25 稼轩水龙吟[illegible]」三句作[illegible]

作二句 16 24 补之[illegible]结改三作二 19 3

律 二

合短句为一句 [illegible]首句「[illegible]」

红芳烟雨静」2 7 到[illegible]作「[illegible]」[illegible]

又一句为数短句

合数句为一句

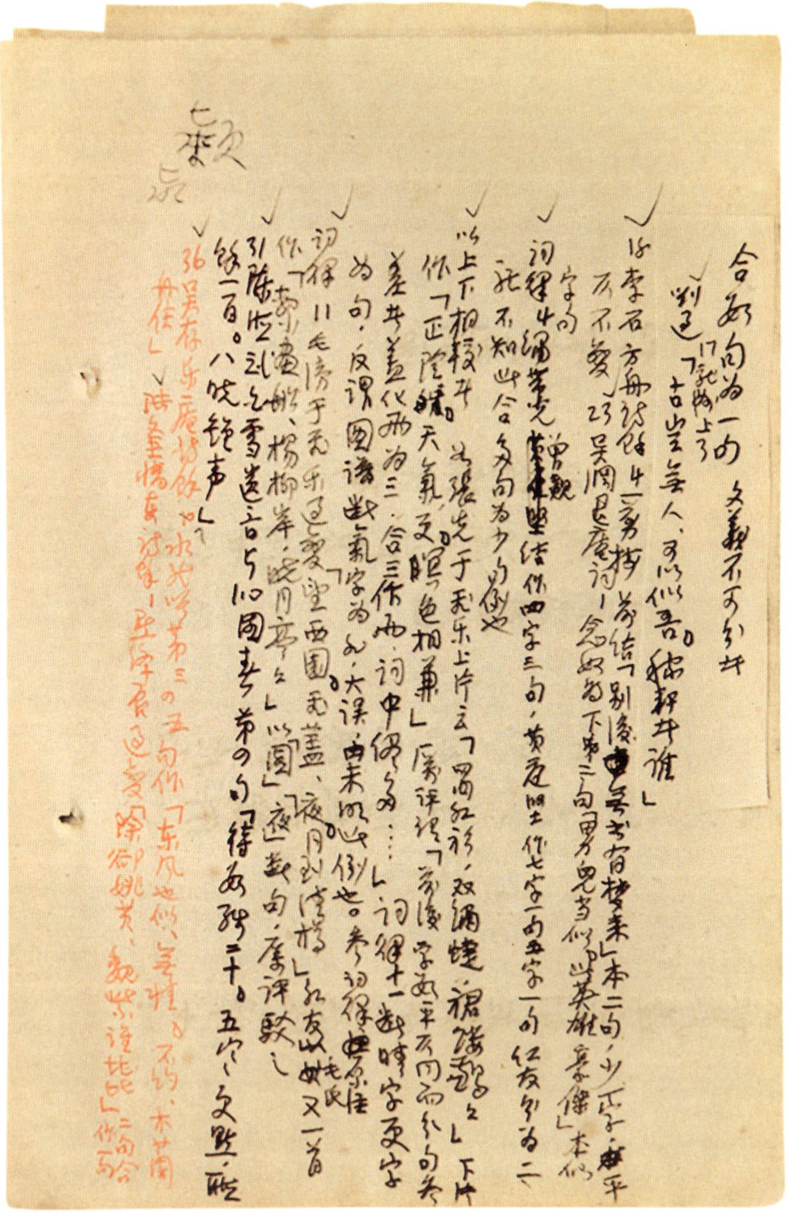
合數句為一句 文義不可分者
例之 17「記得上了」「古岩無人，只似語。猪狎共誰」
18李石方舟詩餘4「薄携苦結「別後書無消息，音書何處樓來」本二句，少一字，無平
不不參」23吳開憂庵詞1念奴嬌下第二句「男兒當似此英雄豪傑」本似
字句
詞律4滿庭芳 觀堅結作四字三句，黄庭堅作七字一句五字一句 紅友分為二
死不知此合多句為一句例也
以上下相接者 如張先于飛樂上片云「四紅衫，雙繡蝶，裙縷金鳳」下片
作「正陰晴。天氣更暝色相兼」康評誤「前後字數平仄同而分句各
差者蓋化兩為三，合三作兩，詞中僅有為……」詞律十一趙時宗更字
為句，反誤圖譜數氣字為句，大誤。由未明此例也。參詞律拾遺毛氏
詞律11毛滂于飛樂「望西園飛蓋，夜月到溪橋」紅友以為又一首
作「前溪畫船，楊柳岸，晚月亭亭」以「園」「溪」斷句，康評駁之
引陳允平雪遙吾與10周美成第四句「待無聊二十。五代文照，既
縱一首。八吹蘇事」以了
36吳存樂庵詩餘如「水光山色」第三四五句作「東風也似，無情不管，木蘭舟住」
陸文圭墻東詩餘1 胜字原遇變「除卻姚黃，魏紫誰能比」二句合作句
數

趙１　曹貞吉珂雪詞６水龍吟「牡丹」下第三の句「東風吹占、花王。芍藥、牧丹近侍、」本の字句三句

趙２　劉光祖沁園春「壽[illegible]」第一　篇末大八九句「曾是鸞坡、金馬[illegible]、平步明

客」」一、場夢覺來〈回〉」下片「兩吹華々、開[illegible]霽。林、今古人生七十稀」一六〇

且多字句為少字句，陸已收先毛滂惜李嫌改七字句為五字句，改三字句二字句

合

律

(一)平不同
(二)平不叶

律 律 律

12

破少句為多句 并擬破例

如隱水秋字第二句作「捲露色，穿紅射」16 34 見 劉過又一家

引說如首及二首 20 26 鑄過又一首「春生但休矣」後村詞

「采子山，約子水」20 34 方隱詞 13 西江月起二句作「小節戴池心月，去虹蹄，水中央」作排勝句

詞律「雨中花慢」前片蘇軾云「白道城西，長廊古寺，甲第名園」，本作六字句二句，改作平云「負媚香惜花々，古今宿道悠々」并

26 綠隱詞 摸魚子 64 「停云道，橫成土」又此句「缺分軋，皎分宮」本皆六言句

32 叢山 木蘭花慢「無它事，天也老」下片「黃塵道，何時了」本皆一句

34 秋澗 23 木蘭花慢「歌山舍，君莫羨」24 又首「誰可笑，終有用」

如錦棠陸失詞「一絮飛亦」「當雲亭，館，廢垣荒園」本上三下五句

探梅桂陽句分摸魚兒「畫不過，休更問。但莫世事都如許」下「月世字柳爾

弃，江山有恨，雁飛倦」「問」「弃」本不匹

分一句為兩句

(一)增字者
(二)不——）

將文字攤破句法 其分為
首 名攤破之詞 ……之意義
(一)攤破字句者增減例
(二)——增字
(三)——減字
(四)將原調原格有增字有增減有
(四)加偷聲 12 5
加部首名攤破子 入題
(一)減字不改句法者 13 27
(二)——不改句法者
(四)字句大異者 如攤破南鄉子 14 11

13

有人作

侍讀扣見歡 換頭合三字兩句為六字一句 3 2 梅花春光好 3 16 馮延巳
花間 4 12（增字） 山谷好女兒 5 15 山谷賀聖朝 6 24 黃庭堅賀聖朝
6 25 趙彥端賀聖朝 6 26

## 攤破例

（與折腰例異，中有可去）
侍元幹春晚曲 1 27
攤破浣溪沙 攤破醜奴兒 攤破南鄉子 史 246

尹鶚江城子首句 2 32 牛希濟生查子換頭 3 27 張泌生查子 3 28 攤
孫光憲玉蝴蝶 4 1 顧夐虞美人（述在內） 4 16 孫光憲浣溪沙
13 4 19 孫光憲謁金門 5 14 趙長卿 6 16 辛棄疾朝中措 7 11
楊无咎人月圓 7 15 梅花園 7 16 姜夔
少年游（減字攤破） 8 10 杜安世少年（減字攤破） 8 11 史達祖燕歸梁 9 12（六減一字）

## 減字例

單減者另書

尹鶚江城子首句 2 32 辛棄疾思帝鄉 2 36 李之儀玉蝴蝶 4 7
秦觀浣溪沙（不改句） 5 5 減字木蘭花 5 7 注 偷聲
減字 5 26 毛滂惜奉娥 5 27（少令減九字） （減句）

# 攤破例

终当同，再添韵句，与
句律全不类

添句例 举添数字者 亦即攤破例，见攤破浣溪沙（山花子）

張先定西番 2 30下 添一句 馮延巳醉花間（添二句者）4 12 浣溪沙

採桑子 5 3（一句） 韵谷道好女兒（四句，与添声不同）5 20 何不误添字令

7 1 18 山花子（即攤破浣溪沙）7 2 柳永引驾行前段加五句 10 2 对一止

西江月 …… 上对 浣 37 4

攤破律例（即增字例？） 攤破定义见攤破浣溪沙 3 26 注 攤七字句为十字句

有添和声者 一如「昭如少」攤破比昭如先两法加「也啰」等，个是子

人乐」三句 4 4

太平时乃七言绝句，每句加三字句和声，与攤破浣溪沙一样，如三字和声并是同，

有增字的者 攤破浣溪沙 3 26 （平仄稍改）

亦攤破例的

一词中有既有攤破句法而字数相同者（因亦有增减者）似可为宋词一字一韵

之地 可举攤破南乡子为证 26 页

减一字例 引王安石桂枝香词「大江东去已夏书」二句「繁丝缭绕花落茶烟」举「字句与前同，分句异」「句法不依旧谱」又有作「归

去，日烟、万重一画」作「断」

例毕 择要补入此

添句例 举添句多半亦即攤破例，見攤破浣溪沙（山花子）

✓張先定西番 2 70下 添一句 ✓馮延巳謁金門（添二句韵）4 12 ✓漢[illegible]真

採桑子 4 7（一句）✓[illegible]道好女兒（四句，[illegible]不同）5 20 ✓醉公子[illegible]全

7 1 ✓ 山花子（即攤破浣溪沙）7 2 ✓柳永引駕行前段加五句 10 2 ✓劉一止

西河多二句 34 4 [illegible] 7 4

結句皆同，只添韵句，与句得全[illegible]

攤破律例 1 七 ✓攤破定義，見攤破浣溪沙 7 26 注 攤七字句為十字句

✓太平时 乃七言绝句，每句加三字句和声者 有些和声井一如「[illegible]如少」攤破比[illegible]如先再法加「也囉」等，今是可与攤破浣溪沙一[illegible]三字和声并差同，亦攤破例也 人系」二句 4 4

有增字句者 ✓攤破浣溪沙 7 26（平仄稍改）

一调中多有攤破句法，而字句[illegible]同者（句亦有增減字）似可為宋詞一字一韵

[illegible]可[illegible]郎為[illegible] 26 [illegible]

✓引王安石桂枝香「大江东去，送[illegible]二句「[illegible]」，「[illegible]」「向[illegible]不依旧」

举「字[illegible]句」句例皆择要札入此

致一字例

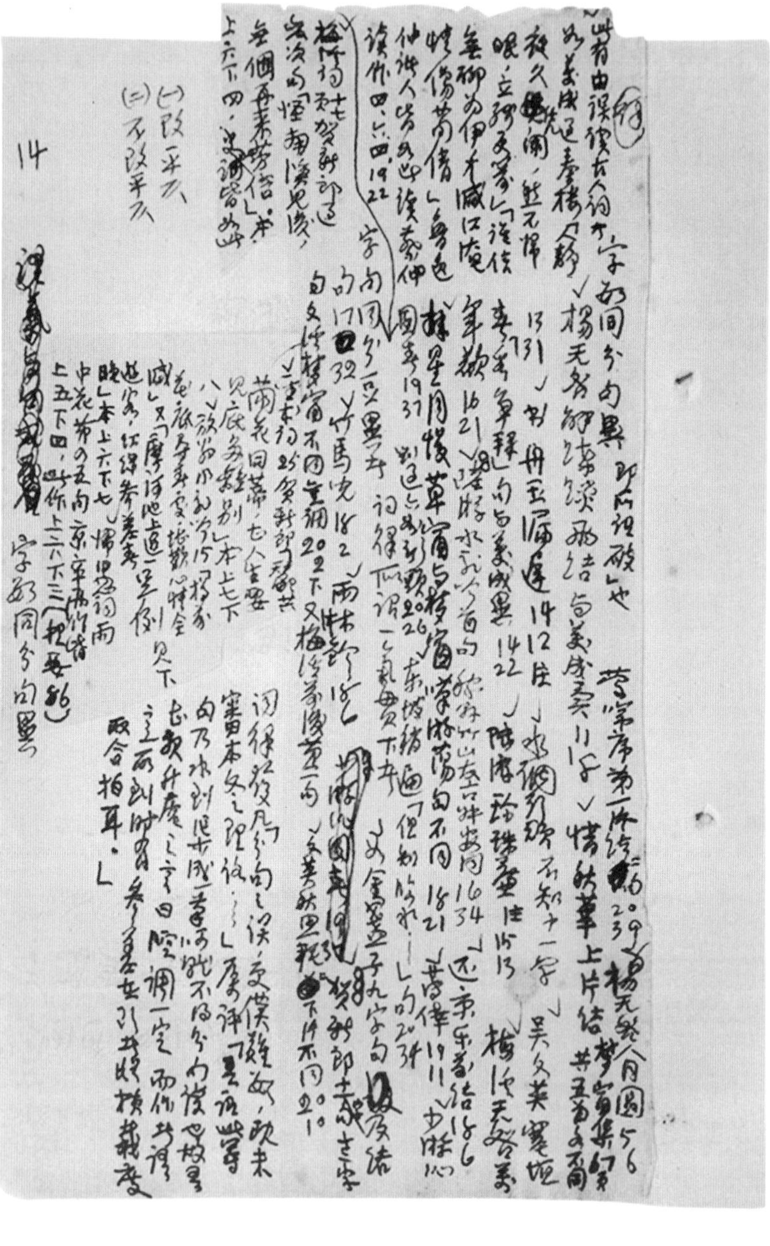

22浣溪沙21忽数渐起「比如去岁前年，今朝岂觉门庭静」7又云「少时独步词场，引弦百发无虚矢」6又首「少年盛向高歌久，今朝忽不除弧矢」本作二一一，一一，一一二一一」别作同。此我所疑 24前调追叙「彷佛曾于当年，高门满座，衣不完衿肘」本次句五字，三句四字 24前调过片第四句「冤宗于寻道。」光生清晓中醒未起」当作一一二一一，平仄亦误 又首「腰脚烦麻，嘱他灵寿杖也难搘」

又首「数枝黄金，留些图中团扇，怕秋风起」[struck through] 同 句和六首皆如此

以上下片不校 望断追游杜丹上片「一夜西风，我爱伤高怀远」下片作「新愁天涯路，比此情还短」分的要平不同。词律11泥图谱如此分句为误，必分「要」字断句也。原评之言之

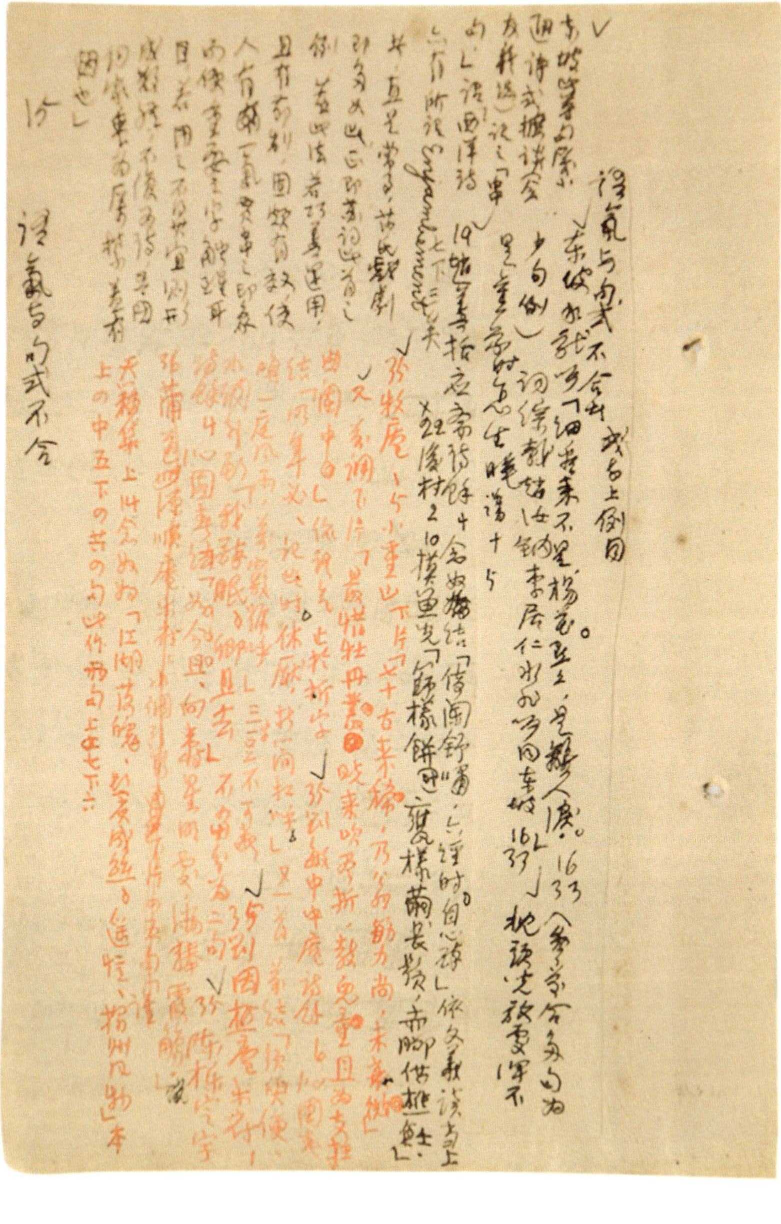
詞氣與句式不合

黄侃文心雕龙札记·章句篇：论句读有系於音节与文义之异：“凡人詞言声度不得过长，过长则不便於喉吻，或詞義未完而詞气不妨暂止，验之恒习，固有之矣。……如关雎首章の句，以文法格之，但两句耳，关关雎鸠，窈窕淑女，但当为读，盖又合下句而文始完也，今则诗家並称为句，故知诗之句往往以声气分析之也。又如定之方中篇，曰树之榛栗，椅桐梓漆，七月篇曰十月纳禾稼，黍稷重穋，禾麻菽麦，自文法言之皆一句也，而诗家仍分为二若三，此又但以声气论也。其最长者如韩奕篇曰王锡韩侯，淑旂绥章，簟茀错衡，玄衮赤舄，钩膺镂钖，鞹鞃浅幭，鞗革金厄，凡二十八字，使但用为一句，不能令人唇吻告劳矣乎。……（以下引皋陶谟及颂观古人句及左传臧僖伯谏隐公观鱼之词为例，文长从略）……上举目治之时，宜知文法之句读，口治之时，宜知音节之句读。”

论填词本当依调分句读，盖依旧定之音节。但如东坡水龙吟杨花词依调断之不通矣，又不必拘。

周邦彦蘭陵王……其长亭路，年去岁来，应折柔条过千尺

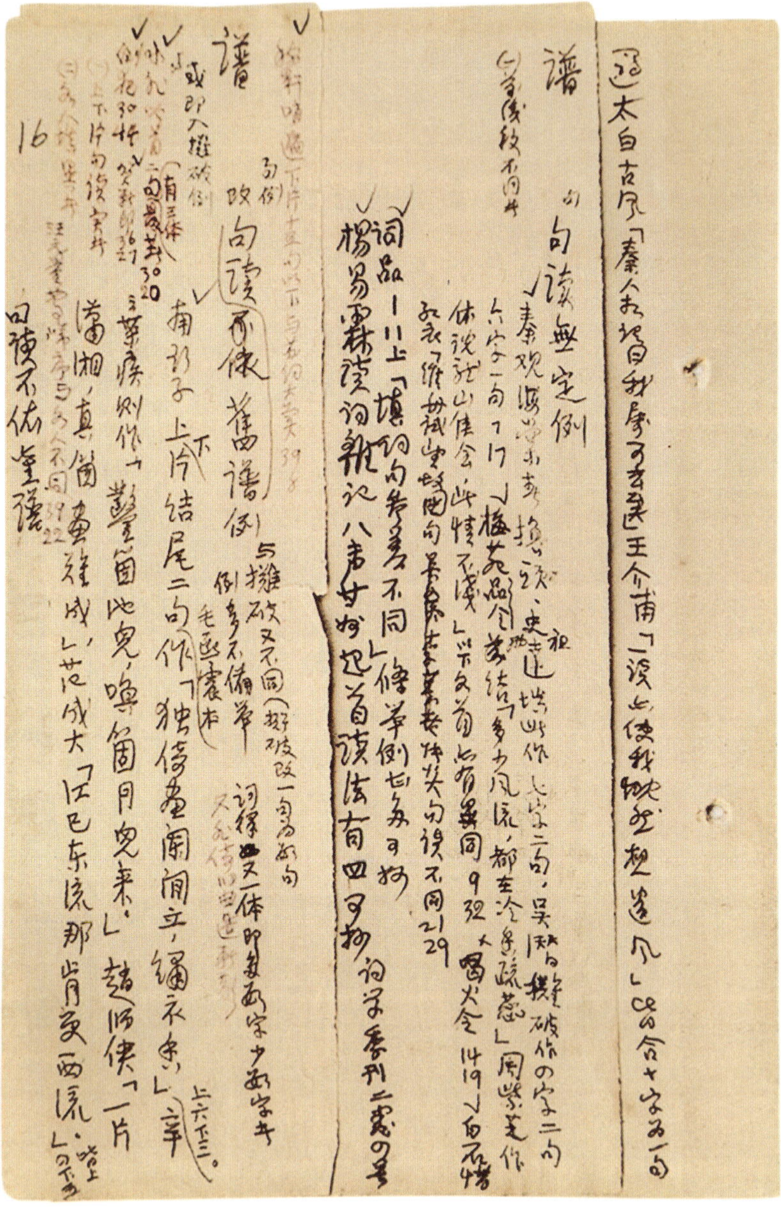
太白古风
王介甫
皆合七字為一句
譜
句讀無定例
词品
譜
改句讀不依舊譜例
16

宋人如此填者甚多，詞律一，八上　馮延巳南鄉子三の句作「四首風樓無限了，花々」，王之道作「原隱昀々，芳水更漏々」，詞譜一[illegible]

朱敦儒[illegible]第二句「夜寒疏[illegible]」，洪(?)[illegible]作「柳垂烟花[illegible]露」斜暖二句。詞律一，廿七（下辦破ㄙ）

姜夔道[illegible]結句文義當是「為少年[illegible]錢緒怕上，都是相思味」依上片則不必是之 9 8　趙長卿雨中花令結[illegible]

句斷語不斷例

李清照品令「有些言語，也待醉折荷花，向道，道與荷花，人比去年總老」9 33　山谷品令 9 33　辛稼軒奪芳草 10 5　江開(?)酹洪(?) 10 9

句不斷語斷例

江漢村(?) 3 13 水龍吟「老來安穩，為人所擾，與人爭嚴」以文義老矣二字當斷，安穩連下

三句 9 15　[illegible]上片結不同下片結 21 25　丁香結 27 16　東坡念奴嬌注 28 9　程垓[illegible]

破句例

破句詞中亦多，但有必不可學者如「梅花柳初新[illegible]」19 8　楊无咎[illegible]「烏帽任欹，[illegible]」[illegible] 19 33　葉夢得[illegible]

趙抃(?)[illegible]「[illegible]不道有人，獨倚危樓」[illegible]君今那(?)[illegible]，自成行客」22 36

35 劉鎮中中[illegible]木蘭花慢「行樂處，渾一夢」下片「[illegible]」[illegible]不當三字[illegible]

這中劉鎮中中[illegible]「[illegible]」[illegible]

（一）平仄上三下四
（二）平仄不改非

分句不合舊調例 東坡水龍吟楊花結二句 惟[illegible]一四首結，作「[illegible]金龜換酒，[illegible]到天涯」 餘二首同，惟一首作「[illegible]暗隨流水[illegible]」 稼軒水龍吟「[illegible]雨，長風送雪，[illegible]」 又[illegible]「[illegible]一聲，傾城再顧，又傾人國。寧不知[illegible]，傾城傾國，佳人難再得」 再字[illegible]

一人詞分句不同 如[illegible]中四了御街行上結「[illegible]下，[illegible]」 首作「[illegible]」 平仄亦異

因句讀不同，平仄亦異

✓ 32 遺山上10 水龍吟二「一枕[illegible]夢。[illegible]天上。」本三句四字

✓ 37 王[illegible]詞[illegible]江次句「又逢[illegible]」當上三下四。又9大江東去詞「[illegible]」

37 又[illegible]「[illegible]」

[illegible] 此段作上四下九，則[illegible]字平仄可不拘。又下片末三句「[illegible]」本作一一●二一 此段作[illegible]下四句[illegible]字平仄可不拘（入平仄不拘）又[illegible]前句「[illegible]」

三字平仄不拘例 三字句讀[illegible]本不，此則可作平（[illegible]字句上）

分句不合舊調（二）

李易安詞中心圍某某詞「誰為此，事，念人姓姓，公旦雪例」
与放为「摩沙上……」一首同

有

字句与意情各異，而上下句連屬之語氣不同者

如〈醜奴兒〉詞清照云「香梅開後風傳信，繡戶先知。霧薄羅衣冷，綫縷攀花遞枝。寫影「篆煙吹遙夜，看即分披；已恨來遲，不見嬋娟，帶雪時。」汪東批此調句法前後兩四字句以一句結上，一句起下。五代及北宋詞皆如此，後人竟為兩語，將嬋娟兩下頓住讀，易見則東萊綠軒把作之偏也」案校軒「……推向鬢邊；推向也，她自教家向風泉。」為不兩句一氣讀者，○○等則真嬋娟兩下，承下句皆矣（查詩餘此調）

卻

柳永傾盃樂「多少恨悴損，天涯行客」同●藏云「傍侍損字當屬下讀，詞損字當屬上」汪東云宋詞逆詞中此類甚多，要自施于句之間，然欲據原句住拍之處，使引者轉之為勞，頓挫唇吻。若辨句度，仍以文氣為主，征友說損字當屬下讀，此則拍臨遞也，即如東坡念奴嬌小喬初嫁了，雄姿英發，你得上當上の下矣，並豈可讀了字屬下耶」要亡有此等在住拍處者否？

一人作數詞而分句多異。夢窗惜秋華五首，醉自結句，一云「新鴻、[illegible]唳，凄涼斷入江莫烏啼」，一云「相攜，試新妝乍畢，交扶輕醉」，又「留連，有蹊蜂愁晚，時歌清漾」三首同，其又一首云「情深[illegible]」，腕瘦[illegible]，衔「繾綣」。又一首則云「相逢縱相疏，勝却巫陽無準」。

衔秋痕

17

改单双字句为双单字句

得

改单数字句为双数字句，如：√郑文焯[illegible]改後两首二句五字为六字3 √冯延巳[illegible]寿[illegible]改三字句为二字句4 29 √[illegible]手[illegible]公[illegible]後少[illegible]观[illegible]为七 [illegible]小山8 3

（此例[illegible]作者始於小山）

得

改双数字句为单数字句 如改六言为七言 词中改单数字句因单数易引[illegible]改双数字句似较少 √欧阳炯《南乡子》[illegible]上片第三句[illegible]杜安世改作七字 起句四字，李珣改为三字，[illegible]改为五字句，第四句欧阳炯易首及李珣皆改作[illegible]

如7、[illegible]柳永[illegible]加[illegible]「一生[illegible]」三字句1 18 √[illegible]河传[illegible]第三句2 15 √[illegible]改第二句六 本六字6 2 句字为七字3 4 √[illegible]玉蝴蝶起六字[illegible]改作两三字句3 10 √[illegible]

18 改双字句为单字句

[illegible]……矣

唐宋詞（形式）體裁特徵　此篇係序當例為一文　此詞詞最不同的

有目二冊　每統一文

目　先寫出此冊

閒
片例第三　此或係入此詞例中

作一文

名稱

體例

作法

闋 片

偏 遍

變

楚歌

全集以秦作集上下片皆不分，與有下片另起者

葉遐庵詞下片皆另起

蔡 詩集26 ∣ 柳永曲類序「古今樂錄曰：傖歌以一句為一解，中國以一章為一解」 王僧虔啟云古曰章今曰解」 解亦訓止，與章訓竟同 與篇樂終也，是亦闋出于章解

詩經一首亦稱章

心經由佛曲謂之「變文」 誦經謂之轉 皆唱意

上轉義亦變異義 通變義 換唱意耶

圖柳發明會勝

楚九辯與九歌 法九辯口樂名

片例

①加片

②减片

1 三片の片

2 上下片字句

3 上下片字数同句法变

4 近分叠例

5 合二片为一片

6 单片改双片

7 一片分二段

8 加一叠

9 作半首

10 改一片

「片」又名「编」，见东山寓声乐府词注

〜「诗编」之误

11 分片无定　附不分片

12 破上下界限　上结引下片

13 改上下片不移为移　又13 上片后领下片换头

14 上下片扣着最少

15 一片似一长句　一片

16 上下片重叠句　相呼应

17 下片另读一段　双拽头

18 片之名义

19

20 王船山楚辞九辩「辩犹遍也，一阕谓之一遍」，盖亦取夏启九辩之名。商、九辩九歌」离骚「启九辩与九歌兮」，天问「启棘宾商，九辩九歌」

「王国维宋大乐考有考「遍」」一节　左田苏本卅八页

词分片说求解

词中用二三字短韵以为是过变

苏辛过片处不分段例

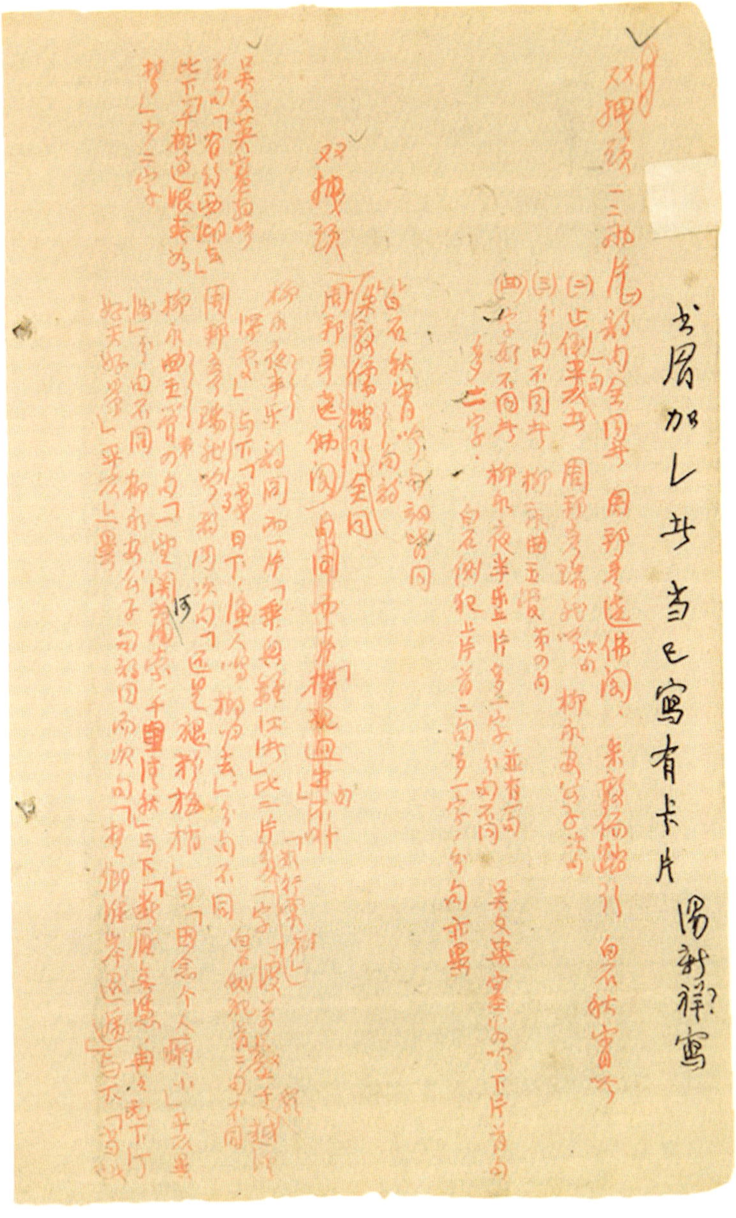
书眉加乚者当已写有卡片 湯新祥？寫

雙拽頭 一二兩片句法全同者 周邦彥遶佛閣、宋詞倚瑞引 白石秋宵吟

(一) 上例是也 周邦彥瑞龍吟次句 柳永安公子次句

(二) 字句不同者 柳永曲玉管第四句

(三) 字數不同者 柳永夜半樂上片多二字，並有兩句不同 吴文英宴清都下片首句

(四) 多二字。 白石側犯上片首二句多一字，第三句亦異

雙拽頭

周邦彥遶佛閣 宋詞倚瑞引全同 白石秋宵吟一句多韵，初皆同

句同中一片「橫靉澹四字」不叶

柳永夜半樂 前同而一片「乘興離江渚」比二片多一字 白石側犯首三句不同

深處」与下「望日下，便入帝城柳岸去」第三句不同

周邦彥瑞龍吟前同次句「還見褪粉梅梢」与「因念个人癡小」平仄異

柳永曲玉管第四句「一望關河蕭索，千里清秋」与下「斷雁無憑，冉冉飛下汀洲」

柳永安公子句前同而次句「想御溝聲遠遙」与下「當此好天好景」平仄上異

吴文英宴清都首句「有竊西卿去」比下句「樹色逗眼來」多二字

片例

片例

四时歌

般轩最高楼，一样半有东の时歌为贼」 上片「杜鹃花雨湿春湖夜，桂枝风绕小山时」下片「也莫向竹边辜负雪，也莫向柳边辜负月」 此等为对之作

8

词调例

减兰每片 四、七仄叶、四、七平叶

句法调之简单，每全词分の片相对。 小令中颇此等句

词例

一一一

詩經召南江有汜篇、唐風揚之水、小雅沔水，皆首兩章同句，末句字不同 見詩經研釋之第十頁

譜

三段四段 前段特長，後二段字同者 柳永三□慢 37 3

夢□前段長 二段差同

× 疊頭曲 三段，二三段句頭相同，惟後段特長耳

路歌 20 39

近體同 28 16

譜

複出

雙拽頭例 瑞龍吟 37 14 ……27 28

柳永曲玉管 33 29

柳永夜半樂 前段……

一字 38 13

拽頭……

詞律依柳永曲玉管「思悠悠」以上為一段，與「思悠悠」以上對，蓋兩片，詞律未分

蔣評謂是雙拽頭

47 似犯 61

雙拽頭 繞佛閣、瑞龍吟 白石秋宵吟 宋教倫……

可入換頭例

(一)前兩片換頭同

安公子 12 2 柳永「長川波瀲灩」一首，他首不爾 塞翁吟 13 26

(二)第二片換頭不同

蔣評詞律 12「向陵同仙……」……後去不偏之至……近……同……起……日是詞……以此詞……上三下六，……前後相同……後段九字上五下四，……上之……前後字同……上五字，……直是雙拽頭耳，而但……下十七字……作同……三片……四片……

|……」

三片各同者 万俟雅言三台 1-8

三片各不同者 兰陵王 2017

三片者 始於柳永夜半乐及十二时 东坡戚氏 周邦彦兰陵王、西河 万俟

三片各异

蓬莱三台 康与之宝鼎现 枚朱乐章一片换头三句外皆同 2027

宝鼎现每段末十二字皆同 29 乐章集中8 宋刊本浪淘沙中22 夜半乐

三片第二片同 双拽头

四片者 始於吴文英 莺啼序

四片中 常第一二两片。只换头二句不同。第三四两片，止结末二字の片法，不尽同。……平六余。？

始见於晁无咎 梁州令叠韵 6,3 郑文焯 梁州令 刘永济の 祝英台 梅

(盛作二片) 僅此の稍而已

三片俱二片同 柳永十二时 8

双拽头 前两片相同 柳永十二时二片，后两片亦同。与前相反。 2012

瑞龙吟 绕佛阁 傅真 双头莲 郑文焯 校据是双拽头

金荃有双调词

望江南 二首单调 三首双调

南歌子 上双调

~~[illegible]~~茅樹理此调已宋始有双调矣

~~[illegible]~~茅樹理此调欧公比元词加后一叠矣（圭璋）

(二)字句長短不同 (三)平仄不同 (四)字數同分句不同 (五)上拍結法尾不同 (六)止尾句同

譜

✓上下片字句不同例 小令少，長調多 舉最著者

点絳唇 4.13 柳永安公子 19.7 前後無同 洞仙歌 上片比下片短 20.20

晁補之八六子 21.2 前六句後十句 劍氣近 24.30 ✓浪淘沙慢 前九句後十五句 27.17 三片 [illegible]

[illegible]前九句後十四句 5 [illegible]前七句九句後廿句 [illegible]

譜

上下片相同例 字句 短調不勝舉，舉長調

✓王安石甘露歌 16.24 三段相同似三首 前者 花草粹編

三台 三段字句全同 39.2 ✓[illegible] 止下片結句少五字 39.1

✓宋史[illegible]慢 27.5

釋

上下片不同段差同

✓[illegible]少年游 5.32 ✓[illegible]中 [illegible]皆七字，惟一叶不叶耳

釋 ✓上下片全異 ✓直[illegible]金 10.23 ✓惜紅衣 13.7 又6 醉吟商 13.14 滿庭花 13.22

宣清路 天香 14.9 長亭怨慢 15.4 ✓[illegible]疏影 15.10 揚州慢

竹枝(自度曲，似非上下片不同)查柳永集 玲瓏四犯 15.29

上下片字句 ✓白石七言[illegible]自序「余頗喜自製曲，初率意為長短句，然後

協以律，故前後闋多不同。」可見前後不同乃詞之常例

[illegible]小令少有

長短調各占多少 可命學生查

2

律

較不例外
上下片本同改不同者 ✓徐俯 黄公度 卜算子 3 21 吕渭老一落索[illegible]
結比[illegible]少一字 4 17 ✓[illegible]仁一落索第二第四句 4 18 ✓[illegible]班[illegible]
[illegible]花（？）6 7 ✓山谷留春令上下同李[illegible]觀因改不同否（？）[illegible] 6 8 [illegible]
石方舟詩餘 4 一落索梅花結「別後寄詩有夢來」下片作の字二句（[illegible]の字二句）

上下片不同者改作同 ✓趙長卿[illegible]天曉角[illegible] 上一首 3 引[illegible]
一首同 3 31 ✓辛棄疾一落索首句[illegible]作七字 4 17 山谷一落索[illegible]
✓[illegible]西地錦 4 31 ✓[illegible]踏莎行[illegible] ✓趙令[illegible]
時錦堂春[illegible] 5 4 [illegible] 15
8 [illegible]品令 5 17

上下片長短不勻 相差若大者有字句
✓[illegible] 2 8 ✓和凝長命女 2 31 ✓山谷喝火令 上片
皆同後片多二句 9 31 ✓洞仙歌下片多 12 17 ✓柳永[illegible]後片
特短者有殘缺 15 [illegible]上片省略 ✓八六子後片多四句 13 4 ✓駐馬聽 多二句 字句皆不同 13 19
✓法曲獻仙音多十四字 吳文英 13 19 ✓楊[illegible]
✓浪淘沙慢 1 23 [illegible] 2 14

律

此二例有增字有減字有增減韵有改平仄

律

上下片字句（二）

上下片全同者 菩萨蛮 13 7 画堂春 13 18 金字图（上下片中二字互有短脱）

长调中不多

卷14 7 怀舒歌 18 14

上下片字句齿同而分句不同例 玉林春 3 13 下 周紫芝[illegible]

两结外引 玉蝴蝶 13 17 [illegible]孤鸾「玉」二句上下六，下片「最喜」二句[illegible]

五字句引参注

二

小令之上下片长短不匀

花间 2 9 木兰花 5 4 梅影宾 5 4 甘州遍

两结只一句同

采桑子 下7 八声甘州 下9 红窗睡

12 郎郎鬼近 16 满路花 18 倾杯（全芳[illegible]）

末句同 绕了夜来乐

此与换头互参

换头如众人共知，上下片结句亦多，十五六，此例结句有时一调各体不同，此起结不同者多之（二郎神 15 26）

上下片止中数句同，换头结尾不同者 十三卷以上未查

雪狮儿 13 13　远朝归 13 14　探芳信 13 15　霜叶飞 13 25　惜秋华

13 30　潇湘夜雨 13 34　洞庭鱼 14 1　梅子黄时雨 14 2　尾犯 14 3　双瑞莲

一枝春 14 7　玉漏迟 14 11　玉女迎春慢 14 15　扫花游 14 16　

14 19　扬州慢 14 20　双双燕 14 24　万年欢 14 26　步月 14 27　西平乐

春风袅娜 14 32　玉京秋 14 33　西子妆 14 34　玉京谣 15 1　月边娇 15 2

暗香 15 2　瑞鹤仙第一层 15 8　月下笛 15 14　并蒂芙蓉 15 23　二郎神 15 25

又 秋光衬「二体 15 26　白苎　玲珑四犯 15 31 此五字　塞山亭 15 32　凤池吟 15 33　鱼游春水 16 1

程

上下片尾止句同

柳永 尾犯第二体 14 5

换上「上下片止中数句同」

参 16 23　李珏　梦桐　无闷 16 3　锁窗寒 16 7　三姝媚 16 8　绛都春 上下片各十句中止三句同，乃同最少者

19 14

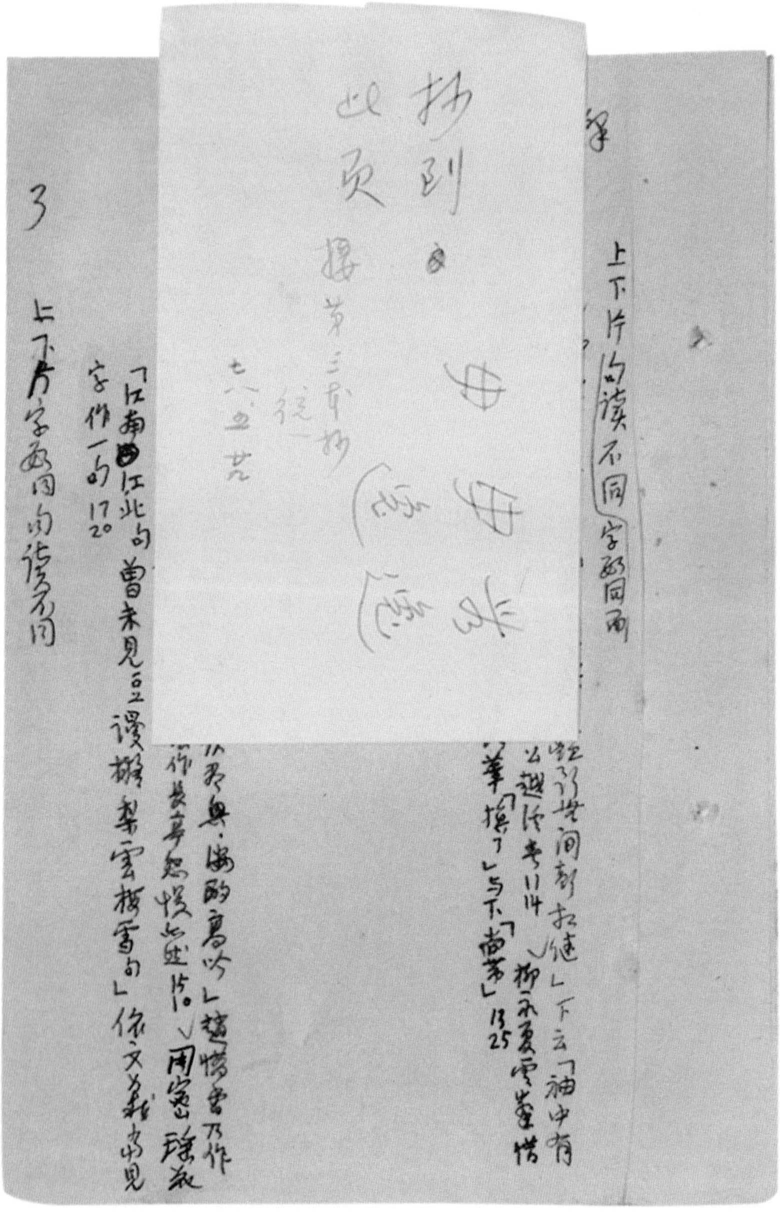

上下片句讀不同字數同例
3
上下片字數同句讀不同
字作一句1720
「江南江北句曾未見豆謾擬梨雲梅雪句」依文義乃見
抄到此頁

上下片句读不同字数同者

〆柳永金蕉叶上结「巧笑难禁，艳歌无间声相继」下云「就中有个风流，暗向灯光底」1·27 〆欧公越溪春 11·14 〆柳永夏云峰惜余乐府「朱户小窗」三句」13·24 注 〆露华「摇了」与下「曲第」13·25

O/X

有不可从者如柳永夏云峰「须尽兴、满酌高吟」赵惜香乃作「一任倒罍与心倾」13·24 周张作长亭怨慢上片 〆周密瑶花「江南、江北句」曾未见之，谩拟梨云携雪句」依文义亦可见字作一句 17·20

3

上下片字数同句读不同

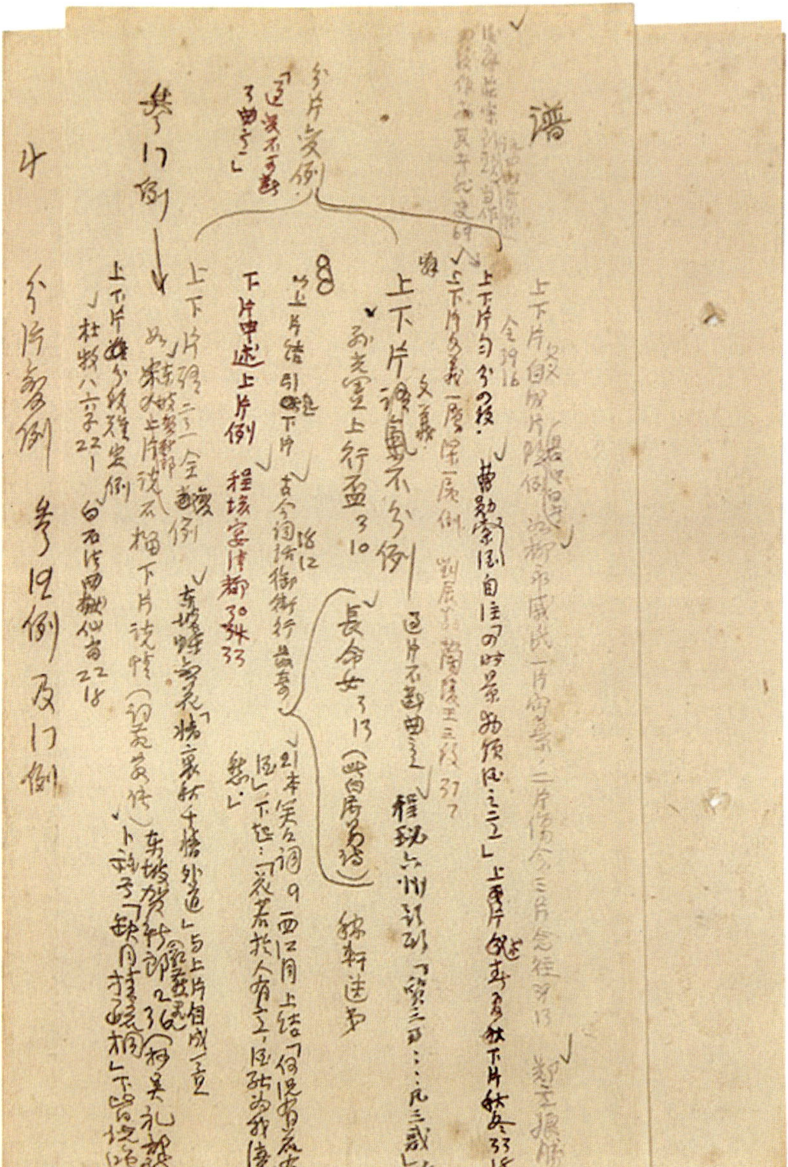

分片變例　分片例　及片例

分片交例

上下片句分の段

上下片分義一層深一層例

上下片語氣不分例

長命女 7 13

下片申述上片例

上下片隔一全換例

上下片換分疑實例

杜牧八六子 22 1

白石片白枝仙音 22 18

上片結引起下片例 稼軒2 8念奴嬌「……」「……今人……」下片即從……白……山……大……為比（參詞……）……「……」下片「……金……」……許……
稼軒10 16 ……上結云「……花……細……」……

參記言記例

下片舉例中所上片之 稼軒1 4 ……樓……「……人……」……

馬鈺……集 西江月八句「一則……二當……三須……八須……」之用 每句平列無上下片詞例

上下片各有最後句合 如王……上起「家裏……重九」下起「官裏……重九」

……

「過……不見」即承上片而下……上片結云「……雲家波……」「迎風……日黃雲……」……中有……「……」過……底。「過……樓下，殷勤為說，……羈旅況味。」即承上「……波」而言

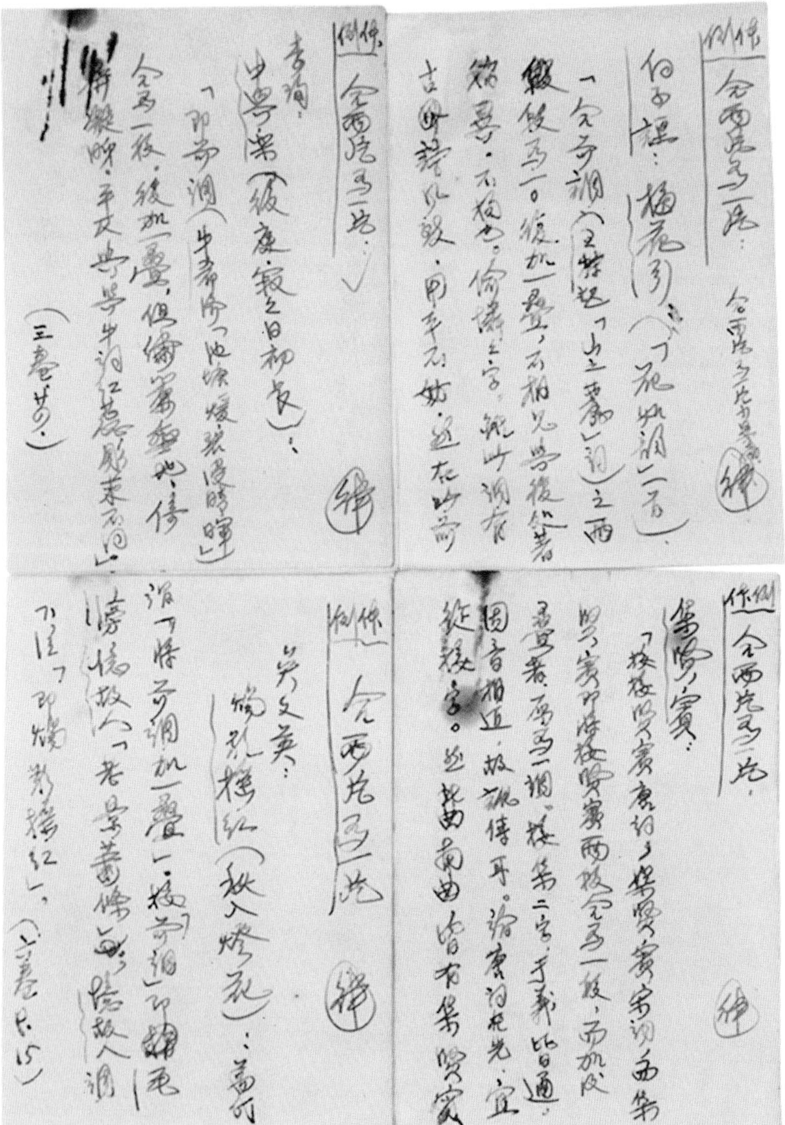

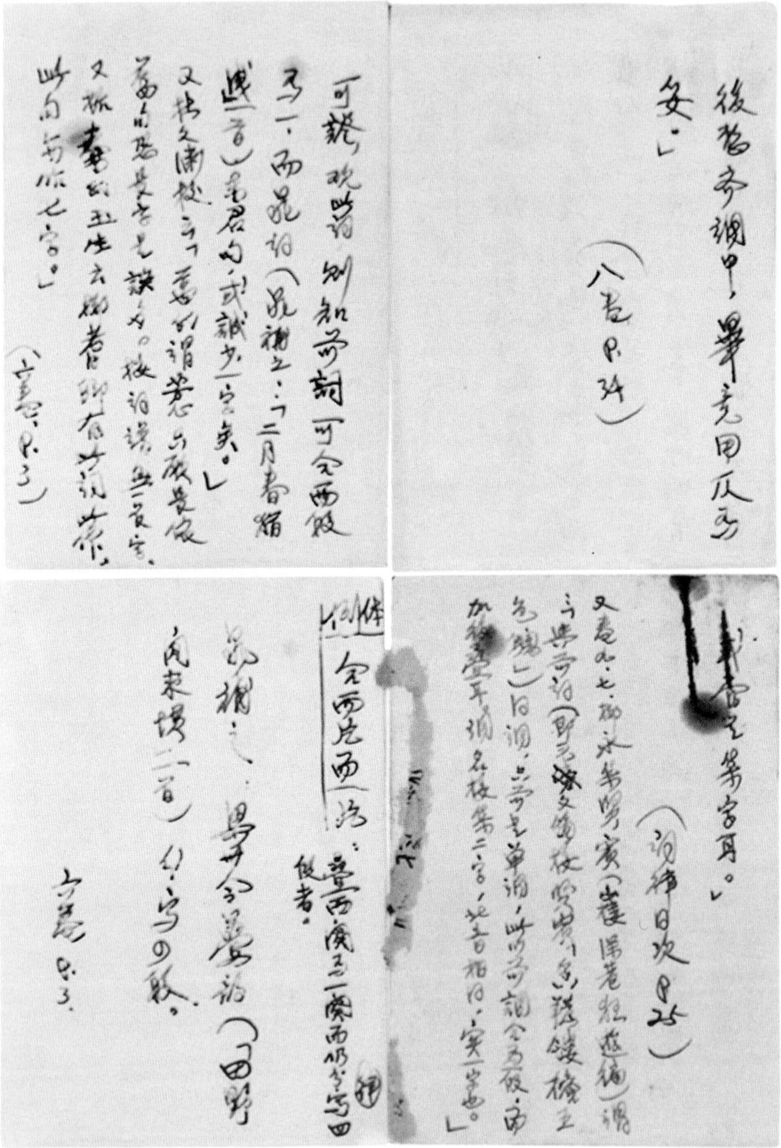

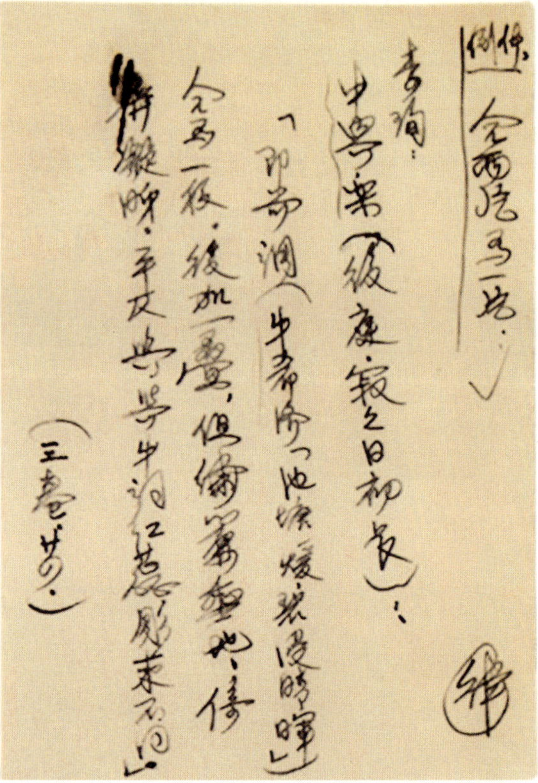

綠

合兩段為一段 ✓集賢賓即接賢賓兩段合為一段而後加疊韻保見

✓李珣望遠行中曲樂府 3 21 ✓六么梁州令 6 2 ✓燭影搖紅 6 13

✓四字漁梅花引 但少宋 8 71 ✓柳永集賢賓 9 7

合二片作一片寫

✓東山詞上 生查子三首 太平時八首 皆合作一片

詞律通又名作疊韻」

5 合兩片為一片

疊兩闋為一闋而仍分四段本 ✓ 晁補之梁州令疊韻 6 3

6 单片改双片

(一)增加字句分二片

为二片者。如魏承班诉衷情 2-8

(二)叠一片字句无[illegible]者 如[illegible]

天仙子 2-12 [illegible]

校 望江城 2-19

(二)叠一片而字句稍异

✓如江城梅花引 2-20

×孙光宪[illegible] 2-25

(一)叠一片而减单片一字句

✓全调之字句并开[illegible]

[illegible]方[illegible] 2-4

改单片为两片

✓欧阳炯南乡子 1-4 字句不殊

✓皇甫松荷叶杯，句字均殊 1-5

✓孙光宪渔歌子 2-13

✓吴文英[illegible] 字句同 1-13

✓周紫芝桂殿秋 2-1 形变

赵方[illegible] 2-4 皆减末句字数

✓王[illegible]伊州[illegible] 字句不同 2-5

✓皇甫松浪淘沙 乃七言绝句李煜作双调

✓碧鸡漫志五 望江南「……此曲自唐至今，皆南吕宫，字句亦同，止是今曲两段，盖近世曲子无单遍者」

词之初起未必皆单遍，至南宋则殊少单遍词

✓8 毛熙震何满子 词律 2-16 上

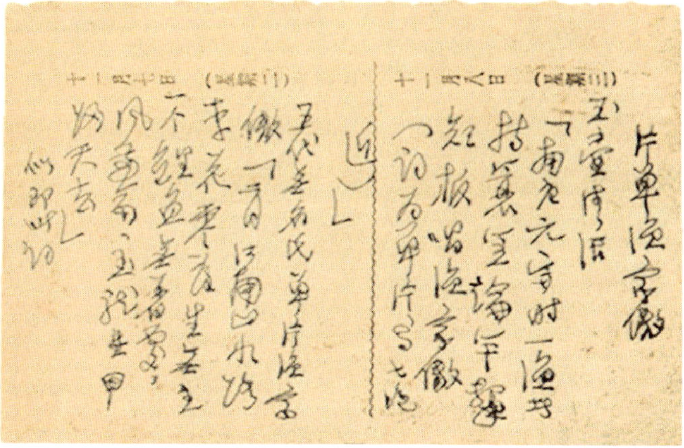

譜

(一)韵、句不改者

(二)韵句少異者

(三)韵句大異者

（詞片例）

改單調改後双調例

連理枝 宋人謂此皆双調，與太白異者，猶王駙馬之「御街行」也 樂山詞

此指塡詞加一疊字句相同者而言，若鳳凰子、虞美人詞單八句，周邦彥双調廿二句，韵律不同者不論。此例太多，不備舉。

皇甫松天仙子本單調，張先「醉笑相逢能幾度」改作双調。詞譜二、廿下

毛熙震改摘得新子作双調，前結句增二字，前且句增一字。詞譜一、七

韋莊改荷葉杯作双調 詞譜一、十 √ 顧夐

孫光憲改漁歌子作双調（首句改一字，全首改平叶仄）詞譜一、十八

歐陽修改怯江南為双調，平仄字句皆同 詞譜一、廿 √ 馮延巳改南鄉子為双調（改後二句為平韵，又少一韵）詞譜一、廿の √ 黄雅詞双

例：牛希濟生查子改為鄭向少異 詞譜二、十 √ 李若搗練子句韵少異 二萬

孫光憲改光怨（少異）二、十三 √ 魏泰如夢令（字同）2.16 √ 張先天仙子 2.21

東坡江城子（同上）2.32 尹鶚河滿子 3.3 × 浪淘沙令 10.20(一)

黄叔暘花庵詞選 換頭 詞家草堂 20、8下

單調改後双調 入片例(二)

查各調如此先後

(一) 改單調作雙調 歐公南歌子1 4 (二) 孫光憲 南歌子1 12 (改句又改)

改字句并𠀀入片例 韻 望江南1 13 南鄉子1 18 天仙子2 12

連理枝2 17 江城子2 17 毛熙震 河滿子2 25

(三) 不改者 律

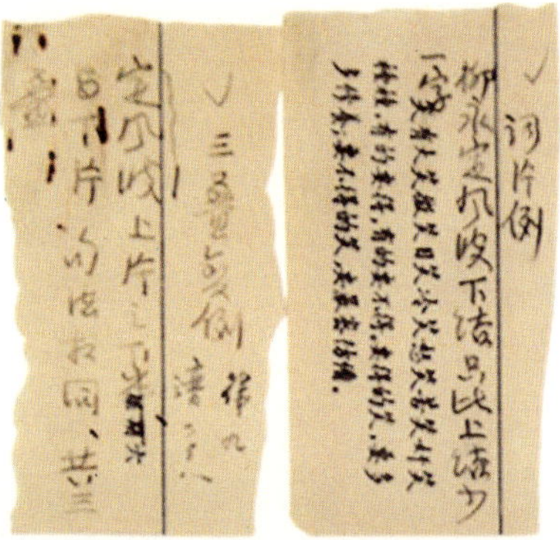
词片例
柳永定风波下结句比上结多
三叠亦例
定风波上片之下半
与下片句法相同、共三

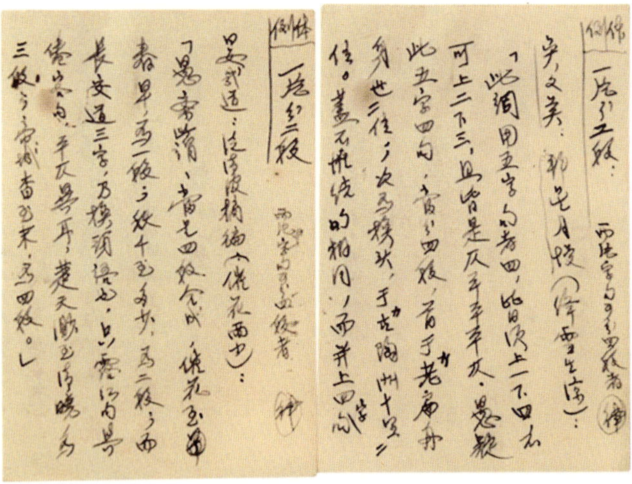
一片分五段：
吴文英：
此调用五字句者四，皆须上一下四，不可上二下三，且皆是仄平平平仄。
此五字四句，当分四段，
盖不能统的相同，而并上四字句
一片分二段
三段，为四段。

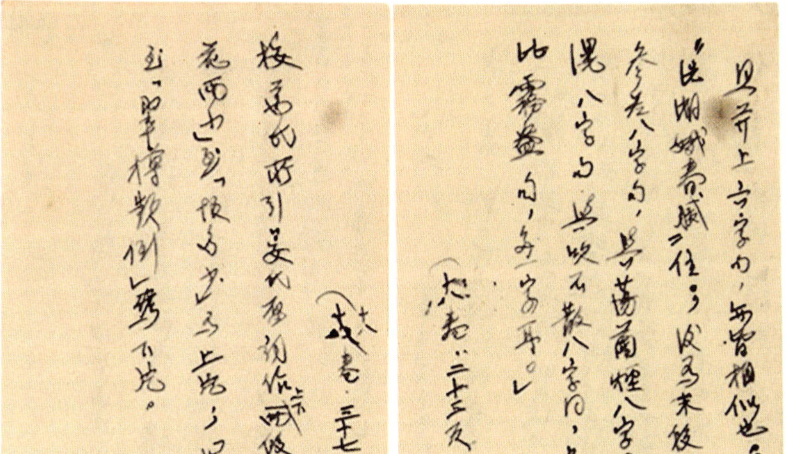
又并上六字句，無皆相似也。」三段于
「昆湖城春賦」作「泛孟未鼓，蓋寧
參差八字句，吳蕃蘭煙八字句。翫花
滉八字句，吳吹不散八字句，吳文英由
此霧盡句，多一字耳。」
（卷二十三頁）

（卷三十七頁）
梅溪所引姜氏疏影作賦後：「依
花雨中」至「依前上見」，「燕天」
至「以年摽數例」移下片。

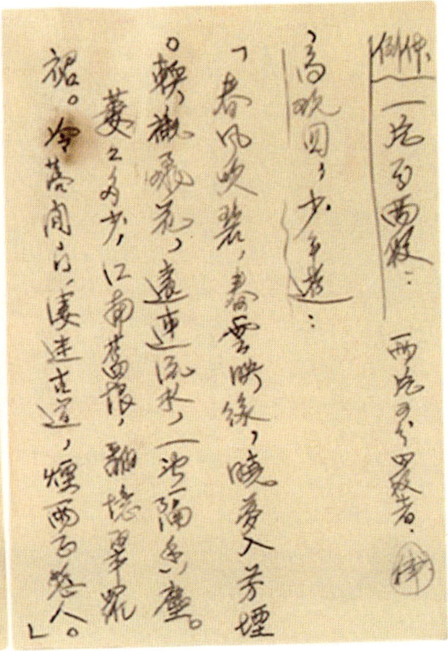
例作　一先韻西疊：　西疊五韻四疊者
高觀國少年遊：
「春風吹碧，春雲映綠，曉夢入芳裀。軟襯飛花，遠連流水，一望隔香塵。萋萋多少，江南舊恨，翻憶翠羅裙。冷落閒門，淒迷古道，煙雨正愁人。」

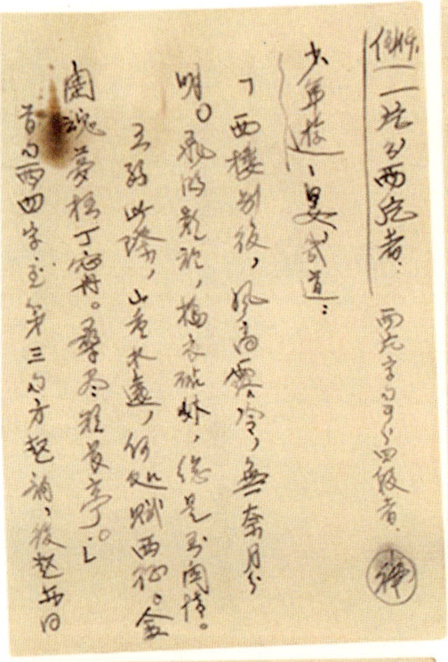
例作　一先韻西疊者　西疊字韻四疊者
晏幾道少年遊：
「西樓別後，風高露冷，無奈月分明。飛鴻影裏，擣衣砧外，總是玉關情。王孫此際，山重水遠，何處賦西征。金閨魂夢枉丁寧。尋盡短長亭。」
首句西四字至第三句方起韻，後段[illegible]

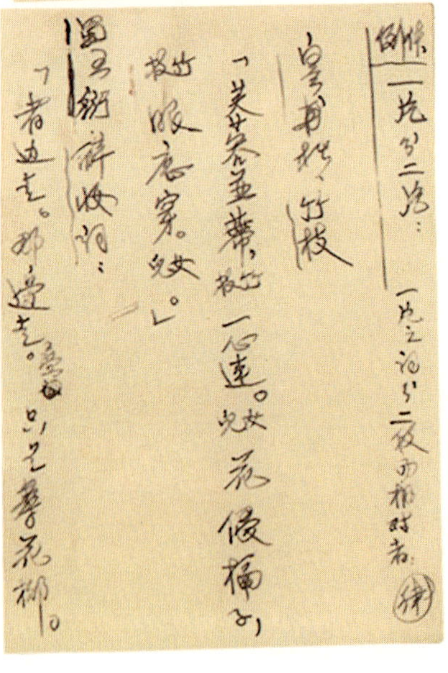
例作　一先韻二疊：　一先之韻與二疊兩相對者
皇甫松竹枝
「芙蓉並蒂（竹枝）一心連（女兒）。花侵槅子（竹枝）眼應穿（女兒）。」
[illegible]竹枝：
「[illegible]。[illegible]。[illegible]花柳。」

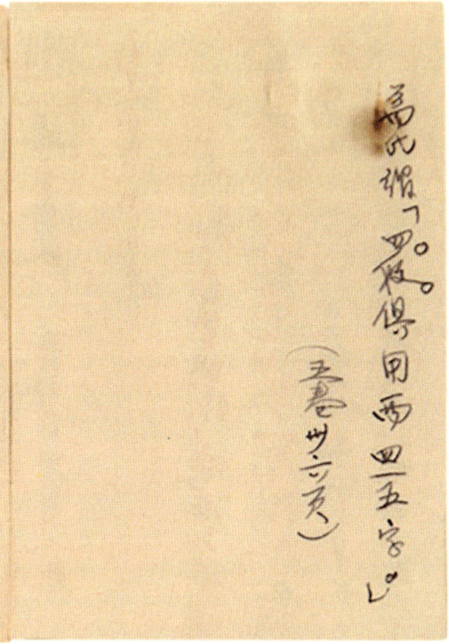

高氏謂「四。段。俱用西四五字」。（五卷廿六頁）

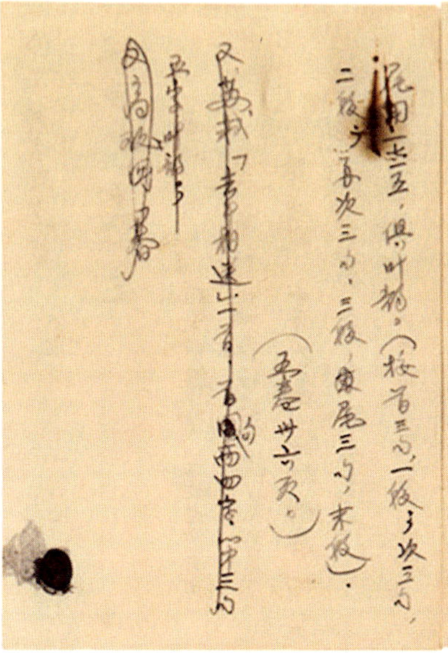

「花間」一五五，俱叶韻。（校首三句，一段之次三句，二段又另次三句，三段，東尾三句，末段）。（五卷廿六頁。）

~~又：萬氏謂「吉相逢山十首，有白雨西四卷此三句~~

亞半叶韻了

又高校呼叫暮

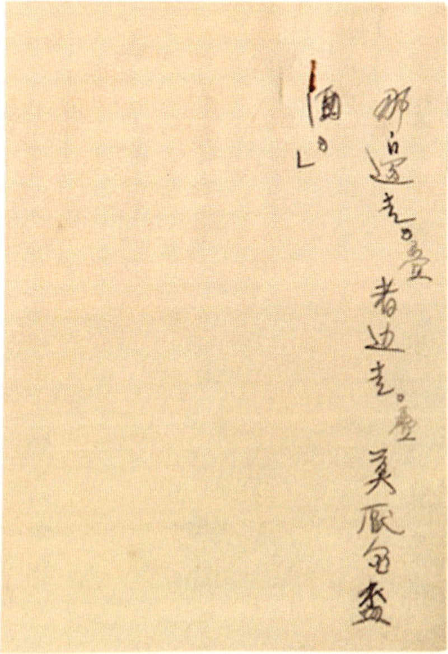

那白邊走。壺　者邊走。壺　美底色盞

酒。」

释 释

√两片字句句意为两段者 可 √合者 没摘编 18-33 √拜星月慢 18-20 √木兰花 7-11

系说前少年游上片两段相对照 √次韵少年游止结句一字错开对照 √宣砚图少

一片中分二段相对者（之韵） 竹枝 1-1 玉漆纵词 1-4

二片句分の段例 √松隐乐府 3-8 索逐「の时景物须用之意」 √稼轩 12-8

柳梢青「八难之歌」 √（17 就冰下 6 临江仙「四景」此写夏秋二景，似当有二首之佚）

7 一片分二段

再加疊例

見例五

史250

柳永傾杯樂 (一)字句不盡異 (二)字句異 (三)字句少異

周邦彥蘭陵王為拉頭人三疊，柳永傾杯樂為

李詞中無此調 22

26 張炎詞 大聖樂 序「余嘗愛古詞之……」

共聲皆不可考……」

王重陽全真集 3 13 調笑令 此種多一片 字句上少了

詞律拾遺1 例毛御請仙經 六言八句即迴波加後疊

歐陽炯南鄉子 本單調 後又有

王圻伊廣集有御街行加一疊

加一疊 入片例

8

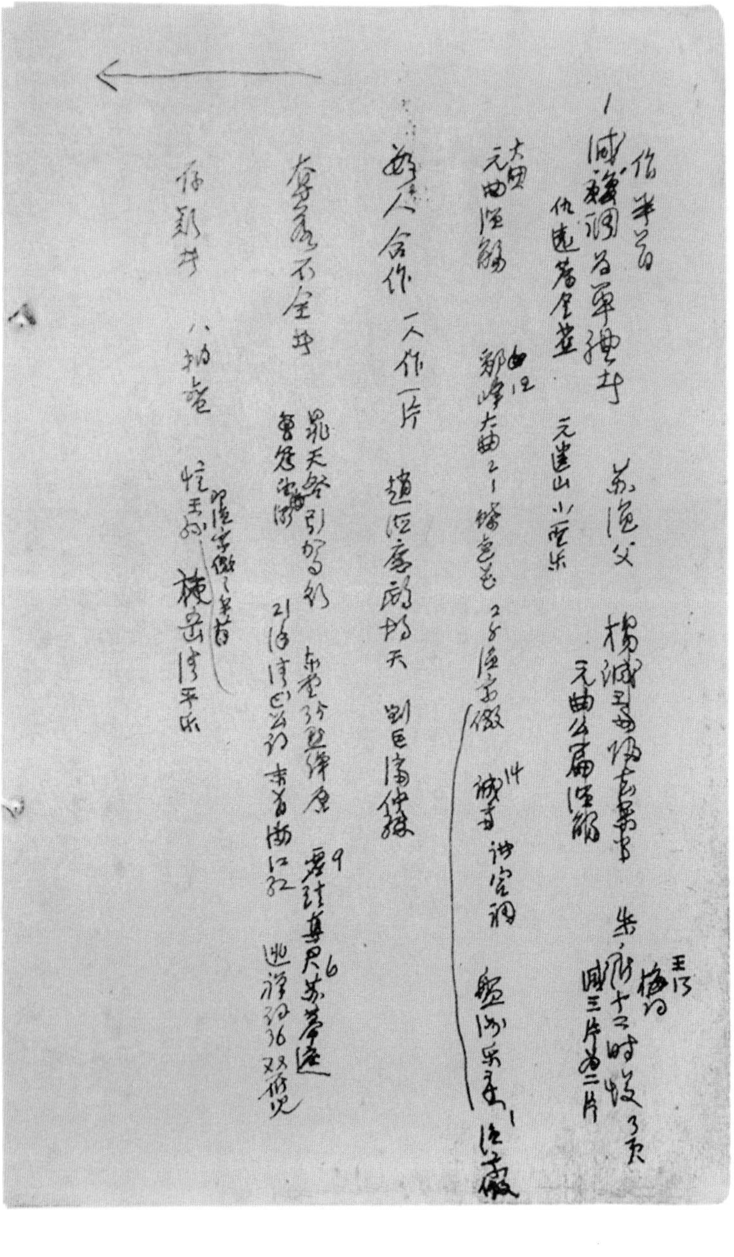

作半首
苏渔父
元遗山 小圣乐
三片为二片
大曲
一人作一片
合作
不全者

雜作半首

稼軒詞中以鷓鴣天序「前段悼文隱詞但有半句……」余作後段，為鷓鴣天……」毒刊「段」誤「段」，是據曹元忠校

特譜同時人詩詞皆頗見到生

樂府雅詞拾遺上作臧之聞「謹以娛學……」漁隱叢話引復齋漫錄云上片劉巨濟作，下片仲殊作。又引古今詞話上片東坡，下片仲殊

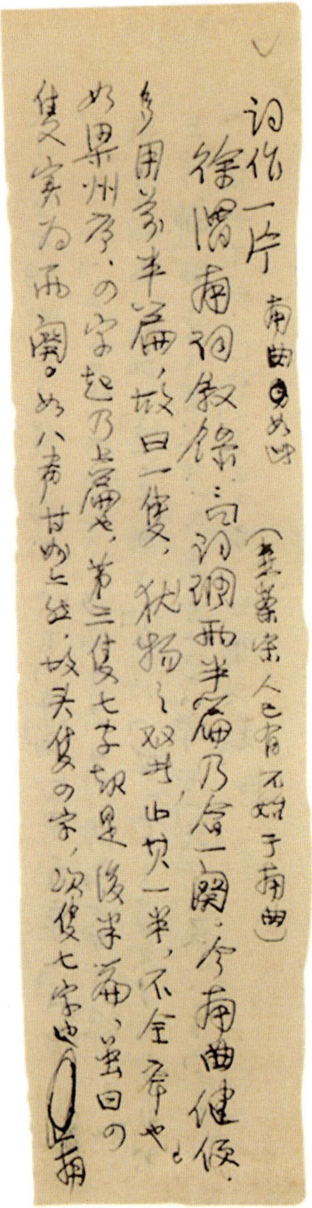

词作一片　南曲多如此

徐渭南词叙录：云词调两半篇乃合一阕，今南曲健儇，多用前半篇，故曰一只，犹物之双其也只一半，不全带也。

如梁州序、の字起乃上篇也，第三句七字即是后半篇，然曰の句实为两阕。如八声甘州之类，故头句の字，次句七字也。

（其余宋人已有不始于南曲）

九宮全不解此意，而復不同處，從下「匹篇(?)」二字，或妄一「公」字，可鄙。「公」字即「公」字也，大抵古人因作字不苟，嘗為筆少恐人不知，既筆畫去，故加一「空」字別之。「公」乃「空」字之省文，如今點(?)書、「E」乃「毋」「非」字之省。「又」乃更書一字，僅(?)書「元二之民」，亦「元元」也。後世不知，只作「元二之民」，亦若此類。已

谱

调只作半阕首例

？苏轼渔引子「渔父饮，谁家去」乃夜间集破夏　孙光宪只得调之半

特甚，欧阳少墨（渔引子本只半调）　词谱一、十八

✓孙光宪八拍蛮七绝四句，单破阵子又名十拍子共十句，则八拍蛮似半八句（？）

（[illegible]）渡辽引、御街坊，剧首半调，性王四，查传渔家傲一段，注二九　✓施岳[illegible]

（[illegible]）平乐止作半片（见27清平乐注）　✓朱雍十二时慢，校柳词少一段，句读亦[illegible]

[illegible]（三段止作二段）27　✓杨缵[illegible]只312已注明（元人度曲之证）

元曲引词调皆作半首

[illegible]

止作半首例　✓如天籁轩词谱19引[illegible]行，谓此乐章集「虹[illegible]」

收雨」一阕，实止有半阕　杜校词律（词律七卷）据花草粹编载此词无尾[illegible]，此词本有下段

「[illegible]」二字，在[illegible]（词律七卷）[illegible]此词多少[illegible]

首[illegible]全字[illegible]乐集五卷入四类「[illegible]」

[illegible]」多少」二字已属下段，柳永「[illegible]」两结上片作「想高城隔烟树」

[illegible]许」又时可属上片：乐词或只供[illegible]

又和凝词[illegible]　又律2.26引[illegible]，此加一叠见词律杜校之误

元文此

作半首　入片例。

比八提要校议

乐词境佚其

以半　或作半

首例　此词无

乐集第一卷

宋元首佚半之

宋本乐[illegible]

[illegible]外篇

不[illegible]

仲殊词有止作半首[illegible]

东堂词 [illegible] 长 缺下片！

[illegible] 缺下片

[illegible]

乐府雅词 大曲 [illegible] 无花土首皆止半首 又 [illegible] 渔父舞八首亦止半首

渔家傲引 破子四首皆半首 诚斋乐府 [illegible] 引

曹冠燕喜词 [illegible] 佚下半首

末页

有本止一片者，如 [illegible] 一片子

优 [illegible] 即虞美人之半 词学季刊 [illegible] 四之下

[illegible] 调名 [illegible] 半，附见 [illegible] 四·二下

然不也 [illegible] 是例 [illegible] 杜撰

花草粹编引 [illegible] 元遗山 [illegible] 有二片，而 [illegible] 谱只有

上片，调名 [illegible] 近人杨易霖 [illegible] 下片乃后人妄增 词乐 180

此又作首半之 [illegible]

云谣集 天仙子二首 皆双片 花间皇甫松 [illegible] 皆单片

[illegible] 鱼歌子 竹枝子 [illegible] 皆双片 [illegible] 与花间体大异

曲中亦有全篇或止作半首 [illegible] 篇换头，但当 [illegible] 例略而不填 [illegible] 有少数例外（[illegible] 曲通义 11）

曲中之也不唯 即词中之法遗意，但减去换头不用耳（同上 15）

[illegible] 曲谱之 [illegible] 曲有换头之全阕 曲词 [illegible] 不用换头之单支曲 [illegible] 其说 [illegible] 元人 [illegible] 传奇 引每曲止填半阕 [illegible]

律

多片詞止作一片者 「詞律中止半首者，亦多未刊，皆由佚去」迷移

詞的双疊，兒全下片 21 徐湛園公詞 康熙 末首 滿江紅「憑欄劉」下片缺

雪堂集 又見天仙子本二片，今止作一片 查證

詞律拾遺凡例謂仇遠蘆金蕉即虞美人之半也 又卷一

李蘭芬「長蘆」斷腸人去來將半……」見中興樂府 止單

調「者有王庭鶴筆前首，乃脫誤也」回文

蜀花蕊夫人《蘇莎譯》初辭蜀道之言，似本只四句，後人以為未

全似詞 詞品之上幾此詞

沈雄曰：近代有双調為詞而截半為單調者，如一剪梅截兩半闋改名

米芾、姚鄭、摘紅截半，收為小令 本詞作下片下

一片詞長調者 雪涵浮影月 例至乐 此云可分為二片者

作一片者 有四种

1. 減双調為單調

2. 止作半首 未完成

3. 元曲隱飾

4. 奪落

5. 存疑

止作一片 秀調例（二）

一石孝友燕歸梁下片与柳永大異　錄之

10

改一片

譜

誤
誤分段例 袁去華六州歌頭則將上片之三句分為下片起句，不押均不認 張102

抄本詞辭化 秋宵吟 側犯 18 20 瑞龍吟從借閑。 三卷注39 2

上下片分合無定 孫光憲定西蕃二段 韋莊不分段 2 16 孫光憲

望梅花平韻二段和凝，仄韻者作單調 2 28 上行杯亦是單調，不當分雙調 2 29

柳永果如今不分段 6 2

王安石詠梅 繹

上片尾句或屬上或屬下 此或分例，乃誤字

吳文英法曲獻仙音 17 80 田玉安 18 32 繹

每片字限最後 洛水詞十二 寶鼎現三片，第二片首云「渺逸」，三片首云

又見「七娘子」

以周密後起二字為連前片誤 長亭怨慢上連

三毫本三段誤作兩段 繹叢凡14 繹叢凡14及1-8

誤分句 繹叢凡14

繹

二

「印本宋樞氏詞校葉甚近」三首原注「或在第九句四「逗此分」」下分段，下三闋放此」

誤分片無定 不分片

律

换头短韵属换头或属上片结尾宜辨

柳永引驾行「虹收残雨」一首，词律结云「想鸾城，隔烟村，几许」

同时人晁无咎琴趣外篇与之「来宁[illegible]锁」一首结上片云「[illegible]」

「共同车，游窈窕」换头云「多少，庐宗堂苑，杜曲[illegible]家声

梦扬」「多少」二字明属下片之起，与柳不同

四库柳乐章集提要理宅刊于西窗别

张先隔浦莲近拍「水亭小，当见[illegible]」千里和本作[illegible]汲古本毛刻草堂

花庵皆以属上片，多家被[illegible]梅溪竹屋属于结，隔涌梦又

窗属后起，则此句自来传刻分属无定之例　宋本引词律

久二字小传[illegible]久显阐之字小[illegible]西窗[illegible]

河传中

张先[illegible]作如献仙音下起「眼界阔」汲古本误属上结

[illegible]仙[illegible]二字皆误属上片

不分片

云谣集倾杯乐内家娇别月等长调皆不分片，小令反分片

释

破上下片界限　文义不分片例

稼轩贺新郎「绿树听鹈鴂」、沁园春「斗酒彘肩」　竹山

词[illegible]虞美人听雨　稼轩词「沁园春」「[illegible]」

上下片界限打破例　稼轩1-13贺新郎「送茂嘉十二弟」

上下文义分限　稼轩1-白山阁陵王纪梦词　前片用古人怨愤变化异物为次

片用女子杞思，后者为末片及本题

32后村3 14曲　座方上下片叙从海至后结始题以「世道之竟之来是梦，钝

动野鸡鸣」　29竹山词15虞美人「少年听雨歌楼上……中年听雨……

而今听雨……」

同心苦乐晓谈往复斯为可泣可宽可歌可舞可食可听可放[illegible]　张许有壬圭斋乐府9小桃红「可怜桂题彩衫白」　余每每片说三可

稼轩贺新郎　破阵子「为陈同甫赋壮词」　末句「可怜白发生」　依文义此句为下片

破上下片界限　分片另有例

12

✓樂府指迷之「過處多是自叙，若才高者方能發起別意，然不可太野，走了原意」

✓白樂天言八都致中江月廿八「一不輕許傳法，二誦清淨仙經，三存無為氣，養神靈，四把塵勞拂去，五斷塵勞業火，六除嫉妒害人情，七捨猿馬永安寧，八味瑤漿而飲」

✓最早破上下作盡張本，多於末處回憶「何處覓」一首一起一結寫盡晚中故極寫當日繁華，過片不復

13

上下片改不整齐为整齐

徐

改異为同并

与起句同 即改换头为不换头

于飞乐换头本与起句不同，毛滂则同 11 2 杜安世鹤冲天 12 31（称

永鹤冲天（黄金榜上）一首换头句亦同，而第二句多一字（见汇逗）

又13 參17例

上片文義總詠、下片詠西

如東坡水龍吟詠笛 東坡樂府47下 王碧山天香 參景 草410下

杜詩五古秦州紀行 石龕詩「熊羆咆我東，虎豹號我西」一段寫行路，下段「伐竹者誰子，悲歌上雲梯」以下敘所見伐竹人 上大下小

律詩中亦有此種

片例

得

上下片平仄不同，换头外全体皆同，惟此种罕见

梦窗珍珠帘「有东风垂柳与下片忽定杭幽草」皆

得

上下片字句同而颠倒，如南歌子　如惜团圆　上片三七七，下片七三七，息佳

字全同（即一调）2 15

一字异　二句异　三韵异　四声异

得

上下片相差最小者　西湖月慢

浣溪沙　山亭宴　上结两三字句，下结五字句，馀皆同 17

[illegible] 上片 [illegible] 二字 18 14　玉楼春 伤春怨 两片字数皆同

[illegible] 一 [illegible] 29　露天晓角 下多一字 [illegible] 29

毛滂 [illegible] 少一字 [illegible]　孙光宪 [illegible] 后段 [illegible] 17

毛文锡 柳含烟 后段七字一句与前段三字两句不同 4 17　尹鹗 杏园芳

后段多一字 且韵 [illegible]　[illegible] 二段声韵 [illegible] 少字

江　[illegible] 后段少一字 平仄 [illegible]　[illegible] 结平仄 [illegible]　[illegible] 后 [illegible]

叶一 [illegible]

上下片相差最小

换头数十字

六 传的 [illegible]

十口口耳 [illegible]

一五一

古詩十九首
「孟冬寒氣至

花草粹编无逸山小重乐二片 下片后人妄加
三台词后云鹿的天上片 似杨慎伪作
见词刊8 180 杨易霖说

两首同作法
清波引 少年游道良「而今几日次如此……」另
一首道良云「而今几日几重屉……」同在一变

仍加一片 收入缀例

冯延巳 鸣杂 13 谒金门 秋千慕：以一首上片写早行，下片写别 文义次序颠倒

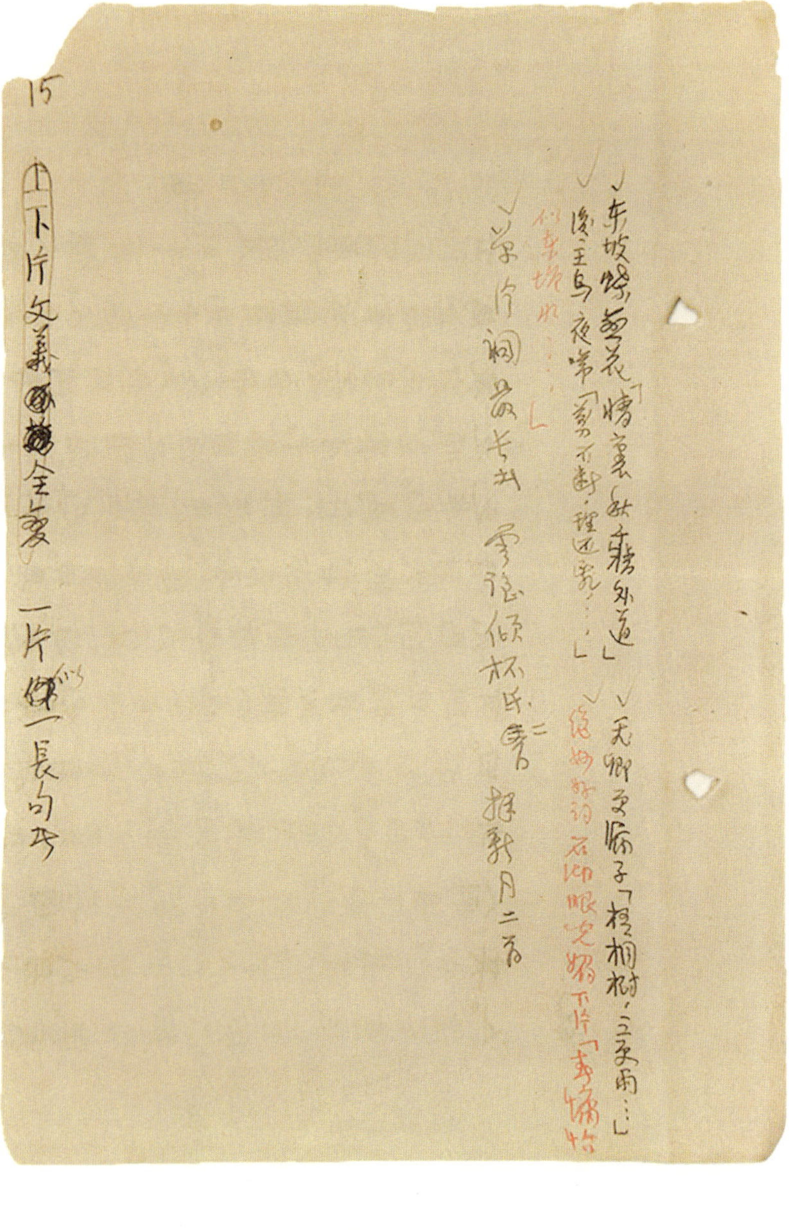
東坡蝶戀花「牆裏秋千牆外道」
飛卿更漏子「梧桐樹、三更雨……」
後主烏夜啼「剪不斷、理還亂……」
後如換韻 若仰眼兒媚下片「
似李煜……」
草片詞最長者 雲謠傾杯樂二 摘新月二首
15
上下片文義全變
一片作一長句者

參分例

17 下片另詠一事

毛稚黃曰「前半泛寫，後半專敘，蓋宋詞人多此法，周清真尤多此詞」

[illegible]前段[illegible]後段[illegible]花下[illegible]後[illegible]說[illegible]

之吳夢窗送吳元印詩[illegible]東坡賀新郎詠[illegible]至末[illegible]

石榴半吐紅巾蹙以下皆詠榴，下詞子[illegible]

皆說[illegible]別一樣也」 此亦東坡創格

此系敘法 如另詠一事物

又如前草堂上下片

永遇樂詠兩事，蘇軾別[illegible]詞「後花子，問朱晦庵即世」上片詠茶花，下片詠朱子（[illegible]）

古詩[illegible]五[illegible]缺一段與下段突從遠方來遺我一書札一段全不連接」

如詞中兩片不接「下片另詠友人到來」

程垓安諸都上結「那更專好花好，風好人好」下片「專好尚恐[illegible]，直饒風好如[illegible]，怎抵它伊人好」

結引起下片

閣調、花好又怕[illegible]雨[illegible]係

[illegible]二郎神慢上結「[illegible]今果[illegible]去生久[illegible]五件[illegible]」下片「[illegible]，第一要[illegible]」

念奴嬌第三要負[illegible]內第三要[illegible]若，第四要[illegible]五要[illegible]神[illegible]，依此五件[illegible]

上片為下片之[illegible]，[illegible]十二[illegible]時「[illegible]」「[illegible]」為人[illegible]

[illegible]知[illegible]緣[illegible]，爭如[illegible]去[illegible]間[illegible]雲水」

[illegible]蓬萊仙[illegible]路」

上片結句引起下片 起了[illegible]

第三十六[illegible]」下片[illegible]花 [illegible]

結「[illegible]事」上下片「[illegible]」

[illegible]

後村[illegible]上結「[illegible]」 臨江聲

東坡臨江仙「[illegible]不應，倚杖聽江聲」下片[illegible]

朱淑真「生查子」「去年元夜时」，下片「今年元夜时」

後村「卜算子」「片片蝶衣轻，点点猩红小。道是天公不惜花，百种千般巧。朝见枝头繁，暮见枝头少。道是天公果惜花，雨打风吹了」

上片問，下片答

上下片問答句

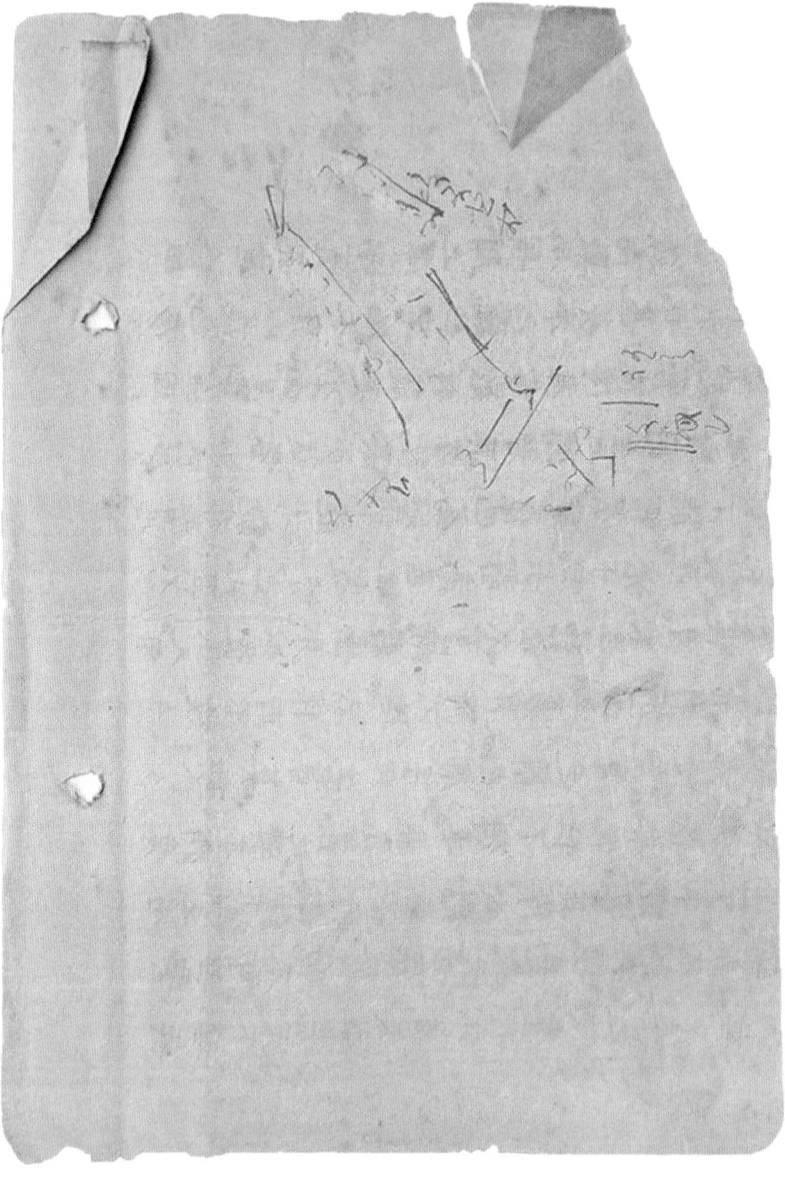

廿三冊

換頭例 第四 此式并入新調例中

# 換頭例

# 多片例

1 除換頭即改宮調
2 換頭改句
3 換頭增減字句
4 換頭改字句
5 換頭改平仄叶韵
6 換頭韵
7 換頭短韵
8 換頭移韵
9 換頭改韵
10 換頭增減韵

11 換頭不變
12 換不變入後變
13 換头
14 么篇換头
15 換头要[illegible]最
16 換头韵字句皆变
17 換头最长者
18 換头声好
19 同调而換头不同
20 双換头误分段
21. 三字短句作结者

8 改換頭即改宮調例
（換）
洪先一解珠止換頭，一句與李望異。賀
入他調 12 26 注知換
頭平仄亦重要
晁无咎蝶戀花止換
頭句平仄異即名
犯調 13 14
鄧天階自散天花
止換頭平仄之異
13 16 柳永甘州令
注 15 25
柳永定風波 後林
換音 後換 音
曲調換頭少一字
20 ● 又

樂府詩集卅丁陳商曲辭有襄陽樂劉宋時曲共九首。
第一首云「可憐公山，在襄陽，別後莫相忘」餘七首
兩字皆叔同。惟第六首云「夜相思，望不來，人樂我
獨悲」字句獨異，其次第又在當中，似亦為換頭者

又79丁（近代曲辭）水調歌「平沙花田…」據記曲凡十一疊，前五疊為歌，
後六疊為入破。其歌第五疊五言，聲調最為怨切。
故白居易詩云「五言一遍最殷勤，調少情多似有由。
不會當時翻曲意，此聲腸斷為何人。」水調多疊
皆七絕，惟第五疊五言　詞換頭者調似亦出此
（第十一疊為徹，亦五言）
涼州歌共五疊，第四疊以下為排遍，而第三疊亦五絕，餘
皆七絕。（見79卷）伊州歌七絕共十疊，第六疊以下為入破，三の五
五絕（九十六字絕），又與上不同。

改換頭即改宮調

「換頭例」可入「片例」

[illegible]

必言律美惡

譜

換頭例 (一)文字 (二)音律 (三)韻 宋人名換頭為過變故文字音律皆變例

換頭不改句即減字例

全蓮 纏綿鳳棲梧(減字) 11 22

容思我(同上) 1 22

東字 [illegible] 換頭 [illegible] 26 24

臺山亭 27 21

念奴嬌 27 23

[illegible] 26 82

經

双拽頭 換頭參差

塞翁吟 13 26

乙

換頭改句

3

換頭增減字句

綠

多少為字卅　寄恩新少一字8.11　鬲溪天少一字又分作二句8.12　金縷鞋

多一字并二句為一句8.14　鼓笛令少一字8.18　鳳銜盃少一字作二句18.20

夜游宮8.27 少一字　一斛珠多三字8.8　小重山少二字8.27　惜瓊花

吾

少二字8.35　感皇恩少二字9.13　迷仙引皇恩少一字9.13　三英子

少一字10.21　惜黃花慢多二字　千秋歲多一字平仄異8.27　師令

多三字11.7

改句讀不改字句　醉思仙　綠13.7

律

可減字
可加字
滿路花方千里少游詩人減一字，柳永加一字，趙師使加二字 12 29 辛稼軒一校
花印滿路花亦多二字 12 30

小令各体同法，多依换头字数
2.15 贺浦子 六 出 7 24下

录

# 换头例

（换头数最少者）

加字者（平仄无异） 柳永塞孤 二字 1 6下 一斛珠 多 少三 5 26 惜芳时 慢 多二

师师令 多三 11 7 山谷下水船 三字 11 20 夏云峰 多三字 13 23 贺新郎 霓裳 二字 18-1

多二字 13 25 玉蝴蝶 13 30 字 满宫花 二字 14 28

录

加字者 | 柳永塞孤两段相对，惟换头较前段多二字 1 6下

小调 菩萨蛮 回溪 换头皆变 五 15 贺浦子 六出 7 24下

录

加字平仄不同者

千秋岁 一 10 27

十月桃 加三字 16 51

换头加减字（二）

緝

加字並改句者

全用韻多至并二句為一句 8 14　都永嘗詩卷 12 28　采蓮令 13 24

金盞倒垂蓮 13 29　慶清朝一字 14 31　月下笛 15 14　紫玉簫

15 34　加一字平為實　全詞止此句異 17 33

緝

加一句並加一韻者　撲蝴蝶「景何限」叶 11 21　万俟 春草碧「何處」11 22　柳

永 探春「久離缺」11 34　小鎮西犯 11 34　蘇小 13 1　[illegible]

緝

加一句不加韻者　金人捧露盤 11 30　玉蓬萊 15 4

緝

「淺戲送春」移接頭加

「寶兒說」之字可證字

19 19

律

減字者

望仙樓 少一字 4 32　多麗春 少一字 4 33　阮郎歸 少一字 4 35

喜恩新 少一字 8 11　鼓笛令 少一 8 16　夜遊宫 少一 8 27　小重山 少二 8 34

惜瓊花 少二 8 35　感皇恩 少二 9 13　殢長卿 少一 9 13　三奠子 少二 10 21

尚後花 少一字 12 27 28

律

減句者

皂羅特髻 少四句 12 8

換頭增減字句（三）

律

減字改句法

鷓鴣天少一字又分為二句 8 12

鶴沖天減一字合二句為一句 12 13

會風鈎 鳳銜杯少一為二句 18 20 柳永

律

增減字並改平仄法

千年調少一字 11 16

玉京秋 17 18

陌上花 15 28

律

改兩三句者　改五六句者

霓兩三句者　夢揚五更春　霓二句 9 15　好女兒 9 16　柳永　定風波　霓の句
9 19　明月逐人來二句 9 22　傳言金童二句 9 25　哀心二句 9 29　玉樓人
二句 10 2　新々全三句 10 8　粉蝶兒慢二句半 10 末　于飛樂二句 11 1
憶悶 11 17　解連環 11 17　瑞鶴仙二句　字句同平仄異 11 19　香蘿
子 11 19 二句　春草碧二句 11 22　視劳書近三句 11 28　山亭柳二句 11 29
鎖窗寒 11 33　瑤階草五句 12 6　燕歸梁二句 12 9　柳初新二句 12 11
芳鄉引 12 26 二句　華胥引四句 13 2　柳梢青　金井 13 28　東坡齋
力三句 13 28　滿庭芳六句 13 32　六么令 14 12　迷神引五句 16 3
8 賀鑄石州慢　改六句 17 22　秦淮五上來　五句 18 27　鄭蓮旅　五句半
18 29　新郎柳五句 19 10　送瓷雪五句 19 32　柳永送征衣五句 20 6

4　換頭改字句

例

增減字句者 夢行雲 多一句 10 17 撲蝴蝶 轉調二郎神 10 25

例

換頭不照定式者 填 坡公 醉蓬萊 10 5

換頭改平仄例 柳耆卿 12 20 句字内不改者 句首改者 沈會宗 蟛蟟花 13 14 注 陆游 谢池春 15 6 (7)

韻

家山何處 平仄全異者 滿江红「第城五夜穿遊歇」送袁倅行已成詞話

繞」6 13 萬斛若不爾 山谷 望江東 7 9 易安 鳳凰臺 7 9 花上月

全 又十一 9 1 張先 翦牡丹 9 3 杜安世 玉樓春 9 3 紅 9 12 黄鐘樂 9 24

風中柳 9 又 30 謝池春 杯蝶兒 10 34

改平仄 不改字句者

坎之 錦堂春 又 12 滿江紅 6 13 萬斛不爾 山谷 望江東 7 9 易

安 鳳凰臺 7 9 花上月 又上一 9 1 張先 翦牡丹 9 3 杜安世 玉樓春 9 3

翦紅 9 12 黄鐘樂 9 24 風中柳 9 又 30 謝池春 杯蝶兒 10 34

韻

榮成功 上一字平又平 9 16

蓮塘早梅芳近 16 5

今 換頭改平仄

律

換頭用韵最密者

定風波用四个三字句皆叶 15/11

每句三字用韵，[illegible]音樂上一小段腔的重复使用，重复二遍，填詞者即以「四个三字句皆叶」。胡忌 七、二十六日

律

換頭用韵最疏者

[illegible] 夏初臨（或即一[illegible]）四句四字句[illegible]方叶 15/6

6 換頭韵

律

換頭用長句例　与短句短均反

孫魯 15 20 八字句，惟柴改为四字二句 15 21

律

此併入下例

換頭短句 誤入前片末

曲家别久 20 叶　见「展西雁」　见长亭怨一慢

換頭短韻第一字多作平 （譜）

(一)連下句者

(二)獨立者

(三)不連不獨立者

(甲)本無暗叶而叶者

(乙)本有暗叶不叶者——陳允平芳草渡 11 24

換頭短韻五字句最多矣

西子妝

譜

換頭暗韻例 或入叶韻

換頭不用短韻例

換頭本無短韻而叶者

夾叶例

7 換頭短韻

換頭短韵

録

換頭短句例

三字并　隔浦蓮近拍「水亭小」亦是換頭 11 9　陽臺路「林梢

早三字丸換頭 11 10　瑞牡丹「多伊限」11 10

瑣窗寒 11 17　撲蝴蝶近 の園竹 11 27　祝英台近 11 24　蕊珠閒 11 17　謁西 11 33

彩鳳飛 12 9　寿春 15 11（連用の三三字句、皆叶韵）

有本無短均而加短韵者

文英 珍珠簾 比陸游少一短均一句均 15 13

16 27 竹山 金盞子 17 32

本無而加者

曾允元 月下笛 清真本無 15 15

天樂 17 21 惜紅衣 宴清都 17 29

千里 和清真 瑞鶴仙 17 13　陸游

羅志仁 霓裳中序第一

參韵例重出　録

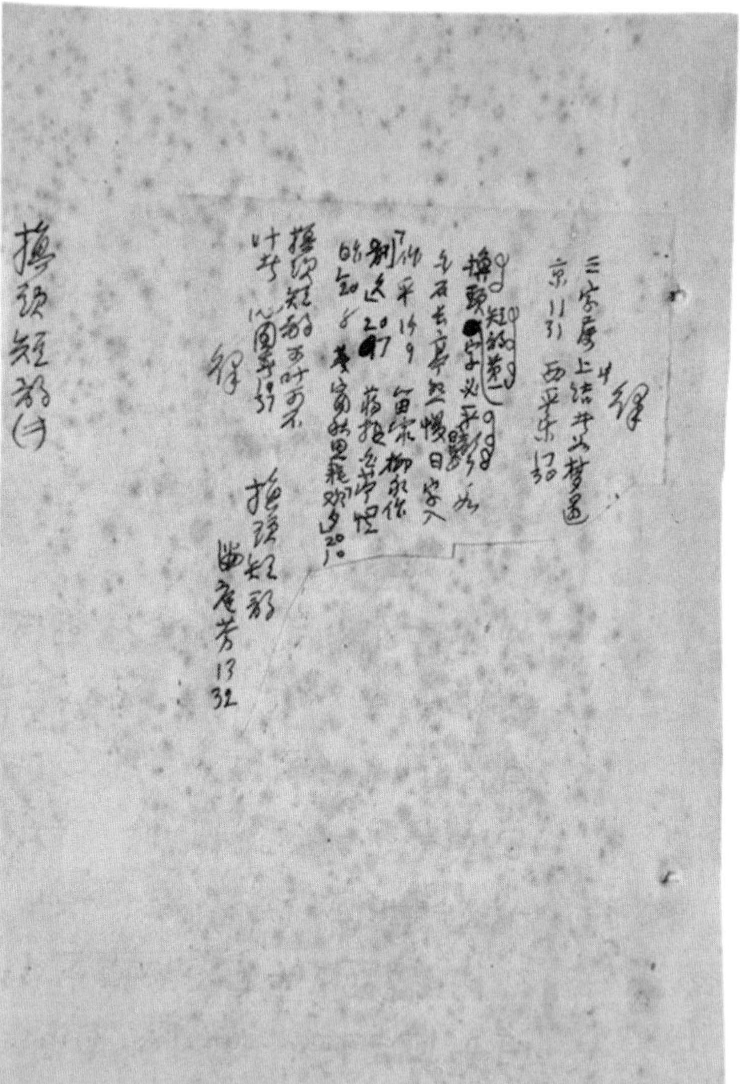
換頭短韻（一）
三字屬上結并入夢窗
京 11 31 西平樂 42
換頭短韻

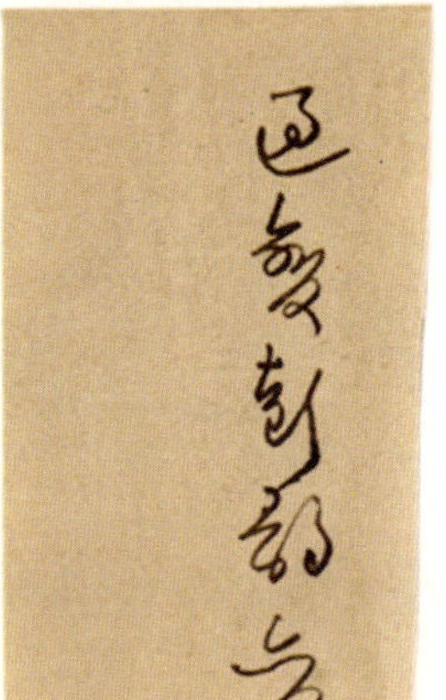

錄

移 換頭短均爲句韻

參韻例換均例

8

換頭移韻 參移韻

9 換頭改韵

改叠以為同并
本与也句不同，于長樂換頭
別同 11 2

釋

多數句并　夢行雲多一句 10 17

釋

多一韵并　柳永集賢賓 9 7　黄孫霖同心 平叠三字 10 21

換平仄靈之聲韵并（釋）
東坡行香子換平仄，柔高
叶韵 9 25　黄昇別叶一句 9 25

換頭改韵例（譜）
芳草渡 11 27（引作點2 37？）
石孝友茶瓶兒 12 19（改作疊句）　朱[illegible]撲　別[illegible]

10

換頭增減韻

換頭增韻例 減韻

五綵結同心，35下(以上未查)

李演摸魚兒 32 18

劉辰翁蘭陵王 37 ？

東坡哨遍「叱」字增「嗟」，替齊、瞿有不叶 39 4

9
33
九之初卷

翠芳草上片無叶，過片字句同而不叶 7 16

王沂孫瑞鶴庭竹 11 3

續 吳筆道 翁佩全

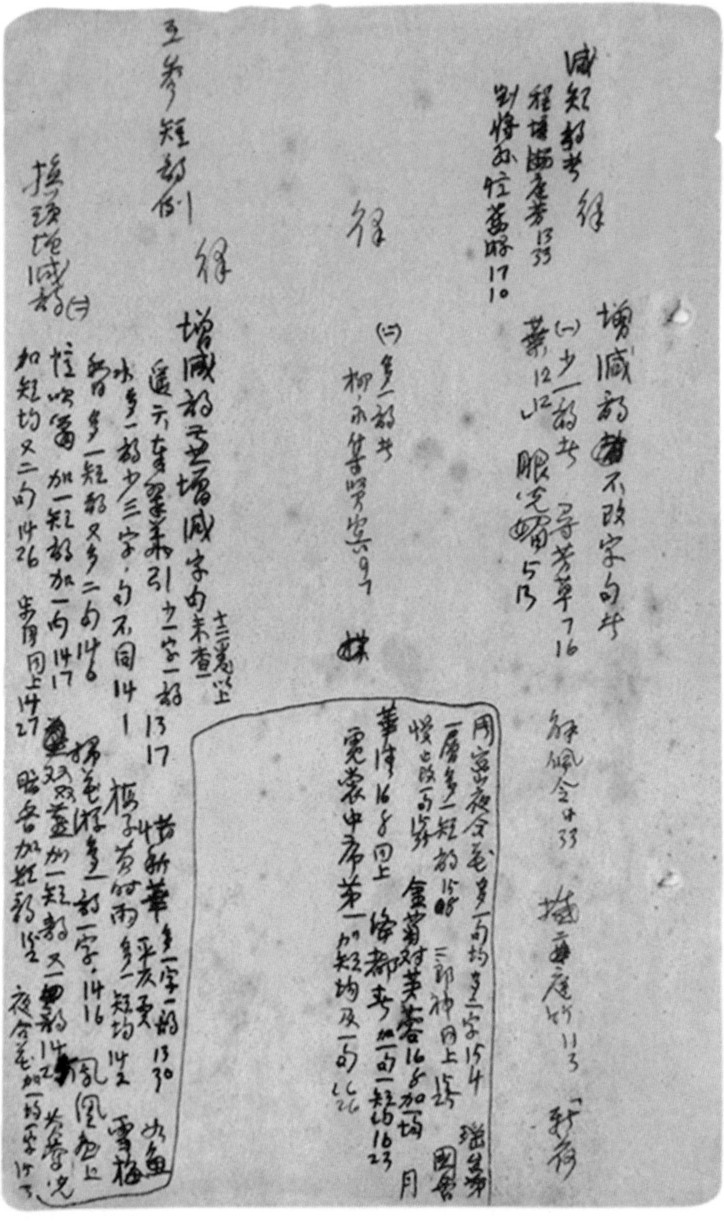

詞例

結

增減韵並改字句者　花上月令 平去互易 9 1　夢揚州同心 又多二字 10 21　[illegible] 少一均 12 15

双瑞蓮 少韵多一字 14 12　玉京[illegible] 加一均 [illegible]　珍珠簾 加一句減均

15 12 黄鸝香(?) 加三字少一韵 15 19　無悶 加[illegible] 加一句 15 3　十月桃 加均

加三字 16 5　鎖窗寒 加二韵（[illegible]）一句 16 7

結

增減韵更改平仄者

东坡行香子 9 25　黄[illegible]叶句 9 28　月邊嬌 15 2　辛稼軒

[illegible] 16 32

結

增減字、韵、並改平仄者　美年歡(?) 加二字一均、16 21　[illegible]

二 換頭不叠

律　換頭不叠并
按萬樹遺 9.21
據金鼓 5.26
詩人...行...

贊成功 二字 平去去 9.16

曲叢小井如喜遷鶯時文辭作換頭疊云「文傳馬，筆如椽」，迭疊云

慶天申 晓玉席 4.22 但他人作不叠　萬氏遺之仙樓山換頭此句

少一字 4.32 番進春上西 4.33　阮郎歸換頭少一字 4.35

律

不變者占總分之

幾　小令占幾

中長調占幾

換頭不變者

踏青游占32

12

換頭不變之後變

律

第一句不改，第二三句方改者　阳关引 前六句平 1130　柳永 ？、[illegible] 二句 1 天 1232
传言玉女 第二句平仄异 1111
清波引 第三句方变

律

换头小变入后大变者　情长久 188

律

换头不变入后变者　洞仙歌 12
[illegible]早梅芳近 1216（但换头平仄异）　蕙兰芳引 上换头第二句少变 1233
留客住 此换头三字同， 1414　山谷 逍遥乐 1527 此换头留不同　西湖月
[illegible]
两片相同，惟尾句稍参差少二字 1814　柳永 [illegible] 柳同 1914

今之詞調中換頭處　不能分段
少能分段

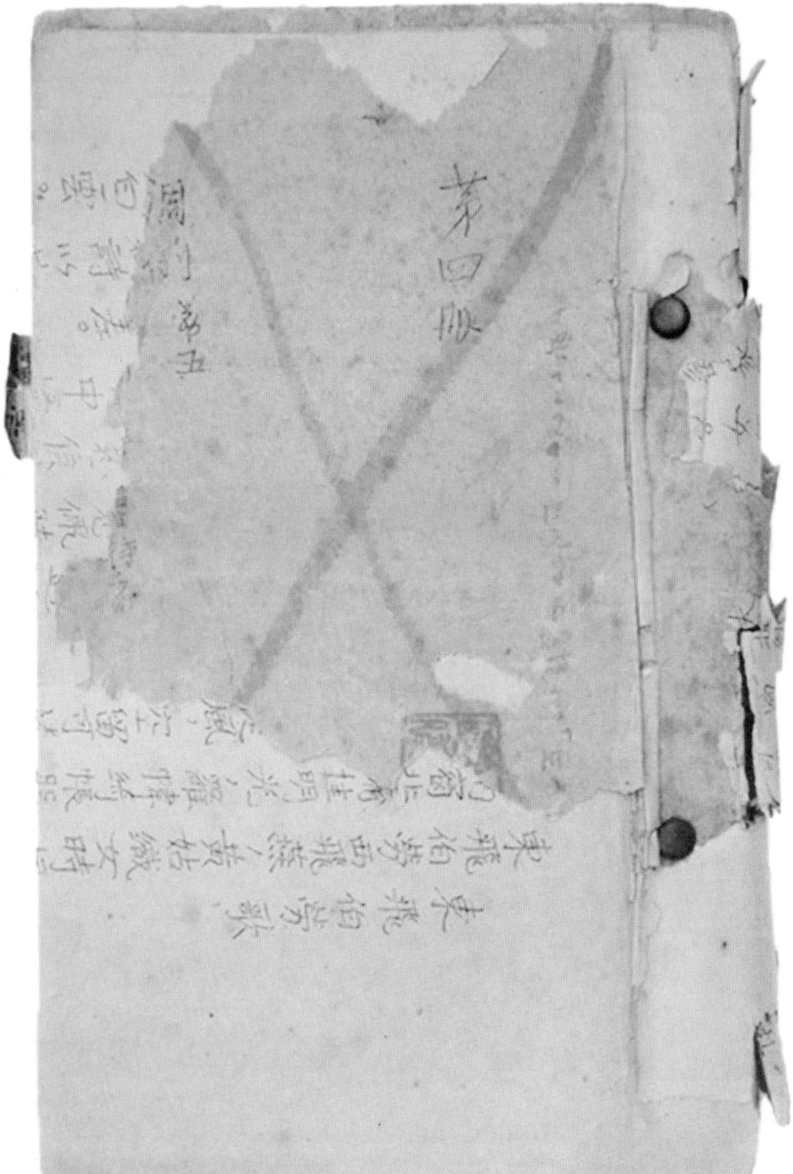
東飛伯勞歌

東飛伯勞歌

東飛伯勞西飛燕，黃姑織女時

□窗北牖挂明光，羅幃綺帳脂

□風，空留可

佩

中

春。

詩以

白雲。

李白

調例
體例
魯頌例

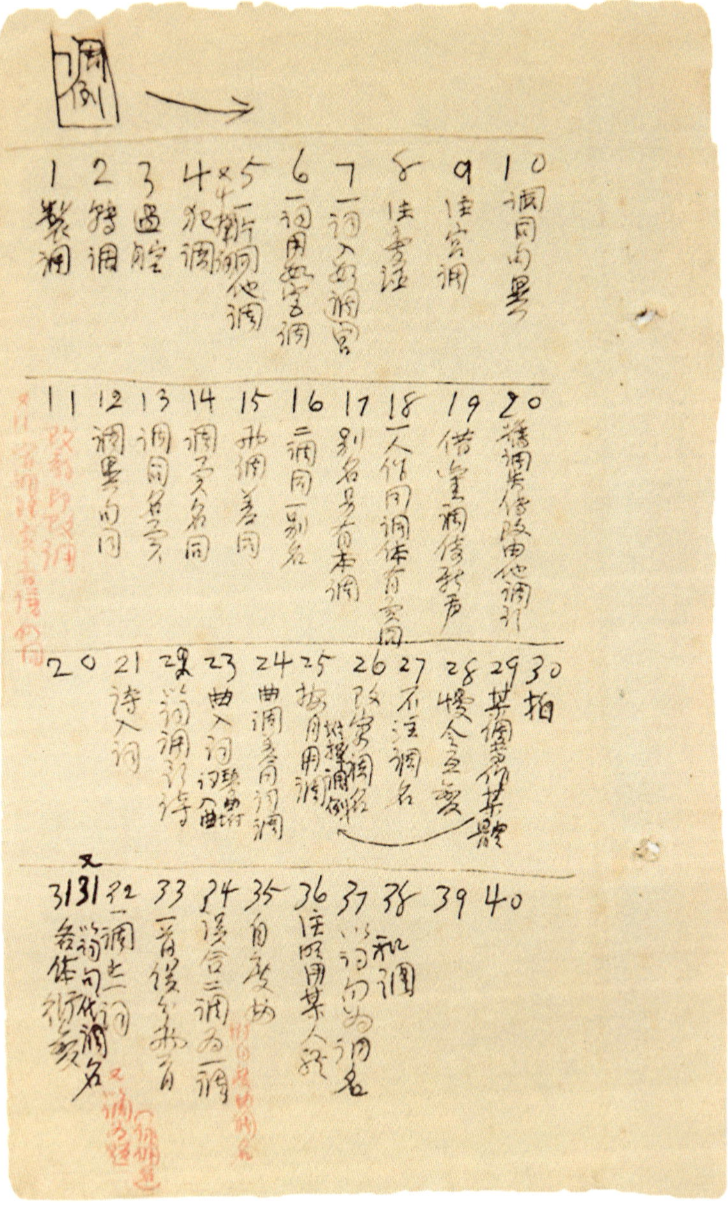
詞例
過腔
犯調
住宮調
詩入詞
不注調名
自度曲
和調
拍

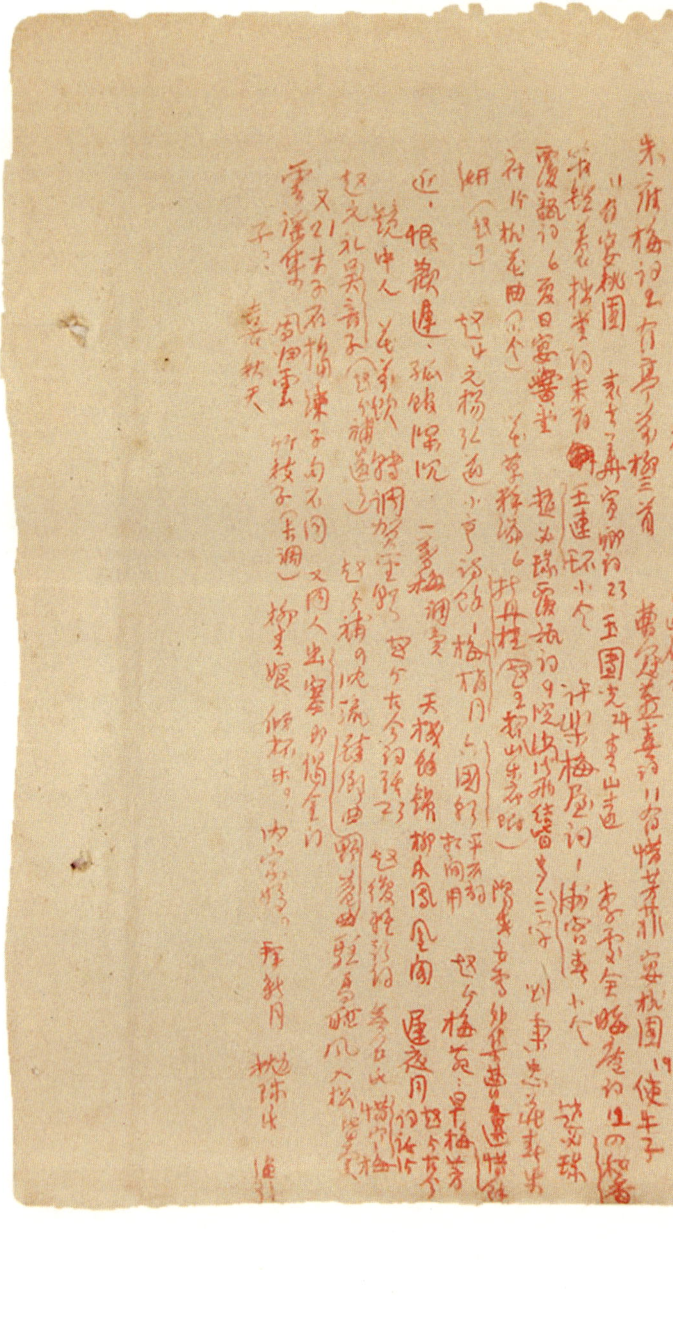

詞調新聲例　詞曲史263

25 換目用調附撰調例可入此

8

詞學季刊一卷四期　楊生研究詞學之商榷曲子可按

倚曲子皆詠其傍題　叢刊44上下可按「今效摘南北樂調之聲枝哀怨」楚辭2上

入19 傳舊調作新聲

新編「續九辯」「九歌」「奏九歌而舞韶兮」天問「啟棘賓商九辯九歌」似九辯皆古樂，王船山曰「辯猶遍也，一闋謂之一遍，蓋亦效夏啟九辯之名，紹古體為新裁，可以被之管弦，其詞激宕淋漓，異於風雅，蓋楚聲也」　據此填詞最早當推楚辭

參25 換目用調例

新聲

詞

依大曲制调　録二頁

宋代大曲至今尚其体段者，唯董颖薄媚十遍、曾布水调七遍、史浩采莲八遍。今宋词

如曾慥乐府雅词有柘枝、歌头、柘枝令、扑蝶遍。见大曲考卅一页

可确知其出于大曲者，惟周密大圣乐自注单遍或即大曲大圣乐之叠衮、

晏小山泛清波摘遍为大曲泛清波之摘遍、吴文英之梦行云自注即六

么花十八，即大曲绿腰之一遍、曹勋长寿仙促拍或即大曲长寿仙之催

拍，侯寘的照对摘遍即大曲照对之一遍（即氏为第二）扑蝴蝶或即大曲柘枝

之一段遍。陈元靓岁时广记卅五有倾杯序，共四叠，似大曲倾杯。白石霓裳

中序第一，乃霓裳道曲。柳永法曲献仙音，法曲第二。此外宋词之以序编中腔名者以

哨遍、薄媚序当亦为大曲中之一遍。撷指调中腔、铜寿长中腔之类，衮摘遍、歇拍、去声之大曲名也。大曲考

洪迈夷坚志乙志十三载巫山神女惜奴娇大曲，与摘遍入破之名之类。高丽乐史

七十一乐志惜奴娇大曲八遍，乃大曲之遗。

郑山堂考索隐后录卷之太清舞之乘、渔父舞，太清之舞乃铙鼓之歌

编为大曲，见此乃与大曲之关系。见大曲考42页

得

一人作調，一人填詞，亦詞之變。 ……石湖與姜夔，每得一解，即（碧雞漫志 16 下）
碧雞漫志二：「江南某氏者，解音律，時時度曲，周美成與有瓜葛，每得一解，即為製詞，故周集中多新聲。」
教坊得新腔，命柳永填詞

得

詞譜皆無一字　亦石

先作譜後加字者，一如芭蕉枝上　叢書 45 上

先作詞後作譜　白石 ● 今一長亭怨慢序：「余頗喜自製曲，初率意為長短句」
紅白，然後協以律

草堂引復齋漫錄政和中 ……

徽宗朝御前大晟府填腔（見緞叢 16 2 下）

「當殿夜深吹玉笙」　樂府雅詞傳其聲……　緞叢 16 3 上

得

有譜無詞　諸高操　詞初無此，妓館得新詞，命柳永填詞

樂府大全集無有傳無詞　27 蘇轍 14 羽調解說……有譜而無其辭

得

有詞無譜

古本先有者
後製詞與見調

填新腔　避暑錄話　教坊樂工每得新腔，必求柳永為詞，始行於世

填舊腔　舊調見於唐人

製調

調名與本事 如竹枝 皇甫松 止二七言句 共十四字（竹枝女兒隊名）此十六字合三句

碧雞1.7下 說「荆楊本自有鄂州名，乃獨以鄂徵換羽於定調，而當時士大夫不懂之也，今人苦心造成一新聲，便作幾許大知音矣。」

知宋人造調也苦 後志二 又說周美成新聲得于江南某氏。又柳永調亦多於教坊，似用柳亦多自製詞．（後志二云柳「能擇聲律譜」 美用亦多，不云能自製）知白石度曲，必不如此人之易之

依大曲製調 碧雞後志三「凡大曲就本宮調製引、慢、近、令，蓋度曲者常態」 如梁州本大曲，（碧雞有梁州令 亦一詞是時碧雞外編）

齊天樂本大曲 清真集有慢詞 此據毛本 詳見唐宋大曲考

有同宮調者 如齊天樂大曲在正宮，清真詞亦注正宮

有不同宮調者 采雲歸大曲在仙呂調，柳永詞則入中呂調，大曲壽仙入般涉調（[illegible]樂府雪詞則入道宮）

就大曲中摘調 詞苑叢談 2.6下 引碧雞

美文略此

如水調而又有新水調，乃水調中新腔（碧雞十二下）同卷又有水調歌頭，乃就水調中制歌頭常曲

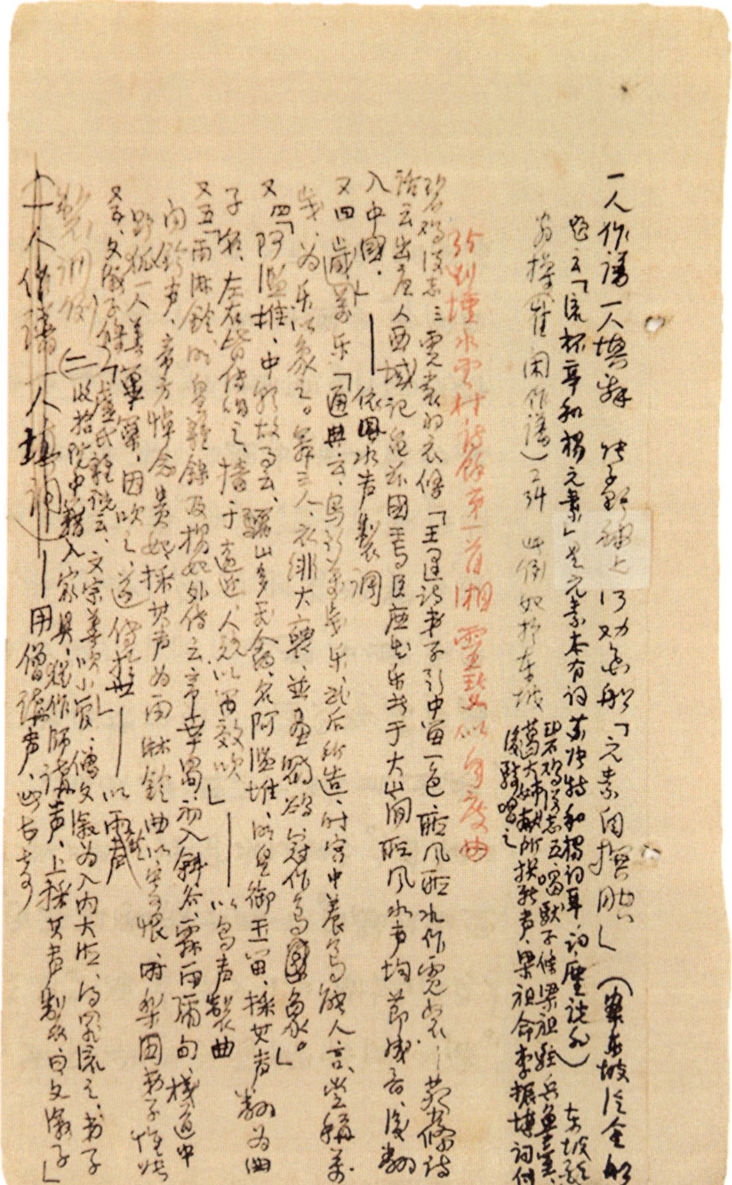

一人作譜一人填辭　……「元素自撰腔」（東坡詞全集[illegible]

敘云「陳襄亭和楊元素」是元素本有此曲……和楊詞尋，詞歷記之）東坡敘

為楊元素閑作譜）之外，此例如……

以劉禹錫竹枝詞序第一首湘靈鼓瑟以為度曲

……霓裳羽衣傳「王建詞序引中當一色聽風聽水作霓裳」——蔡絛詩話云出唐人西域記，龜茲國王與臣庶知樂者于大山間聽風水聲，均節成音，後翻入中國。——依風水聲製詞

又四「鳥歌萬歲樂」通典云，鳥歌萬歲樂，武后所造，時宮中養鳥能人言，常稱萬歲，為樂以象之。舞三人，衣緋大袖，並畫鸜鵒，冠作鳥像。」——以鳥聲製曲

又四「阿濫堆，中原故事云，驪山多禽，名阿濫堆，明皇御玉笛，採其聲翻為曲子，左右皆傳唱之，播于遠近，人競以笛效吹」

又五「雨淋鈴，明皇雜錄及楊妃外傳云，帝幸蜀，初入斜谷，霖雨彌旬，棧道中聞鈴聲，帝方悼念貴妃，採其聲為雨淋鈴曲以寄恨，時梨園弟子惟……

又六「文敘子」盧氏雜說云，文宗善吹小管，僧文敘為入內大德，得罪流之，弟子收拾院中籍入家具，猶作師講聲，上採其聲製曲曰文敘子」

……一人作譜一人填詞……

先作詞後填譜例 唐五代人多依譜填詞，唐宋依教坊新翻為詞，南宋時則有樂府作成集

白石自序 魚游春水詞 21 29 其先作詞者不多見 碧雞漫志第一頁詳論此可抄

？ 一人度腔一人填詞例

勸金船 楊繪撰腔請東坡填詞 21 23 東坡詩為據

苗大娘製曲獻子詞 畀祖命李振填詞 見碧雞漫志

製調之人，有樂工，如

1. 有妓女 如苗大娘製曲獻子 見碧雞
2. 有士大夫 如柳永

（製調（三） 先作詞後填譜）

製調原因考

兵间（武士贊元帥）——蘭陵王破陣曲 碧雞4-1上

記祥瑞——萬歲樂（鳥致） 碧4-3上

民间贊之音——民為明皇作夜半樂、還京樂 碧4-3下

製曲贖死——何滿子 碧4-4上

擬鳥聲為曲——阿濫堆 碧4-5下

聽風聽水作霓裳 碧3 雨聲——雨淋鈴 碧5-1下

詠女子——念奴嬌 碧5-1上

詠[illegible]貢乃舞——菩薩蠻 碧5-2下

採從經唱聲——文漵子 碧5-3上

議

(一)字句不同者

(二)韻不同者

(三)字句同者一（如沈會宗轉調蝶戀花 13 14）（正轉攷平仄異）

陳[illegible]之說以[illegible]轉[illegible]行

轉（「曲名轉調，送[illegible]子与移律詞同情，不外句攤破句法耳」[illegible] 35 36

轉調例 「轉調者攤破句法，添入襯字，轉換宮調，自成新聲耳」13十注 大13本注

列備四曲，依新例後

轉調踏莎行（曾覿）13 4 古今詞話攷正 6 27 樂府雅詞不收此

芳名轉調滿庭芳 24 1（二）轉調謝池春 32 35

沈會宗轉調蝶戀花 13 14 另見金詞[illegible]轉調 28 9（上二句斷後不同）

轉調踏莎行比踏莎行字多句[illegible] 句緣多 3 5 七本作[illegible]補一首此調

[illegible]轉詞之 8 [illegible]美人[illegible]片[illegible]五 七六七五（不[illegible]轉調字）

徽宗詞一轉調滿庭芳（[illegible]轉調字之）

樂府雅詞沈會宗轉調蝶戀花 [illegible] 之

轉調滿庭芳 [illegible] 之[illegible]美人[illegible]曲三，廿一層中呂詞，廿一中呂[illegible]，近世轉入黃鍾宮」

轉調滿庭芳平韻 詞[illegible]則[illegible]轉調滿庭芳即入韻

世以八聲甘州仙呂詞，而中呂調有象甘州八聲，[illegible]作新聲」2

六么本仙呂調，而[illegible]本轉入楓香調中，[illegible]了 7 上（[illegible]不知何調之[illegible]）

[illegible]後轉此曲入道調宮，又轉入小石[illegible]大石調」[illegible] 1 上

轉調例

又

3

？

碧雞此調本用□字調今用上字調〔補〕

過腔例　白石湘月即念奴嬌

琴趣外篇1.5　晁无咎消息注云：「自過腔，即越調永遇樂」1.19

碧雞漫志三　甘州本仙呂調　原文「甘州世不見，今仙呂調有曲破，有八聲慢，有令，……」又大曲破本宮調制引、序、慢、近、令

蓋度曲者然之　知甘州本仙呂調，而中呂調有「象甘州八聲」，即是用其法於

中呂調。此例甚廣。乃轉調過腔之類（象作象一）

同書又記顧瓊、李珣有「倒排甘州」

碧雞漫志二云公下云僧善本與康崑崙比琵琶，移羽調於楓香調中，下撥聲

如雷，絕妙入神云云

過腔　＝轉調？

譜 調名着「犯」字 8 32 犯法皆不可考

犯調例

白石 凄凉犯

柳18 犯注 柳永小鎮西犯与小鎮西每段上半句同 16 13

八犯玉交枝 史 254

（一）以宮調犯調 仙呂犯商調 白石凄凉犯 詞源

（二）兩調相犯 南鄉一剪梅 12 34（南鄉子与一剪梅）

江月晃重山

曲律論犯調名第三

犯調有二義 江月晃重山下小注 6 5 （一）犯宮調 （二）犯句法——江月晃重山

八音諧 八曲合成

四曲之集曲

犯調例

有刪段者 江城梅花引 前段大半是江城子，後段而其下不似梅花引

四犯令 不可考 6 67

玲瓏四犯之起句与四犯剪梅花同 14 13 匡

瑞龍吟八仙一名八寶妝 或名八調合成 16 7注

小鎮西犯 卷5 小鎮西 卡片

另錄白同 11 34

4

犯調

犯調始於柳永 集中 見貴耳集（宋侯 1-0-3）

八犯玉交枝 詞云 19 26

犯調法　調名　17詞律卷6の犯首乃梅花　如蒲江詞之錦園春三犯　飛雪

每片犯一調，連環二犯、蓬萊、一寸獅兒有之　又如月城春、山郎錦園春三犯

吳文英瑞鶴仙影則同宮調也

草堂八音諧「蘇氏詞書云採隨蘇自律以八曲合成，而每女兒，一花拍九

宮調細為查核分斷」詞綜於逸時計用李萍望三句、望李四二句，

女采山蜜遊故八一句，迎春樂二句、雪獅兒山二句、蘭陵王四句、絳都春の

句、看燈二句。

大魏犯六調　見陸某詞話下12引姜夔說（似不可信）

越調蘭陵王　本犯正宮，後邑用大凡字大一字句字，故亦名「大犯」

詞話卷4-1上

西河長命女「又別出大石調西河慢，本犯正平，極奇古，蓋西河長命女

本林鐘羽，而近世所傳二曲，在仙呂正平兩調，亦羽調也」　沙窗錄卷5上下

西江月加小重山為江月晃重山、踏莎行加虞美人為踏莎美人（見沈氏古今詞話下19下）

若是犯調法字
皆同則可據以
查是何宮調

此未入

續

蔣捷探春令首片用吳夢窗體下片用楊无咎體止一字 6 21

吳文英西河惟一結用稼軒體 18 27

詞中犯調有二種

吳梅顧曲十知七 集曲曰：「大抵曲中之犯与詞中之犯大異，詞注重於起調畢曲，如所犯者声先本宮，仙呂宮上字住，道調宮亦上字住，故于仙呂曲中犯道調，或道調曲中犯仙呂是也；惟曲則一句之犯者節拍悉，實是曲家犯調之法，曲家所云犯調，雖也剪裁詞句，於結声之調、高下關係，犯宮調須取管色相同者用之，如王伯良說，洪宮調惟仙呂可與雙調出入，其餘界限甚嚴……」

查此過之犯前乃樵菴，如皆用同宮調之詞句否（住字相同即同宮調否）

一、犯調（二）一詞用二人體 入調

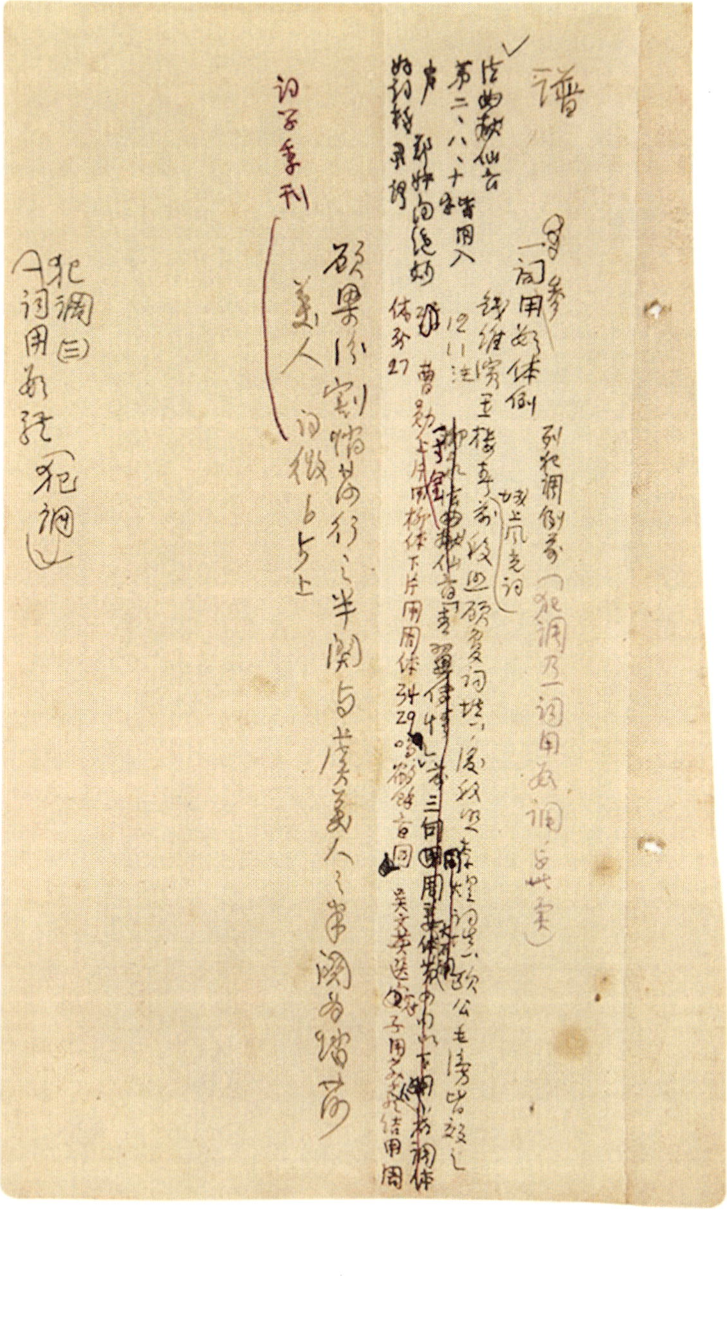

譜

一詞用數體例

列犯調例參（犯調乃一詞用數調，與此異）

法曲獻仙音 第二、八、十字皆用入聲

詞學季刊

顧貞觀劉嗣綰等行之半闋

美人 詞徵6 5上

犯調（三）

一詞用數調（犯調）

词学概讲论择调

调名合否尤是要義、声情相合最要 参憩园词话一8下眉批

宋人词有不合声情者 词刊龙君说

又十择调 参25 期月刊词

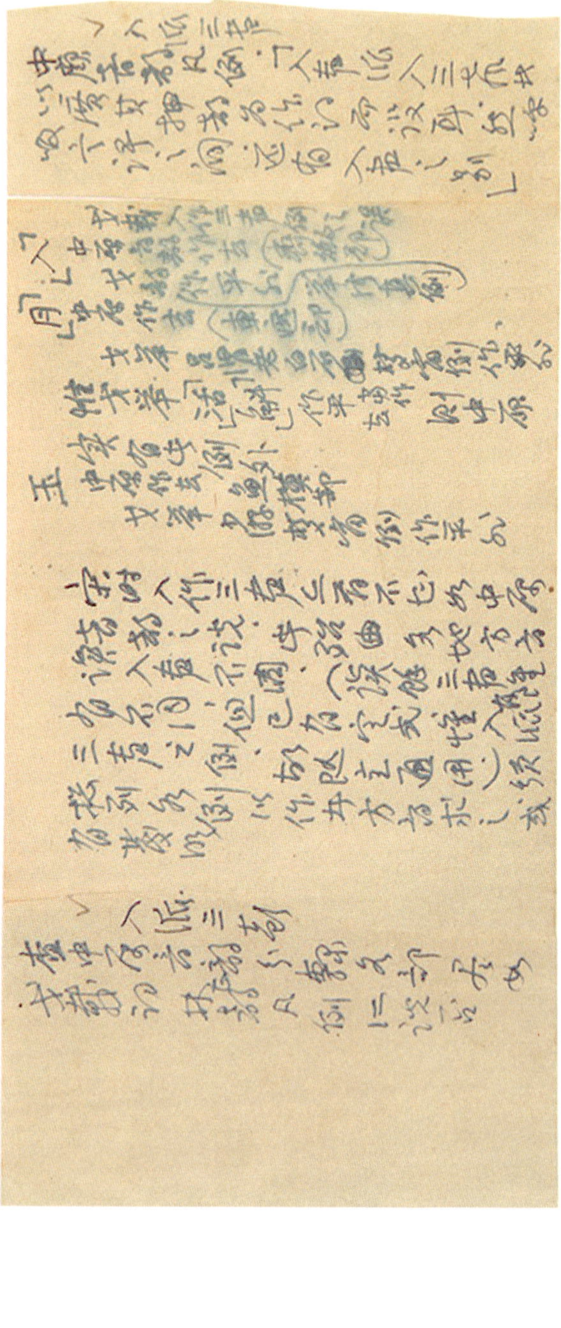

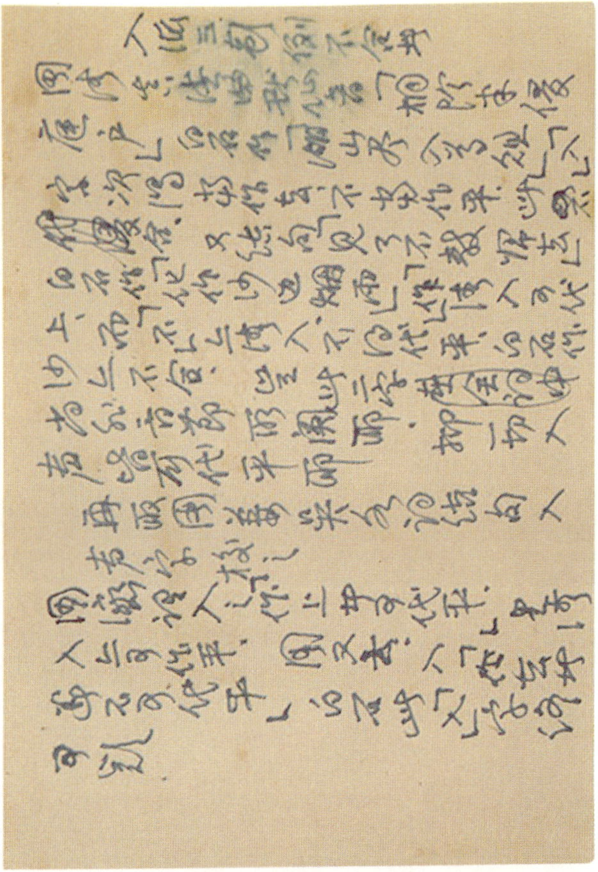

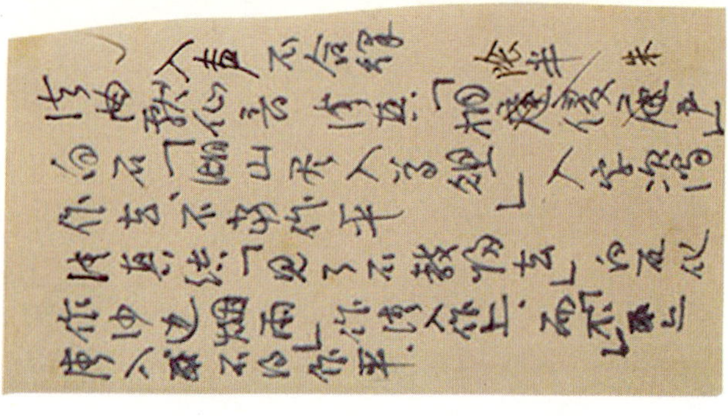

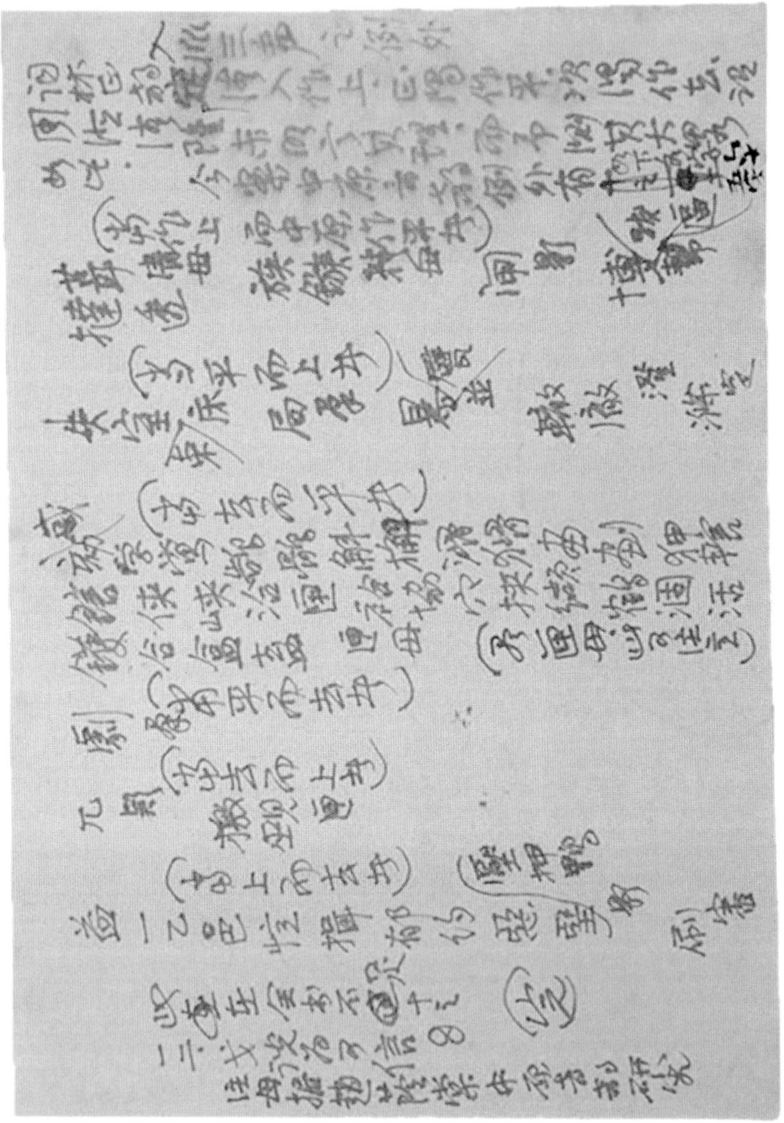

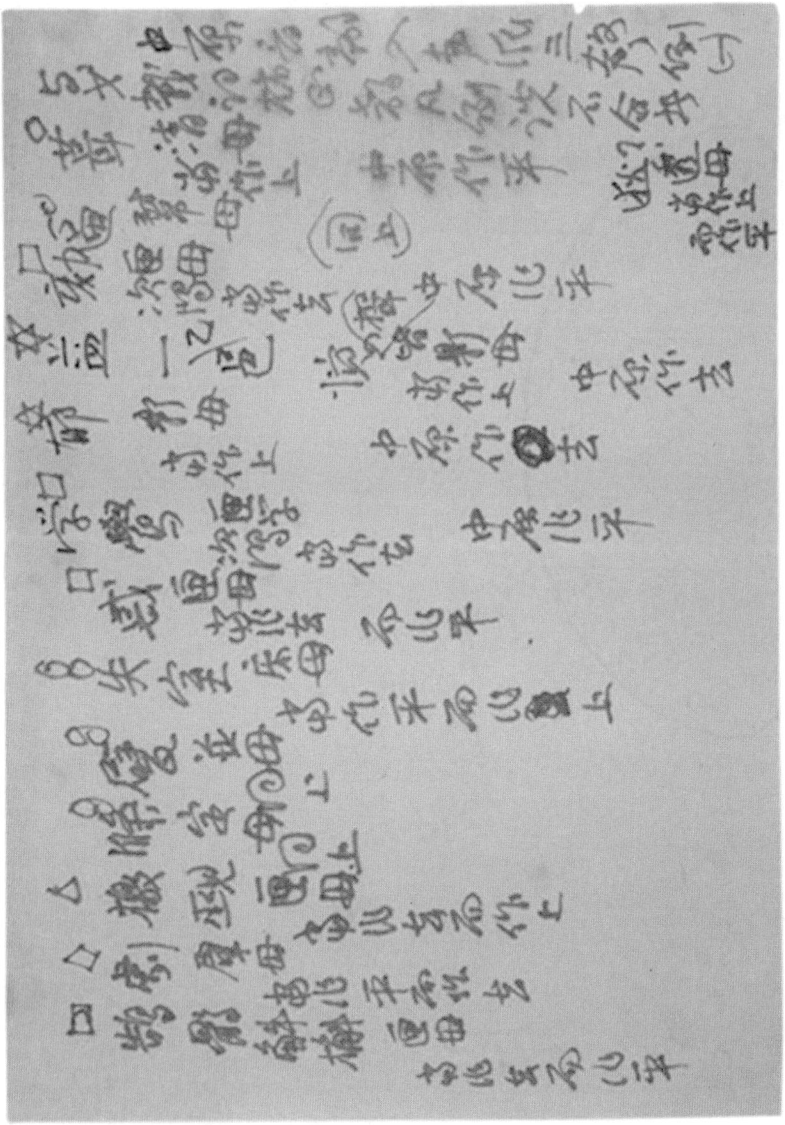

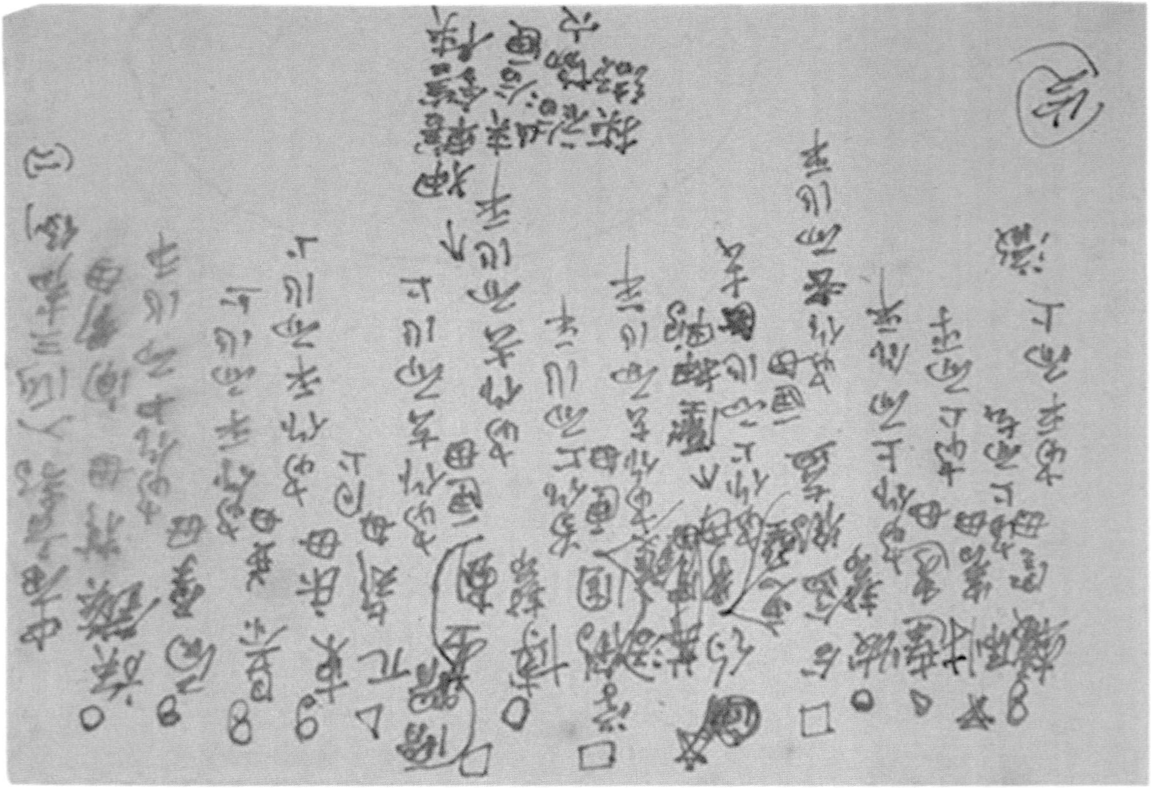

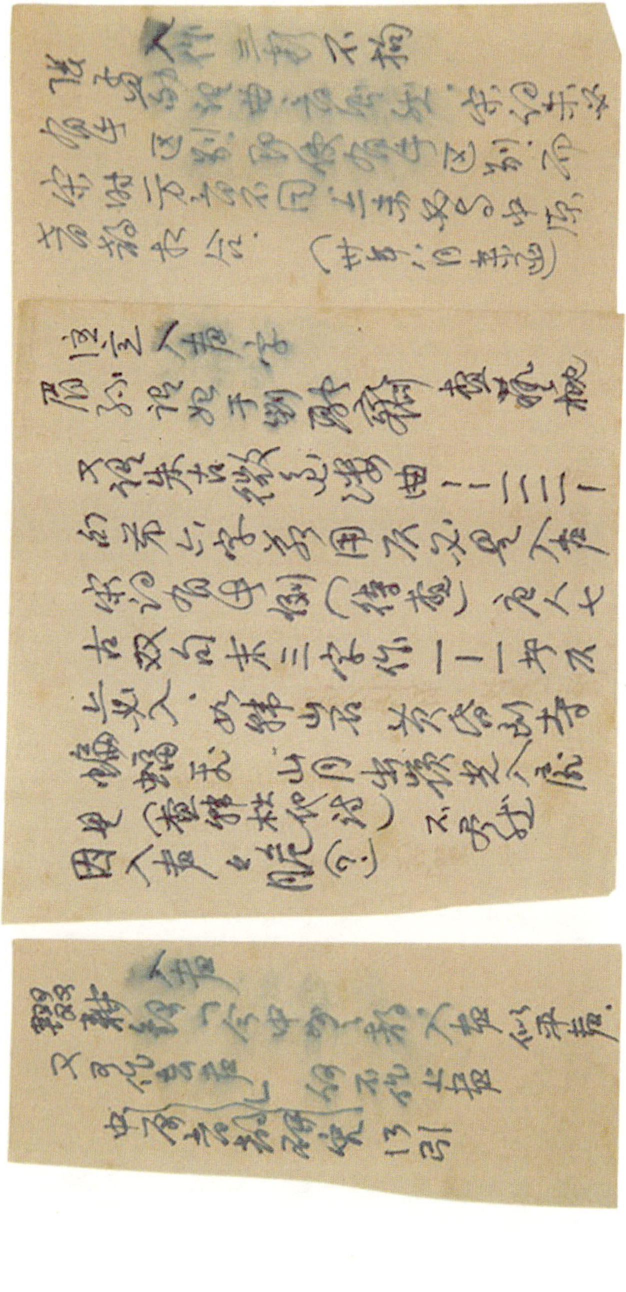

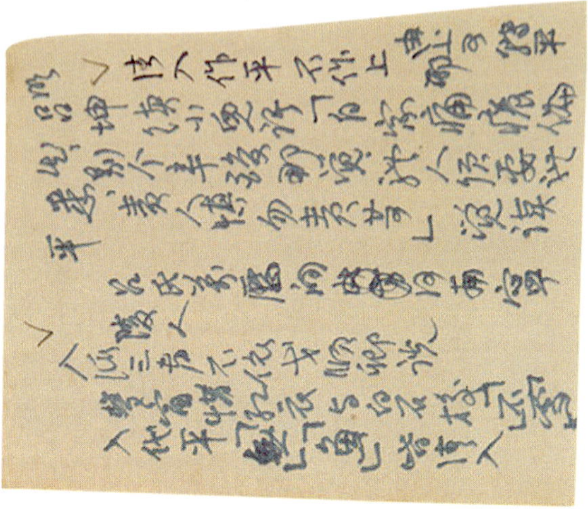

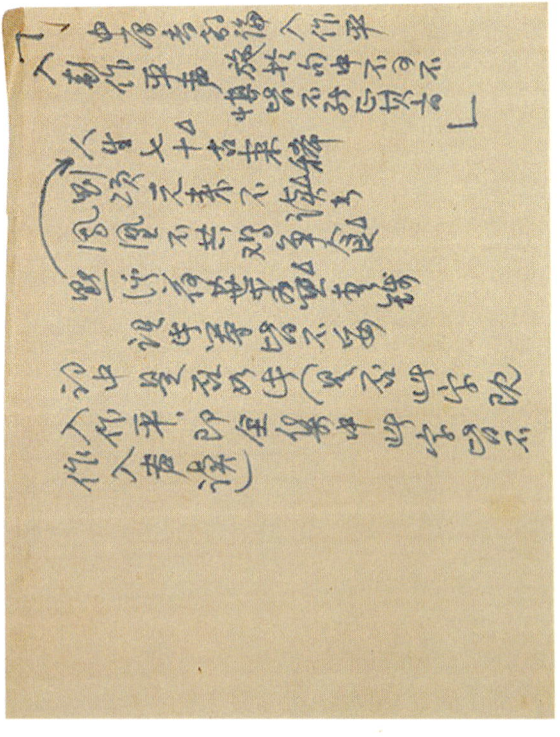

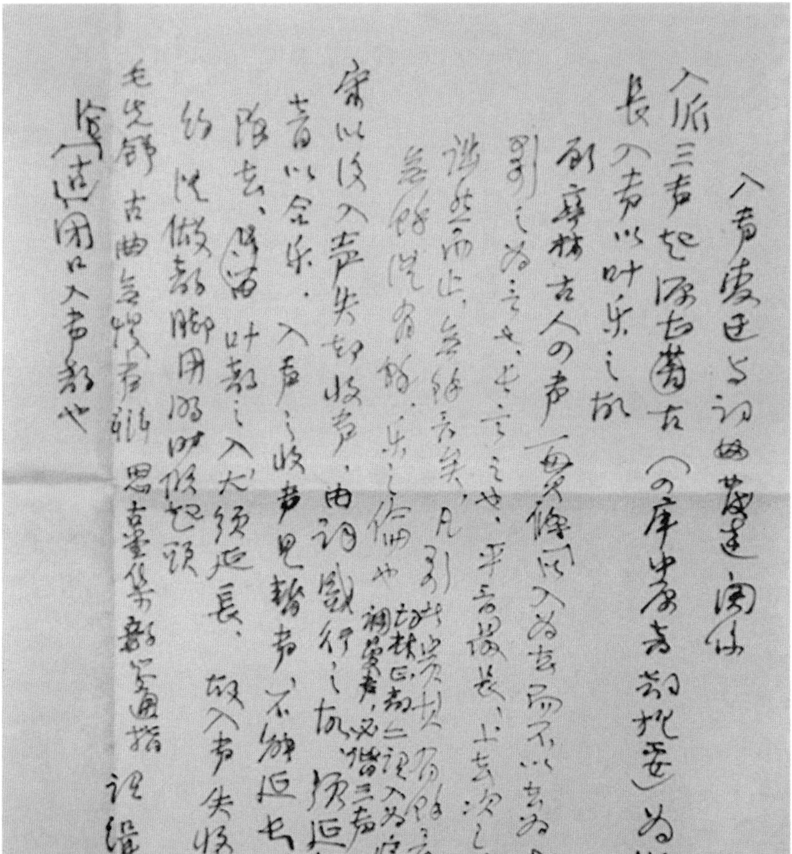
入声变迁与词曲发达关係
入派三声也，防止著古（中原音韵北音）为部延
長入声以叶乐之故
前辈称古人四声一要條以入为去而不以去为入，但则
别之为言也，去之言也，平音最長，上去次之，入派
谢然而止，无餘音矣。凡引此者皆以为…也，以
无餘韵寄韵，乐之偏也。初故林正韵之說入為借音於調實者，必借三声
宋以後入声失却收声，由词曲行之故，须延长，只
音以合乐。入声之收声見聲母，不能延长，故必
除去，從而叶韵之入，大须延長。故入声失收声大
約從做韵脚用時假始
毛先舒古曲無入声韵 思古堂集韵學通指 語 陆台葉
答廷闲以入声韵也

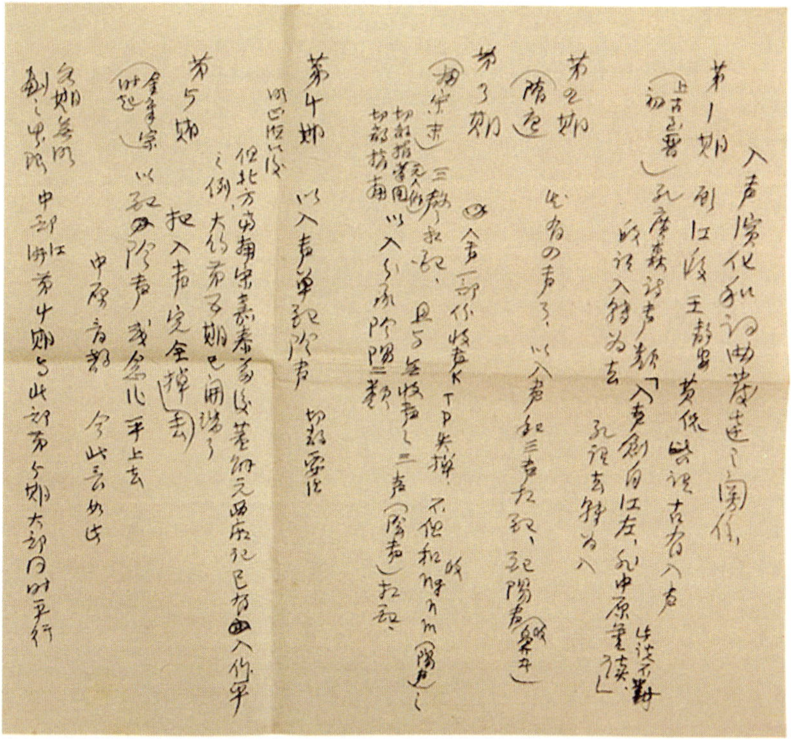

入声演化和词曲发达之关係

第1期 划江从王静安先生说 古有入声

(上古至唐初) 孔广森谓古声类「入声创自江左，非中原旧读」 此说不对

段谓入转为去 孔谓去转为入

第2期 (隋唐) 此有の声乃，以入声和三声相配，配阳声 [illegible]

第3期 (两宋末) 切韵指掌图 切韵指南 [illegible] 全一部作收声K T P失掉，不但和阳声相配，且与无收声之三声(阴声)相配 以入与阴阳二声相配

第4期 以入声单配阴声 切韵要法

[illegible]

但北方曲韵宋嘉泰间 [illegible] 之例大约第3期已开端了

第5期 (金元以后) 以入派入阴声 把入声完全掉去 或分化平上去

中原音韵 今此云如此

各期系附 [illegible] 中部江浙第4期与此部第5期大部同时平行

程 素園西園後片同全園字 毛文錫月宮春上片同阮郎歸9格

詞匯 詞比多抄

如生秀刊

5

一片同他調

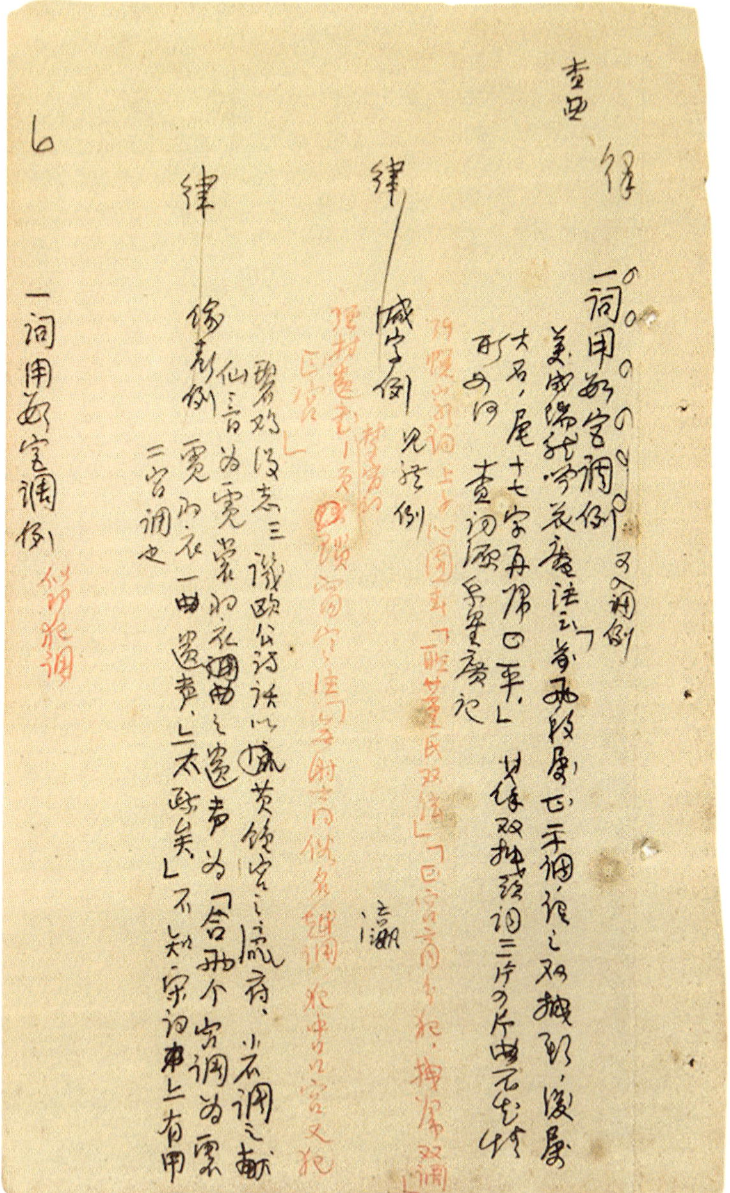

查　保

一詞用兩宮調例　又入調例

美成瑞龍吟花庵注云「前兩段屬正平調，謂之雙拽頭，後段大石，尾十七字再歸正平。」其係雙拽頭詞三片，而片中各殊者

查詞源是廣記

律　減字例　見某例

律　偷聲例

碧雞漫志三：「歐公詩話以涼黃領宮之遺聲、小石調之獻仙音為霓裳羽衣曲之遺聲，為『合兩个宮調為霓裳羽衣一曲，遺聲上太疏矣』」不知宋詞本上有用二宮調也

一詞用兩宮調例

6

譜

(一)字句同者

(二)不同者

(三)殺聲同者

(四)不同者

例 一詞入數調例　举周柳姜為例

如詞調溯源 分類 柳永[illegible]天神 2 (二)

柳永尾犯 12 (二)　柳永[illegible]沖天 2了 (四)

法曲獻仙音入小石大石 220

碧雞漫志 五 西河長命女本林鐘商，而近世所分二曲在仙呂正平兩調，亦羽調也。」 周一羽調可疑，似即向為所謂殺聲同可相假乎？

但此三調殺聲不同

此海琵琶、桃源可以阮郎歸引之，山谷竹枝可以踏閣小秦王引之，皆字句相同者　見13調同名異例

玉樓春入大石調 與木蘭花同名異調　詞學季編 1卷上

如華柳為此例　同調而句韻不同　大都由字補不同　如朱斗集[illegible]行

一入中呂調一入仙呂調　每片上半差同　下半不同

一詞入數調

白石　鄭案大曲等

8

注·雰謀

9

仙宮調

（一）仙宮調 教坊調下初 全宋 子野 當有等

27 蘇州大雲樂 法句注「望夫歌」不知何宮調

又外9 宋則高國史

（二）——上 慢

（三）因白居易罷注 也又源出宮調 諸曰「清夜游」「長安[illegible]」

[illegible]

又唐樂府本又有月中仙一首注「道宮」

陶宗儀南村輟耕錄 南宋詞「……度成此曲，主人即譜入中呂調，命伺者吹之……」

碧雞漫志「蜀駁子不載何宮調，今世仙呂調有慢，而說與古不類耳」

碧鷄中仙宮調者有又

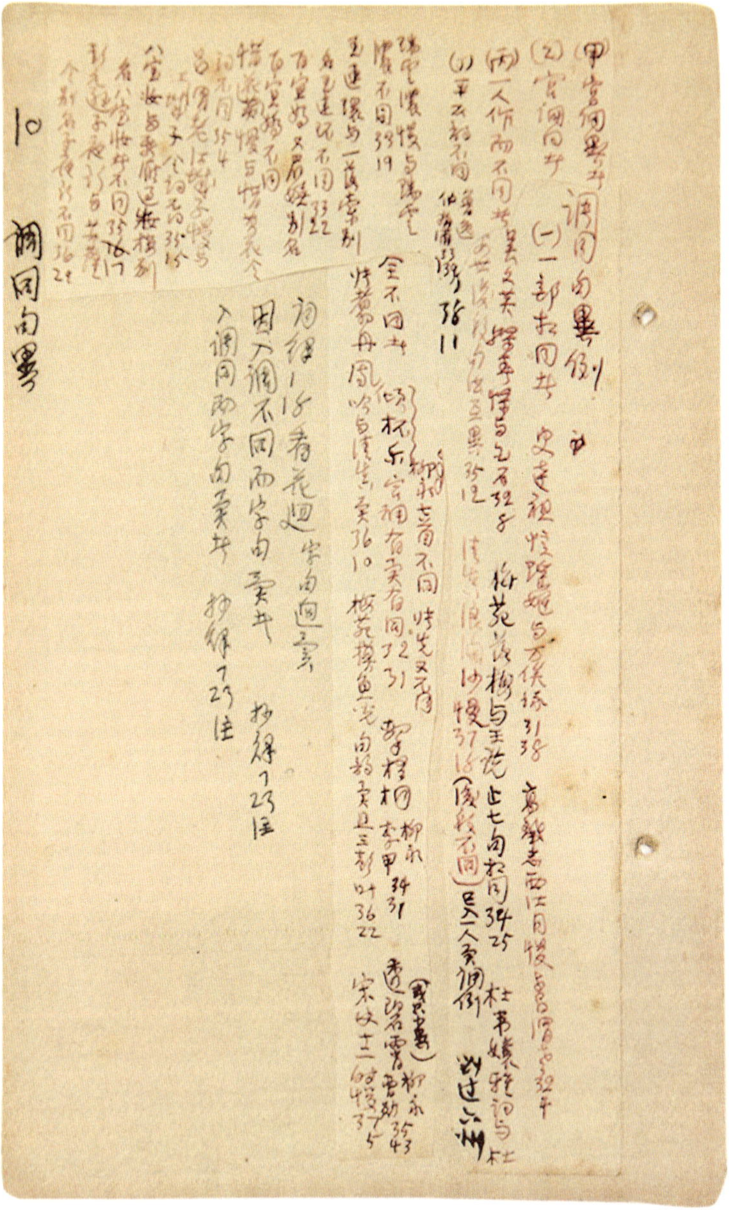
調同句異例
調同句異

調例

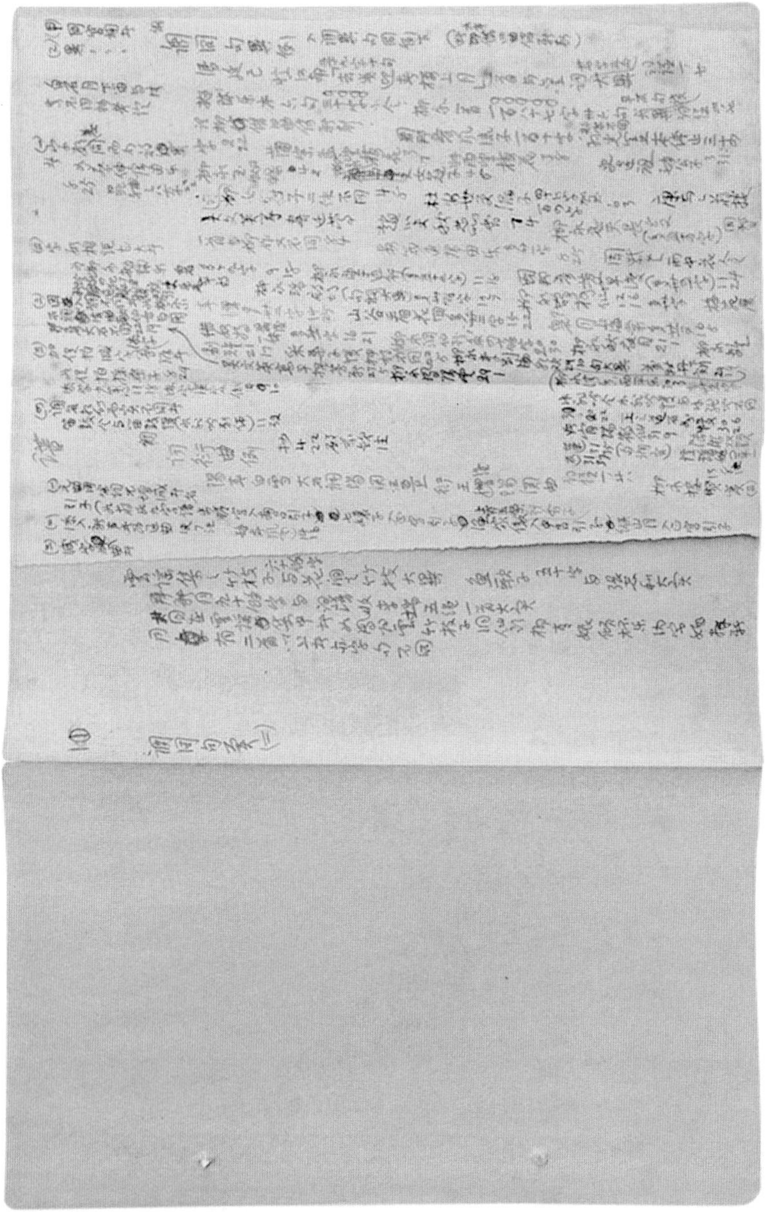

12

詞

東坡高郵堂樓雲水龍吟注云「蓋越調鼓笛慢」，此白乳補之消息即越調永遇樂，白石徵招

即念奴嬌之高指聲，同屬過腔而異名也　史116　又又美江南好與夢江南同類亦過腔高指之

類史的

譜

詞

異調（疊）同例　陳與義法駕導引與望江南相近，惟多三字疊句　詞注一八

回波樂與舞馬詞、（三臺、塞姑）皆六言四句，平仄皆同　詞注一，十二　又一，十三

紇那曲與羅嗊曲皆五言四句絕　詞注一，三　解紅與赤棗子、搗練子句韻

皆同（惟解紅第二句平仄稍拗）　詞注一，廿一　秦觀云「渭城曲絕句，近世又歌

入小秦王，更名陽關曲，屬雙調，又屬大石調。」　詞注一，廿

也，平仄不拗。　詞注一，廿　皇甫松浪淘沙，七絕　詞注一，卅

楊柳枝又一體

採蓮子八拍蠻六七絕　詞注一，廿　皇甫松怨回紇與鷓鴣天生查子皆五律，止

二句平仄異，3.26　欸乃曲（元結）與竹枝、楊柳枝（溫岐）、採蓮子（皇甫松）皆七

調異名同例　抄史258　秋霽與春霽346

白石月下調即清平調

詩餘竹枝即絕句

大曲

伊州、涼州、甘州……亦七言絕律

……

句同調異　由「用以入歌則另有腔板，如七言之清平調、小秦王等

……隨字數相合，而其腔則異耳」　詞律1-8　舞馬詞注

廿歲19金荃詞新添聲楊柳枝二首與楊柳枝皆同是七絕　蓋從聲不填實字

調異而同　詞之初起用詩唱也

毛西河詞話卷一謂「填詞有但句平仄同而聲調迥異者，如玉樓春與木蘭花同，而以大石調歌之則為木蘭花慢」，然則聲調何嘗在字句耶？以此較李于鱗說，可詳考。

词曲史 258

词律9 風中柳 萬評云「謝池春與此同，声调亦合，惟末後段中第五句多一字，或由風中有謝字義，柳有池春字義，本一调也」

望江南又名梦江南，又名谢秋娘，又取乐天首句名江南好，见碧鸡子

宋本淮海词中醉桃源原注「以阮郎归歌之亦可」 案醉桃源阮郎归二调句律皆同，词律即定为一调，标此注，似亦一调，或声律差同而已，由是可见

今日所以知当时谱名重宋人集本字句也

孙光宪竹枝第廿六首 题古乐府后「…余自荆南上峡入蜀中，备尝山川险阻，因作此第二叠，传与巴娘令以竹枝歌之，第一叠可知云鬼门关外莫言远，五十三驿是皇州，后一叠可知云鬼门关外莫惆怅，四海一家皆弟兄，或各用的句入踏阆州，秦王上可引也。」竹枝与踏阆州…

王句律同（理），但柳永词同一调而音律字句有大不同者，又何说

馬鈺樂上西樓月（即相見歡，词律云又名上西樓、西樓子、秋夜月，不必又名西樓月也）

13 调同名异

回波樂与舞馬詞字同　与三臺字句同平仄多異

14

調同名異 詞曲史 258

調異名同 詞律發凡12上

（注）①同為一調，而体有長短，若柳永洞仙歌 長相思 西江月 發凡12

柳永臨江仙 87 柳永洞仙歌 123 二郎神 126 皇甫玲瓏

犯 1531 八寶粧 16 6注 史梅溪姬與 伊大？ 1617 桐

19 14 瀏溪江城子 12 兩 14

調異名差同 花發沁園春與沁園春 絕異 1538

若皇甫松浪淘沙亦作七言絕句 同 二首皆 莫度時 浪淘沙 調 七言絕

與枝 竹枝詞 楊柳枝 亦七言絕 廿一家引頁

調同名異名同

释 两调差同 有名亦差同者

潇湘夜雨与满庭芳 似同而不同 词释目35上 赤枣子与捣练

子 桂殿秋（一作）解红 与潇湘神 1 15至16 杂言柳枝亦同但韵异 1 17

乐游曲与渔歌子 1 18 [illegible]翘影与[illegible]杨柳枝 1 20

卷中似重出
一反差同例 瑞鹧鸪上片
似柳梢青 6 9 瑞鹧鸪
宴桃月同踏莎行 9 9

法驾导引 此比忆江南首句多一叠 1 31 醉花间与生查子 2 23

玉女[illegible]夜啼 比诉衷情少一字 词释谓即一调 5 4 惜分飞令

与惜双双令 6 11 探春令与留春令 6 20 醉落魄与双鹂[illegible] 7 7 / 17

瑞鹧鸪与於中好 平仄字句同 平仄少异 或即一调。与周竹坡[illegible]王孙

此第三句用平字不叶韵 7 引注 杏花天与於中好 此结句异 8 7

[illegible]凤与惜钗分 8 11 鹧鸪天与瑞鹧鸪 止一句异 又二平仄小异 8 12

思归乐与於中好 8 20 风中柳或即谢池春 9 又30下 恐成[illegible]

戕印一落索 谢池春 风中柳或即 谢池春 9 又30下

相差最少者
凤箫吟与芳草 只少二字
则是一调 7 4

印[illegible]后花 12 29 [illegible]园花与[illegible]后花 12 29 下片少异 一枝花与[illegible]

花[illegible]的[illegible] 12 30 [illegible]中天与[illegible]后花 13 31 潇湘夜雨与满庭芳

13 34 双调[illegible]与玉漏迟 或即一调 14 19 步月与满庭芳 14 又27

玉京[illegible]与玉京秋（[illegible]玉京[illegible]玉京秋）14 33 平韵[illegible]

年欢与[illegible] 16 22 向湖边与[illegible]月慢 18 21 洞庭春

鱼[illegible]与沁园春 止一句异（[illegible]）19 39

两调差同

云韦评词律6用中行「家傍绝似双头莲令」，此后段二句要」

太常引与醉太平两结句皆相合，「都老邻家羊傍生」「字舞谷如者」句式上同，惟太常引多四字耳。南浦子与虞美人两上下片两结两句相同

王寿锡重阳全真集四有惜芳时与柳永思归乐最近，又与山谷鼓笛令、彭端紫微先次会宗柳摇金、易孙尚睿恩深皆相似

谱

宋有有「近」[illegible]换腔调几
近也(谱)卑牌子近与卑牌子不同 16 21
诉衷情近 17 17 与诉衷情全不同
荔枝香与荔枝香近所调各同

两调相差無几例

雨中花(令)与夜行船只结句一为五字句，一为六字七字句 9 13 双雁儿与诉衷情
红林 10 5 杏花天与端正好 10 21 金莲绕凤楼与宴[illegible] 11 22
夜行船与金凤钩 11 30 倚西楼与玉楼春 13 6(止多二字) [illegible]玉阶[illegible]与
鹊天花(止换头平仄不同)[illegible] 16 并以夫双瑞莲[illegible]与玉漏迟[illegible]近 19 1 [illegible]

上者大抵差无几

惜[illegible]惜与醉[illegible]迷[illegible]下片第四句多二字耳

恋与夏初临(正一句异多断 实正调) 26 18
沁园春与洞庭春色止四句实 36 与注较妙
[illegible]忆江南三首曲而成 叙[illegible]
剔[illegible]末加三叠字而成 其加二叠字则为惜分钗 [illegible]鹊天则破阵[illegible]第五句之七字句为两三字句而成 洞庭春色则破沁园春中间及换头变句法而成 鼓笛慢则破水龙吟中间句法而成 [illegible]

两调[illegible]差同(二)

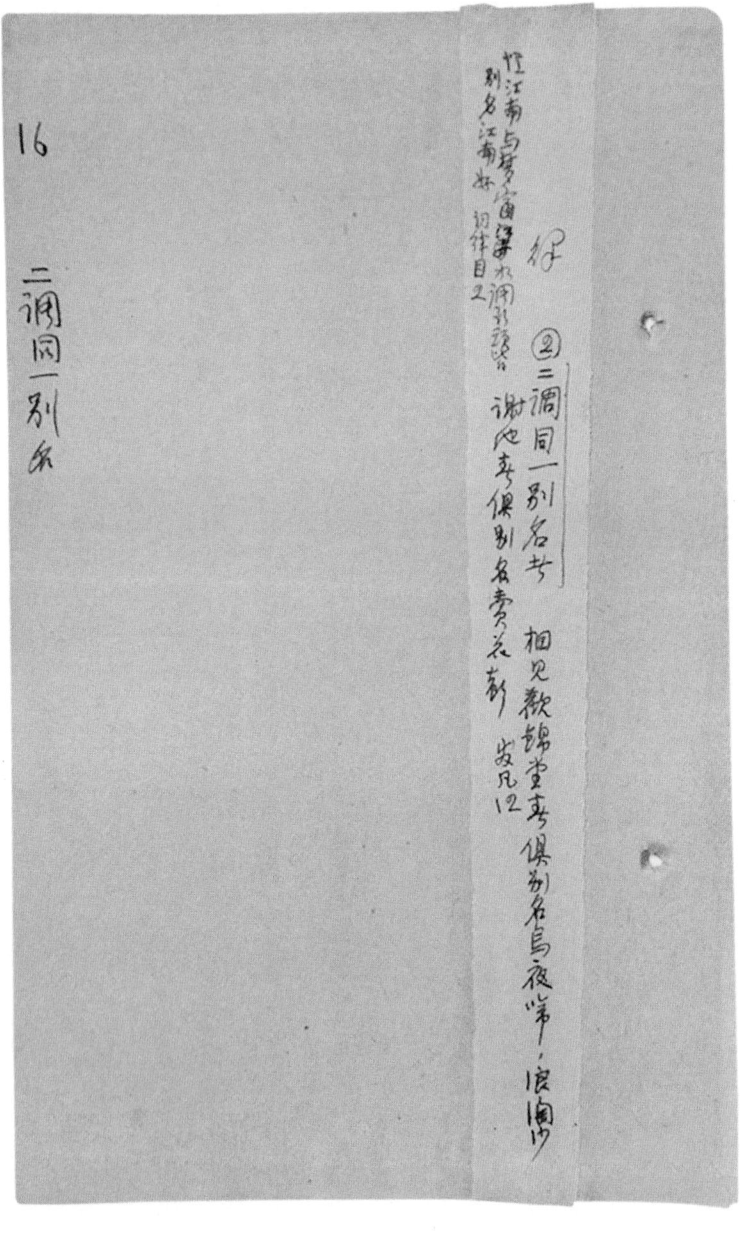

相見歡 錦堂春 俱別名烏夜啼，浪淘沙
②二調同一別名者
謝池春 俱別名賣花聲 按凡12
別名江南好
16
二調同一別名

17

别名另有本词

緒 ③ 别名另有本词者

调笑令亦名三台令，与三台令异 词律目2
一络索又名上林春，与上林春异 同上5
双头莲亦名诉衷情，与诉衷情异 同上10
菩萨蛮又名子夜引，与子夜引异 同上11
绣带子又名好女儿，与好女儿异 同上12
惜少年 未敢偶作名十二时，与十二时异 12下
琴调相思引周紫芝又名定风波令 13下
喜迁莺与春光好亦名鹤冲天 同35
〇十七字之

新雁过妆楼 别名八宝妆，而另有八宝妆本调
菩萨蛮 〃 子夜引 〃 〃 子夜引
一落索 〃 上林春 〃 〃 上林春
眉妩 〃 百宜娇 〃 〃 百宜娇
绣带子 〃 好女儿 〃 〃 好女儿
卷九12

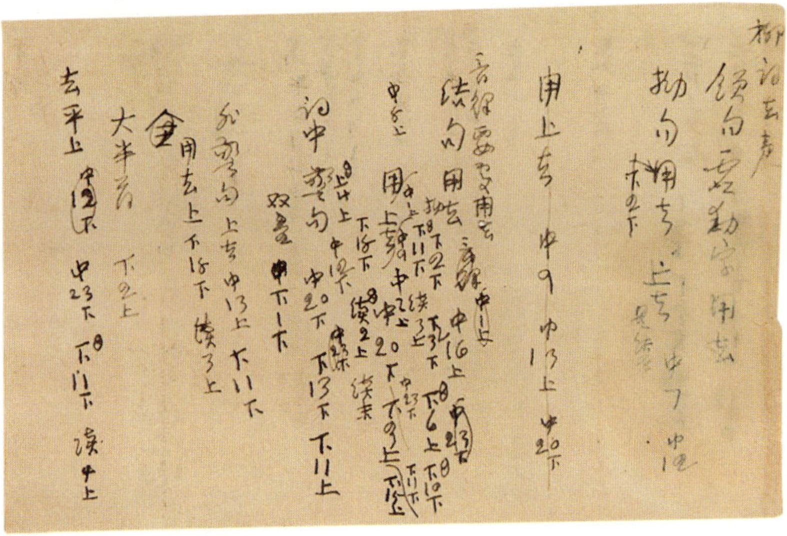

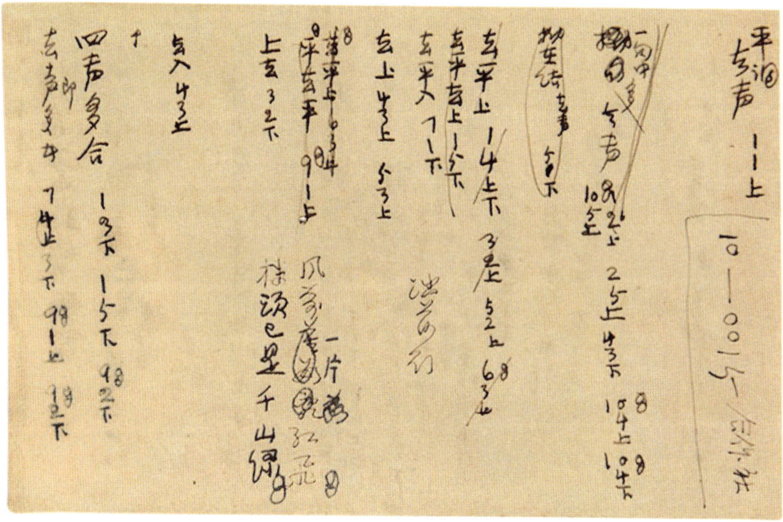

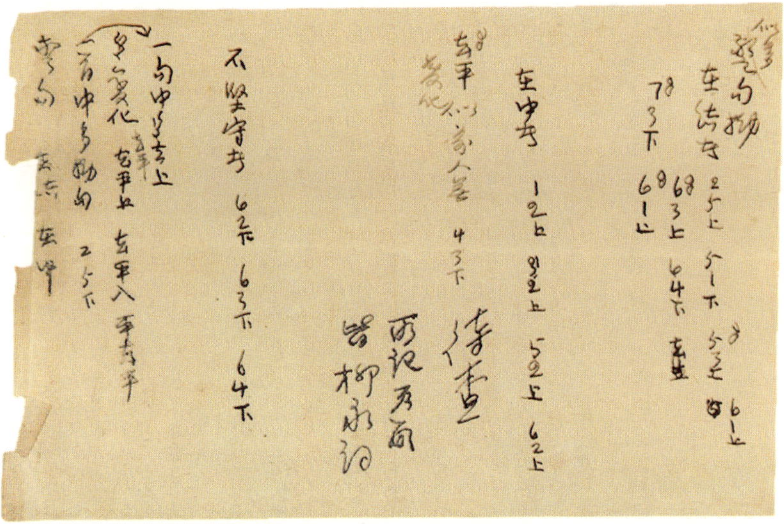

列調同句式下 詞
例柳永最多
(一)因入調不同者
同調異宮例 如柳永鶴沖天入大石調 又入黃鐘宮
(二)字句同
(三)字句異
唐時詞無此字 揚雲
謂曲子

一人同時作同体有異同例 擧柳永集 列調同句異下 少者此不列
李清照十樣花十首押韵不同 查原集 蒲宗孟梅花 37 潘閬
孫光憲上行杯 7 11 柳永玉蝴蝶 4 2 柳永女冠子 4 8
憶餘杭 7 3 柳永歸去來 7 27 趙長卿探春令六首 9 6
柳永引駕行二首不同 10 2 杜安世端正好 10 25 柳永瑞鷓鴣 12 7
柳永安公子 19 4 柳永洞仙歌 20 30 柳永祭天神 21 2 柳永鶴沖天 21 3 劉過
の張先梅花 23 4 柳永尾犯 23 12 吳文英惜秋華 句度曲五首
南歌子柳永不同 23 20 張先長亭怨慢 押韵不同 25 32 晁補之諸家等
歡(上多二句) 26 14 
文英新雁過妝樓 少一韵 27 32 蔡伸(?)長相思 第二字(?)歡(多二句一襯字) 26 14 朱敦儒酹江月 多一句 27 23
花犯(少異) 29 4 宋風流子(?) 28 7 (一) 柳永鳳歸雲 29 1 柳永木蘭
双頭蓮 字韵異 31 35 張先謝池春(少有異) 29 25 張先蝶戀花 句均異 31 4 陳衡
同異 32 31 張先西河 句均句異 34 3 柳永(?) 杜安世 宮調亦有同宮調而字句異 柳永輪臺子 36 7 大
柔 清平樂慢(?) 句均(?) 37 18 柳永夜半樂(句讀不同) 38 13 東坡哨遍 39 5

17 蔡伯堅 廣東慢(?) 先生詩餘 8 首 菊花新九首 字句有多少
唯五代宋柳耆卿人已有此例
雲謠集 鳳歸雲 四首 一人作有異同 詞律未固定 故可證成 (見有二首缺句)
宋則固定 不能成矣
一人作同調 而註有異同

柝

一人一調字句不同者

最少相差者　花間●6 1 歐陽炯南鄉子首二首少一字　7 4 顧夐訴衷情二首共一多四字「6 前夐 臨江仙三首共一兩於多二字　孫光憲生查子三首共二已發作三字二句，共一作七字一句　魚歌子又荒鄉思帝鄉三首每首皆多一二字最可笑例　子雖門「根幸遇二首首等語多之乖末解下什如魚水二首不同不管傾杯三首不同

無字　讀先浪淘沙慢「曉陰重」一首與「霜葉飛」的聲韻皆異

一人一調用韻平仄全定者

花間6丁顧夐河傳美人起首二句（及換頭二句）或叶仄均或叶平均　白石秋宵吟傳三首上結或叶仄或叶一平

一人之詞各體不同例

詞三体 12.23　吳文英惜秋華 13.30　柳永尾犯 14.5　柳永[illegible]

柳永祭天神 12.17　柳永洞仙歌三

一平均一上去均四聲句讀不同 11.5　東坡[illegible]

為二[illegible]不同一一　[illegible]

一人詞前後不同

譜　詞

借舊曲傳新腔例　以下入調同句異例但自度者方見此例

姜夔醉吟商小品序云「……」詞譜二·一下「按胡渭州唐教坊曲名，醉吟商者宮調也。姜夔自度乃夾鐘商曲，蓋借舊曲名另傳新腔耳。」

宋人浪淘沙令、浪淘沙慢，皆与唐五代浪淘沙（七絕）不同，是宋人借旧曲傳新腔　詞律一卅

(一)字句差同者
(二)字句大異者
(三)破旧調另創新聲者
(四)另創新調者

借舊調傳新聲

太平時又名賀聖朝影　西安候
桃源憶故人又名虞美人影与虞美人異

白石湘月　念奴嬌　鬲指聲

譜　詞

借舊曲傳新腔例 以印過腔 抄在詞 (六)抄史1014

此可入調同句異例，但自度者方是此例

姜夔醉吟商小品序云「……」詞譜二一下「按胡渭州，唐教

坊曲名，醉吟商，其宫調也。」姜夔自度乃夾鐘商曲，蓋借

舊曲名另傳新腔耳。」宋人浪淘沙令、浪淘沙慢，皆與唐

曲名浪淘沙（七絶）不同，蓋宋人借舊曲傳新腔 詞綜一卅

填按帶十六上五下 張耒僚上五下の

（字句差同）12 19 万俟詠卓牌兒 12 20（第十二字句）趙彥端石孝友蔡敏兒

蘇幕遮（三）14 10 小鎮西犯（三）16 22 雙燕 21 16 破陣子 句 加六 14 5（三）

還京樂 31 31 南浦 33 36 杜安世 35 11 白苧 柳永 36 37 柳永雨霖鈴 31 29 周邦彥

夜半樂 大酺 37 10 柳永

（一）字句差同者

（二）字句大異者

（三）借舊調造新聲者

（四）改舊新調者

度新聲如引近之用平仄通叶

南渡（？）以後之除叶多韻，因

舊調創新聲也

以影為名例（二）不同者

太平時又名賀聖朝影 西安府

桃源憶故人又名虞美人影 與虞美人無涉 詞譜十六下6上

又見梅溪詞十五天

又見書舟詞世一頁

白石鬲溪梅 紅瑞鶴仙影

一

借舊調傳新聲

沿舊調例（繹） 傳舊調作新聲 柳永瑞鷓鴣 8 17 倚聲 柳永芳草渡 8 16 柳永鵲橋仙 8 24

放翁釵頭鳳乃改呂聲老更 柳永[illegible]別難 5 7 柳永塞孤 1 6 柳永[illegible]

本詞非借舊名而成新調 長調而名不同 5 28

差同（要求句拍要同 82）

依舊調減字句 吳文英珍珠簾比放翁少一句[illegible]一句 繹 15 12

繹

李之儀已卯錄 7 11 柳永長壽樂 吳文英祝英臺近 7 13 康與之如夢令 柳永

7 16 林逋女冠子 4 14 柳永[illegible]去 5 27 晁補之[illegible]字

名同句調 大聖樂 5 34 柳永女冠子 與康與之比較 提二体 繹 15

只取舊名

碧雞漫志 西河長命女條「開元樂工改古西河長命女，加減節奏，頗有新聲、未進聞，先印可于（樂）者，章令（張）紅紅潛聽，以小豆數合記其拍……」

又唱歌子條 唐莊宗謂蜀國大娣之曲「此亦古曲，蜀氏但更五七聲耳」

擷芳詞傳自禁中，後名為釵頭鳳，而未加高字事 本事詞上 2上

碧雞 3 1 西涼楊敬述進婆羅門曲，明皇潤色之，又為易美名曰霓裳羽衣曲 始借舊調造新聲之地

譜

調

以「影」為名例　已入「倚聲調作新聲例」

桃源憶故人（虞美人影）76　見陳濟和又名醉桃仙影　柳考記

倚聲調　29竹山詞作翠羽吟，[illegible]林王君示予越調小梅花引……倚而成章，名翠羽吟」此調字句與越調小梅花引同不待查

「絃古競為新聲」始於楚辭之九辯九歌　柳屯田一聲甘州例

碧雞漫志：鼓子餘說：單州營妓教頭葛大娘撰，以獻梁祖……今李振填詞付後騎唱之。莊宗入洛，問之謂左右曰：此亦古曲，葛氏但更五七聲耳。

因為成曲蓋王衍嘗作故人句為此影探紅　古今詞話

以「家」為名者　碧雞「甘州……仙呂調有……八聲……」詞苑萃編12 4下

大曲我本宮調製引序慢令，蓋傳曲者常態、豈有八聲甘州……而仙呂調皆為八聲甘州……凡

呂調」是改其宮調名耳

以「影」為名者不知起於何如

以影名調　倚聲調作新聲（一）

20 舊調失傳改用他調歌者

依主調而不可引者

29 山中白雲 2.9 西子妝慢「吳夢窗自製此曲，余愛其聲調妍雅，
……因此詞[illegible]，惜舊譜零落，不能倚聲而歌也
[illegible]山[illegible]亦[illegible]樂[illegible]」可[illegible]？
此可見宋詞以平仄定調

因主調之失傳改用他調[illegible]者
東坡改漁父影子為浣溪沙 山谷詞改[illegible]為鷓鴣天 1.12 [illegible] 見詞苑叢談 9.3上 向子諲[illegible]詞
17.8 又廣[illegible]其聲為浣溪沙

21

诗入词

词律亦收之，如羽(?)曲、罗唝曲、八拍蛮、清平调等，既另调名为词，而

并载未见於宋人词集中——佚名(?)搬(?)打词律

若作词调，李(?)梦(?)阳(?)江南七绝，果本唐人诗句，律发凡24

王国维云：「唐人诗词尚未分界，故调笑、三台、江南诸调皆入诗集，不独竹

枝、柳枝、浪淘沙诸词本係七言绝句也。致光之词见于香奁集，后(?)院(?)诗(?)之(?)二图(?)

然乎？尹(?)鹗(?)集中长短句尚十阕许……」（宋元戏曲考）

多(?)月……木兰花，宋本係七言，然或以诗中之末联晚曲当其草词録已改为木兰花……」王

国维云(?)香(?)词话（查(?)草堂诗馀）

沈约六忆诗之(?)眠时，隋炀帝之夜饮朝眠曲，词之祖，本亦长短句诗也

郭茂倩乐府诗集中所录(?)，刻本注「此阕本集误入律诗中，今移此」

和陶渊明归去来的是文

多(?)文入词集　曹(?)寅(?)……

欧良(?)梅当时为白宋(?)付「仿李长吉体(?)十二月宫乐词」乃诗

词集有收入的诗入此

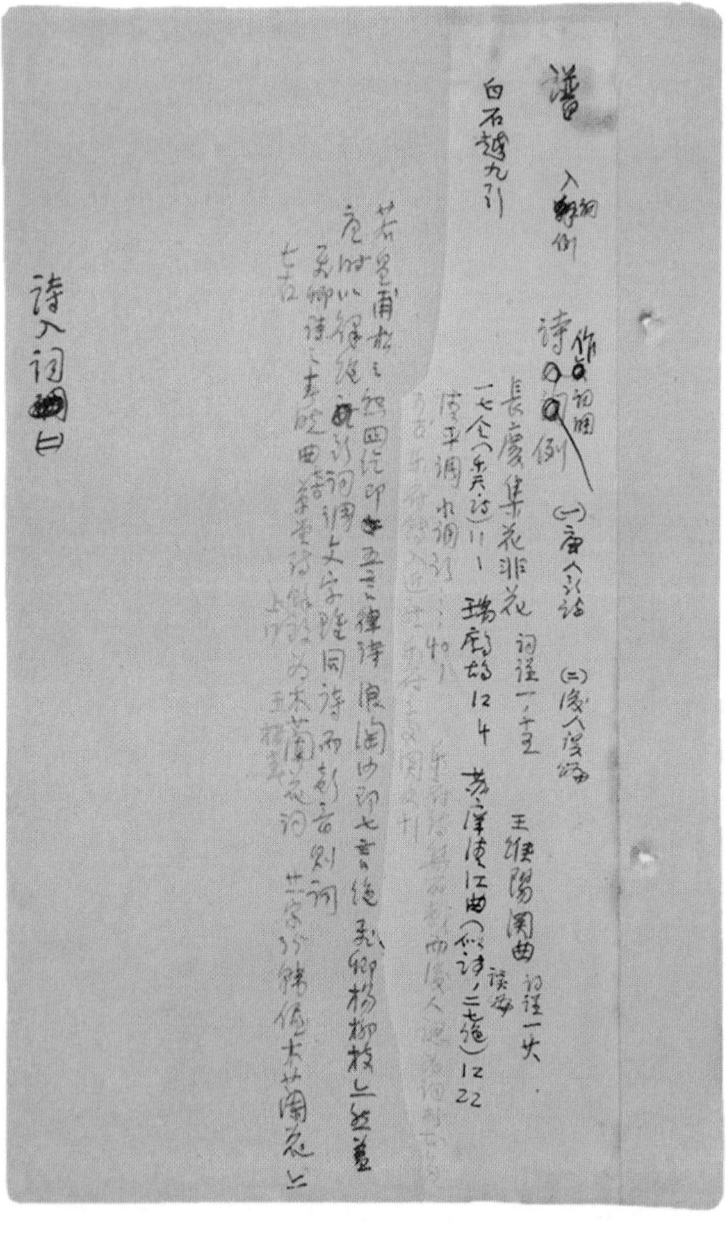

譜 入調例

白石越九引

詩入詞例 (一)唐人以詩 (二)後人改編

長慶集花非花 詞律一、十三 王維陽關曲 詞律一、十六 誤收

一七八(樂府詩)11、1 瑞鷓鴣 12 4 蘇軾陽關曲(似詩,二七絕)12 22

若是用於五言四句即五言律詩浪淘沙即七言絕 柳楊柳枝上並莫

詩入詞 (二)

22

以詞調引詩

以詞調引詩例　东坡以小秦王歌诗　阳关曲　錢李公擇絶句　見提要

1485 79 东坡词下　东坡和以阳关歌七绝诗寄彭城观月诗「余十八年前中秋与子由观月彭城作此诗以阳关歌之……」

吴融诗「楚王台上一神仙」欧公集有此首题为瑞鹧鸪　十驾斋养新录十六说「欧公亦窃人句为己作者，何容古人句，编次公作者再误以为公作而收之」案此诗必当时有取以用入词调瑞鹧鸪者故误入欧阳　见柳编有一诗（诗查）同此例也

詞詩經見 25 上　予十八年前（以陽関歌七絶詩

升庵詩話 卷六字 1 分子美贈花卿之印、唐代三台伊州等曲引詩

曲調入詞例

劉秉忠 乾荷葉 詞綜二・二　將是曲調(?)

張可久 慶宣和 詞綜一・六上　楊柳(?) 詞林萬選 六採及元曲　邵亨貞 傀儡

侯正卿(?) 閑人入詞綜一・十の　吳西逸 柳葉兒 詞綜一・五　壽陽曲 詞綜一・廿七

天淨沙 詞綜一・卅三　乾荷葉 二・一　喜春來 二・二　白樸 憶王孫(与

詞選(?)一部不同耳 詞綜二・九　詞林萬選 詞一半是曲 比此止多二兒字 襯字

金字經 二・十　後庭花破子 二十三　平湖樂(即小桃紅) 4 14　殿前歡 4 22

水仙子 4 27(?)　錢霖(?) 8 32　黃鶯(?) 洞仙歌　木笪 9 20　梧桐(?)令 10 11

鸚鵡曲 即黑漆弩 10 35

譜

(一)見詞綜卅

(二)見詞集中卅

元人曲選多太平樂府 詞本(?) 上收詞調

元好問 小聖樂(?) 24 12

王惲 秋澗樂府三の卷中 有平湖樂(?)桃花合數曲 諸家以為(?)詞(?)小桃紅 已另名,後並已另曲中正宮 此外尚有(?)(伯納(?)詞綜)

詞譜

琴曲入詞例 姜白石 秋思 詞12 8(?) 詞統(?)第二卷

白石 東坡 稼軒

越江吟 9 10

23

曲調入詞

東坡 醉翁操 稼軒同上

曲皆(?)琴曲 宋金元名家詞補遺

東坡 醉翁操

醉翁操 皆琴曲

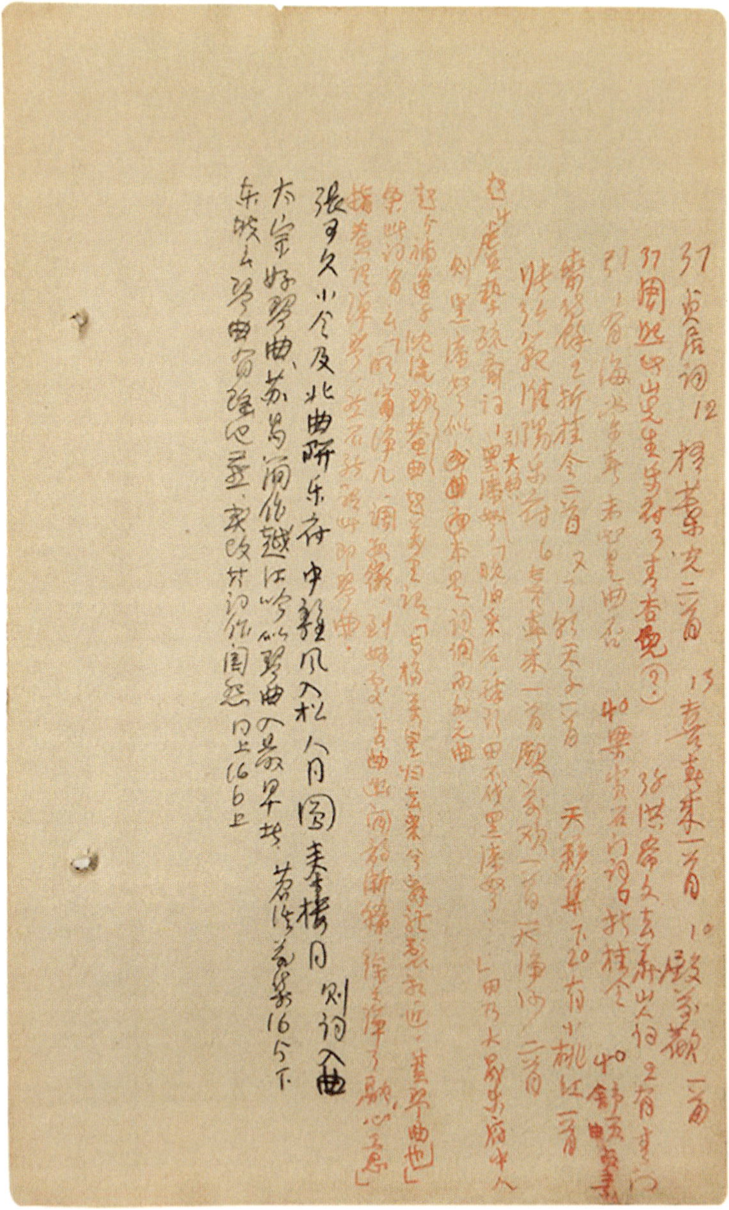

曲調差同詞調例　張太平　詞備3.10

曲調差同詞調

24

譜

詞

按月用調例

詞源楊守齋說　參愁因詞話 1 4上　明皇春光好又不依 3 13

樂記師乙章：「子貢問師乙，賜宜何歌，答曰，〔溫〕良而能斷者宜歌商，溫良而能斷者宜歌齊，寬而靜柔而正者宜歌頌，廣大而靜疏達而信者宜歌大雅，恭儉而好禮者宜歌小雅，正直而靜廉而謙者宜歌風……今有[illegible]鈞容班教坊亦向曰，某宜何歌，必曰，仙宜詞田中行曹之宅小令」

言情與與調之關係，師乙所言為最早矣。

政和大晟府擬廣八十四調，「有旨依月用律，月進一曲」　見碧雞二

碧雞漫志五春光好條，「〔羯〕鼓錄」明皇「雨霖鈴[illegible]」

曲名春光好，因別柳杏皆已微拆……今來絕官春光好，花以來多有此曲，

或曰，夫絕官二月[illegible]律，以皇依月用律，故能判挑如神，予曰，二月柳

杏拆久矣，此亦正月用二月律借之也。」

25

按月用調　附擇調例

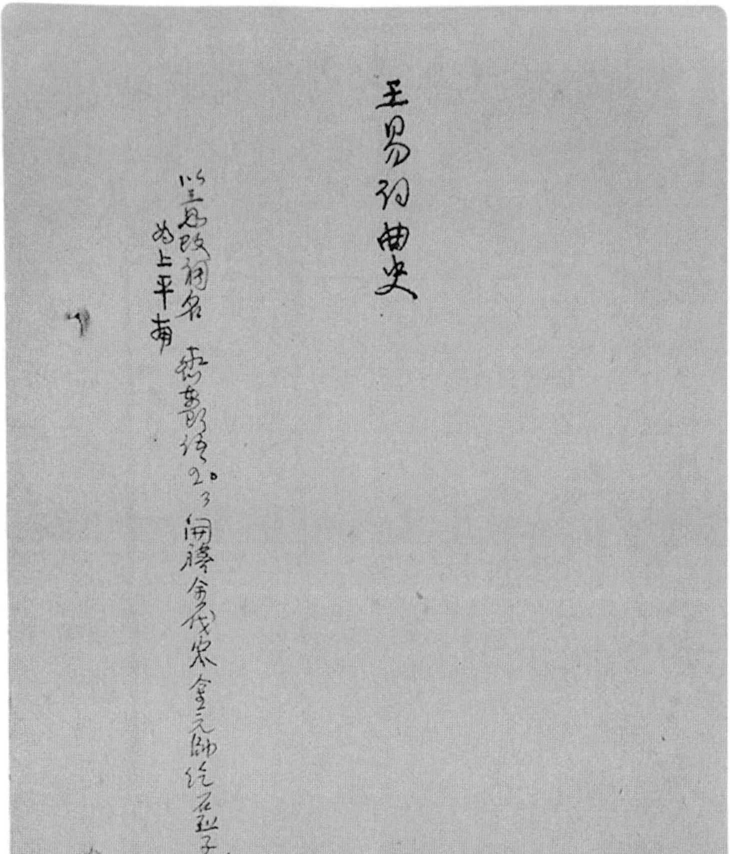
王易詞曲史

譜

改調名例

張輯全集記

有因改名而忘其本調者 如寓婦市橋柳 江25 西湖館詞話說是

东山詞好用曲調作新名 史116

抄 史258

賀鑄东山樂府 張輯东澤綺語 [illegible]

改調名例

(一)取自作詞中語為調名

东山詞卷上多摘取詞中語易為新名，仍載本調原名於下，如右[illegible]本調者張郎直[illegible]编东山寓声乐府，如(林大椿說)如換調子改名夜擣衣、杵声齊、夜如年、剪征袍、望书归五名皆詞中語也 太平時改[illegible]声[illegible]、花暮暗、晚雲高、[illegible]、替人愁、[illegible]江南八名

19 調名[illegible]生查子一本題作梅溪渡 以次句烟鎖梅溪渡 上西江月首句寸向道晚来時候 一本題晚来時候 9 [illegible]

[illegible]

改字例名(如調中仙[illegible])

賀集不必引，可[illegible]

[illegible]不必引

引他名集

[illegible]

26

其詞不必改調

5下頁仍查全宋未有同者

新改調名與原名字義差同例互詞最多須原（[illegible]）名

清心鏡（　）玉爐三澗雪（[illegible]）25解冤結（[illegible]佩令）26玩丹砂

（　）喜遷鶯（　）28好離鄉（[illegible]子）[illegible]

春娥）燕心香（行香子）29下手遲（　）29心月照雲溪（[illegible]）29

鎖芙蓉（　）30水雲遊（　）

皆用王[illegible]重陽[illegible]名

（一）以古人名句為名

（二）以自己詞句為名（如[illegible]）

30[illegible]水雲村[illegible]思仙 [illegible]

[illegible]（字義[illegible]同者）

[illegible]二首[illegible] 26 [illegible]

[illegible]10[illegible]注「本名[illegible]」[illegible]

[illegible]

[illegible]

[illegible]14[illegible]「[illegible]」[illegible]11[illegible]

[illegible]2[illegible]「不見不見」[illegible]

[illegible]2[illegible]本中[illegible]4[illegible]

[illegible]2[illegible]（[illegible]）

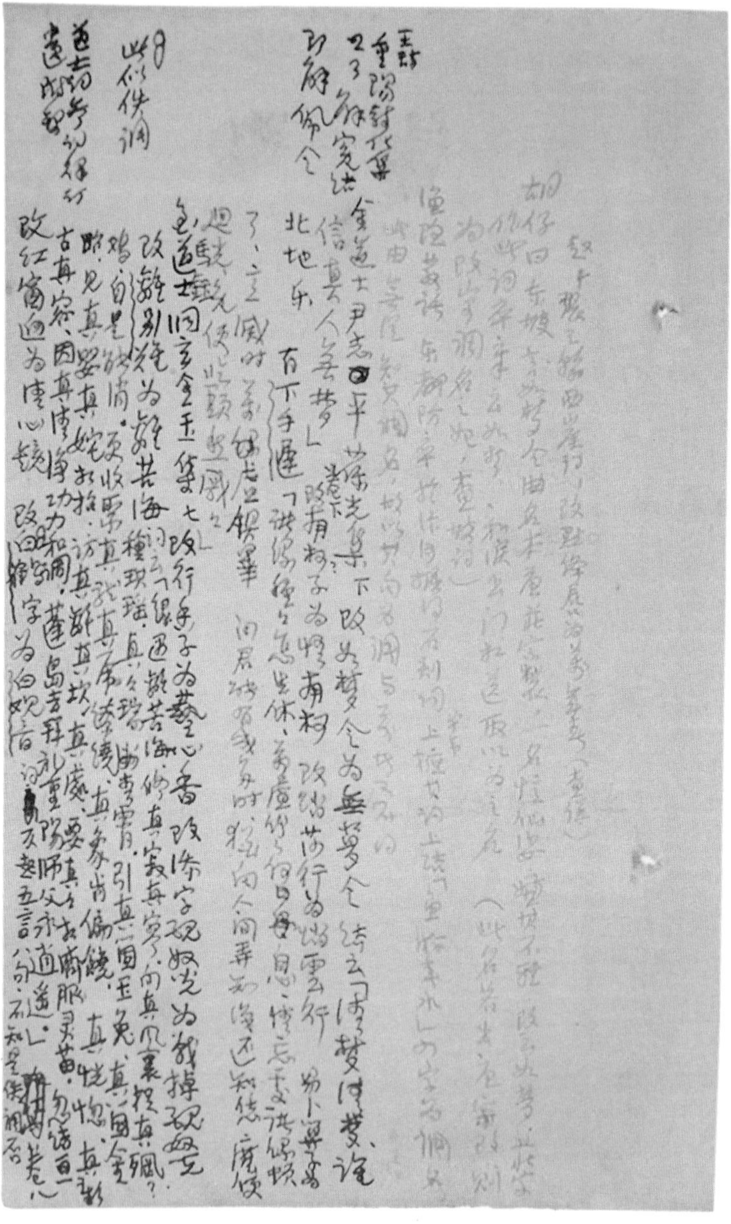

佚詞 9

改雙雁兒為雁雲妙方 四卷九改浣溪沙為戰丹砂 改相思令為平等會

詞云「信口胡[illegible]，不須參悟調。暢我情懷，引[illegible]、一任人笑，返童返老，志在

無為妙，向妙處下功，搜細妙機。攢簇怡悅，元元元來飽，鍛鍊神丹，無

大無小，胎仙養就，挂出靈芝草，便自衒言道，番兒道使了。」 改[illegible]天

為洞中天 秦樓月為四蓬萊閣 卷十改減字木蘭花為金蓮出玉花 甘

草子為天道無親 傳花枝為傳妙道 卷七改[illegible]果為性[illegible]果「詞名

本是[illegible]果，無理通，或尋常，一馬風思性祖德陽，故更易性[illegible]

粮」（[illegible]歸）

8

用諧音改

名例

金蓮[illegible] 重陽子王嚞 重陽教化集 二 玉女搖仙佩（本是玉女搖仙佩）[illegible]

心[illegible] 踏雲行（踏莎行） 無夢令（如夢令） 蓬萊閣 秦樓月 卷三 玉爐三澗雪

青蓮池上客 四詞中有喝馬[illegible] 黃鶴洞中仙 俗卜算子

印西江月） 卷二有解冤結（解佩令）[illegible] 上丹霄（金人捧露盤）

王處一 雲光集 の 踏雲行 踏莎行 望蓬萊 望江南 [illegible]

玉京山 小重山 見於鳴鶴餘音 [illegible] 踏雲行三十首 長思仙 長相思 望蓬萊 望江南 發丹砂 [illegible]

四仙韻 [illegible]減蘭 兒斷 浣溪沙 鍊丹砂（浪淘沙） 化生兒（雙雁兒，前後上下起句七字言，發兒則平聲，[illegible]）

[illegible] 遇仙槎 生查子 德報恩 [illegible] 道成歸 阮郎歸 神光燦 [illegible]

[illegible]月 又[illegible] 榮華 [illegible] 遇仙槎

改調名　王喆易名　二百數十闋　長思仙（長相思）　黄鶴洞中仙（卜算子）

以上皆由其人天外來　來從天上來　解冤結　[illegible]

繡定針　繡停針　降中央　五福降中天（字句[illegible]）　[illegible]　鎖葉[illegible]

五峯白雲子王先生草堂集　玉鑪三洞雲　[illegible]　口影一峯雲　巫山一段雲

金蓮出玉華　減字木蘭花　瑞雲行　瑞鷓鴣　[illegible]　無俗念　念奴嬌　青蓮池

上宮天玉案　黄鶴洞中仙卜算子　[illegible]

醉桃源　阮郎歸　心月照雲溪　驀山溪　慢黄梁　[illegible]　鍊丹砂　浪淘沙

[illegible]　[illegible]　長思仙　[illegible]

劉志淵（金蓮人）　[illegible]　上丹霄　[illegible]　金蓮[illegible]

玉女搖仙佩　遇仙亭（俗山亭）　三光會合（俗多麗令）

王喆　金蓮集　[illegible]　金蓮堂（俗鶯花）　報師恩（俗瑞鷓鴣）

[illegible]

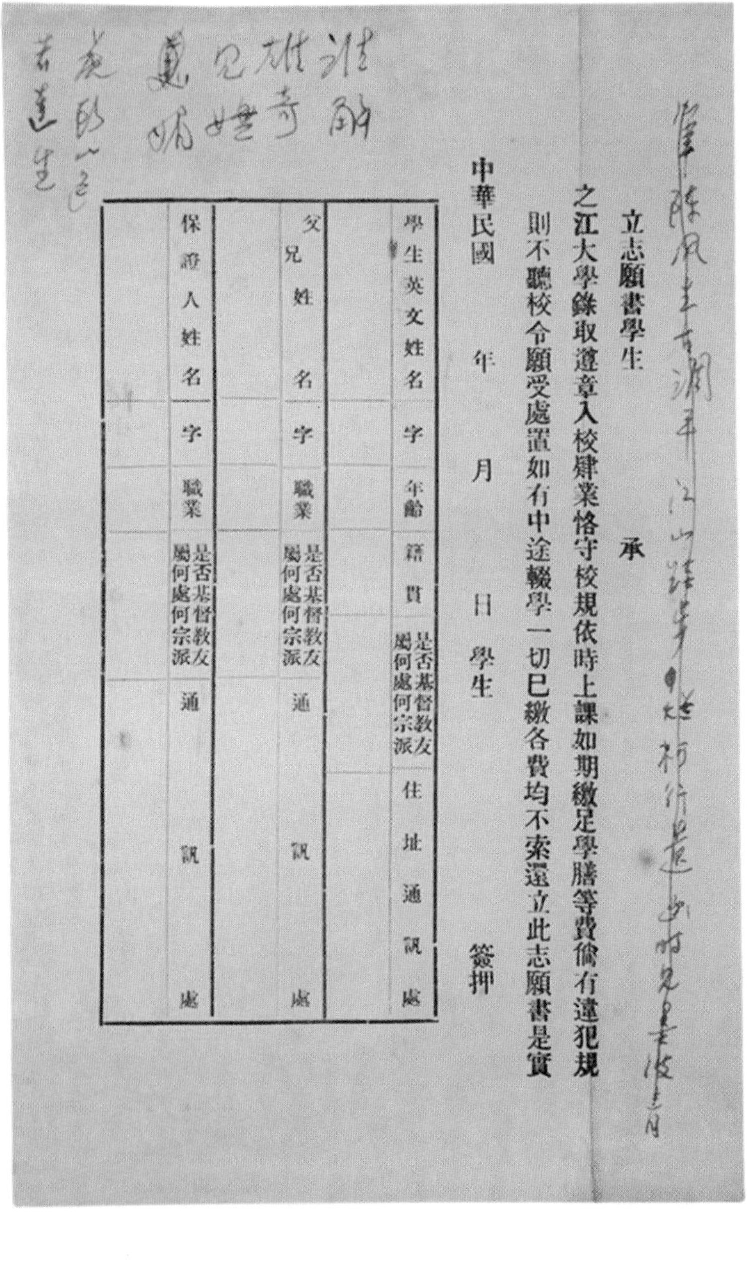

立志願書學生　　承

之江大學錄取遵章入校肄業恪守校規依時上課如期繳足學膳等費倘有違犯規
則不聽校令願受處置如有中途輟學一切已繳各費均不索還立此志願書是實

| | | | | | |
|---|---|---|---|---|---|
| 學生英文姓名 | 字 | 年齡 | 籍貫 | 是否基督教友屬何處何宗派 | 住址通訊處 |
| | | | | | |
| 父兄姓名 | 字 | 職業 | 是否基督教友屬何處何宗派 | 通訊處 | |
| | | | | | |
| 保證人姓名 | 字 | 職業 | 是否基督教友屬何處何宗派 | 通訊處 | |
| | | | | | |

中華民國　年　月　日學生　　簽押

27

楊萬里誠齋集卷引詞曲變引之已注明 此編野客曲 續選輯宋金元人詞補遺公文

如韓奕錄出人名之「菩薩蠻」「蝶戀花」詞調名

不注調名

譜

調 截慢為令例 截長詞為小詞 詞源「截大詞為小詞」

周密之截雨中花慢為雨中花令 9 18

碧雞漫志三涼州曲下「凡此諸大曲就詞者類從簡省，而管絃家又不肯從首至尾吹彈，甚者學不能盡」此截慢為令之的解也

譜

調 衍令為慢詞例 衍小詞為長詞 詞源「展小詞為大詞」

詞源 柳永洞仙歌 20 29

(一)用[illegible]之調演成者 [illegible] 王易[illegible]

(二)[illegible]調[illegible] [illegible]（中調）、

(三)令慢[illegible] [illegible]

28

慢令互變 [illegible]

要指 花拍

長調 碧雞玉含奴嬌下「窗中葉，伴有个神，慢曲子」

玉城柳妃墳詞了 々

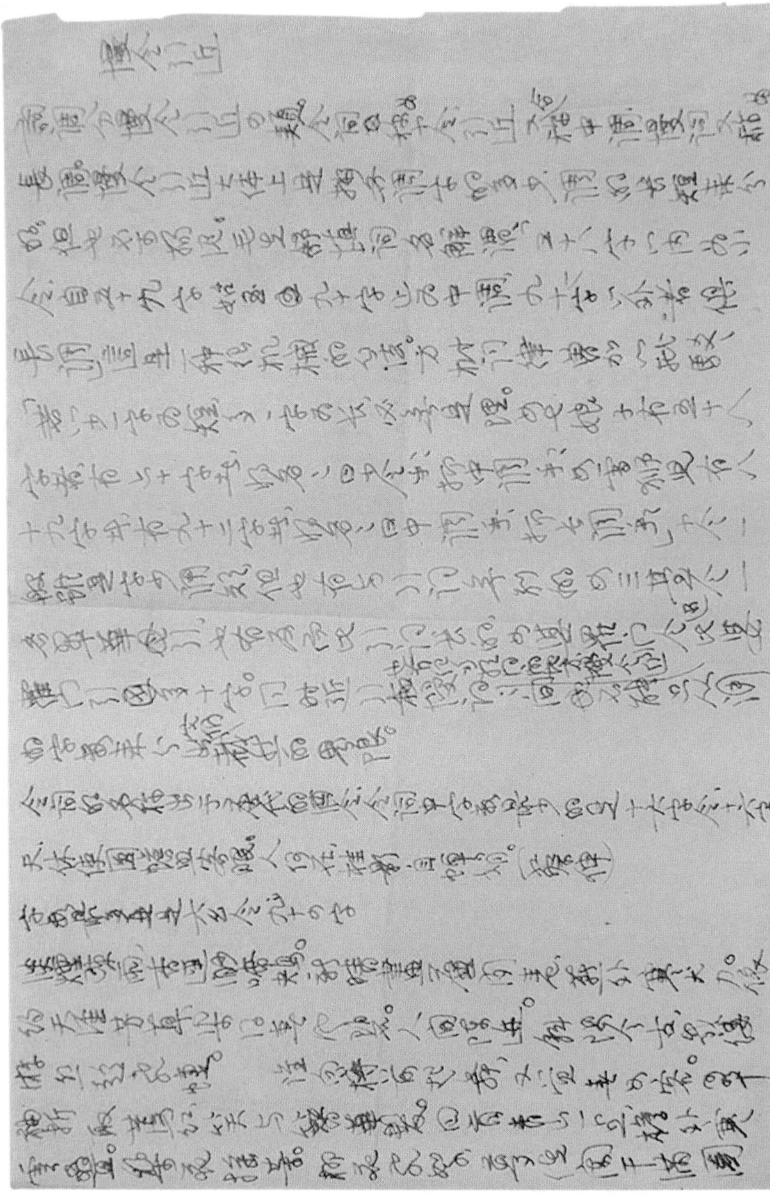

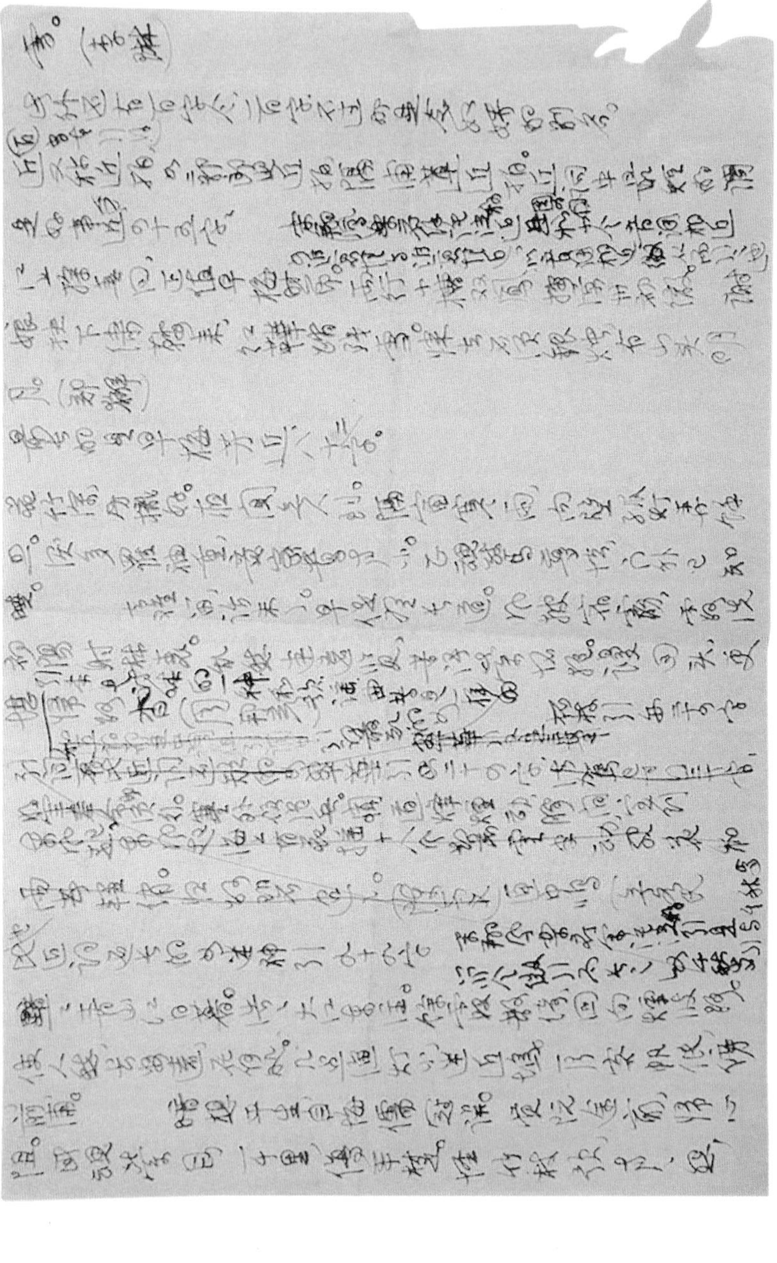

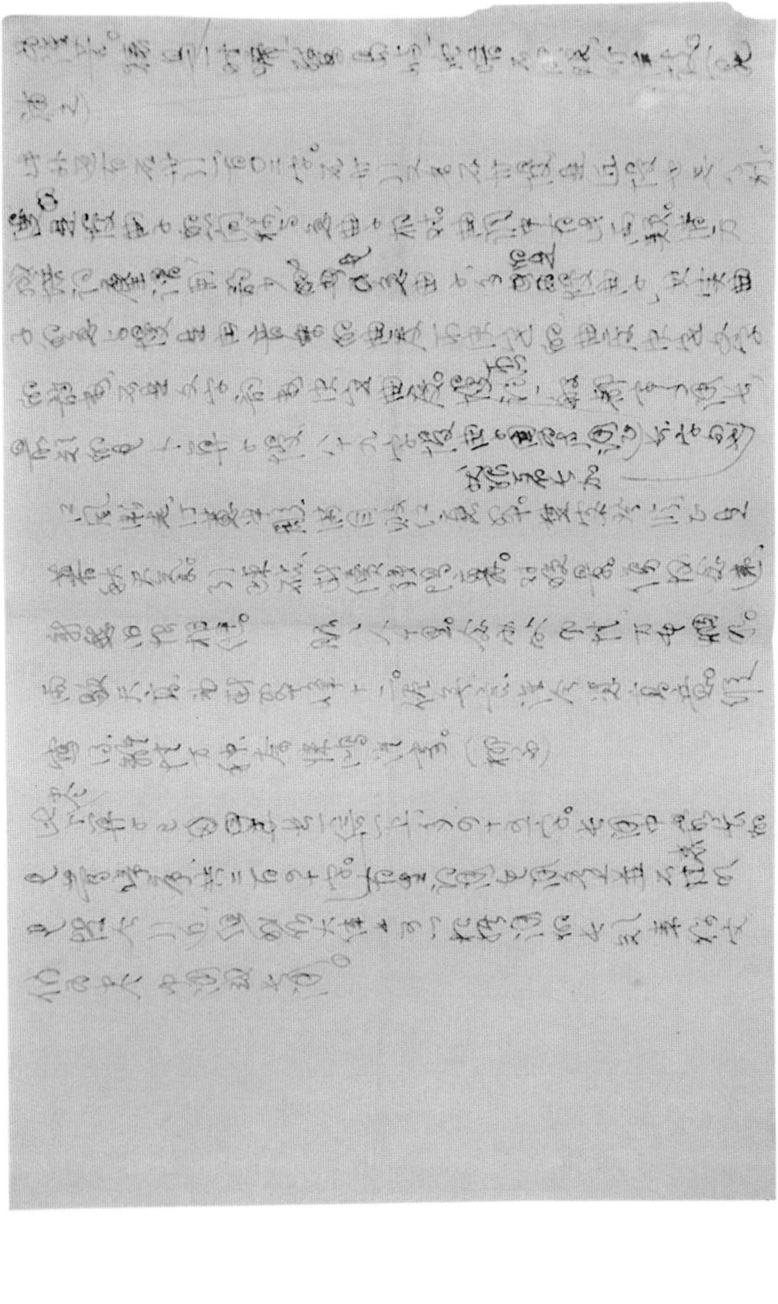

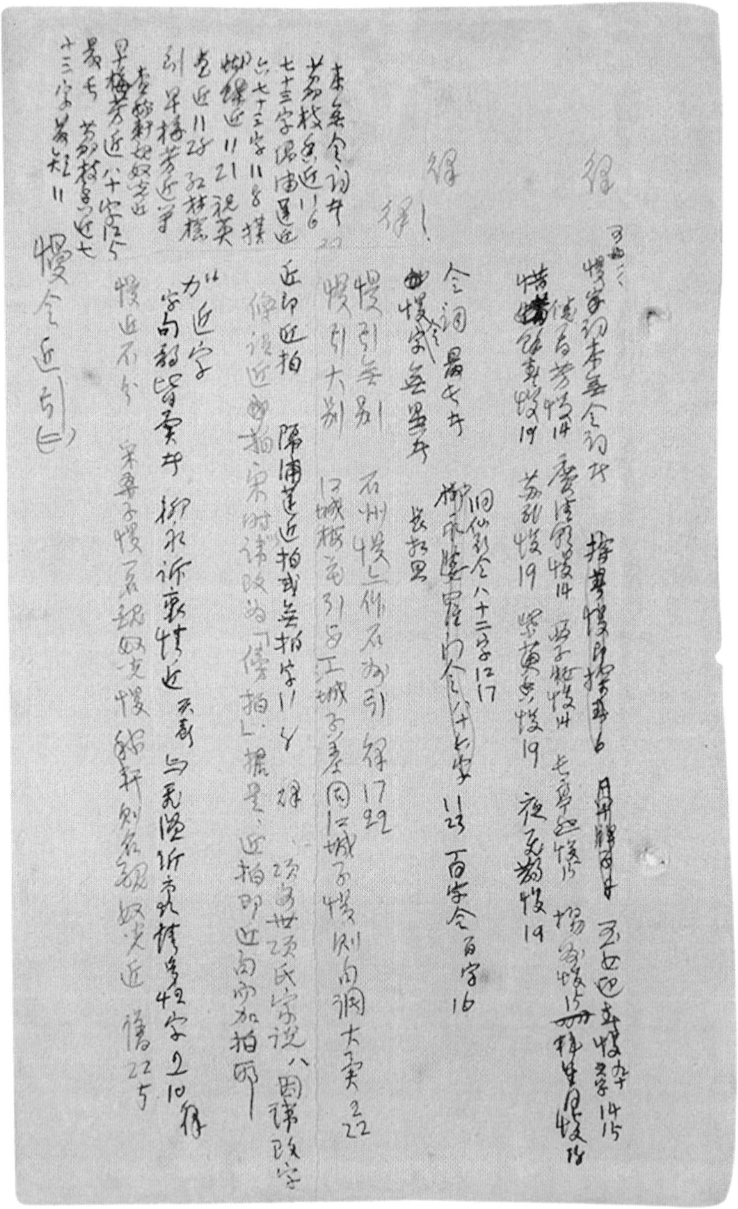

慢字詞本無令詞者　摘要慢序摘遍 6
傾杯芳慢 14　霓裳中序慢 14　西子妝慢 14　長亭怨慢 15　揚州慢 15
惜紅衣慢 19　蘇武慢 19　紫萸香慢 19　夜飛鵲慢 14
令詞最長者　隔仙引令八十二字 12 17　柳永醉蓬萊令八十七字 11 23　百字令百字 16
慢字無令者　長相思
慢引無別　石州慢亦作石州引 得 17 22
慢引大別　江城梅花引与江城子慢不同 江城子慢則句調大異 2 22
促拍近　宋時詞改為「促拍」，據是，近拍即近而加拍耶
近即近拍　隔浦蓮近拍或無拍字 11 4
加近字　字句韻皆異者　柳永訴衷情近 與訴衷情 42 字 2 10 得
慢近不分　賀新郎則名 近 22 5

本無令詞者
荔枝香近 11 6 七十三字　隔浦蓮近 六十三字 11 8　撲蝴蝶近 11 21　祝英台近 11 29　紅林檎近
早梅芳近 八十字
荔枝香近 七十三字 11

慢令近引（三）

印傍金曲遗声之一（详）
如今调者今字，如
双头莲令，小令也，双
头莲则慢词 5 9
长述著令与长述
慢大多是 22 多五十
六字，句均大异。
粉蝶儿令与粉蝶儿
慢多出字句殊
8 24 柳永同仙引
与同仙引令多殊
字句大异 12 27
木兰花令词如欧阳阕
引 11 3 0 尚有浣溪沙引 11
7 1 梦玉人引 踏 12 迷
仙引 12 4 黄鹂引 12 络
莲叶引 荷叶引 10 宋
华山引 13 等

加一「慢」字（详） 似是旨调上阕作5字句差异 多五十二字 句稍变矣
前调字与上述回异者 …… 与西江月回异 6 5
8 江城子 2 23 上林春慢 7 24
惜黄花慢 10 7 粉蝶儿慢 10 未
陈景元瑞鹤仙 17 3
西平乐慢 用平韵 字句亦变 17 3 引 雨中花慢 7 8 木兰花
慢 与 九十九字 句均殊 探春令与探春慢 十二字 6 22
加「慢」字（详） 慢字差同者（详） 谢池春慢 多廿の字 10 3 彭 慢 多 令 廿字 10 8 卓牌
子 24
慢词不加慢字者 西平乐 慢字多 17 30 柳永 锦堂春 …… 多六十七字 句调大殊 20 18
更漏子 4 14 探春 令 6 3 2 3 万俟咏 卓牌子 24 醉公子 3 13 杜安世

加「引」字，字句迥异（详） 多十一字 引词蓦山溪 迷神引 九十九字 16 2 石州引 百二字
王安石 千秋岁引 10 27 句矣 17 21 三台 蓦山溪 …… 华清引
…… の十五字 为最短 4 11 二十 字 1 8

加「引」字 句调差同者（详） 江城梅花引与江城子 更千秋 字 耳 2 0 2 0
「令」引 江城 …… 三台 或加令字，宫中三台 …… 引 1 8 …
「引」反比「令」短者 婆罗门引比婆罗门令少十字 句格大 …… 调 11 23

1332/51/8 15/21/39

慢近不分例 吳季子慢一名現如光慢綿軒詞則名現如見近之類

慢近不分

慢近不分(三)

詞
畫眠代抒作
有以前人作者
有声情与詞合

譜

某調专作某題例　　寫梅：詠梅花

宋人詠品令數作俳體 9 28　蝶戀花引 熟慣古人成語 12 29　六州歌頭

歌头专作弔古詞 程大昌詠 7 8 5　品令专作俳體　稼軒 12「品令」「族姑慶八十來

有編专作說理詞　24 朱晞顏家詞 11 有編之字

鷓鴣天說理　漁家傲多作賦物詞　花間集

某種詞以自某調為多者　以圓表詠某人者

詠曲作詠某枝詞

題一類詞多品令白話

如多用 1 9 記政和間李方叔唐在陽刀代嫁作品令作除蓋詞老

之談笑　以宋時引詞童女不宜男也。

鷓鴣天 楊柳枝 初皆詠「已隋」之

南鄉子 泉歐陽炯李珣专詠南中風土（温庭筠作雙調乃泛詠也）（前蜀尹鶚 故為詠南）

女冠子 多通說女冠事

某調专作某題 竹枝（故為詠三峽物作）　竹枝之如此

查歷代詩餘
可查

某調專詠某題例（如梅花專詠梅花 2.28下 品令多作俳語 五16（上片五十五字者不同）河瀆神多詠鬼神廟祠 4.22 沁園春專詠美人 哨遍

釋　多作隋柳詞

五代詩話之四下引稗史類編曰：楊柳枝即古折楊柳義也，本歌云隋之曲，故隋子曰即有詩云「萬里長江一帶開，岸邊楊柳幾千栽，錦帆未落干戈起，惆悵龍舟去不回。」劉禹錫四搦子任詞：「煙景迷，隋家宮樹拂金隄，嵯峨猶有當時色，半蘸波中水鳥棲。」又韓琮云「梁苑隋隄事已空，萬條猶舞舊春風」，晉和凝云「萬枝枯槁怨亡隋，似鳳闕天宮各自垂」是也　已

按此調之有止詠柳不詠亡隋者

釋

某調多作某語

梅花引多用古詩句法子引

某調專作某體例（二）

繁

促拍

梦窗《摊破》○ 促拍六幺 歌头 竹屋词注 46

促拍丑奴儿 45 山谷词 8 促拍满路花

碧鸡漫志卷五 西河长命女 伊州 促拍 [illegible] 此曲以 [illegible] 合

记贺拍快乃元大历初人歌此曲长短不可知然后附引

拍已去密

近拍

一字一拍

一句一拍

气拍

据白石旁谱辨

30 拍 此入词乐考

譜 ？

夢窗詞叢有夢行雲自注一名六么花十八；碧漫志後序處十八拍 15 19

無拍子例

曹勛松隱集自序「此曲自金源傳至邊城，飲牛馬，即横笛吹之，不鼓不拍，聲甚悽斷」 2 24 飲馬歌 此曲教序散曲子

八拍蠻 止四句 兩句分，當四句二拍 律1 25

促拍 律4 促拍醜奴兒比醜奴兒句多 （醜奴兒有促拍 有攤破 有近 有慢）

朱自清促拍的研究

犯聲句例

時子部詞之8 犯聲雲鬟美人用不韻兩片七六●六五 七六六五

黃勤楊陰樂府——法曲摘遍 排遍第一 排遍第二 排遍第三 第四攧

入破第一、入破第二 入破第三 入破第四 第五煞

拍 (二)

大曲例

「自东坡仅作句放乐语而不製致语词，郑仅、董颖之徒则又止作致词而无乐语，二者虽皆不备焉。郑業大曲二卷，有致词，有乐语，且押曲之下，各载致语之状，尤为详密，郑之兼备，洪子亦未及，宋人大曲之详无有过于此者矣」日本椿鄭業大曲跋

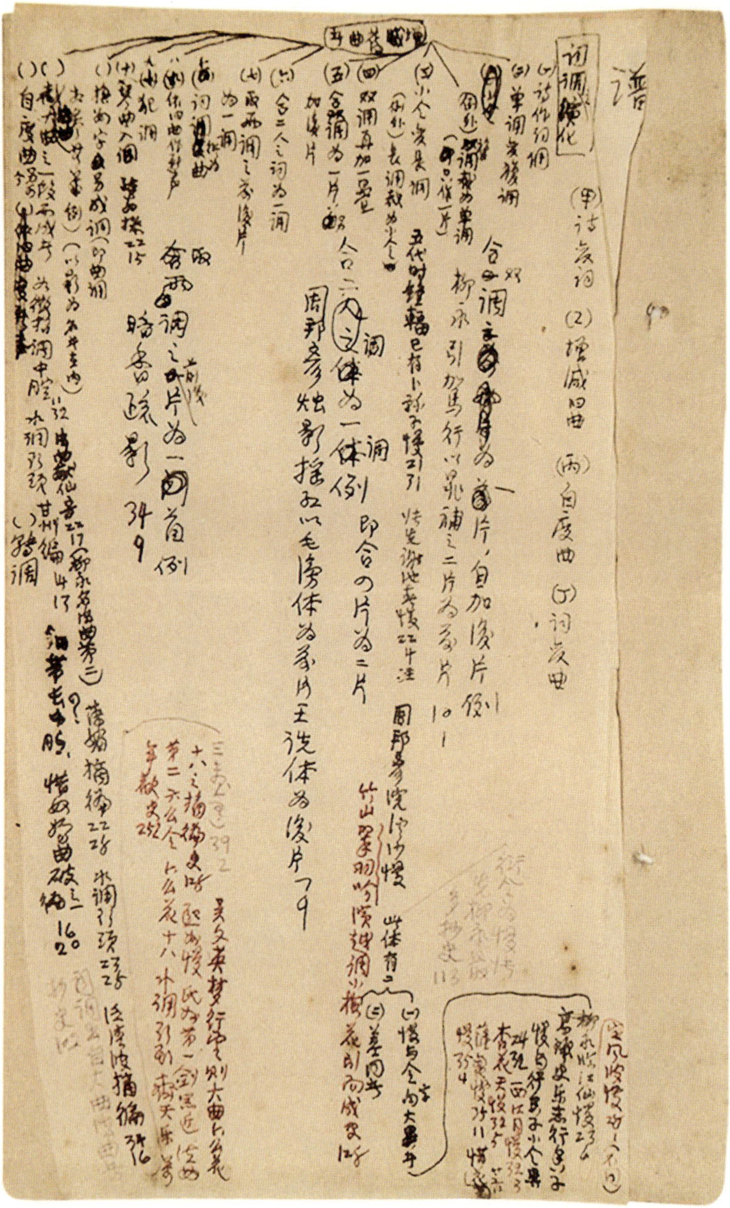
词调演化
(一)诗作词调
(二)单调变复调
(甲)诗变词 (乙)增减曲 (丙)自度曲 (丁)词变曲
合单调为一片，自加後片例
(三)小令变长调
(四)双调再加一叠
(五)合两调为一片
(六)合二人之词为一调
(七)取两调之前後片为一调
(八)依旧曲作新声
(九)词调入曲
(十)犯调
周邦彦燭影揺紅
暗香疎影 349

各調衍變之情狀 (繹) 詞字多者爲多少共廿体 繹32 因詞字者八? 因字句多少變者七 3 9

各種變之象 如生查子本五言詩上下片譜之句 (繹) 朱希真改下片起改爲兩三字句，後改改上片起亦爲兩三字句，3 25

少井 先實則下片起作七字句，3 15

各種變之象 (繹) 與舊調全異如李之儀去聲 3 11 柳永長相思 皆依舊調而衍 柳永 ... 27 史達祖 ... 3 15

大井 康與之女冠子 3 16 柳永 杜安世 更漏子 此 柳永 ... 晁補之 ... 字數 ...

結尾之變 不系而句讀大異 3 34

換頭之變

起首之變

平仄之變

只論結同井 (繹) 柳永女冠子與康與之 ... 二体 3 19

加一字者 李珣 ... 3 2 ... (繹)

八股一片書 不考友 ... 下片與柳永大異 5 23 (繹)

31

各体衍之變 入詞

又引　以词句代调名

引王寂拙轩词中南乡子序「……戏作长短句，以明日黄花蝶也愁引之」

《水调歌头》《水调歌头》「……为谁明月几时有……」　征过山下品

今日同仲夜楼席酒酣，因不代咏竹园诗句以乐村园记之」

碧鸡漫志五　后庭花条「……通典云，玉树后庭花、堂堂、黄鹂留、金钗两臂垂，并陈后主造……予因此后主诗句以配声律，遂取一句为曲名。」

另入題例

以調為題（詠調名）　當列題例中，如樓鑰此

毛草粹編引古今詞話：虞集弟子弟尹生，作江神子題之，下片云「修竹
買个小船兒，佐風以，仿了東西。何處是虞歌南也，都隔，莫被江神收留了
緣不得，我和伊。」詞話云「凡綴多為借腔敘他事，此為江神子，卻單
江神子，增詠賦本題也」

碧雞漫志四「河滿子條引孫光憲河滿子『冠劍不隨君去，江河還共恩深』
一首，謂『似為孟才人發』」孟才人以歌河滿子而死，其本事亦見漫志，孫
詞即以調為題之先例也。　又卷五云「孫光憲、毛熙震、李珣有後庭花
曲，皆賦後主故事」（查摘毛氏三首不詠後主，李作今不傳，孫作二首
「景陽鐘動宮鶯囀」「石城依舊空江國」則皆詠後主者」

32

一調止一詞例（？）

譜

詞？

一調止一詞例 僻調也 4 20 以前未查

黃山□霎急雨 4 20 玉□傷四春怨 4 29 游里春 5 21 錦園春 5 21

太平年 5 22 占春芳 荷葉杯 6 11 相思兒令 6 27 迷□卷 6 29

喜長新 6 31 金盞子令 6 32 獻天壽 6 32 撥□秋 7 7 洞天春 7 12

雙鸂鶒 7 21 高溪梅令 7 22 雙頭蓮令 7 22 （以下再查）

諸

誤

一首誤分兩首例

楊天谷 双雁兒 105

33

一首誤分兩首

34

譜

誤合兩首為一首例（誤分）

嘯餘譜錄李煜搗練子為一首，本單調兩首，雙調始於宋人，從昔用兩韻者（詞律一廿）

以詞調為名

本二調誤以為一調　詞律以無悶與催雪數語為一也 27.9

亦無區別，詞律乃從楊升庵蘧之說，二名不雅，改為開儀且庵，詞有百字，萬氏大誤見樂章詞

究竅微二首及其詞，詞以山從律皎橋籬不數牧詞，其實開「催花雨小」至「倩有狂情門苦草」，與「秋千影裏」至「臨階老陰恨多少」句保如一，而中間以「長安道」三字似「恨多少」句下當有平仄仄三字一句也，至後闋「楚天晚」至「自然清曉」與「宮城畫香」至「翠鬟數倒」上後句雅如一，詠梅花引拈故人，竟合之梅花煙影搖紅之數，本可分為兩調，遂成一長調，究竟幾何也。

誤合二調為一調

自度曲詞名 以詞句爲調名 如阮郎歸第六[illegible]字其[illegible]自度[illegible]上結「[illegible]」

其聲律 如白石各自度曲 [illegible]阮郎歸第七[illegible]鳴橫自度[illegible]

俯檻上度鳴橫 又阮郎歸第七 前人西窗燭 結「共夜西窗剪燭」

中[illegible]采存完最[illegible] 其[illegible]翠[illegible] 結「[illegible]後庭花，其葉路」

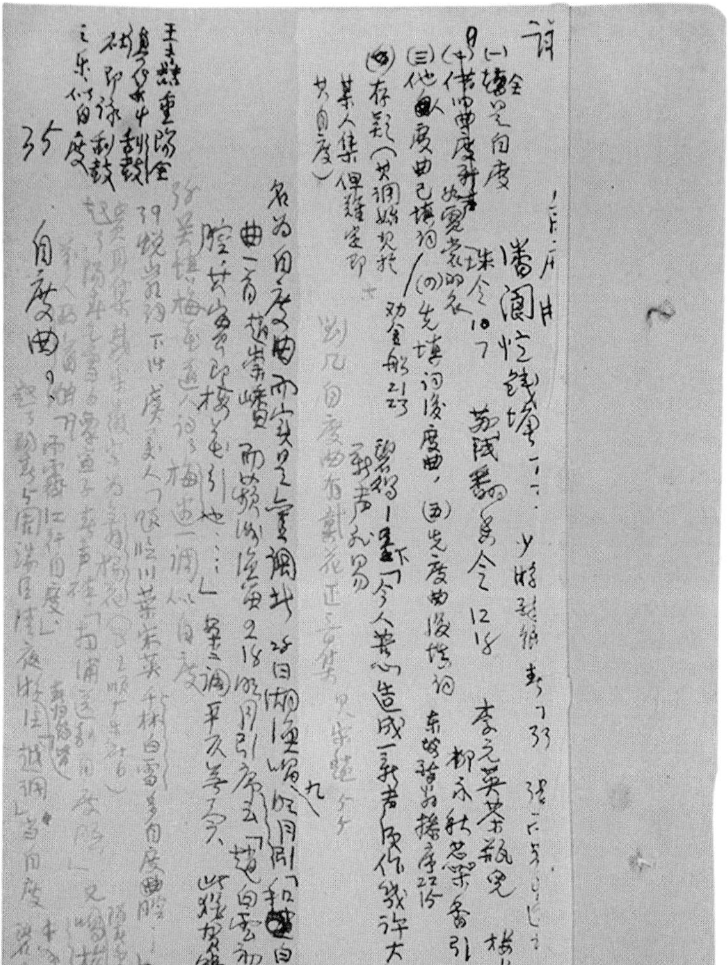
(一)填全是自度
(三)他人度曲已填詞
(四)先填詞後度曲
(五)先度曲後填詞
(四)存疑(如詞始見於某人集 但難定即其自度)
「今人苦心造成一新声便作几许大知音矣」
名為自度曲而實是舊調者
自度曲

36 須用某人語

21 方壺詩餘之「嘯遍」……共用韻平側按韓新詞」

37 115 詞句為調名

詞徵1・2上「古樂府長相思……」 又1・4下「康伯可……」

38 和調

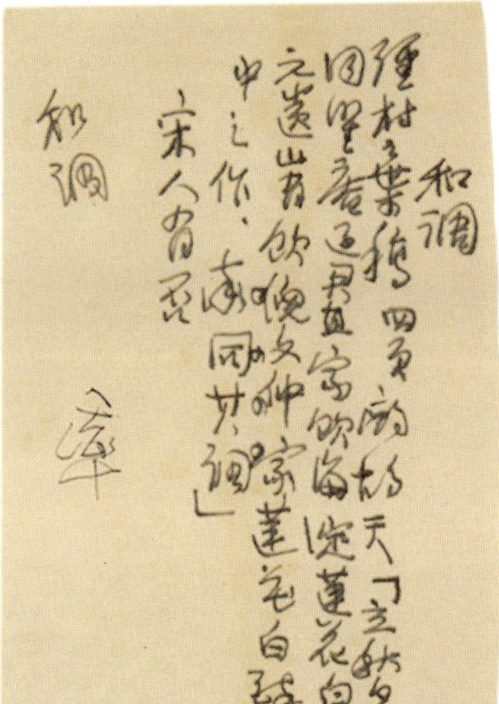
和調
彊村集鷓鴣天「立秋夕
同聖禹過君直宅飲瀹從蓮花白
之遺，曲有飲晚文仲家蓮花白
中之作、滄同甘調」
宋人有曲
細調
沁平

體例

| | | | | | | | | | |
|---|---|---|---|---|---|---|---|---|---|
| 1 | 2 | 3 | 4 | 5 | 6 | 7 | 8 | 9 | 10 |
| 拗口讀 | 詞拗詩 | 一人 | 句韻大多字句間 | 別体最多 | 數首為一套詠一事 | 數首為一套夾詠一事 | 大曲等 | 鼓子詞 | 數首連綴 |
| 11 | 12 | 13 | 14 | 15 | 16 | 17 | 18 | 19 | 20 |

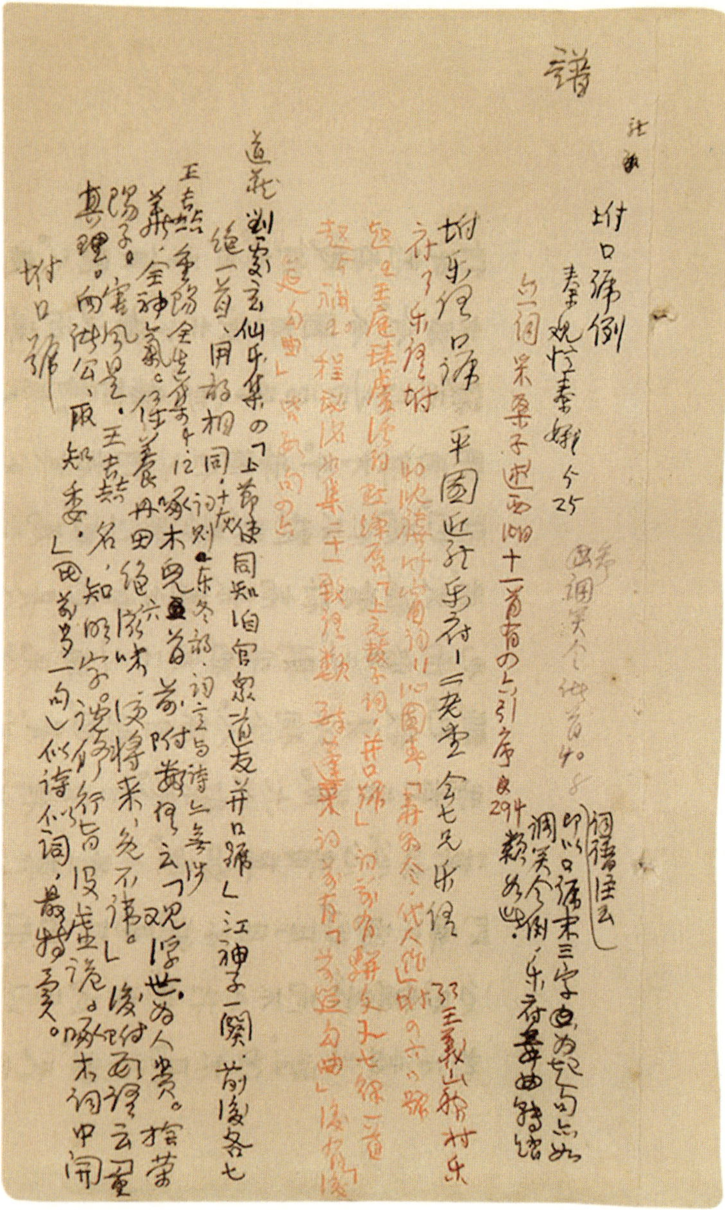

律

詞附詩例（[illegible]）[illegible]調笑令 首附古詩八句一破子23 初寮詞6 憐多花六首 首附絕句一首

詠六種花 首六附絕句 初寮詞14 安陽好九首 首以口號絕句一首

〈の本山中[illegible]詩〉[illegible]種為「破子」 山谷詞57調笑令

詞附詩例 鄭僅大曲採蓮舞14 七絕句隱宋徽間列共五首 花舞21 七絕句

憐」又花半[illegible]首間列若十一首 又28 漁父舞」七絕八首 隱宋徽[illegible]首間

又[illegible]風[illegible]集1 番子調笑 每首句各有詩八句（此代[illegible]同） 李呂[illegible]

餘詩餘4 調笑令五首

[illegible]

野中附詩 白石42 广宮亭序中[illegible]詩

金道人《馬山[illegible]》[illegible]至王集十 桃源憶故人「字[illegible]」一首後

附「又頌」一首（五言詩）

王喆 重陽全真集8 如夢令 九九[illegible]十一首 首附一詩云「如矣

詞附詩

2

九五好中諧。明月如何照碧潭。今得双関出个理，大家三三
与後三三。

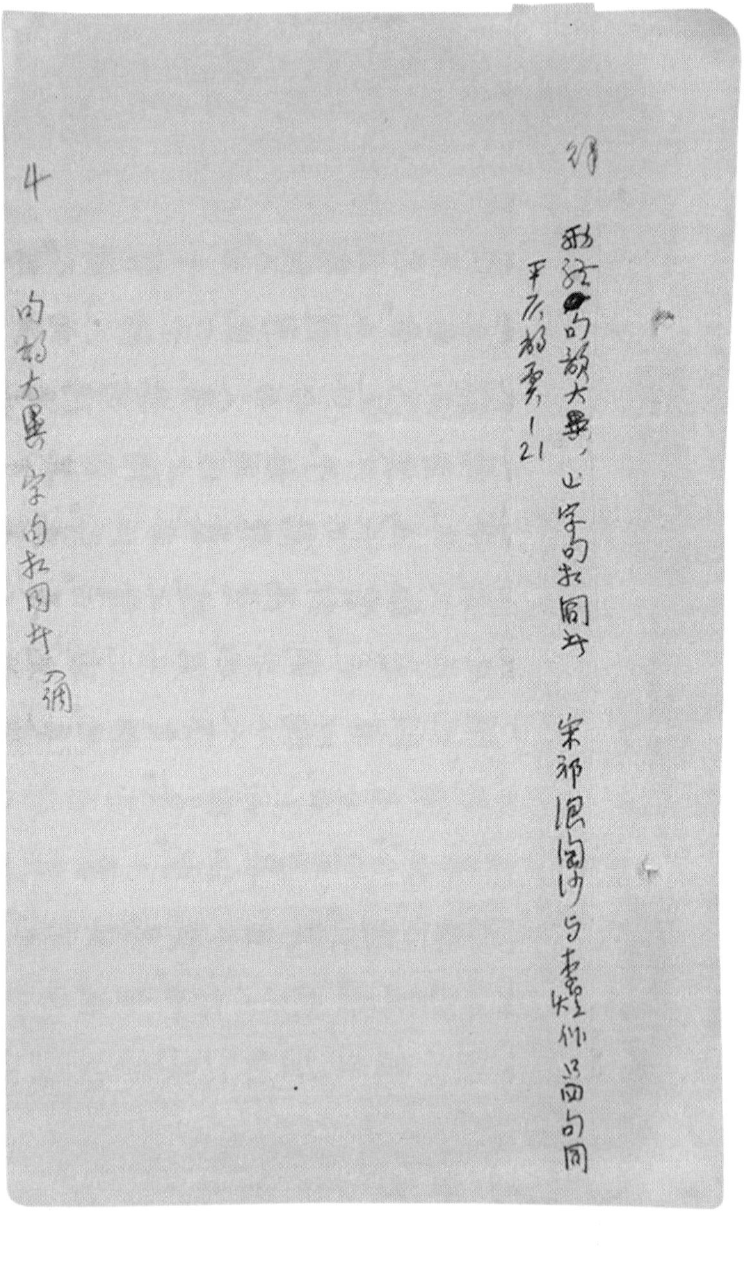

?

佚

別體最多例

少年游詞譜 8 7 共七體　惡令十三體 9 33　河傳廿七首 11 16

回仙引卅五体又五体　選冠子十六体豬.

無別体者

鳳伯天 11 30 陣陣子 14 5　黃鶯匝 14 10

5

別体最多　參体例

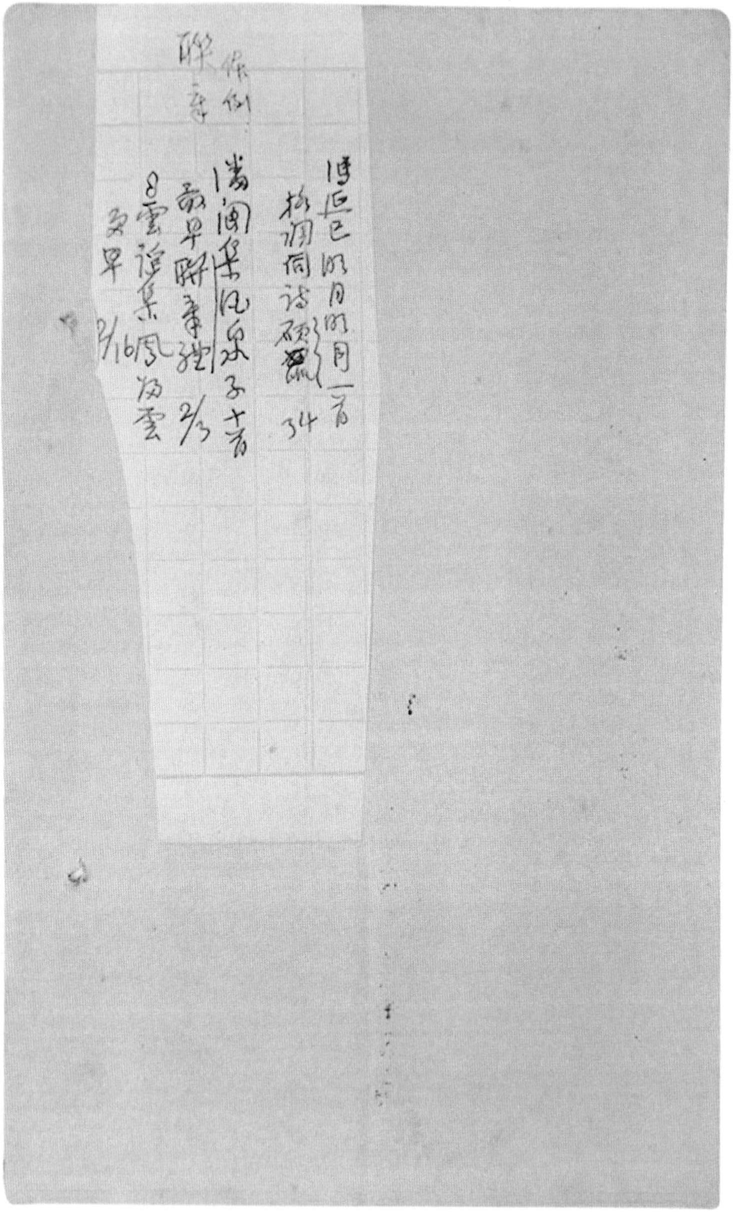
作例
聯章

傳臣已洲月洲月一首
格调向诗碩 34
满闻集风泉子十首
敦早聯章体 2/3
8 雲谣集风为雲
又早 2/16

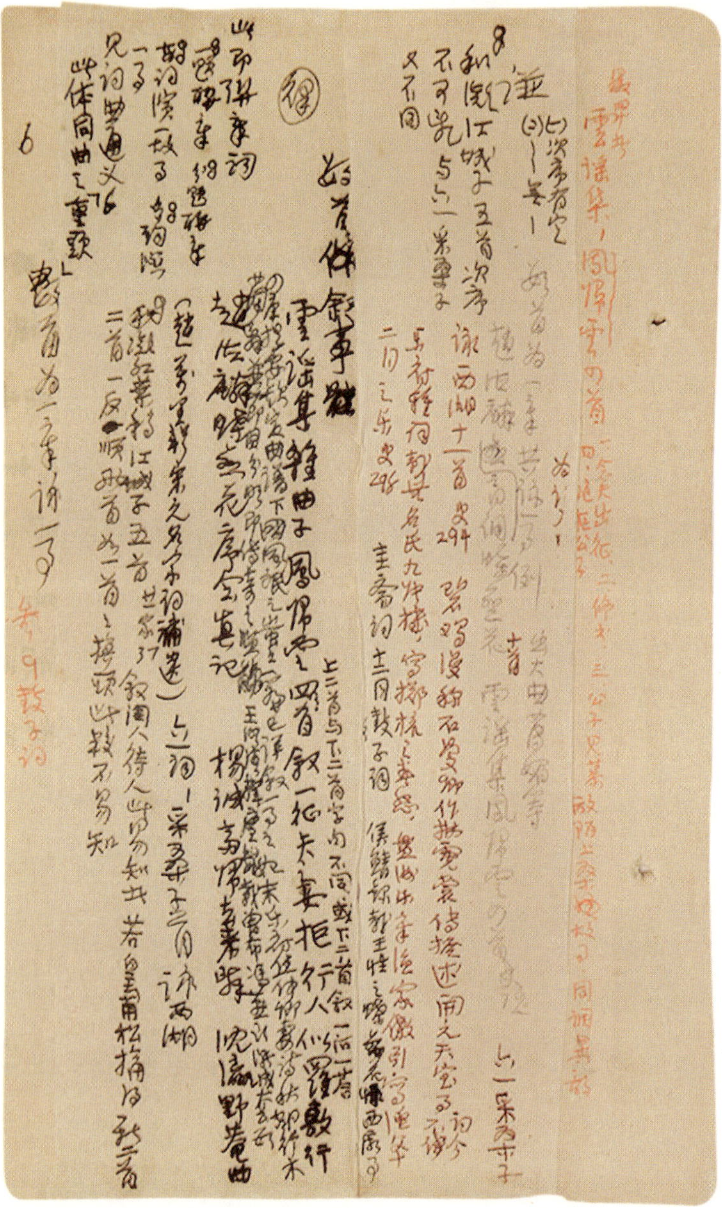
最早者 雲謠集、鳳歸雲の首 [illegible]

如首為一章 [illegible] 出大曲首 [illegible]

趙德麟 商調蝶戀花 雲謠集鳳歸雲の首 [illegible]

8 並 (2)(七)次序有定 一人一套

和劉江城子五首 次序 詠西湖十一首 史294

不可見 与六一采桑子

又不同

[illegible] 名氏九張機 [illegible]

二月之樂 史296

上三首與下二首字句不同,或下二首敘一征一婦 [illegible]

如首保敘事體 雲謠集雜曲子鳳歸雲 四首 敘一征夫妻拒行人 羅敷行

[illegible]

趙德麟 商調蝶戀花 序會真記

楊誠齋 [illegible] 沈瀛野庵曲

〔趙萬里輯宋元名家詞補遺〕 六一詞 采桑子十首 詠西湖

[illegible] 江城子五首 世宗37 敘閨人待人 此易知 若皇甫松摘得新

二首一反一順 兩首如一首之換頭 此較不易知

此即聯章詞 [illegible]

[illegible]

一套

凡詞無過六(?) 此體同曲之「重頭」

6 數首為一章 詠一事

參9 鼓子詞

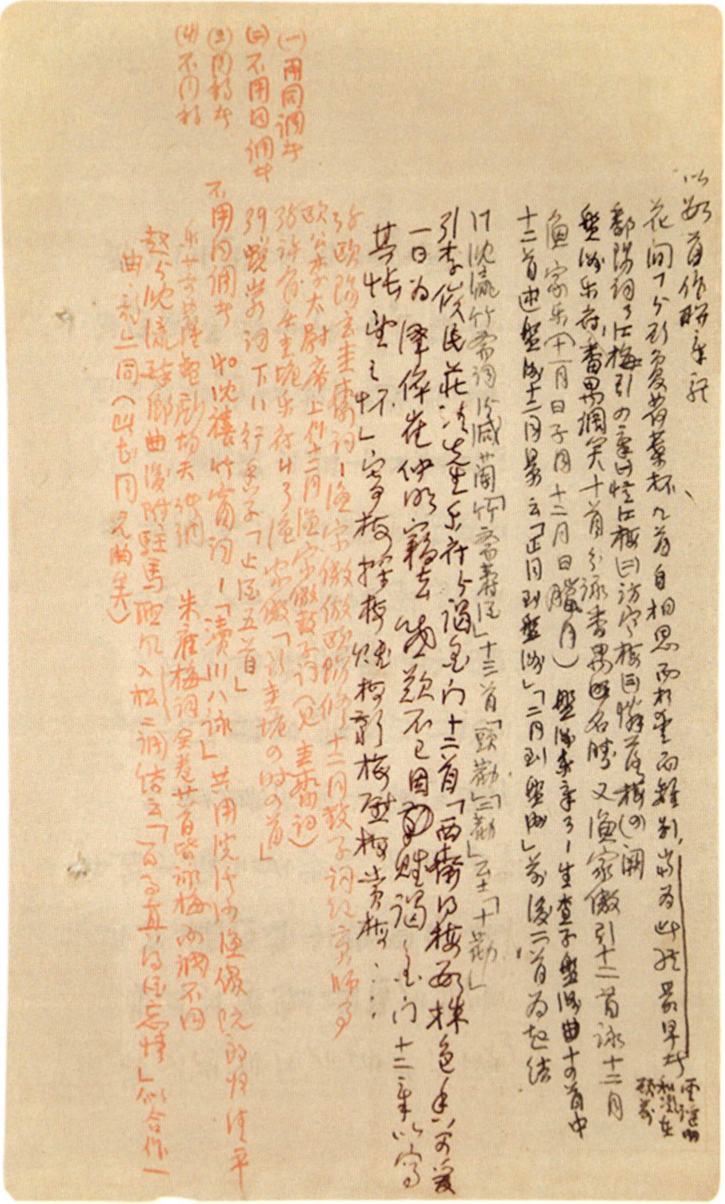

同調最多者　如宋[illegible]梅軒[illegible]羅[illegible]詞[illegible]梅[illegible]梅
詞家[illegible]用百首，柳詞柳梢青百首，[illegible]柳[illegible]（但或是選者人詞）
[illegible]十二首，不同於曲，曲多有本名，首尾又多有一曲為[illegible]
為祝[illegible]世[illegible]曲[illegible]其[illegible]而微

[illegible]詞26[illegible]「漁父の附詞」の首
宋[illegible]詞之[illegible]「[illegible]秋日牡丹」三首皆東冬韻
[illegible]之詞以一調連成十數首，[illegible]歐公[illegible]集中[illegible]
[illegible]（[illegible]後集序）

抄宋大曲[illegible]頁論轉踏
適

吳[illegible]梅[illegible]道人詞[illegible]九首
柯九思丹丘詞柳梢青詠梅[illegible]補之の梅圖「未開」「欲開」「盛開」「將殘」
馬鈺[illegible]集上[illegible]丹砂「自詠」「[illegible]」[illegible]為[illegible]心，[illegible]人[illegible]路向前[illegible]
[illegible]不[illegible]神[illegible]玉[illegible]
[illegible]又一首云「[illegible]」[illegible]心[illegible]
[illegible]上火，火中[illegible]中[illegible]
[illegible]（[illegible]）兩首作一首

王嚞重陽全真集卷七有五更出舍郎七首「一更哩囉出舍郎」「三更……」「三更……」卷八如夢令九九消寒共十首「九一初交有自……」「九二玄陰凜凜……」……「九九八方瑞雪……」

卷八行香子「一鼓繞鳴，水化行香……」「二鼓繞交，金化行香……」「三鼓繞分，火化行香……」「四鼓繞平，木化行香……」「五鼓繞成，土化行香……」共五首，皆七陽部

此乃入鼓子詞例

重陽全真集卷七踏莎行共一首云「手友打爭」云「敬爭如木，那由選擇……」次首詠「鐵鑊」云「鐵鑊神靈，秋心有則……」第三首則總詠「爭鑊堪嗟，隨緣斫斷……」總詠等

花向下半部臨江仙七首皆詠神仙：一、巫山，二、謝真人，三、萼史，四、二妃，五、安妃，六、鄒……，七、星山 殊為幽雅最早

雲謠 七首 三首 收 不妨了人

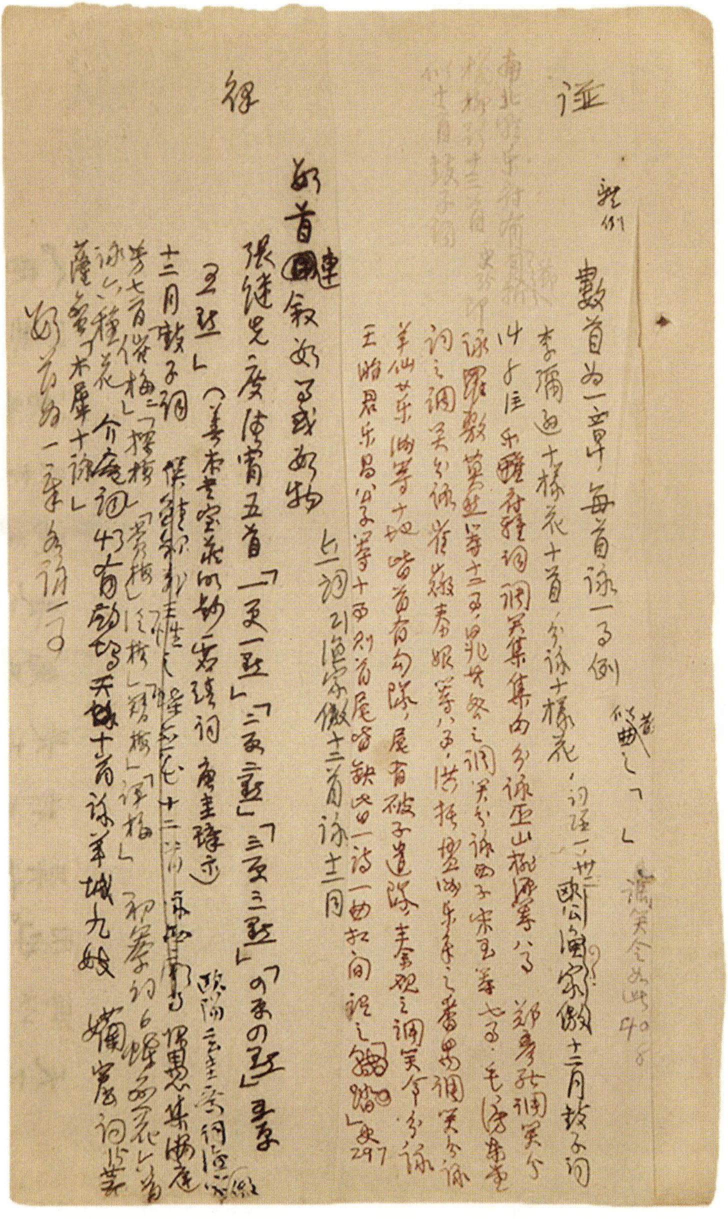

(一)同調同詞
(二)不同調同詞
(三)同調同韻
(四)不同韻詞

21) 方千里詞24 始于迎春 七首「立春」「仲春」「暮春」「春曉」「春夕」「春晝」「春夜」，與其他諸家有三疊四片俱牽，天然の系列，曉夕晝夜，自是而出，首不可勝言
其余的為[illegible]之一九六首」

36 趙長卿惜香樂府6 春樓用「梅花十詠」 40 [illegible]竹窗詞の諧藉行「全八詠」，有「金盆沐髮」「月底句面」「鏡屏鸞色」等

李[illegible]詞16 水調歌頭「[illegible]」、[illegible]「[illegible]」[illegible]

[illegible]「雲[illegible]平陵西」、[illegible]「[illegible]」

李[illegible]詞22 七[illegible]七首」[illegible]梅杏櫻桃海棠牡丹[illegible]七首[illegible]

「[illegible]」七首[illegible]

[illegible]沈[illegible](四[illegible])又[illegible]

[illegible]松雪齋詞[illegible]十二首[illegible]淨境堂 [illegible]堂 松鶴堂 上[illegible]堂 [illegible]堂 [illegible]堂 [illegible]堂 樓[illegible]堂 [illegible]堂 [illegible]堂 [illegible]堂

吳[illegible]八首[illegible]八景[illegible]

[illegible]長氣向[illegible]

之[illegible]佳[illegible]行「金盆沐髮」「月底句面」「玉[illegible]」「[illegible]」

「[illegible]」「[illegible]」「[illegible]」「[illegible]」八首[illegible]

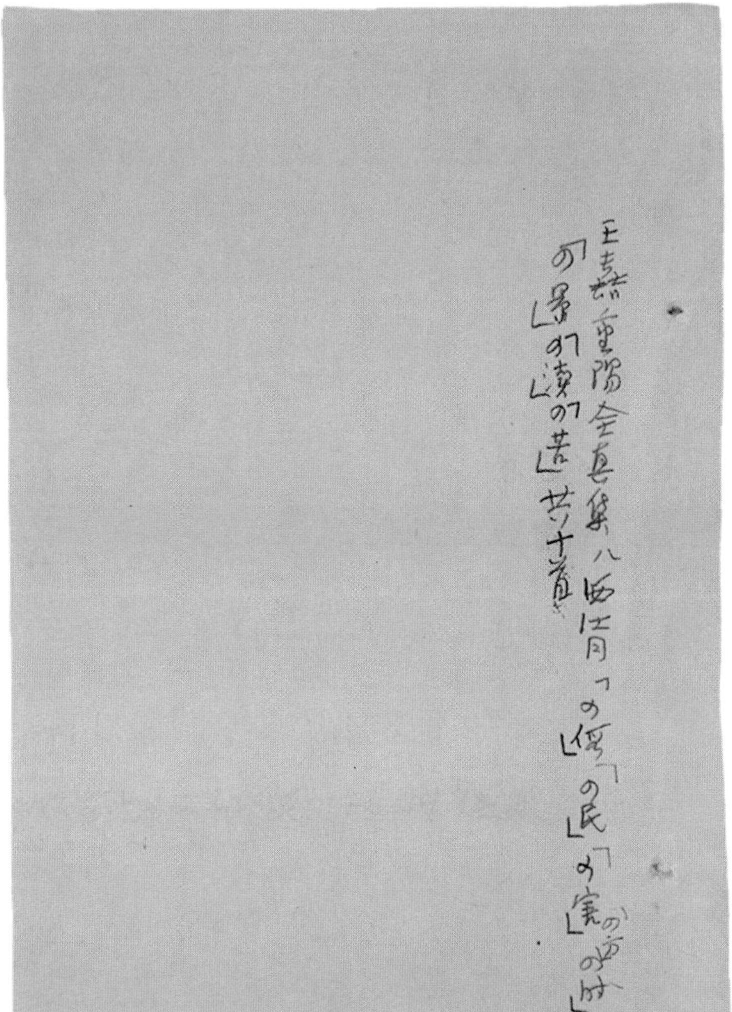
王嘉重陽全真集八西江月「の儒」「の民」「の実」「の付」「の運」「の翁」「の景」「の漢」「の造」共十首

此三者皆見任訥詞曲通義9

8

摘遍

薄媚摘遍 詞曲通义8 白石之霓裳中序序可證

按：王書所謂了摘遍之說，乃新水調之說之摘遍 王國維宋大曲考失收 查王書

破子

見蘇東坡詞之77《漁父》四首，三希堂法帖公書此詞前二首題作「漁父破子」

（同皆作忘卻去，不韻）醒陳季常一番子調笑集破子二首，與詞同。漁家

微引破子四首，每首止作一片 毛滂東堂詞有調笑破子

三臺

又庵詞亦有俳諧三臺

序子

今止傳鶯啼序

大曲等体 參調例 製詞

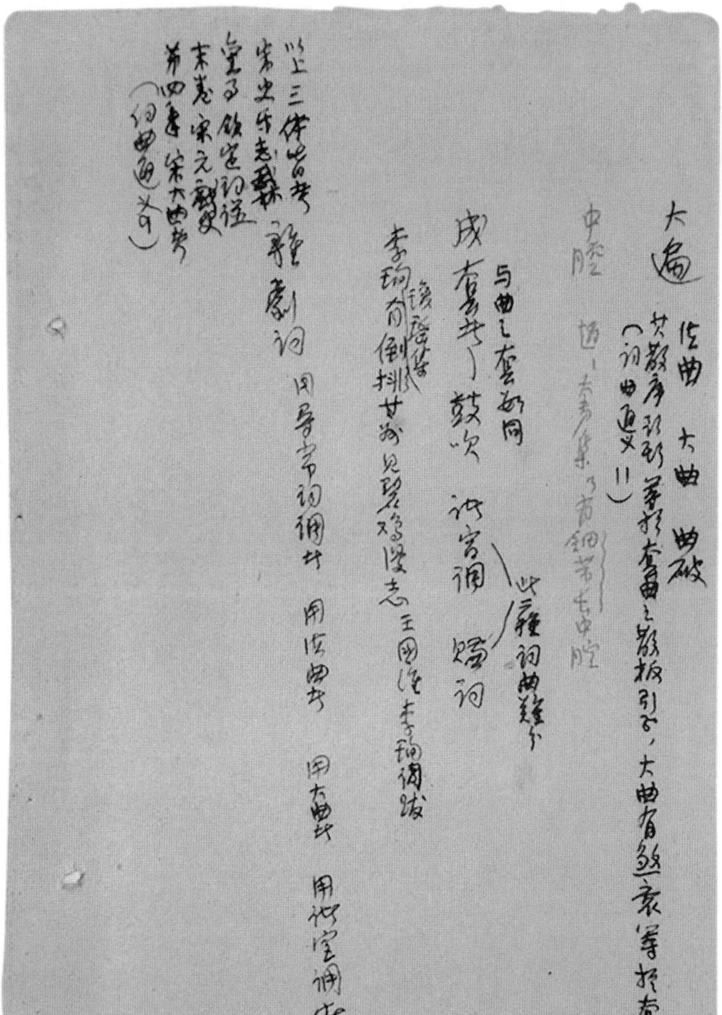
大遍 法曲 大曲 曲破
其散序引子等於套曲之散板引子，大曲有煞衮等於套曲之煞尾
（詞曲通義 11）
中腔 遍、大曲、法曲有細聲中腔
與曲之套數同
成套者 鼓吹 諸宮調 賺詞 此種詞曲雜合
李珣有倒排甘州 見碧雞漫志 王國維李珣詞跋
雜劇詞 用尋常詞調者 用法曲者 用大曲者 用諸宮調者
以上三體皆考 宋史樂志、武林舊事、欽定詞譜、宋元戲曲考第四章宋大曲考
（詞曲通義 9）

上有不題名鼓子詞……

鼓子詞例　洪适盤洲詞之[illegible]……十首[illegible]……十首……十首……十首……十首……皆道情鼓子詞（鼓子詞之……）

[illegible]鼓子詞見[illegible]……

……鼓子詞……三首

……鼓子詞……二首　6　……「[illegible]鼓子詞」

近體樂府之引……鼓子詞……

五更　馬鈺《斷崖集》下……「五更……」「又五更」五首「一鼓乾坤……」二鼓……三鼓……每首第五句……

王嘉《重陽全真集》八　……「正月……」「三月……」「五十二月……」

同卷《五更令》「一更初，鼓聲……」「三更……鼓聲……」「五更……鼓聲……」

鼓子詞　……

全明金曲集十三失调「添拾叶」六首一起一结中四首起云「春季裁量十四郎……」「夏季裁量十四郎……」「秋季……」「冬季……」大意刺讽商人生忙一生不如入道（裁量十四郎一名了事錄）

趙之琛補羅齋詞，減蘭二首，上首結「人睡暮窗日月色中」，下首起之「華香月色，春水千山同一白」

10 如需連讀

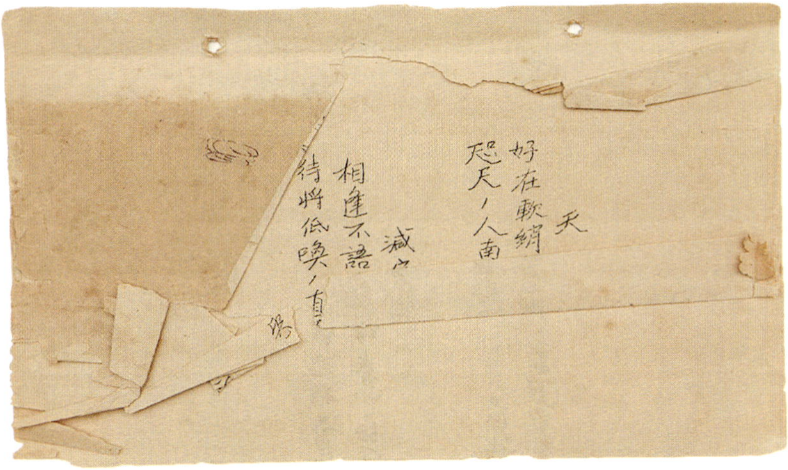
天
好在軟綃
恐天ノ人南
滅ヒ
相逢不語
待將低喚ノ直

夏承燾全集

吴蓓　主編

浙江古籍出版社

# 詞例

## （下册）

夏承燾　著

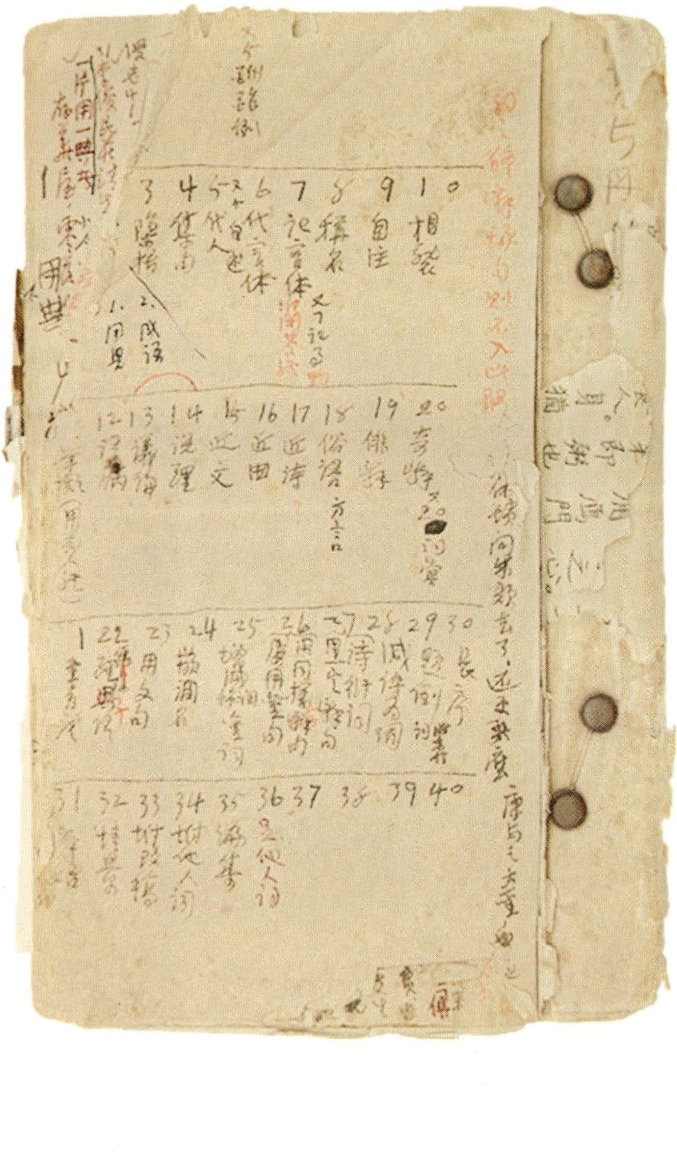

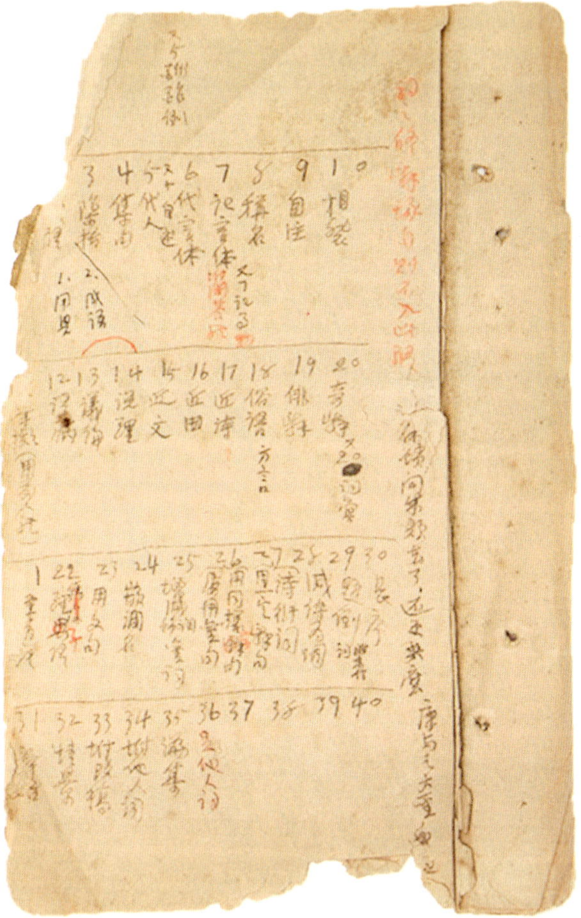

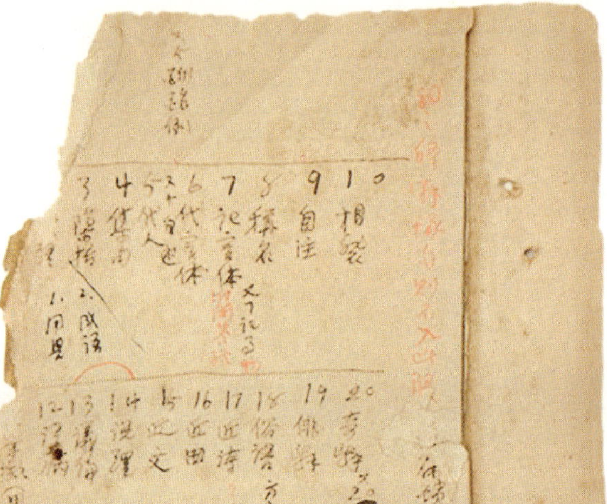

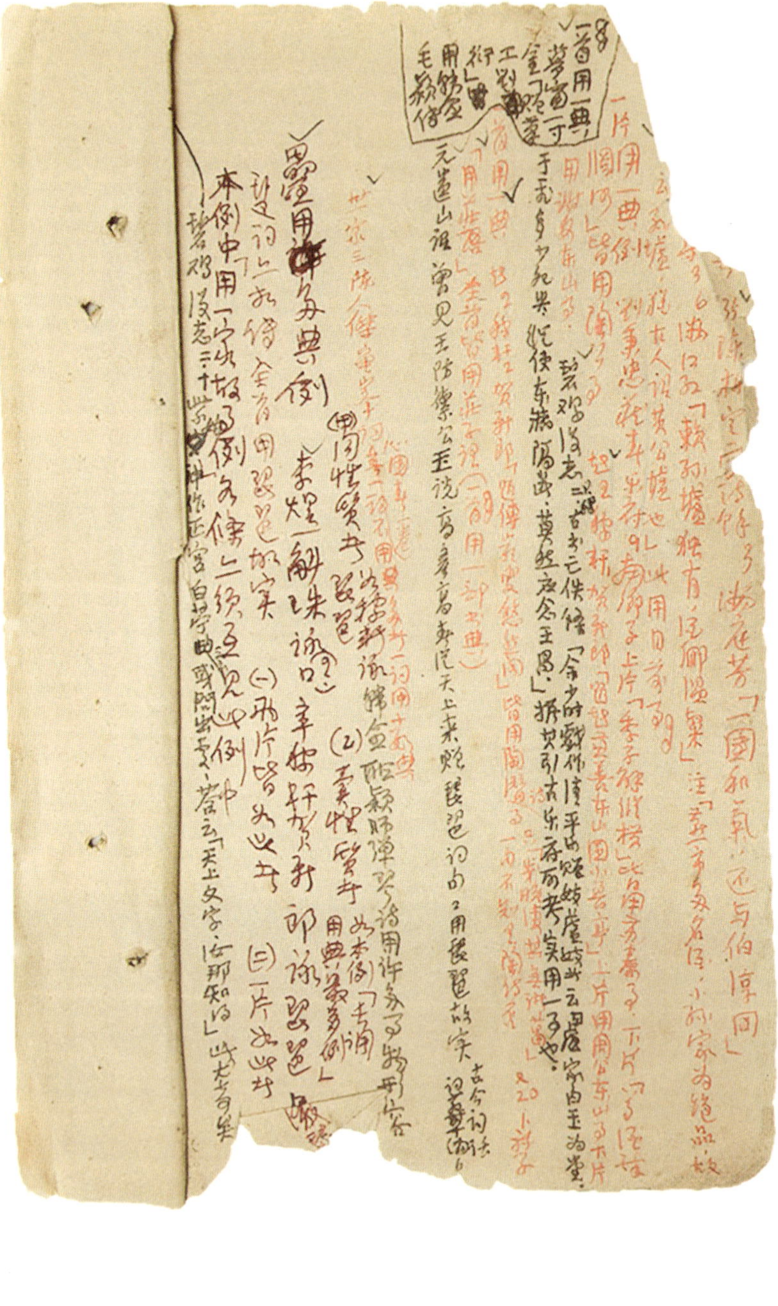

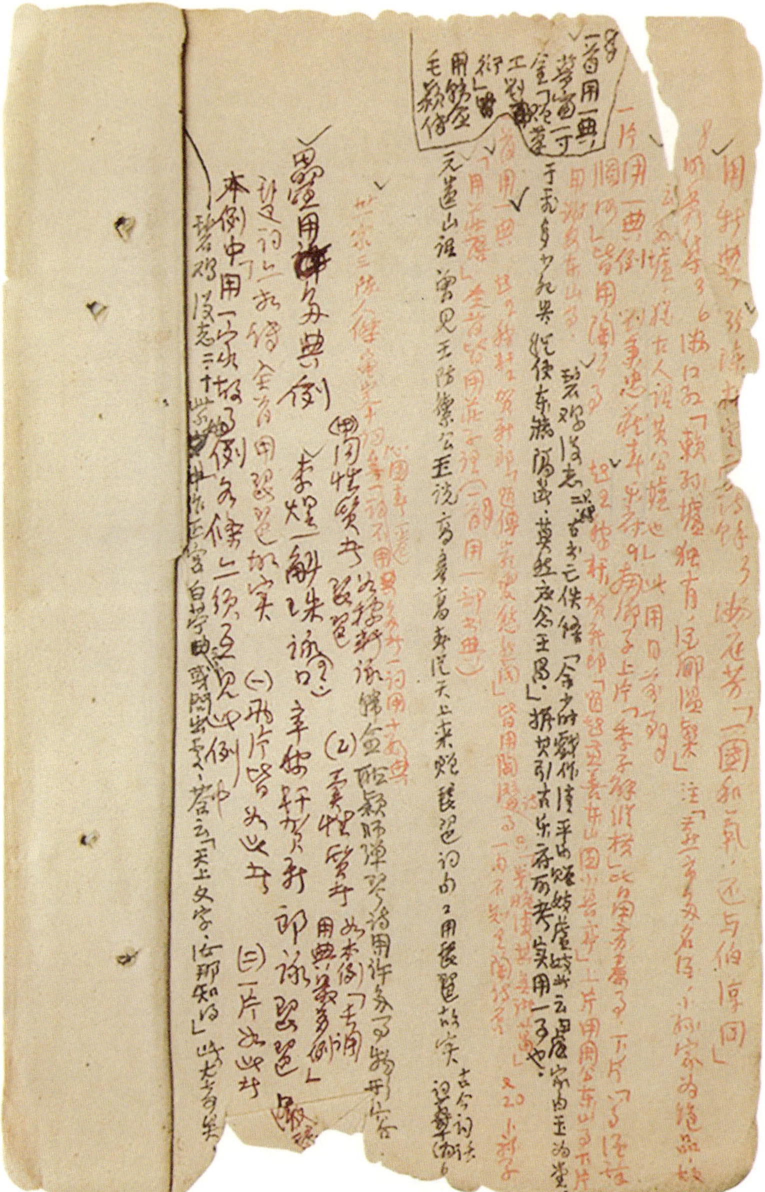

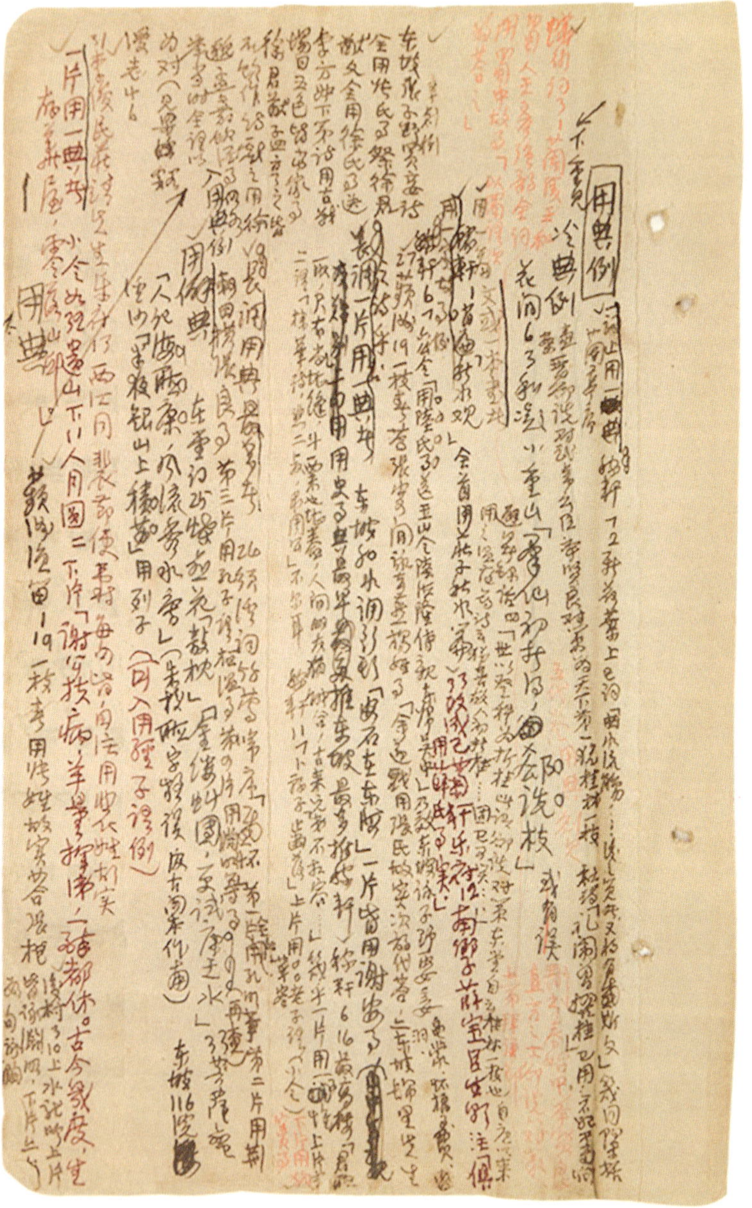

辭例

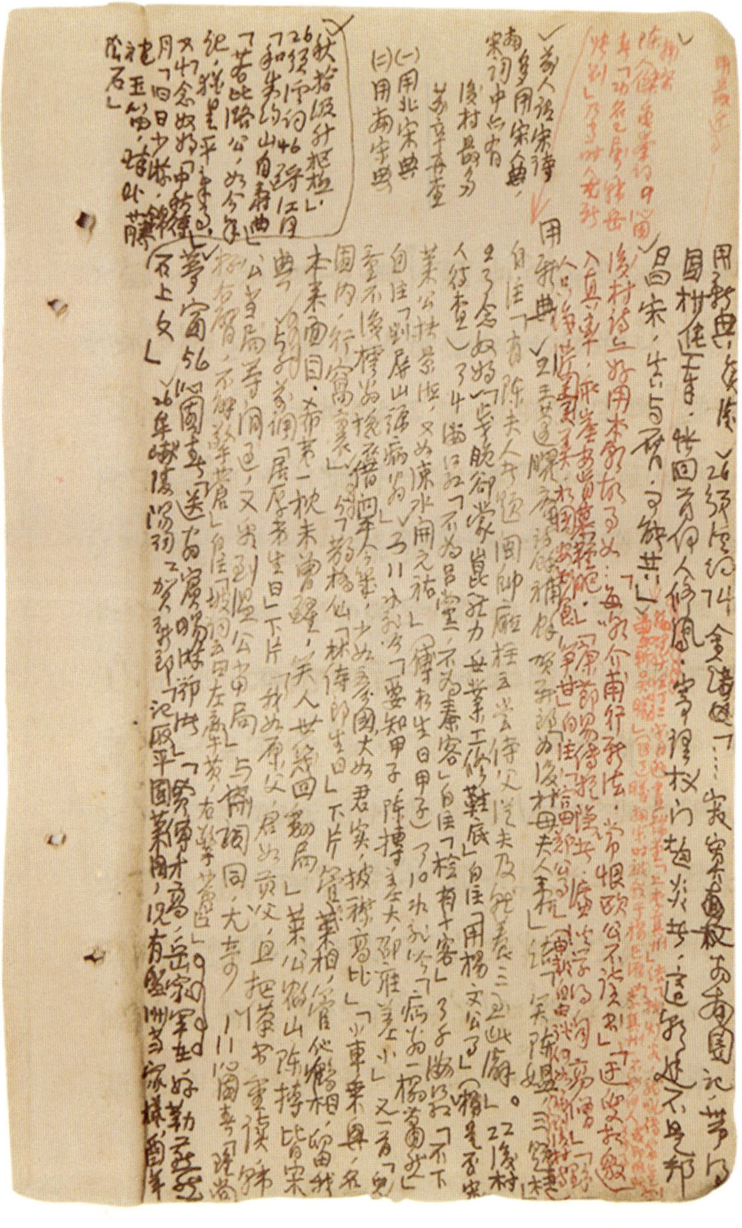

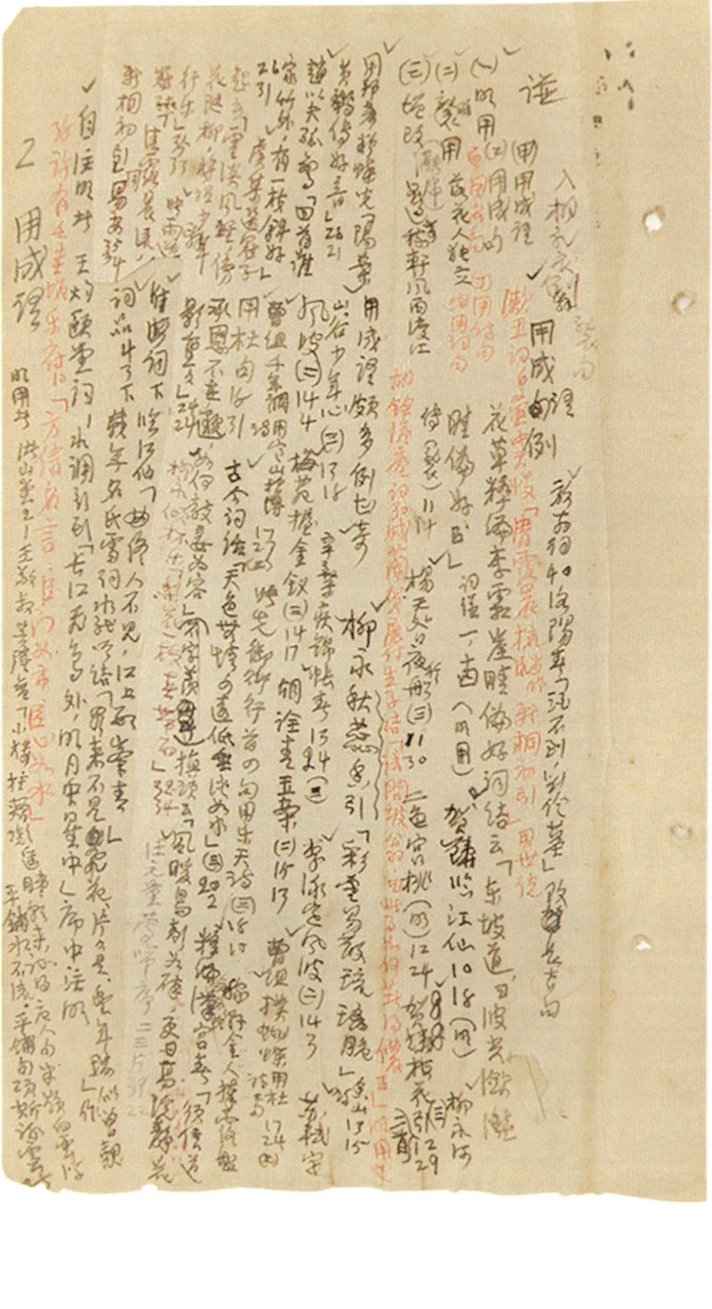
詮
(一)明用 (甲)用成語 (乙)用成句
(二)暗用
(三)翻用
用成句例
用成語例
柳永
用成語

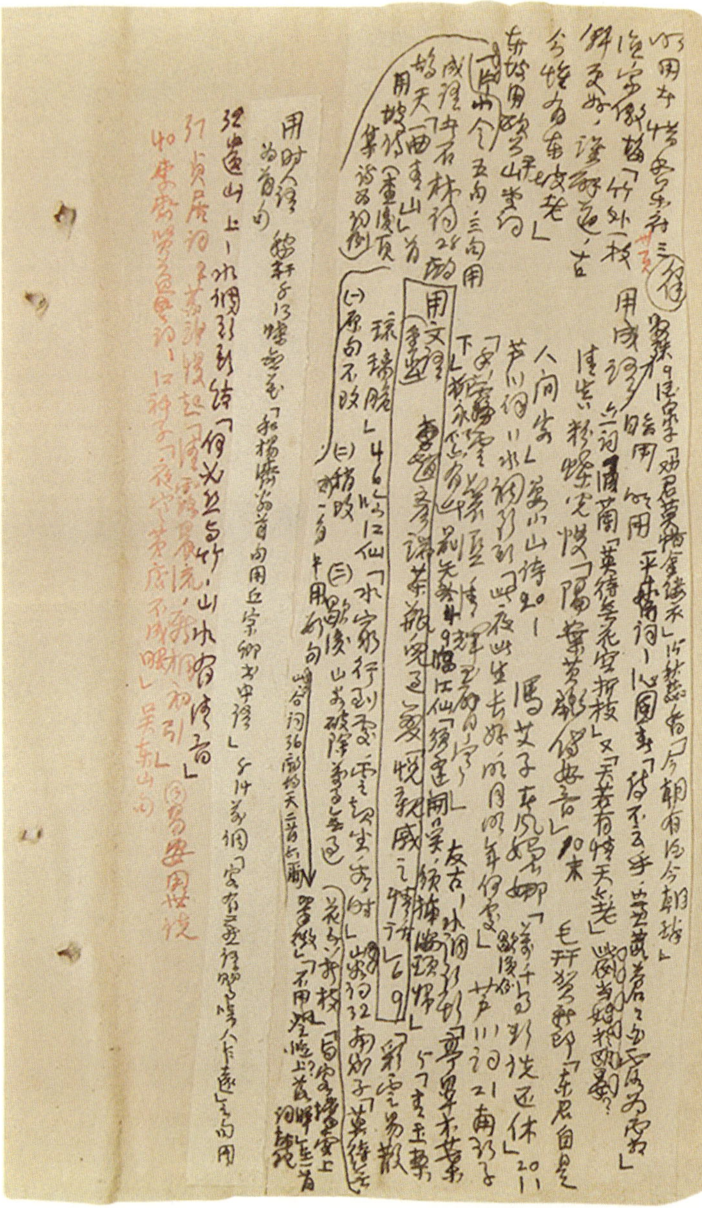

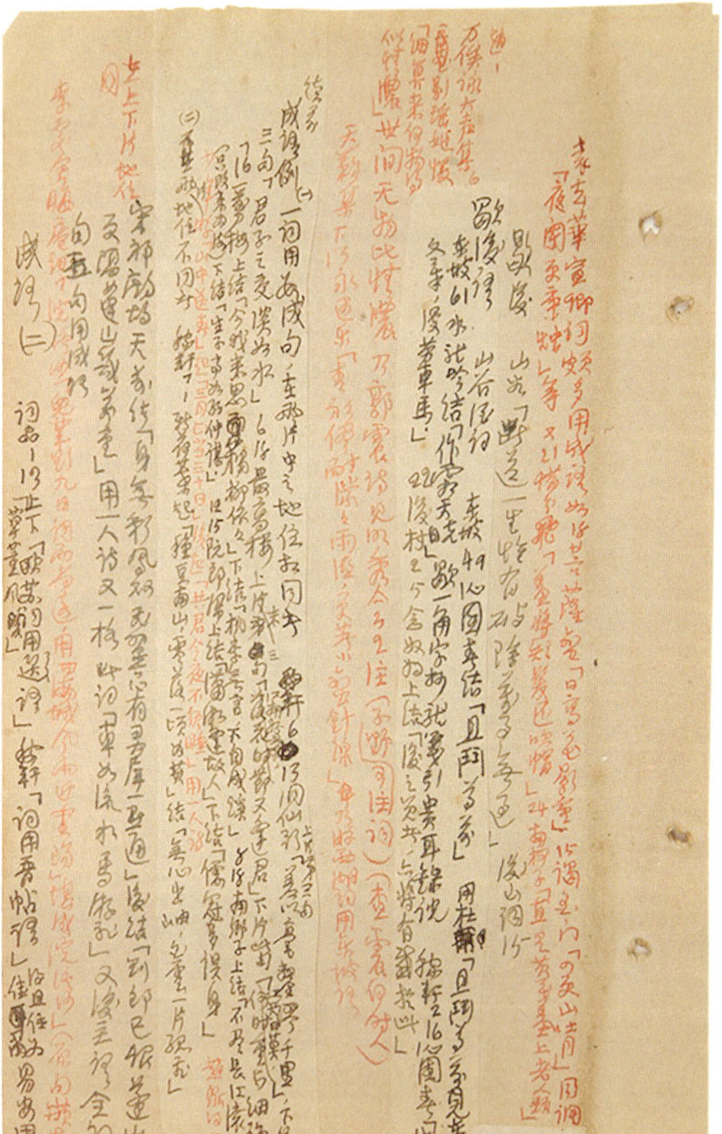

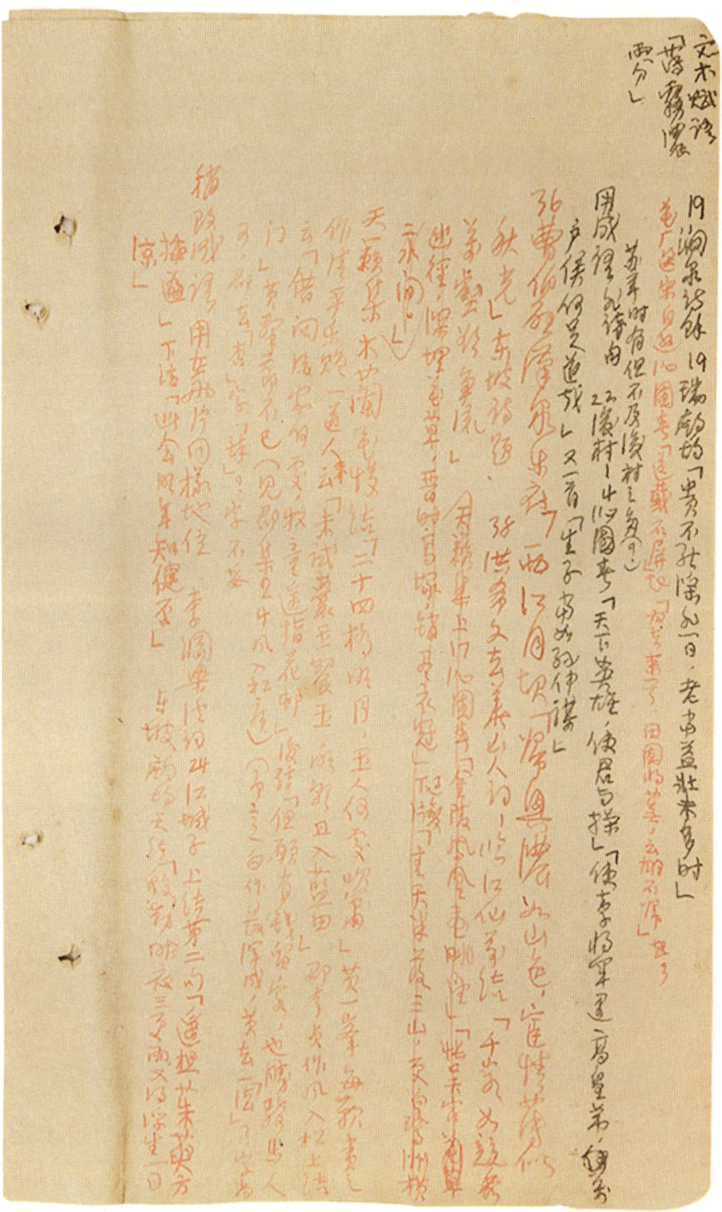

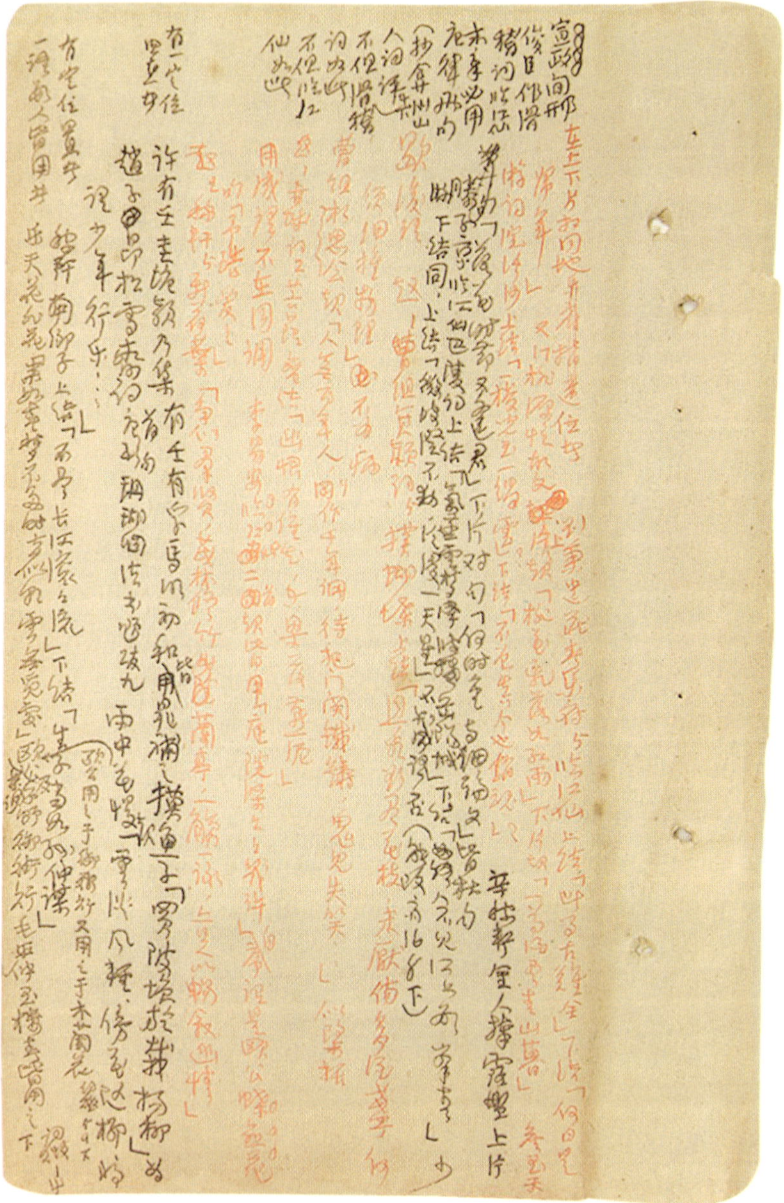

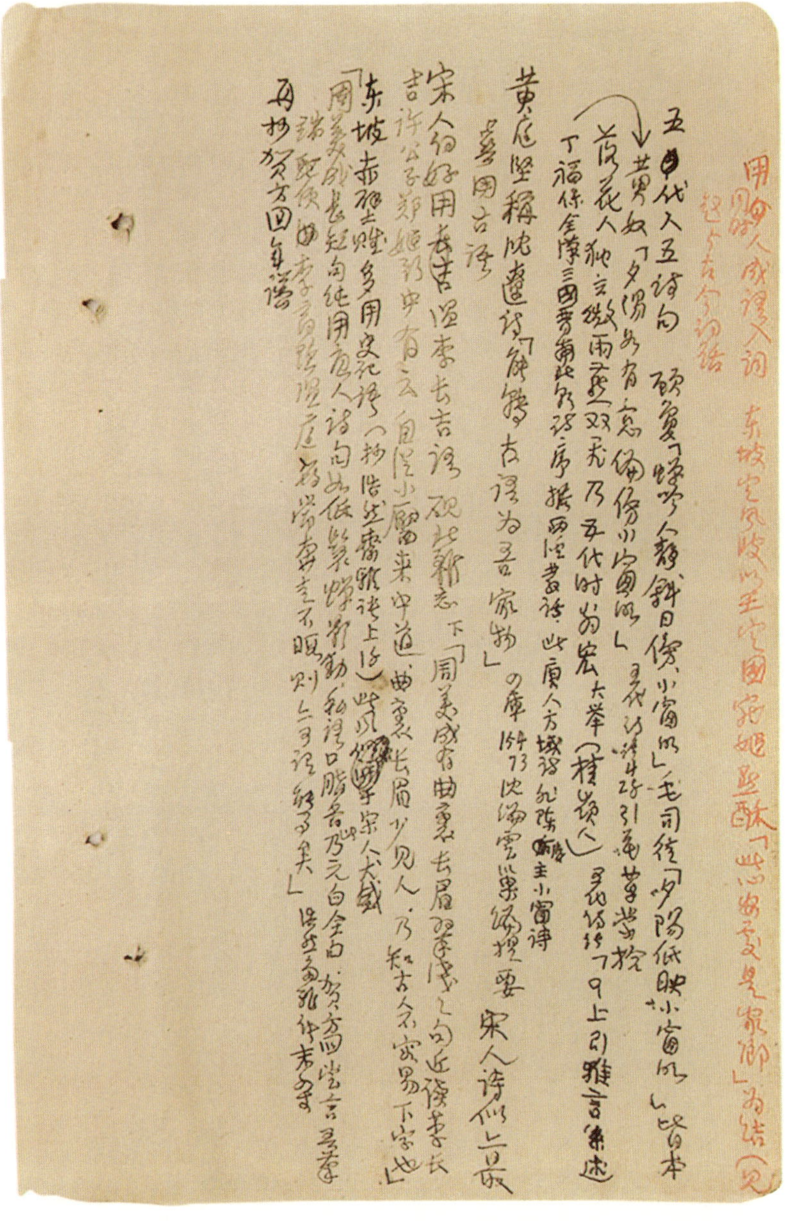
用前人成語入詞　東坡定風波以王定國寄姬點酥「此心安處是吾鄉」為結（見
趙与古今詞話）
五代人五詩句　歐陽炯「蟋蟀人靜，斜日傍，小窗明」，毛司徒「夕陽低映小窗明」，皆本
黃奴「夕陽如有意，偏傍小窗明」　五代詩話引[illegible]
黃奴人衲之，微雨[illegible]双飛，乃五代時為宏大舉（桂苑人）　五代詩話9上引雅言系述
丁福保全漢三國晉南北朝詩序據西陘書語，此唐人方域詩，見陳後主小窗詩
黃庭堅稱陶淵明詩「能轉古語為吾家物」　の庫 1573 沈德潛雲巢編撰要　宋人詩似之最
喜用古語
宋人每好用李長吉語　硯北雜志下「周美成有曲云長眉[illegible]之句，近復李長
吉詩公子郎姬歌中有云：自從小靨來，曲裏長眉少見人，乃知古人不容易下字也」
「東坡赤壁賦多用史記語（見楊炤虔齋詩話上35）此風始於宋人，大盛
「周美成長短句純用唐人詩句，如依然螺翠，勤私語口脂香，乃元白全句，賀方回嘗言吾筆
端驅使李長吉溫庭筠，常奔走不暇，則亦可謂能手矣」　張炎[illegible]年表
再抄賀方回年譜

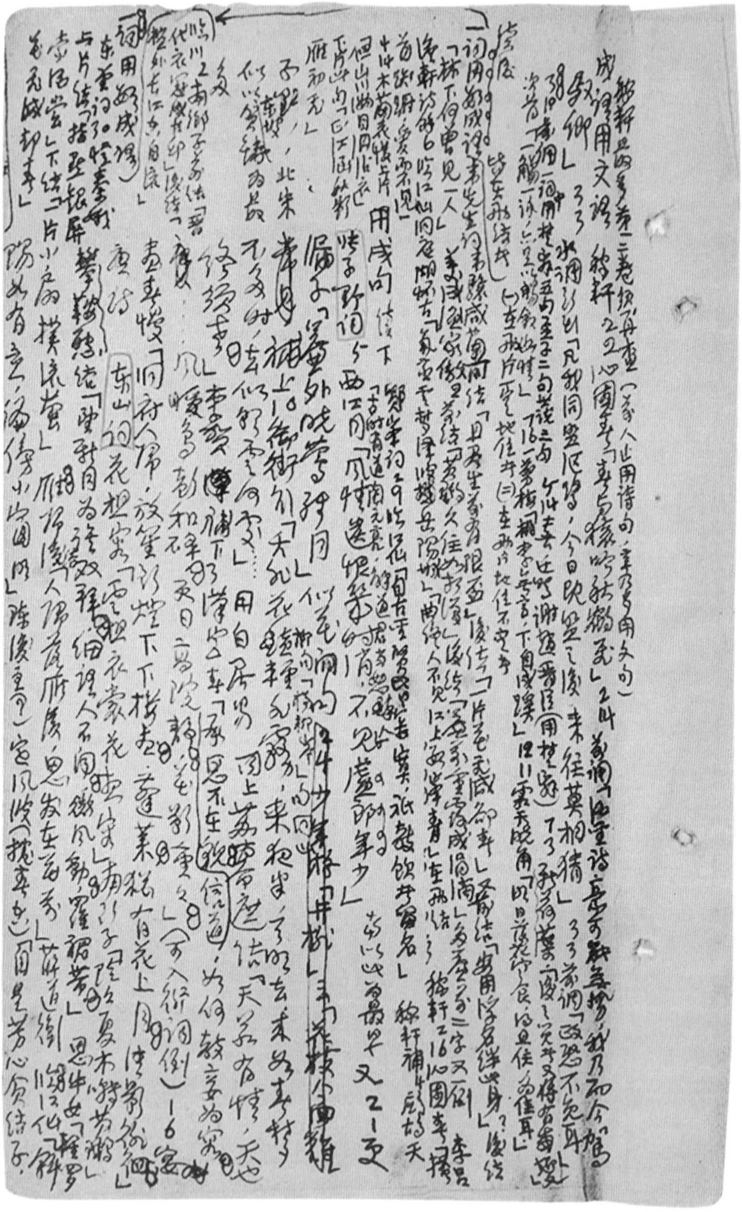

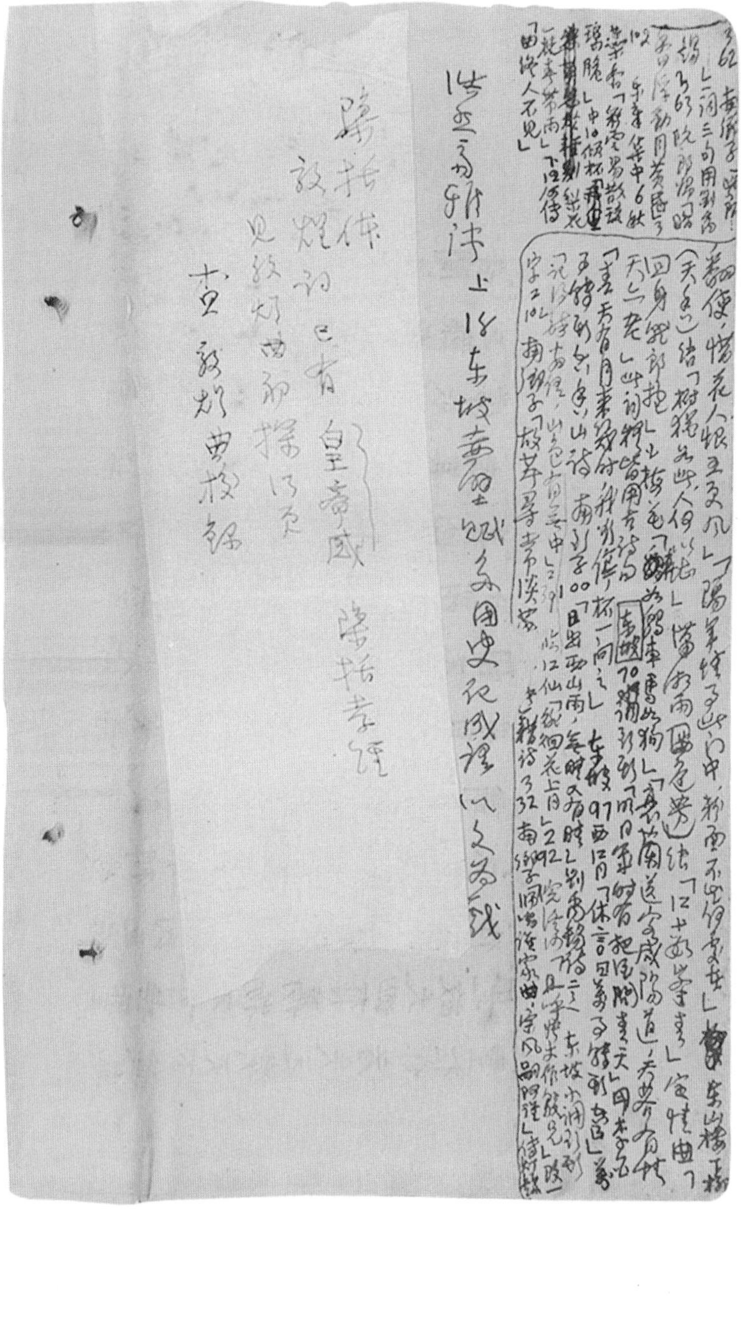

宋括老好　起了多是字字在玩芳绍作，九調可於【隱括】括於，詞客朱彝

南」多自讀說

沈名鶴：「近世有取陶潛歸去來（論唐人歌唱絕句詞），李太白把酒問月，李長吉將進酒，

近代大蘇公赤壁賦、歐陽公醉翁亭記，協入聲律，此略合其美耳」。先取原

文付歌，後以其文與協律，乃為隱括。（參下條引揮麈錄）

括王梵志詩　黃山谷(?)用思念起「人無百年人，剛作千年調，待把門關

鐵鑄，鬼見失笑」。下片「任你宅宅，只要(?)大不小……」不知誰作

隱括之起當為當筵(?)歌者取便付歌、

王明清揮麈後錄卷11第191條：程宏父錄其中守黃州有雙鬟小鬟，善歌詞，東

坡赤壁二賦，實五代詞，人多稱之。鄭毅夫(?)教其小鬟歌之，為隱括，宏父頗

邦(?)笑曰：此是何能取致(?)也。（此與隱括入詞第一詞耳）此以原文付歌為隱括

揮麈餘錄卷一第五條「柳色黃金嫩，梨花白雪香」[illegible]詩也，李太白所用之

……以水肌玉骨……東坡之……以為詞。

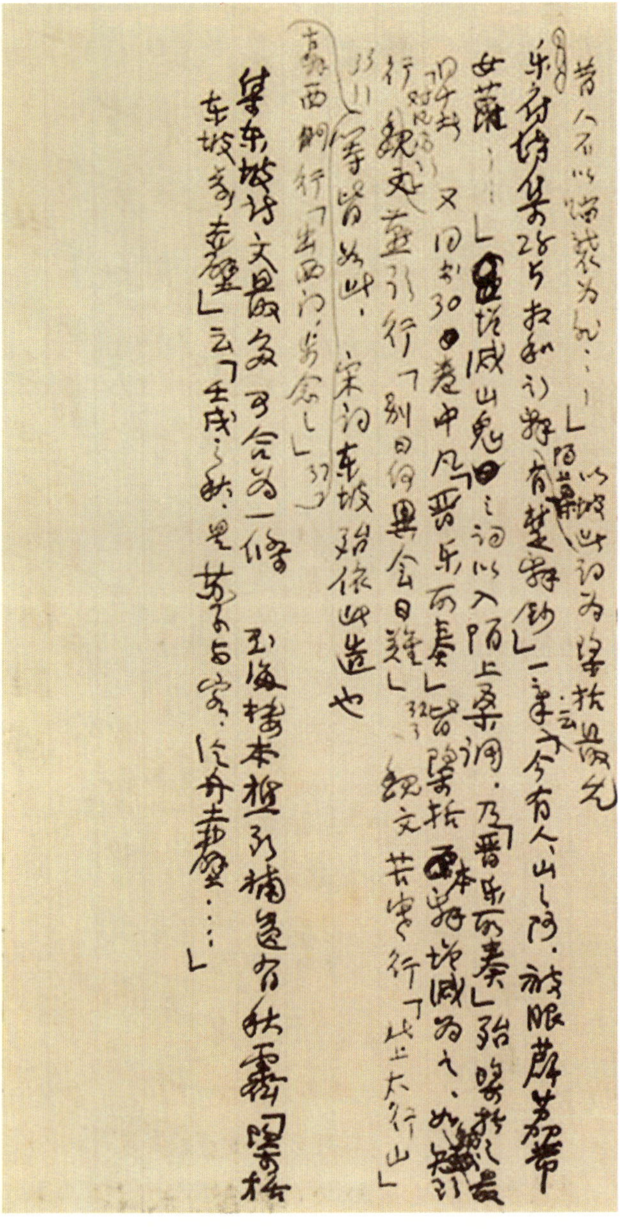

昔人不以陷衣为訓……」以此詞为宋扶最先

樂府詩集28卷引楚辭有楚辭鈔」一条云「今有人，山之阿，被服薜荔帶女蘿……」

又同卷30卷中「晉樂所奏」……詞以入「陌上桑」詞，及「晉樂所奏」皆與……為之，如……

魏文帝……行「别日何易會日難」……魏文帝步出夏門行「步出夏門……」

等皆如此。宋詞東坡殆依此造也

古辭西門行「出西門，步念之」

集東坡詩文最多可合為一條　玉海樓本趙氏補遺有秋露「陽春……」

東坡前赤壁」云「壬戌之秋，是蘇子與客，泛舟赤壁……」

讀片玉白石二詞雜論

昔人有言曰漢之文唐之詩宋之詞元之曲俱爲一代之精華夫漢文唐詩元曲吾習而見之則宋詞果何謂耶茫然不得其解今秋夏師授余以詞選然後余知大宋詞之妙固在于是也詞既盛于宋詞人亦多如過江之鯽而作風因之各異豪放靡曼各有不同苟因循而讀則莫知所從而詳餘所讀片玉白石二詞作風則大同小異爰于下畧論之或可其一二也

片玉詞周美成所作也其詞則典雅細嫩實開南派之先風其妙處亦不外沉鬱頓挫挫則有恣態沉鬱則極深厚既有恣態又極深厚詞中三昧盡于此矣故說者謂美成實集詞之大宗前收蘇秦之終後開姜史之始

吾讀其蘭陵王（詠柳）及六醜（薔薇謝後作）諸首，則反覆纏綿，言中有物，集詞之大宗，非虛語也。然美成詞操縱處有出人意表者，如浪淘沙慢一闋，上二疊寫別離之苦，如「掩紅淚、玉手親折」等句，故作頓挫之筆，至末段云「羅帶光銷紋衾疊，連環解、舊香頓歇。怨歌永、瓊壺敲盡缺。恨春去、不與人期，弄夜色、空餘滿地梨花雪」，蓄勢在後，驟雨飄風，不可遏抑。歌之曲終，覺萬彙哀鳴，天地變色矣。杜所謂「意愜關飛動，篇終接混茫」也。

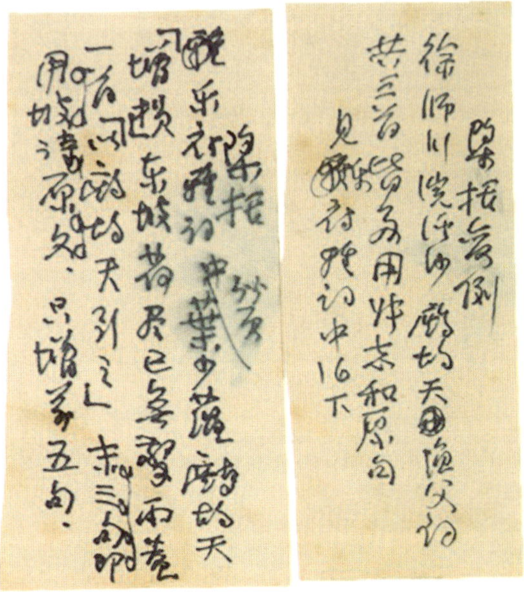

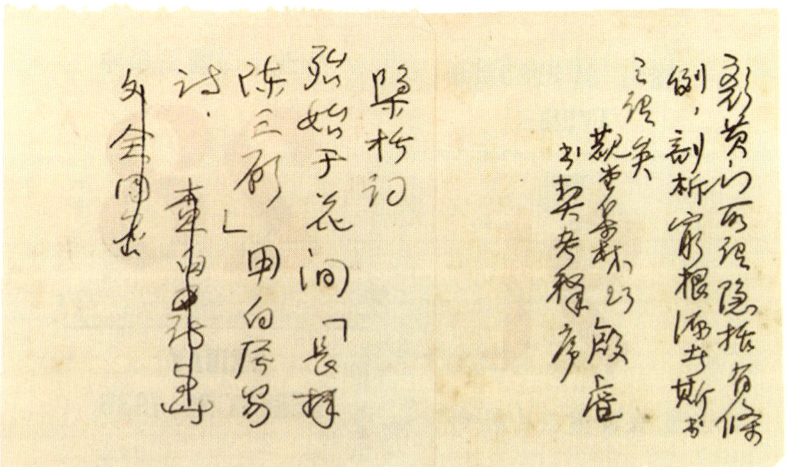

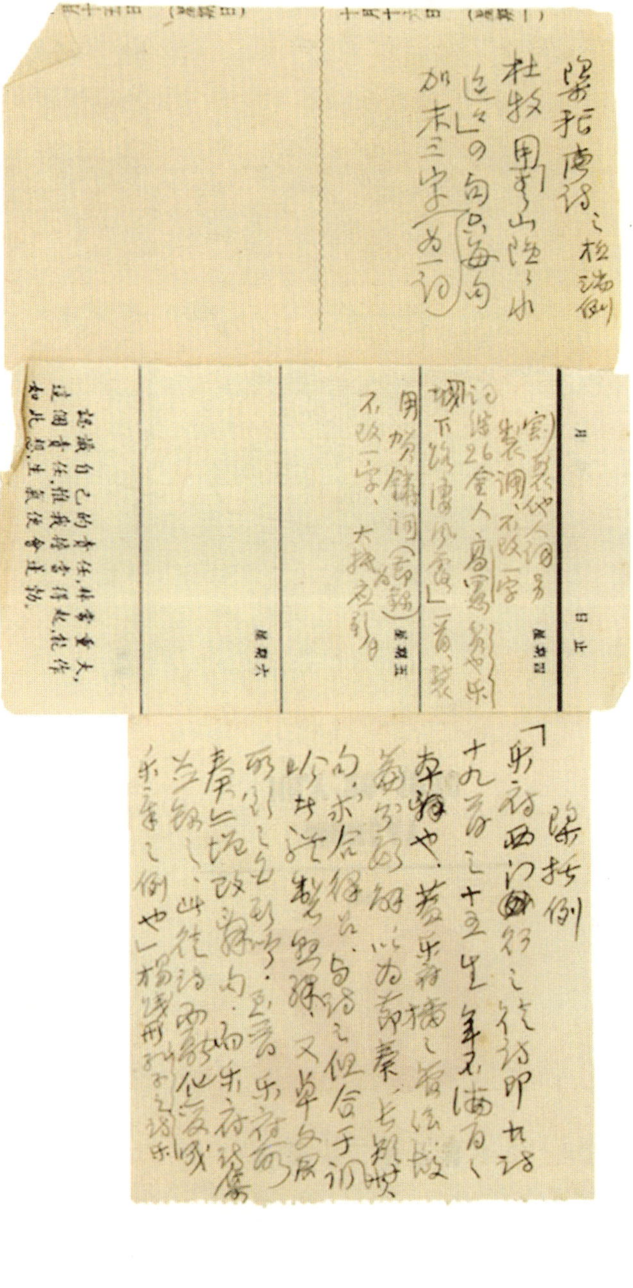

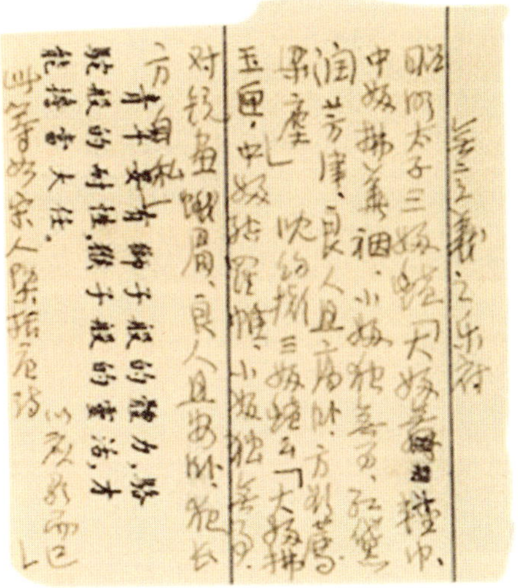

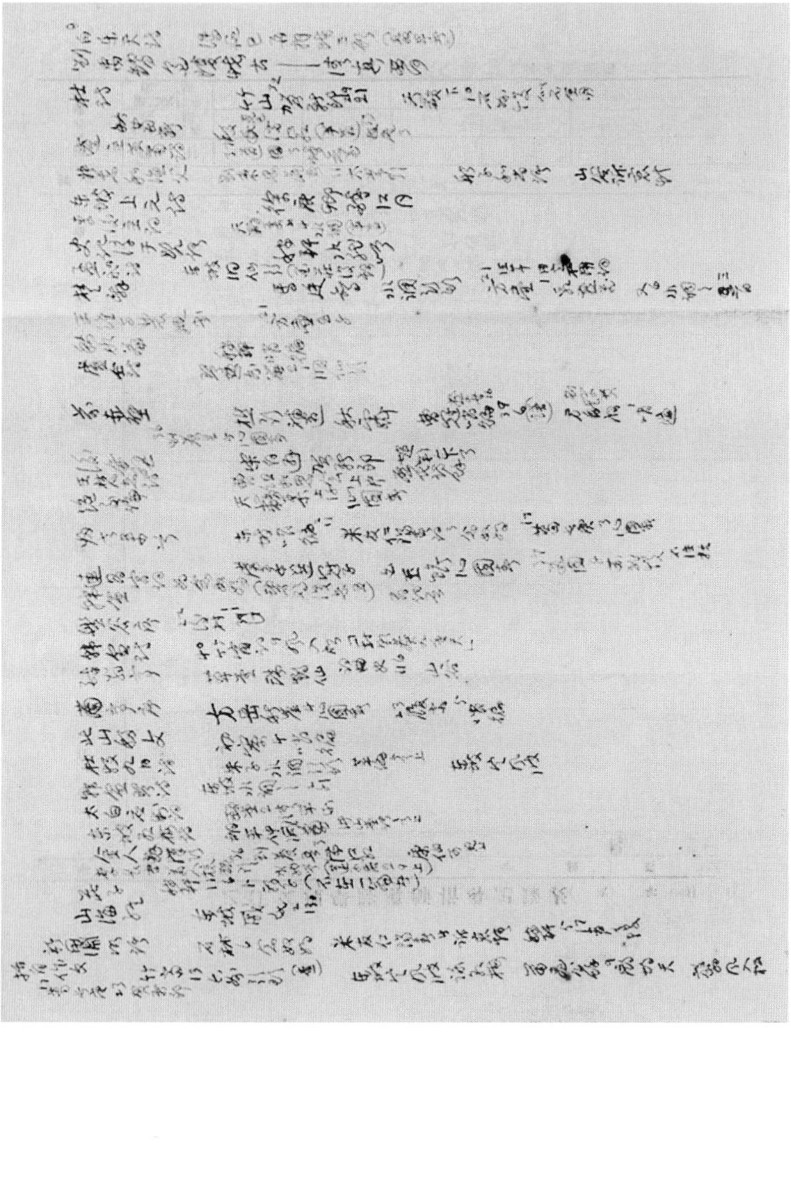

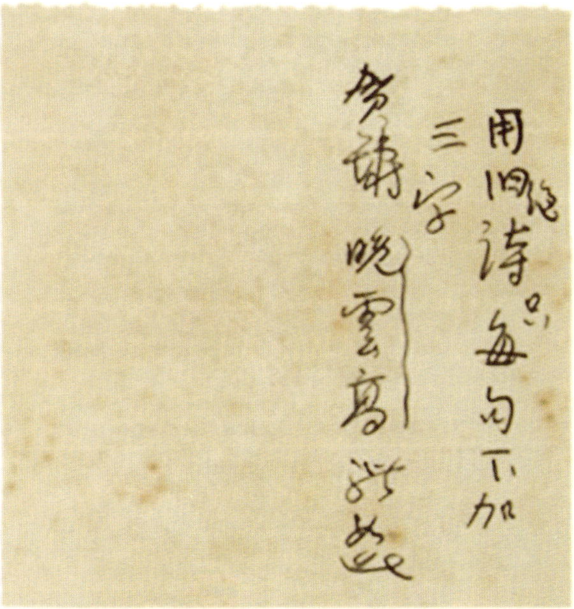
用四絕詩每句下加
三字

清真隐括诗句例

以李贺元卿为名家大杜小杜[illegible]

陈元龙集注十卷[illegible]

释 8 张衣的[illegible] 蓦山溪「鸟落屏风影」李白诗 渔家傲、立残花「低蘂烛影动」杜牧读诗 公出诗

释 8 藏字[illegible] 渔庵芳「且莫思身外长近尊前」[illegible] 渔家傲「[illegible]成阴[illegible]」杜

8 [illegible]

释 8 改的[illegible] 瑞鹤仙「[illegible]与孤鸿去」与作逐 杜牧诗[illegible]天长[illegible]又见[illegible]烛、更烟[illegible]

[illegible] 西平乐「月与灯[illegible]晚」李贺[illegible] 渔家傲「[illegible]久住[illegible]」 阳关[illegible]「[illegible]」[illegible] 少年游「海棠花谢楼上[illegible]」[illegible] 满庭芳「人[illegible]」

[illegible] 李贺[illegible]把金丸 塞翁吟「[illegible]风雨」

释 9 隐[illegible]宫[illegible]上[illegible]射[illegible]子」[illegible] 大辅「[illegible]」[illegible]「[illegible]」

[illegible]诗句 [illegible]风吹「[illegible]」[illegible]宫柳」

7 隐括 张先[illegible]山上之水调[illegible]「[illegible]五华谷……」[illegible]古仙词同[illegible]谱中[illegible]仙词、人词……」

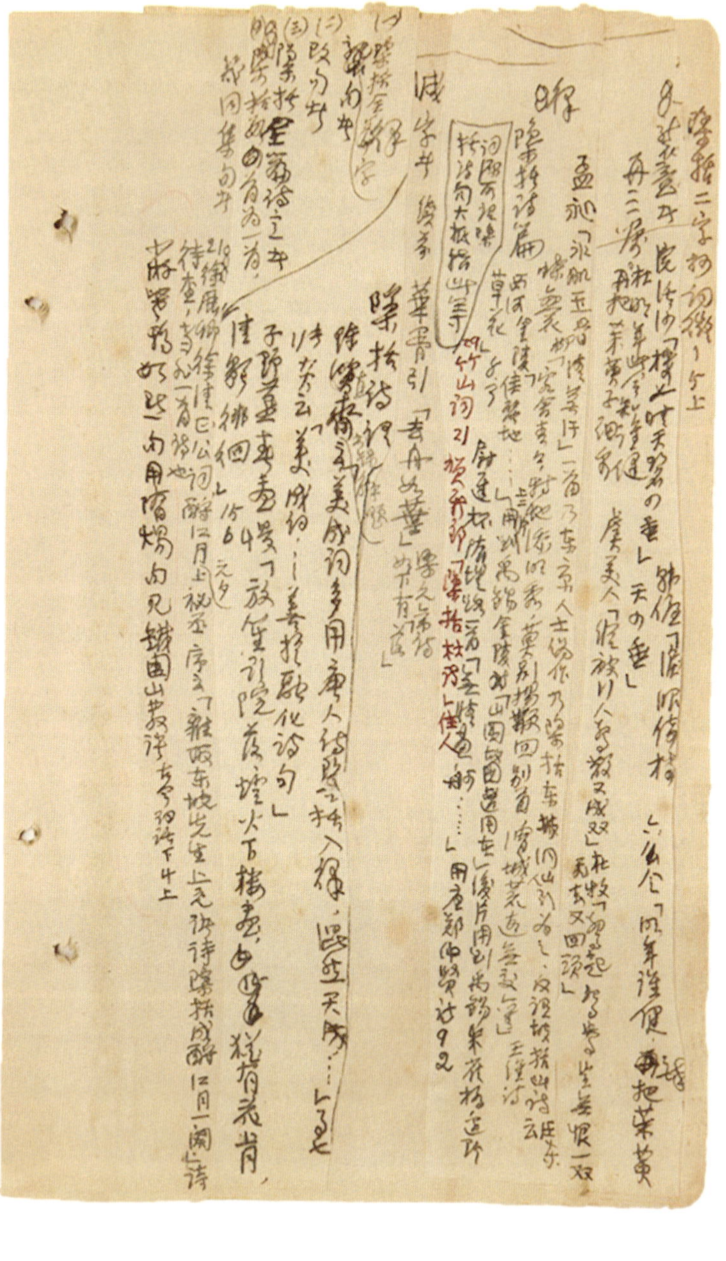

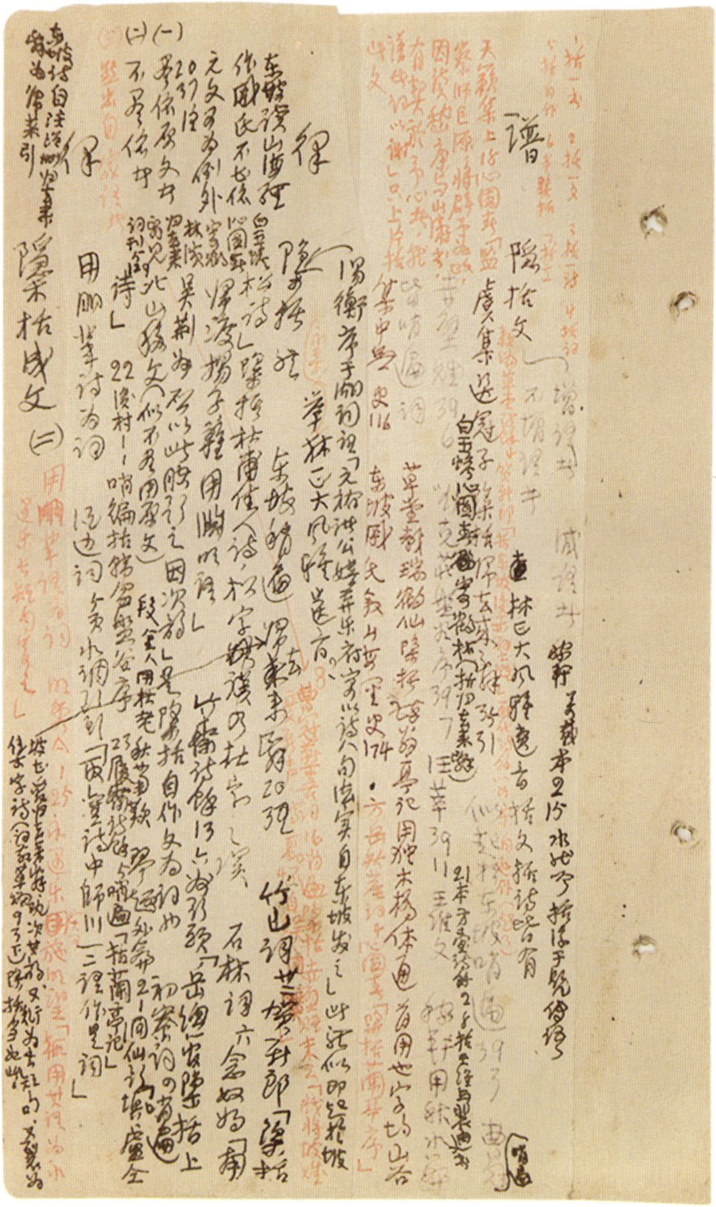

(一)字句不大易

(二)字句易

(三)隱括自作詩

隱括自作詩

隱括自作詞

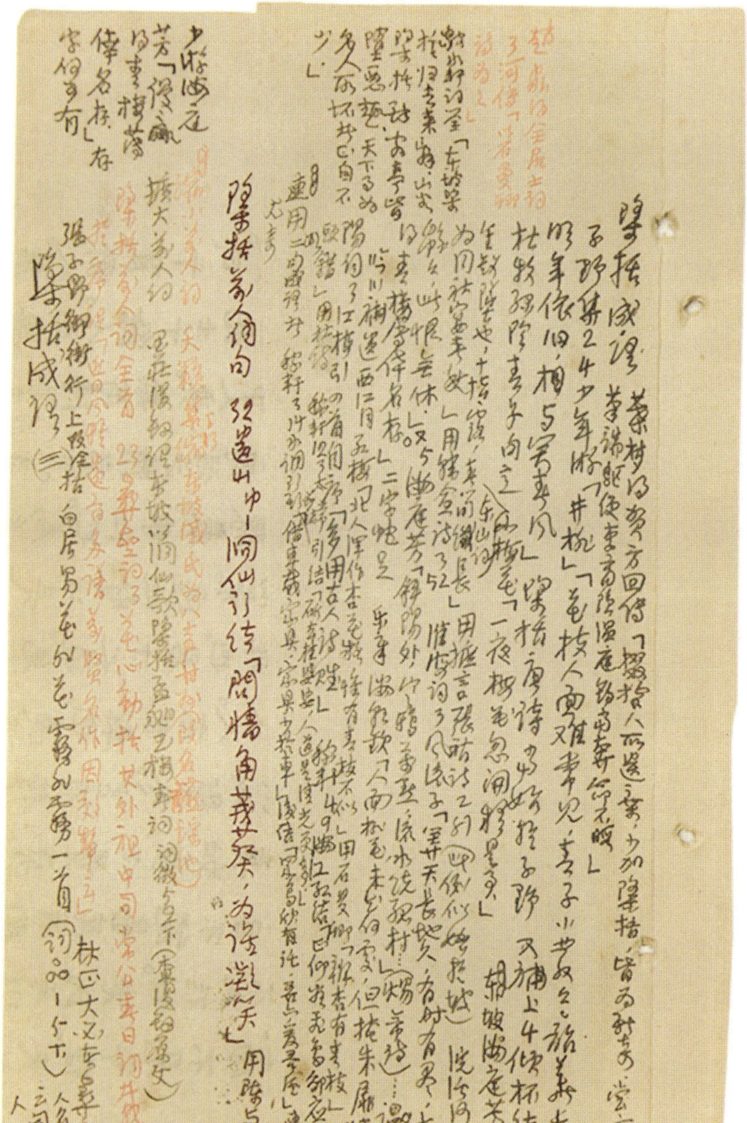
隱括成語

隱括前人詞句

隱括成語（三）

檃括其實不另用全句者（沿）　21 [illegible]詩話 1 [illegible]云「汪[illegible]秋，采楚詞[illegible]」

以用他人詞句者　如蘇軾水調序「落日繡簾捲[illegible]……長記平山堂上，欹枕江南煙雨，

杳杳沒孤鴻，認得醉翁語，山色有無中」

檃括一部書曰不摘括一篇　21 方[illegible]詩話 6 水調歌頭三首雜用[illegible]九[illegible]九

辛稼軒詞　[illegible]於軒 卜算子「用莊語」不在一篇

辛棄疾水調歌頭「[illegible]」「[illegible]」二首則雜用前人文詩中[illegible]

詞　詞[illegible]下[illegible]東坡[illegible]詞[illegible]指[illegible]用[illegible]

櫽括 主條（建子[illegible] 29下）

檃括文 [illegible]記說

檃括前人詩呈 27 蘇[illegible] 16 [illegible]大「[illegible]」[illegible]「[illegible]」不[illegible]括[illegible]不[illegible]

[illegible]附[illegible]諸」

34 [illegible]樂府 [illegible] 十 6 樂府合歡曲，隱用之[illegible]去[illegible]唐人詩而為之，一

名百衲錦……」 不另用[illegible]句，[illegible]元曲

反前人詞意者　蘇軾無愁可解 反范日新[illegible]調解愁 抄本詞序

山谷[illegible]「……擬金華道人……」道人[illegible]指[illegible]不全詞皆[illegible]用船子

和尚詩（[illegible]云）

36.刘将孙养吾斋诗余了满江红隐括铜仙金人辞汉(香遗)序云「……原与之但可顺庚词见其中隐括金铜仙人辞汉门自语传承手谁不佳。因改此调。」

又与心园参隐括参辞岳望二词序语「姑熟本隐括拾掇比」「不解为隐括之变化」

(二)隐括拾掇比 什

(三)变化什

山谷有隐括词为诗者。后山诗注四寄送定州苏尚书(元祐八年九月苏公(轼)知定州):「功名不朽聊通袖,海道无边且一丝」任渊注说「此两句皆指出东坡语以劝之。言功名自足不朽,既可缩手袖间,而归卧海上,亦其志也。东坡心园春词有云『用舍由时,行藏在我,袖手何妨闲处看。』公声甘州词有云『约他年东还海道,愿谢公雅志莫相违。』」

又项安世项氏家说千八上东坡去知而……徐自注作送……东坡……词之意……诗用

碧鸡漫志五念奴娇下「近世有填连昌宫词入此曲者」

詞括前人詩 [illegible] 亦印於此詩 坡括加李 [illegible]

宋人詩亦有括陶集例 王安石臨川集十七歲晚懷古云「先生歲晚事田園，魯叟遺書廢討論。問訊桑麻憐已長，按行松菊喜猶存。農人調笑追尋壑，稚子歡呼出候門。遙謝載醪祛惑者，吾今欲辯已忘言」皆括陶文（查[illegible]）

詞家[illegible]不如身是夢，只在吳山，倒李后主詞（見詞[illegible]十七）

隱括一節，亦不專括一篇，任意取調 [illegible]「[illegible]」 不拘一篇 括辭隱括

隱括文（民歌）

吳越王妃每歲歸臨安，王以書遺妃云「陌上花開，可緩緩歸矣」。吳人用其語為詞，含思宛轉，聽之淒然。蘇子瞻為之易其詞，並以平調也。詞云「陌上花開蝴蝶 [illegible]」 五代詩話 37 引姜蓮叢談 又引漁洋詩話說東坡及田北[illegible]

[illegible] 己

若陶潛此 以曾括李太白美人[illegible]（選子居 29上）

和作「二公詩皆絕唱，入樂府即小秦王調也」

金應珪詞選序「雪兒[illegible]李密之愛姬，[illegible]每兒[illegible]手有[illegible]入[illegible]意并即付雪兒叶音律以歌之」 五代詩話 2 30引 唐人[illegible]有隱括文

[illegible]倚聲集自序「宋初[illegible]向所謂詩不盈千首，[illegible]大夫之[illegible]東[illegible]入聲律[illegible]柳[illegible] [illegible]風流」

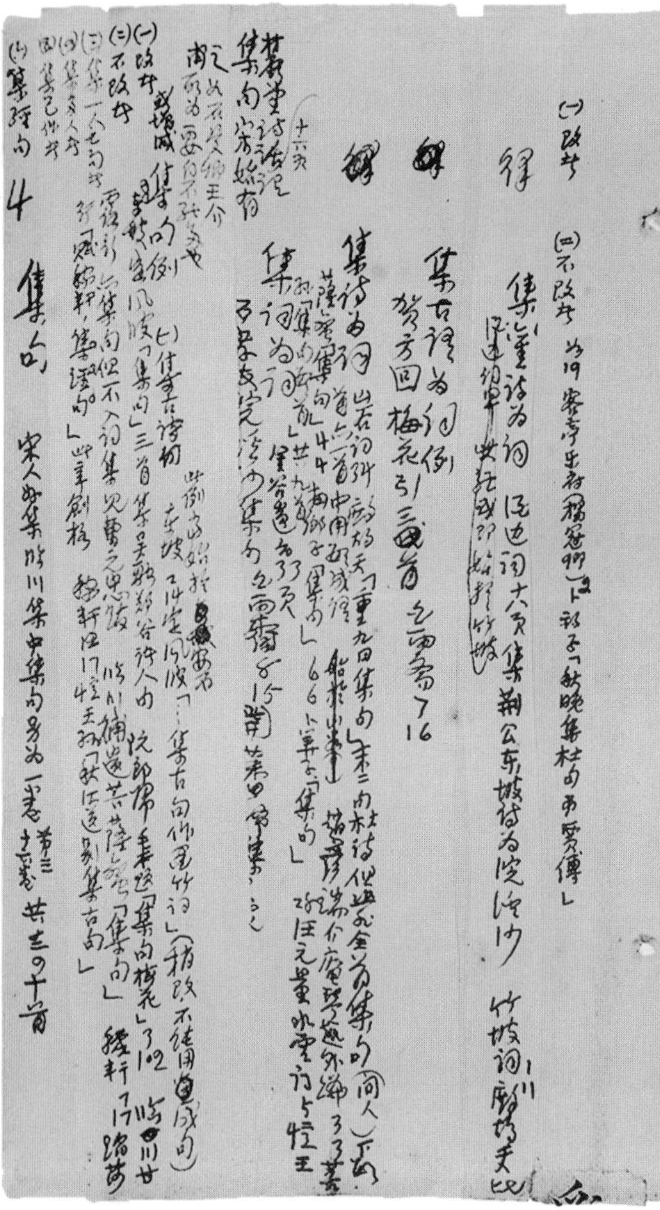

（七）集半首者 19 洞泉詩餘 22 滿蘭「易甫以嵇叔夜彈作曲，戲集杜子美詩和韻」云「一杯弱吴
自歎此生猶杜曲……」(可移) 有增減，集句之變例

西洋詩亦有集句体，英國近代詩家羅色蒂 D. G. Rossetti 曾譯詩集，有集譯沙福 Sappho
二首，照四一女郎 [illegible] 沙福者希臘女詩家也（屠岸道詩式撩談見今古友雜誌）

8 只半首集的者 如遺山浣溪紗下片，而上片不爾

集詞句為樂語 揮麈後錄子166條 朱彝仲「好人人」柳三變樂府我聲又嘗作樂語
曰「口口正好歡娛，不葉樹頭聲簫，不妨閑妓，擁畫堂一枕春醒，正又皆柳詞中
語。」

8 揮麈餘錄2-1下「晚唐嘗從王荊公手書集句詞一紙云海棠花發時時九……飄零搖
一杯酒今不思云何」 集句或即始於荊公

竹垞蕃錦集 集古人詩 餘庚紫十五一章 詞皆集四句，近白帆鴻宋元名家詞
祇好惹別緒 20-1上

集句或謂出於〔?〕伊 說此於荊公 然宋初已有
石曼卿 [illegible] 道士善詩詩 金玉 然平易傳滅 已有集詩之 [illegible]
廿二

蒙溪14 方「荊公始為集句
詩，多至百韻」 概

荊公半山詩云「北望茫茫路 [illegible] 集句一首 山谷戲嘲之為（穎改齋17 4上）
極沈氏古今詞話上15上
朱淑真有米又集句詩 宋女郎詩句見 [illegible] 繡筆海 賦萃12 10上

北夢瑣言二詔丞相代宣宗為李商隱詩

學何集卷5 始拜何郎 詩又必不拈題中意

代人作例

律 雲和詞14天仙子「代人[illegible]夜」又有另代

送弟文」32「生日代人[illegible]」

字」　野趣外集22「

情」令和「代別」代情

人別已」61虞美人

「代內」62臨江仙「代內」

64菩薩蠻「代引子

怨」　山谷詞51減蘭

「戲答」代妻答也　放

翁詞13朝中措「代譚

德稱作」贈妓

溫匹詞24卜算子序長代漁夫老代漁占嘗者代梅是雲安

又有另代淨木另代宮霍另代梅陸共上首　另更有梅花引「戲代李

師叔俗42 76韻 天「宣和乙亥代人贈別」二首42南鄉子「代佳仲宗雄」

芷仙詞42 念奴嬌「代陳次不赦郡」　丹陽詞84西江月「代監隆和」自作謝詞

19酒泉郡44 28虞美人「代曳春黃浪谷」　20蔡戡定齋詩餘　水調歌頭「賴

徐秋閣，宴桃梅，代老人作」

3 首卻「代人賦牡丹生」

鮑照集中亦謂「代」即擬

自宋蘇軾不可以言託者代人去　東坡11少年游「潤州作代人寄遠」朱注

5 代人例

(一)代人寫他人
(二)代人寫自己

代人作例

劉過沁園春孫翠先頭一首代壽韓平原　鄭騫先生詞曲一4曲存有「代御大夫相劝」「代御老中寫相劝」皆代人寫自己，又亦詞「代御史中丞劝御大夫」26星平乐「代宰執劝怒丞相纪」「代使相劝纪」　程大昌文簡公詞6盛皇恩「生日示妹」「代妹答」

用他人意　稼軒11減字蘭「去吳達中整上有傷人痕字若有恨哉用『』為之。煙」　21方岳詩餘如6悅清沙「和君盈係生上論牡丹以為此花發於亭深宇宙氣序如陳之花且.侍秦兒詞遂以此言之煙之……」

久久山代王夫人和其原作滿江紅詞　見陸以湉冷廬雜識卷下8頁

又く　自述

此條應移王

以詞作自述者，葛長庚號白玉蟾先生即有「水調歌頭」「自述」及續一首調「自述」

皆自述學道經過

王嚞重陽全真集4根欲達「名嚞，排三，本姓王，字知明子，號重陽……學易年高便道裝……」抄在摘四錄（全遂）中又有一詞，抄在稱名例

重陽全真集8行香子「自詠」「有個王三，風害顛狂，棄榮華，包化為先，恩山愛海，猛捨俱捐，也不拈花，不料葉，不耕田。」

（下略）

又分韻語例

明人重輯詞中以韻序以為韻語暗行之改彈 札在史學史稿

(近)

88 代言體例「婚歷考」 詞集中有「代贈」「代內」諸首亦是此例

晏殊《山亭柳》「家住西秦」一首 146 猶左誠齋樂府之爾 [illegible]

赤壁懷古云「[illegible]」則以第二[illegible]代言[illegible]與[illegible]詞不同也

[illegible]

王國維《戲曲考原》謂楊誠齋《歸去來》[illegible] 論誠齋[illegible]謂其移于大曲為近 又謂東坡哨遍去來辭亦用代言體

誠齋樂府《歸去來兮引》

22 後村4頁 賀新郎「席上聞歌有感」「妾出於微賤……」(亦自家感慨)

26 [illegible]詞 永遇樂「余自乙亥上元，誦李易安永遇樂，為之涕下，今三年矣，每聞此詞，輒不自堪，遂依其聲，又託之易安自喻，雖辭情不及，而悲苦過之。」與代贈、代內諸詞用法[illegible]

[illegible]

揮麈餘話 2 44條 記徐伸二郎神詞 徐對李孝壽，自謂「詞中所敘多其(婢)書中語」，似亦代言 然全詞為「試著春衫，還思纖手」「[illegible]日[illegible]」「為我厭厭，日高慵起」皆自敘，非代婢作

後村4/8 賀新郎「席上聞歌有感」「妾出於微賤……」一首首尾皆代言

6 作代言體

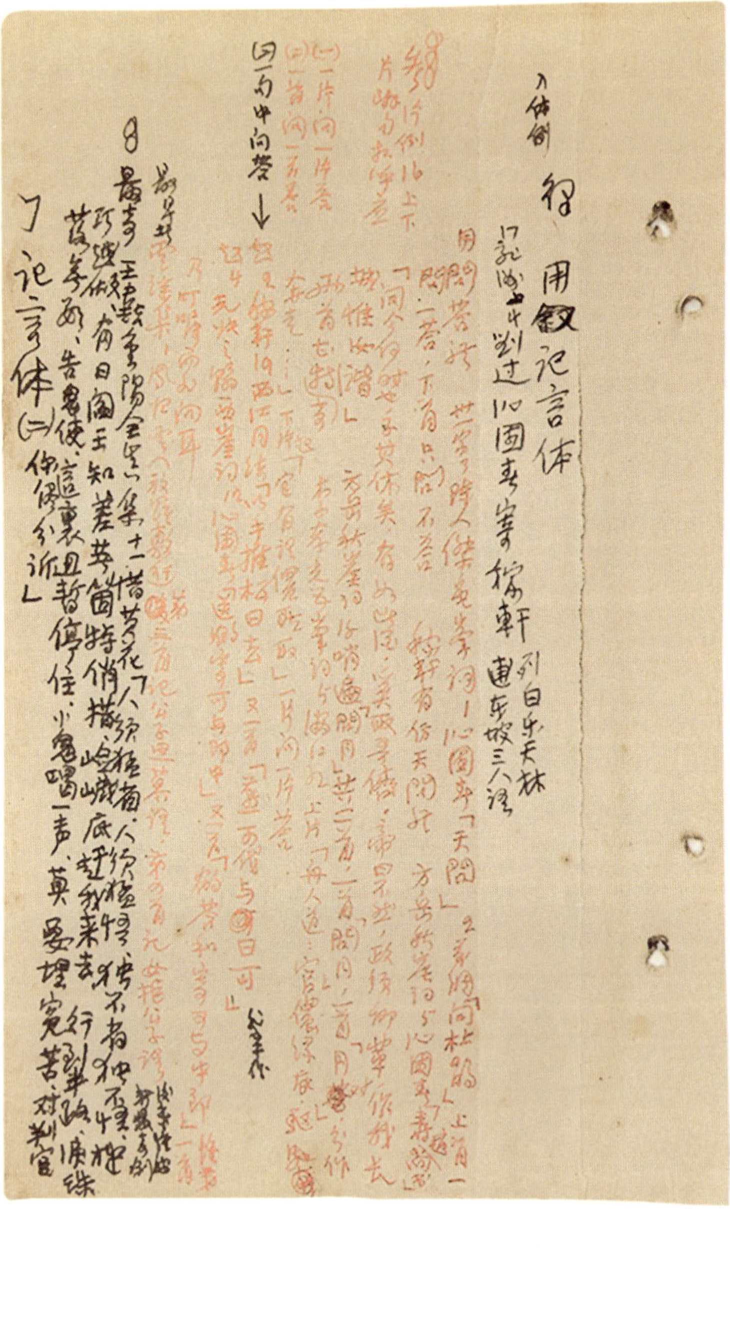

入体例

用叙记言体

如刘过沁园春寄稼轩 列白乐天林逋东坡三人语

用问答体

（一）一片问一片答

（二）一首问一首答

四 一句中问答

了记言体

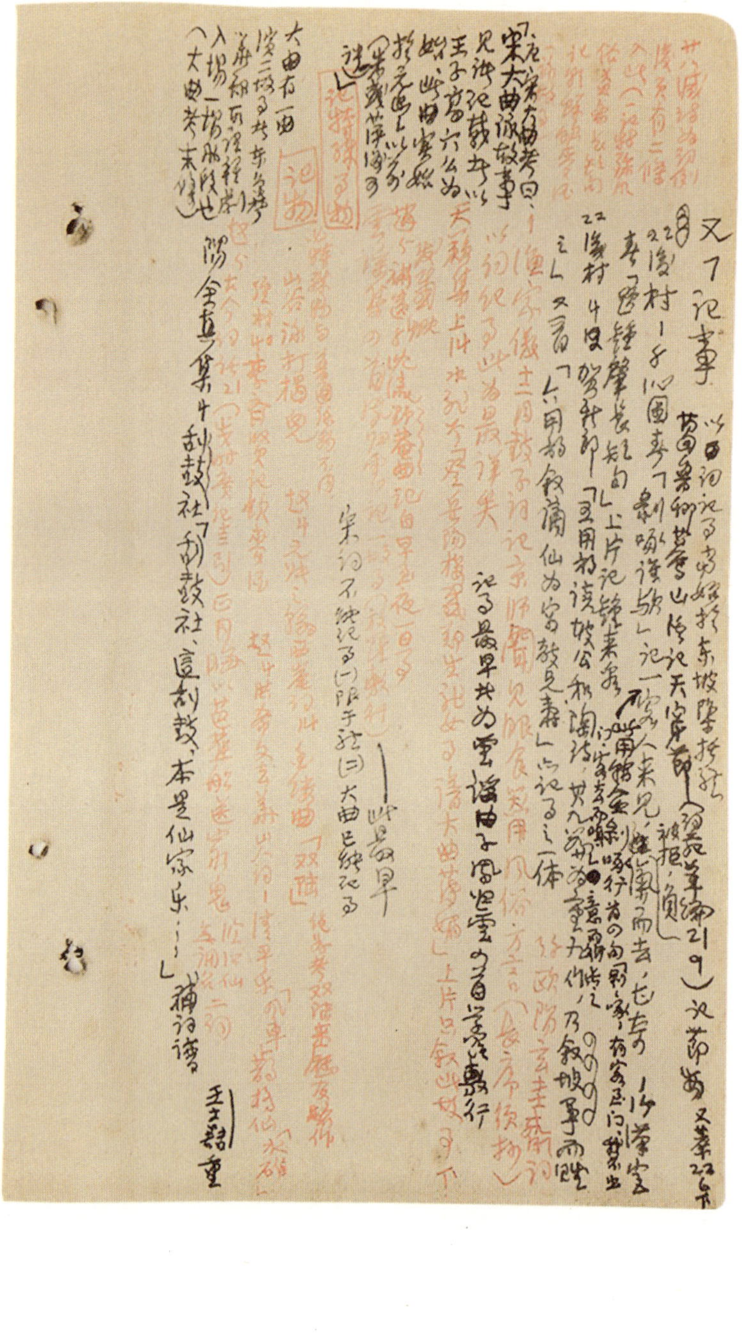

又「記事」

宋詞不能記事（一）限于體（二）大曲已能記事

記事最早者為雲謠曲子

宋大曲演故事

大曲有一曲

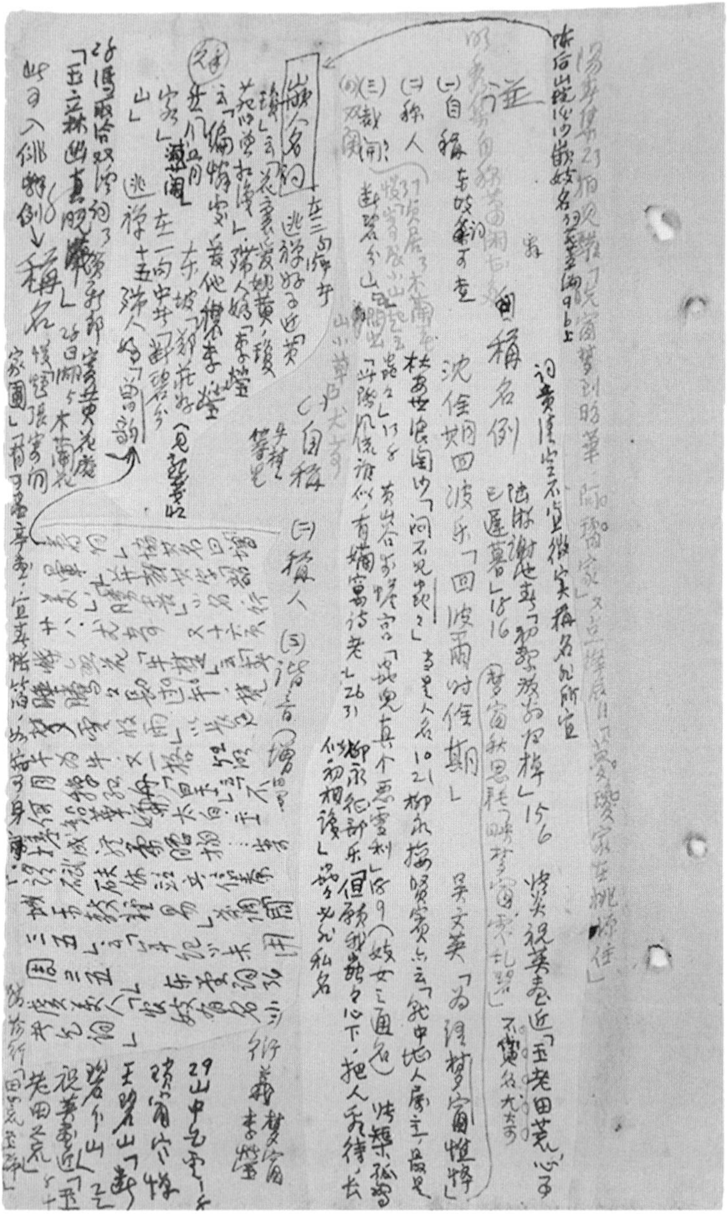
稱名例
自稱
稱人

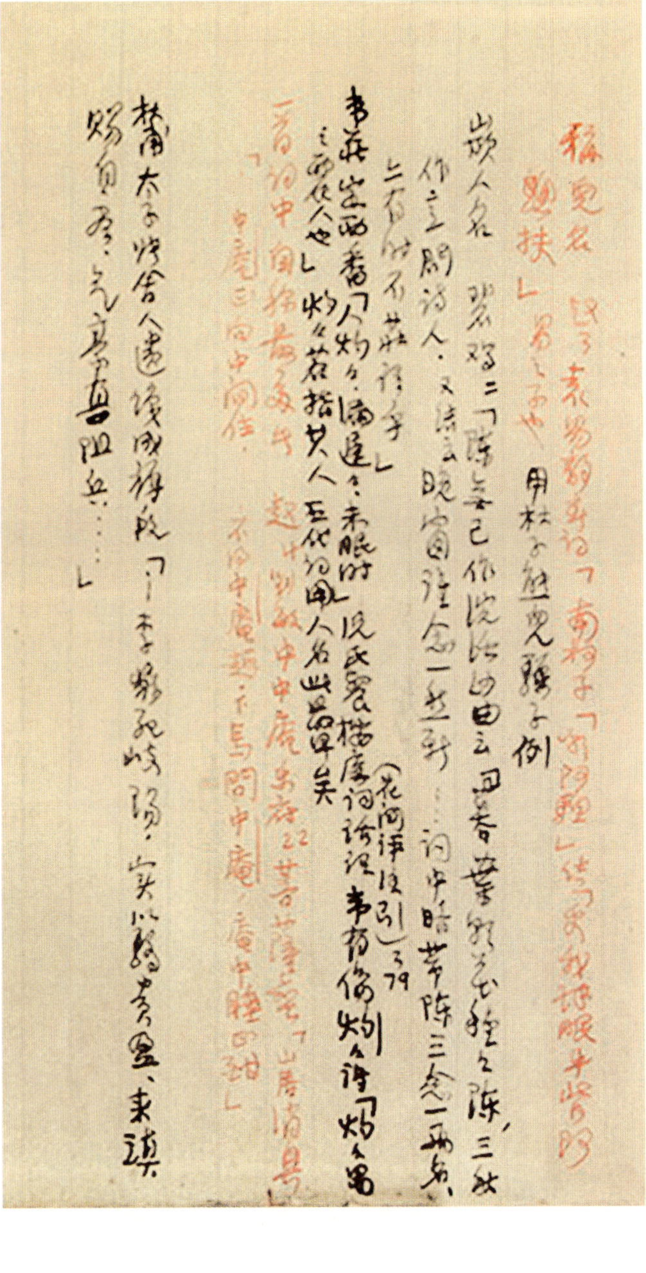
稱兒名　以子表男稱者「南柯子」「河陽驛」……我訴眼中皆的……郎扶」爲之兩也　用杜子美兒孫子例

嵌人名　張炎詞二「陳去已作瀟湘西曲，三春華髮緣之陳，三秋作之顯詩人。又陳允平晚窗注念一首……詞中暗藏陳三念一兩奇、亡友何不薙秋子」

韋莊定西番「人灼灼，滿庭遠，未眠時」況氏蕙風詞話（花間評注引）379 韋有悼灼灼詩「灼灼當之西在人也」灼灼蓋指其人，五代詞用人名此爲最早矣

一首詞中用中字　趙師俠中中處處中辛棄疾22首「山居詞……」

「詞中用韓者多矣」

中庵三字中用韓，不以中中庵處，不以問中庵，庵中睡正甜」

楚南太子塔舍人遺墳成群段「一十乘死嬋娟，空以……來誤似負君，意氣亮安直阻矣……」

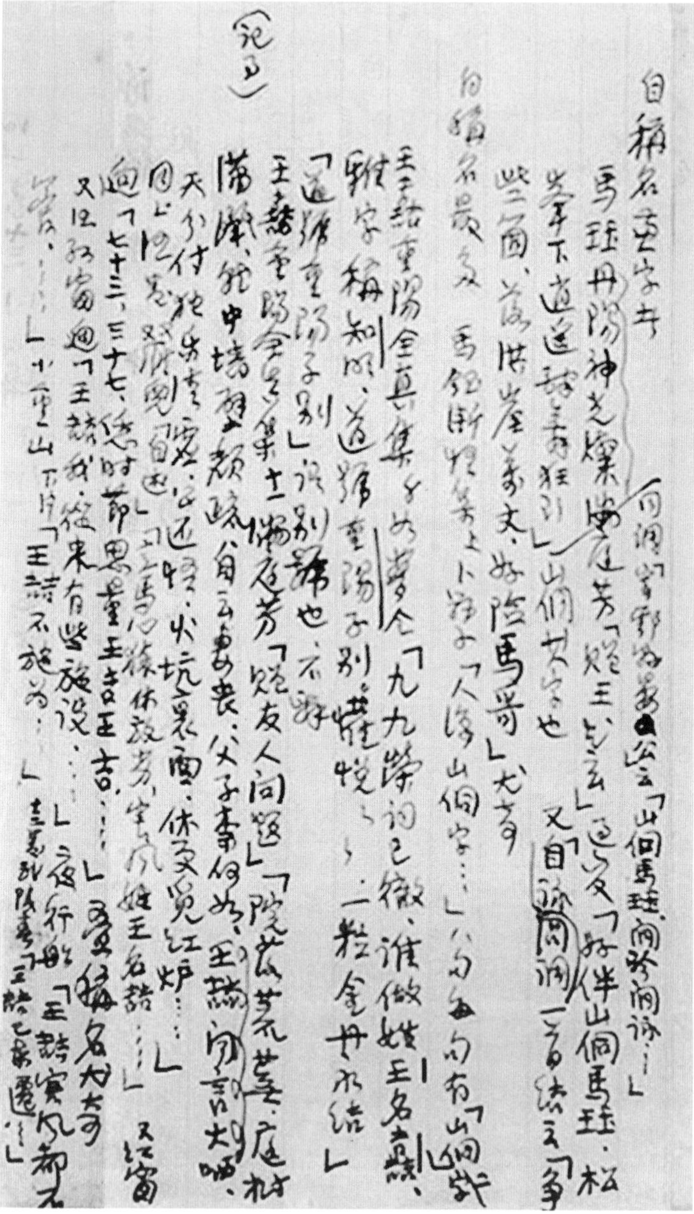

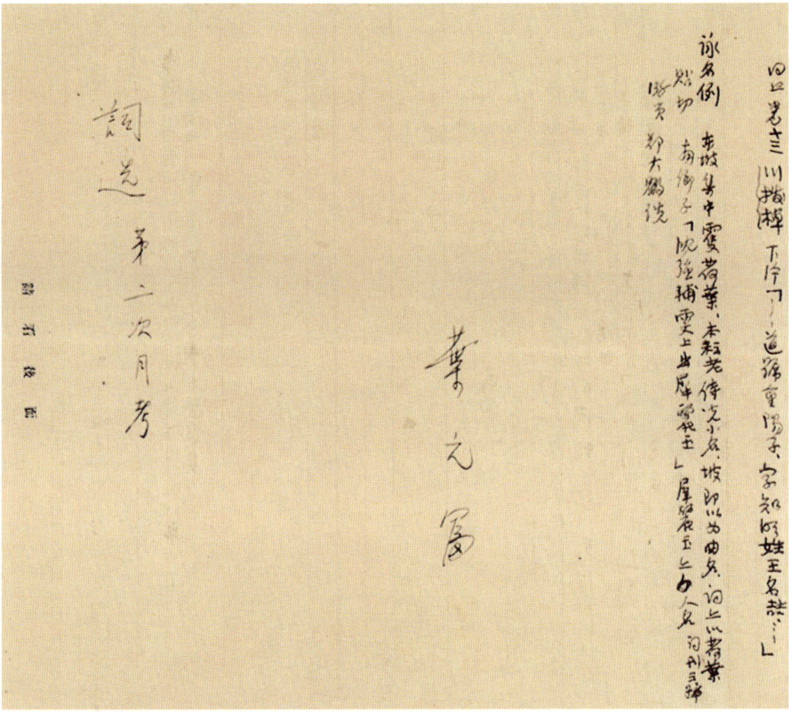

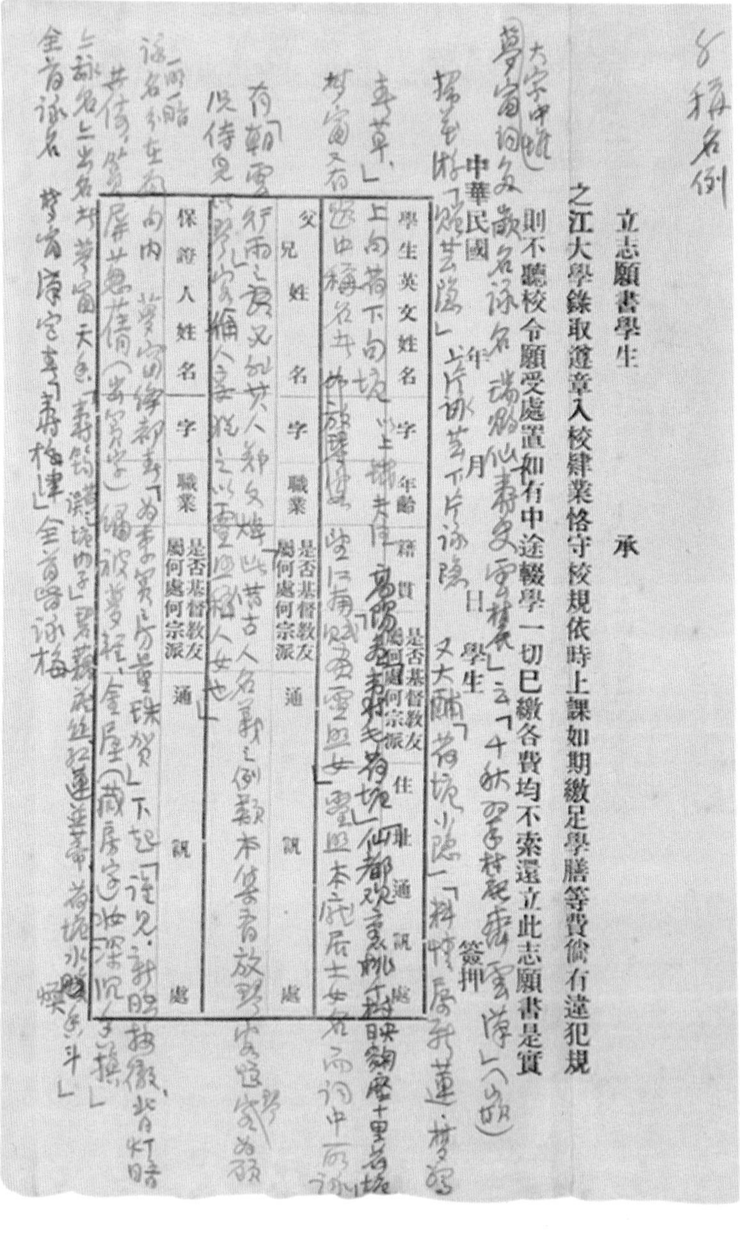

8 稱名例

立志願書學生　　　　　承

之江大學錄取遵章入校肄業恪守校規依時上課如期繳足學膳等費倘有違犯規
則不聽校令願受處置如有中途輟學一切已繳各費均不索還立此志願書是實

中華民國　　年　　月　　日　學生　　　　簽押

| | | | | | | |
|---|---|---|---|---|---|---|
| 學生英文姓名 | 字 | 年齡 | 籍貫 | 是否基督教友屬何處何宗派 | 住址 | 通訊處 |
| 父兄姓名 | 字 | 職業 | 是否基督教友屬何處何宗派 | 通訊處 | | |
| 保薦人姓名 | 字 | 職業 | 是否基督教友屬何處何宗派 | 通訊處 | | |

詠名例 全道人王重陽一要之次第の行事字「姜鍾二公字名」「鍾字中、姜字靜、接引丹陽麼度誘靈性……」

小山集多詠小蓮詞如木蘭花「小蓮未解論心素」鷓鴣天「手撚香箋憶小蓮」破陣子「記得青樓當日事，寫向紅窗夜月前，憑誰寄小蓮」此皆言之也 鷓鴣天「小蓮風韻出瑤池」 蝶戀花「笑艷秋蓮生綠浦」此皆言也 玉樓春 生查子詠采蓮則更晴矣 又有臨江仙「記得小蘋初見」之小蘋、而兩蓮蘋又對舉之詞鷓鴣天「守得蓮開結伴遊，約開萍葉上蘭舟」蝶戀花「雨罷蘋風吹碧漣」此脈久存衣、淚臉紅相向」等 有又虞美人「說與小雲新恨也低眉」「嬌???」小鴻有些也低聲」之小雲小鴻。琴中多鴻雲對舉之詞如臨江仙「雲鴻相約處、煙霧九重城」思遠人之「紅雲也至、信鴻無」等 是「從侵波播編之詞思如意雲、……知侍後如雙鷯」等是一類稱也 又有小梅小杏小蕊小瓊小謝阿蘋 皆女子名 蓋人全集亦如小山最多人名矣□無疑可見其約九十七處

全道人詞皆以「風」自名 如王喆稱王風 馬鈺稱馬風

五代盧延讓詩多俚語如「我有心中事、不向韋三說、昨夜洛陽城、明月照張八」五代詩話十四

引丹陽總你 稱名號如此

「夢窗甲稿」 山房吾家校本也 自稱名例 設為白石行者問思「天數稀放翁」 [illegible] 「後與放翁為侶」 39 謝池春

「夢窗丙稿」 時[illegible]「此[illegible]風流從是」 [illegible]

「夢窗丁稿」 [illegible] 裴[illegible]二人過[illegible]詞 [illegible]

秋思 210 此不作名 [illegible] 梅溪詞 [illegible]

用大事 [illegible]

梅[illegible]

人名用 [illegible]

夢窗 [illegible] 壽梅[illegible] 全首詠梅 [illegible]

用人名例 [illegible] 又 [illegible] 柳[illegible]

思[illegible]與湘川鄭小奴 [illegible]

花[illegible]

詞[illegible]

[illegible]

山谷詞 [illegible]

詞人名抄 [illegible]

稱名例
稱人
稱名（二）

稱人　稱名

17 謝（?）上片心園春「天下稼軒」又有「古堂主人」，「愛」稼軒先達」　20 蒲江詞

江湖12仙「長兒（?）細吟改號翁」　20 [illegible]詞（?）[illegible]「好評晉士，不如陶淵歸去來子」自注「淵明自稱陶

稼軒來」　22 後山22[illegible]「[illegible]」

子」並用來（?）自稱為元亮子，此為古人取名最著者　3 [illegible]「林中有生日」之云

「盧齋不是凡人」[illegible]名

[illegible]

代人自稱　31 方壺詩餘[illegible]喻遇陳抵王鐵與張衣也[illegible]「傍因默牌附[illegible]」是山人王維摩詰」再查[illegible]詩首

稱古人名乃因無我不在此例　如陳人傑[illegible]

[illegible]

自稱

19 稼軒補 1 [illegible]「稼軒日向兒曹說」 1 方壺詩餘[illegible]「幸自陳方壺有個神通游戲」 5 [illegible]「方壺老子[illegible]」[illegible]

[illegible]

23 徐經孫矩山詞 1 [illegible]「安閒矩山老」

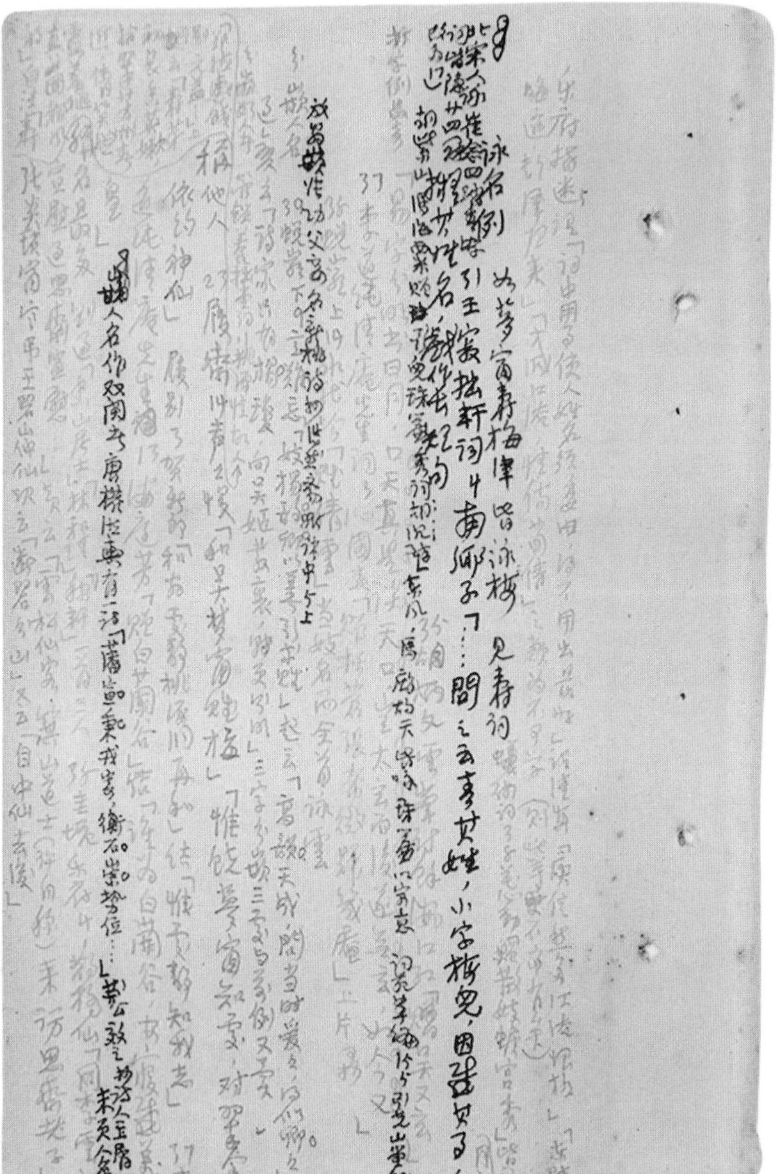
詠名物例
如芳甸壽梅律皆詠梅 見壽詞

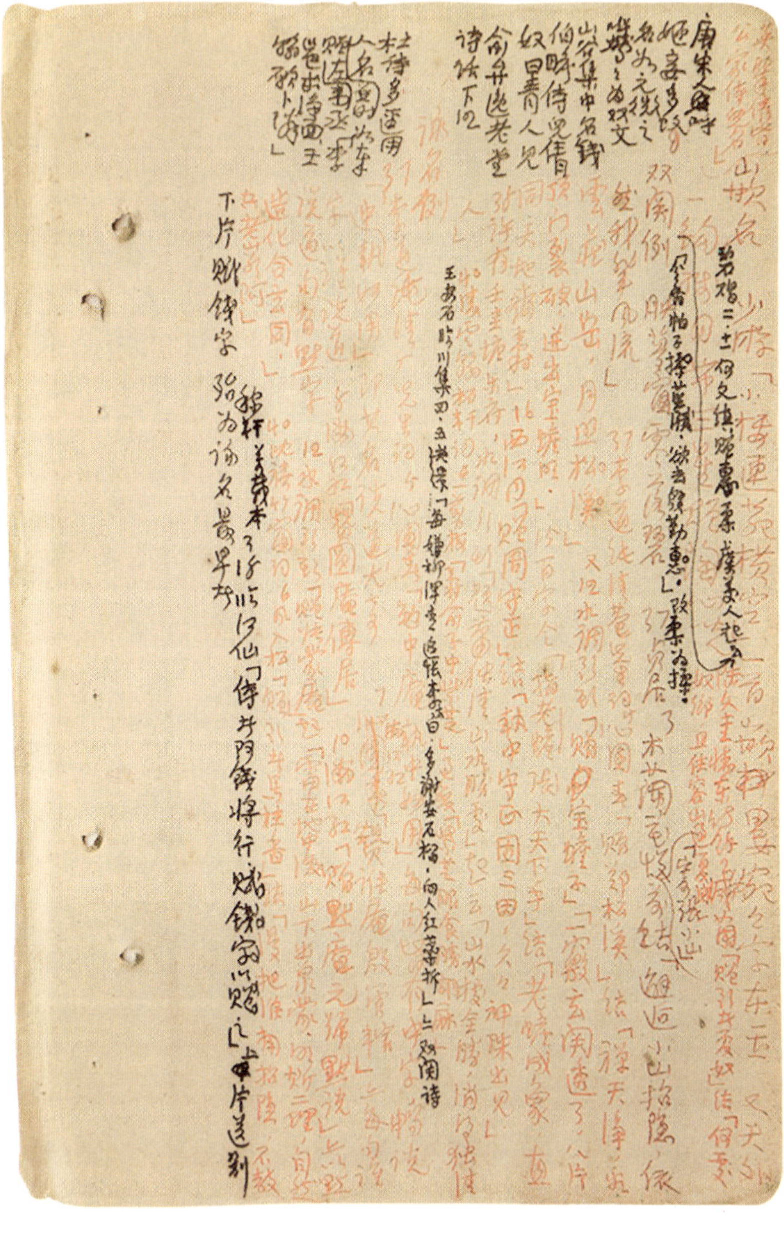

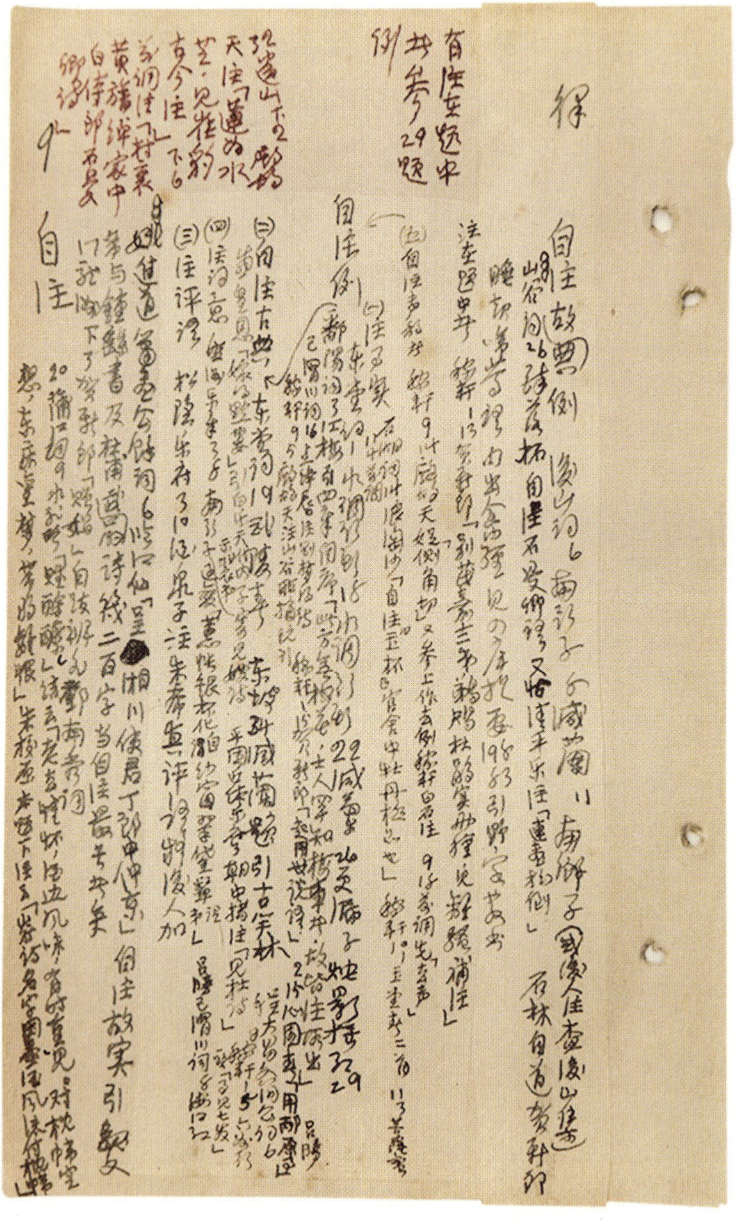

自注故典例

自注例

自注

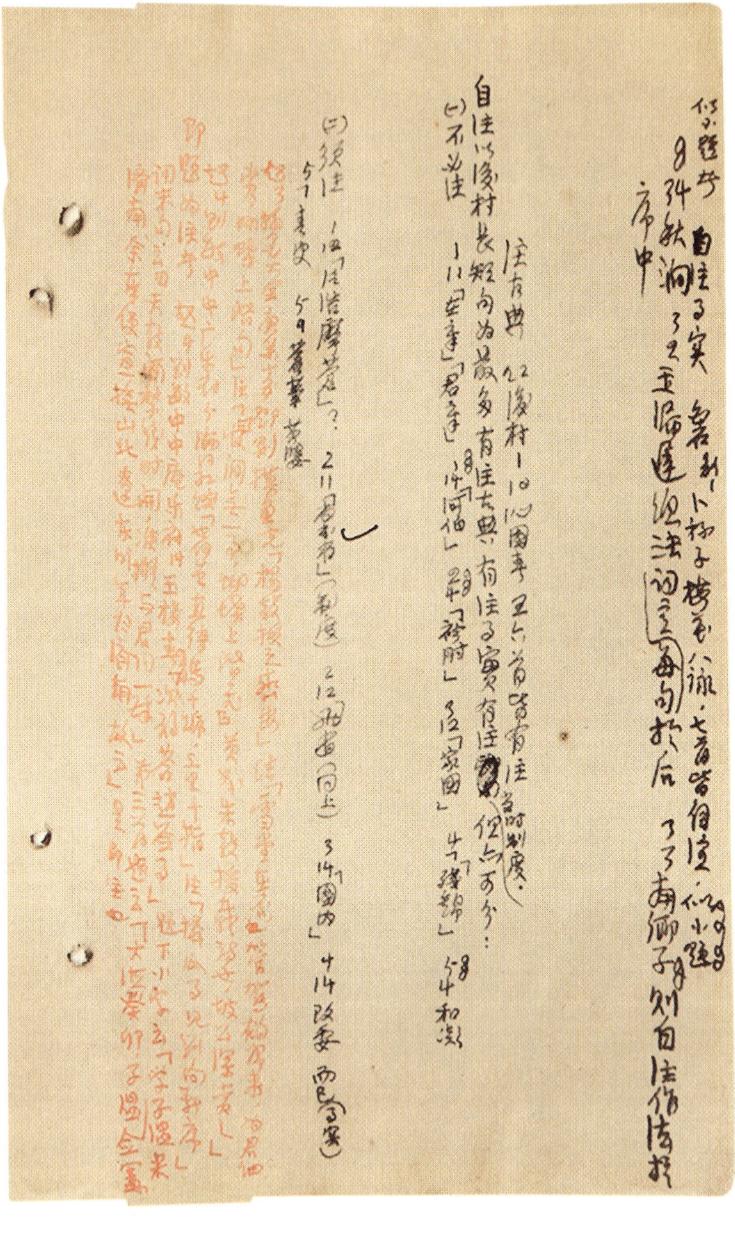

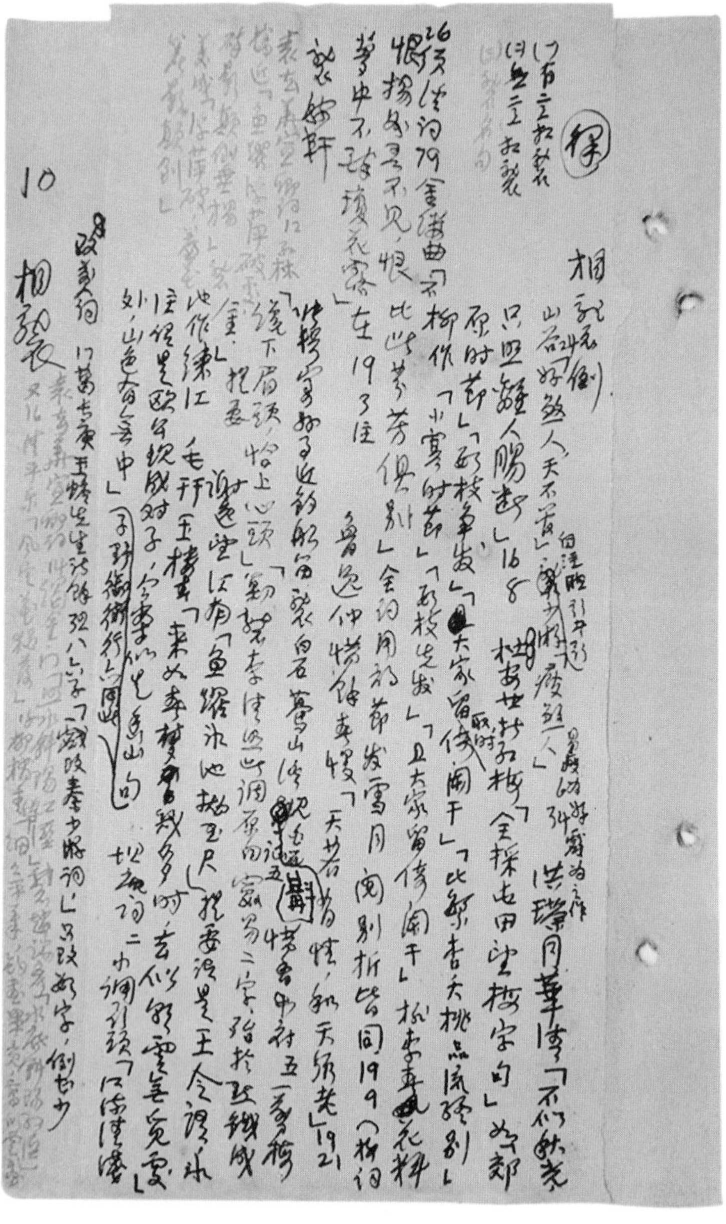

相 疑似例

山谷詞「好殺人，天不管」

洪瑹月華清「不似秋光，只照離人腸斷」16 8

「全採屯田望梅字句」

原時節」「小寒時節」「折枝先發」「大家留倚闌干」「且大家留倚闌干」

「比繁杏夭桃，點檢殘紅」

柳作「一枝先發」全詞用詞節發雪月

魯逸仲惜餘春慢「天若有情，和天須老」19 21

「全依周邦彥詞原句」

10 相 疑似

改義詞

襲衣字例　蓋盧蒲江九載花成大拔白玉樓賦，注「篁嶺善有水府法樓主事引，存僞史體作長短
醉六季」，今季石門雪色宜階千萬丈，人間無遍作長虹飛」，即襲衣篁嶺「千萬藏花紅一色，人間
遥指是祥雲」　东澤緒漫之釣船留下片襲白石「萬嶺[illegible]山　25方是間8處多今定
多是樓」襲劉過中詞

襲意例　小山踏莎行「宿妝曾比杏腮紅，憶人細把香英認」，子野「細看玉人嬌面
春光不在花枝」　22後村18沁園春「老子素數，暗與親朋，約法三章……」襲
孫郁

襲語氣　山谷水調歌頭「瑤草一何碧」下云「我欲……又恐」，襲東坡明月幾時有
中齋長社小娘兒女水調歌頭上片「我欲騎鯨歸去，只恐神仙官府，嫌我醉時真」

[illegible]

少游「已銷魂黃鸝又啼數聲」，襲杜牧之「已銷魂杏桐又殘聲隨」洪容齋
括出　用詩句見某人前学中。宋詞序

夢窗詞箋 2/19下 吳文英水龍吟詠雪次韻云：「……來於灞亭瘦馬，尋梅隴首，
有客遙留，左援蘇二，右招歐九，同聚星堂上，當年白戰，還更許追隨否。此詞
[illegible]劉[illegible]心國[illegible]感慮……而吳詞之人境較靜」

谱

相袭衣例 (一)袭句 (二)袭意(?) (三)袭之(?)

推致白石行颂下片用庄子 39 12 袭稼轩 [illegible] 39 8

袭旧句

东山眼儿媚结「今宵眼底，明朝心上，后日眉头」用易安之 柳梢青「自是休文，多情多感，不干风月」用「人生自是有情痴，此恨不关风与月」似欧句 东山摊破浣溪沙（吴京(?)）「回首不见高城，高楼更何许」

高峰(?)浣溪沙(?)径了近下片 袭白石暮山传

17 蒋长庚王蜷(?)先生词钞 6 水龙吟「雨余叠嶂浮空……」本绝妙好词 韩元吉「芳草梦了」此第二句「梅枝一番春风至」第三句「迤逦伴」与(?)不同，馀の五字出入。第二首起「层峦叠嶂浮天」第三首「探芳径」下片「回首暝烟无际，但除了衣无衣如泱(?)，多情易老，青山何处，如成难写……想分手金银(?)，别后古溪一溪流水」皆袭稼轩词，袭词难以(?)及杜安世折红梅最陋矣。（蒋词后卅二叶韵林读本首句云「去鸟不来，彩云何处，空锁三山寒」又句近之为作）

35 别的中中[illegible]心图[illegible]「石海来……」[illegible]

35 别因想[illegible]词与西江月结「老子[illegible]日可」

相袭衣(二)

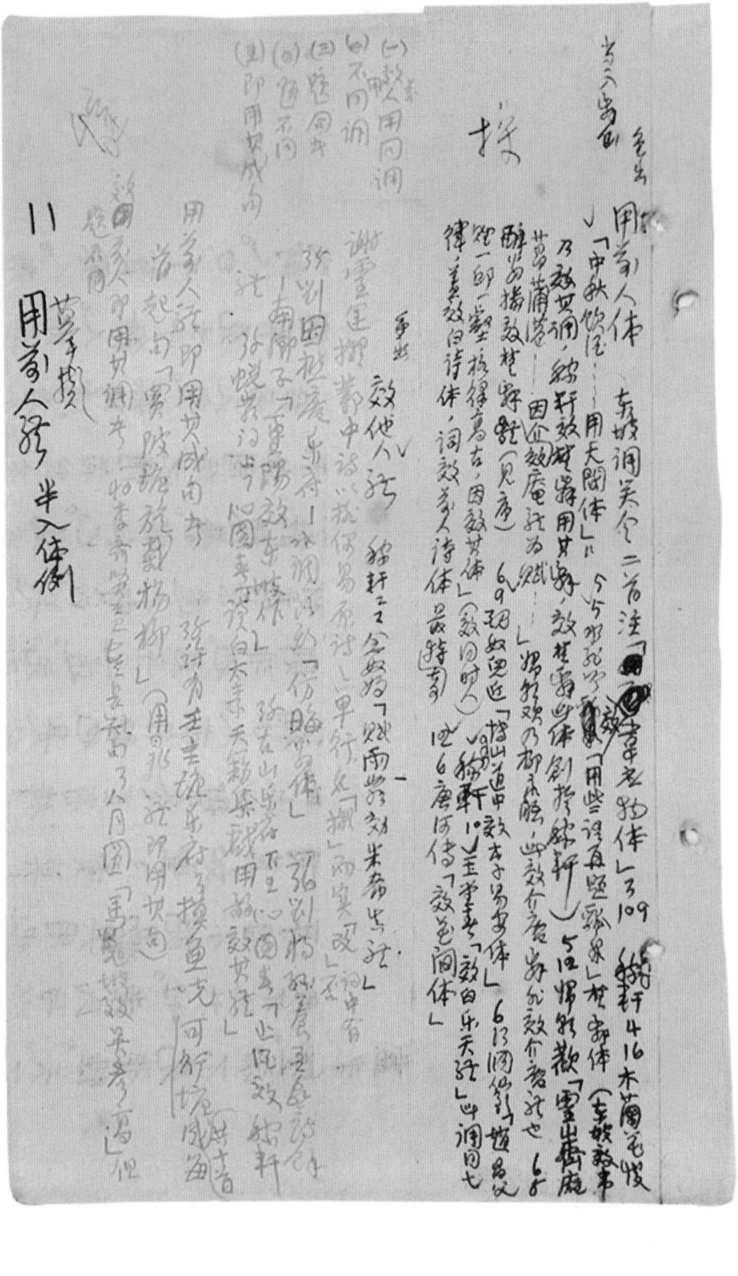

二 用前人體 半入體例
(一)效人用同調
(二)不同調
(三)題同否
(四)題不同
(五)即用其成句
效他人體
用前人體

「樂府十擬，歐陽老人用意為古人所未為。秦觀、錢子雲先生實[illegible]
湯而未到」姚樹仰詞選一一擬古十首，序[illegible]擬古樂府[illegible]此三人矣（[illegible]
多句成一宗而擬，此人[illegible]擬，三人[illegible]擬[illegible]」
[illegible]
[illegible]
詞[illegible]詩[illegible] [illegible]16至楊[illegible]「效白樂天體」[illegible]

「綠衣白居易作擬唐詩百篇，備諸家之體，自序曰：『今之所擬，不獨其詞，至於題目，亦欲擬[illegible]或有[illegible]斯[illegible]見之未得，故其擬作篇籍上[illegible]公詩曰一一又擬作[illegible]全詩云……擬古出如此，方可傳』」許彥周詩話一條引 樂天無此詞句

[illegible]集補李陵少妹歌，[illegible]（[illegible]）有[illegible]夢[illegible]花，何曾自媚[illegible]吳宮，[illegible]知風味，因今[illegible]成[illegible]……」[illegible]史[illegible]平人李陵宗族[illegible]國，[illegible]不已，而姚寬云「李陵少妹[illegible]容……」[illegible]李安世設方[illegible]諸之。如內[illegible]」西溪叢語（又[illegible]詩話6 10下引）

此擬而不合者

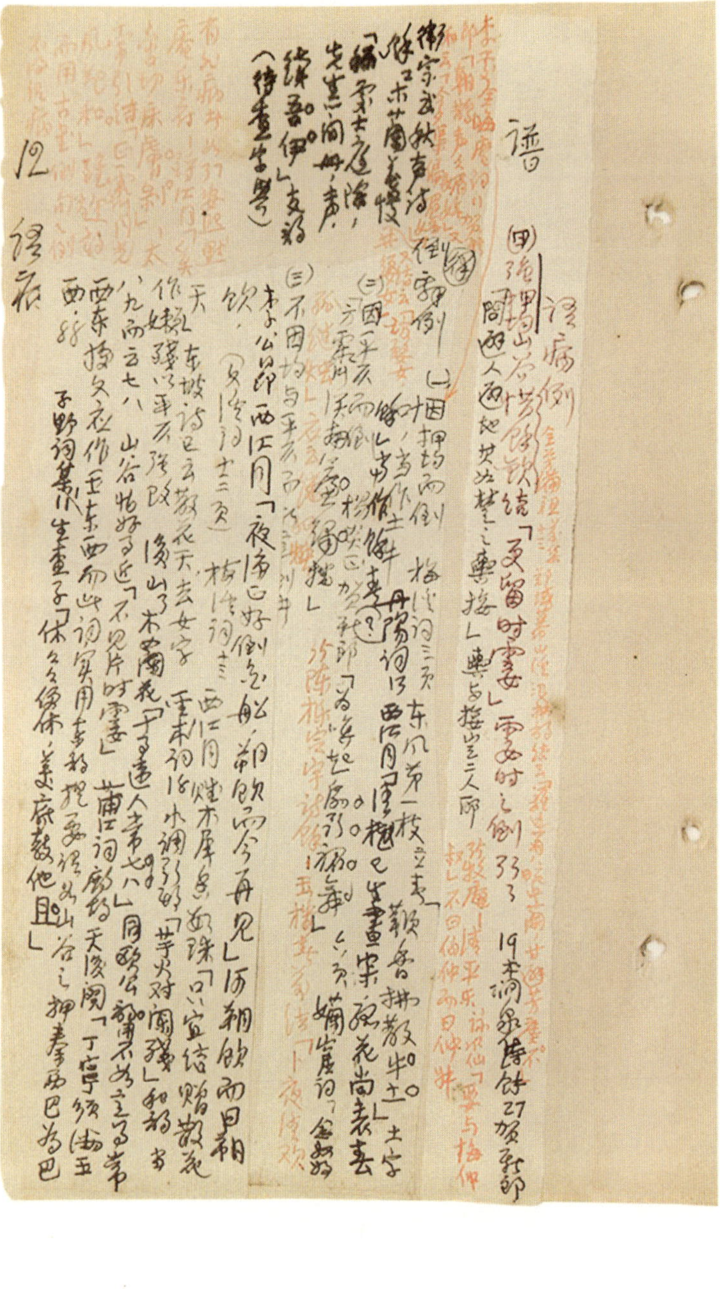

(一)因押韵而倒
(二)因平仄而倒
(三)不因协与平仄而倒
(侍查字典)

譜

詞病例

(甲) 強押 山谷[illegible]歐結「更留時霎」霎時之倒 33 3　19 宋詞[illegible] 27 頁[illegible]

問西人西地失此楚之「寒梅」寒與梅當三人[illegible]

倒字例 (一) 因押韻而倒　梅溪詞三頁 東風第一枝[illegible]「[illegible]」

丹陽詞 13 西江月「[illegible]」[illegible]宋[illegible]花尚未[illegible]

(二) 因平仄而倒

(三) 不因韻與平仄而[illegible]

衛宗武秋聲詞[illegible]

[illegible]

「[illegible]」

[illegible]「[illegible]伊」

(詩畫[illegible])

李公昭西江月「夜闌正好倒金船，翻飲而今再見」倒翻飲而曰翻飲。(見陽詞十二頁)　梅溪詞十二　西江月　燭未闌[illegible]蠟珠「只宜結贈散花天」東坡詩已云散花天女字作嫦娥，以平仄顛倒　後山　木蘭花「[illegible]遠人常七八」[illegible]和韻[illegible]

八九而云七八　山谷好事近「不見片時雲雨」　蘭江詞[illegible]天憐閣「丁寧須[illegible]」

西東換文，亦作「西來東去」此詞實用古韻[illegible]山谷之押[illegible]巴為巴

子野詞集[illegible]生查子「休休休休，美人[illegible]他且」

詞病 88

12

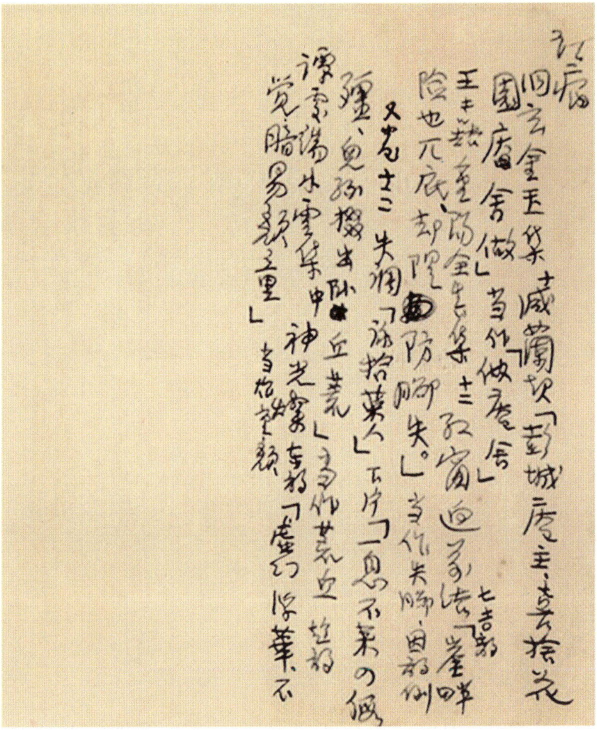

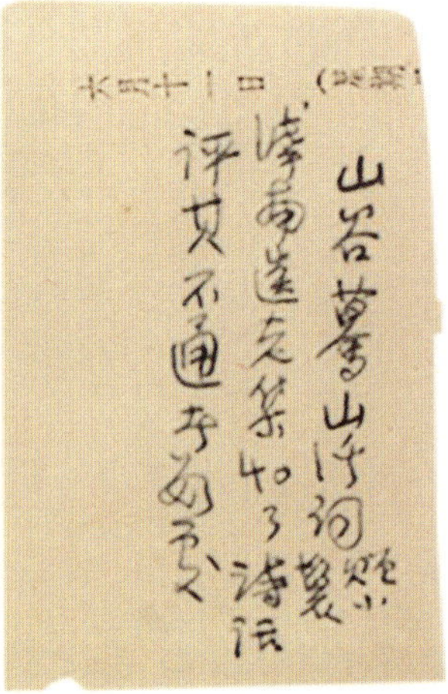

夢窗25風流子「宮寬編寫人睡起，臨砌眠無言」明作眠字

26絳都春71木蘭花慢「醉深平手即席賦」詞「且分付彩我，未酬我狂醒」

用此公語名押韻，顛倒文義矣　又76金盞子「五日和翁」「雲漫嬋娟」

繞女」又[illegible]

[illegible]

如家後領　於庭深陰了，盡日知「不妨且作山翁醉。」上蘭字

[illegible]

因知韻而強押，殊欠詞之[illegible]　又16[illegible]「[illegible]林精[illegible]，[illegible]煙蘭」[illegible]「[illegible]」

（查字典）

[illegible]

中[illegible]「[illegible]」[illegible]

[illegible]

天[illegible]上[illegible]「[illegible]」[illegible]

[illegible]

[illegible]

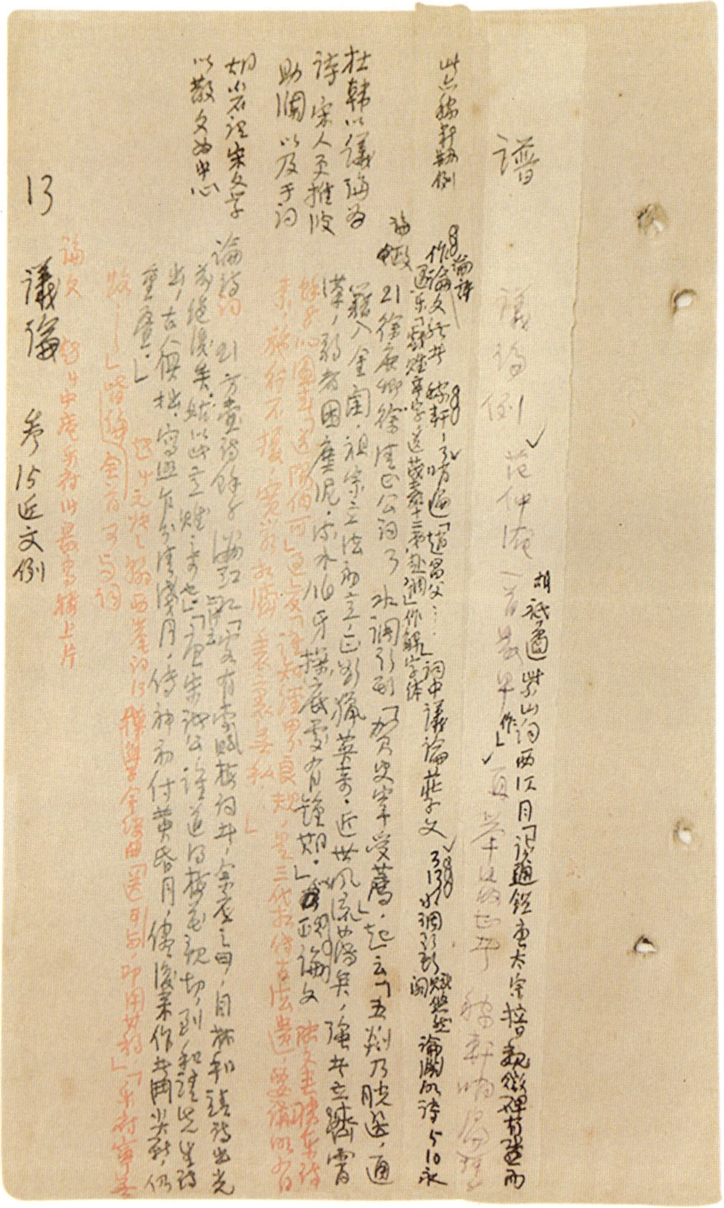
13
議論
卷15 近文例
杜韓以議論為詩
宋人更推波
助瀾以及于詞
切以為從宋文字
以散文為中心

品評人物　31王質《雪山軒詞》《沁園春》長序及詞上片，評尹和靖、楊龜山

[illegible]（世一宗詞第三本）

論史　27黃機詞16首之天「[illegible]」語「丹青自是[illegible]描摸，不是當時[illegible]錯」

用前人詩之[illegible]

[illegible]

8日
[illegible] 2/27上
劉將孫詞《沁園春》與壽同年陳探花云，「詳中東坡，秀李眉山，生兩子年蓋兩雙子坎，的方中氣直尚此其，間出英賢。詞內用蓋字領起絕者，子平宗言入詞亦僅見」

作讚頌　33《礪從詞》丘宗樣」　6《沁園春》「讚佛」

作謝啓用　37不《礪從詞》8《滿庭芳》謝[illegible]其先之墜

作勸妻文（[illegible]）　33《礪從詞》15《菩薩蠻》「乞食」以狗勸人

[illegible]金玉[illegible]十《滿庭芳》「[illegible]」[illegible]師昇化以詞讚之」　極可笑

[illegible]

金
元　尹志平《葆光集》中《西江月》「勸[illegible]」「三更不睡[illegible]」云「晝日勤修寶殿，冬天好煉頑心，[illegible]」[illegible]陽觀作「勸世」五首[illegible]「勸世」[illegible]「勸世」[illegible]「勸世」卷下《臨江仙》「[illegible]」[illegible]「勸世」

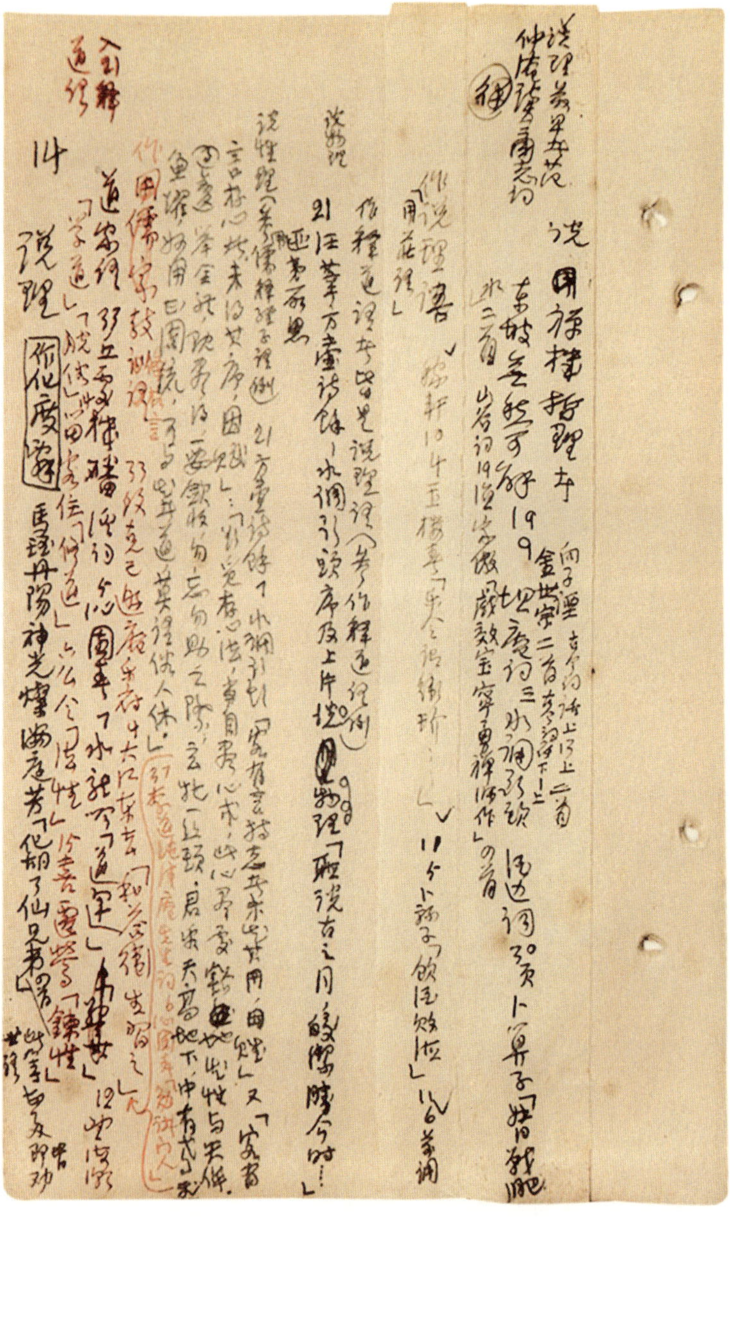
說理
14
說理

作口訣例　37李道純清庵先生詞3沁園春「贈蔡庵口訣」

道家修道法　又4家傳贈吳居士冊旨」

37清庵瑩蟾子語錄 5沁園春「贈損庵入敎」「滿江紅「贈丁縣尹三敎一理」

8家傳「贈虛庵述三敎」　9家傳「贈密庵」下片　13滿庭芳「示衆善友」　10家傳「指

玄也」　11家傳「贈[illegible]道」「言性」　4句字全「指中庵性命次序」

老蟾」張大夫下手」16家傳「示衆夜窩」

38 洪[illegible]文玄集山人詞1 沈鈞「燒藥」全首說燒藥之法 古[illegible]

廿一宗三半方岳樵庵詞18 吻遍「問月」以瞭子也月，瞭子把則皆晚，例古時之月比今時察　又一

首「月對」總用本家術時嗚嘆未生時時能晚占之。四時[illegible]之法時，本今同井觀[illegible]

此乃近人詩學說教合之大事（[illegible]）

撰者詞1沁園春「來南梅」乃說看梅之法（廿六宗第の本）

8 趙2 滕賓了齋詞1卜算子「夢裏不思眠」一首可抄　又2 滿庭芳「世間榮辱」一首說

（[illegible]性大事）

馬鈺洞玄金玉集八 江寅遍「示當府造船」「造船人、販予屋、硬搓落柱、鏃刀細劃，燒焰窯、

不可遲、遲便妨修火燭、覺聲香、良久熟，斟快調和，要心安聰，處家舟後，慣勿狂、

思惜本來面目」尤奇　又卷十減蘭「予瞳手書先素」結云「于公嗽功，世了

善港雜稀編…」 燒到稿云把云「到公瞭功，你佛修仙得道見」：皆好母詞

王[illegible]雲光集の滿庭芳「持化孤魂運紙」 夢山風「于二翁染疾未敎」 行香子「然不須王哥」

沿呂坤玄俗[illegible]高詞五首望江南示曳

皆皆誠說 見詞稿4 73 訊詞抄要

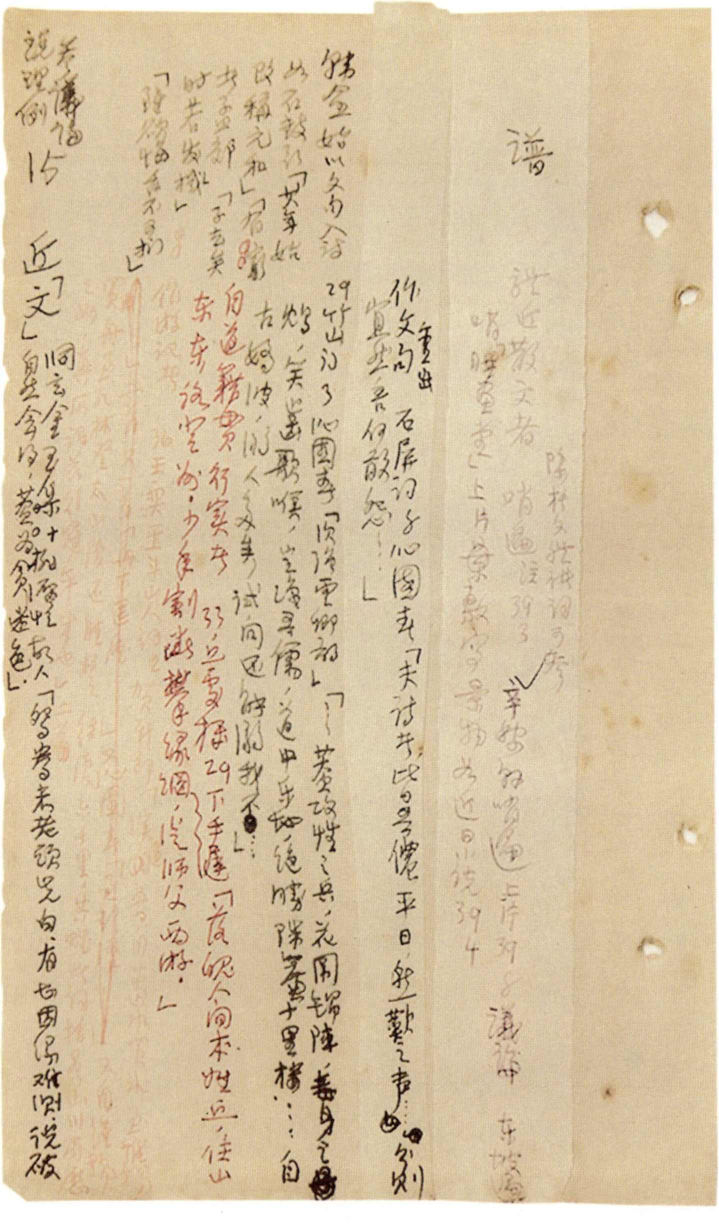

作化度辭 馬鈺丹陽神光燦滿庭芳「要化胡了仙兄弟的首」之一「三尸洞引，與賊迷惑，自然門窮說誑。鎮日爭財競氣，無只貪色，爭它兒存亡。難也撩繞心猿，怎有彌勒，無老子，你身軀有限，拴。壽數休言百歲，從今古人生，七十難過。計日都來，二萬又千二百，那堪夜清夢半，又提防一舛不測。如若情，從山洞不為凡客」 此勸也勸世詞

作 鳴鶴餘音三滿庭芳九「道教初興，釋門微顯，一興，三處無涯，迷魔閻鼓，東土西天，都是俊宗晚業，貪嗔色損，壞生涯，爭財氣，不依教法也空到西天。 三千年一過，金宗大教，甲子天年，公教，三萬果金蓮，上界群仙出世，遊魔群，道化才開賢，君知否，今番不遇，又待幾餘年」

恐「為陰陽書說」 嵌虚後志 無要也滿江紅 一首「右題云芙蓉公以擇地殯葬，撰其書號為行年吉凶，家宅聲聲都滿江紅詞，取其易記憶，據因云，武安軍左押衙易靜撰，蓋李人也」

唐人已有以詞為歌訣者 足見此滿江紅之古

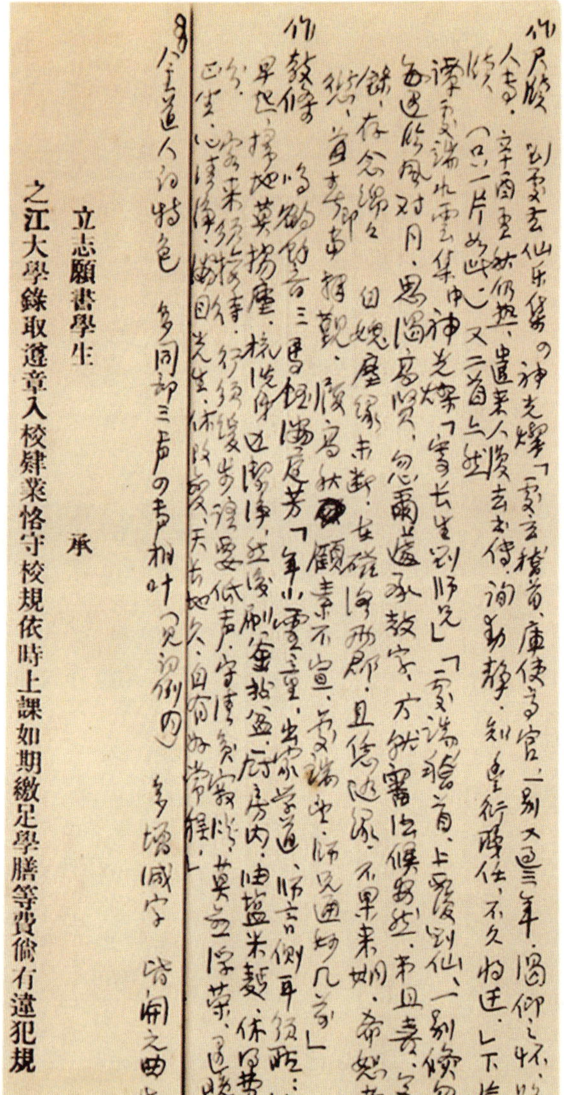
立志願書學生　　　承
之江大學錄取遵章入校肄業恪守校規依時上課如期繳足學膳等費倘有違犯規

作尺牍：刘云玄仙乐集の神光灿「云玄稽首，库使高官，一别又过三年。阔仰之怀，殊匪委人事。辛酉重九后热，遣来人后去书传，询动静，知在行藏任，不久回迁。」下片不作尺牍（只一片如此）。又二首亦然。

谭云端水云集中神光灿「寄长生刘师兄」「云端稽首，上覆刘仙，一别倏忽三年。每逢临风对月，思阔高贤，忽尔遽承教字，方然喜悦偿安然。弟且喜，今年萧齿録，存念绵绵。自愧尘缘未断，安从容两那。且恁随缘，不果来拥，希恕老拙无然，首未邻亲稽觐，顾高秋●顾，素不宣。云端上，师兄道坊几前。」

作教条：鸣鹤余音三马钰满庭芳「年少云童，出家学道，师言侧耳须听：清晨早起，扫地莫扬尘。梳洗身边洁净，然后刷金盘盂，厨房内，油盐米麸，休得费半毫丝。宾来须接待。行须缓步，语要低声，守清贫家数，莫贪浮荣。遇晓端身正坐，心专清净，满日候先生。休改变，天长地久，自有好前程。」

作药方：鸣鹤余音三满庭芳「甘草人参，天麻地榆，荷荆芥川芎，乳香没药，白芷共乌松，玉金黄梨，芸香桔梗，甘草和芸苓，茯苓，防风等，细辛、荆芥，白及当归，均停。研为末，炼蜜丸，伴牙壮热，发热伤寒夹脑头风，前将一字噙鼻，当下神功有准。李当处曾七坟双脖，端的效、家宗见者，加作一揽总。」

词品4卷「评辨秋轩词」说贺新郎「金石李太白揽恨赋手段和作」心周辛运筹」又如宿教解嘲评作乃是括古文手段写之于词」

作書狀

（馬鈺）丹陽神光燦「曲庭芳」「立書狀外戒」書戒「焚燒書狀，便要室宮，道侶因循為先，但見恩男女子、父母如然，亦除家財風色，並葉榮華兼戒斷經籍、冊常辭，更續和茶諸、等覺等偷……」

述籍貫

馬鈺滿庭芳上清雲行序「先祖兄弟の人，因庵東去山東，一居萊陽，一住萊州，一居牟平」詩云「觀住雲陽，出墓巖山下，但來生計之平安，卻因庵東去東牟，到今三百餘年也。」而世襲榮，不貪金帳，秋分因道宗緣捨，把雲房應入室閨，斷然……倚因緣葉，附錄於後，是山中人至寶證」

翠微隱居

作尺牘

馬鈺丹陽神光燦「曲庭芳」「邀姚公書」「又下脫予述……」「山侗稽首，自別姚仙，思心度日如年，印此情々雨露然，過回芝田，伏惟神心協相，恐安閒佐体偽然。鈺如昨荷尋常山思念，未信相待，頗有微言相繫，譚仙去和邀鶴羽翩翩，僅若聲雲光訪，孫國徽寄宣，此宅閑中閑事，待賢來面，聲不宜，山侗拜上玄中玄玉座前」

讀人書 吳嘉

又「首呈子馬行街甘董公書」「山侗稽首，甘董公道伴，自達遠譚論三教，偶佐皇，人之嫁，若子去出餘雨之意。伏想圖來佐候，愈沖和無差，一居無常，子今則家弃不情著拙，丹芳遊記，七十道俠風運過，把狂吟尺牘，通為一客。步月至玉有如流水，性命速宜了辨，啓受誠幸知借易，山侗拜，甘董公道伴，及滿去道矣」

是毛劍体

作尺牘 徐生諸門 詞（答）

作醮辭

白雲子王丹桂草堂集曲庭芳「平紹節度使完顏璹特命作醮索詞」四仙師序部出瑞仙現，醮畢，眾人索」道士梁出翠之

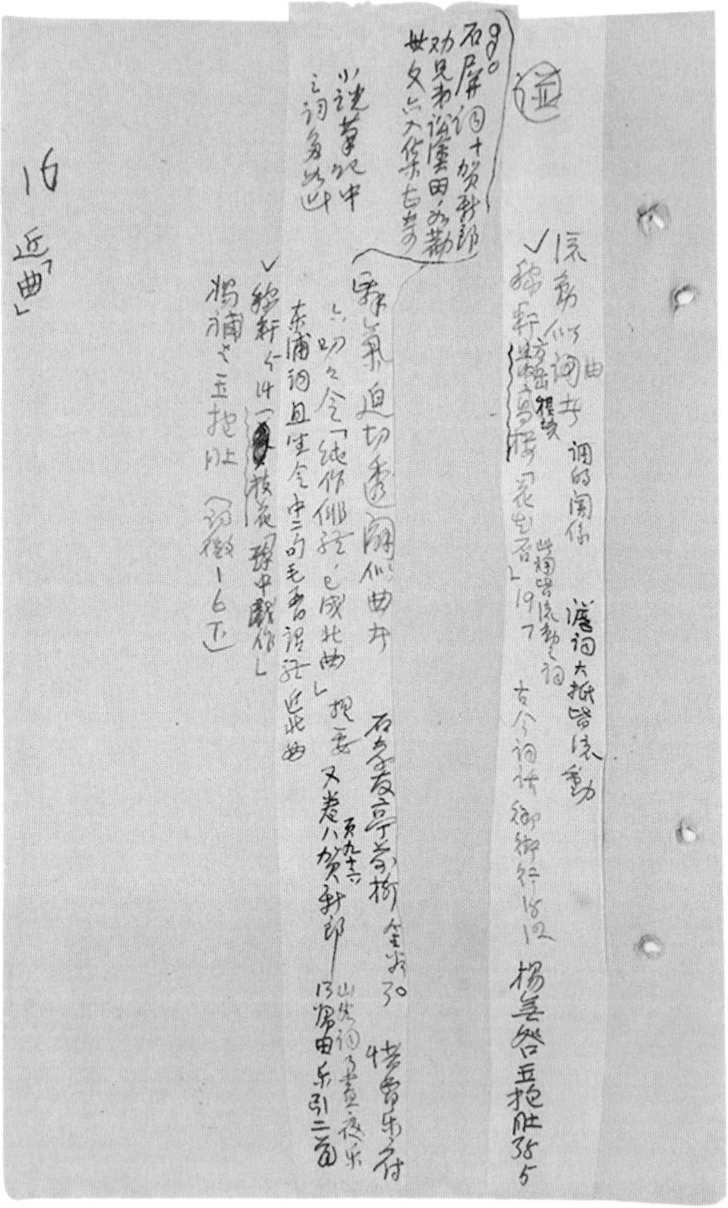
✓流動似詞曲　詞的關係　唐詞大抵皆流動
稼軒　花出否　19 7　此詞皆流動之詞
古今詞話　御御行 18 12
楊慎　五抱肚 28 5
宋人氣迫近詞似曲耳
石林夜亭　全宋 70　樂府
亦叻々令「純作俚語，已成北曲」　把要
又卷八 賀新郎　13 山谷詞　曲 二首
東浦詞　近北曲
✓稼軒 14　其中數作」
如補之 五抱肚（詞徵 1 6 下）
石屏詞 十 賀新郎
此謂　之詞多如此
16
「近曲」

17 近仿古诗体

仿古诗题本 东山词小梅花 三五 （缚虎手行路难）

用外國語　沈氏古今詞話下三下「金陵寇王蘭雪軒詞 [illegible]」

用方言　[illegible]樓詞話之下　少游品令「天然箇品格」正秦郵土音，用箇字作助語，今秦郵人[illegible]」

韃靼鞾紅帶　詞苑萃編 21 11上

「抵觸」二字亦宋人語　[illegible]楊廷玉回波詞「阿姊[illegible]見作天子，旁人不得抵觸」　[illegible]此[illegible]詩中6

詩用對語　此亦[illegible]詩中之「俗對油餘」「放出詩家用對語」（如徐陽[illegible]香[illegible]當時了物）（不好）

用方言　侯鯖錄卷一「金陵人語中風日風憑，則也未嘗[illegible]云風憑時拈花悲嘆，用鄉人語也」　(此[illegible]宮(?)詞)

壺雲樓　用方言最早的。[illegible]山谷錄中之下[illegible]陳卿飲[illegible]山[illegible]見[illegible]詞曰[illegible]　見儂底歡喜（注吳人稱儂為我）别見一般詞味子

[illegible]

姜成詞「更擣擷九百身心」陳無己曰世人以癡為九百[illegible]

全道士詞中俗詞不勝錄

適

（一）可解者
（二）難解者

蓋

用俗語例

举几家（如山谷、趙長卿）之例

杜安世剔銀灯「可惜許，多情相誤」17 14
晏殊雨中花令亦云「可惜許」9 1　趙長卿重山「可惜許」17 02
王衍甘州曲，結云「可惜許，淪落在風塵」　詞話二一　東古詩「奈何許」似此低得
沈端節留春令「被他們引得滴流地」
楊无咎人月圓「醒後尖兒」15　趙長卿探春令「悠悠」9 9（一道）
一似蝴蝶兒錯」　不解　過竹香子8引（似可解）
詞意用方言（不解）　柳永益部（？）樂「若諧雨夕與雲朝，得似个，有嚣嚣」　三字
不解 9 12　柳永「看思量」迎春樂 9 20　柳永楊天谷天下樂「身心暗自擻」10 27
此山路鄉家山好「明々錢嘮摟櫻羅」12 32（不新也）　柳永梅賢家得伲
真个宅院，方信有初終」13 8　謂嘉子也，元曲亦有此語　山谷去年心「令下」
佛得回首」13 18　梅花轎子「怎奈向，寸心已錯」13 28　袁去華金蓮（詞律作金蓮葉）
「煩惱女千萬住，禮拜做飯喫」　葉清臣風凰閣「怎奈向，黃昏院落」
15 21　晏殊殢人嬌「爭奈同心，留千留萬留不住」15 26　柳永彩沖天「何何何」（似代替之號）
過悄照望」24（可見尚不作何解）　柳永法曲獻仙音「少孜孜，剔好消息」（？）22 19
柳永駐馬聽「無可孜煎」23 15　沈會宗滿宮春「似頭想伊，心下始覺寧」24 26
馬莊父孤鸞「陌上叶新，好是賞花行院」26 30　柳永十二時「夜闌枕上，觀若
孜々地　17 3

宋人填詞，亦作俳語　9 28

必須發達的理論，可用（？）嘆息
尖的指趣「下本彭
先經不經，到底予深
全之討
甘者之陳積了穢的有
諸詞

附

俗語

8 詩多鄙俚，多用俚俗語，至山谷家（猗蘭詞話卷十七上）

黃魯直詞名一時，見[illegible]後志，逸詩[illegible]一兵

譜 山谷俗語 汲古閣本 入俗語

殷集如[illegible]粉花[illegible]

11 望遠行「言過池尿粘臉的變（變）」是律」「殺人間底且放我快活，呼便索」

[illegible]

山谷集中喜用蜀方言，以字有字者所無者，見蜀與方言數

皆別要張待，文（忘）不過很花映日」 沁江城子「我家曾被眼兒瞞」

不甘伏，怎拘束」 21 歸田樂引「傍人勸道，你被又還兒那人吵」

37 鼓笛令二首情詞極俗可抄 40 好女兒「恩量模樣忔憎兒，惡人

（江國書俗有此書） 怎心生惡」 49 阮郎歸「誰道西園溜麼來」

山谷俗詞抄第一本中 俗語 手解 於不錄 沁江城子「著人難睡（吖嗅），但說，無情風雨寧瀾」

舉山谷柳永諸集 （百家本） 山谷（俗語）「忺，如見，「恓惶怎向白永無休」 牛子 奏路[illegible]合「七千自的一分

隨義鄰八多 ㊙ 索強，教人難吃……你欲餐啜持，教笑，又也何須肥膩，衡（衡）信教，臉兒的人

沁一詞17為字做「今朝手惜」16 同上「棹又腰品格千中歷」」5 16 楊天谷天下樂「…今

寬闊，啞膽，即如字叶 當為寸式太切，和天地，葉廝，蹺，惡不甚，身心自皆[illegible]

宋蓋

「九百」 俗云「大有」：「便捐擷，九百身心，依前待有」 江城子 宋南詞叙錄云「九百，風魔也。此蓋宋元人常語，宋或作九伯」

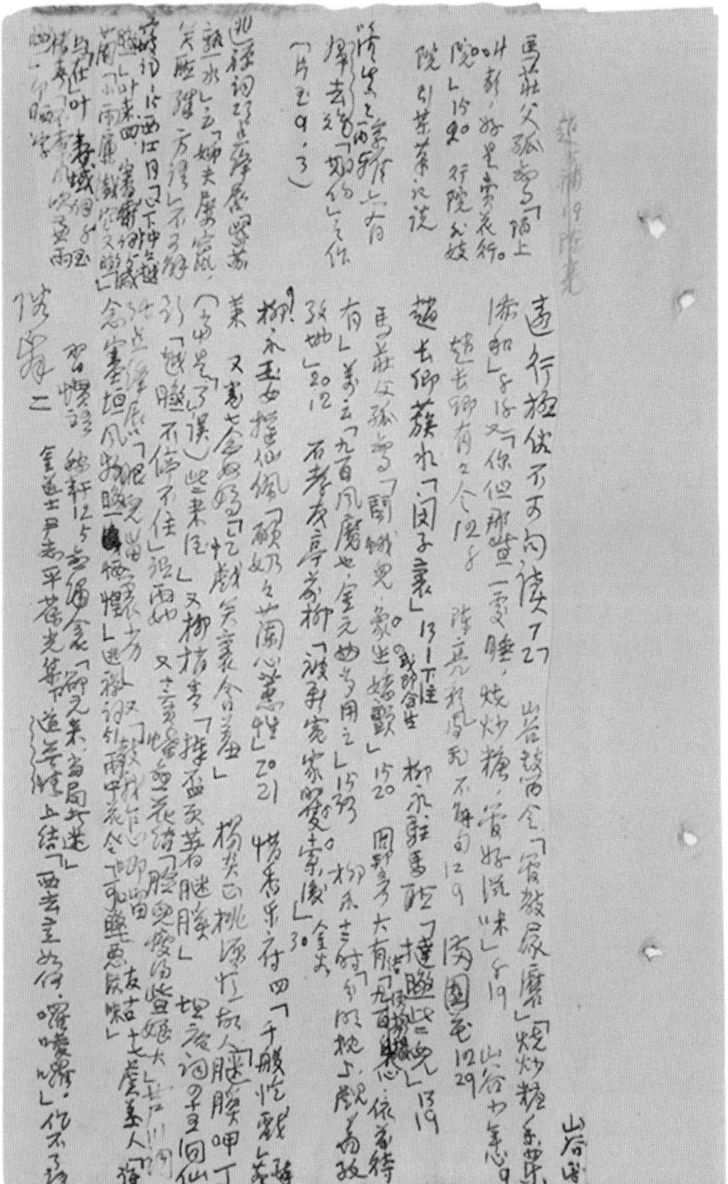

下 諺詞重出

俗語例 东坡2之减字「今来十四海家猢狲儿好子里」傅注,「宿猴儿言好孩儿也」（用俗語字始于坡）又此词起云「天然宅院」,二字见元曲作宅眷解,亦始於宋人云云 詳未道及 所谓上6满园花「掉羊肠子,倒把人来僝僽」又花下6品令二首多 不可解句 另 章集中15集贤宾「待作真个宅院,方信有初终」 意城词「厮故天「聪来打鼓僝吹笛,催送莎郎归宿去」 幽似词你 整訶中13好事近「一掷五湖之鸟,任躲儿尖耍」 松隐乐府补遗2诉衷情结「半世偎鸡,一味磨驼」 首同「委鲍,磨驼」 郑峯词曲1-17 如梦令结「忒掉忒掉,真个一双两好」 彭城乐章2-1 生查子「扁戗小雨翠嘈,瘦猱穿下」 稼轩69好事近「骤雨一霎儿价」 10-1 玉楼春「身似...官帐...自注...「侬儿药子,嫩大嫂子」 补了南乡子「病得那人妆晃子,巴巴,系上裳儿稳也哪」 补了踏莎行「鼓厮兵精神,压一般儿专」

上 俗語重出於

諺語例 俗語 白 乐章上1玉女摇仙佩「願奶奶兰心蕙性,枕前言下,表余深意为盟誓」1 又话部 乐章见佩金迎春乐「便见有无端消息」中9 东坡14减字木兰花「多谢无功,此意如何急得侬」又其词「摘纸祝谈一陣 曲...香」（见稿耕余七） 諺語

詩中俗語 词筑皆有,惟無胡语词耳 胡语 诗见陈...

嘲笑例 日勝己閑川詞6鶴瑞仙「噉...兒...」

後村詞5/2上最高樓「今老矣，〔收〕咲客，字庵茶」同調從「乾道下子情平樂心4博地一捻兒年紀」20新咏〔錄〕「夜將半」〔郎〕相底，〔步〕待〔首〕，元底

曾三首為〔得〕計，更巴一〔遍〕

呈〔希〕年」巴

〔此〕〔首〕〔常〕〔禁〕〔得〕〔邀〕〔隨〕，〔韓〕上有巴不解

隨〔吳〕

〔收〕〔錄〕「〔竹〕〔窗〕詞〔上〕〔鮮〕〔處〕〔眠〕〔待〕「只〔要〕如今，若不〔教〕〔留〕在〔處〕。」〔識〕〔渭〕〔城〕也〔首〕何，

陽春集12頁〔哀〕天長「〔曲〕〔闌〕〔房〕〔深〕處也去，〔恨〕〔眉〕〔際〕生〔留〕不住」

〔彼〕也〔首〕何更是多」

水生 〔古〕 〔今〕〔廢〕〔琴〕〔趣〕〔外〕〔篇〕十一〔詞〕〔相〕〔思〕引「水生只解送行人」〔亦〕〔妓〕

妓〔停〕〔見〕〔風〕〔特〕〔此〕〔之〕〔合〕〔生〕見宋代105

25 本書詞[illegible]說用「是則是」共二處：1 宋[illegible]說了沁園春，摸魚兒用「是則」三處 22 念奴嬌 23 燭影搖紅 30 宋[illegible]說

26 [illegible]詞 70 水調引[illegible]「新郎[illegible]七夕」：曾[illegible]何處從瓜果，香動情滿宴[illegible]」

自注「高閣[illegible]城為陳寶」

32 送山上 12 沁園春「西月[illegible]」「[illegible]言美味」

33 不書[illegible]16 [illegible]「土燈」「桂麵熔洞[illegible]」注「陳[illegible]為熔」

[illegible]

行 [illegible]

讀去聲，[illegible]「[illegible]」，[illegible]陳[illegible]和作「向[illegible]」，或改行作舒

9 8

「惡」讀去聲。木蘭花令「惡嬌來勝不分明」[illegible]思「那滿要看」，「那滿」即那們 [illegible]同「惡猶極也」[illegible]

極分惡，寧利，轉行小窗人[illegible]都惡殺。[illegible]中「惡情」，[illegible]惡皆[illegible]

極[illegible]宋人常得，今北方言猶然」

稱[illegible]了，看深[illegible]」

[illegible]先生歸去[illegible]云「惡[illegible]」

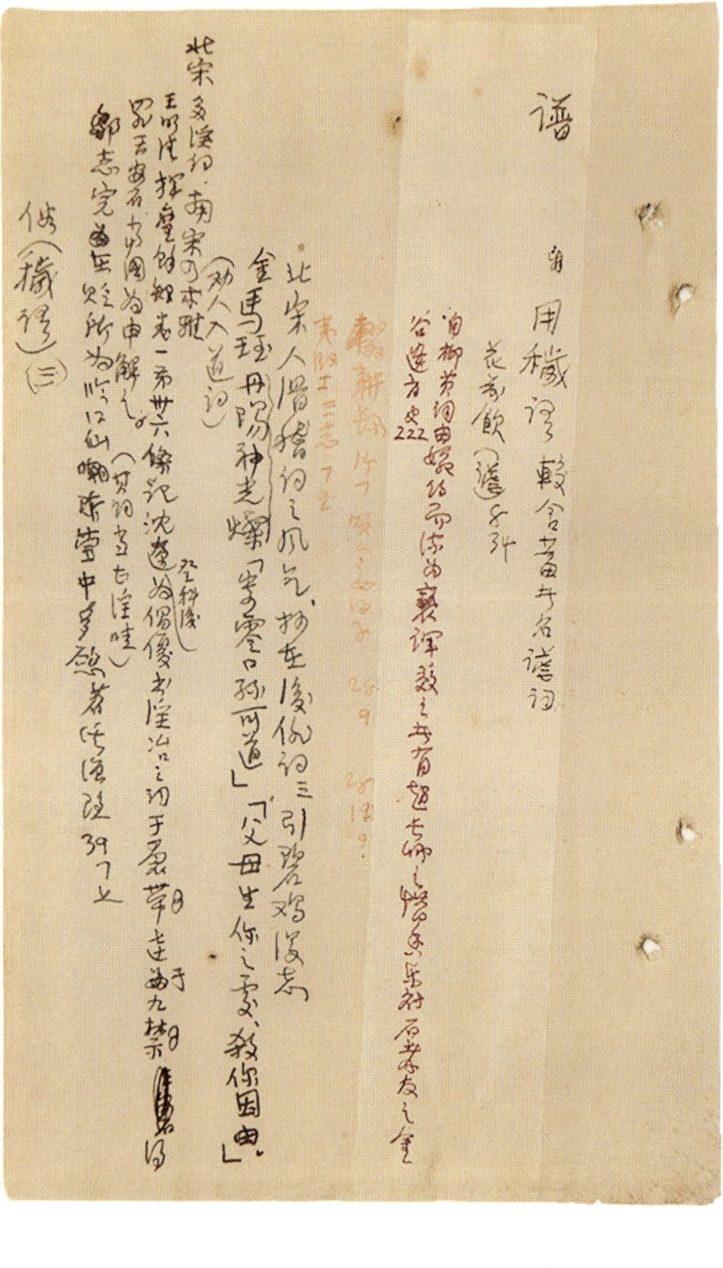
譜
北宋人借襯詞之風氣
金馬鈺 丹陽神光燦
「父母生你之處，教你因由」
（勸人入道詞）
北宋多慢詞，南宋乃本體
做（襯詞）（三）

皱水轩词筌三页引宋谦父「人到中年已後，雲雨夢了曾當時有」

花间三薛昭蕴醉公子云「慢绾青丝发，光砑吴绫袜，床上小熏笼，韶州新退红。叵耐无端处，捻得从头污，恼得眼慵开，问人闲事来」今观写床第

间事，未尚雅天然，钱词当以此为最早矣（元曲中有说此者）

宋人淫词

秦观河传「恨眉醉眼……评秦

声低道我何曾惯。云雨未谐

早被东风吹散……」

俳（專門語）(9)

專門術語（俳）

山谷詞鼓笛令詞「打揭兒」8 19 慣出東府八柳枝書「不第而落呼

廣、然分夜深、惟滿坊、各の思量兒、若要撥了、當甚則劇」

此例亦採於東坡蘇暮途「選仙圖」「重五休言升最緊，也須有碧油，到了輸堂

印」俳注「重五、碧油、堂印，皆選仙彩名，若六博之梟盧」叢書39

為東坡原作、俳為山谷考首考詩集宋名一一卷

雪獅兒 面旋 清真詞蝶戀「[illegible]額鍛丹楓吹盡，面旋隨風舞」詞律注面應是回，誤。按東田、方、陳和此字皆用去聲，則面字不誤，面旋宋人常語，歐詞「面旋落花風蕩漾」可證。

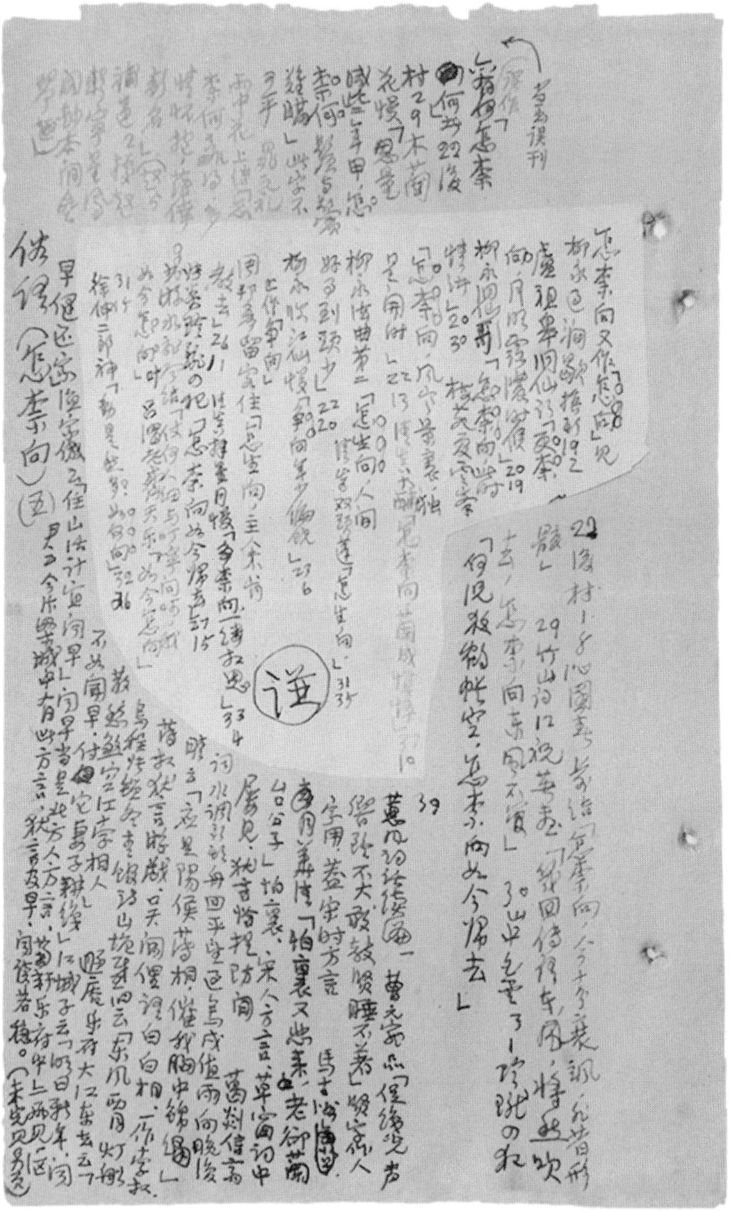

做讀例

董□詞作做讀第一　葛軒軒臨江仙云「浮生擾擾笑何樓，試看□□上，裏諷不禁伏」。據

劉貢父詩話：「□讀，寇偽翁何樓，蓋國初宋初京師有何家樓，其下賣物多濫偽，故以名之

　吳人呼若□囚、讀若奴頭切……吳□□翰林詞賀新郎宴郡蔣季永索云「翁作妻兮我

太守，囚拜謁於天府，況吾兮安白頭為原」，囚字□於不義　翰林西風平樂求博吳數

夫云「箭子碗丹梔子白，指點過隔嘉月」，指點字上二方之言

怎生向（釋）周邦彦雙頭蓮「怎生向、總無聊」4.10。無咎雨中花

慢「怎柰向[illegible]不四到」4.7 柳永紅窗睡「如人何向，名牽

利役，驚婚未定」7.29 柳永臨江仙「蕭條，牽情繫恨，爭向年

少偏饒」爭向，即爭柰向」参7 少游[illegible]結「我如今怎向」

[illegible]「怎柰向、寸心已碎」9.15 葉清臣鳳凰閣結「怎

柰何？黃庭堅[illegible]」10.17 山谷[illegible]「憔悴怎向，日永春遲」4分

石孝友[illegible]結「怎向[illegible]」12.14 柳永[illegible]結「怎柰向此[illegible]

[illegible]柳永[illegible]」12.13 少游八六子「怎柰向，

歡娛漸隨流水」13.4 [illegible]結「怎生向主人未肯交去」14.14

石孝友[illegible]「怎柰向、而今兩[illegible]」9.4。[illegible]29 [illegible]「爭

柰向[illegible]」[illegible]「怎生全不思量

[illegible]「怎柰向、[illegible]」止作怎向[illegible]

[illegible]「怎向[illegible]」止作柰向[illegible]

[illegible]「柰向、千[illegible]不住」[illegible]「柰向、如今無[illegible]

[illegible]「怎柰向日下[illegible]」[illegible]

叶

劉[illegible]2 [illegible]「到而今追思柰向[illegible]

安平樂慢

往日，柰向，[illegible]

如迤」[illegible]「怎柰向，歡娛漸隨流

小[illegible]又4[illegible]

人[illegible]丁[illegible]字向[illegible]我如今

「怎向」向字叶，知其何[illegible]官不容針 [illegible]同心結「自[illegible]官不容針，直至而今」改爲云「[illegible]不

字之誤

敦新12 5 夜將深「怎生向」
「怎奈向，一回說，一回羞」

南澗詞9 滿江紅「無奈向陰晴不定，冷煙寒食」／稼軒6 2 霜天曉角「只奈向兜上眉梢，兜不回眸」近日
「怎生向」 子中6 沁園春二「怎生向，人向好，只到頭少」◆下1 這詞歇近 這裏「怎向心緒灰」
長似病」 下6 「怎奈向，此時情緒」 下「臨江仙「知向，年少偏饒」 下9 紅窗聽「怎向偏永」 下17
利役」 下11 減字木蘭花「厚房密宴，多向好天良夜」 下11 臨江仙引「今宵怎向偏永」
安公子「好重尋被，怎向孤眠不暖」 下18 鶴沖天「怎向未逢凡夫使」 相山詞9 皆如此
「不應此處，怎奈向，各縈繫」

迭今補58 辨僅冷閱本集之，例證頗多知這婦人好了多少「不覺無聊，行思坐想」
後怎生口向」 此外覺拂拭

作「怎向」者 清真瑞鶴仙「怎向，言不及，難忘」 柳永這詞歇了這片
「怎向心織」 少游鵲橋仙「我如何怎向」
「如何向」 清真浣溪沙「如何向，千種思量」
怎生那 清真浣溪沙慢「怎生那，被間阻時多」

癸巳類稿十16頁「乃湧（洶）音義」條「黠頭何乃湧也」條 語 雞寒鍾話 王念孫曰 以腹嚴
楊慎學吳語曰「何乃湧」，猶「何」字一也。即史記之黠頭（驚犬之聲）言其據乃此也「乃湧」一
句，今吳語「那就」、文言「奈何」也。六朝俗言「寧馨」「爾馨」「如馨」也。馬永卿嬾真子語馨音亨
是也。馨亨本一聲 亨、享同一聲，匡謬正俗云，俗言某人貌如其言字，是其鄉之語，

癸辛雜識續集下載徐嶼子似道疑道學一萬梅之語云「他年未史總無名，你也煞亨，我也煞亨」注云「煞亨」鄉音也」。嶼子天台人，白石友也。

「那亨」今蘇州話如何也

也。亨即亨、即許、即許、即洵。某亨即某許也。「甯毋營」即「乃陶」。宋時寫作「恁行」，元人寫作「那杭」，亦作「那樹」，亦作「那行」，亦作「鎮亨」。癸辛雜識續集徐嶼子一萬梅云他年未史總無名，我也煞亨，你也煞亨。亦作奈何之意，亦通如此之意。洵亦作向。宋徽宗燕山亭「我如今怎向」，黃庭堅好女兒「怎奈向目下恓惶」，仔田樂引「美歡奏末已，奈向，如今然無計」，盧祖皋洞仙歌「知奈向月明露浸瓊假」，徐伸轉調二郎神「動是經歲，如何向，但怪得新來多病」，蔣捷祝英台近「怎奈向東風不管」，呂渭老天香「怎奈向孤零雙惜老」，秦觀八六子「怎奈向歡娛漸隨流水」，葉道卿賀聖朝「怎奈向黃昏院落」，梅花瑤江「怎奈向春心已轉」，周邦彥大酺「怨李向幽蘭懊惱悴」，拌祥月慢「怎奈向一縷心思，隔個山不斷」，向即晌，言如此也。「向」「許」同一音，「奈何向」即「奈何許」也，許、許亨、晌聲，亨向一也。各詞傳本有誤向作何者，甚不合，讀之不愜於耳。存疑文

俞氏謂「奈向即天台吳語之「何乃陶」之「乃陶」，「乃峭」即今吳語之「那哼」，文言之「奈何」。亦錄宋人「甯馨」「爾馨」、「如馨」，宋人作「恁行」，元人作「那杭」「那樹」「那行」。

「寧馨」、爾馨，「馨」古音亨。亨字同一音，亨即許，即許，即洵也。

近　入前例

用

近 骰子格名例（引用字名词下）

入例句

張先安陸集補上十一页下 雨中花令 贈胡楚草 「近整青又青琴盏子、

采细雲雁细 大雲雁 小雲雁 好花鞋花枝争媚 花枝……」

合春、金章图、眉十、胡草、响子。　　　　　　所注

劉过沁园春送辛稼轩 六甲十二辰 [illegible]

皆不可解 词语九、十七下引「每句下皆自注骰子格名」

参说郛19至李易安打马图經

8回文有三体 [illegible] 卮文　如冊词子五首安陸 [illegible]

子湖词十八首安陸 [illegible] 首　四文兼抄 [illegible] 词 [illegible] ●下 [illegible] 上 [illegible] 下

析字

鄭風揚之水「無信人之言」、[illegible] 信字从人言、见诗 [illegible] 104

山谷两同心「你共人女边著子、争知我门里挑心」

同外 [illegible] 月第三 [illegible] 」

心头横刀 ● 認未 [illegible] 良田……」

同書 [illegible] 朱十 [illegible] 「思之忍」也云「刃下抛心」

律　律　[illegible]

詠数　如冊词廿一页中措「詠三十九数」词句皆作廿九数

东坡 [illegible] 四体 [illegible] 体 [illegible] 作

19 俳體例　豈見宋人不重此　此宋人作 [illegible]

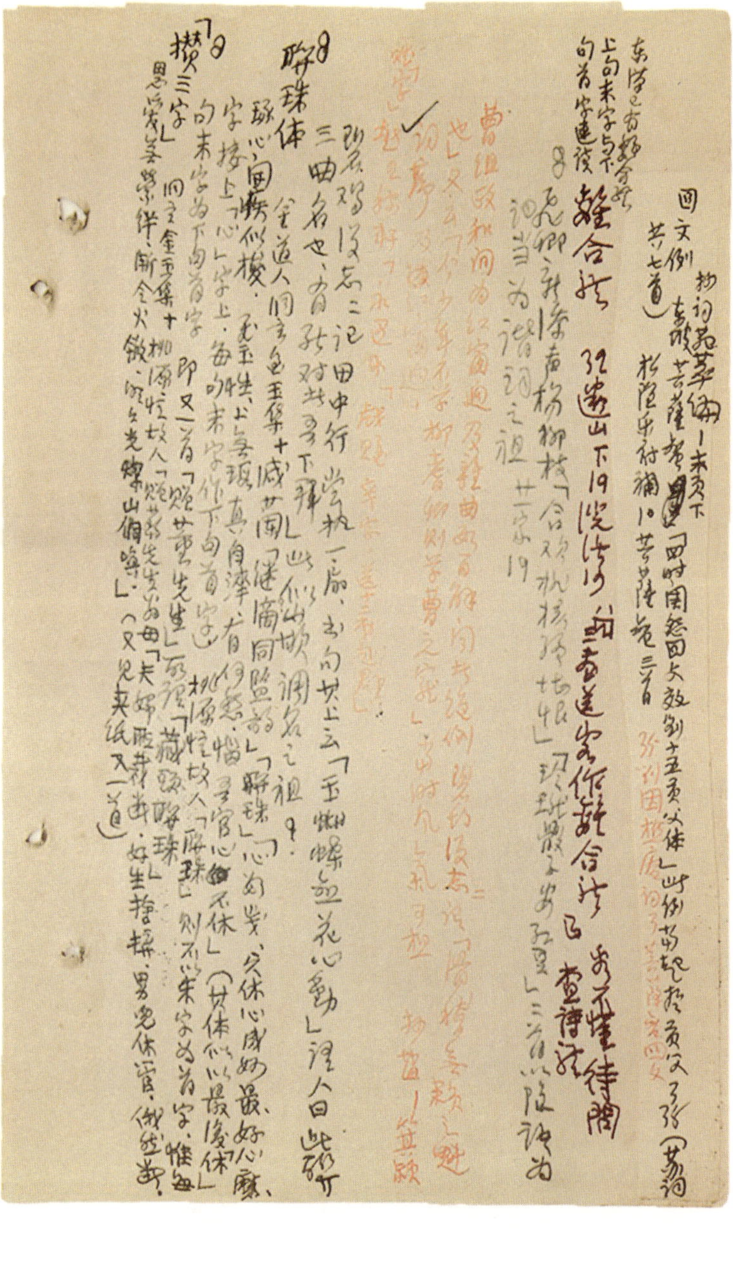
回文例（共七首）
抄词苑萃编一末页下
离合诗
联珠体
三曲名也
全道人同字
句末字为下句首字
（又见夹纸又一道）

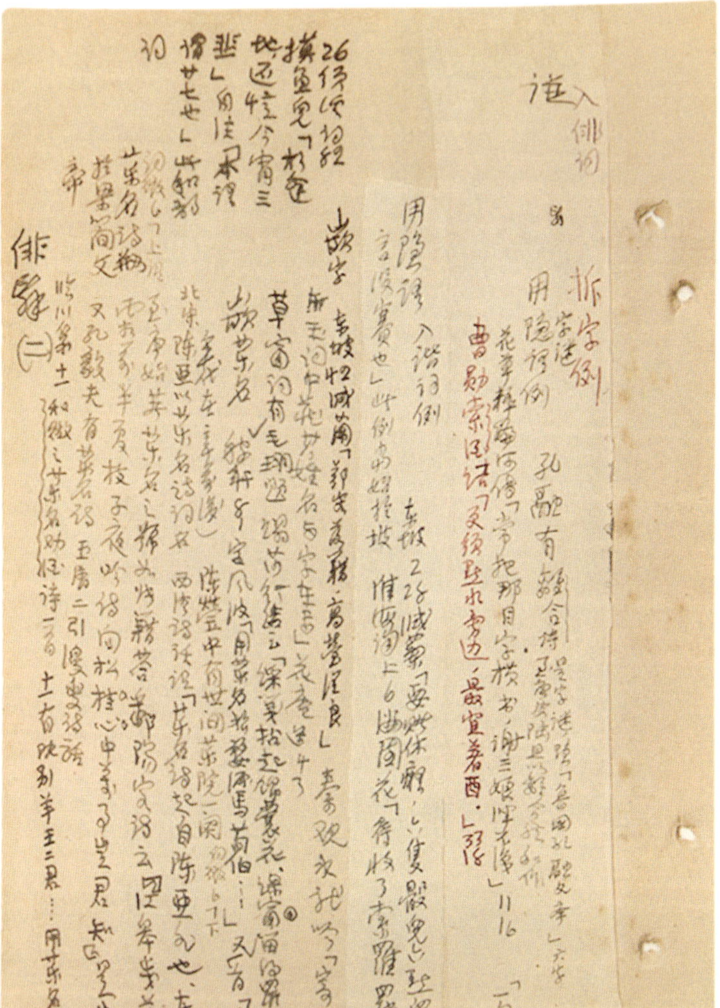

俳例
拆字例
用隐语例
孔融有离合诗
用隐语入俗词例
俳录（二）

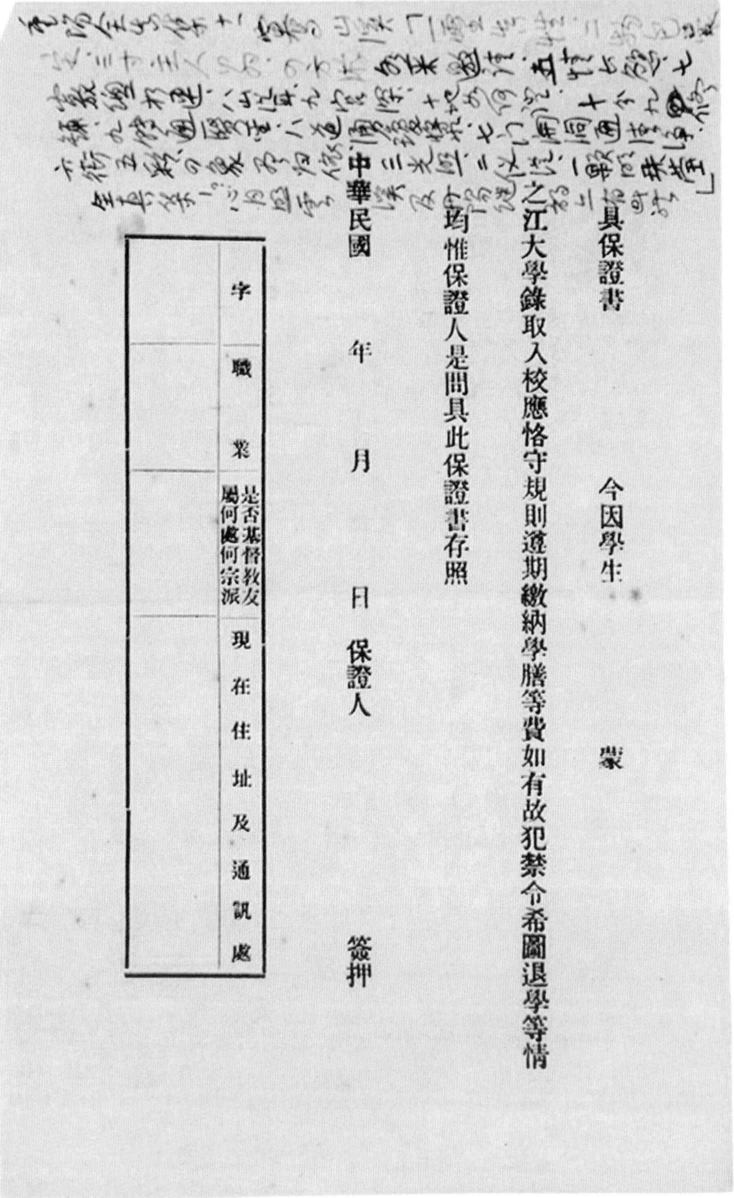

具保證書　　今因學生　　　　蒙

之江大學錄取入校應恪守規則遵期繳納學膳等費如有故犯禁令希圖退學等情

均惟保證人是問具此保證書存照

中華民國　　年　　月　　日　保證人　　　　簽押

| 字 | 職業 | 是否基督教友屬何處何宗派 | 現在住址及通訊處 |
|---|---|---|---|
| | | | |

又以每同玄金五集（全真道人）有拆字格，其体以结字之偏旁、[illegible]字句末[illegible]
木字起」，词云「访庚申度造化」，[illegible]「人真字[illegible]」，[illegible]
句末年体」，[illegible]把握下好香饵。
字之另客。傍灵树金间隔真修鍊。凡例珠光萤旌庵隔，旌[illegible]灵焰真灵客。
偏旁，每句上字者作下句之首字。隔（心）求寸禄，人休闲（心）卿[illegible]偏[illegible]仙[illegible]修仙字，[illegible]行真息」「拆心字
作下句
之首字。
起」卷十咸（心）「拆刂字起」「（刀）堂[illegible]后玄机宜再寄，上田田，了[illegible]
功成白[illegible]中莲缠，[illegible]为仙真失陷。了心休，[illegible]海情的祖剑！又一首「拆口
易铭断字[illegible]侍[illegible]天际，心金[illegible]补缀白线[illegible]陆针编我心，灵台影。入刀圭径可
竹柏宇[illegible]饮太[illegible]为[illegible]观七宝宫」咸[illegible]「拆丿字起」
青柳楷字起「访[illegible]成造化，[illegible]修鍊[illegible]表[illegible]真水，纪去后，[illegible]子拨
东西人[illegible]贤不面，[illegible]修鍊左三关，人真宫，[illegible]牛[illegible]放心闲」又首「拆全字起」
铁」卷十咸「拆木字起」卷七[illegible]「[illegible]」「折[illegible]字起」「（[illegible]）公[illegible]好
以内姹古知姹[illegible]
「姹姹真」[illegible]人[illegible]大[illegible]女[illegible]大[illegible]千[illegible]灵苑。[illegible]
云铺地丹[illegible]子观天[illegible]华（[illegible]）有三生君者[illegible]，（心）中[illegible]烟霞」
此体始[illegible]见于王嚞重阳教化集二有[illegible]「拆起早字」云「（早）[illegible]
要[illegible]时，（曰）[illegible]明北道（胃）脑（[illegible]）脑（月）[illegible]草」（指[illegible]中[illegible]
渐悟集有此名拆字」词实「别南京拆字」是

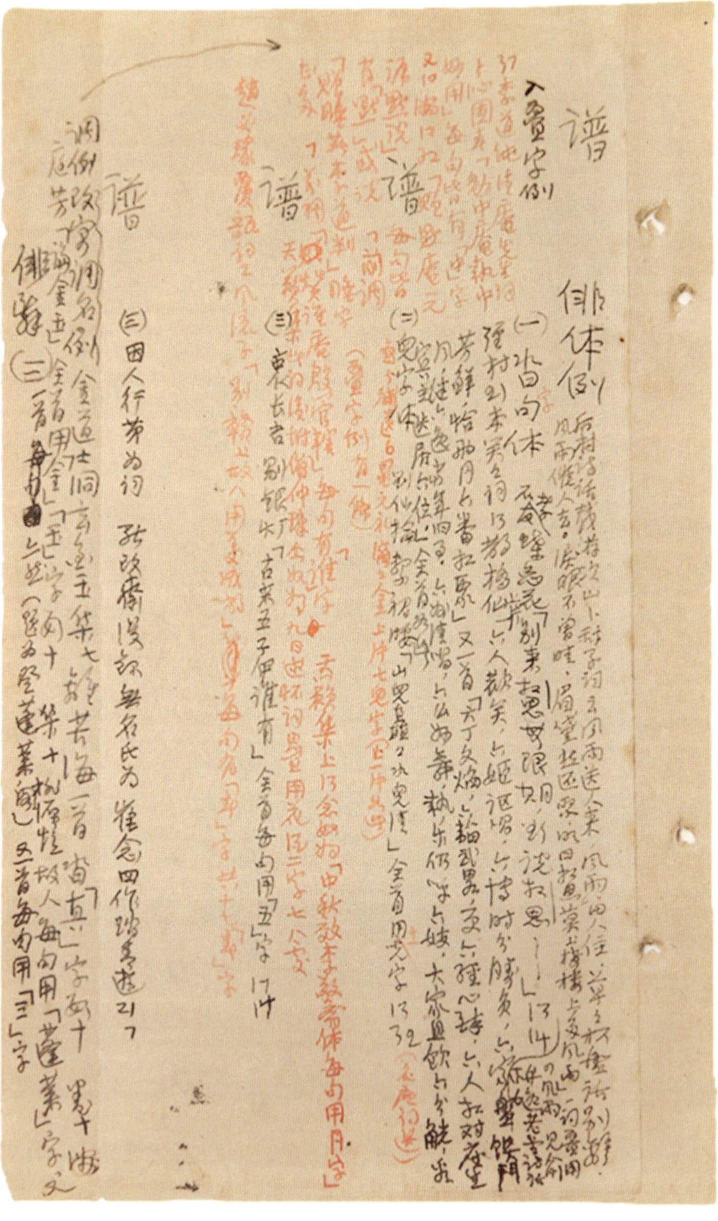

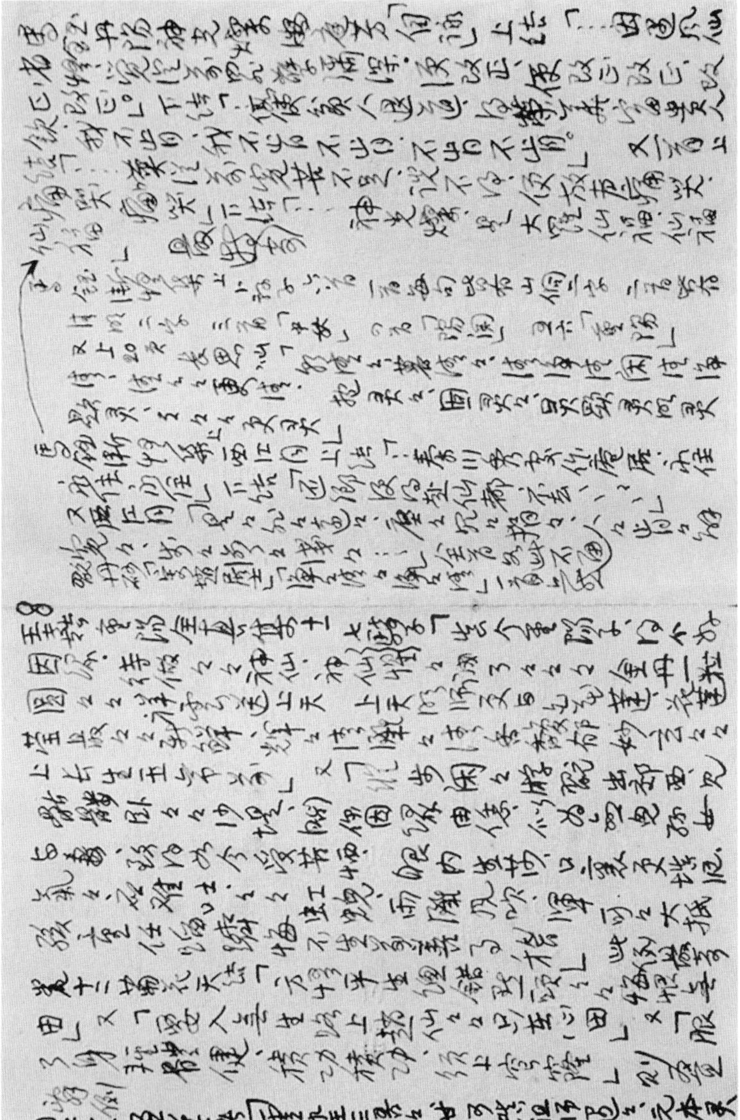

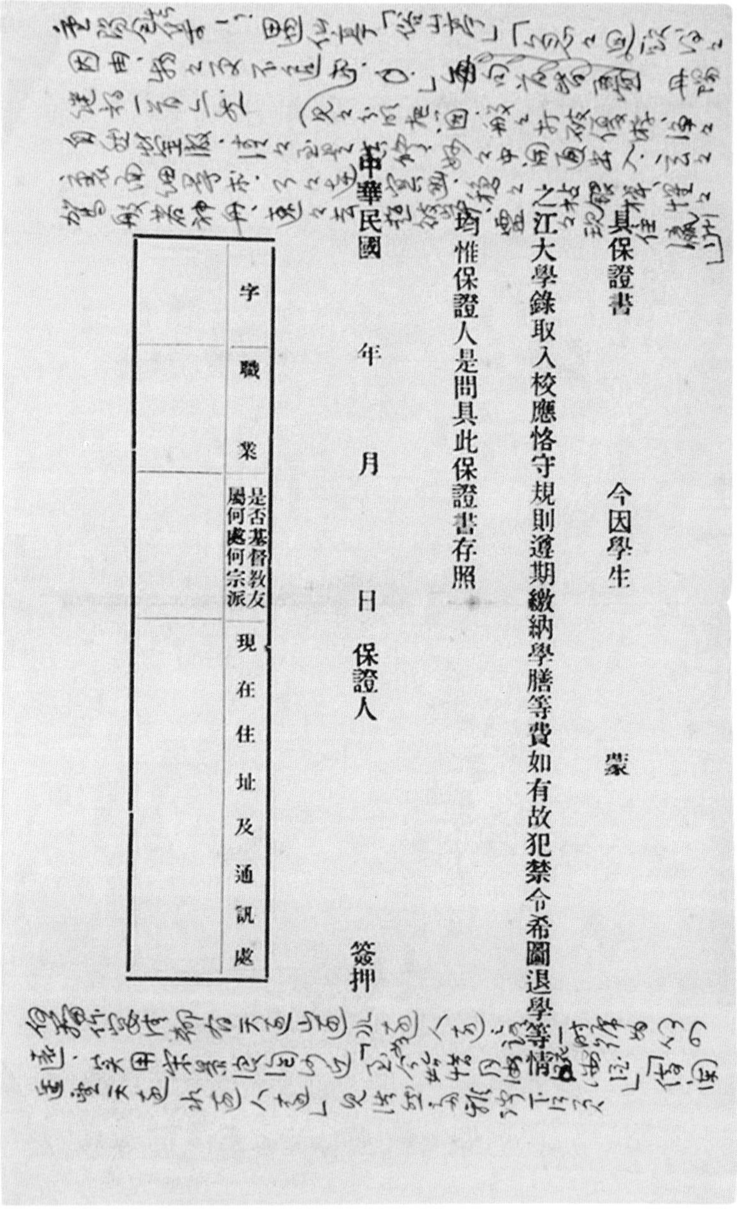

具保證書

今因學生　　　　蒙

之江大學錄取入校應恪守規則遵期繳納學膳等費如有故犯禁令希圖退學等情

均惟保證人是問具此保證書存照

中華民國　　年　　月　　日　保證人　　　　簽押

| 字 | 職業 | 是否基督教友屬何處何宗派 | 現在住址及通訊處 |
|---|---|---|---|
| | | | |

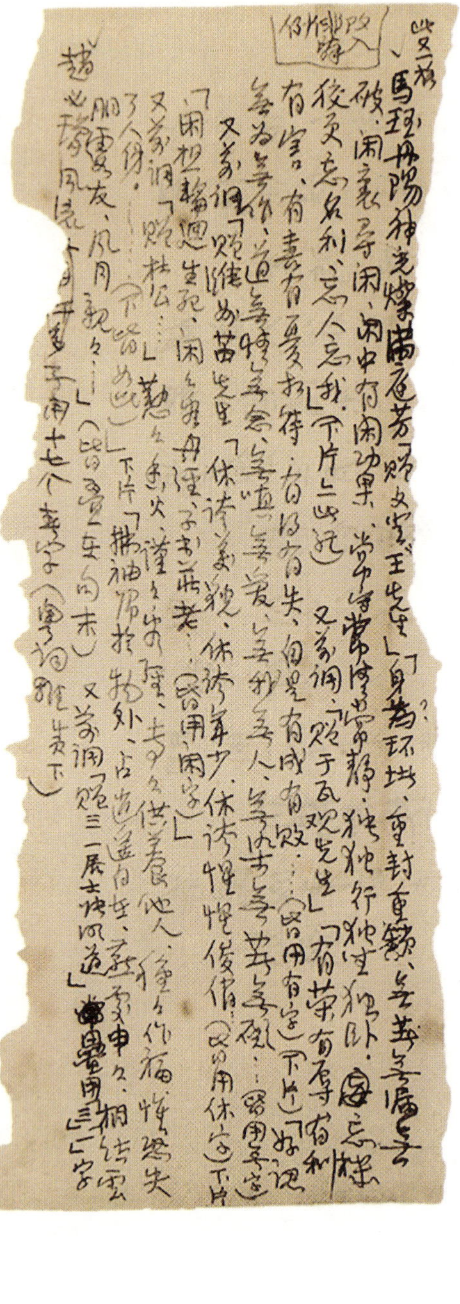

仍作附錄收入

此又一格、

馬鈺丹陽神光燦「滿庭芳」「贈文登王先生」「自為環堵、重封重鎖、無著無爭無漏無

破。閑裏尋閑、閑中有閑功果、常常守常常靜、獨獨行獨坐獨臥。寧忘機

役更忘名利、忘人忘我」（下片亦此例） 又前調「贈于氏觀先生」「有榮有辱有利

有害、有喜有憂相待。有得有失、自是有成有敗。……（皆用有字）（下片）「好認

無爲無作、道無憎無念、無喧無爭、無我無人、無得無失無嗔無礙……（皆用無字）

又前調「贈蘭苗先生」「休誇美貌、休誇年少、休誇惺惺俊俏」（以下用休字）下片

「閑想輪迴生死、閑閑來尋丹經、了却殘老……（皆用閑字）」

又前調「贈杜公……」「懃懃息火、謹謹守隄、苦苦供養他人、積積作福、惺惺遠失

了人我……（下皆如此）」下片「拂袖歸於物外、占逍遙自在、熟熟參申申、捫捫結雲

朋雲友、風月親親……」（皆疊一字句末） 又前調「贈三一居士傳同道」此曲疊用「三」「一」字

趙必瑑……風流……疊用十七個年字（覆瓿集卷下）

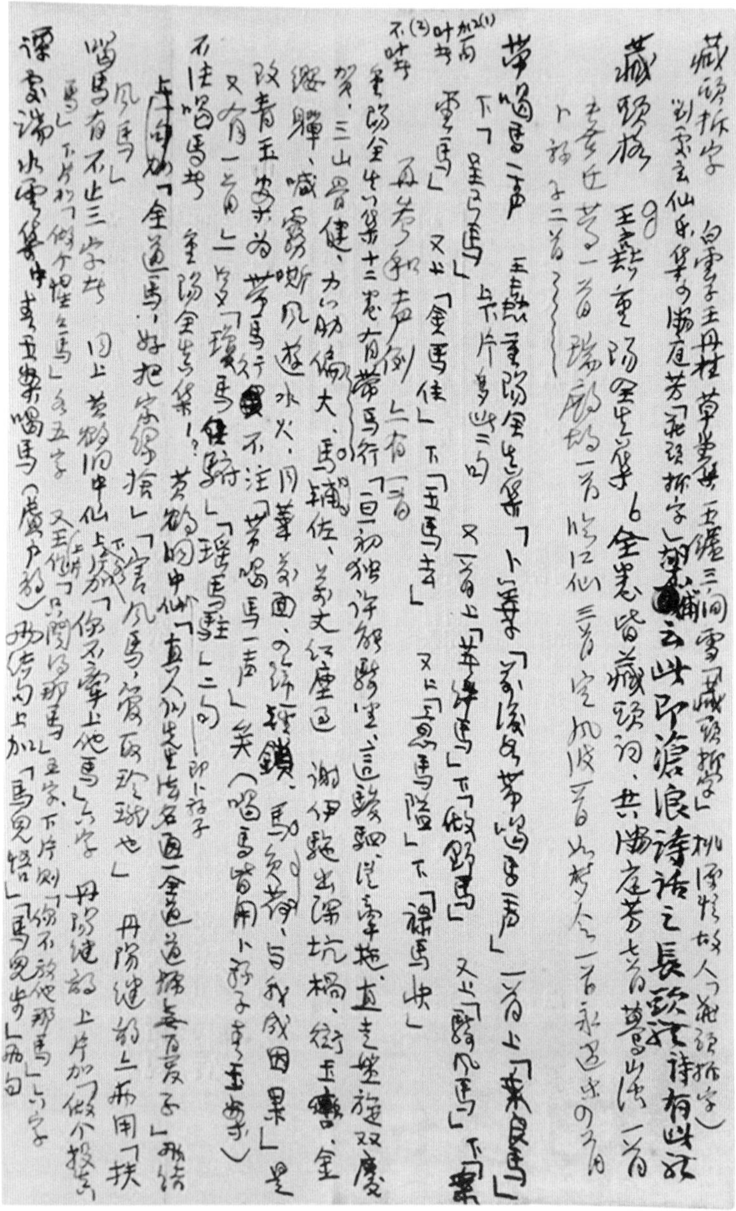

藏頭拆字 白雲子王丹桂草堂集有玉爐三洞雪「藏頭拆字」 桃源憶故人（藏頭拆字）

劉處玄仙樂集有滿庭芳「藏頭拆字」[illegible]云此即滄浪詩話之長短詩有此體

藏頭格 王嚞重陽全真集 6 全卷皆藏頭詞，共滿庭芳七首、蘇幕遮一首

[illegible]一首 瑞鷓鴣一首 臨江仙三首 定風波一首 如夢令一首 永遇樂四首

卜算子二首

帶喝馬一聲 王嚞重陽全真集「卜算子「前後片帶喝馬一聲」」一首上「乘良馬」下「[illegible]

下「呈駿馬」 每片多此三句 又一首上「牽牛馬」下「傲野馬」 又上「騎風馬」下「[illegible]

雲馬」 又上「金馬佳」下「玉馬走」 又上「思馬蹬」下「祿馬快」

再考和聲例 上有一首

重陽全真集十三卷有帶馬行「旦初獨許般騰、言道瑤鞭，怎拿把直志望旋双慶

賀、三山晉健，加助偏大、馬輔佐、並文紅座回 謝伊輕出深坑橋、行玉轡、金

纓轡、喊霧嘶風 遊水火，同華蓋圖、也須鎖，馬兒蹄，与我成因果」是

改青玉案為帶馬行 不注「帶喝馬一聲」矣（喝馬皆用卜算子者未要）

又有一首上二句「瑤馬駐」「瑤馬駐」上二句 ―即卜算子

不佳喝馬者 重陽全真集一? 黃鶴洞中仙「真人仙先生名通一金道道歸無百歲子」兩結

上片句「全道馬，好把家緣捨」「害風馬，實敢玲瓏也」 丹陽繼韻上兩用「扶

風馬」

喝馬有不止三字者 同上黃鶴洞中仙 上片下片加「你不牽上他馬」六字 丹陽繼韻上片加「做个投

馬」下片加「做个懽乞馬」五字 又王但「只鬧他那馬」五字，下片則「你不放他那馬」六字

譚處端水雲集中 有「五更喝馬（處戶的）」兩結句上加「馬兒踏」「馬兒步」兩句

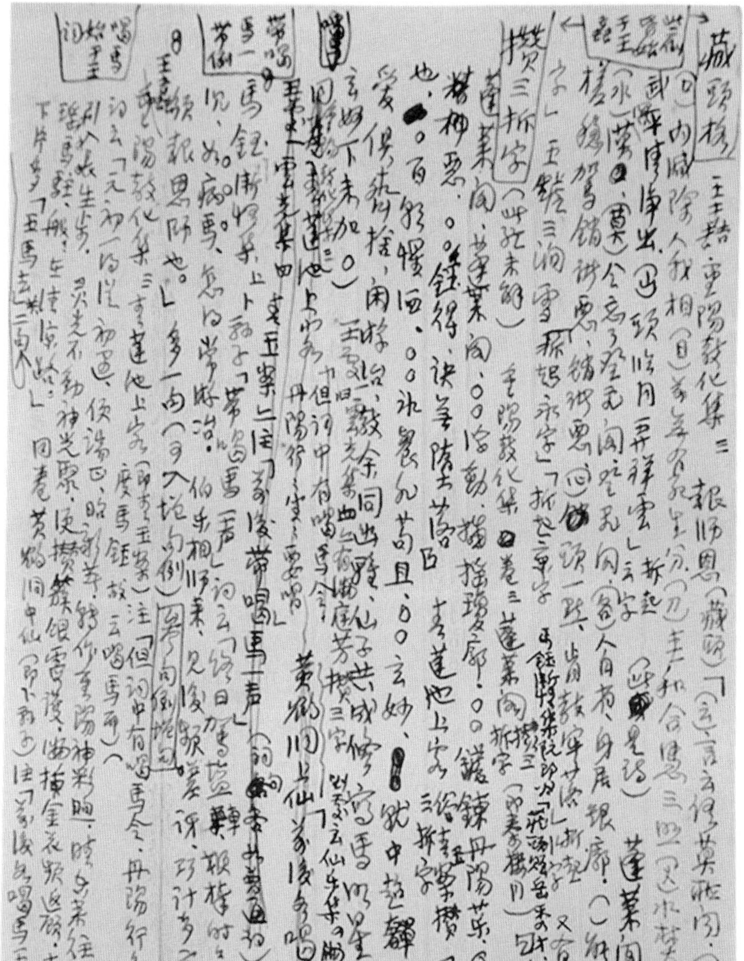

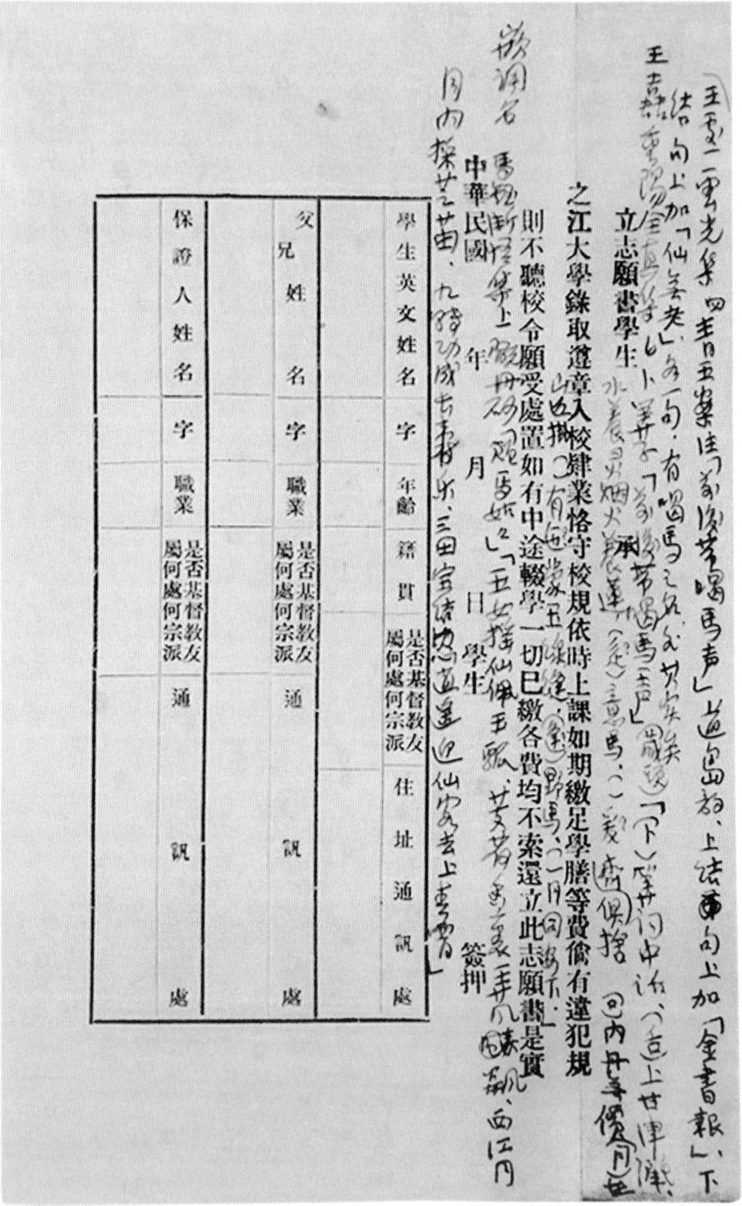

立志願書學生

之江大學錄取遵章入校肄業恪守校規依時上課如期繳足學膳等費倘有違犯規則不聽校令願受處置如有中途輟學一切已繳各費均不索還立此志願書是實

中華民國　年　月　日　學生　簽押

| | | | | | |
|---|---|---|---|---|---|
| 學生英文姓名 | 字 | 年齡 | 籍貫 | 是否基督教友屬何處何宗派 | 住址通訊處 |
| | | | | | |
| 父兄姓名 | 字 | 職業 | 是否基督教友屬何處何宗派 | 通訊處 | |
| | | | | | |
| 保證人姓名 | 字 | 職業 | 是否基督教友屬何處何宗派 | 通訊處 | |
| | | | | | |

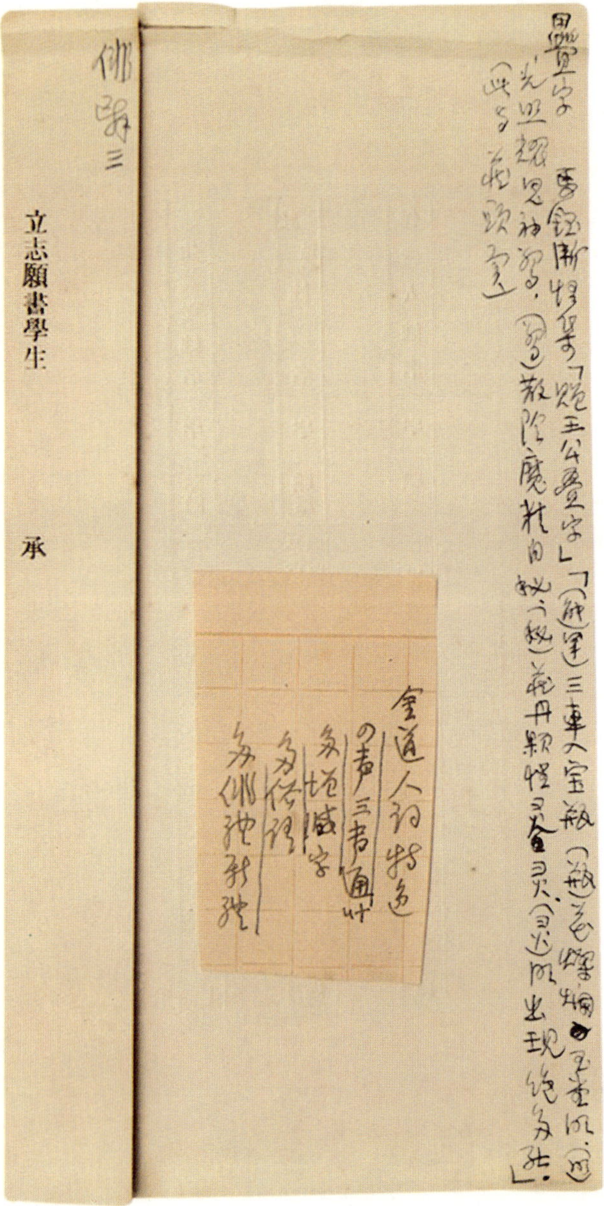
立志願書學生
承

俞弁逸老堂詩話下「近見天全翁徐武功墨迹一卷於友人家，筆畫欹斜可愛，其詞云「心緒悠悠隨碧浪，良宵出鏡長亭，丁香暗結三三中情，月斜門半掩，才聽斷鐘聲。耳畔盟言如草草，十年一夢堪驚，馬蹄何日到神京，小樓松徑斜山　山遠路難憑」其詞句句首尾字連續，故名之為玉連環。此詞格自天全翁始……」「武功伯徐公，天順間遭讒被逐，放歸田里，自號天全翁」亦見同書。

碧雞漫志二、王荊公長短句……猶記宋人為滑稽語者，黃山谷「晚年閑放於狹邪，故有少疏蕩處。……趙德麟、李方叔……晚年皆荒醉汝潁京洛間，時時出滑稽語……王輔道、履道善作一種俊語，其失在輕浮……田中行極能寫人意中事，雜以鄙俚，曲盡要妙，當在萬俟雅言之右。然莊語輒不佳。……」

（萬俟）雅言初自集分兩體，曰雅詞，曰側艷，目之曰勝萱麗藻。後召試入官，以側艷體無賴太甚，削去之……

「長短句中作滑稽無賴語，起於至和。嘉祐之前，猶未盛也。熙豐元祐間，兗州張山人以詼諧獨步京師，時出一兩解。澤州孔三傳者首創諸宮調古傳，士大夫皆能誦之。元祐間王齊叟彥齡，政和間曹組元寵，皆能文，每出長短句，膾炙人口。彥齡以滑稽語噱浮同朝，組潦倒無成，作紅窗迥及雜曲數百解，聞者絕倒，滑稽

等艳之先也。…… 同时有张衮臣、杨组之流，亦供奉禁中，谱曲子
时观察。其后祖遇、苏黄、娄戴仔时，古所未有。……」
此可见北宋词人习俗之风气
碧鸡又云曹勋刻姑父组之集，欲盖父之恶，「近有旨下扬州毁其
板云」政府禁俚词亦一趣闻也

叠字
另金钗断情集下 苏者卿「自家风」「凡我」二首每句皆有风字，「自戒」一首上片皆
有不字 此亦蛇於王喆
王喆重阳全真集 十二卷 作令「竹字」，窃搞，又竹作大碗，常将手盟……（下略） 木鞋
蔽脚只熟暖，木做无鬼镜磨得圆溜……」上片每句皆有竹字，下片皆有
木字 十三卷 浣溪沙「重九日」云「金屑泡嗟金马传……」每句皆有二金字，所
谓一个词儿十二金
俳词以沈佺期回波词为祖 词苑萃编22－1上 唐人多俳词如裴諴 萃22－1上
王特起贺人生第三子要用三「 」字 萃编22－6上
直叙始于宋陆蒙荣名诗一卷

歐陽修　黄庭堅謂東坡水龍吟詠笛「嚼徵含宫，泛商流羽，一聲雲杪，為
使君洗盡蠻烟瘴雨，作霜天曉」，「五音已用其四，惟少一角字，末句霜天
曉，歐陽一角字」　苕溪四十七下
山谷「無恨一生堪有，破除若了無遺」　東坡笑為歐陽郊五　詞苑苕溪四十七下

改昔日詞為俚詞
陸游知之年士子改蔡山谷知二年以來禁挾書，士子改作全文字為詞，落
李嘉臣改東坡詞詠西湖早

詞調曲名
見梅窗紀岩二茂篇有驟雲主張幽居芳集曲名（出于市井）已採在詞選第二部

堆絮体　詞總圍談詩二10下　此宋人未有

集詞調名　清人作　總圍39下

通格　賦蕃山莊詞話四3下「曉任叔四有平仄二說，新板格填，用宋の時音乐行，一闋前後若乐分押用為
通格新格」詞苑別調也」

20

奇辭

劉學箕真珠簾詞：「夏至」以雁度比夏天，可謂奇想。

楚辭〔王逸注〕備述此又山谷定風波「歌舞闌珊若摘茄」，枝今年歡是去年枝，莫是

東坡新料理，又比擬之妙。亦云：「疾有依時」

夢窗紅窗迥：「晚夢先遊，把將早風吹」。重於「傾際被」。

寫詞中少用

37 懷道德度處先生詞6：「圖新賦圖腐藉大師」（琬道人題）下片以交媾為

吟，七字：道家丹法以交媾為喻，不知者以把作附

袁去華宦鄉詞以踏橋似七夕，下片眼穿腸斷，一夜又今夜，且將常期兩全　二標

淮娥同雲為宦，賓上為床，兒同睡，下片云：夕何須女郎代柱

世宗三藏方岳秋夜詞咏月「問月」以娥眸子比月，語由月明于今日　又楊

「月」對「論」月上何往時，幸人同井水乃霜」，與此事皆（三）又沈瞑例

又20 詞名集 詞徵中多採

韃韜 詞苑萃編21 11上　播曲 同上　泥人 泥人姥子 同上21•11下　蘿江 同上

孟婆 同上21 12上　心字香 同上　磨月 同上21 13　賣雨 同上21 13下

王易 詞曲史

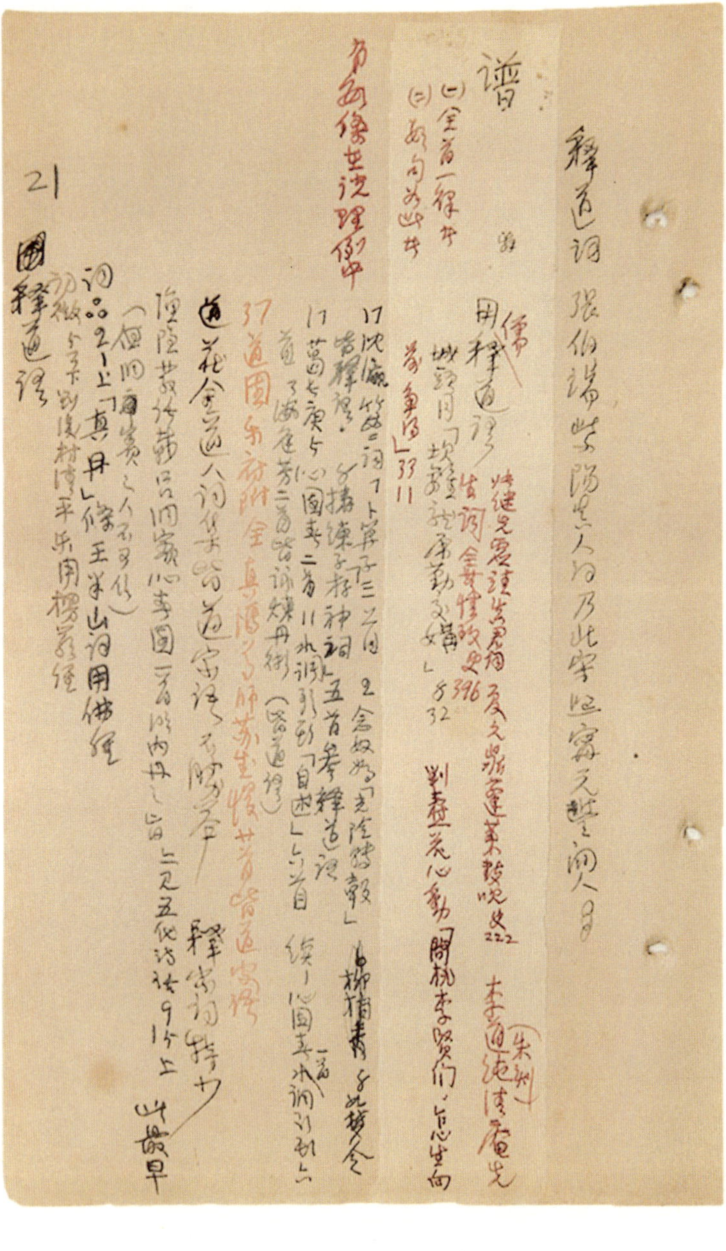

釋道詞　張伯端紫陽真人詞乃此宗道家之鼻祖人物

譜

(一)全首一律者

(二)每句如此者

用釋道語（佛）

北徙見虞集道園學古錄　金史文藝傳

金詞　金世宗修政史396

劉秉忠心　李道純清庵先生

17 沈瀛竹齋詞「卜算子」三首　2 念奴嬌「先隆驛」

17 葛長庚與「沁園春」二首 11 水調歌頭五首

37 道園書附金真隱之師荡坐懷

道花全道人詞集皆道家語

陸陸游「沁園春」一首

詞品 2-1 上「真丹」條

21

釋道語

呂洞賓有律詩詞各首，見道書全集，其真偽不可知，若真為千古

詞家別開生面矣。見詞刊于紀楊昂霖讀詞雜記

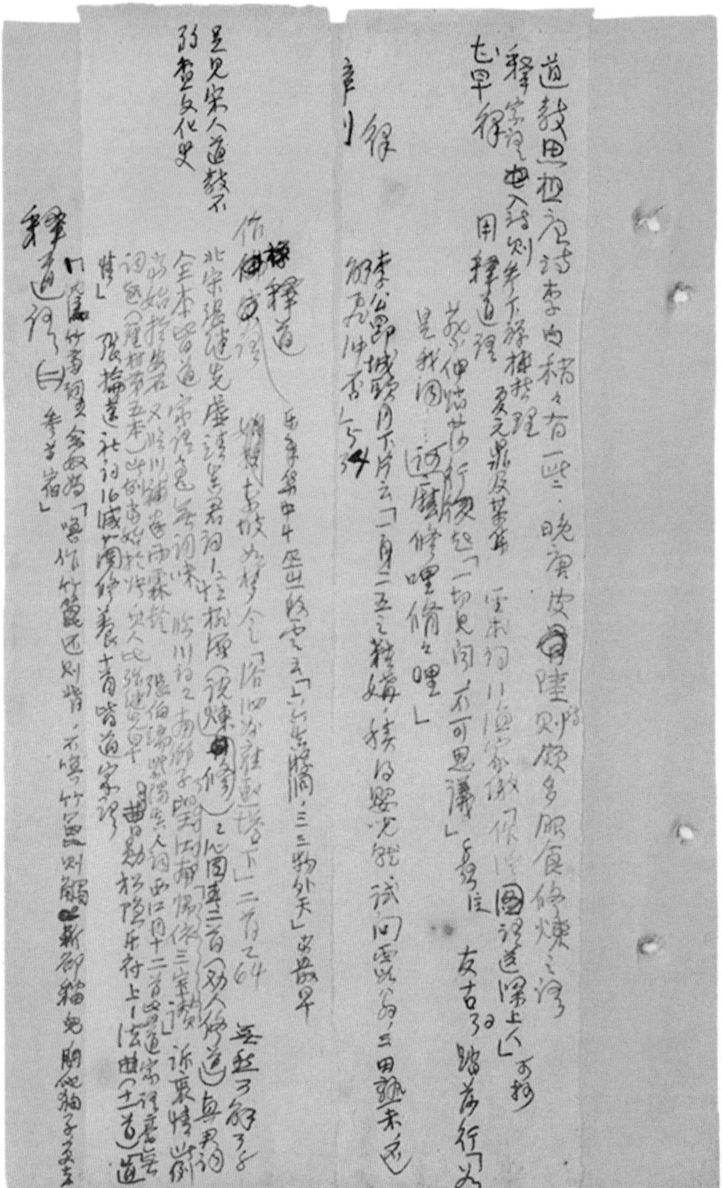

道教思想，唐詩李白稍々有一些，晚唐皮日休、陸龜蒙則頗多服食修煉之語

是見宋人道教不弱，查文化史

北宋張繼先虛靖真君詞

20.廣行之有普菴錄一心圖，有「直下承當……」　21.方壺錄有一心圖，有長序百

八十餘字論道佛詞亦然

22.23 董道葉[illegible]收一心圖和合回文　又[illegible]

31 李道純(號清庵)清庵先生詞，全卷皆道家語

武古堂書考十六　白雲法師望江南「淨土詞十二首」「西方好」起六首　危稹「安樂吉」起六首

王荊公效寒山詩之援佛語入詞，為宋人別開生面，而道家全真集純

陽呂先人金集多詞，尤在荊公之上。揚詞家彙刊二卷之[illegible]　楊勇

霽樓[illegible]詞雜記

此說見於枝山[illegible]集詞，有和唐道園[illegible]為師苏武慢十二首，林同寫感集六首八

首(趙[illegible]的詞提要)

禪偈語入詞
如于半山
東坡[illegible]詞中作[illegible]西江月

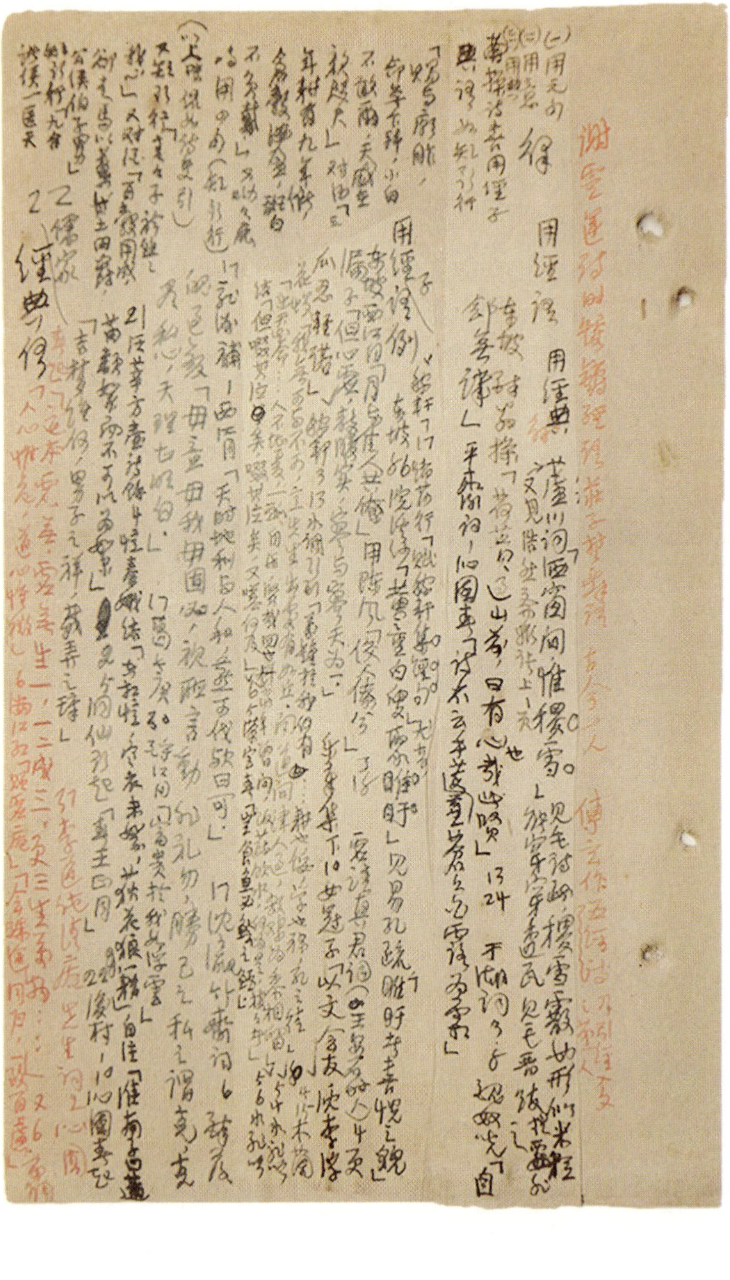

下二匡寺下，不以丘峯正而不傳，其后傳稱（錢行行兼二首，錢公用錢傳文）

梁啟超（葉嘉瑩述）謂傳真疑係黨在「不用謹嚴中生碎窖面」，又一首「乞巧」「少別日」……」 葉嘉瑩

詞中新用林〈解〉，「後也錄、字也搽、孔又徑」

四四仁見「並存其事曰可」

陸仲宇夜游宮詞用樓雪凡七詩詞（詞苑萃編21 10下）詞品3 9下，

楊新用樓〈解〉詳見錢綱「春已寒」「休說，春未來，當日月星」，恨與東風別，心隨蝶夢，又作恁

根，恩不切言題說」

詞徵5 7下 陸永仲夜遊宮詞用詩疏 影響比諸以為院郎宗作 例

诠

用文句例 词用诗句者多，用文句者少 全芳备祖[illegible]「与夫向晚苞园客，不必芳风折芳旗」1915

诗中有用文句者 词中则少有

用文句 郑峰真隐词2.10 满庭芳 咏湖「正好厌厌夜饮，都宜[illegible]个人，夫何故[illegible]」 14 八声甘州「[illegible]有[illegible]壁之[illegible]」 [illegible] 2.6 [illegible]「[illegible]」[illegible]

用文句 芬亭[illegible] 稼轩 6.4 [illegible]「不[illegible]为雨，雨者雲乎」 6.5 [illegible]「[illegible]」 6.9 [illegible]「[illegible]千里[illegible]」 6.18 [illegible] 10.11 [illegible] 补[illegible]「[illegible]」

懒[illegible]词 6 [illegible]「[illegible]」 16 竹屋 9 生查子「[illegible]芳，笑[illegible]」 [illegible]「[illegible]」 17 [illegible] 下[illegible]「[illegible]」 17 [illegible] 19 [illegible] 26「[illegible]」 [illegible]「[illegible]」 [illegible] 19 [illegible] 20 [illegible]

23

用文句（[illegible]） 22 [illegible]村 1 [illegible]「[illegible]」

1「心固無也」「我辭此來，於宇宙間，有功於從」 2「無如為己者」「嘗試詮次眾芳，梅花為可伯仲之間耳」 25本堂詞中心固無法「要將常隨我，不物之隨」

弘夫家乙集沁園春「人之天下，白刺而已，何以平哉」 方岳秋崖詞心固無「問今何處心」（「壽梅尚書」）

陳人傑龜峯詞沁園春「歸去來兮，噫其已矣，子其休矣。有如此侯，其雨其僑，之何不竟」「政須卿筆，作我去歟，惟汝諧」 6 系詞

起「子嘉此夫，宜自無之木，有棟不才……老子從之，儻游久矣……天於我學何故哉……」 13 程

江月「使吾知子，民其勞止」 叶恭宅芳詩「余其有腹，是腹之則予所」 11 瑞鶴仙壽某提刑

每句皆用「世」字，多首句自序語「……」，旧為場屋士子不能作詞，輒以四六文作，故謂兩腔之作

意」

劉義門云：詞人用語助入詞者甚多，入豔詞者絕少，惟秦少游（清秦人詞）詞則和衣擁我

「大多之，則字上便見此詞」 詞話亦可引 稼軒則字即使海詞則字作即字

萬氏詞律 2/27上「雪坡心固無，壽問其探花（用蓋字）……」 已移在詞語例

況蕙風 此用蓋字為絕者，不知他人尚多有

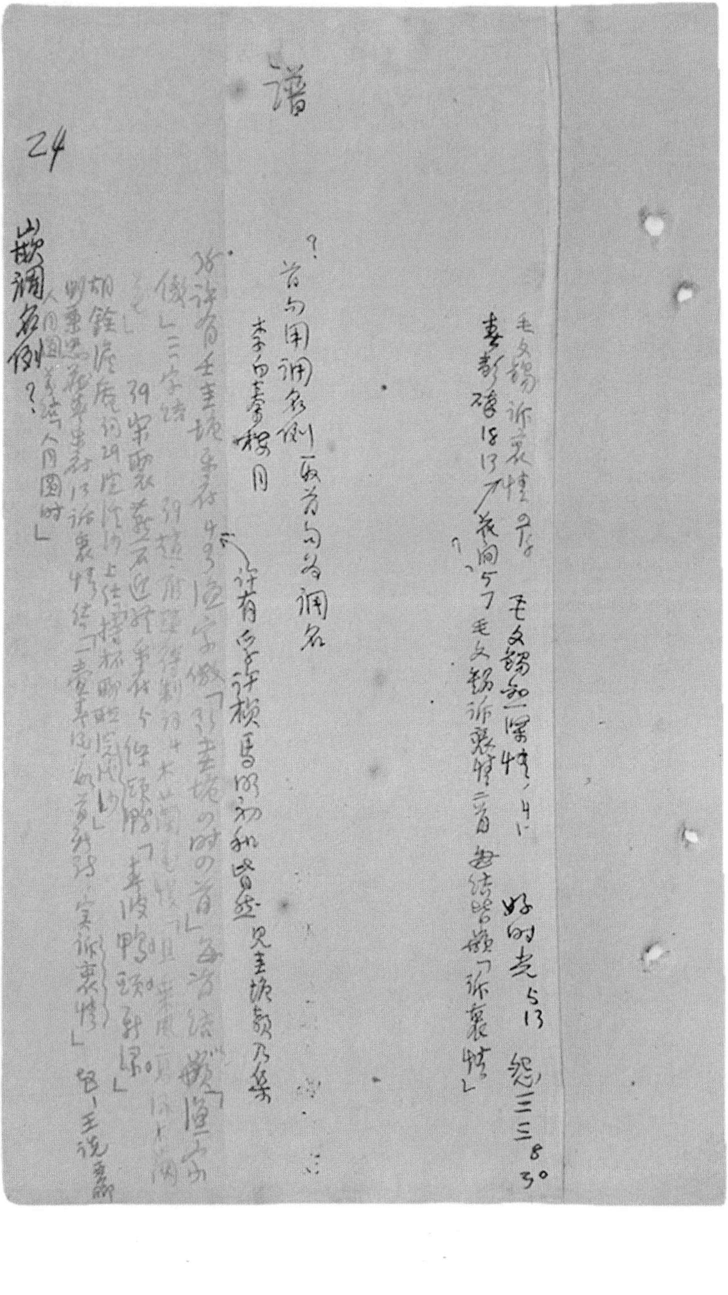
24
譜
首句用調名例
毛文錫訴衷情
李白菩薩蠻

(一)咏本调名　陆奎情安结的，晚池内结「折花调得诉衷情」。又临江仙结「临江仙，作酒事」
(二)咏别调名　空怪龟寿，如中调中广宋时之木兰花，後结「木兰花慢敲声」

金道士马钰洞玄金玉集七改黄鹤洞中仙为黄鹤洞仙，上片即咏此调（见改字调名例）
王嚞重阳全真集六蓦山溪结云「蓦山苦奇」不离「同尘永逍」
乐云「神仙到彼永逍」又一首结云「长生…蓬岛逍遥永乐」
（古今有其例）又一首结云「欢乐逍遥永久」
则析散只字

王之望漢濱詩餘補遺「搗練子」三首，也名「搗練子賦梅妝換妝」

詞中嵌調名例（二）

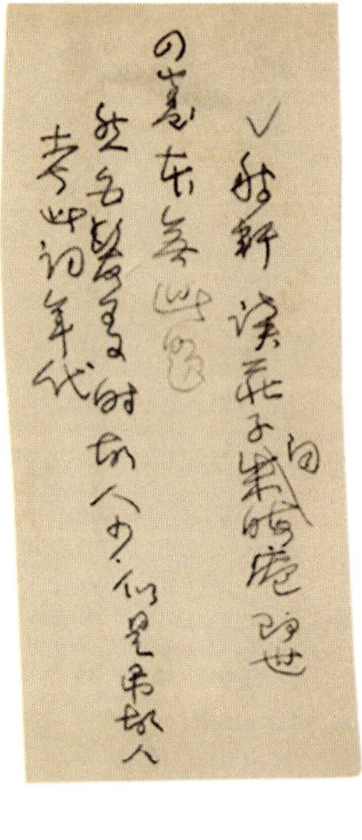

律　润饰堂词例　由堂调音律者传改为仙调　东坡山谷渔父子 1-12

东坡改孟昶洞仙歌　张先词 26页 点绛唇「芒待水月观音为徐师
川恶女嫁此重作一首」此另作

律　增堂词例　山谷词浪翁词天际此志和张渔父原著再增四句

律　增损重调　碧鸡漫志三程　曾端伯增损石曼卿传踏　般涉调排增
霓裳曲

损艺曲为句唱队口号

增减堂词例　东坡说张志和渔父加一句，增二句字韵。3页　山谷以鹧鸪天歌之　此见坡词

第5行　推引下10六从张志和渔父

全芳备祖 廿六页 朱文公水调歌头　檃括杜牧诗

26 张泌词 26 大堂乐改古词「休君铁人间未颇云」「迟更来磨」留此三句为

结句皆改易

不同 如两得(?)　34 朱晞颜泉词 10 大堂乐之结用此三句改

(一)改词自出改调

(二)不改调

25 尊前集 王都尉　檃括人词为增损　推红(??改为17子上)

润饰堂词　增减堂词

花草粹编十引古今词话（见《古今词话》引）一妓为欧公所中伤为时相来拜，止改其阕内之八字，此为改词，与前者不同。上述妓改秦少游「〔？〕水孤村」之词改为所创作

清吴山尊玉案「好良夜灯光簇如豆，占好事，今宵有……」一首任东涧见之，赋《山谷忆帝京》「银烛生花如红豆，占好事，今宵有……」一词而又加节促，亦工绝集句词。吴以谱难出，方措陈西来和词，其为误收他作无疑

合他人数首为一首

山谷合张志和顾况渔父词为浣溪沙　徐师川合张志和渔父词为浣溪沙鹧鸪天者二首（词苑丛谈164上）山谷实旧作浣溪沙渔父词为鹧鸪天

（同上）

蕙风词话2/10下「陈莹中和石湖鹧鸪天云（续）……剩把银釭照，犹恐今宵梦似真　断指用晏叔原……翻入妙不特不嫌陈袭，殊于青胜于蓝」

是成旧調例 或入衍詞例

东山詞金門上片本李賀，门楼中語，下片則作20　东坡之沁园仙引是成王和詞

（據序，是詞止有二句）漫叟詩話謂王和乃王播，李詞此一不足據，當依東坡序

（一）是成詞句
（二）……詩句
（三）用四句七言詩
（四）……七言詩

竹，本黄詞霜天晓角　上片乃既荷辭俗調

32 遂山中9 但指現成惟三御階金飲有遺之增損並由其因為賦也」曲　似乎是

[illegible]

詞同本
調不同本

白无咎折桂令 一百字 二片 [illegible]

老树昏鸦（下近）[illegible]

在天涯」不知 [illegible]

或 [illegible] 177下

王 [illegible] 人詞 [illegible]

增 [illegible] 17）

增減字詞　是成 [illegible]　（二）

36 是他人詞例入此

無名氏改馮延巳長命縷三愿詞為雨中花　陳五愿　郎愿（然改為「平上）

詞源下「大詞之料可以斂為小詞，小詞之料不可展為大詞。」

陳克行和凝詞二片為一片　按古今詞話下4上

碧山「怕此際春歸，也過吳中路，君行到處，便快折湖邊，千條翠柳，為我繫春住。」王通叟「若到江南趕上春，千萬和春住」　參蓮子居 1 12下（花刊）

26

屢用疊句（自己）

屢用疊句

毛卿「蟬鬢美人愁絕」一見更漏子 一見河瀆神。東山詞上之菩薩蠻 初見……

紗窗下繡，寸縫……錯將黃暈壓檀花，翠袖掩，纖纖手」賀方回詞重見

止怡……二字不同，此外九佳句何故兩見 東坡之24南鄉子「風日黃花蝶也愁」又

見九日次韻王鞏詩 臨川3訴衷情……用「……」……山行「……」

稼軒「……我如何耳」 臨江仙「……如何耳」 3.16 玉蝴蝶「……」

佳」 稼軒詞西江……同李用之16……又金印斗大」10.11西江月等

……詞5又11 臨江仙二首 ……作「庭院深深深幾許」

32 送山中10 惜分飛「……」 中13 鷓鴣天 浣溪沙行③

「屢用」疊句 浣溪沙 [illegible]「不如……人」一剪梅 秋娘渡泰娘橋

……蔣捷「紅了櫻桃，綠了芭蕉」「銀字笙調」

心字香燒」又見行香子詞9.27 劉因千秋歲……行」二見 ……

……「柔柳搖搖，墜輕絮無影」……集中有16.3。……「芭蕉

不展丁香結」12.2 ……「一寸橫波入鬢流」39南鄉子……

見橫波入鬢流」

……

無者李……另錄此詞者

丞王校勘七種版所

須商榷後錄定之

於……集中「一寸

凡見……千里……

……」之例

8

17 葛长庚（玉蟾先生诗余）与心园春「嗟胡蓉之」「要做神仙……」与贺新郎同调「要做神仙……」一首，字句多同 又6 水龙吟「雨后春容清更丽……」（此句绝妙好词作钟之青）与同调「茶经」一首，亦字句多同

14 刘因樵庵乐府 南乡子「手拨世间纷，将大平平看不成（生）」，又一首亦改拨为去 17 李道纯清庵先生词 了心园春「把教人手段，轻轻拈出，活人刀子，慢慢教来」 又19 满江红「犹把教人刀子，学活人手段轻拈出」 又11 满庭芳「我把活人手段，杀人刀，慢慢教看」

18 乔吉集 14 小调的一般法「破重嘉薇衣，而画风流样」，子同调法同 3 10 会以为[illegible]云[illegible]梁[illegible]（[illegible]）」二句 黄[illegible]12 蓦山溪「[illegible]风流」结「[illegible]潇洒[illegible]，要使到云意，稳缩利，更斩[illegible]一车书，道」「要休[illegible]」结只改「且[illegible]一茶[illegible]」[illegible]「[illegible]」改「[illegible]一车书[illegible]」为「雪[illegible]狂[illegible]」[illegible]

十驾斋养新录十六、十六一集中重複句条 偏举岑参许浑深用之言及其中重用「句中语」「[illegible]」[illegible]之句，不嫌重用」

许浑集多用水字，人云许浑千首湿，罗隐诗篇篇皆有喜怨哀乐心志去就之情，而率不离乎一身，人云罗隐一生身。又云杜甫一生愁。又的诗话卷七引桐江诗话 张山堂词话之出下说 厉鹗宋吉[illegible]周密[illegible]兰[illegible]四[illegible]出也会全[illegible]白莲词同调[illegible]句，用此句知为[illegible]之[illegible]

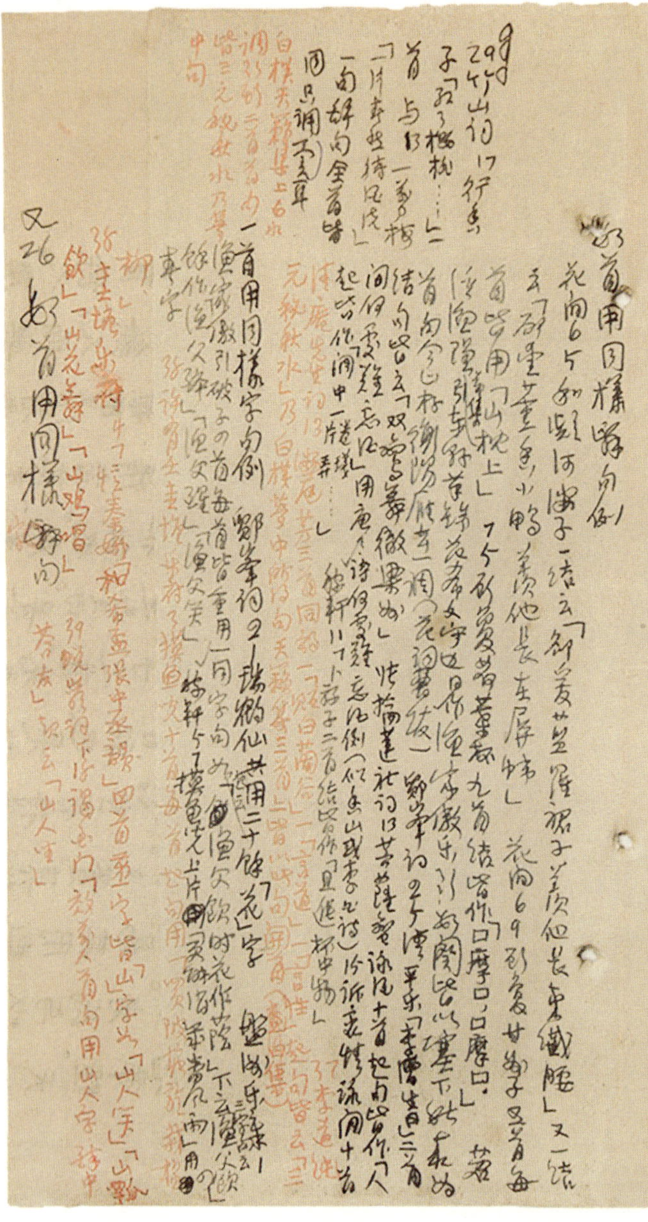

(一)在一片中相往者

[illegible]詞[illegible]臨江仙云「庭院深深深幾許」，用[illegible]句

[illegible]詞[illegible]十[illegible]（又[illegible]同調六首以[illegible]起）[illegible]梅[illegible]用「[illegible]」「[illegible]」

(二)[illegible]

吳[illegible]詞[illegible]金門[illegible]首[illegible]「如何[illegible]」「如何樂」「如何快」「如何[illegible]」

[illegible]卜算子「飲[illegible]」「飲[illegible]」「飲[illegible]不[illegible]」三首[illegible]

(三)用成句

[illegible]林中物」

[illegible]張[illegible]天[illegible]西湖十景詞十首[illegible]用「[illegible]」「全[illegible]」

「[illegible]」「[illegible]」「[illegible]」「[illegible]」以十首[illegible]樓作收，以樓為中心

(四)[illegible]

[illegible]創格也

小令用二句同樣句法

[illegible]「[illegible]」[illegible]首結亦皆云「天[illegible]」

用[illegible]都[illegible]不[illegible]同一語」[illegible]云「[illegible]」[illegible]來[illegible]

[illegible]用、[illegible]與君同一語

式古堂叢書十六白雲法師[illegible]南淨土詞十二首，其前六首起皆云「西方好」，只後六首起皆云「娑婆苦」。[illegible]元詞

許有壬圭塘欸乃集和人六首摸魚子，皆用「買陂塘旋栽楊柳」

馬鈺丹陽神光燦，凡百首，結末三句時用「神光燦」三字

王嚞重陽全真集「搗練子」「猿騎馬，呈顛傻，難擒捉，怎生捨。」（此曲又有十三首亦多複句）

哩囉哩凌，哩囉哩凌，哩囉凌、、」共十二首，結皆作「哩囉凌、、」

同上卷八 西江月「四假」「七數火風地水，爲伊合造成形，教人受苦

日常經，攢入味多說職，獨我搖頭不管，終久居止黃庭，自然

闌客聚真雲，五色雲光變定」　又「の民」「の害」「の方」「の時」

「の宝」「の物」「の果」「の濠」「の昔」共十首皆作「独我搖頭

不管」　卷十三 川撥棹「一更裏，[illegible]象列……向地方也玉花結綵

二、、、　天河流無[illegible]……向西方々々々

三　銀蟾圓不缺　南

の　斗牛光共燦　東

魁罡無[illegible]　中央

……皆風鬼乞伍說綵」　此皆同文者

（一）在一定地位
（二）否

27

用一定辭句

用一定辭句例（徐）顾夐甘州子五首皆用「山枕上」三字 1-27 东坡自己
[illegible]特嘗用「采菱拾翠」七句[illegible] 128 張[illegible]「安陽好」逃禪詞[illegible]
江南の首起皆作「鍾陵好」 [illegible]詞 21 [illegible]云起皆云「何處[illegible]」
六一詞、采桑子十首皆用「西湖好」 [illegible]定風波の首每起「[illegible]公君」
[illegible]君詞「[illegible]」十三首起皆「[illegible]好」

[illegible]詞上之[illegible]「西湖[illegible]」[illegible]大席上[illegible]映山[illegible]起句。又
[illegible]一詞」又一例
[illegible]詞[illegible]云「不見，不見」（[illegible]）[illegible]
[illegible]二首[illegible]即以調名不見[illegible]
[illegible]七引古今詞話[illegible]
[illegible]」[illegible]二首[illegible]皆作「東風依夜」
（因只用此調及此首の字而不和韵，亦和詞之別體也）

詞徑刑釋 477 [illegible]采菱拾翠[illegible]
[illegible]「[illegible]」

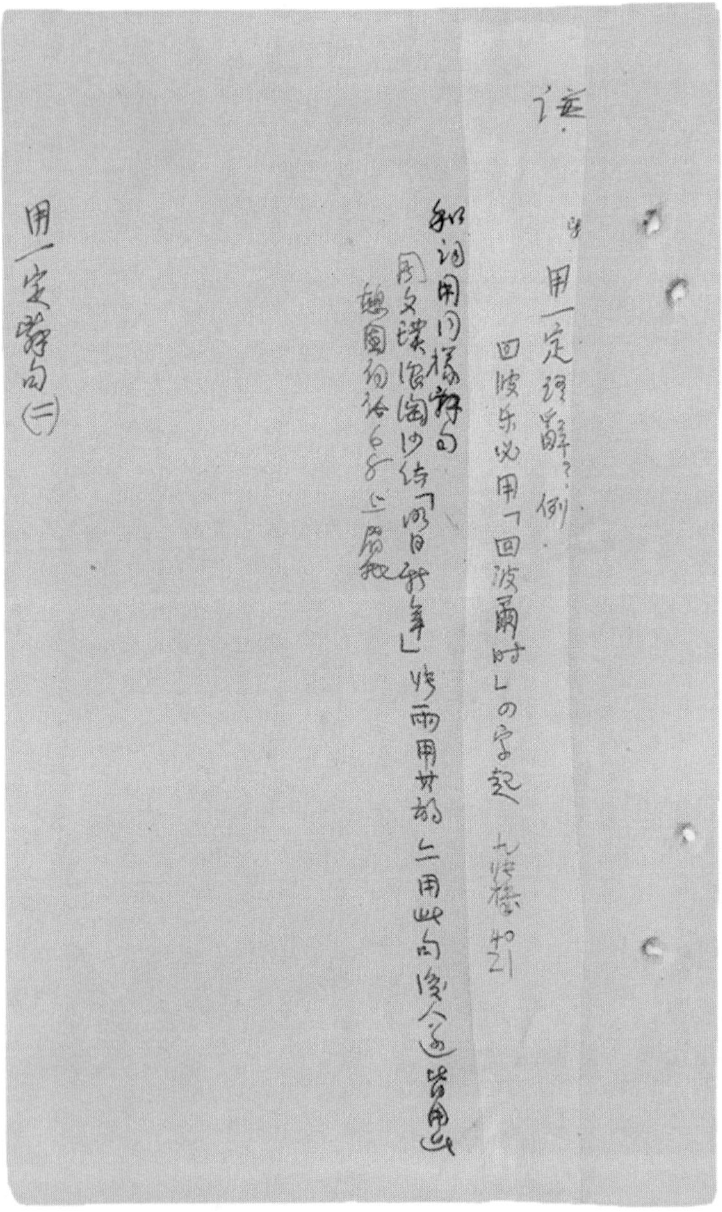

謎

字　用一定語辭?例

回波樂必用「回波爾時」の字起　九学[illegible] p.21

初調用同樣辭句

周文璞寄陶少伟「明日新年」均兩用廿韵亦用此句後人[illegible]皆用之

趙國均話 6.8 上頁[illegible]

用一定辭句（二）

古今詞話上15上

衍詩為詞例

馮延巳長命女3 13乃剽天詞　放翁衍己詩又一例　山谷少年心

（最早？）梅苑鄭雲間早梅挂佛今一夜雲間早梅長

結用韋卿詩13 18　康與之西江月

衍詩如伯壽梅花田拈玉頭花（此外見梅苑）36 36　40 24（一）

詞家人之作詩又作詞40 8（詞之即詩之）如放翁衍自詩為詞之例

（四）能詳

又古大曲……衍乃（一）古詩「生年不滿百」

詞本出於詩……

古今詞話……

以詩為詞例

衍詩為詞例　（注）山谷詞十二以自作詩為天詞　放翁以自作詩為詞子律儀

山谷少年心「似合歡桃核……」

以詩為詞例　白以翁衍御衍「大風花，種風霧」白居易詩

衍詩為詞（一）衍自作　东坡定风波衍詠紅梅詩3 29之下数页

詩衍詞

（二）衍人作　东坡定风波衍杜牧九日詩3 29

又27

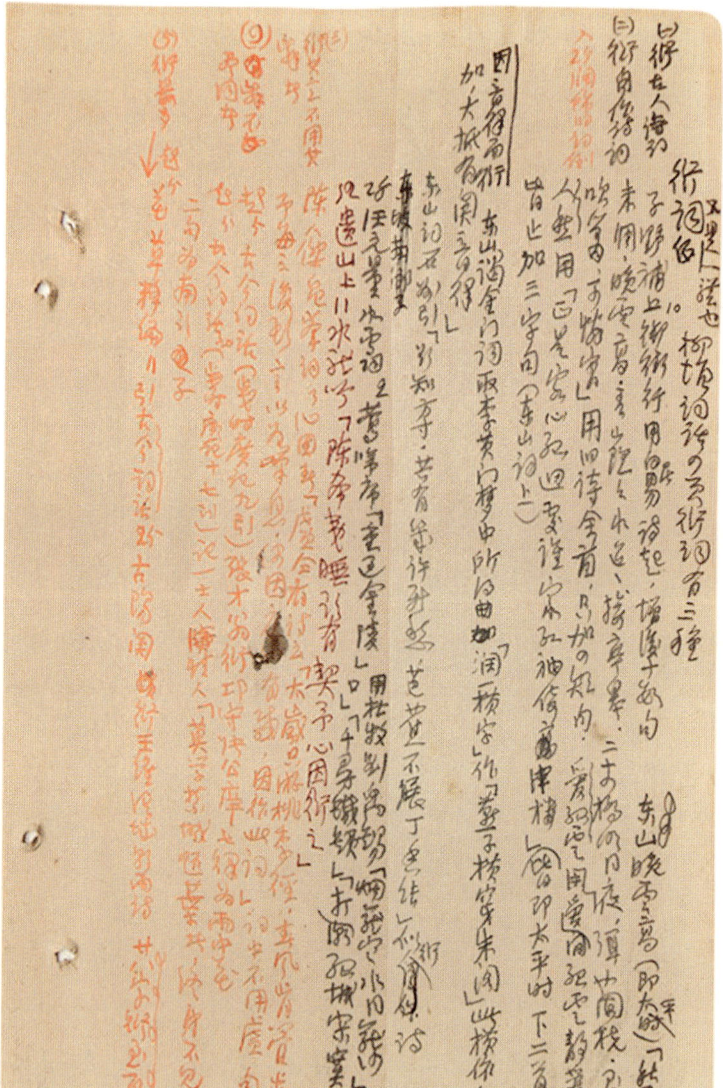

衍詞（又是「襯」字也）　柳塘詞話の云「衍詞有三種

（一）衍古人詩句

（二）衍自作詩詞

（三）音律有所衍

加大抵有關于音律

王子渊铜柱词之二「李夫人病已经秋，汉帝束兄不举娱，修嫭标落船照了王
埠罗诀一生怨」。余又见陈子高隐此词为太平时谍词，写白向尽说相思
为玉埠罗诀，兄为全美今人之——竹庵词话上6

罢休归田诗话下：「鹭陵阮恺江南使虏，邵黄在鹭林有诗云『屏风围坐鬓
毵毵，绛蜡烧残照暮酣，京国多年情尽改，忽听春雨忆江南』又作风
入松词云……盖即诗之意也。但数字句不同耳，曾见机坊以词绣成帕，为
时所贵重如此……」

词律拾遗五·七　集名氏古阳关　一百三字　衍王维渭城朝雨

并起「小阁五更清寒作」……词综亦谓玉楼春词，东坡旧作，本隐括此诗　历代诗余1 32
故才为衍诗，特公库将白乐天诗一释为雨中花词，吴虎臣漫录　词苑萃编12 6下
入解放为16 10下

一部分用诗句　贺方回石州引末段两句用一整诗句　解放为16 11上
东坡江城子下片「忽闻江上弄哀筝，苦含情，遣谁听。烟敛云收，
衍诗之成句者
绝是依声，必待曲终寻问取，人不见，数峰青」用「曲终人不见，江上数峰青」二
句衍成。此与用成句隐括例不同

無題而即以詞之起句為題者　絕妙好詞3.2尹煥眼兒媚「垂楊裊裊蘸清漪」其首說柳，首二字即題也

以詞為題　李珣巫山一段雲即詠巫山，其餘宋元詞多緣題所賦，臨江仙則言仙事，女冠子則述道情，河瀆神則咏祠廟，大概不失本題之意」（見花庵詞選卷一）

題序即為詞意　二者重複　王世貞以周美成「尹和靖宣政間……」詞之上片即序語

本固無題後人妄加者　如草堂詩餘

古詩杜撰詩題　如子建閨情一首，只載文選，本無閨情二字。（皆見丁福保全漢三國晉南北朝詩序言）

傅玄詩二首皆無題，而詩紀等妄依其題曰苦雨、曰苦熱。又晉陶潛詩二首

後人除雜詩二字　又南平王鑠無題詩，古詩紀序古樂府妄題「秋歌」

魏詩後人妄改為「擬挽歌」　庾信詠懷詩妄改「擬詠懷」，何遜本詩題詠西村改為……大江」

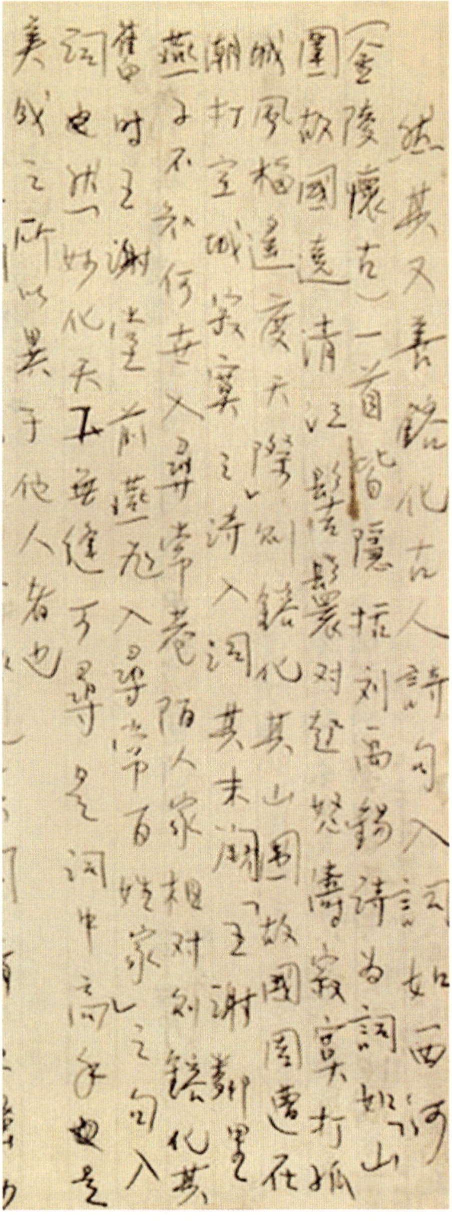

然其又善融化古人詩句入詞如西河
金陵懷古一首皆隱括劉禹錫詩為詞如「山
圍故國遶清江髻鬟對起怒濤寂寞打孤
城風檣遙度天際」斷續化其「山圍故國周遭在
潮打空城寂寞」之詩入詞其末闋「王謝鄰里
燕子不知何世入尋常巷陌人家相對如」鎔化其
「舊時王謝堂前燕飛入尋常百姓家」之句入
詞也然「妙化天工無迹可尋」是詞中之高手也是
美成之所以異于他人者也

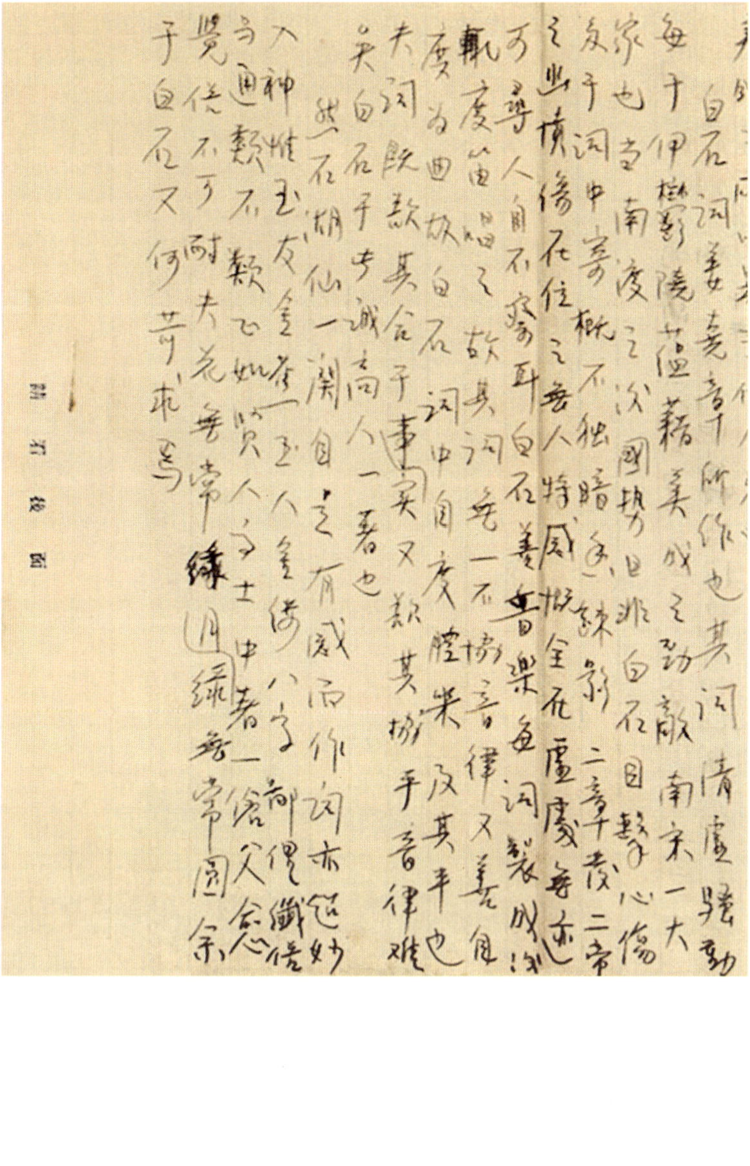
白石詞姜堯章所作也，其詞清虛騷動，
每于伊鬱隱蘊藉美成之前，敵南宋一大
家也。南渡之後，國勢日非，白石目擊心傷，
多于詞中寄慨，不獨暗香、疏影二章發二帝
之幽憤，傷在位之無人，特感極全在虛處，無迹
可尋，人自不察耳。白石善音樂，每詞製成，
輒度管笛之，故其詞無一不協音律，又善自
度爲曲。故白石詞中自度腔最多，及其卒也，
夫詞既款其合乎律否，又款其協乎音律，難
矣。白石乎乎識向人一着也。
然石湖仙一闋自云有感而作，詞亦甚妙，
入神。惟玉友金杯一句，人生八字，前偉纖俗，
而通欵不欵，飞如賢人、高士中着一俗字，兩念
覺俗不可耐。夫花無常緣，月無常圓，余
于白石又何苛求焉。

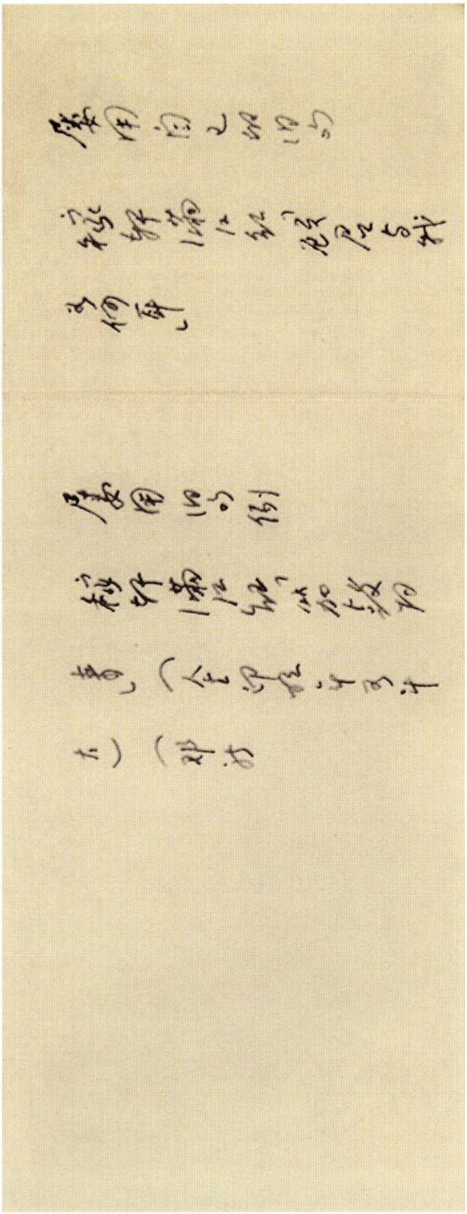

詩入詞例：

陽關曲（本名渭城曲，宋秦觀云："渭城曲絕句，近世又歌入小秦王，更名陽關曲，屬雙調，又屬大石調。"按唐教坊記，有小秦王曲，即秦王破陣樂也，屬黃鐘宮）

王維："渭城朝雨浥輕塵，客舍青青柳色新。勸君更盡一杯酒，西出陽關無故人。"

宋蘇軾詞三首……至第三句，仄平平仄仄平平仄，蓋詞三首皆然。表平仄一致，即以此調。按此矣

詩入詞例：

一七令（按計敏夫唐詩紀事，白樂天分司東洛，朝賢悉會興化池亭送別，酒酣，各請一字至七字詩，以題為韻。後遂以為詞調。）

白居易：

詩。綺美，瓌奇。明月夜，落花時。能助歡笑，亦傷別離。調清金石怨，吟苦鬼神悲。天下只應我愛，世間惟有君知。自從

詩入詞例：（詩餘詞律）

詞律發凡："詞上承于詩，下沿為曲，雖源流相繼，而界域判然。然若蘇長公之集，有似詩篇，……太白之詩，而兼氣一闋，遂有所長之別，故此數闋為詞之鼻祖……"

（詞律發凡 P.28）

詩入詞例：

花非花（調見白香山長慶集，以首句為調名）

"花非花，霧非霧。夜半來，天明去。來如春夢不多時，去似朝雲無覓處。"

此本長慶集之詩，後人採入詞中，其第大

知不知

（卷一 P.15）

七言绝句，唐人写送别之致……」（卷一、P.28）

都尉别苏句，便到司空送白辞。」（卷十 P.1）

詩入詞例

若宮詞、怨回紇，即五言律詩，清平調即七言絕。楊柳枝、竹枝，蓋唐時以律絕被以詞調，文字雖同詩而音則詞。

詩入詞例

（史）

宋稗詩集所載而後人認爲詞者甚多，不克備存。姑入近宋者之五闋。（詩人玉屑）

（詞曲史 P.41）

詩入詞例：

（譜）

瑞鷓鴣（宋史樂志：中呂調，元高栻詞注仙呂調，黃渙詞注云：唐初歌詞，多五言詩，或七言詩，今存者止瑞鷓鴣七言八句詩，猶依字易歌也。按瑞鷓鴣原本七言律詩，因唐人歌之遂成詞調……）

馮延巳：「繞黑叢林怨晚風。移牆庵壁……」

宋晏殊：「慧蘭有恨枝猶綠，桃李無言……」

詩入詞例

白居　越九被（四之）

花自紅。燕燕箋啼痕咽卷，鶯鶯嘯處見樓空。少年薄倖知何處，每夜歸來春夢中。」

此詞本律詩体，七言八句，字句皆同。其不同者，惟每句平仄耳。此詞奇句起句係句第二字、第六字俱仄，偶句中二句第二字、第六字俱平聲。宋人如此類填者甚少，……皆[illegible]。

（卷十二頁十）

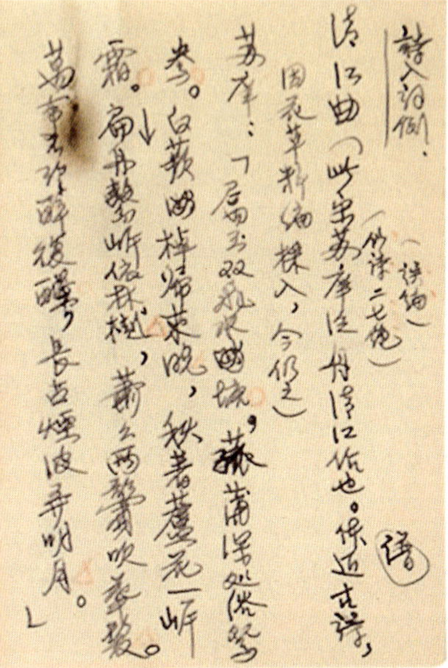
補入詞例、
清江曲（此宋蘇庠作丹陽江作也。依近者補，
（佚詞）（竹譜二七頁）
因花草粹編輯入，今仍之）
蘇庠：「屬玉雙飛水滿塘，菰蒲深處浴鴛鴦。白蘋滿棹歸來晚，秋著蘆花一岸霜。扁舟繫岸依林樾，蕭蕭兩鬢吹華髮。萬事不理醉復醒，長占煙波弄明月。」

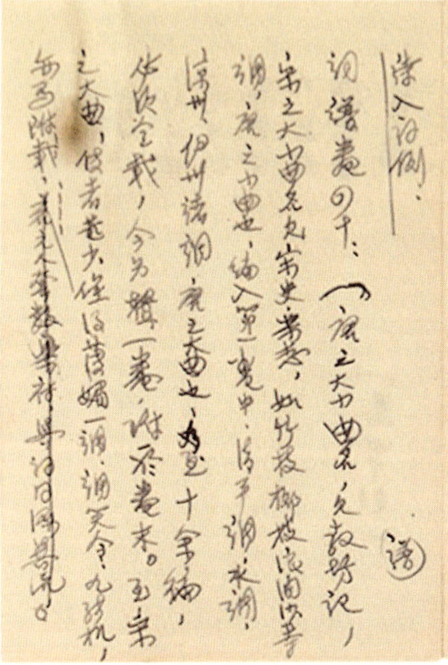
補入詞例、
詞譜卷四十：（唐之大曲累，見教坊記，宋之大曲名見宋史樂志，如竹枝、柳枝、浪淘沙等調，亦唐之小曲也，編入第一卷中。若涼州、伊州諸調，亦唐之大曲，如至十字編，仍從全載，今另編一卷，附於卷末。至宋之大曲，僅存董穎薄媚一調，調笑令、九張機，每多聯載，[illegible]

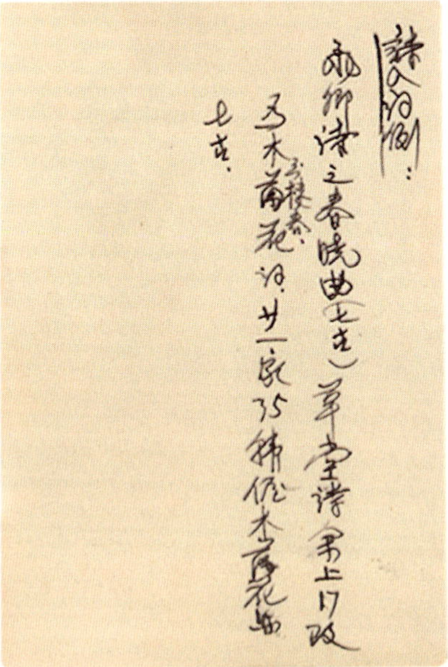
補入詞例：
晁沖之春晴曲（七言）草堂詩（卷上17頁）
又木蘭花詞（木蘭花慢）廿一家75頁作木蘭花令
七言、

此詞令夜近踏莎行，夜夜近至樓前。
全似七言詩句，平仄可不拘。
（卷十二．P22）

清平調．
水調歌．
涼州歌
伊州歌
陸州歌．
調笑令
九張機．
梅花曲
[illegible]
（卷四十 P31）

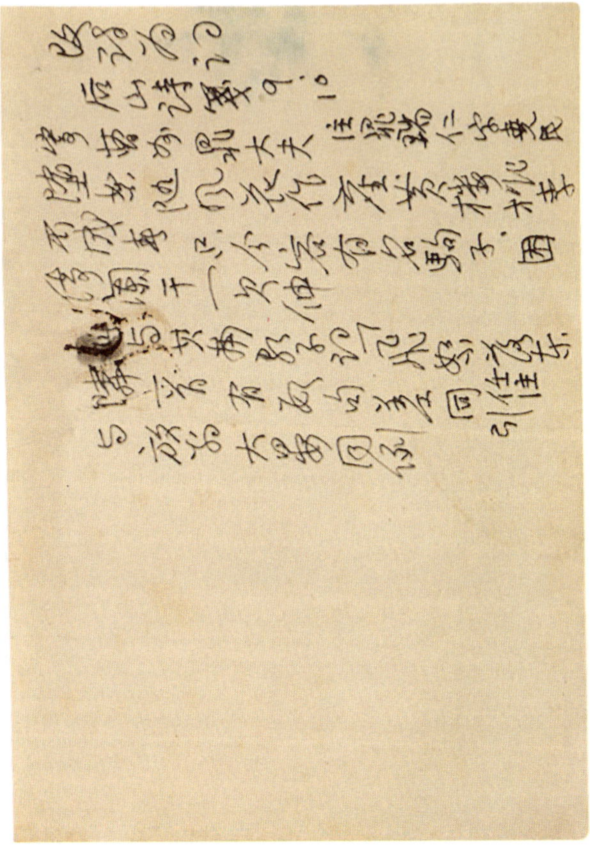

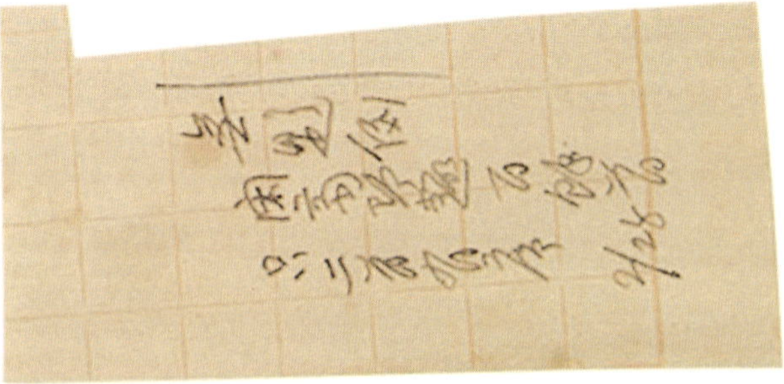

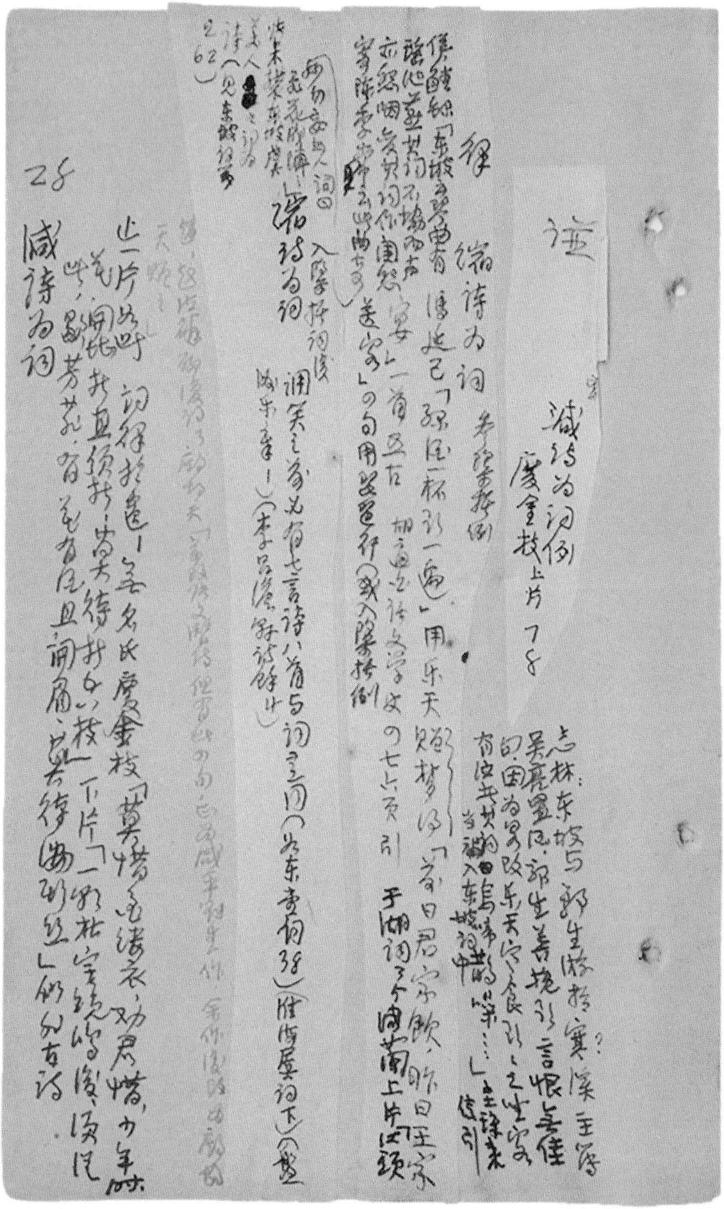
注
減詩為詞例
虞金枝上片
78
縮詩為詞
參縮字格例
馮延巳「綠酒一杯歌一遍」用樂天贈夢得「前日君家飲，昨日王家宴」
入隱括例
縮詩為詞
入隱括詞後
減詩為詞
78
此片如呼
名氏虞金枝

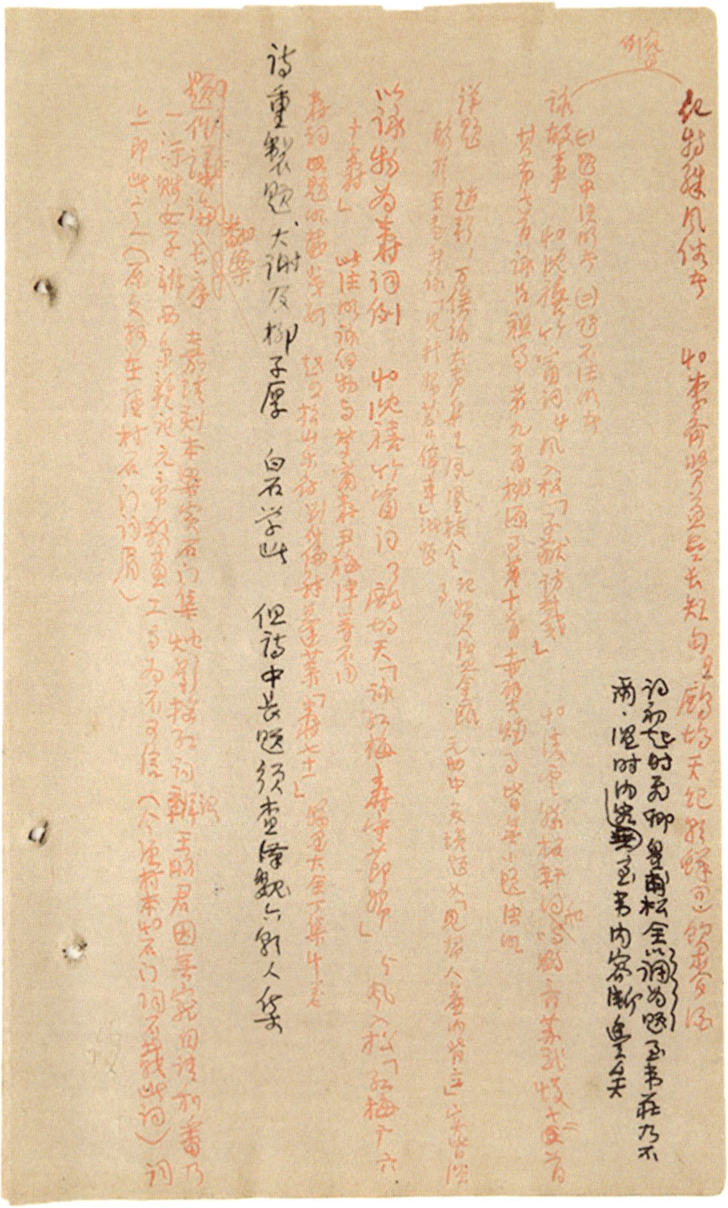

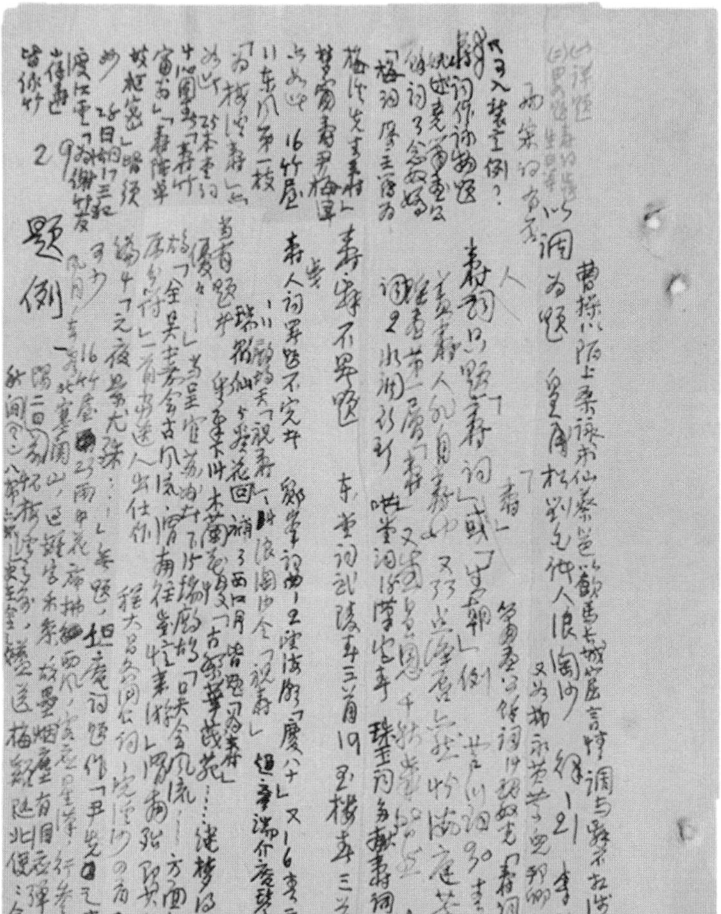

曹操以陌上桑詠神仙，蔡邕以飲馬長城窟言情，調與題不相涉……

兩宋詞亦有以調為題

壽詞只題「壽詞」或「生朝」例

壽詞不另題

東坡詞……

題例

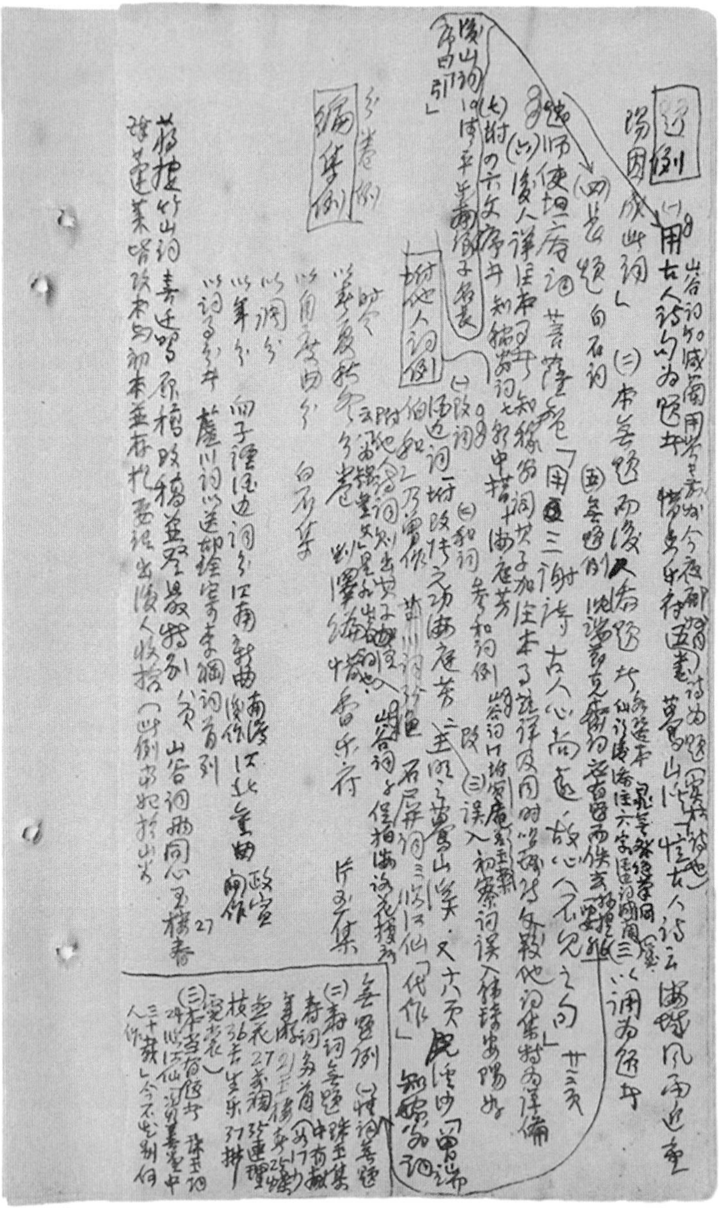

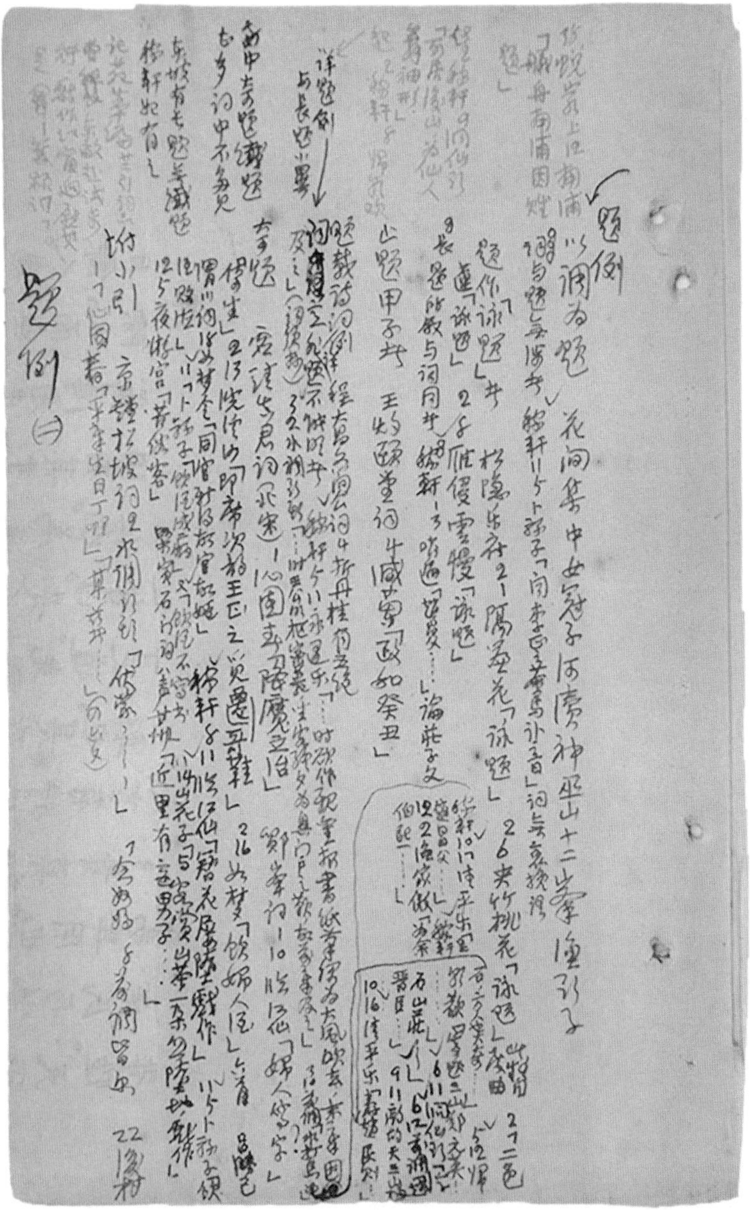
题例

以调为题　花间集中女冠子、河渎神、巫山十二峰、渔歌子

调与题无关者　稼轩11卜算子「用李易安韵补音」词与意换得

题作「咏题」者　松隐乐府2-1海棠花「咏题」　2 6 夹竹桃花「咏题」　2 7 二色莲「咏题」　2 8 雁侵云慢「咏题」

长题所叙与词同者　稼轩1-3 哨遍「……」论庄子文

止题甲子者　王灼颐堂词4 减字「政如癸丑」

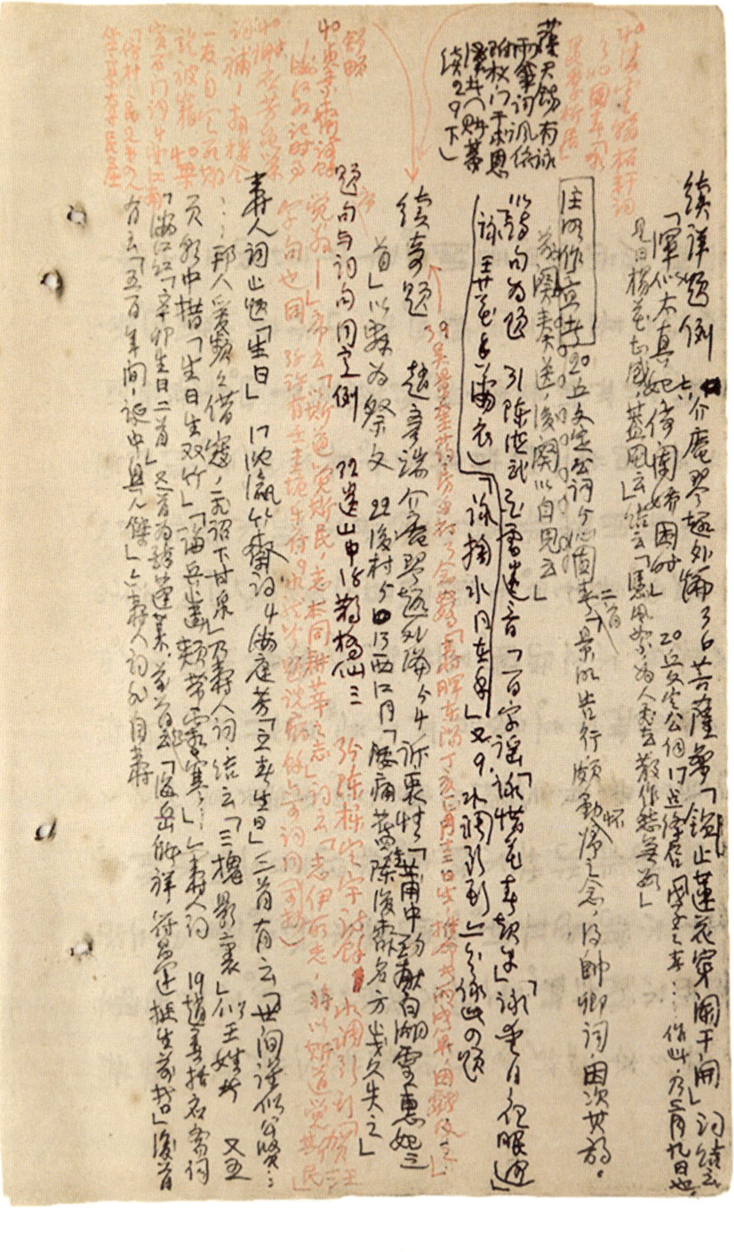

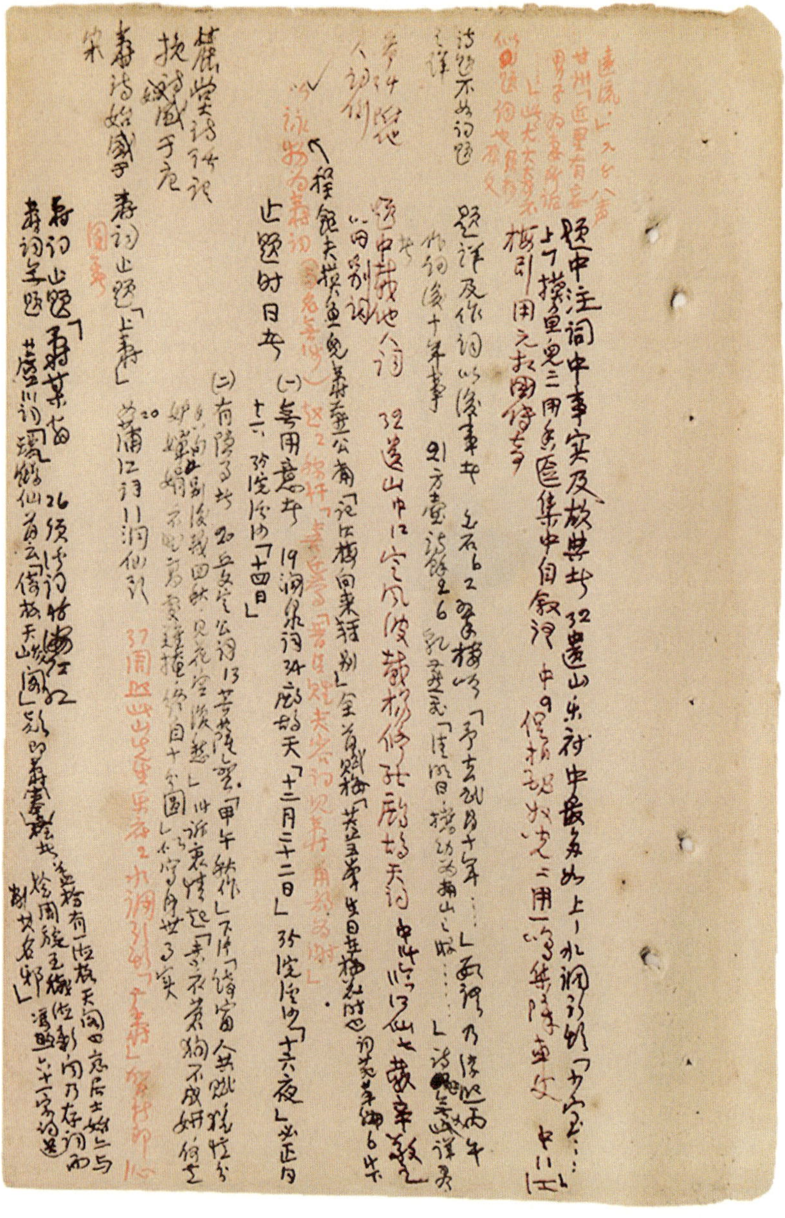

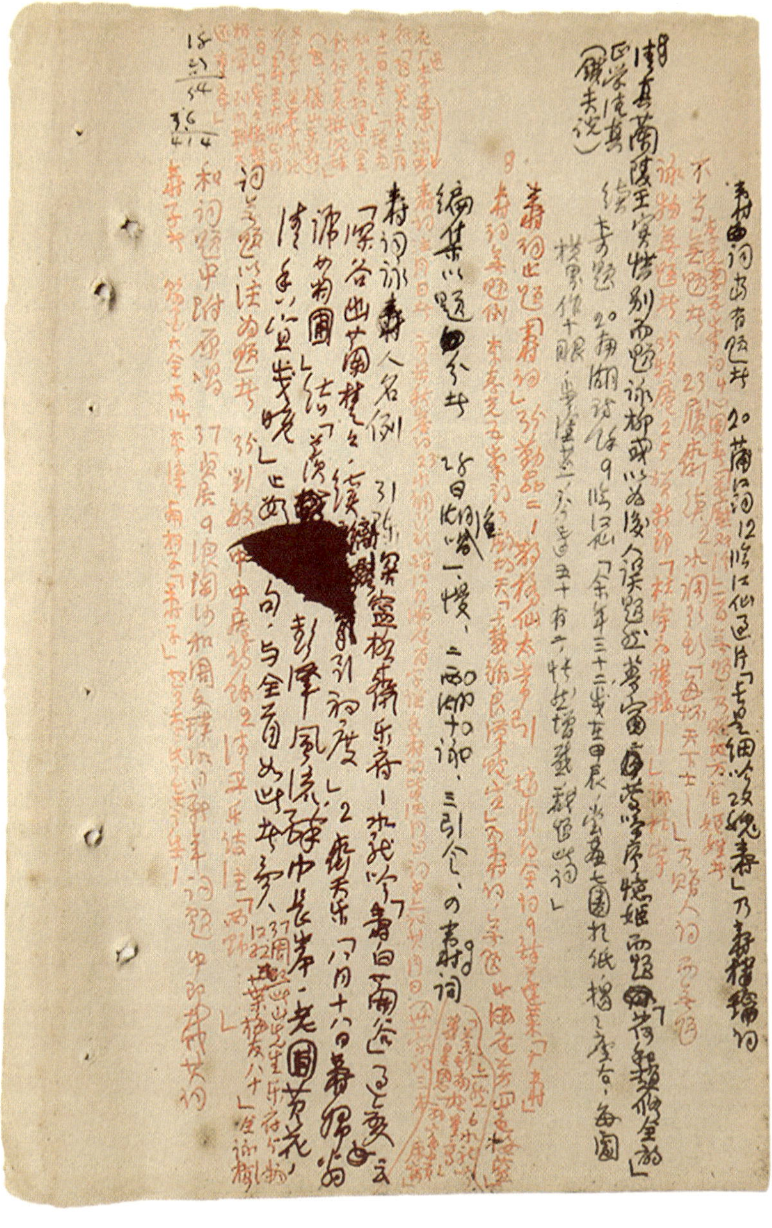

此例當始於東坡

[illegible]

長序例　東坡詞13玉樓春　百四字左右　蘄山溪 毛滂 三百五十餘字（此例或始於毛）

江（六七十字）39　東坡水龍吟（記夢得江）21　江城子（[illegible]）23　西江月（[illegible]）27　滿江

鄭嘉詞19　木蘭花慢「知明州侍郎生日」「有序」「伏審第承慶圖，天開人傑」二百餘

字皆駢文，習似賀辭，又為一格　趙大昌文簡公詞　水調引列百餘字　[illegible]

」二百餘字論篇

白石　[illegible]　長の百廿五字　[illegible]34　[illegible]天百餘字（字景）　[illegible]

[illegible]二百字[illegible]　[illegible]江紅說樂理[illegible]二百餘字　[illegible]字景不列百字

[illegible]指百餘字　字景　61　[illegible]近二百字說樂理字景　67　[illegible]字景近百字

楊冠卿客亭樂府　引東坡記夢百餘字　21　徐鹿卿徐清正公詞1　[illegible]江月[illegible]

[illegible]引百餘字，作[illegible]　21　[illegible]之1　[illegible]百八十餘字論[illegible]

25　方岳秋崖詞　[illegible]三百七八十字　[illegible]

27　[illegible]三[illegible]（記[illegible]）　二百の　26　[illegible]天樂[illegible]百

2 11　[illegible]一百廿　216　柳梢青　[illegible]百廿餘字（記[illegible]）

陳人傑　[illegible]

29　[illegible]二百五十餘字　[illegible]百七十餘字　中[illegible]江[illegible]

長序　[illegible]二百六七十字

（一）記[illegible]

（二）[illegible]

（三）記樂理者

（四）[illegible]

（五）[illegible]

（六）[illegible]

30

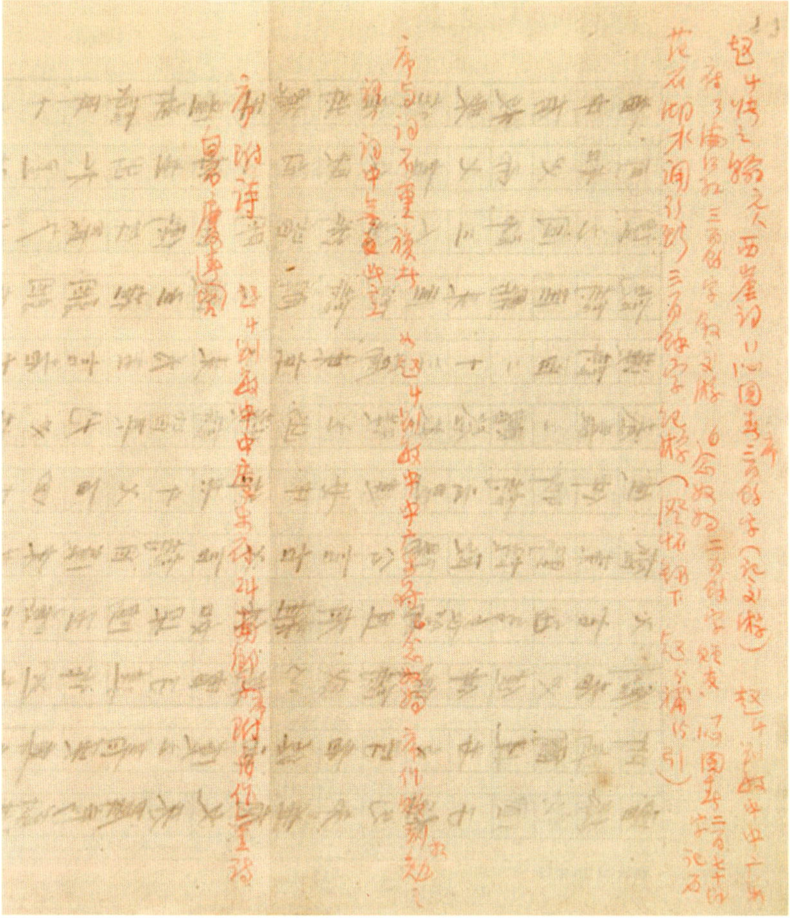

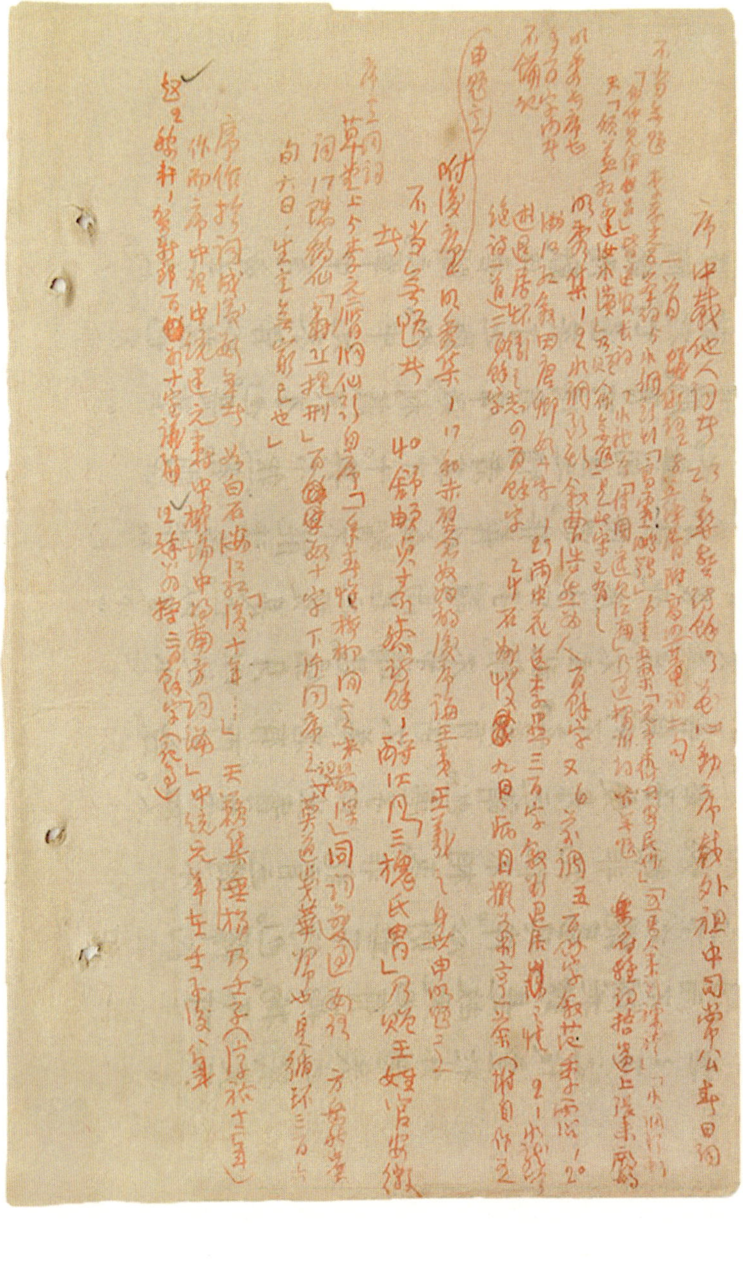

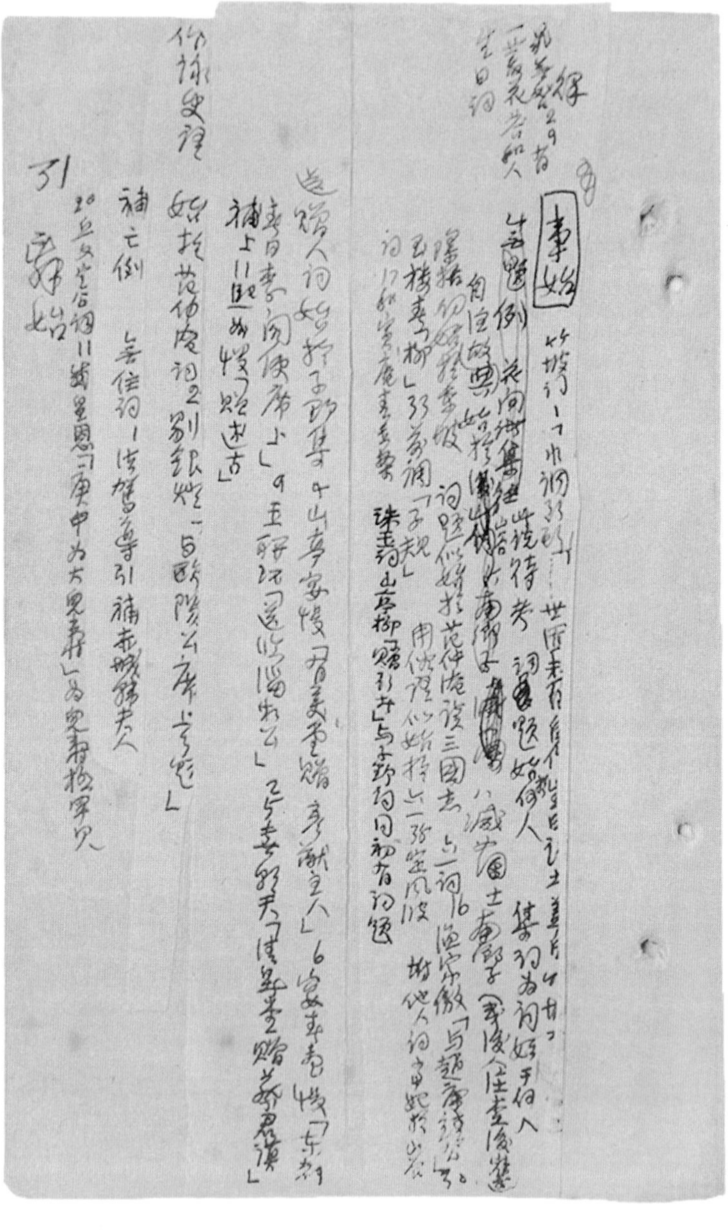
事始

竹坡詞一……世間未有……集句為詞始于何人

[illegible]例 花間集[illegible]始於[illegible]南鄉子[illegible]

詞題始於范仲淹談三國志[illegible]

用他人詞[illegible]

送贈人詞始於子野集中山亭宴慢「有美堂贈[illegible]主人」

始於范仲淹詞之[illegible]「与歐陽公席上[illegible]」

詠史詞

補之例

引

作詠懷詞　花間皆情辭，惟「」顧夐漁歌子「好攄懷，堪寓目，身閑心靜平生足，
酒盃深，光影促，名利無心較逐」作述懷語亦不多見，如花間惟
漁歌子間寫世外閒情語 4 李珣　尊前引李珣定風波（亦詠隱逸）
不求魚」五代已有此篇句　注見本篇

作曠達語始於漁歌子　李後主（五代時人）已有之

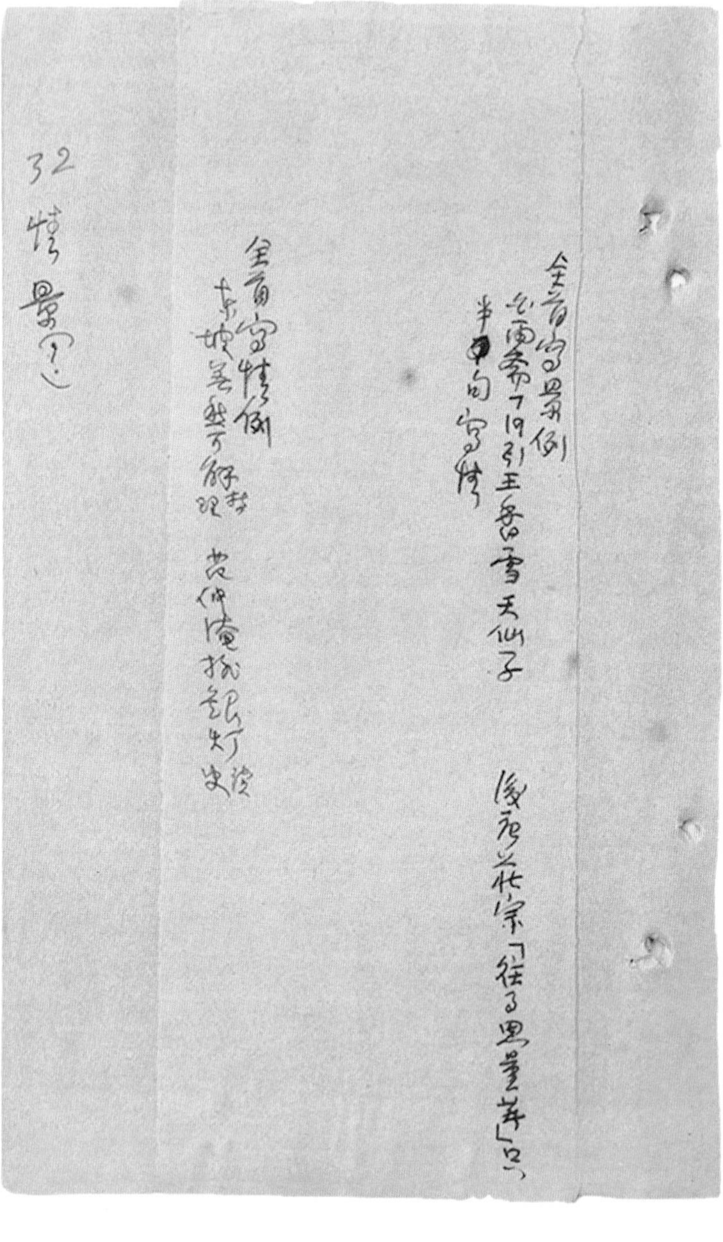
全首寫景例
全首寫情例
32
情

词曲通义举例

含蓄曲井　飞卿菩萨蛮

精警井　同上

白描井　李煜虞美人

如唐七绝元曲小令井（与南宋词晦涩滞重井反）　李煜长相思

成奇句字之句（与慢词用僻句的板滞井反）　韦庄小重山

有神韵　闲静婉曲的俊逸利井　晏小山鹧鸪天　欧公蝶恋花

慢词虽七铺叙而条理的意之境圆融井　少游望海潮　清真瑞龙吟

豪放井　东坡念奴娇　稼轩贺新郎

悲壮沉雄井　岳飞满江红

运用白话不反之词格性　易安声声慢

瑰丽超逸井　[illegible]

深婉骚雅井　文英莺啼序

用比兴最奇井　王沂孙蝉词

長調上下片全同者
小令上下片全異者 小令幾何 中調〃〃 長調〃〃

---

換頭無者 幾何
換頭不無者 幾何
換頭無者 無一句者 無幾句者 幾何
換頭叶短韻者 小令幾何 中長調幾何 二字成 三字成幾何
兩片結句全同者 幾何
兩片結句全異者 幾何
兩片長短相差甚大者 幾何
兩片只中韻句同首尾皆變者 幾何

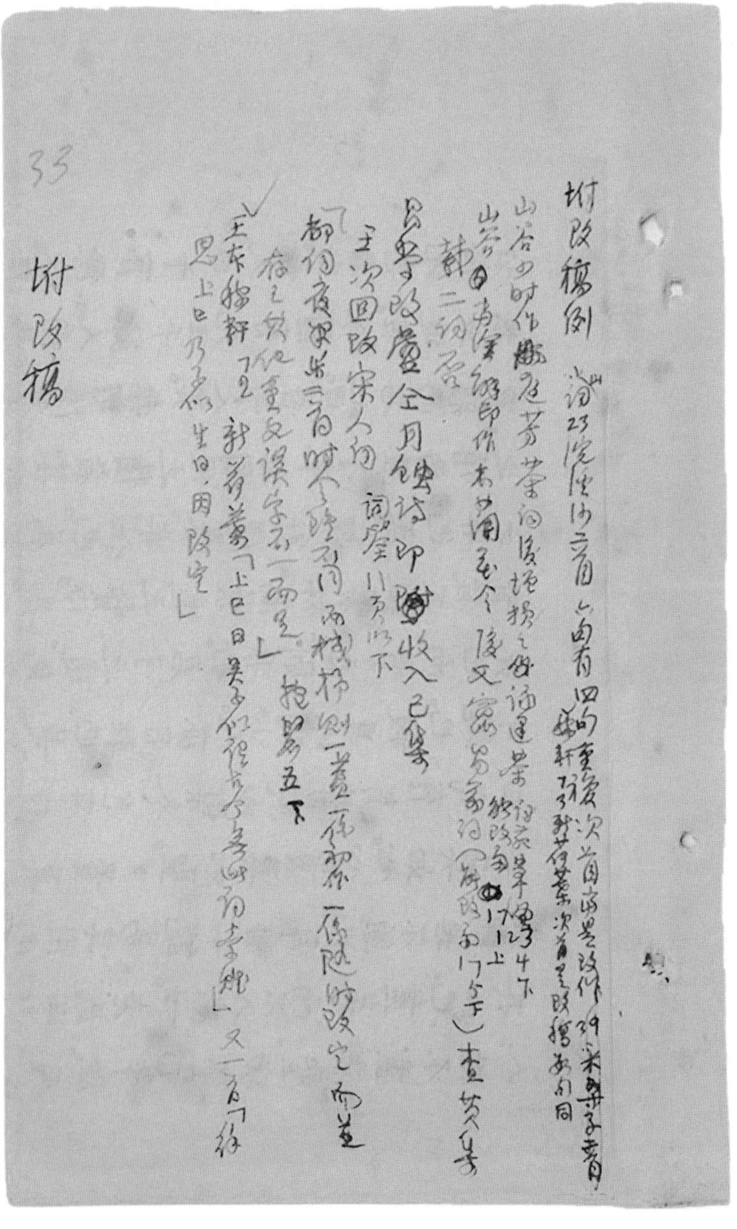

附改稿例　詞23浣溪沙二首，山谷有四的重複，次首爲宋無名氏改作，39末無子者

鷓鴣軒 79 新荷葉，次首是改稿，與前同

山谷四時作鷓鴣天黃菊枝頭詞後題跋之母誦晁崇…詞後草[illegible]34下

山谷[illegible]宋[illegible]印作木蘭花令，後又寫爲家詞，叙改為17上

韓二詞[illegible]　（[illegible]17下）查答人集

只是改題全用蘇詩，即收入已集

至次回改宋人詞　詞筌11頁以下

「都門夜半樂三首」時不[illegible]而[illegible]一首一[illegible]一傳隨改定而並

存之然人重見誤字不一而足」　[illegible]五下

「上本稼軒71」　新荷葉「上巳日吳子似[illegible]鄰家[illegible]」　又一首「徐

思上巳乃子似生日，因改定」

33

附改稿

附他人詞例

(一)收他人詞入己集　東山詞載蝶戀花「改徐冠卿詞」，此例爲始於賀　録溈

南陽詞附[子華]詩為作一首，早於東山　[illegible]附[illegible]詞

方如緒生29題　例中

(二)附李[illegible]和唱　[illegible]　1上　刻

[illegible]和[illegible]原唱　(1)沈[illegible]上附李[illegible]和

十載之[illegible]題十六，詩集附他人作者極

附載題中者　見29題例　(2)道[illegible]樂府[illegible]附全真[illegible]

附宋詞[illegible]十二首　陸[illegible]附[illegible]

李之儀姑溪詞附[illegible]山谷方回和作　[illegible]上

の本如[illegible]提要　此最早之例

(三)附和詞　(1)王[illegible]先生詩餘，[illegible]附十二時[illegible]林請作。(2)[illegible]山中[illegible]江仙

附李[illegible]之和[illegible]道山集中七人又再查　[illegible]首[illegible]府[illegible]別集中柳

植[illegible]附其和可行[illegible]首の首皆和[illegible]　天[illegible]上11[illegible]附曹[illegible]

和[illegible]三十首之一　下[illegible]平樂[illegible]桃[illegible]附[illegible]

王[illegible]重陽分梨十化集　乃化馬鈺作，每首附馬和詞

附他人詞

34

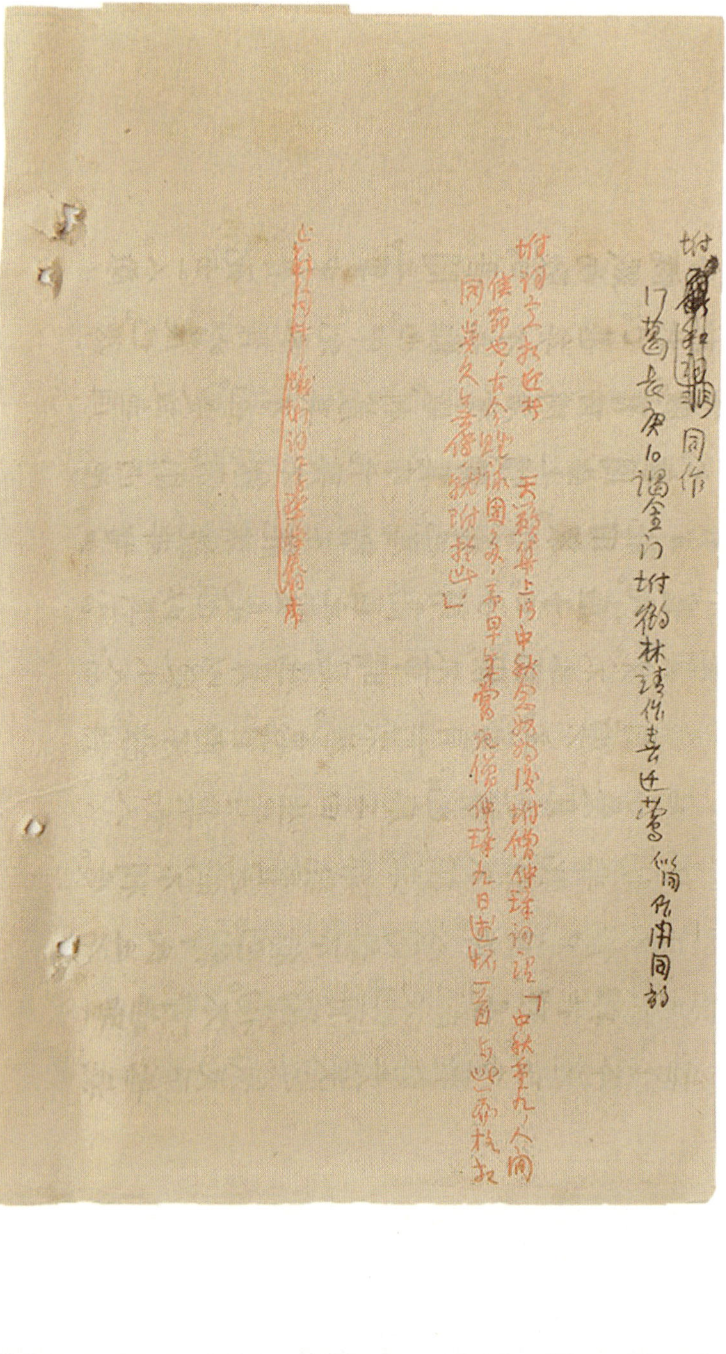
坿[illegible]同作
17萬長庚10謁金門 坿翁林詩作書近葉 儷句用同韻

總集例

(一)附全集者　宋歐陽修集（四部叢刊）　毛晉輯汲古閣全集[illegible]

有一卷　晁端禮閑適集之後　周紫芝竹坡樂府　姜夔白石詞

後村別調　汪莘方壺詞載方壺存稿中　汪元量水雲詞載湖

山類稿中

一体為一卷者　如蘇軾東坡樂府、大鶴集本

按宋刻蜀本東坡全集連和陶詩都收入内，而不收及其詞，此外此宋人集[illegible]，此宋刻也，又不收詞，

此宋人詞大都皆南宋坊間據傳[illegible]輯之本也　[illegible]之人全集不收詞曲　元刻陳晨[illegible]田[illegible]

[illegible]不收詞曲，亦如大曲引[illegible]唐上[illegible]詞曲，[illegible]陶[illegible]久此曲[illegible]樂府[illegible]

自作坊本（以上[illegible]錄[illegible]詞曲[illegible]文學[illegible]）

(二)不附集者　毛滂東堂集久佚，詞以别本，单行者存（[illegible]）　李[illegible]

[illegible]樂府（[illegible]）　丹陽[illegible]（[illegible]）　後山詞（[illegible]）

全[illegible]馬鈺丹陽神光

燦[illegible]庭芳

一調百首

[illegible]集例

一某集專用一調例　宋宋伯仁煙波漁隱詞　[illegible]200　100[illegible]調[illegible]

[illegible]一百首[illegible]

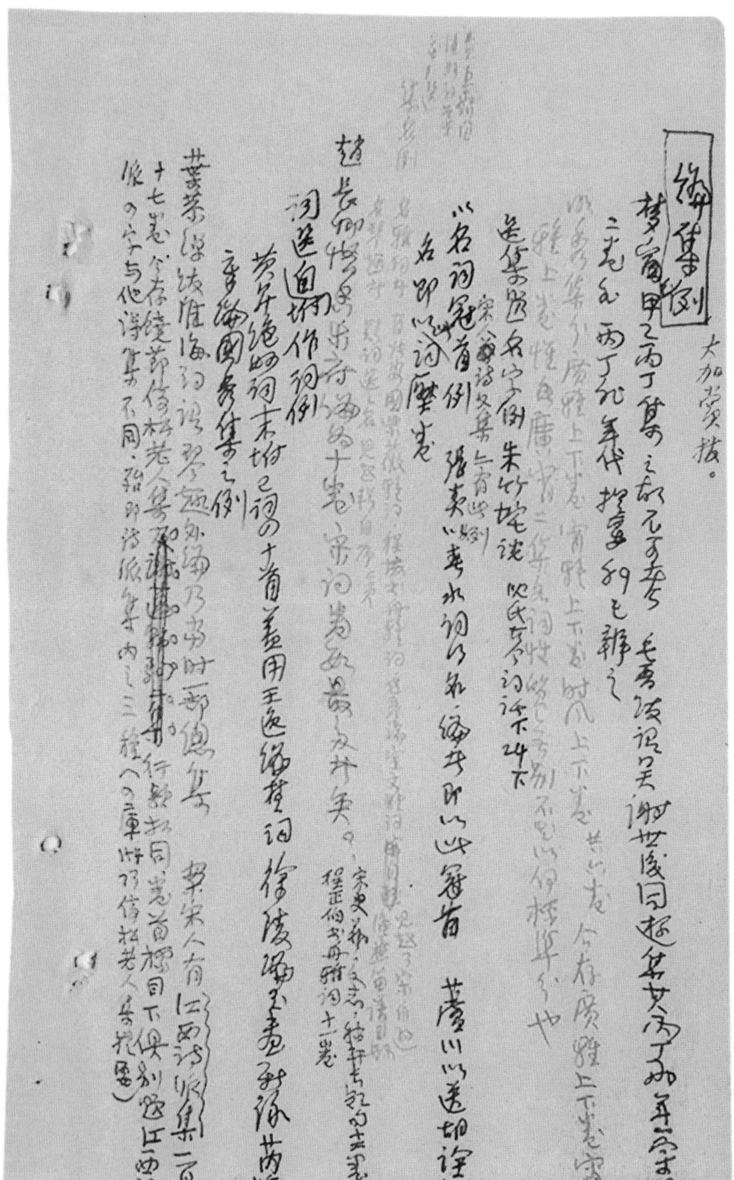
大加芟拔。

編集例

夢窗甲乙丙丁稿之叙乙丙丁稿 毛本誤矣，惟世陵同趙吳姜丙丁兩年以前

二毛氏丙丁記年代 均宜列之者也

選集選名字例 朱竹垞說 沈氏古今詞話下24下

以名詞冠首例（宋人詩文集亦有此例） 張炎以春水詞得名，編者取以冠首 蔣川以送胡詮詞

名即以詞為卷

趙長卿惜香樂府編為十卷 宋詞專家最多者矣。（宋史藝文志、稼軒長短句十二卷 程正伯書舟雅詞十一卷）

詞選自作詞例 黃昇絕妙詞末附己詞四十首 蓋用王逸編楚詞附錄劉向九歎例

辛稼軒多集之例

注

以首數分卷例　花間集趙崇祚「一人之詞時割裂，如首入前後卷，以字每卷五十首之數，則編例為古所未聞有」。（每首の子九載五十一首為一卷者大抵能當時刊時復刊分卷而設）

傳幹（或作）注坡詞　曹鴻注葉石林詞　曹杓注清真詞

以小令中調長調分者　始於顧從敬草堂詩餘，宋人編（花庵 199頁）

以調分　始於詩集

以字數分為便于咏歌　起于何時

悟念樂府分五家，殊失之淺陋等

草堂詩餘　分年節及景物、宴會、節序、天文、地理、人物、人事、飲饌器用（分類可議）

花庵十一卷　宋人編著金元編者詞選亦如此分（分類煩細可議）

以一年生卒送自壽以詞為　陶宛萍一家詞集五六種皆是也

曉見亭路雪園詞　擬近詞以詩分上

[illegible]傳[illegible]詞曹冠燕喜詞凡例「其近新曲於前，退舊作於後者，依向子諲酒邊詞例也」　見詞刊8 94

以一調為一集

選他人作者，始於黃載萬梅苑　[illegible]人生　碧雞二

詞品謂魏了翁長短句一卷，皆壽詞　詞品卷五 13下

宋僧仲殊[illegible]作梅詞最多，又晚有柳詞柳梢青多至百首，[illegible]梅

柳永等，宋依宗吉一日如今知之　[illegible]　木[illegible]作歸田詩話下　[illegible]中上引

集名例　全　馬珏作丹陽神光燦百首，滿庭芳結第三句每首「神光燦」三字　木蘭花[illegible]

南宋人每多名雅詞

名「理業」「樂府」「新調」「長短句」

冠柳集

以地名

不用直名　作蘭畹曲會之孔方平隱名為魯逸仲　碧雞2 4上　元本

夢窗訂譜宮〔?〕事「春梅津」「名體事芳」」全府詠梅入本詞。

清長白麟慶以遊歷所至分繪為圖，名曰鴻雪因緣，[?]戈載各附一詞于後詠名例

長洲陶樑則舉平生境遇自泰以詞，寫編年紀事於協律中，實為詞家創格，今紅豆樹館詞子六卷是也　丁紹儀聽秋聲館詞話卷二之下

偶仿昔名做

「歐陽文忠詞名近體樂府，用蔡公之名近體樂府，蔡州之意歟，而不同稱吉州同僚文忠子棐父事後先與掇卷四公集編次之例，亦全用歐集例也」　蕙風詞話續編卷下

一集題　元劉壎水雲村詞，吳用章傳「吳雪梅為姓詞，自詠梅至結[?]凡十有二闋，白紅梅至臘梅凡六闋，又取古人詠梅可合題者，自南枝見暖至杏梅凡四十有六闋，通為六十有二，寄公儗源諸學士師首為名之曰《雪香總編》」又贊曰「雨窗同里有孟壽彭氏亦賦梅花百詠，其半則自作，其半則集句」，[illegible]皆與作梅花同時，何宗人之好梅花耶

沮溺山 上16 永遇乐 是夢中的絕妙 中子重是恩三注□末後御人王

怀玉乐府補遺也」 赵一仲孫宝貝句之 成蘭後樹復錄 說到巨濟成一叠，仲

孫成後叠 又如光光後同。 古今詞話則云東坡詞上叠，孫成後叠 又「笑君

丹青，只道些兒畫不成」也） 又咸蘭梅詞後省唐錄，此說今蛙梅詞上叠

和詞作「不管深紅淺紫」前後成 詞之詞錢則以上片對作下片仲孫作

陽春白雪三康與之瑞鶴仙令「補足李重光詞」 即此江城子作 趙之眠「乐府

东坡是重視的似乎

蜀中詩話

前蜀花蕊夫人題葭萌驛詞「初離蜀道心將碎 說如兒今 」只半首後人續成 離恨綿綿，春日如年，馬上時時聞杜鵑 [illegible]

云「三千宮女皆花貌，妾最嬋娟。此去朝天，只恐君王寵愛偏」。蜀中詩話謂「花蕊

見宋祖時猶作の十家人恭卸甲更無一个是男兒之詩，豈有趨迎行而畫此败節語

乎，後之共不能處女乎架橋而詞之，命俚之狗尾續貂矣」見代詩話16 13引

36 用是他人句 入25 塡減重詞

上 [illegible]五韵不可易 读下

无雪海拿山 194 平々仄々平仄平

蘭陵王 錯字 全仄 2013

家裏樂天、村裏謝安石 山谷詞 見鄉談[illegible][illegible]老、白上

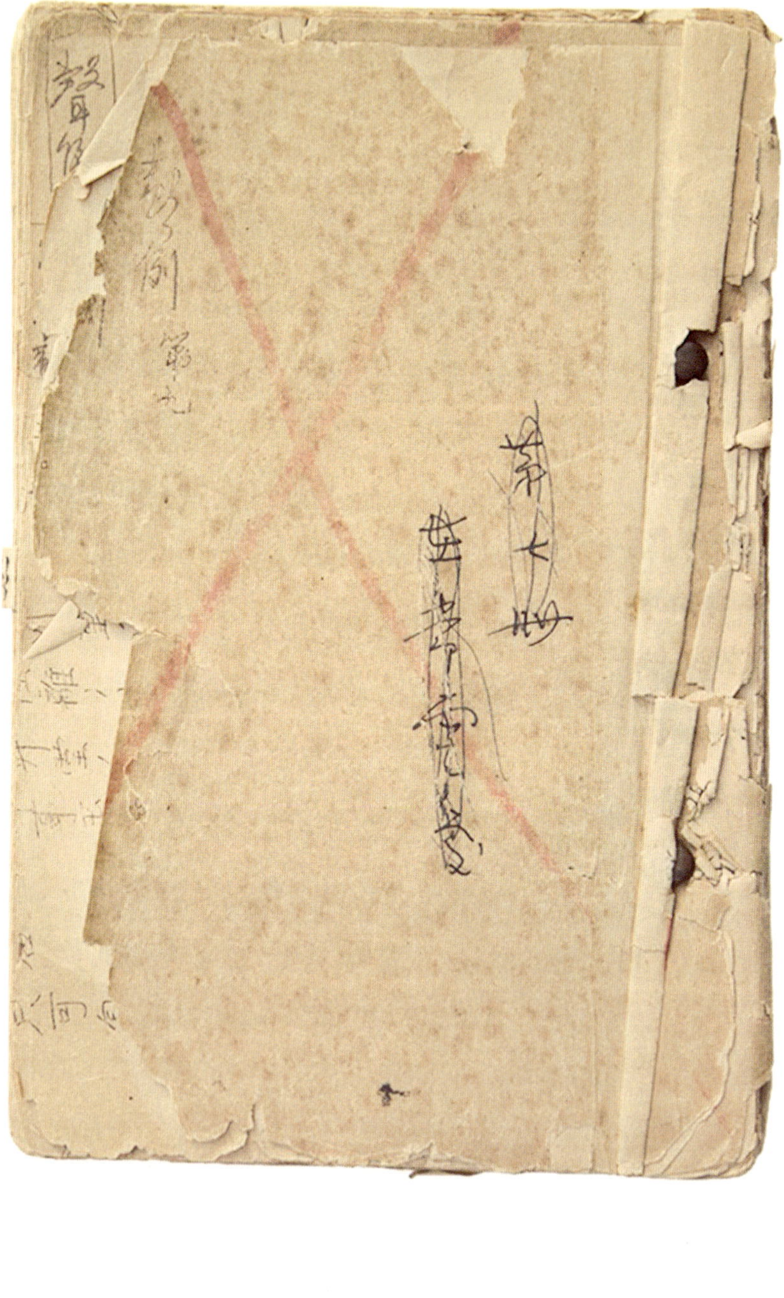
第七册

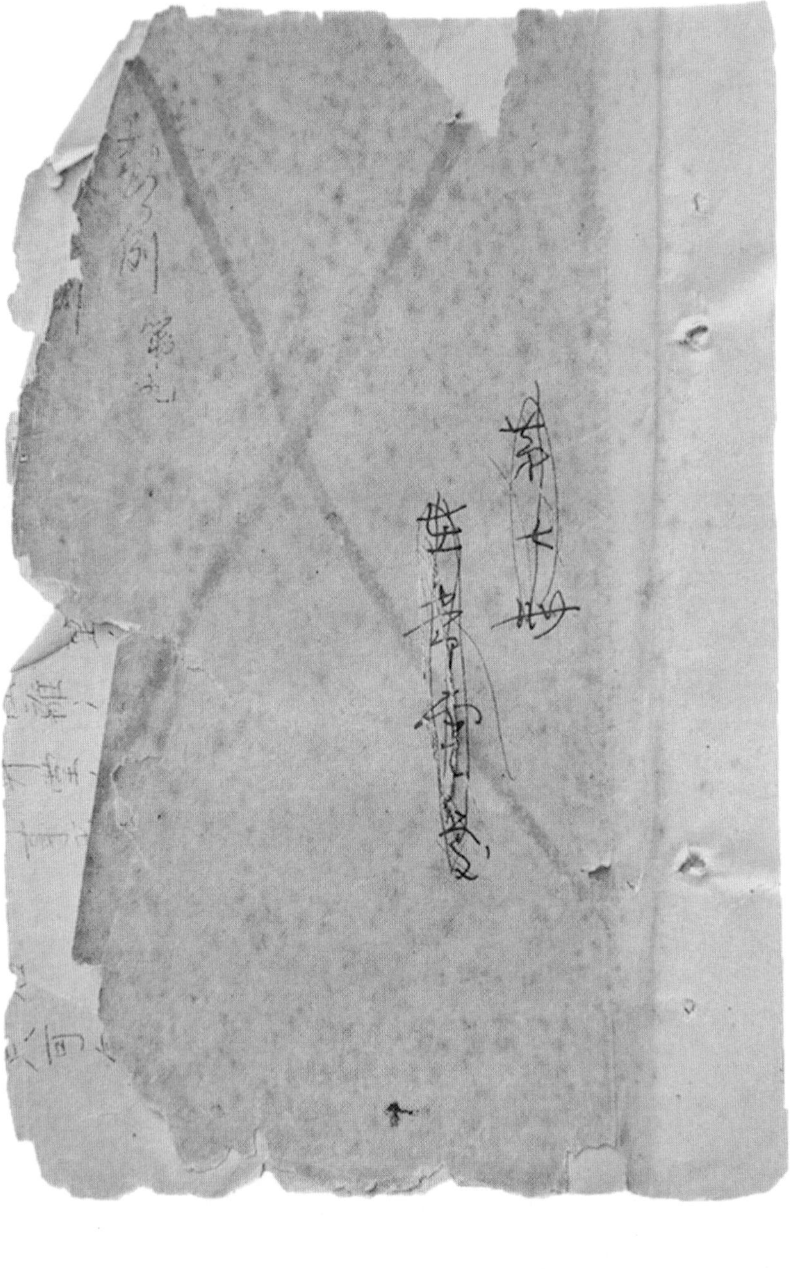

50 宫调与平仄之关系

[illegible]

49、入四派三声

48 虚字实字

47. 入声作上

46、四平连用

45 去作平

44 三仄声连用分四声

43 自度字声音义

# 聲例

字律已坐隱只好以聲求

| | | | | | | | | | |
|---|---|---|---|---|---|---|---|---|---|
| 1 平聲 | 2 上〃 | 3 仄平 | 4 去〃 | 5 韓本多用去〃 | 6 入〃 | 7 入作平 | 8 叶「平去上」等 | 9 上去通用<br>又9 上作去 上去通用 | 10 數〃上去 |
| 11 拗調 | 12 拗句 | 13 改拗為順 | 14 改順為拗 | 15 改拗為拗 | 16 作拗作順無定 | 17 句不拗而連成拗 | 18 一片止一句拗 | 19 如平仄互通用 | 20 全句皆平皆仄 |
| 21 二句連仄 | 22 平作仄 | 23 平仄不可易<br>又23因句法改易，平仄可不拘此 | 24 平仄不拘<br>附平仄不調 | 25 平仄當改 | 26 四聲不可易 | 27 一句用四聲 | 28 聲律嚴整 | 29 領句一字（去聲）必去 | 30 結聲 |
| 31 融聲 | 32 和聲 | 33 辨陰陽 | 34 雙聲疊韻 | 35 誤讀平仄 | 36 改聽字讀平仄 | 37 倒平仄 | 38 三字連平仄 | 39 作詩句句法 | 40 注聲例 |
| 41 韻第上之聲不可易 | 42 上下片平仄 | | | | | | | | |

詞出于絶句，然亦有力反絶句之音節者，如飛卿菩薩蠻更漏子之平仄拗救與五七絶不同。（見詞史稿）

宋人知音律者（乐府指迷）」举下列各人　（此处宋词律书目须细订）

(一)「清真最为知音」

(二)「康伯可柳耆卿之音律甚协」

(三)「姜白石清劲知音」

(四)「施梅川之音律有源流，故其声无舛误」

宋詞以平仄字律 今下

用平判字特多例 吳文英霜花腴 3319

「入作平仄例」

平作去 夢窗集 25上 過秦樓「[illegible] 原注去声 西風老[illegible]」 見下半页

又 夢窗 18 探芳信「[illegible]池不通 原注去声 宮溝水」 又 掃花游「[illegible]」

「燠通書床」句通作去声（吳集[illegible]通字皆自注去声，須查）

書舟詞 十七 鳳棲梧 [illegible]「[illegible]西池」[illegible]不作仄 或是誤

平去入 中山詩話「今人不用廝字，唐人作平音，五代時作入声，陶穀[illegible]……」

平作上去 [illegible] 臨江仙 [illegible]

[illegible] 詞話 20 下

耐古[illegible]字見禮運鄭注，又作寧解見劉淇助字辨略引

論語[illegible]之言[illegible]

[illegible] 詞[illegible]夜來[illegible]作上作寧[illegible]（[illegible]）

吳詞[illegible]

平判 [illegible] 作去（[illegible] 6上）又 [illegible]

易

杜詩蛤仙車風相吹得 櫃平作入 認殺了是說

葉氏詞話4/19下 楚宮集中「通」誤去聲是古音 引楊

鐵崖詩為訛 必拗

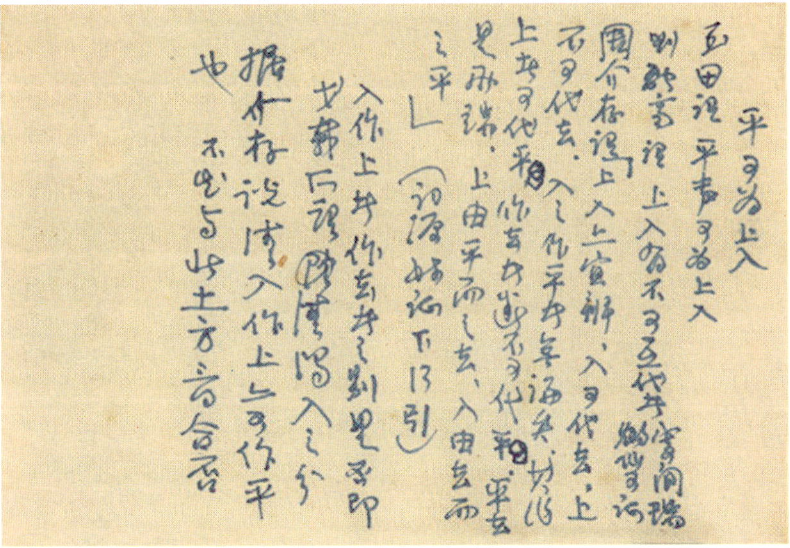

平可為上入

玉田說　平聲可為上入

蔡嵩雲說　上入皆不可互代，并資間端[?]鄭叔問詞

周介存說「上入亦宜辨，入可代去，上不可代去。入之作平者多矣，故以上聲可代平❷，作去者斷不可代平❷。平去是兩端，上由平而之去，入由去而之平」（詞源疏證下13引）

入作上者作去者之例，是否即戈載所謂陰陽入之分

據介存說，清入作上，亦可作平也

不知與此土方言合否

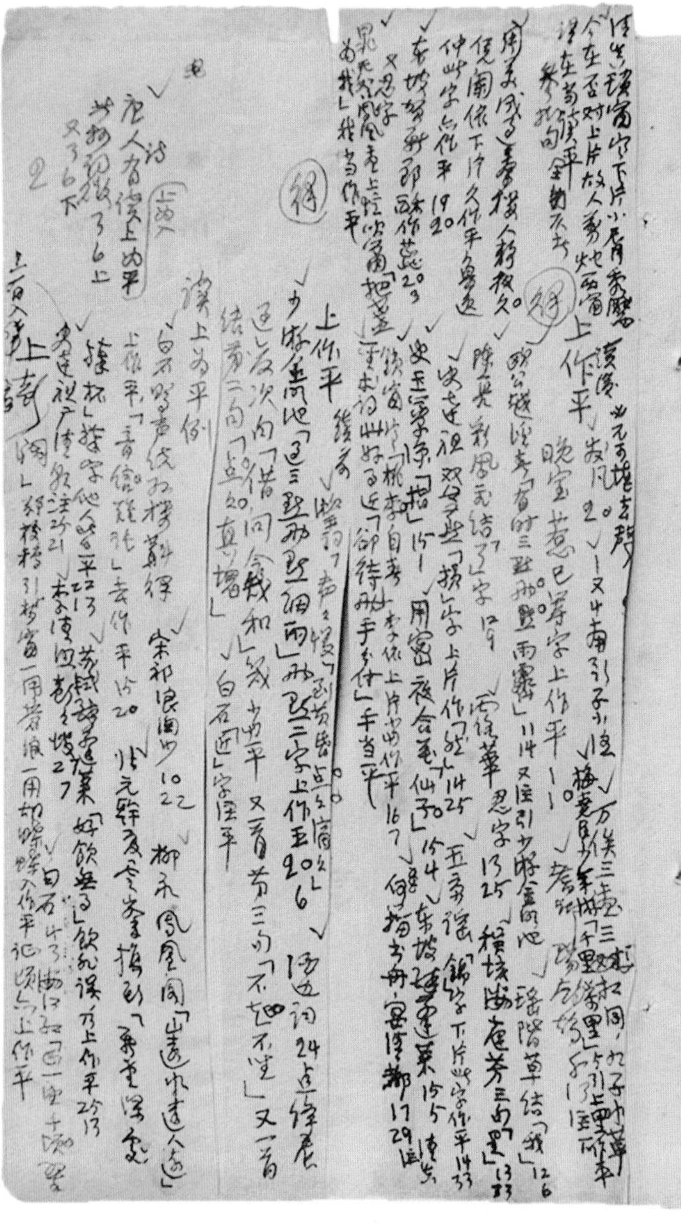
上作平
讀上為平例

早系去聲

上作去讀 稼軒六州歌頭「長安卻早」自注「去聲」此字不當叶，全詞叶

老子舊作平，似恐讀者誤讀為韻，故注去聲，然校稼軒他詞

此字不可作去，不可解也。（此與白石讀「近」為平 又不同）

的夫「詩未成時雨早鼓催」亦同此調此字不可用去

上作平 花間集毛熙震後庭花三首，後二首結句「笑指金鋪」「無事深院」

憶帝一首結云「閉鎖宮闕」錢箋讀平

上入不可互代

蔡楨詞源疏證「平聲可為上入，詞中作平用，田詞源，則平去之不可互代審矣。然平聲代以上入，而上入或

亦不可互代也。王田謂其父寄閒老人解佳，撲字不協，遂改為守字，此據上聲者亦不可

「……此謂上下聲者，上聲字千萬不可通融」

此關係於律，不但上入之故

乐府诗集卷45 清商曲辞有上声歌八首晋宋梁辞「古今乐录曰上声歌者，此因上声促柱得名……或云哀思之音不及中和……」是亦歌以上声为哀音

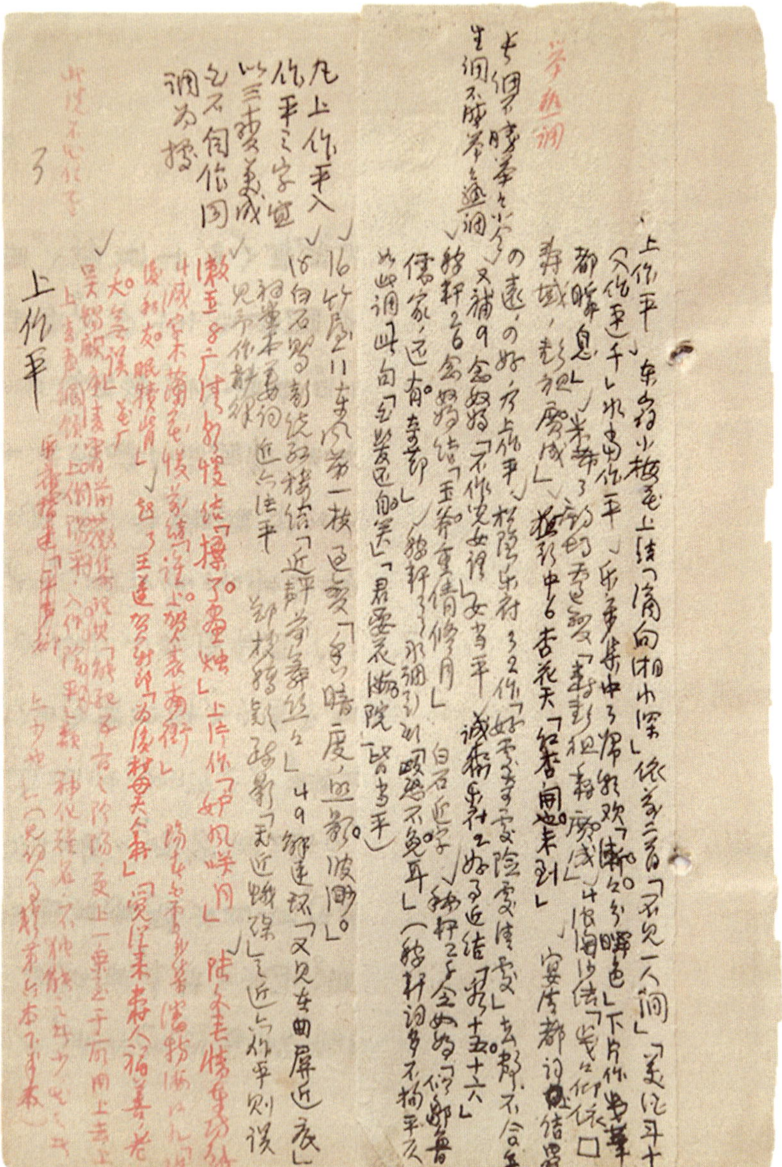

李漁窺詞管見第九則論上声為平仄之通介最好可移

息山詩高歌待季不續錢 清上作手 初做了白上 了白下

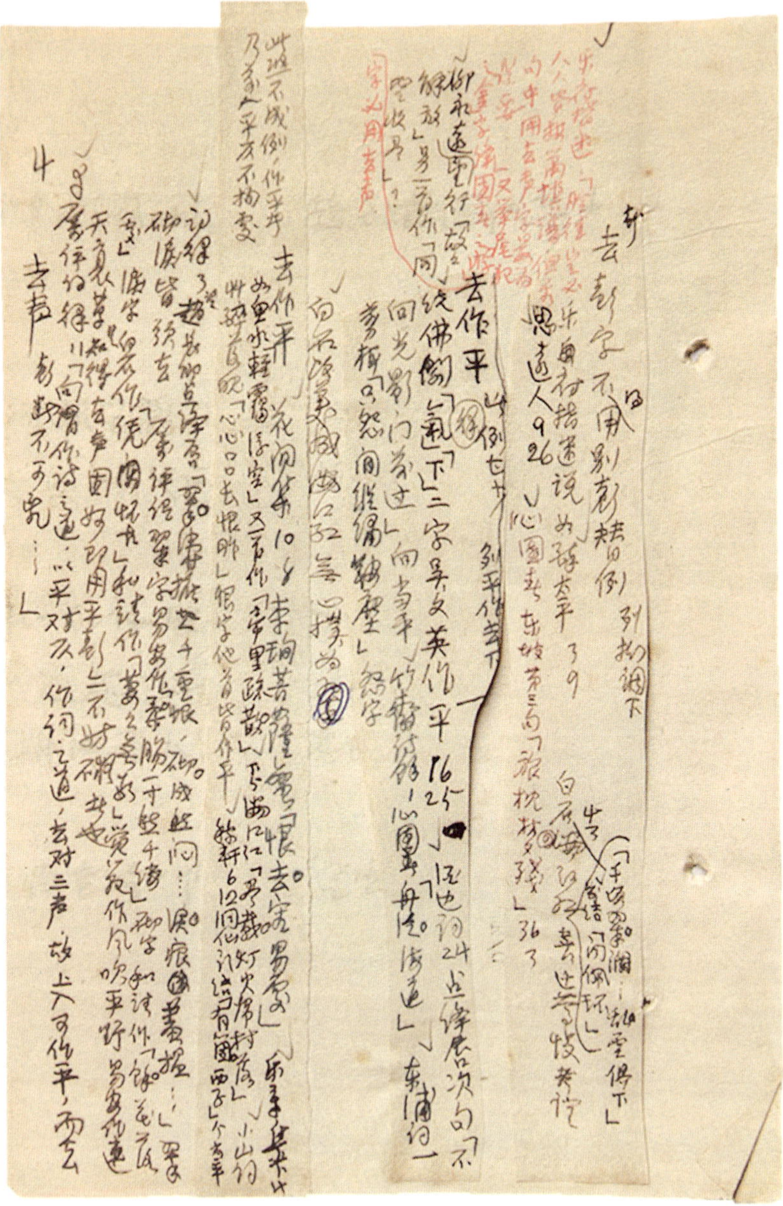

去聲字不用別聲替例
去作平
去作平

26 朱彝尊陵阳词·鹧鸪天还家「拚九鼎、食前钱」前作平

26 绣谷词 柳梢青「依然是、车睡未见」是作平

白石说满江红「结句『无心扑』」心字必用去声 但佩字去 影字则上 汪东律诗之词曰「尽

韵满江红来和姜词 考卿诗兴 惟用方理 乃所作皆以平去入结 且历征两宋

名家无一不然 即白石集中亦自有平韵者 玉田词满江红援引白石满

而梦窗中满江红用入声者 仍照律未得依律改曰是则并无能加之也」

影又附 上之怪、

词律附论 德清先生一寸金「可用旦宵而退夜正好渡江多行念楚爱利多

诗须韵字去声字某字上用式疲正地 全还消暗记编 挂马爱欲思。

重袖下生露复等字、又一首上同词生于草上图诗城」

元微之诗二首 徒行楼 楼去作平 词牌了白上下

本平声改用去声以峭折如姚姜夔 如李商隐马阳春徐落梅 抄 慧风词话 2/29下

南宋诗保推辞集五律词 引郭振说「词中上去二声可用平声，入声不可用上三声，用之则不叶律」 似允

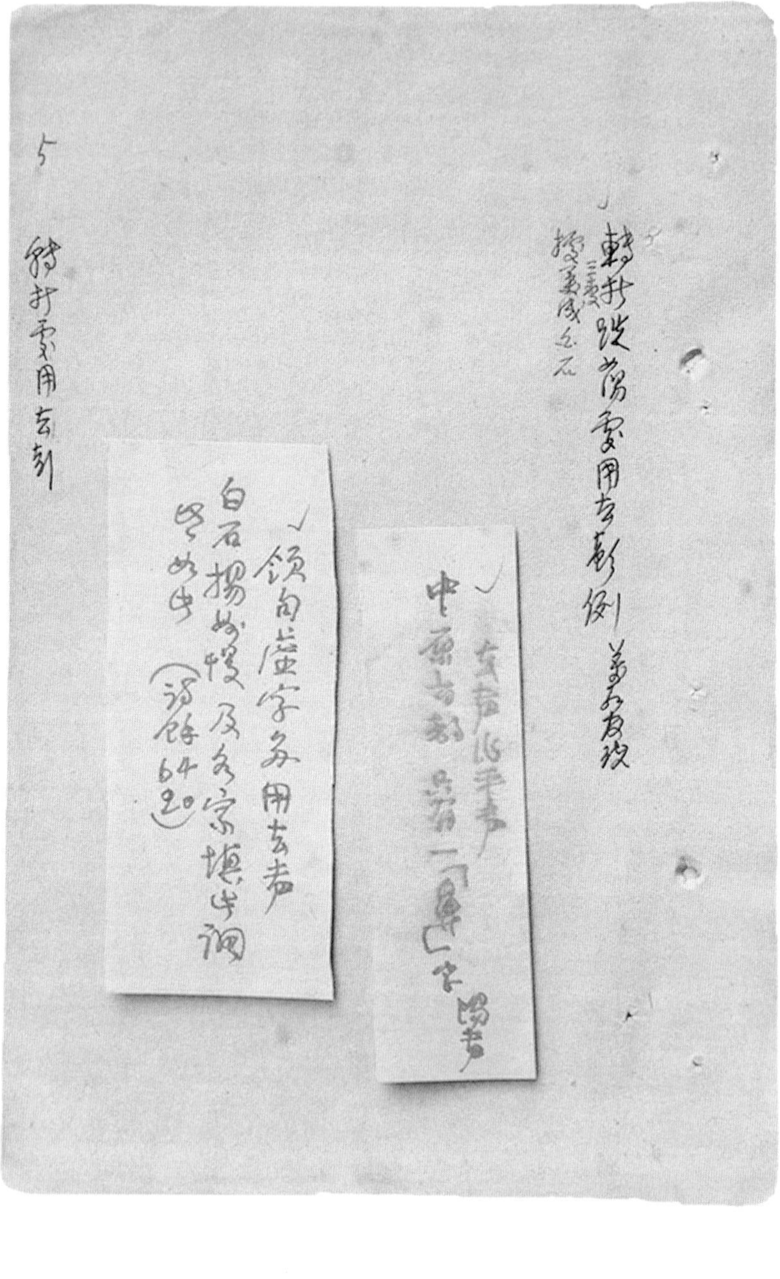

入併平，但仍押［用］入字

子野詞「山憶故人」上片「傷遠更憶。真苦」下片作「相思恨不相逢」此詞查訂錄

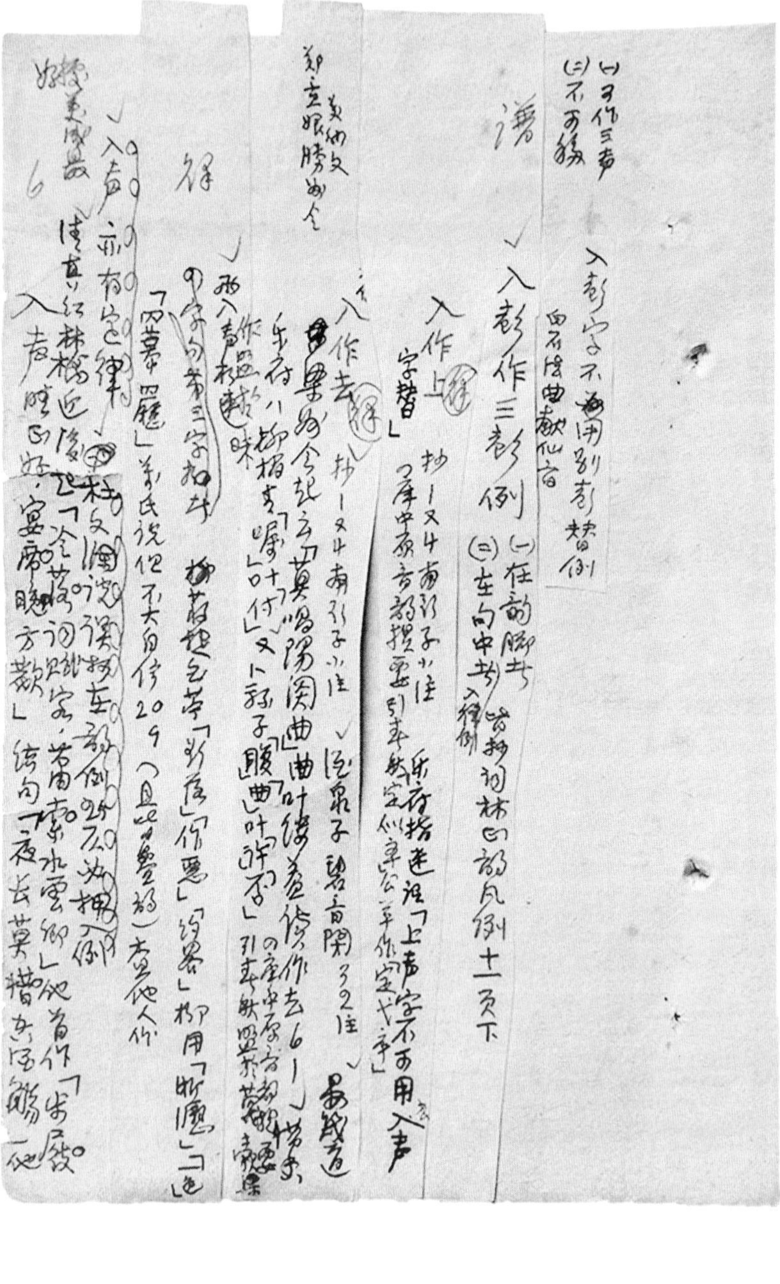
(一)可作三声
(二)不可缺

入声字不可用别声替例
白石俗曲献仙音

入声作三声例
(一)在韵脚者
(二)在句中者 入律例
皆据词林正韵凡例十一页下

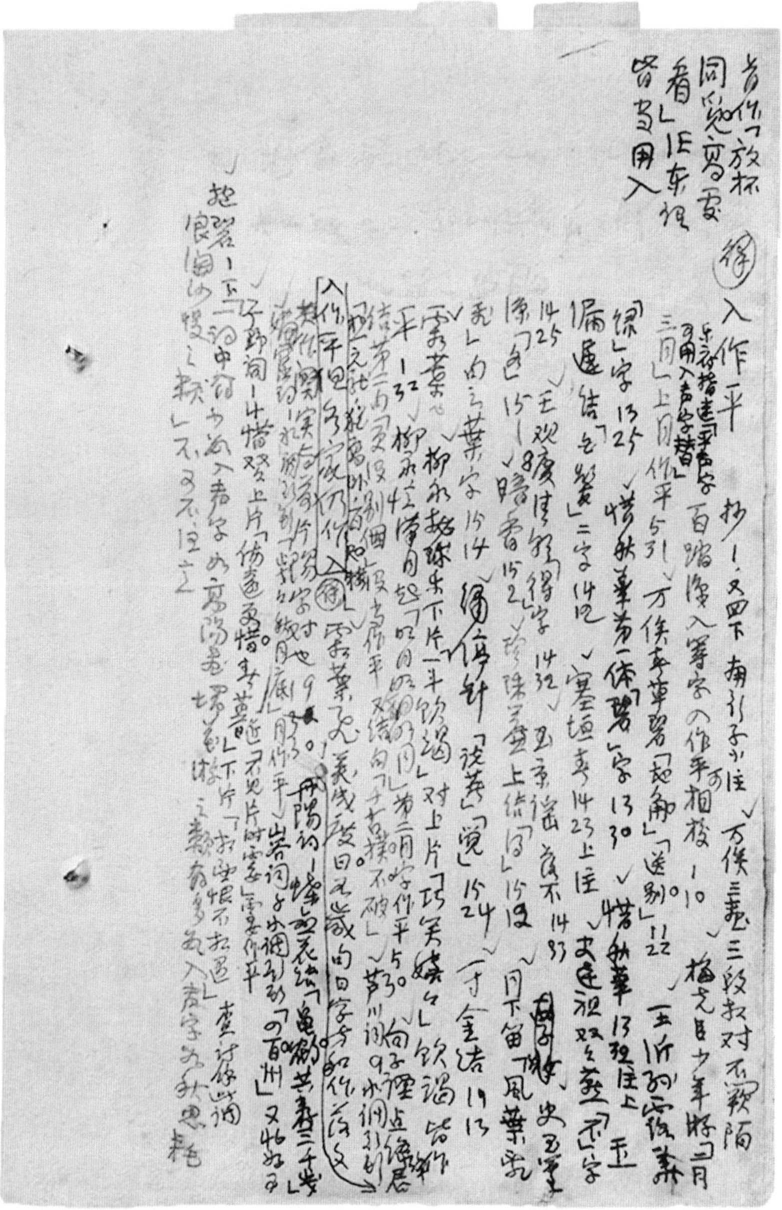
入作平

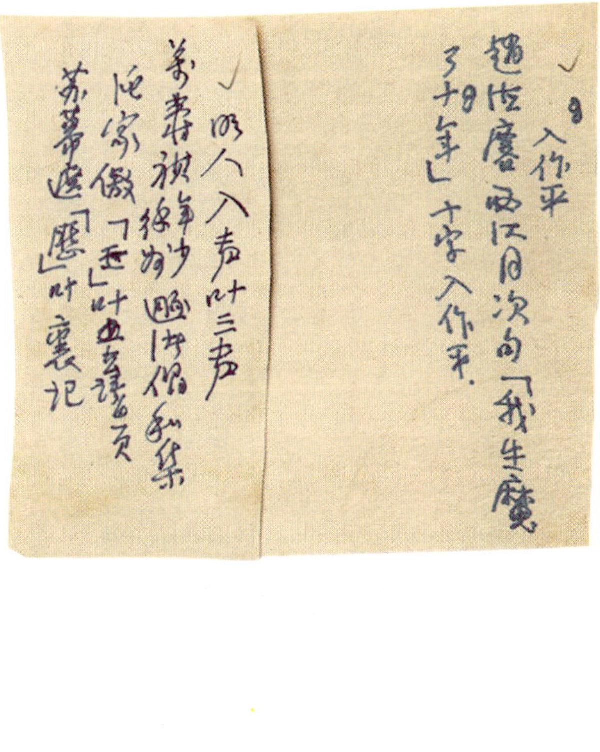
入作平
趙佐麐西江月次句「我生魔了十8年」十字入作平。
明人入声叶三声

蔣兆蘭詞說：「美成蘭陵王詞，『一翦風快』『月榭攜手』二句，『一』字、『月』字均是以入作平，詞律未經注出。按宋人賦此調均於二字多用平聲。後人填此調者如照填入聲為當，切忌填上去也」

萬紅友 宋詞按譜知句二字必作「平仄」，能無「仄仄」者，亦同此例。

東坡陽關曲（七絕）第三句第五字以入聲為協律，「使君莫忘霅溪女」，蓋防歌者歌「一杯風[illegible]」也。鄭大鶴說（詞刊7 139）

為入可作平，但必須用入聲。

入派三聲

见溪端透知彻帮滂非敷精清心照穿审影晓——清　作上

疑泥娘明微喻匣来日——次浊（亦清亦浊）　作去

群定澄並奉从邪床禅——全浊　作平

則出某字为清浊，但求归属何母即得（查同音字典）　如出字属穿

母，是清声，故作上读

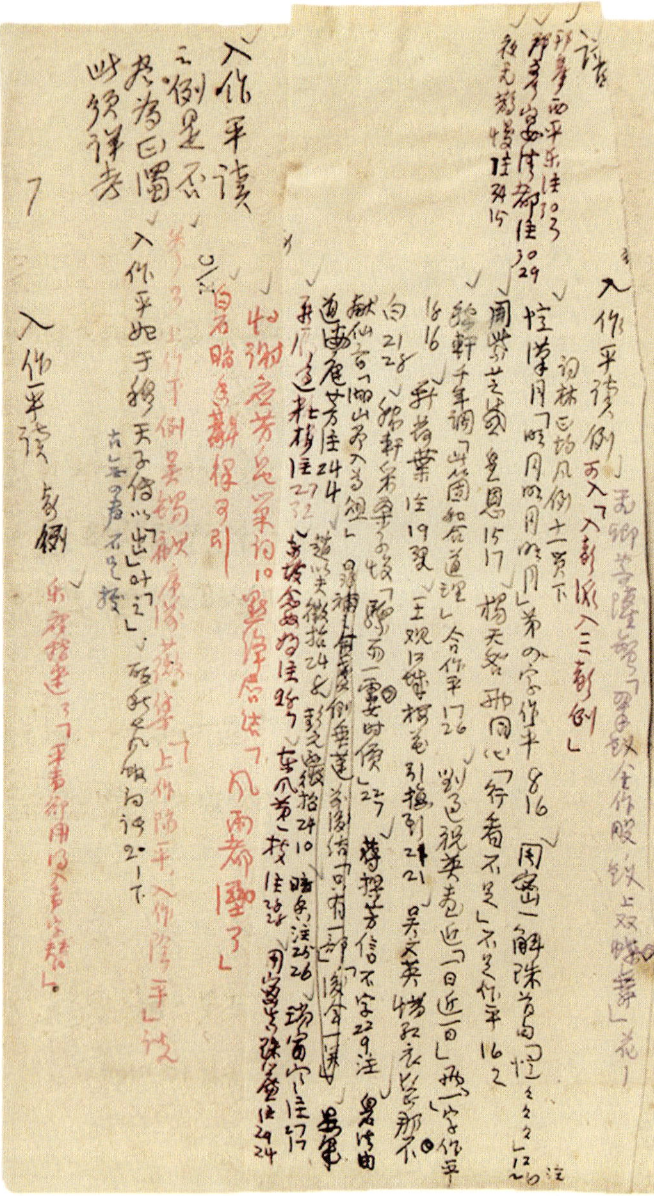

入作平讀例　而入「入聲派入三聲例」

詞林正韻凡例十一頁下

入作平讀　聲例

入作平

の序 中原音韻把要引櫃弓住文子名木蘭詩為補年

古樂府江南曲魚戲蓮葉北 注此詩為北以叶西 是入叶平已如明於古

飛卿菩薩蠻「鈿上雙蝶舞」 唐人已有此例 64 和凝山花子

花間集 1—11 飛卿菩薩蠻「錦蝶雙雙舞」 子鄂(?)1—11 迎春樂「城頭畫角催如客」

「俗人」 ニ作 蕭瑚(?) 東山詞夜遊宮「初過元宵一百六」 後下片食一字作平 東坡如夢令「霎時修」

「不如閒早還歸」 辛棄疾 6 17 鳥夜啼「千葉田垣」八百8 主

樂章集下11 木蘭花令「屈指嬌兒去意問他人」

蝶字 曰俗 可作平 俗 數匣 淡澹 去作平 夕郢

一律 去作平上 俗 淡澹 作去 去庋

飛卿蝶字是入作平一佳例、由菩薩蠻為此拗調、與其他首拗句

為拗、但善用入聲字。 又日綺三 第3句「仙家」云

只等向郡第道」似「家」上入作平。 然第二首另句也一

終不形撐也

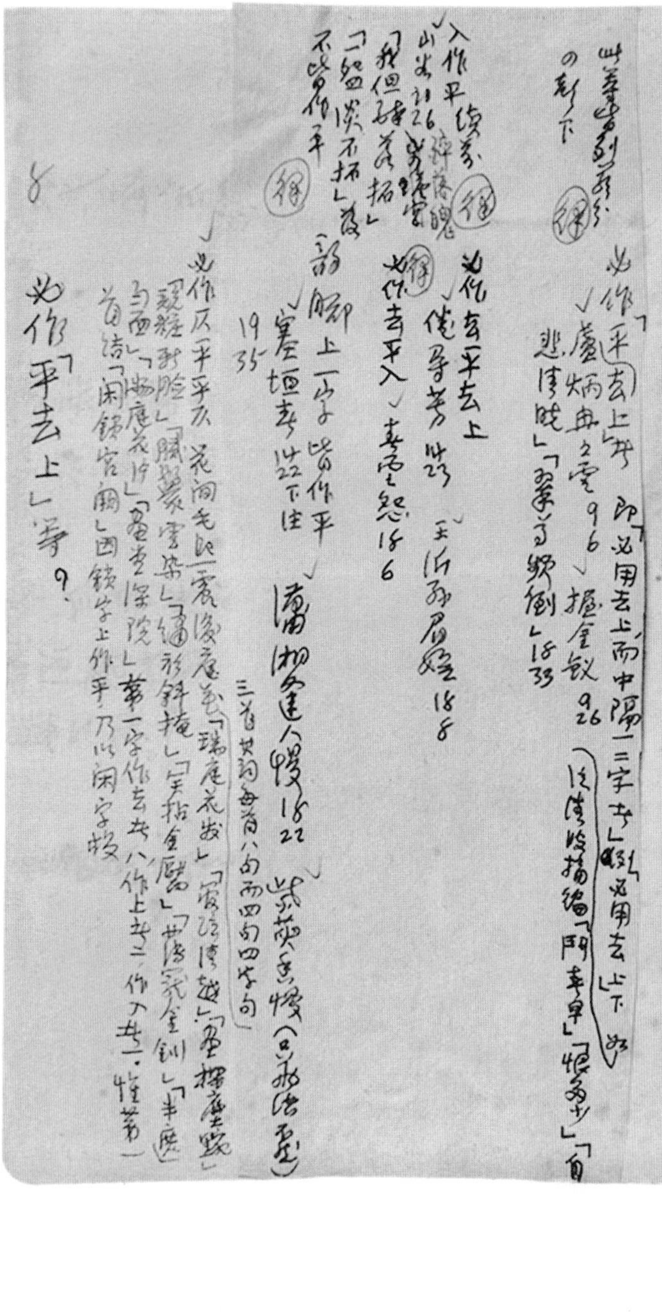
必作「平去上」者 即「必用去上而中隔一二字者」
擁金釵 926
悲清曉
必作「去平去上」
必作「去平入」
韻腳上一字皆作平
塞垣春 1822 下注
三首共詞每首八句而四句四字句
必作「仄平平仄」
必作「平去上」等？
入作平
不皆作平

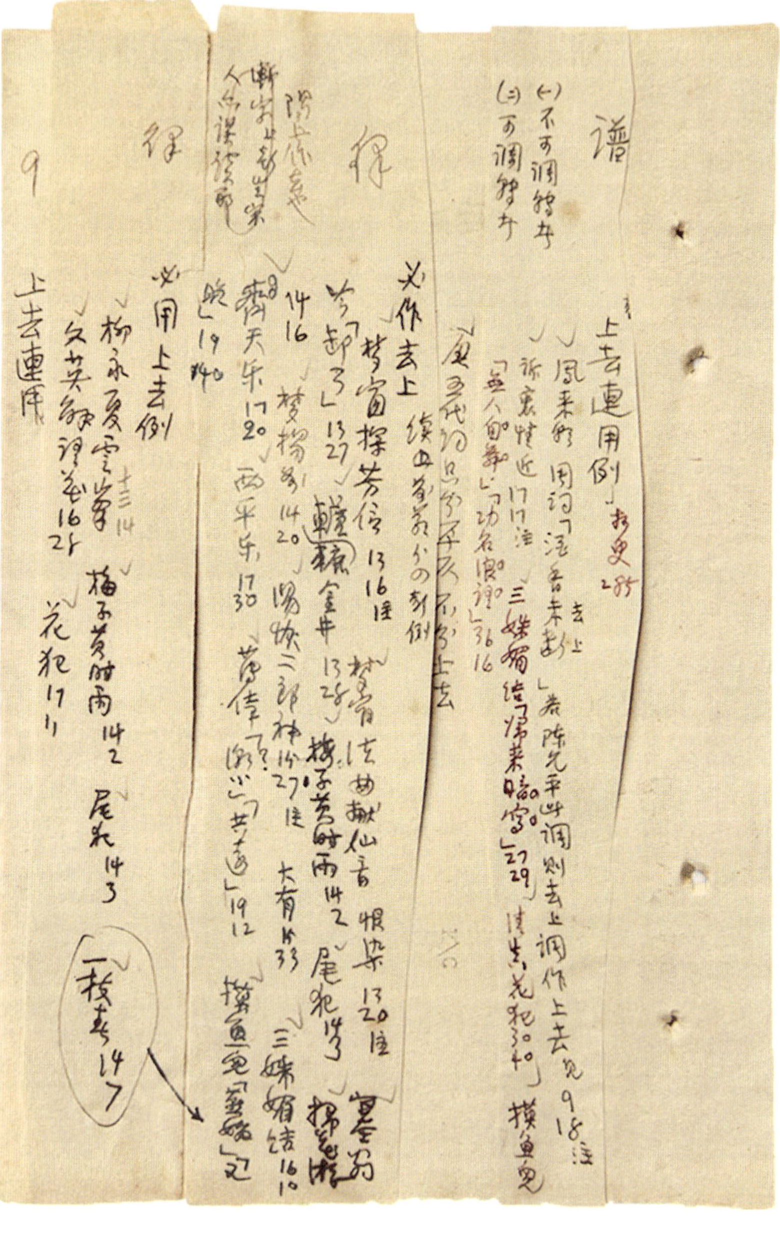

譜

(一)不可調轉者

(二)可調轉者

上去連用例」拾遺 285

「鳳來朝」周詞「汲香來影」去上「看陳先平此調則去上調作上去」見 9 18注　摸魚兒

訴衷情近 17 17注　三姝媚「信歸來暗寫」27 29　清真花犯 30 40

「無人知無」「功名與酒」36 16

「夜」至代詞只作平仄不分上去

必作去上　續此翁參分の例

夢窗探芳信 13 16注　夢窗法曲獻仙音　根柔 13 20注　宴清都

「芳」「卻了」13 27　鎖窗寒　金井 13 28　揉子黄時雨 14 2　尾犯 14 3　掃花遊

14 16　夢揚州 14 20　揚州慢　二郎神 14 27注　大有 15 33　三姝媚 16 10

齊天樂 17 20　西平樂 17 30　「……」「共游」19 12　摸魚兒「……」見

晚」19 40

陽春白雪……

必用上去例

柳永夏雲峯 十三 14　梅子黃時雨 14 2　尾犯 14 3

久英……16 28　花犯 17 11

9

上去連用

一枝春 14 7

清真花犯上去共廿二處「照眼、净洗、勝賞、燕喜、更可、素被、冷尖、舊風、正在、恨裏、夢想、照水」。夢窗望江南「一不同（仄聲）「夢繞門鄉

（附論）詞律謂清真蕙蘭芳引「空堦晚景」「倦游厭旅」

必當考 全屬」「爭標秋單人獨」俱上去

必當考 同 上「露華未衰更殘」「想故人別後」「縱寫寶 梅舊曲」俱去上

去上「詞律附論云」

陽用上去考 同清真蕙蘭芳引「照青鏡」「對客館深扃」「更

花心動雲窗」陽用上去「此種乃詞中拗折處，發調之處，所以美成

為詞壇宗匠也，他調莫不皆然，何於此及之（查竹坡此調）字面

清真夜游宮前後片三句「橋上酸風射眸子」「不戀單衾再三起」詞

律附論謂作去平上為是 但東坡放翁作「點空萬里詞底雪紙」（亦上平

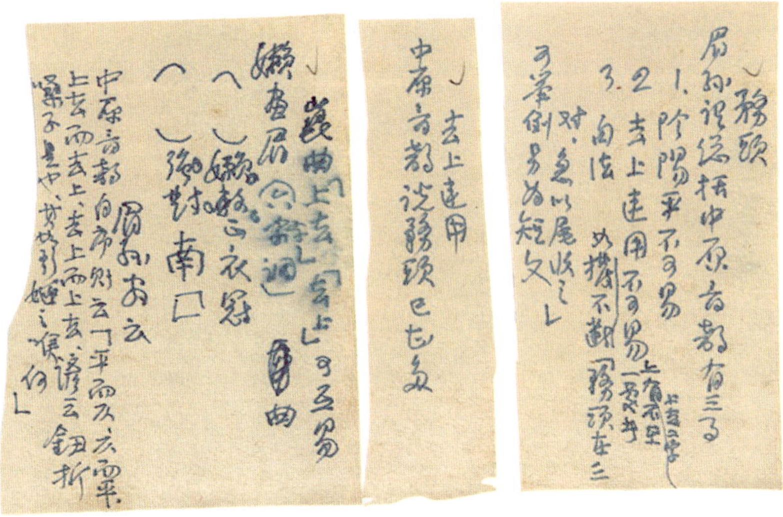
務頭
周和謂總括中原音韻有三不
1. 陰陽平不可易
2. 去上連用不可易 上聲不宜一字再
3. 白法 如撐不斷「務頭在三對，急以尾收之」
可舉例為短文

去上連用
中原音韻說務頭已包及

曲「上去」「去上」可互易
嬾畫眉
〔 〕嬾動云衣寒
〔 〕獨對南〔 〕
中原音韻自序附云「平而仄，仄而平，上去而去上，去上而上去，諺云鈕折嗓子是也，其如彭娙之喉何」 周和有云

史梅溪蘭陵王詞歌拍綺字 用樸公子歌下更作記的 綺律旁注去声

近人張蔭烟艮庵詞自序說此乃陽上作去之例

檢一名詞聲多
字韻歷代詞
錄校之可知此
說信否

又四9 上作去

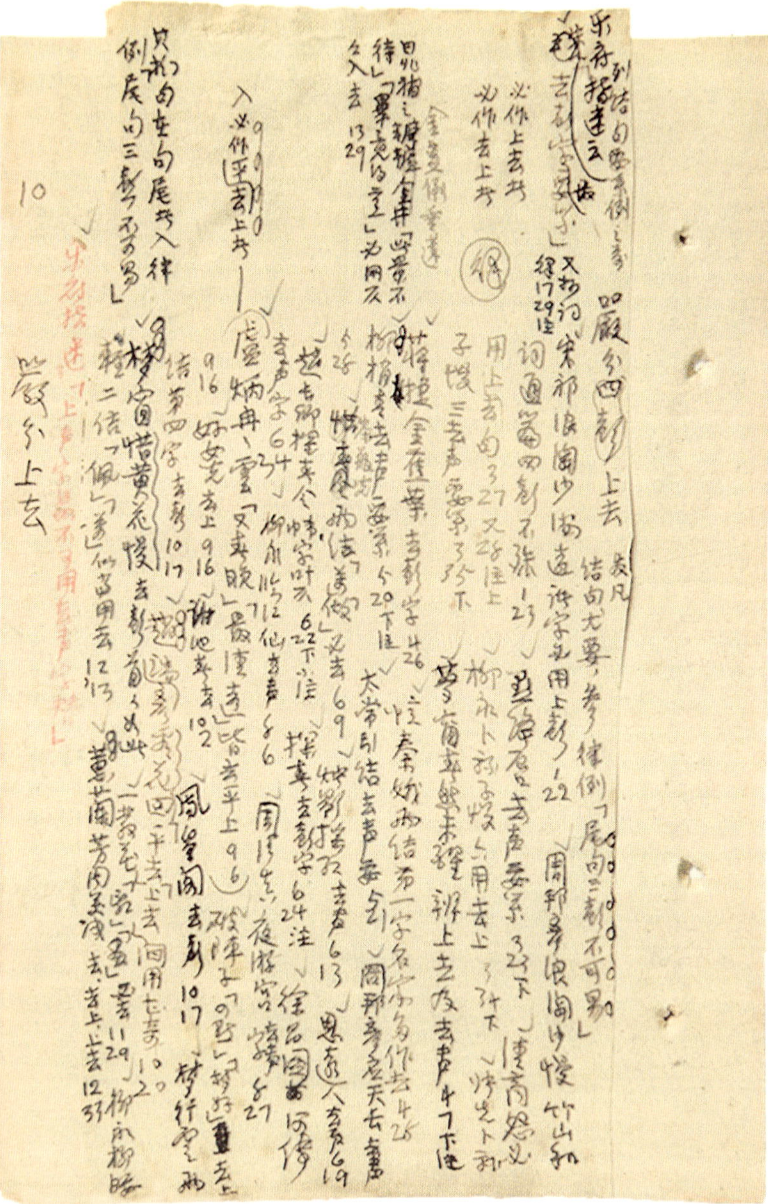
嚴分四聲 上去
必作上去者
必作去上者
入必作平去上者
嚴分上去
10

次句用「去平上可平去上」

律

慢波引 去 12 34　八六子 秋结 必去 13 5　鱼游春水 上去 必去声 15 13

霜華 去 13 25　惜分華 去声 13 30　尾犯 去声 14 5　天香 14 11　塔(?) 揚

如去 14 20　倦尋芳 去 14 23　入声 [illegible]穿(?)空 去 14 29　绕(?)[illegible]風 煙 14 32

续 [illegible] 四 彩

西子妆 14 34　[illegible] 去

陽快三郎 神把向 15 26　燕山亭 住 15 32 去彩　秋霽(?) [illegible] 楼 去彩 16 6

月下笛 15 15　三部乐 次句「暮」字 15 17

8 吴文英 三姝媚 去彩 16 11　东风第一枝 16 14　美年歡 去声 16 21

绛都春 去声 16 23　又 吴 [illegible] 去 16 28　瑞鶴仙 17 13 住 去声 慶

8 宫高「四文風樓」必平平去平 17 21　氐州第一「村渡向晚」必上去去

上 17 25「頓老從來」必去平平 ? 同上　月中桂「[illegible]」必作平之去之「向」

執 席 上 必去平 不 18 1　王或 西河「[illegible]色衰」必去上去去上 19 27

又 吴 西河 去 16 27　寸金 去 19 13　[illegible]把向 必「平仄去平去上」 20 41

此入上去選 用例

清真 [illegible]、[illegible]、更苦（住东）

周濟文選須分「上入」　見總園詞話 1 5 上

鄭文焯与夏吷庵論詞札有論去（柳詞）一節 可抄 詞學季刊 [illegible] 15 頁

魏国词作（卡） 证宋人以日去上声与现行宫韵颇有不同，如陆静水杜仁字是

上声字宋人可作去声用，另详误读」

大鹤与映厂书论上去字　东词刊第159须检

此词韵

词中拗句起于耆卿、梦窗，又偏于名词，平仄与五七绝不同（见词史稿）

改拗调为顺调　周密解语花　绎16 29

小令作拗句者甚少，顿径见温飞卿首句「杨柳丝丝弄轻柔」，陈渔作「横黄[illegible]杏花字」，乃平平仄仄平平仄，拗字之误。清先生默忆各白上下第三句「午妆粉指印窗眼」「宝钗落枕梦春遥」，皆作仄平仄仄平仄平，方千里和如此（全词只の句）

谱

改拗作顺例　贺新郎拗句有改顺句者甚多。翁元龙瑞鹤仙37 14

全首皆顺，惟结尾拗者甚多。如吉之[illegible]惟下结作「好[illegible]将身在水乡」

如山中白云今

阳春集补（多错）上下片第三句二二一二　又如一首上下皆作二二一一二（自改者）

碧鸡漫志二谓「柳耆卿乐章集……然拨声律美者用之」。今集中拗调最多，知音者不顾平仄拗否

8 拗调起于耆卿，然为律之反动，其故有二。（一）如「小山重叠金明灭」「弄妆梳洗迟」。（二）如温飞卿「画罗金翡翠」「[illegible]金缕凤」女冠子「含娇含笑宿翠残红」第二の六字

浣溪沙上二三五字

二　拗调

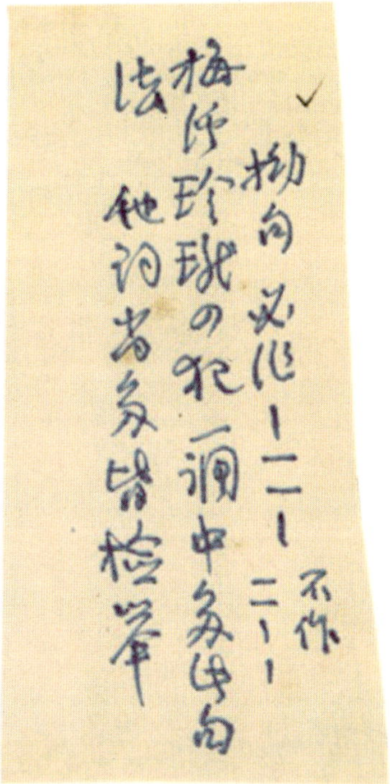
拗句必作丨一丨 不作一丨丨
梅所珍珠の犯一調中多此句
法 他詞當多皆檢舉

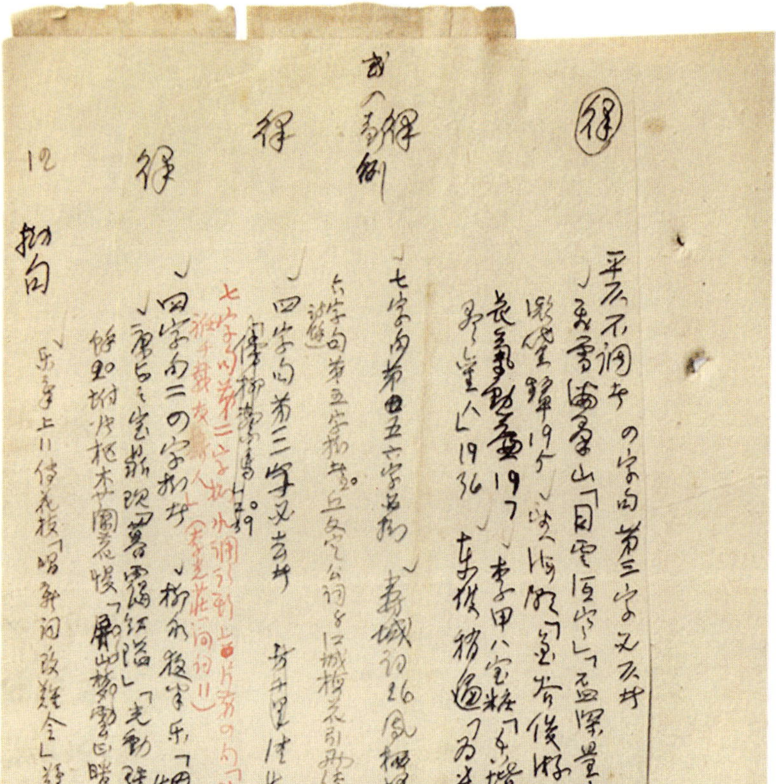

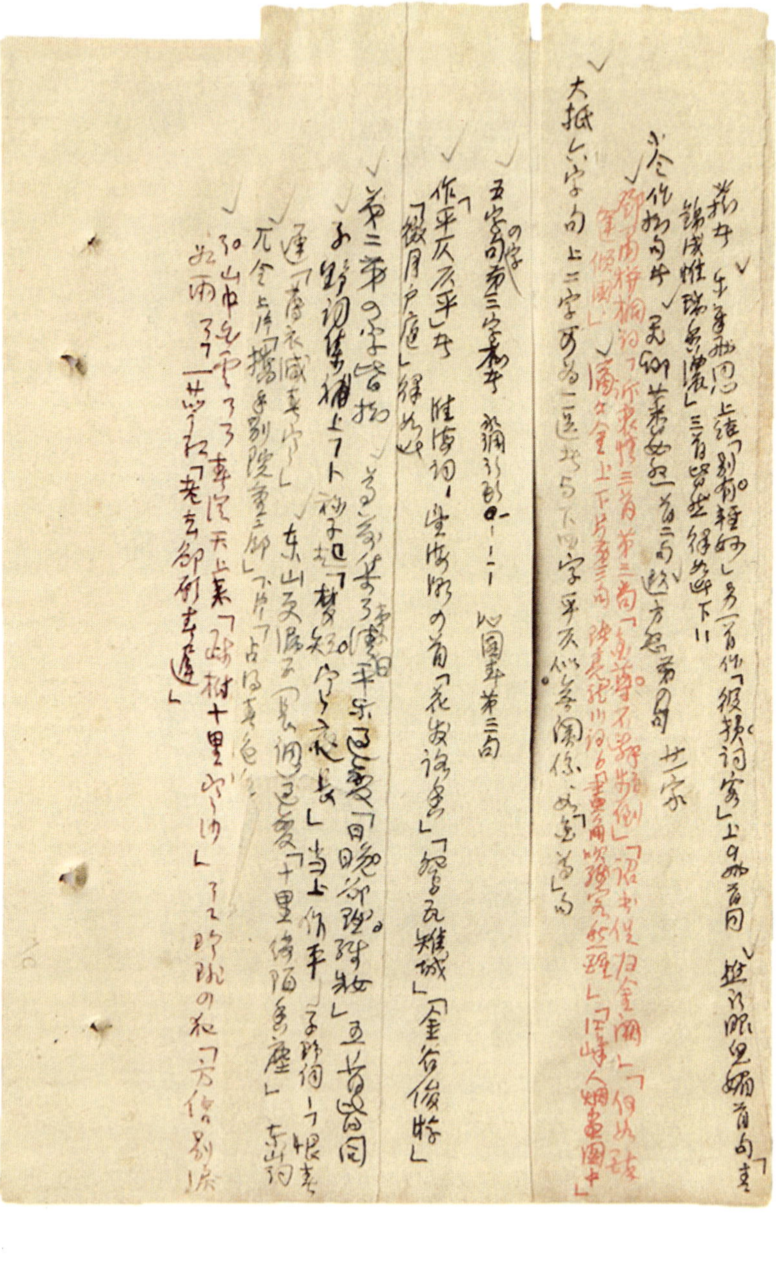

若ハ「年年飛思上舞「别有種好」ナリ一首作「很挨詞家」ト云如キ皆同ジ 並ニ欧陽炯首句是「
錦成堆瑞気濃」三首皆然リ得如キ下ハ
又令作拗句ハ 元卿「芳魂如夢」首二句 遊方思第の句 廿字
「卻有梧桐秋雨「流泉咽」三首第三首「亦尊不辭勞倒」「沼水從歸金闕」「何以玉
堂候闕」隔句全上下片第三句 陳克「鏡川詞」白雲満路 吹醒家縱歸」「仙峰人烟裏圖中」
大抵六字句上二字可為一逗 其下四字平仄似無関係 如「金谷俊游」句

五字句第三字の字本ハ 翁綱ノ說 〇一一一 心固本第三句
作「平仄仄平」ハ 陸游詞「堂游」の首「花安論多」「舊京雄城」「金谷俊游」
「微月戸庭」得如キ
第二第の字皆拗 若言方所平樂 事 日
下野詞集補上フト 沙子也「夢短知 宵長」 平示已愛「日晚欲理殘妝」 互黃皆同
逢「春衣成未了」 東山又偏子 「長调已愛「十里條陌多塵」 尚上作平「子夜詞」ノ「恨春
元令上片「攜手別院重歸」 下片「占得春色」 東山詞
和山中色雪アヲ「華院天上來「路樹十里少小」アヲ 昨夜の和ノ方位の別派
如雨了「一廿些ト和「老去卻有春遲」

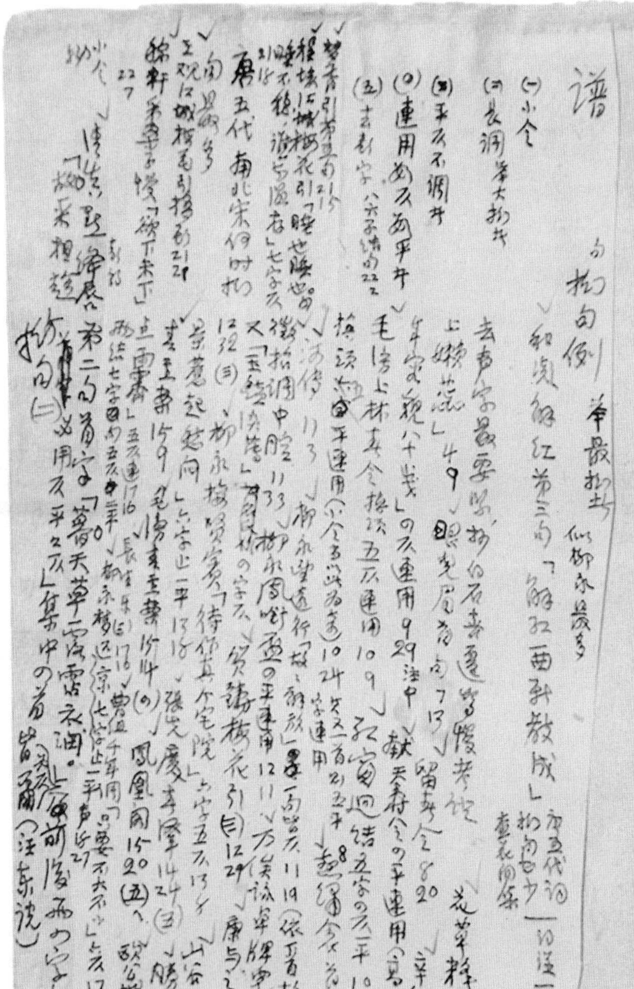

譜

(一)小令

(二)長調华大拗者

(三)平仄不調者

(四)連用兩仄兩平者

(五)去聲字 八六字法句 22 2

[illegible]

唐五代 南北宋何时拗

句拗多

句拗句例 华最拗者 似柳永最多

和凝解红第三句「解红西别散成」 唐五代词拗句甚少 一句從一廿一

查花間集

去声字最要紧，柳白石专選去声字 [illegible]

上「[illegible]」 4 9

年宴观八十岁」の仄連用 9 29 注中 獻天寿令の平連用(高丽乐) 10 8

毛滂上林春令换頭五仄連用 10 9 红窗迥结五字の仄一平 10 10

换頭[illegible]平連用(小令言此為多) 10 24 [illegible]

柳永[illegible] 11 19 [illegible]

[illegible] 柳永[illegible] 12 11 [illegible]

[illegible] 賀铸梅花引(三) 12 29 [illegible]

[illegible] 柳永[illegible]「待你其[illegible]」六字五仄 13 [illegible] 山谷[illegible]

[illegible] 张先庆春宫 14 24 (三) 勝之令(四) 16 8

[illegible] 鳳凰閣 15 20 (五) 欧公[illegible]

[illegible]

第二句首字「[illegible]天草云霞衣调」 [illegible]

拗句(二) 必用仄平々仄」集中の首 [illegible]

王翠芳菲用二十五數

曉之中」五字反如16

白石牧溪句結七字一句皆反23—1

柳永尾結「影後當信本證

若」23 12 (三) 又注(五)

柳永書撅手23 16 (三)

但晁端礼並蒂芙蓉上片
「殿宇分明敞，尚未瑞氣下」
后作「又結雙雙子如蓮子」
不拗，自殊其例，待考。

律

五 七字句第五字用平或用仄拗者 又五字句三字 九字句七字

三 少游鷓鴣天「雨打梨花深閉門」全首不叶，前此無人有不叶者 12

趙長卿醉蓬萊[illegible]「三步兩步踏藤梯」「且對一尊消永晝」「酬」9 13 周邦彥同

9 14 周紫芝同 9 14 此調不能不叶 姜夔醉吟商小品「又正是春歸」「但得寂寥旅」「桃葉渡」

「鴛鴦浦」11 17 仄犯 11 26 祝英臺近 12 6 陽關引二疊 11 30

陳允平梅芳近 12 6 被花惱 14 34 柳永「塞垣」孤烟裊裊

又「一日」数份 14 6、姜夔長亭怨慢「揚州今已誤了，忘了當時蕩漾」

15 11 雪仙引 15 19 東風一寸金「下枕江山是城郭」10 13「渡口」

姜夔翠樓吟「寒廊」平韻 大聖樂「衡陽江邊地」「雲彩天快樓」「隔水」

近代诸家詞 江南雁 唐俗可同，19 16 沁園春「鐘」「幽」三字 19 17

姜夔長亭「一雙鴛鴦」雙蛾舞「媽女子卷風」如「淨陵茶」

20 13 聲聲慢 20 11 楊無咎 天外東風 [illegible] 中堂宴賦

律

七字句第六字用平作拗句者

翁卿卿「蝶作秋風帶我殘」「金屋裝深照我梳」16 23

15 太常引 西湖「又浪醒舞來捲和魏」「後覺得情路遲」19 何前作上一查詞

潤齋 [illegible] 亦五句如此查證

拗句 ◎ 三

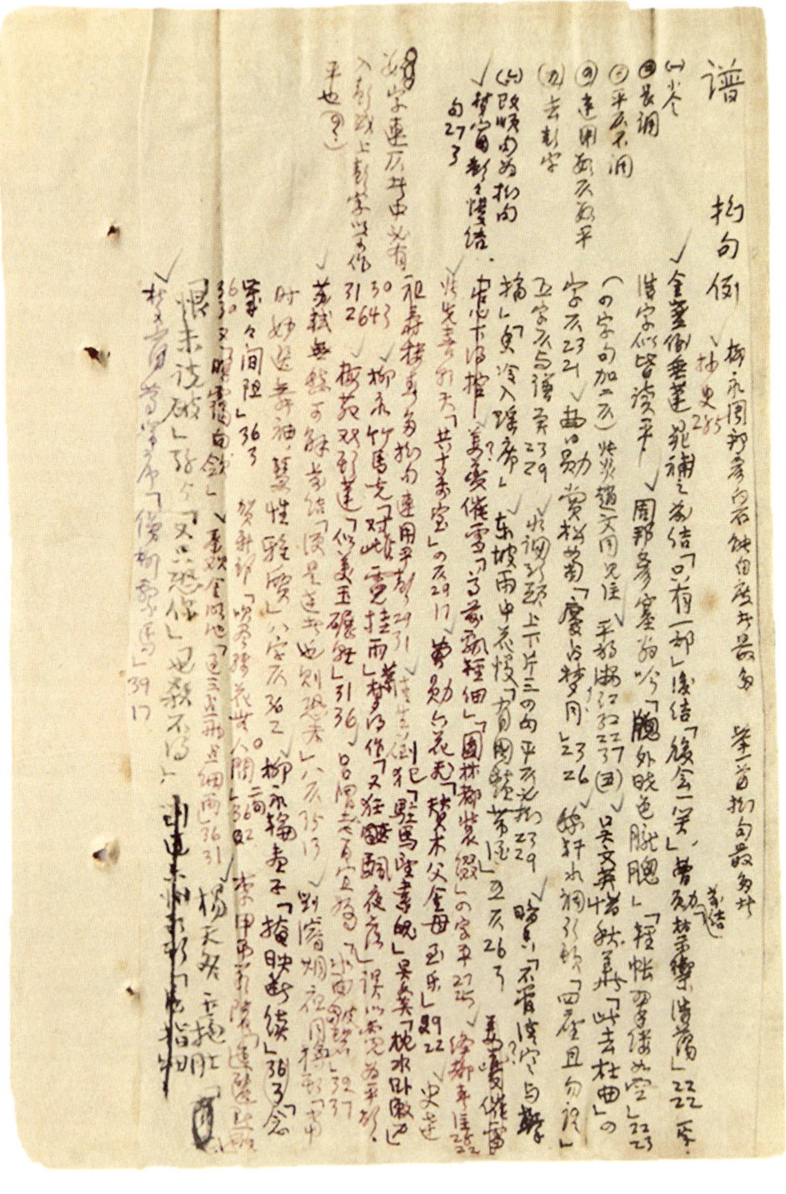
譜
拗句例
(一)小令
(二)長調
(三)平仄不同
(四)連用數仄數平
(五)去聲字

# 拗句例

五字句第三字必仄者。「花间」一3毛卿更漏子「花外漏声迢递」「惆怅谢家池阁」「帘外晓莺残月」「还似去年惆怅」「花里暂[illegible]」如相见」「还似两人心意」「眉浅淡烟如柳」「蝉鬓美人愁绝」「城上[illegible]」声呜咽」「绣[illegible]」「不道离情正苦」上首中止「正是芳菲时节」一句不合。足见唐人词虽但长短句之诗而已。查诗馀此调

花间集以全部拗句，以毛卿为最多。

五字句第三字拗者，[illegible]「正[illegible]」又云「[illegible]」

七字句第三字拗者，花间1-4毛卿[illegible]「画[illegible]」「[illegible]残烛」「[illegible]金钿」「锦帐绣帏斜掩」

花外集「[illegible]」上片第七句「[illegible]芳晚化[illegible]」「月同[illegible]」下片第七句[illegible]

第二第四字皆拗者，花间2-1[illegible]清平乐「[illegible]」

六字句第三字拗者，[illegible]

[illegible]千门……[illegible]上马归」又一首「上马[illegible]」……迥首挥回

拗句

[illegible]

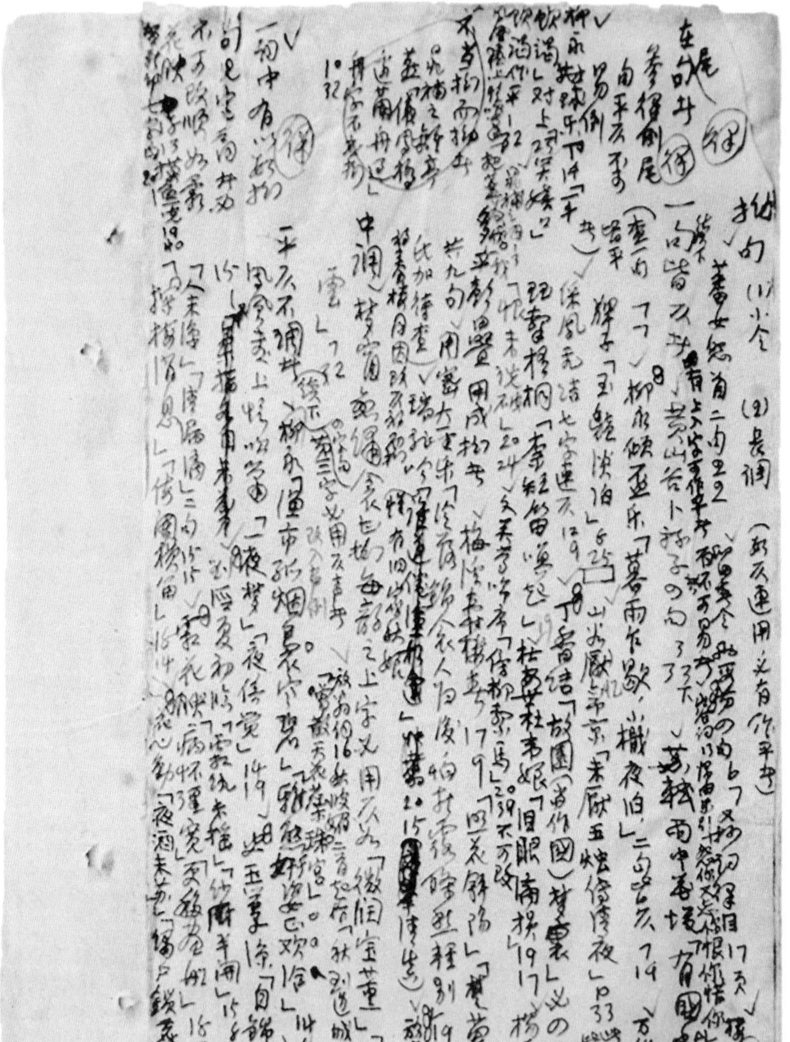
拗句 (1)小令 (2)長調

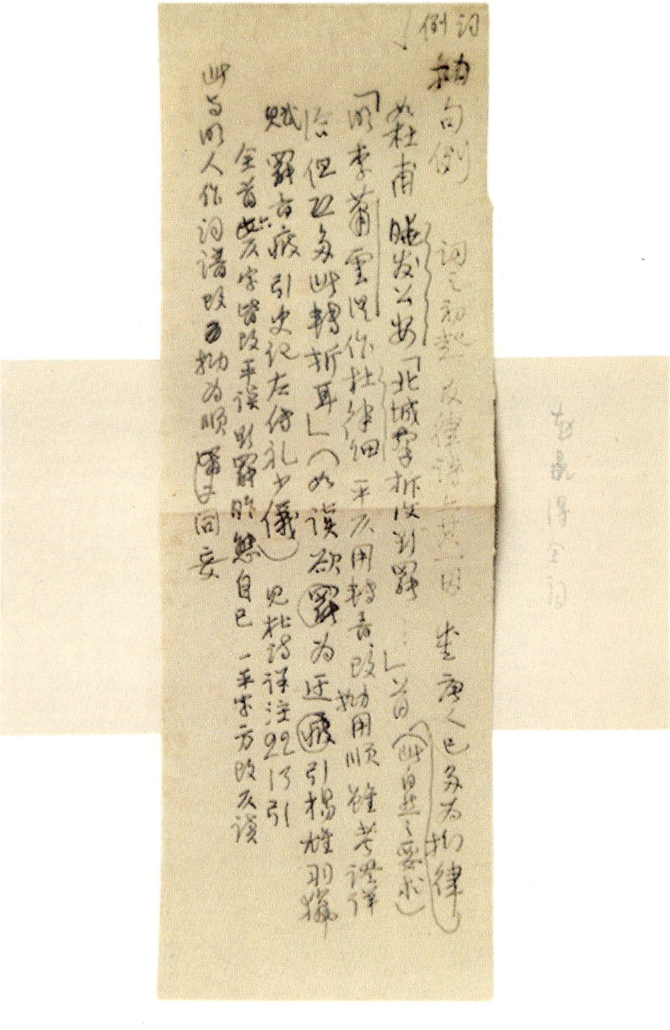
倒詞
拗句例
如杜甫曉發公安「北城擊柝復欲罷」一首
此為明人作詞譜改拗為順之同妄

因改韻而押　16竹屋10桂殿秋改仄為平「棲烏驚，隔窗月色寒於水，……」朱竊梅

幽新未覺，況先清無端向把」和思情……」皆押　同又一首亦作

詞之桂殿秋亦作

大學今首後結「都老卻當年後生」。「穀時好夢浪相侵」（案吳□）5謝太平「門掩風聲」「玉

大□諸說結（□□）二句同此「好秋都上眉上清，猶欲照殘枝」。但又第二句「弘花江戲時」下結「夜

既郎归　叢玉天樓詞一次句「好秋都上眉」

系今夜逢」詞句略一二一（去句讀）因平韻而又平起，故此字不得不押

有之押上片內　陽春集補一金錯刀上片第三句「黃鸝求友蹴林前」下片第三句「狂

條良蜂相。

翩翩」　劉臻得金錯刀亦結「但一抹竹寒。有寒中」「任換酬長江。大為器

一句皆仄　謝後樓水調歌頭結第二句「往者不可作」。又一首同句「再拜謝不敏」又一

首同句「寧肯捨抱朴子」皆可作平

六字句押　為秋第18劉仙岐上第六句「回身四顧梅卻」又第「平生此興不淺」「又為何似□□

收復湖」　下片第六句「當時邁往共行」又一首「天涯故人倦光」又一首「黃菊至於相怨

看」

五字句第三字如　紅了霜葉[illegible]高寺　紅[illegible]依[illegible]郎帶[illegible]句「玉鏡[illegible]」「[illegible]

[illegible]知動行」上下兩語「粉以金縷衣」「[illegible]李和[illegible]卿」　除[illegible]句外第一字[illegible]

李同語

改拗句

某凡將為順句，但多不可從

某今 詞律目17頁

周密、趙長卿 悵結 10 12 「蓮以夫孤寄」

上六皆兩合兩句為四句 6 子 「齊天樂」「暮積輕蛩望遠，雖悴零露」，悴必仄，同

換頭作引但不能調矣。

亦有作平平（畫蛇添足），陳允平作「市墟沽酒，酒侑愁如醉」，多一字

分句更又改為順句。夢窗畫錦堂 17 頁 夢窗還京樂 再字 積字

18 6 文英 [illegible] 18 29 石孝友 [illegible] 金殘花 19 6

周密 [illegible] 為順句，改也在 19 10 [illegible] 詰句 19 29 高觀國 賀新郎

20 2 張元幹 [illegible]「綠鬢衣吟緣」「[illegible]」 20 21

[illegible] 元好問 清平樂首兩句 [illegible] 一一一一二二後二首改作二二一二

17 黃子庭 4 沁園春 第三句「東風惆悵」「空自說程」「水曲山崖」皆不可從

無續余已增本作 [illegible] 二一一/一一一二一 26 錢從詞叶「肉色兒兒難」可，但

若如此肉色妖嬈，妖字當用平，或以首句平仄例之而改

上片拗下片順好。[illegible]

如「[illegible]」兩句連成拗，而 [illegible]

[illegible] 則順

13

改拗句為順句

上下片自改例

清真風流子已參「亭皋分襟地」又一首「遙知新妝了」皆仄平，亦移梅溪「夢省西楚楚，際瑤塌同，僅方千里和之「楚宮何許地」改一字（別一首「回思錦妝處」亦仄平）任東澤亦仍舊之

清真月華且錦堂 上片六句「愁。悶。又知。又亂。到。亦無聊」（五字逗平）後段與此句對比，則作「輕[illegible]」由是「心理」是自改協為順矣

又「愁悶……」句，竹山作與清真同，夢窗則云「愁結柔情迷醉眼」隨似改協為順，「愁結」字仍入作平，此又一異例

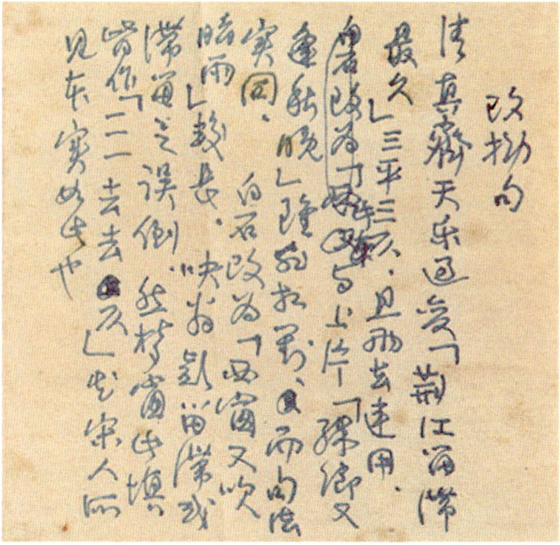

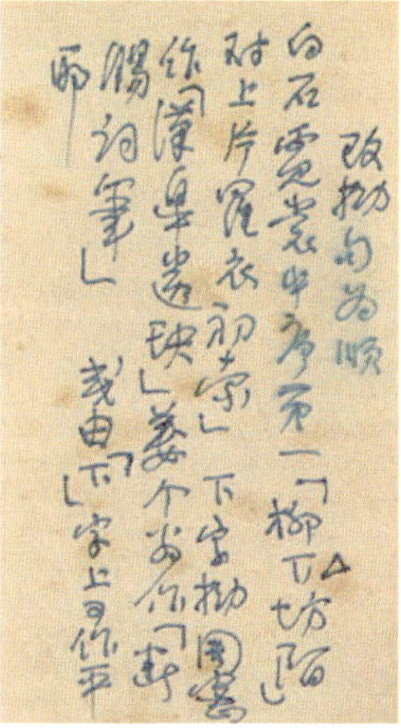

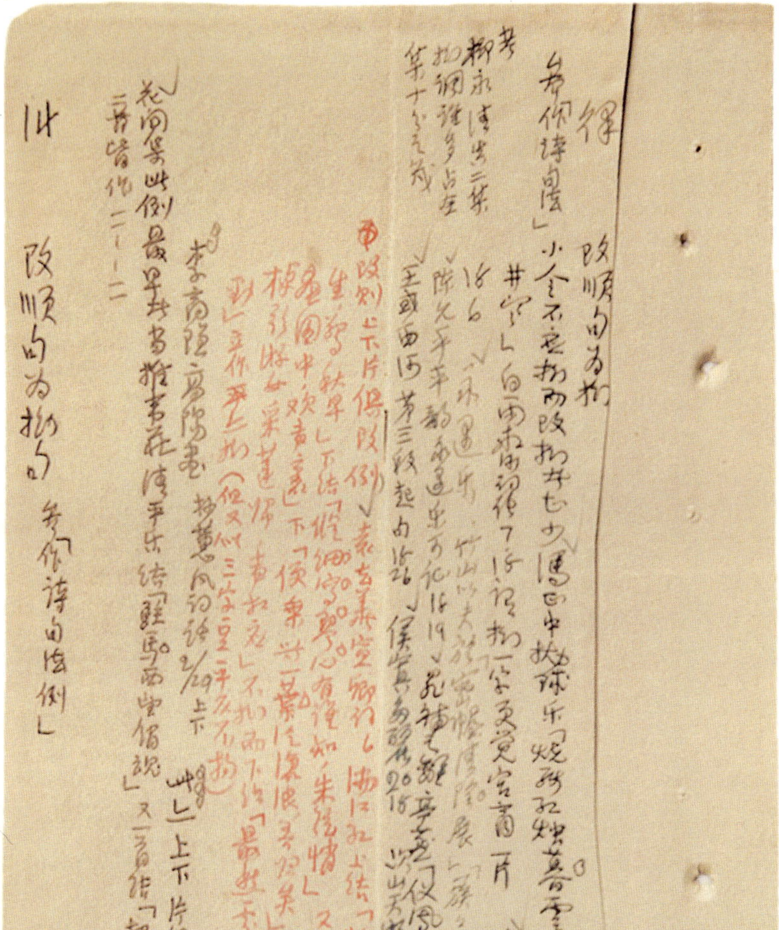

律　改顺句为拗
参「作诗自怪」小令不宜拗而改拗者亦少
卅　改顺句为拗句　参「作诗自怪例」

律

〈改拗句為拗句 列改拗句為順句下

姜杜文蔣東坡石屏劉郎七字句之末用「仄平仄」本作「仄仄平平平」仄」亦拗句此改作

「仄仄平仄仄平仄」202

拗句同平仄矣

15 改拗句為拗句

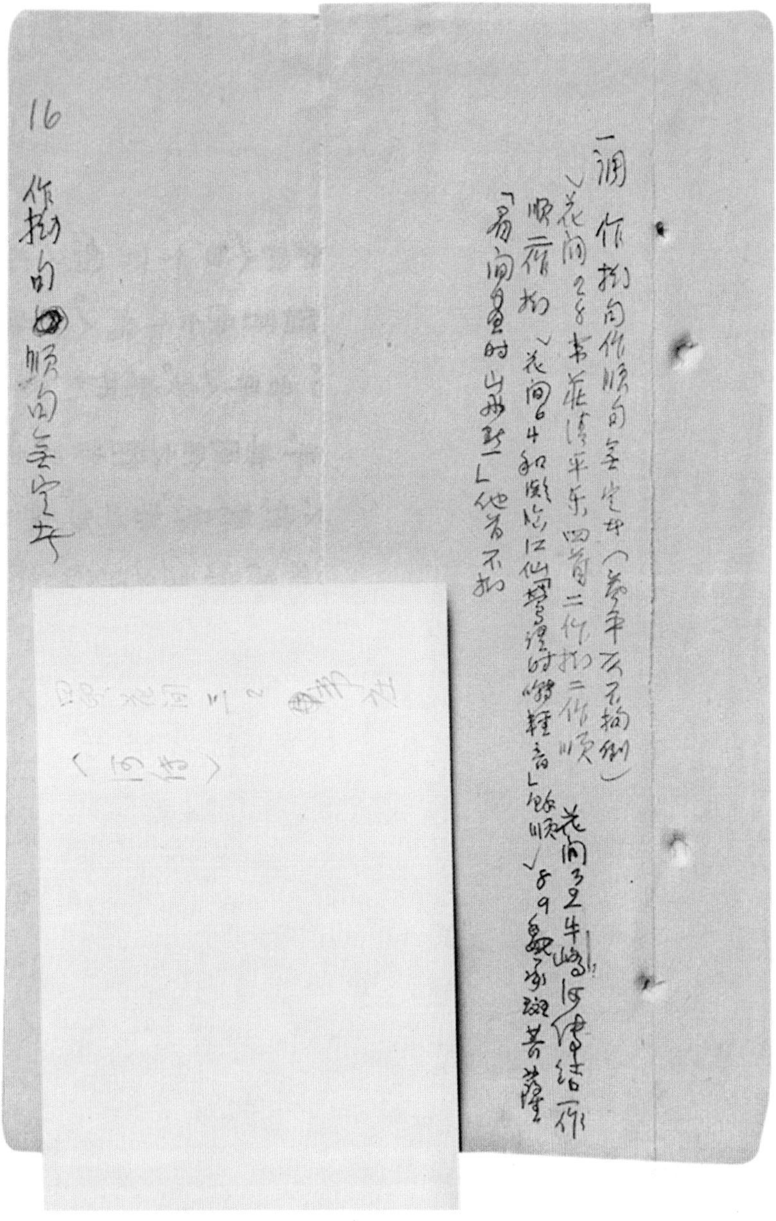
16
作拗句順句全定者
一調作拗句作順句全定者（參年不拗例）
、花間2/8韋莊清平樂四首二作拗二作順
順作拗、花間6/4和凝臨江仙「嚬輕音」作順
花間3/2牛嶠河傳結作
「看向畫時山雨對」他首不拗

一調作拗句作順句全定式（參年亦不拘例）

、花間2.8韋莊清平樂四首二作拗二作順

歐陽作拗、花間6.4和凝臨江仙「披袍窣地紅宮錦時囀輕音」作順、花間3.2牛嶠何傳結作、8.9魏承班菩薩蠻

「看向畫時山翠」他皆不拘

16 作拗句順句無定式

另引調名如例

句不拘而兩句連成拗調

、辛棄疾公子兩起「萬縷紅霞蘚內，數句猶未用」「雛鶯雕縷秧，陰呼花

光綴」（花間 9 6 尹鶚）、子夜歌 l 10 夢仙鄉二結 東山破陣子「客窗寒夜同

澹肚久，推枕援琴白沸零」下片「手記合歡　　葵東明庭，與宿迷憐穠

屏」、東堂最高樓「玉人無復闌干角，月華秋在小池東」四下片「不教去，長安

雲前」，夢賸下了，許多風與雨……副能小暖正寒梢，只成移殘早醒難」37

蕭條全起二句（東坡詞　了 105）

姜白石按軒 13 破陣子三句「十古風流今在此，萬里威功名莫放休」下片

「醉笑陪公三萬斗大，肯把牛刀試手否」

17　句不拗而兩句連成拗調

杜詩有全首順調，只一字拗

一、篇中止一句拗為全詞之眼目者
東山《吳潛子》（名調）上片「芳草照我殷勤」「望」字依上片「朝」字當作平，
過片及「十里綉陌香塵」里乃上作平，皆不可拗。惟上片「羅巾雙淚痕」
「恩誰指去處」相對，必二二一一一不可易

18

一片中止一句拗

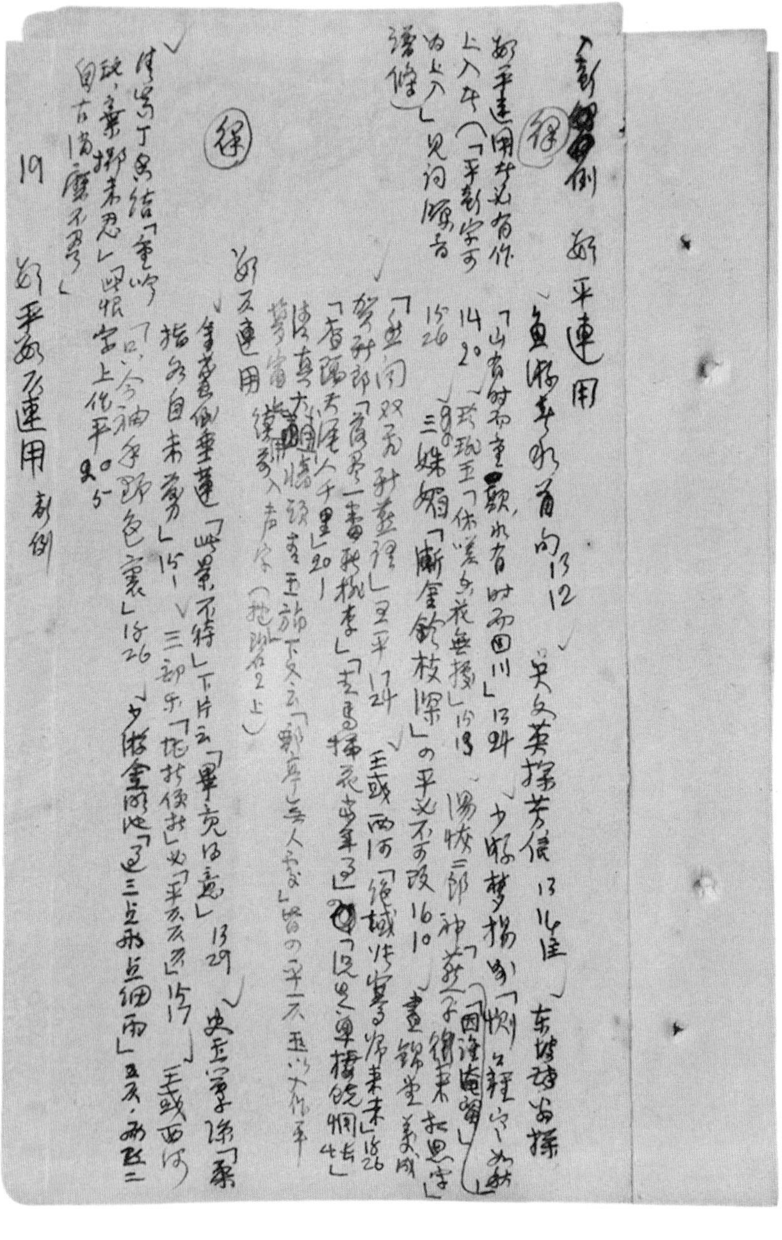

〈聲例　去平連用　魚游春水首句 13 12　吳文英採芳信 13 儿注　東坡詩句採

去平連用者必有作上入者（「平聲字可以上入」見詞源音譜條）

「山有無中覷，水有時而回川」13 24　少游夢揚州「因誰淹留」

14 20　玲瓏玉「休嗟多花無據」15 13　湯恢二郎神「為之子徘徊未去思守」

15 26　三姝媚「斷金鈿枝深」の平必不可改 16 10　畫錦堂 美成

「鳳問雙鬢新愁無理」又平 17 24　王彧西河「絕域路寒綿綿來末」18 26

蔡升卿「商量一番新梳李」「去馬掃花無年了」の「見只車樓殘倒垂」

「杏陌芳屋人千里」20 1

清真大酺「臨頭是玉節」下又云「郵亭無人處」皆の平一不五以大作平

夢窗繞佛閣入聲字（抄次2上）

去入連用

夢蕙低垂蓮「此景不待」下片云「畢竟給意」13 29　史達祖孫「柔

指分自未蕊」15 1　三部樂「花於使於」必「平去去去」15 17　王彧西河

傳字丁宴結「重吟「以今袖手蹈邑裏」15 26　少游金明池「過三點兩點細雨」五次、兩改二

訣，蕖郵未忍」四條寄上作平 20 5

自古俗塵不了」

19　去平去不連用　新例

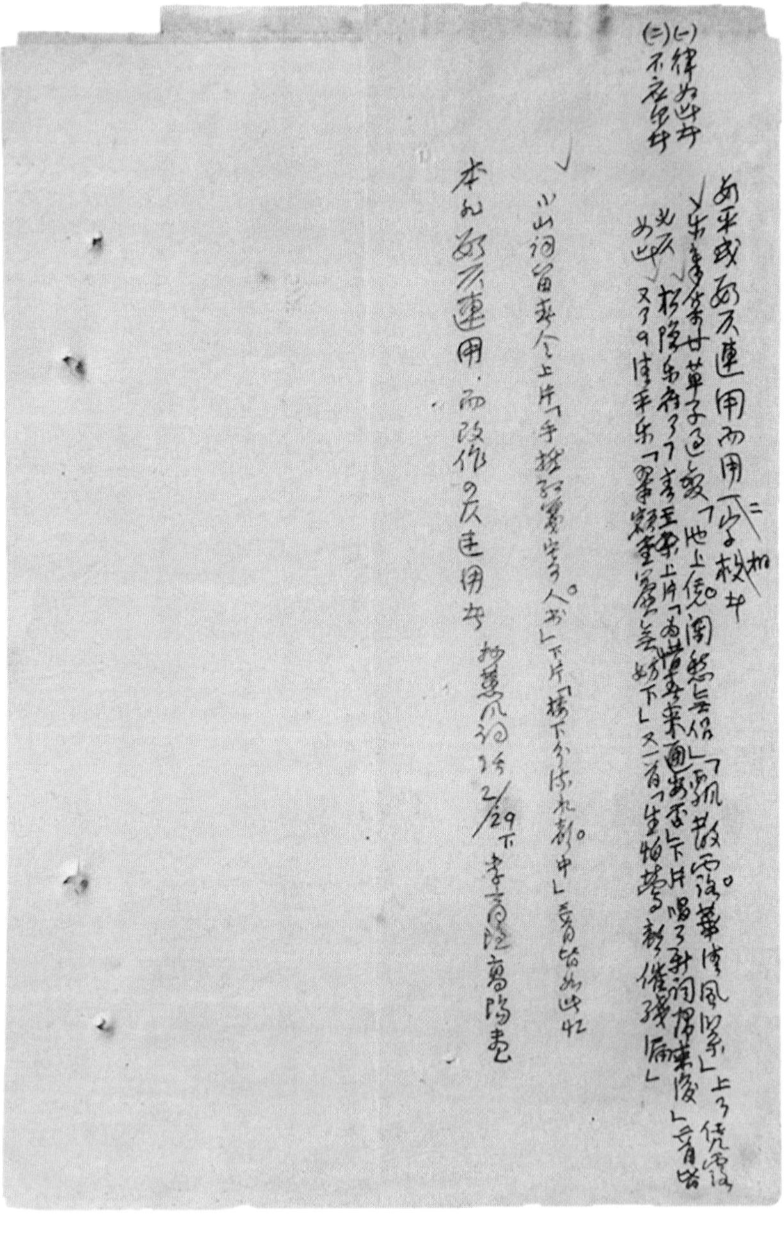
(一)律如此者
(二)不應如此者
如平或如仄連用，而用一二字救者
如樂章集甘草子之第一首「池上憑闌愁無侶」「飄散露華清風緊」上了憑[illegible]……亦皆
杜[illegible]……上片「[illegible]來畫如霧」下片「唱了新詞得[illegible]後」
又了的清平樂「[illegible]寫無好下」又一首「生怕驚[illegible]殘編」
小山詞留春令上片「手撚紅箋寄人書。」下片「樓下分流水聲中」音皆如此杜
本以如仄連用，而改作○仄連用者　如蕙風詞話 2/29下 李[illegible]

蔣兆蘭詞說頁十五第劍論詞「凡四言偶句，仄仄平平，平平仄仄者，上句第二字下句第四字古人多用入聲，蓋以兩仄相連，忌用上上去去，故以入聲間之也。」

案此說須查唐宋實如此否　又兩平連用上辨陰陽否

夜合花5、10字 夢窗中舆乐「珠簾垂」一句皆平

頭注

一句皆仄例

山谷詞6 諸家說

「我但願花心枝不損」又

「看云一笑照不損」

皆不皆入作平5字

許子「要見不得見，要近不得近……猶不得」

「因思憶不得向」之句

音入作平

一句皆仄 東坡竹雨中寄賤「有國難寄信」 樂章集下14 臨江仙引三首首句皆

仄「渡口向晚」「上國去客」「畫舸蕩槳」律為仄 楚詞中16 西江月「被我不辭不

捉」易當平 杉坡詞3 亦詞記引「朝月已離去」 趙詩詞夜風字

歎亞声之發傳「這次第，怎一個愁字了得」止一愁字平

目斷王孫 怨王孫「夢斷漏悄」又一本作「帝里春晚」

初得於遠27 無名氏歸田樂上片「又憑竹訴竹鑄竹」止二平 下片「又願是之了

是心是」

2〇 全句皆平皆仄 其有上作平入作平者可刪節

21

二句連仄

二句連仄例

不可易者　美成《蘭陵王》結「似夢裏，淚暗滴」，史達祖作「明下雲，似謁陽」，并見觀堂說

22

平作仄

平作仄（律）见也词27丘逢辰「嬉平盖中庭欢宴」中数误 门梅花

引之读「像梅不成梅」

临新馆词律20.11杜寿域西风字微雨后收像天两片各三句押平韵此

词上用风雨月不用上去而入声字以代平，则亦叶の平声但应

读作不声方叶」

听秋館词话

對拗句下

得

平仄不可易者 不必定是拗句

与拗句微異 8 徐都春 16.23 8 鵲橋仙「斜陽映

「史達祖雙雙燕 14.25

山落」之字皆如此 17.17 注

倒犯 全首皆是 17.17

在依拍者 萬紅友之霓裳「對時來定認得」又平韻一首云「雙

念誤窗粉雲」韻腳實而粉雲必仄

23

平仄不可易

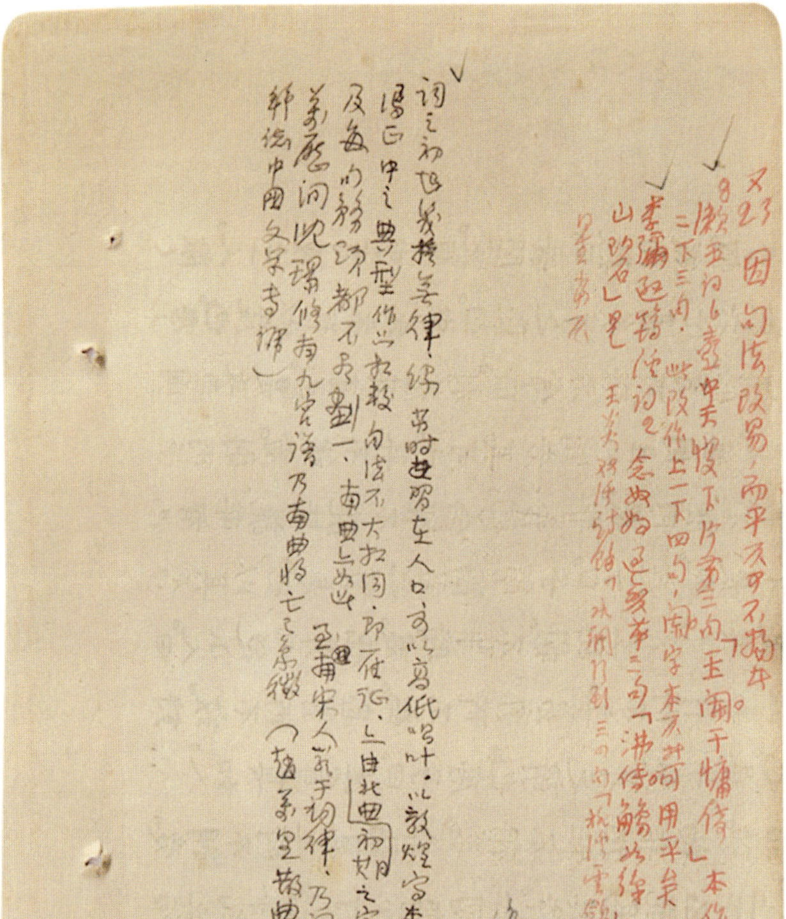
又23 因句法改易，而平仄亦不盡本

8 歎玉詞6疊中夫帳下作第三句「玉闌干慵倚」本作「一一丨丨」上二下三句，此改作上一下四句，闌字本仄亦可用平矣（一首有此体 不知孰是待考）

柔鄉詞過詞作詞之念奴嬌之第二句「沸傳飛絮」又一首作「瑤臺山路」是 [illegible]

[illegible]第三句「[illegible]」一点即是。吐[illegible]

詞之初起，皆據曲律，緣當時歌唱在人口，可以高低唱叶，以敦煌寫本之雲謠集與五代溫韋中之典型作品相較，句法不大相同，即在北宋[illegible]初期之字如句法の声叶[illegible]及每句之[illegible]都不甚劃一，南曲亦然，至南宋人嚴守格律，乃詞將亡之象徵，亦[illegible]新[illegible]之[illegible]，乃南曲將亡之象徵（[illegible]散曲之歷史觀[illegible]等）中國文學专號）

鍾嶸詩品

萬評詞律「但爲元美之虛引東莲之權教，故深恐古人於平仄詩有不拘者」

譜

平仄不拘例 ╲唱編注 39 了 東坡詞不叶律強揣此等 稼軒哨遍前四

皆不同 39 8（韻或句中平仄耶？）

釋

平仄不拘 ╲（一）小令——竹枝 1 1 ╲回波詞 1 7 ╲笑馬詞 三臺 1 8

李子和漁歌子 1 12 ╲楊柳枝 1 19 皇甫松浪淘沙 1 21

╲欸乃曲 孫光憲何滿子 1 24 ╲山谷攤破竹「永落鷄翠被鷄欺」平依式序

當反 11 3 ╲王詵攤破竹詩「空暮雲凝碧」更依上片當反 11 3 ╲兵傳

別銀灯下片「頻別銀灯」句三處作「滿盈眾花」11 13 ╲晁補之下水船前結 11 21

╲暮山溪之三字句 12 11 ╲辛棄疾洞仙引三字句 12 19 ╲晚從花「山色」今

音」句 12 ╲友古滿江紅「也漢綠駿隨風遠」13 9 下注 又金人合坦蓋尾

句同上 ╲更滿春水注 13 9 注 稼軒和東坡孫岩操 13 25 注 ╲風定蟲與𠫵

以滿結「添筆上片仄 14 17 ╲（妙）琴年月華清換頭第二句 16 9 ╲傳頻歎

「室貌」「晝夜」二句 15 25 ╲蕭傳 19 11 ╲心園春也 三句 19 37 ╲傳以歎承

清之一萬乃梅上結「招手誤拍」該字兒不可平平（查原集）9 6

稼軒念奴嬌對芙蓉音」句 12

換頭第二句平仄全實 16 8

不○○○歌拍處平仄不大○○○

柳說見 15 33

8 鍾嶸詩品「古曰詩頌皆被之金竹，故必調五音矣以諧合……今既不被管絃，亦何取於聲律耶」朱光潛

24 的音律解釋 數之曰古詩未嘗調五音正因其被之金石，今詩既新律，正因其不被管絃，或言樂

是詩的生命，說者樂曲的音樂既然失去，詩人於是不得不在詩的本身上求音樂，這是新律的起源

平仄不拘

將或於麻聲上 此說恰當否 ……好 當去代詩有不拘平仄者 ……的時候所以新律的運動

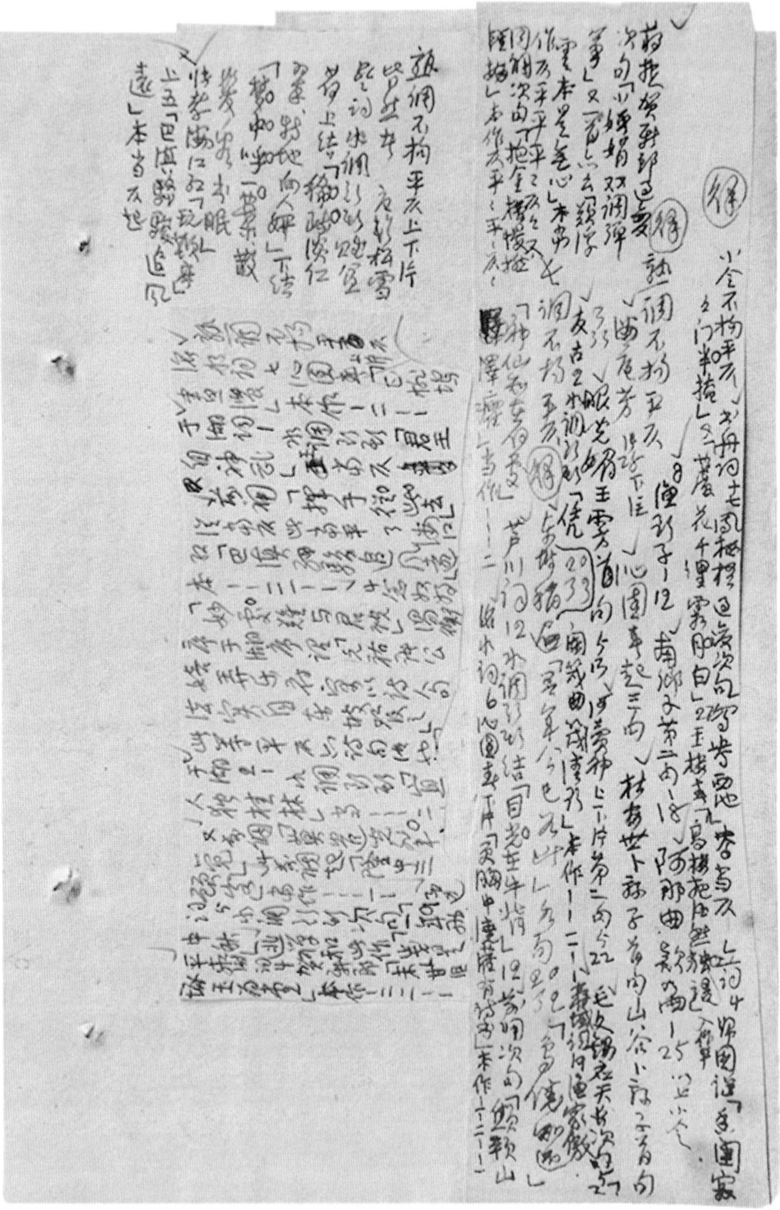

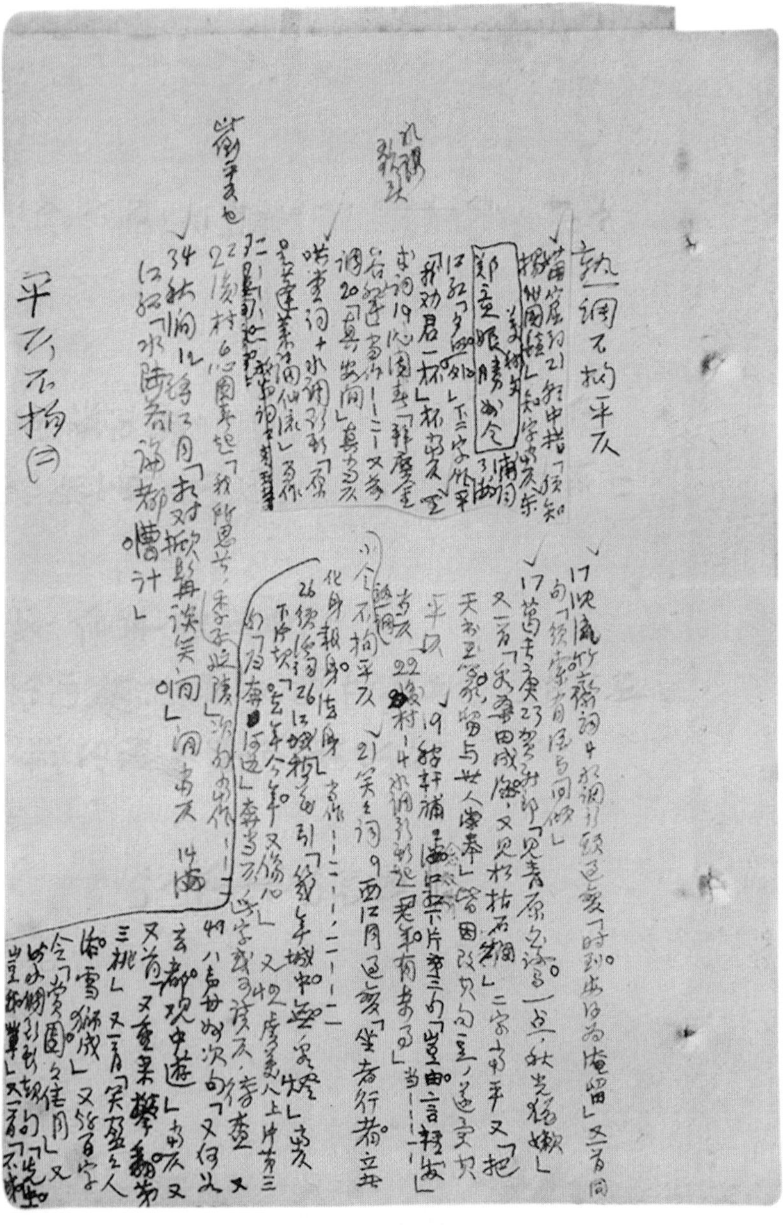

執調不拘平仄

平仄不拘(二)

# 平仄不拘

小令「花间」「孟(?)卿月(?)贵神」三首，一首上片结云「十二阑(?)楼多(?)伤别离」，其二云「凉(?)风五两千条」「楚山如画烟开」，一首换头云「暮天[illegible]」（「三五夜」又「一首「河」「月[illegible]」「一点[illegible]里」70又三首）

（此[illegible]）思落」，其二云「何处杜鹃啼不歇」「离别楼前空有雨(?)」「花间」6·5

[illegible]命女「冷露寒侵帐额，残月光沉树杪」，霞(?)宫(?)三首[illegible]克(?)里(?)

思(?)越人「一片风流伤心地」，又一首此句不拘，10·3 毛熙震后庭花结(?)第二句和

首此作「一一｜二｜｜」，惟第三首作「争不教人长相见」，「东山」又(?)[illegible]

调）上片「芳(?)[illegible]」，下片作「浣(?)纱(?)水馆(?)陪(?)村」，三字句中不拘。秦(?)山(?)

句，杨(?)柳(?)第三首「不知暮雨朝云何山岸」，「一夜楼花忽开(?)送(?)君」，[illegible]二首

作「高楼晓望女，主(?)谓如结」，「争奈，然来二日却(?)为长」，其不合[illegible]又错(?)[illegible]姮娥」の平与(?)

首「浸(?)芳时」「不知[illegible]」上(?)果(?)，「宋(?)[illegible]有花三首，二首过(?)[illegible]作「[illegible]恨幽(?)」

恨」「争奈心性」，其一则作「远恨绵绵」上2」小山9生查子起云「坠雨已辞云」，又

一首起云「长恨涉江遥」，余两首起皆作「一一｜｜」，与此首贵(?)川南乡子上下片次句

「细(?)菌(?)独(?)展(?)当(?)知(?)矣」「梦魂随月到兰房」，他首皆作「｜｜一一｜」

此调下(?)句第一句，34秋(?)[illegible]作「一一｜」[illegible]

首(?)读第二句「却恐(?)随地下」

3?牧(?)庵(?)22多首上(?)去(?) 又一首

唐五代词有不拘平仄者，由其时引（此指[illegible]）可随被管弦以[illegible]。其宋则词未见不引，故不得不讲求声音，得以助唱歌，故一字平仄不可随便。（宋[illegible]诸只之说最明通，见著）其宋时熟调可不拘乎，则以已熟于众口，不妨以诗律平仄行之，若自[illegible]不必有。宋词不可引之时，欲返词于乐府之辨上去之分，又进一步矣

七字句上三字平仄不拘　劉仙倫木蘭花慢「肯來水邊竹下」起2（參看）又17水龍

六字句上二字不拘平仄　劉克莊念奴嬌結「正爾狂是良策」

次句「殿空聲猶在人散……」起1李之儀……「……」……上下三句皆……平生不為人位」

九字句上三字不拘平仄　金人……念奴嬌「叢代三年。談笑間初復艾公固白

8　起1……

又3　10……詞上第三四句「問道西州李便之。暖玉天香款側。」

六字……　作領句抵救法　李吉光……五字領5曲江「酉……春光生。正辛苦」

七字句上三字平仄不拘　起4……人詞4……

知林有人就住。」

九字句　起4楠24……次句「飄耐久……是……方信。」

但云有不斷

以戲王10聲。九

知「……此……」

詭行雲」又云

條「人……的……初

領」（不入……例）

又貴耳集載南

與三……楊花上結

「……溪……黃，

……天……新……」

下結「良夜……燈

煌。影裏……住香

光」，是……詞貴耳

集……度如

本……也（……

……）

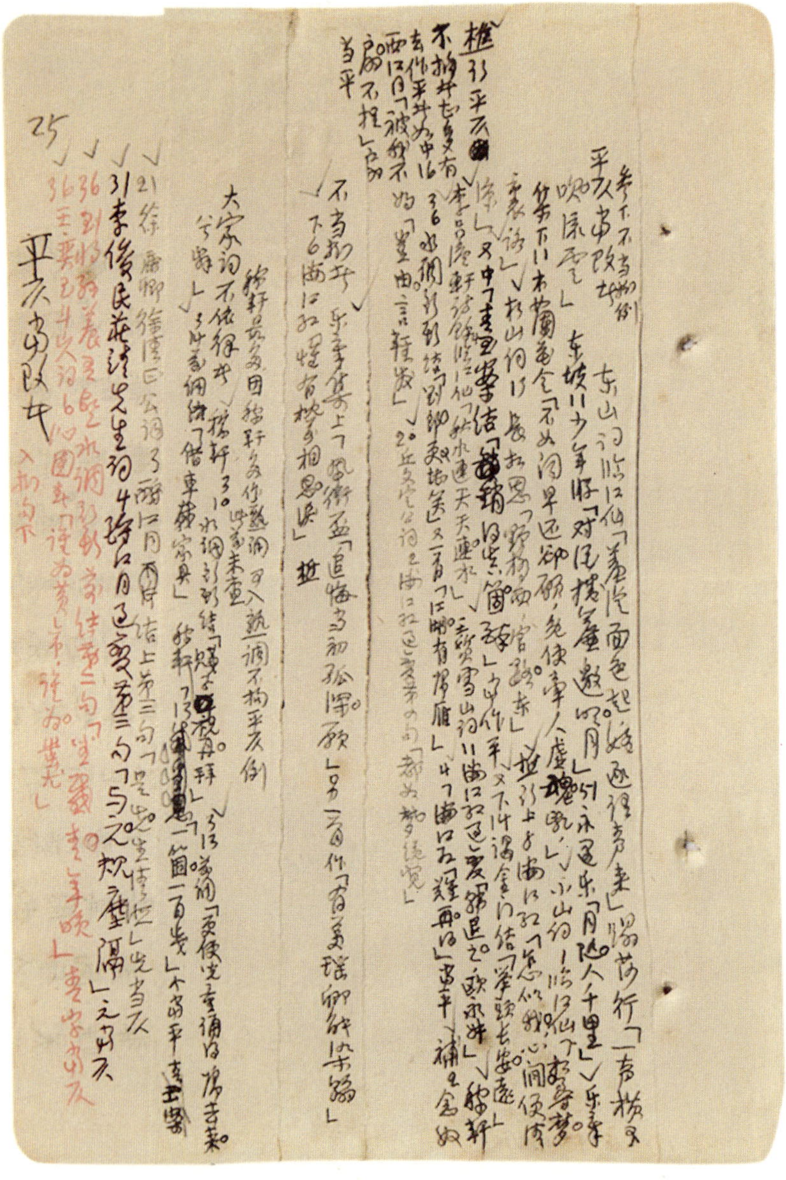

37頁右詞6水調歌頭上下片兩結第二句「橋跨澄江翠」「樓中呼一葉」皆作「丨丨丨丨丨」

又李道純清庵先生詞「沁園春」「金公無言，姹女欽秩」，當作「丨丨丨，二丨丨」，互相錯易最奇

如沈禧竹窗詞「蘭陵王」等處，「我與斯人往，俱吾素與居」

兩片同句皆不合，似無出之故。又上片〔摸魚子〕上片第七句「又恐是芳[illegible]金貼柳千翻綠」，下片此句「悵懶記佳人秉燭深夜」

李光庭[illegible]同調以下「樓觀[illegible]屋亭台」皆作「丨丨二丨丨」

樂府指迷「古曲亦有拗句，蓋被句中字面所拘牽。今詞亦然。如尾犯之用「金珠珍博」，全字當用去聲，如絳都春之用「游人月下歸來」，游人字當用去聲字之類也」

李彌遜筠溪詞22七樣花第一首第三句「落得數枝來也」，餘六首皆作「丨丨二丨」

王[illegible]侍[illegible]5使平樂次句「借問何人好去」，第三字平

史浩鄮峰真隱大曲本中芙蓉泛[illegible]「今年傍池行」，第五字仄

無名氏[illegible]詞晏元獻平仄，又[illegible]第三句[illegible]第三句「飲啄隨緣」，又一首「自家伐木儔」，又一首「上有何難」，第三字本仄

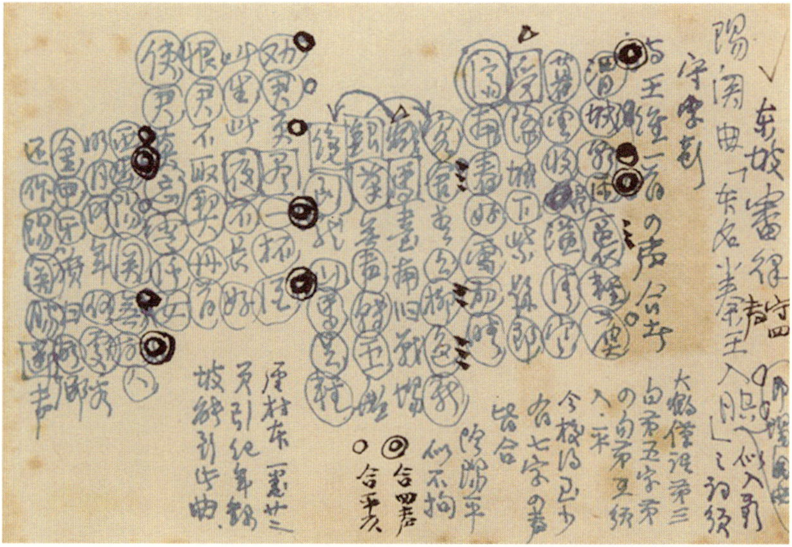

26

结声尤严。霜天晓角结句用平去上，去上外读音皆异（此调上片第六句、下片第七句皆然）

四声不可易例。霜天晓角，结「[illegible]时况[illegible]」必「上平去入」25/26。梦窗[illegible]

倦结句27页

用全调[redacted]依其四声者。梦窗和清真倦寻芳 16/25。 [illegible] 8 范和 17/11

文英和姜白石词，皆暗香 15/2

方和美成丹凤吟19页，竹山[illegible]17页 1-23

词源音谱载[illegible]作[illegible]瑞鹤仙改[illegible]为守

首句[illegible]娘每句第二字多用去声 谱17页

如瑞鹤仙第二句「恨芭蕉不展丁香心」，上结「[illegible]秋宵碎敲漏阮」，下片次句「[illegible]字留怨音」，下结「这一场[illegible]梦知深」，[illegible]上一字为去（此16竹屋19页词）。16竹屋[illegible]江太常引上结「笑[illegible]东风[illegible]时」，下结「问一片[illegible]红谁」。

用上声一字为去

白石满江红「正一望千顷翠澜，旌旗共乱云俱下……向夜深风定悄无人，闻佩环」。又[illegible]知人生小红楼[illegible]影间。郑校稿引梦窗加蝶字入作平，影[illegible]

六上作平

清真六丑「正单衣试酒」，梦窗「渐新鹅映柳」，惟[illegible]「东园岑寂」作「[illegible]」，「[illegible]」「[illegible]断红」作「向夜深」，无字不同。清真[illegible]

四声不[illegible]易[illegible]「蝶[illegible]」[illegible]相，并[illegible]「[illegible]幕」烟[illegible]也入声

必作平仄平例

吴文英〔新芳遍〕平韵满江红 13.10

作平仄仄平者 吕渭老苏武慢「谩念少年」「闲适近来」19.21（不作仄）

四平四仄通用例

此上三字不拘之例 [illegible]

[illegible]有二字平仄不拘例（列平仄不拘下）

仄仄仄仄一平平中 [illegible]「[illegible]故国山川」5.9 [illegible]「[illegible]夜久凭阑」19.19 [illegible]

[illegible]句「柳咏夜半乐」「[illegible]」20.27 [illegible]「太守[illegible]」[illegible]

必作仄平仄 [illegible]「[illegible]」5.17「[illegible]」20.25 [illegible]

「[illegible]」17.5「天[illegible]」21.11 水调歌头 14.16 [illegible]慢 17.35

[illegible] 19.8「送人[illegible]」「已[illegible]」

（二）作平平平仄仄者 [illegible]「[illegible]」[illegible] 大酺结仄平仄平仄 20.16

宋[illegible]「[illegible]」20.32

（三）作仄平平平仄者 [illegible]「[illegible]灯月[illegible]」5.22「东坡[illegible]」

[illegible] 5.33 又「[illegible]」[illegible]

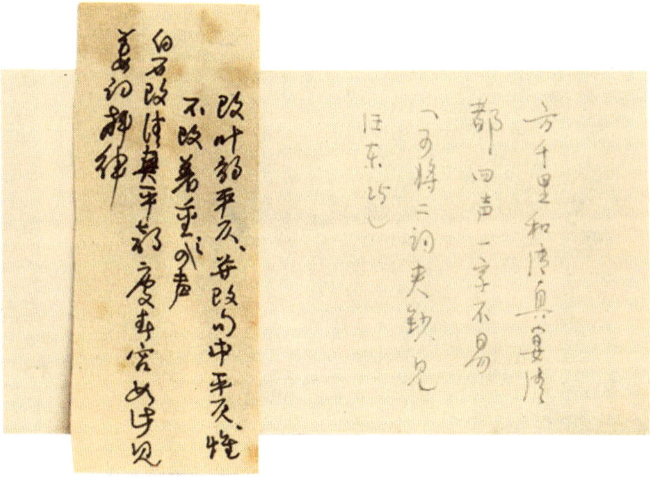

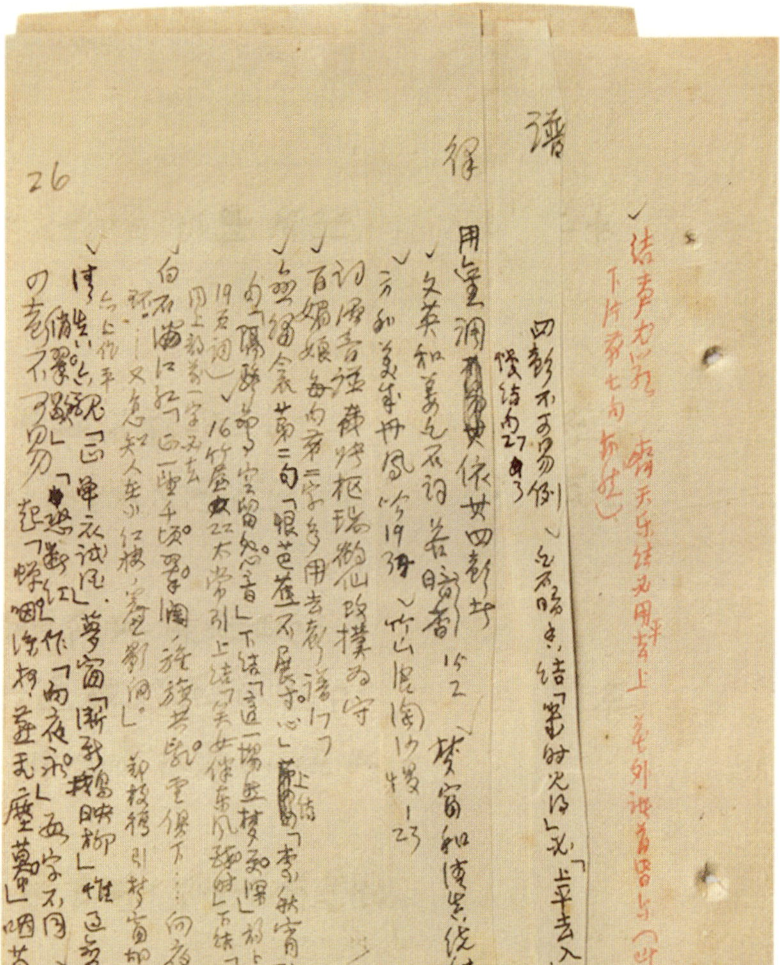

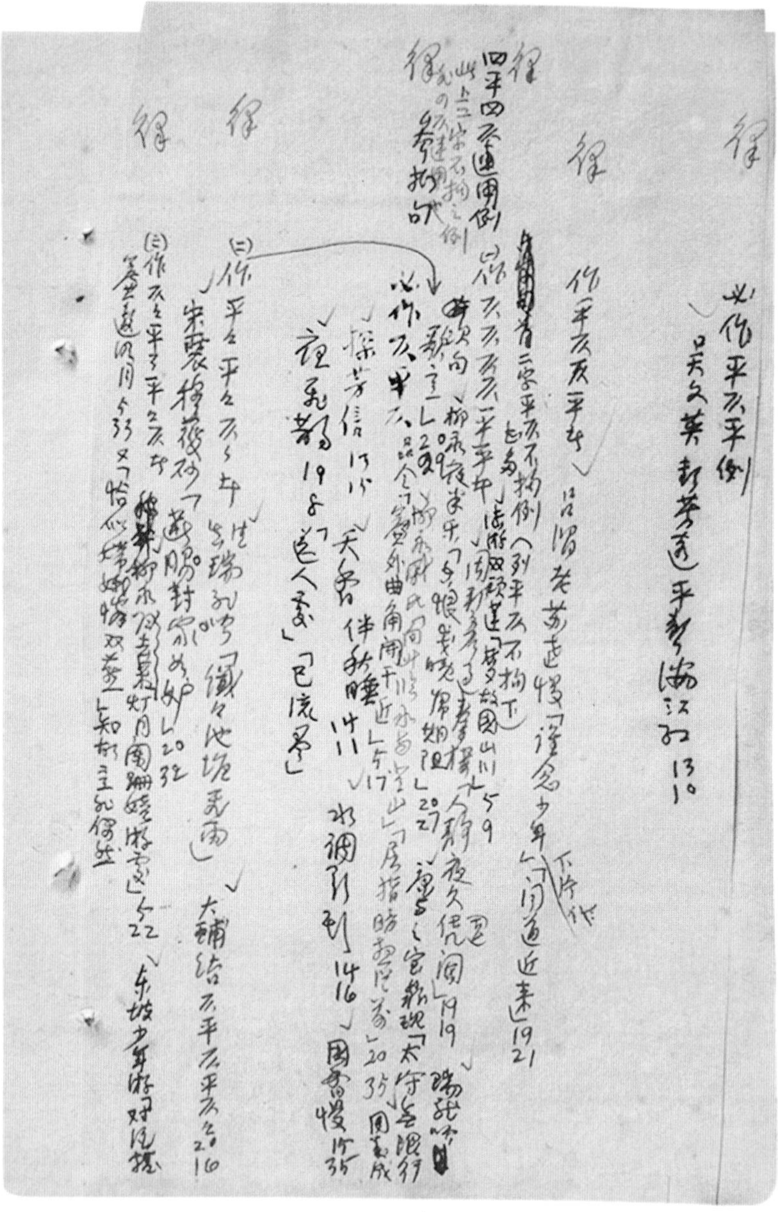
必作平仄平例
作平仄仄平韵
四平四仄通用例
作仄仄平仄
作平仄平仄仄韵
作仄仄平仄平仄仄韵

或入和韵例

全調當依前人四聲者

↙方千里和清真塞垣春四聲一字不易　可將二詞夾錄↘方和清真塞垣春詞釋語「四聲無字不同」，惟前結少一字，或刻誤　只任東巧↘方和清真應天長

聲

同一紐者不連用↘柳永雨霖鈴楊柳岸曉風殘月句是↙並首一句皆疊韵此乃特[illegible]論述

詞徵3 3上

[illegible]俟是

南宋人和美成詞四聲全合者（據周詞訂律卷首） 小令及聯詞不計

全合者據周詞訂律卷首

一字四不合　和什和瑞鶴仙 1 6上　蔣捷應天長

二字不合者　千里和瑞龍吟 1 1下　和什西江月　隋隄道 4 5上　千里宴清都 5 4上　見不但方楊

三字不合　陳氏和瑞鶴仙 1 5下　千里瑞鶴仙 1 5上　千里宴蘭亭 4 14下　千里憶舊遊 2 19上　千里塞垣春 3 17上
楊澤民和什西獻仙音 4 4上　天游氏和芳一 6上

四字不合　千里六醜 7 19上　和什蘭陵王 6 4下

清真周詞二首者之聲亦不盡合　如和林檎近 6 13上

清真周詞二首　但勘白回之聲者　如浣溪沙 早梅芳 10 6上

一句用四声

李學老姪子「見許多才子韃贊」平上去入 楊捷作「見年來心懶意懐」平上去 又一首作「千載堂迹」亦同 3/19

抱瓮翁詞話 夢窗詞「冷董心背幽郷遠」上の字の声變化 雪三和「晚風未落」亦同

夢窗掃花游首句「冷空淡碧」用平上去入 抱瓮翁詞話 錢夫說 此調五首皆然：「水雲共色」「草生夢碧」「水園心碧」「煙波印日」

抱瓮翁詞話一克 可按

董文友の声調說 杜詩五律已有一句用の声并 係穿珍云

董詩話 此說 出宋聲律

27

一句用の声

煜

28

凌先行强 编校诸家词，只如字平仄不同 皆存之

声律最宽。

29

領句一字必從去聲

領句一字必去聲 參下頁

蔣捷 蓮葉「倚高樓無限」、「正晚雨庭院」等 15 5、史達祖 江靜「怕
孟浩 詞句「屏烟伴鐘鼓」18 7、「月中向」18 11、文英 霜花腴序「漸秋宗燦
倚」黄在軒作「那堪聽一曲」20 38、陳亮 大酺 21 16（見下頁）、文英 丹鳳吟序
「望娉婷朝霧」，「近又一番疏佇」黄在軒作「問」20 39

領句虛字必用去聲 且有必用去聲者（見前頁）

馬莊父 孤鸞「正霜雨初收」、「有一番春意」、「任陽宮……」、「似指好枝燈」
周密 注方平仄 15 20，按張二詞可校，並蔣捷 芙蓉 15 22、陳亮 大酺
起「對晴煙收」，方千里作「正夕陽閑」21 16，陳亮 六醜「正單衣
試酒恨客裏光陰虛擲」，方俁雖云三字立成句者有虛字領句者亦然 1 9

但亦不論必用去聲
如王子「分定遣」
快哉 18 4，陳亮 六醜「但蜂媒蝶使」
「何年有錯誤」，謂
不似一朵釵頭顫裊」
「恐斷紅尚有相思字」

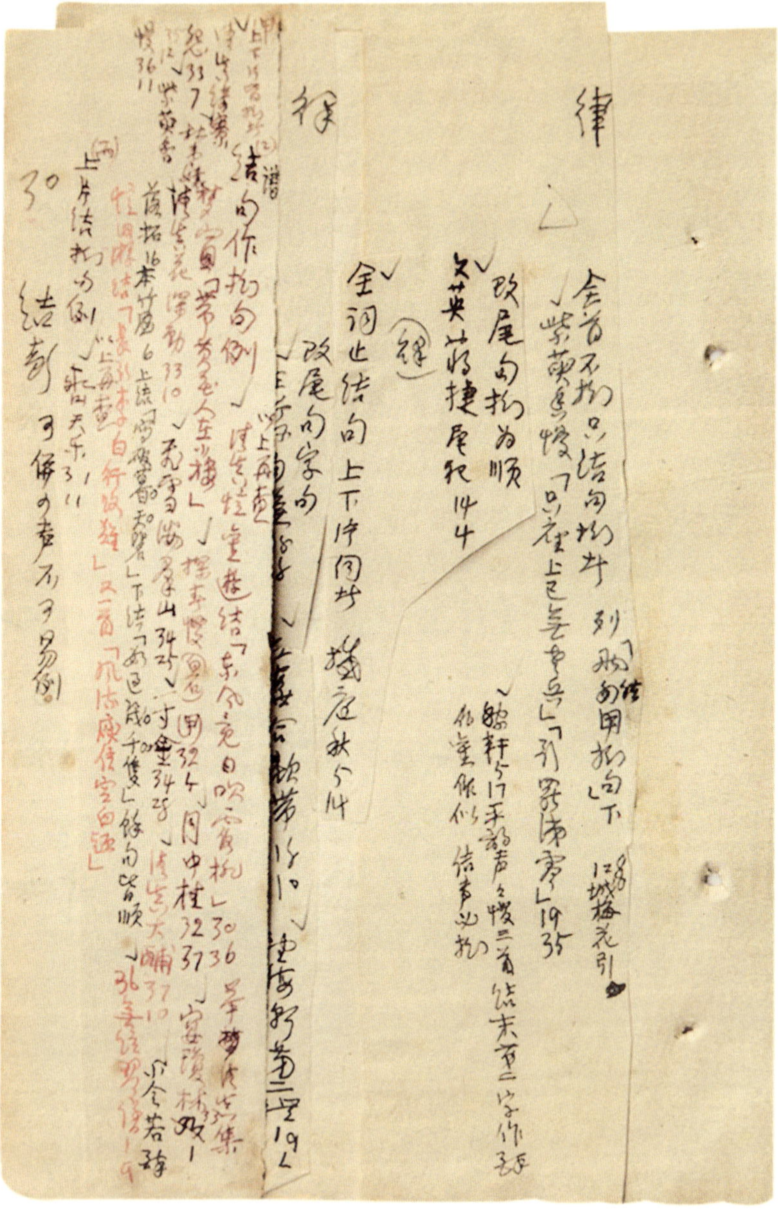
律
改尾句拗為順
結句作拗句例
上片結拗句例

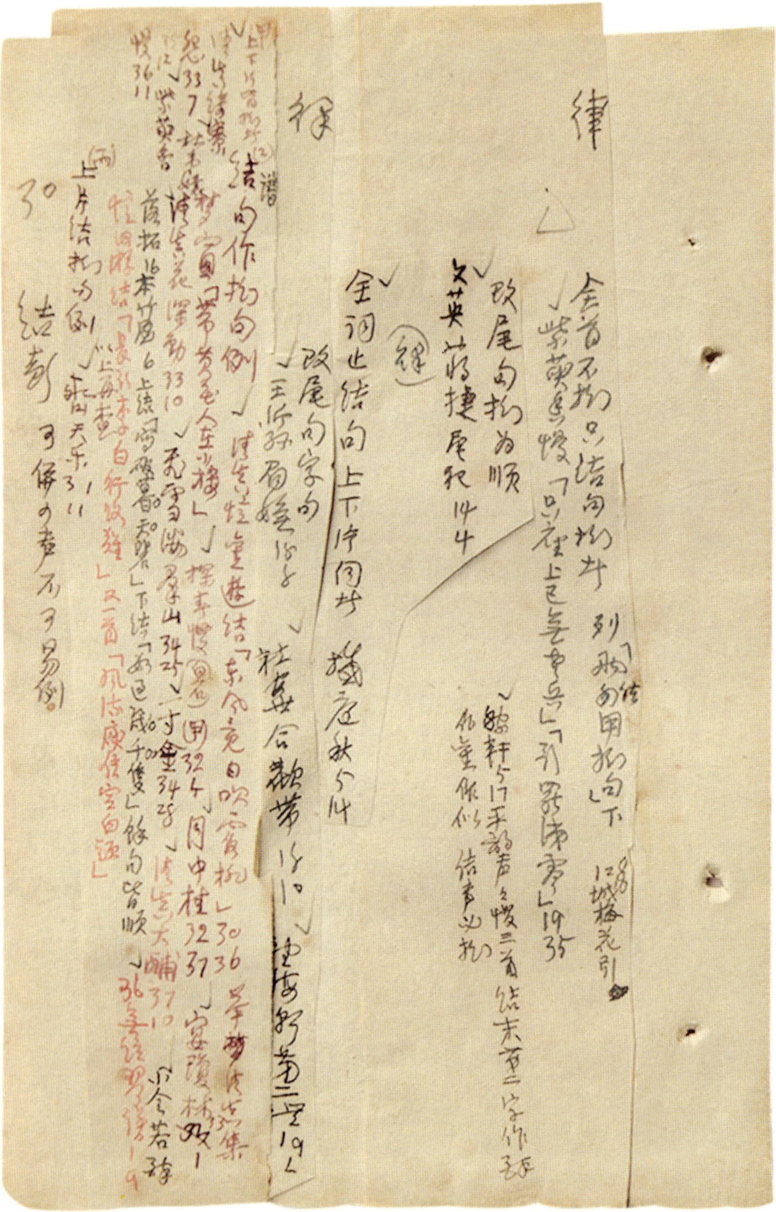
律
改尾句拗為順
全詞止結句上下序同者
結句作拗句例
上片結拗句例
結韻可倚四聲不可易例

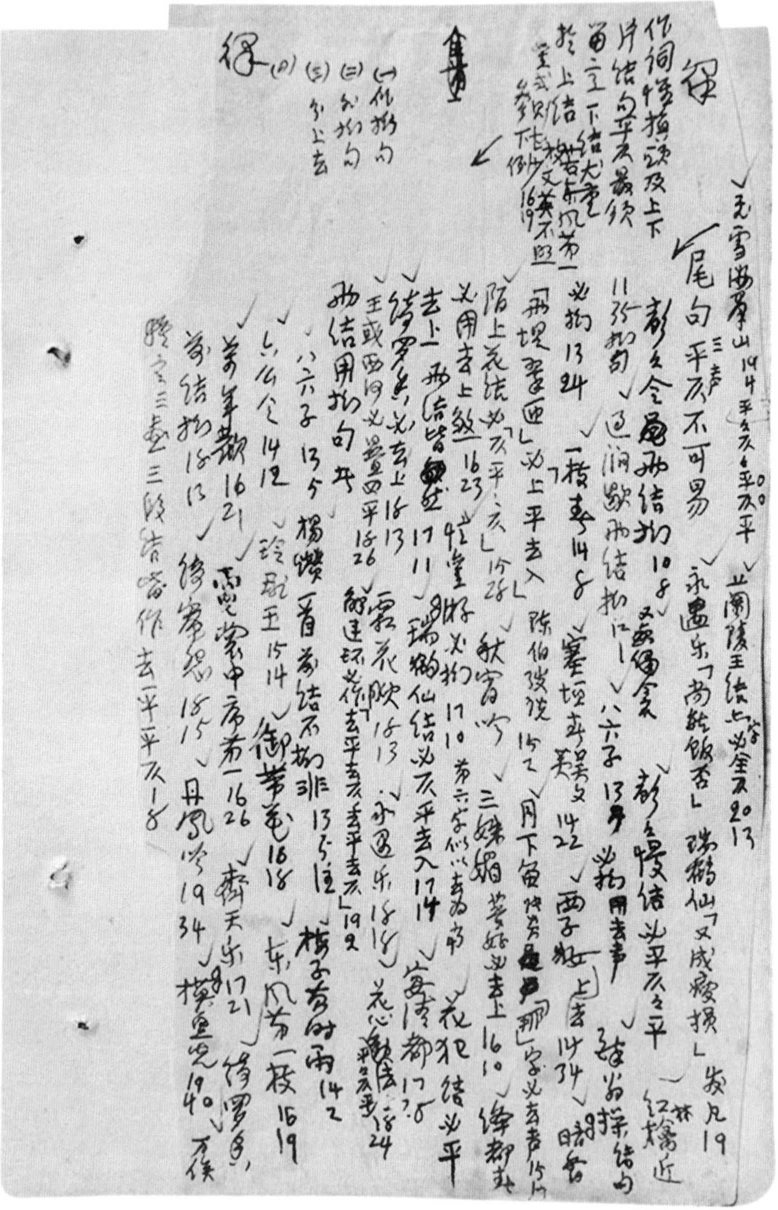
兰陵王结七字必全仄 20 13
永遇乐「尚能饭否」 瑞鹤仙「又成瘦损」 发凡 19 红林檎近
无闷 雪山 14 4 平仄仄平 平仄平
尾句平仄不可易
三声 新雁过妆楼 两结拗 10 8 又名倚阑人 新慢结必平仄仄平 琵琶仙 诉衷情 结句
11 35 拗句 迈陂塘 两结拗 12 1 八六子 13 9 拗用去声 琵琶仙
一叶落 14 8 塞垣春 14 22 西子妆 上去 14 34 暗香
必拗 13 24 陈伯弢说 15 2 月下笛 结句尾上声 「那」字必去声 15 16
「两堤翠匝」必上平去入 秋宵吟 三姝媚 「芙蓉」必去上 16 10 绛都春
阳上花结必「仄平仄」 15 28 醉蓬莱 必拗 17 10 第六字似以去为妙 花犯结必平
又用去上盖 16 23 玉京秋 瑞鹤仙结必仄平去入 17 14 宴清都 17 25
去上两结皆尾 17 11 霜花腴 18 13 永遇乐 18 18 花心动 18 24
绮罗香 必去上 18 13 解连环 必作「去平去仄去平去仄」 19 2
王或西河 必叠四平 18 26 尾仄
两结用拗句 杨柳 一首 前结不拗 排 13 5 注 梅子黄时雨 14 2
八六子 13 5 玲珑玉 15 14 御带花 18 18 东风第一枝 16 19
六么令 14 12 霓裳中序第一 16 26 齐天乐 17 21 绮罗香
前半换 16 21 绕佛阁 18 15 丹凤吟 19 34 摸鱼儿 19 40 万俟
前结拗 18 13
瑞云三台 三段结皆作 去一平平仄 1 8
作词须填谱及上下片结句平仄最须留意 下结尤重 于上结 如玉蝴蝶 东风第一枝之后 亦不足 式 参照下作例 16 17
集
(一)作拗句
(二)必拗句
(三)分上去
(四)
律

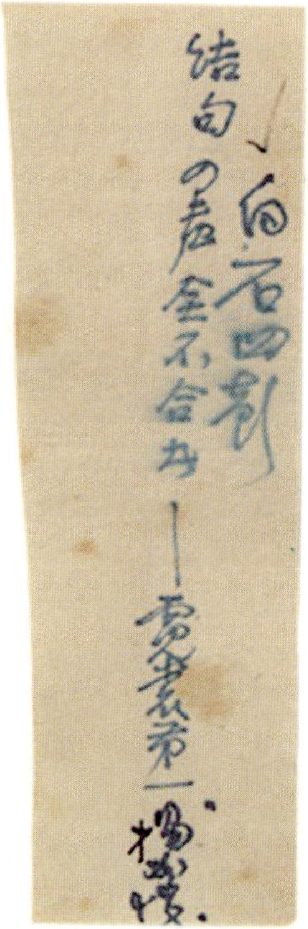

清真齊天樂結「但紅鉢照敗」平去上

31

融部

融入他部例

白石滿江紅序　抄引曲調得夢[illegible]

譜

和聲例　參添句例

印添聲條

竹枝注「竹枝」「女兒」，採蓮注「舉棹」「年少」。枝兒叶，棹少叶。

惟竹枝二字和句中，采蓮則和句尾（語一無）

和聲出古樂府江南弄、之笛曲，見詞譜一，一　欸乃曲　柳詞注一光

皇甫松拋球樂第二句下比劉禹錫原詞多「篙笛垂」三字　詞譜二，五

說是和聲。（添句并當和聲）　添聲楊柳枝注（所引黃河）3/29

朱敦儒添聲楊柳枝（一名柳枝）3/30　趙長卿攤破采桑子

是有人含」八字，和聲最明之例　13/27

張炎詞源云攤破每段下加「也囉」等八字為和聲

和聲　朱敦儒柳楊枝「柳枝」1，20。　攤破浣溪沙結用「也囉」以和聲

點，个是。有人來。」44　東坡見羅隱詩七用「采菱拾翠」以和聲

相傳近世有「安「字少
考多雜更志助以餘
多始從果」餘音即
和聲也

碧雞漫志卷四「何滿子條」謂伍安、小秦王有和聲、
碧雞子楊柳枝下「今黃鐘商有楊柳枝曲，仍是七字四句詩，與劉
白及五代諸子所製並同，但每句下各增三字一句，此乃唐時
和聲，如竹枝、漁父，今皆有和聲也。」

全芭人王嘉言賀鑄化集有「第瑙馬一声」例

32　和聲　是和聲，可另入句例坊句中　鈞生佛詞例二、或

侯善渊上清太玄集七稿文底　全取结步　「也啰」二字　词用五歌韵

也　道人王嚞重阳全真集了了擬音叠语多　上下片尾皆有「也兀底」二字　集中の首皆然　第一首

幼苗清闲、长年间便登道岸，上高坡细搜修锻，遇明师投诀，分用片段、地赞。真性灵耀々，也兀底，功行双全，占逍遥出

管看路，观长天化成仙观，向云中有个重童来叫唤。风掌。凡音换々。也兀底」

又一首上片二句第一字「百岁七旬已罕」「恩年数限满」

王嚞重阳分人集十二　风马令　有四句「璫滴璫玎」押在各句中

带马一声而不注明带马声　重阳全真集十　卜算子「初见青铜剑，尺内曾加点，木上安来出一丝，龙马占，实後陷风锤，内山修行断，日日频检，暗去欲时只自知，天马瞪，与我长生路」

王嚞重阳教化集三　捣练子「捣练子、十么生，闲来闲去好修行，啰哩唆々　若道些内图成，兑头一一说家枉，啰哩唆々々」

已查、本有此条

三首皆如此　查此查本　此の内俊条

不得作为和声　当入用同样词句及感新例

谭处端水云集下　捣练子「捣练子，具如何，说家罗字时消磨，啰哩唆々々，说神符、认破罗、色财比破摸灯蛾，啰哩唆々々」　两片　共五首

本子另抄七八行至此處

辨陰陽例 ✓ 詞原惜花春早起 陰陽之辨 詳於中原音韻，詞中不易考見

✓詞譜七24已論此可抄

✓李易安論詞「要分五音，又分五聲，又分六律，又分清濁輕重」，清濁輕重即陰陽（五音六律則不可考矣）

33

辨陰陽

王國維說雙聲……

律

連用雙聲疊韻例 白石一葉夷猶 梅溪用風不定東風西花斜陽

夢窗集

用雙聲疊韻字例

白石 一葉夷猶 （以上參考）

夢窗 探芳訊 歎年端連環轉燭 漫 八字連用

蕩劍兒 又 不可無疊三山子以為玉田父「諸窗深」

詞徵 3 上可採

郭紹虞論文通論

[illegible]

34

周春杜詩雙聲疊韻譜 說「但覺高歌有鬼神、焉知餓死填溝壑」

覺不[illegible]有、覺高歌有鬼神均屬[illegible]

劉大白舉古詩十九首「迢迢」「依依」「何漢清且淺、所遇無故物」皆雙

聲或疊韻

六朝人有王融有雙聲詩 [illegible] 有全首疊韻詩

錢大昕潛研堂集 （以上皆郭紹虞「中國詩歌中之雙聲疊韻」）

音韻答問、說[illegible]雙疊連[illegible]讀並聲

又

又 [illegible]

✓

周邦彦格其失粘合一句之中平仄相间　上郭文引

前人论词多用双声，不知虎诗既用平仄又用双叠，益见律细。郭绍虞谓双叠并可救拗句　刘禹锡「风生竹院白蘋动，露落秋山黄叶深」

诗经中全句双声者　鼓风葛屦、小雅大东「纠纠葛屦」双声 摄音 小雅信南山「厭厭夜饮」双声 叠韵 小雅青蝇「营营青蝇」庚摄 小雅北山「偕偕士子」双声

偕谐摄 士字祇摄 见徐邦音字の结构 经典释语 2 46 古韵通

李易安「凄凄惨惨戚戚」三叠韵（字）、六双声、见日本国际宋の宋词选 目録序论

把張表 2.5「词中往有双声字而用叠韵对者近人均未注意及此　梦窗甲缩摄梦窗上阕收二句亦然 离绪连环 烟堤绕人如细藕丝度

八字是叠则拗见也」 双对叠须举例

三复八声甘州「阑干倚着……残照当楼」

李白忆秦娥「残照、汉家陵阙」少双声

黄鲁直 3/27 下「雪……贺兰当时词：巫山一段云……北山烟雨云岩树，浓翠溪衣乱泛紫，断虹残照有无中，一鸟没长空，浓淡如泛鱼叔对双声，与那御因风飞字迹多鲜阳句同，盖高乃无心巧合耳」

42 上下片平仄

句中韻隔句韻等，自詩經及漢樂府皆已有

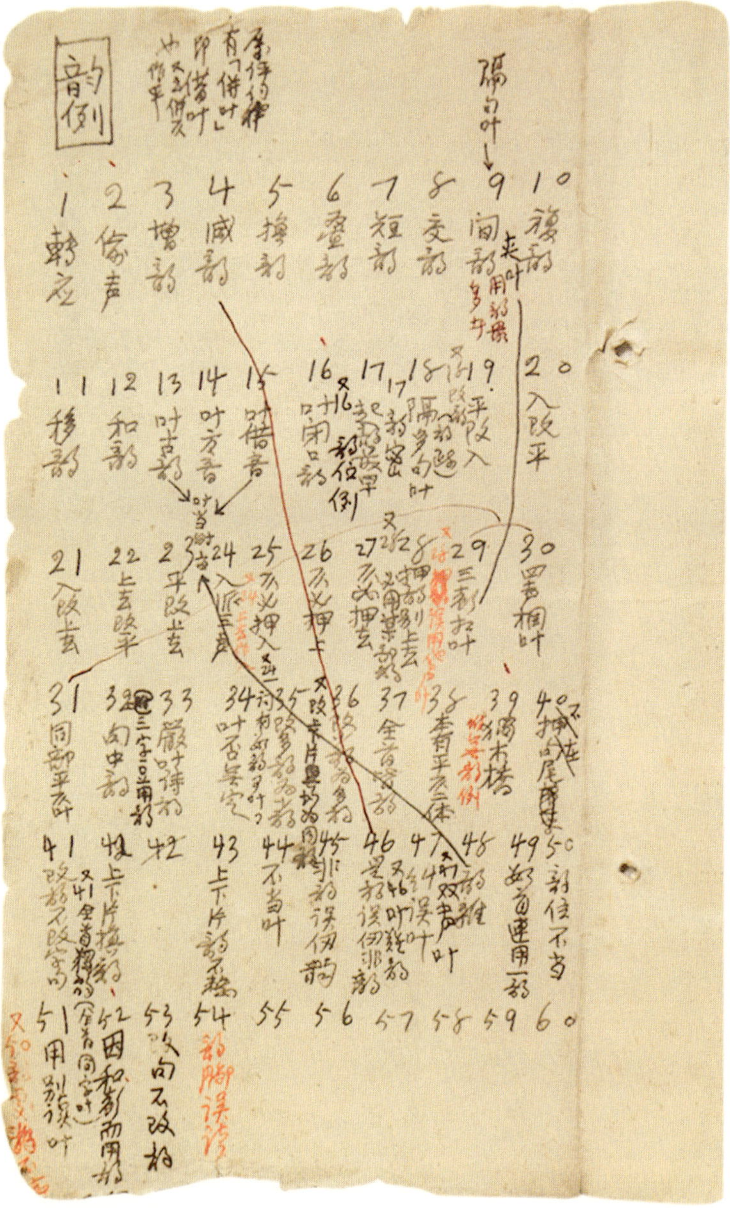
韵例
1 転应
2 倣声
3 増韵
4 减韵
5 换韵
6 叠韵
7 短韵
8 交韵
9 间韵
10 複韵
11 移韵
12 和韵
13 叶古韵
14 叶方音
15 叶借音
20 入改平
21 入改去
22 上去改平
24 入派三声
25 云必押入
26 云必押上
30 四声摘叶
31 同部平仄叶
33 严叶律韵
37 全首暗韵
39 摘木楼
41 改韵不改字韵
42 上下片换韵
43 上下片韵不换
44 不当叶
49 如首通用一韵
51 用别误叶
53 改句不改韵

陶氏曾即百氏棻與文轩词韵 有仇山村范即是破秦敦夫之
明季世所託之說，張苑炯民尾句自叙 認宋时拱一词韵

條 蓋何先生說
词中轻鼻与重鼻多通叶
如真与庚青通叶者

岡庚二振皆重鼻 即东庚青蒸彷佛轻鼻
干根二振轻鼻

山木抄
特急

譜（似即陳摘改訂）

偷聲例　如「偷聲似即攤」，以木蘭花後二句本各減聲，馮延巳偷聲木蘭花攤

偷字平聲。　參攤聲例

減字木蘭花注 5/7　偷聲木蘭花 5/7注 8/13　毛滂惜春宴娛 5/27

(一)名偷聲者

(二)不名偷聲者　如元幹樓上曲乃玉樓春之偷聲

2之

偷聲

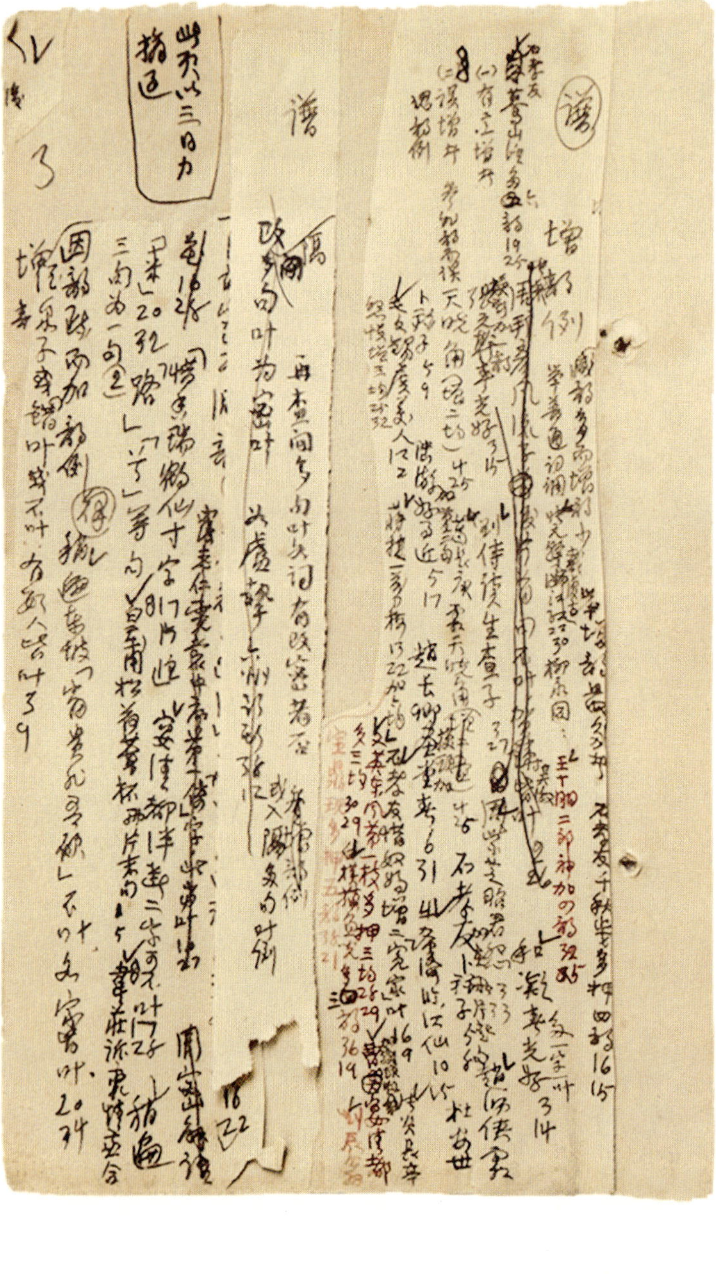

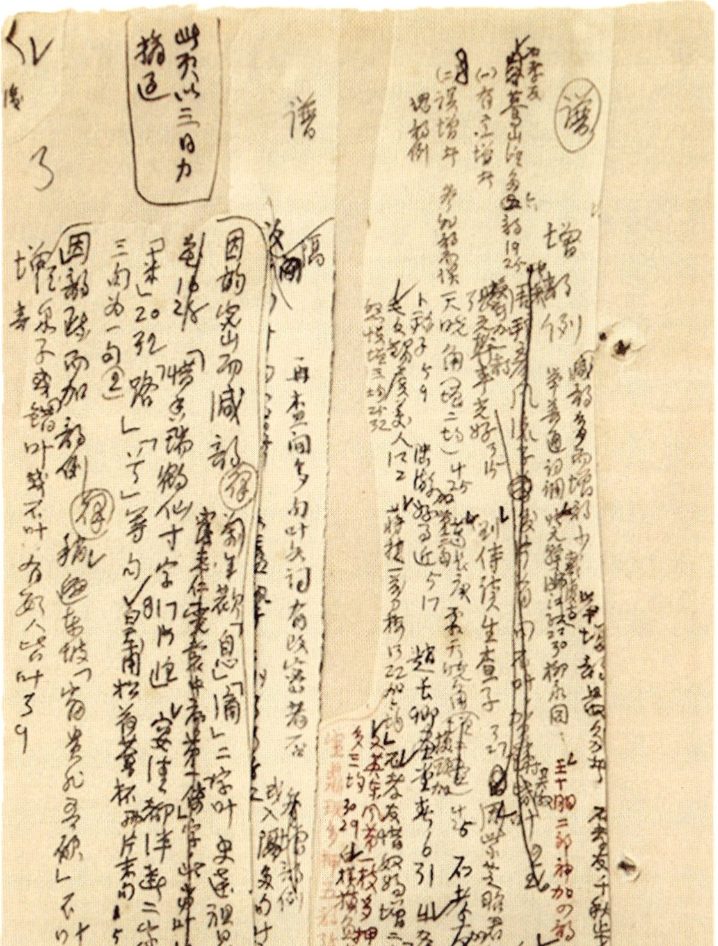

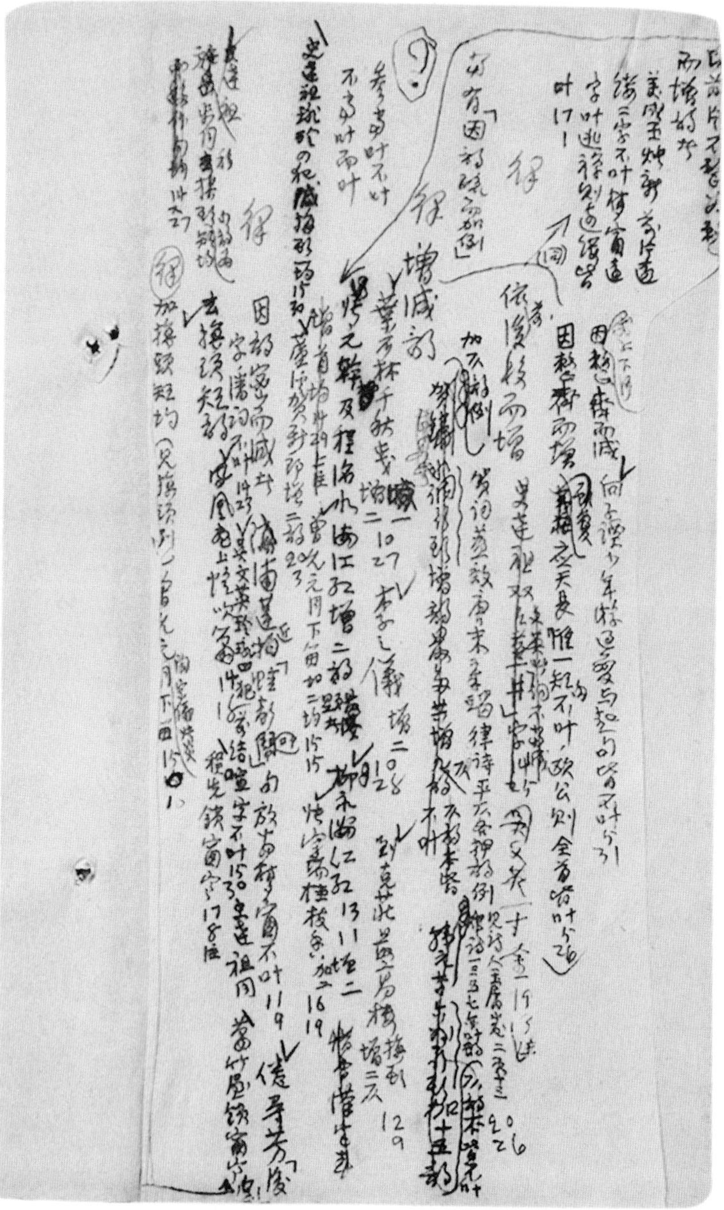

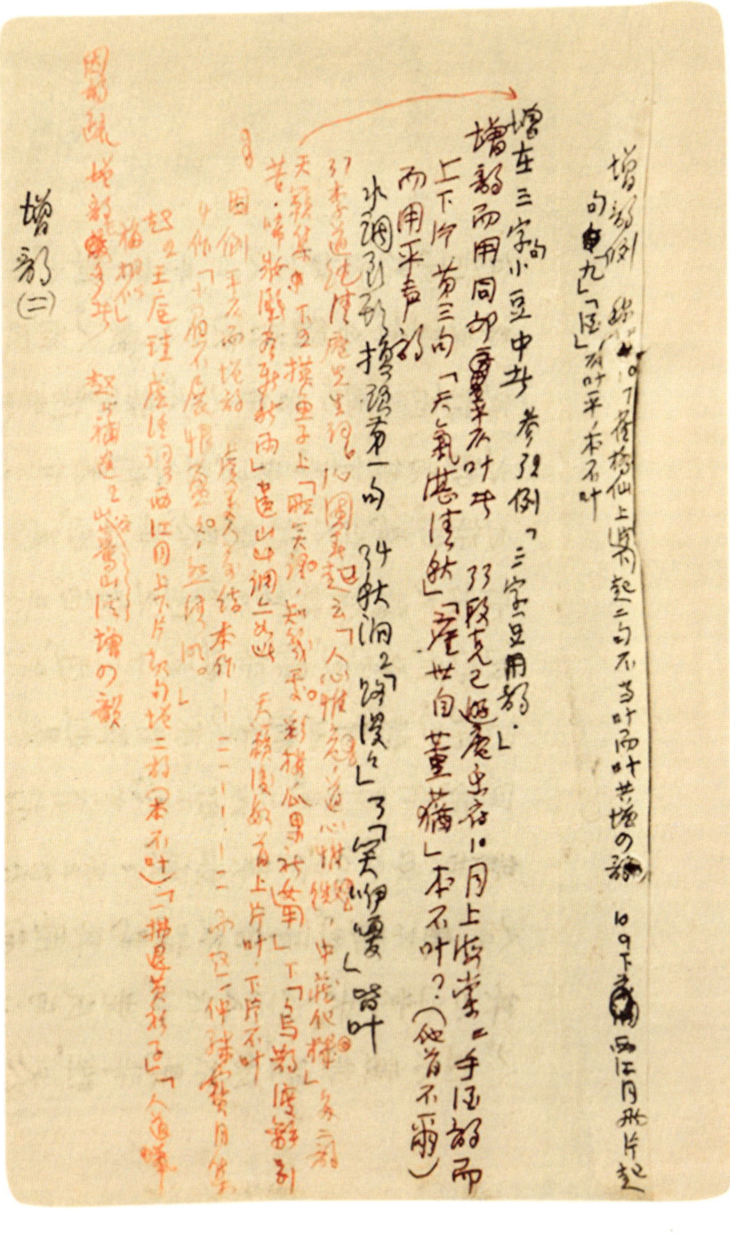
增韻例 錄以 10下蕃女怨上片起二句不当叶而叶，并增の韵
句⑭九」「臣」疑叶平，本不叶
10 9下 [illegible] 西江月兩片起
增在三字句小豆中并 参33例「三字豆用韵」
增韵而用同部仄声韵 37段克己遊應忠府10月上海棠「手[illegible]韵而
上下片首三句「天氣堪凄然」「産世白董蘋」本不叶？（他首不爾）
而用平声韵
水調歌頭換頭首一句 34秋涧之「[illegible]」3「笑伊[illegible]」皆叶
37李道纯清庵先生水調歌頭起云「人心惟危，道心惟微」，中[illegible]多二韵
天籟集 下之摸魚子上「[illegible]天涯，知多少。」[illegible]下「鳥鵲度[illegible]
若[illegible]新雨」[illegible] 天籟[illegible]首上片叶，下片不叶
因例平仄而換韵 [illegible] 結本作[illegible]
4作「不信不[illegible]」
起2 王庭珪盧溪詞西江月上下片起句換二韵（本不叶）「[illegible]」「人[illegible]」
參補遺2 [illegible] 增の韵
因韵[illegible] 稍相似
增韵（二）

因增韵并
改句法

谭处端水云集中水龙吟六七两句云「莫恋风光景，依稀障五泉莲池」
下片六七句云「愿久甘恬，断除荒猾，纵人攀跻」则用本韵（本是三
句四言 前片增「一寡」字韵） 又一首则两片皆增韵 上云「云水风满
造烟〻、男女舟中成老」下云「拨悟家缘掉，守清静无为功了」句
法亦异

小令增韵 陈去非虞美人上下片三句（本不叶）「柳泣花啼」「不似当时」皆叶，方
千里和「便缘远地」「恁深情怀」亦然（汪东说词律及拾遗失考）
增韵最多者 黄钟の洞引子双声句皆用叶韵，叶共加十韵。若云中山
不本叶则增二韵

減韻例　作多不備舉　舉減前多者

邵叔齊菩薩蠻比温岐少一異韻　一、十　柳氏和韓翃章臺柳首句不疊

韋莊訴衷情首減二韻　2 17　毛文錫更漏子少又 15（并去仄韻及用平均）　翁承班尤少 2 15

和凝天仙子 2 20　定西番 2 9　白居易長相思又 33　毛文錫醉花間 4 12

蘇軾醉落魄少 4 19　倪瓚怯春(減韻)…減句 5 26　葉夢得…天長比柳

永少押四韻　好 5 3　王詵錦堂春比東坡少押の韻 22 1 7　快殺長亭無憾少の均 25 2

（譜）

有點改者　減

（二）汶減者　如清真集滿庭芳

和起句 25 2　東坡小

調新句中间二仄韻

（見向韻例）後人

多不叶

○程垓六州歌頭比賀鑄少廿三韻　後人增減不一，減韻無常多矣

改從叶為間隔多句叶　六州歌頭程垓減前大　譜 25 11

長亭無憾也句張炎不叶　依宋本諸家何可不叶　律 10 1

減韻例　12 16 不叶

王質雪山詞 6 安風波三首　二字短句皆不叶　烏夜啼近　家本叶二仄韻　醉新

8 以下減韻

26 作仙韻　7 5　黄庭堅归田樂第二句戰字不叶　与前兩處遙…以前六句皆叶，太容易也

26 張仙韻 6　前韻天地「身是玄年人為健」健字不叶，与下片同矣

金縷曲　詠江梅(?)　起云「问何年種植」少一韻，平仄又誤，則大不當

叶

減韻

引王寧(?)賦梅辭句 4 1　一萼梅上片第二、第五句無叠韻

山人詞下如夢令…起句用「…」叠韻

張德常文…義

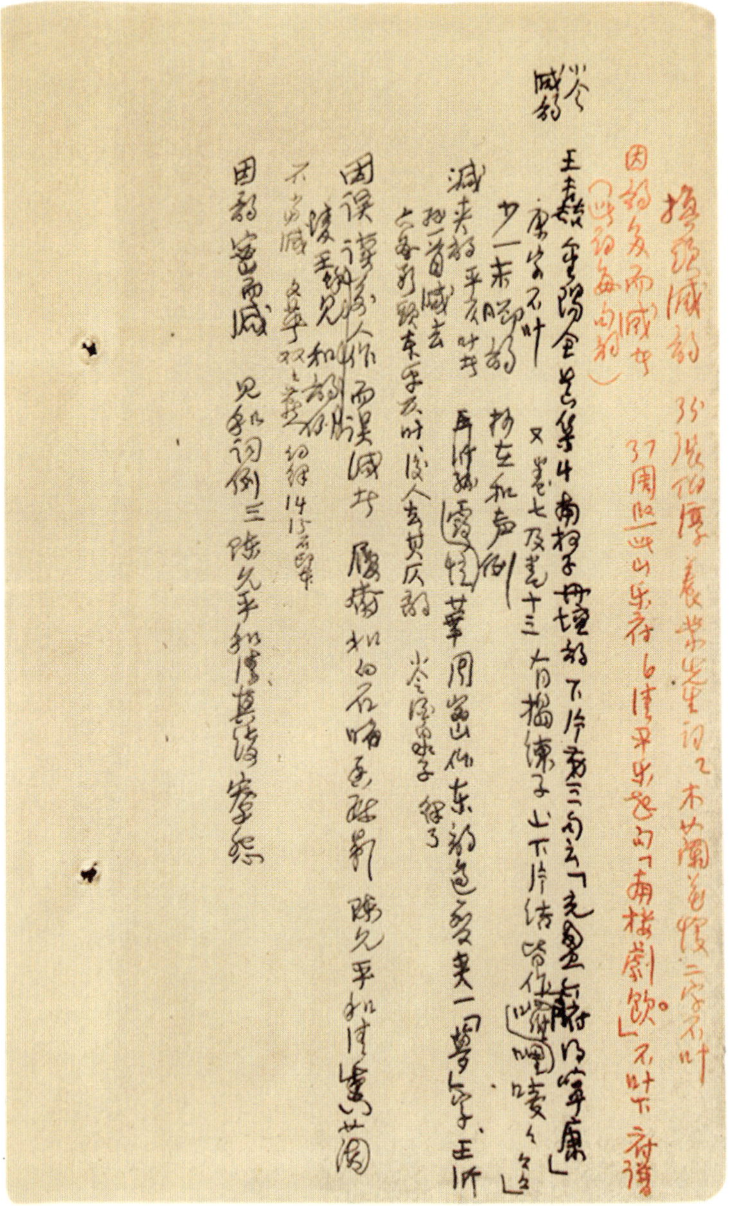

換頭減韻　35 張仲宗 [illegible]詞之木蘭花慢二字不叶

因韻多而減也　37 周紫芝竹坡樂府 6 清平樂起句「南樓劇飲」不叶下 [illegible]

（此詞每句韻）

小令減韻

王[illegible] 全[illegible]集 4 南柯子 [illegible]韻 下片第三句云「[illegible][illegible]醉仍[illegible][illegible]」

[illegible][illegible]不叶　又卷七及卷十三 有搗練子 上下片結皆作「[illegible][illegible] 嘍嘍 々々」

少一末腳韻　均在和聲例

減夾韻 平仄叶者　[illegible][illegible][illegible]華 周密山作 東韻 [illegible][illegible]夾一「夢」字、王沂

和一首減去

六么令 雙頭 東平仄叶、後人去其仄韻　小令[illegible][illegible][illegible] [illegible]子

因誤讀前人作而誤減者　履齋如白石暗香疏影　陳允平和清真[illegible][illegible]

讀其詞見和韻[illegible]

不知而減　夢窗 切韻 14 15 本部

因韻寬而減　見和詞例三 陳允平和清真 甚[illegible] [illegible][illegible]

百林應天長 起句不叶 柳詞叶 趙器之下拗

按韵不叶 後村9 10下 水龍吟（參韵格）末並留侯難辦亡不叶

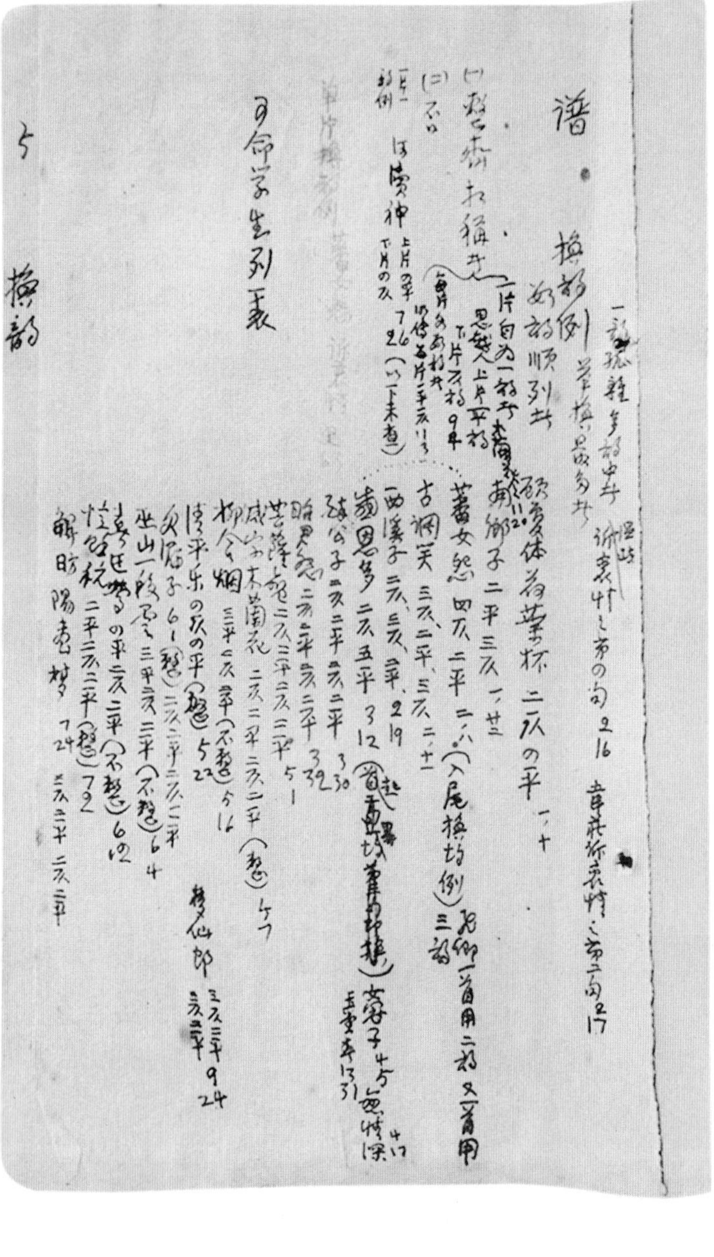
譜
換韵例
南鄉子 二平三仄
古調笑
訴衷情
菩薩蠻
柳含烟
巫山一段雲
清平乐
虞美人
醉公子
酒泉子
定西番
更漏子
女冠子
河傳
荷葉杯
木蘭花
思帝鄉
蕃女怨
遐方怨
生查子
相見歡
換韵

谱

入韵例

换（首叶韵）韵例　一首两韵始於宋人（词徑一，廿）但冯延巳谒江南亦用两韵（词徑一，廿）

欧阳炯南乡子亦用二韵　8 章庄天仙子五首女の皆用一韵，押廿五 惟第五首作「醉鲤知何何」换韵（早人也换韵也可不必）词徑一，十

8 木兰花 荷叶杯温庭筠一首止廿三字，而四换韵，两平韵，

长调如哨遍、戚氏、莺啼序、兰陵王、平仄亦韵，只须呈

释

首尾换韵

女冠子皆平韵，惟首二句仄韵 3 17　無遣情 亦同 3 24上　菩萨蛮

韦同 9 15

西谱集破阵子 首二韵与下■另韵，他首又不如此

诗经中有第一章平韵，第二章仄韵，如小雅·菁莪，此与清平乐相似

见诗经刑释「448页」　亦诗九首亦有此例

调笑令「胡马胡马」「明月明月」一首与诗经豳风·破斧·格局相似 廿

诗经及古诗有换韵处，第一句仍叶前韵者（见诗经声韵谱 182）

诗经又有第二章之首的韵与第一章叶，下句即另用一韵者，与词调上行（庆康）互叠

但承子相似（参诗经声韵谱 190）

譜

四疊韻例　參疊字例

四疊分兩雲井　王行詩妝詞井邊走那邊走　詞徑一，五　古調笑二，二

尾疊井　結叔退15　石孝友荷葉杯「也應也，也應也」　東坡引20　黃花詞 天接首4,26

首疊井　陳与義法駕導引「朝元路……」　蕭淑神一，廿

一半春柳一廿　張泌河傳11,5

換頭疊井　掃地舞13,7

中疊井　風流子22　歲恩另了12.　采桑子52　憶延已

惜多嬌52,6　如夢令8,14　晁冲之殘星恩15,16

巳改叶為疊　四以叶改疊

華疊字井

封江吟「片々」9,10

(一)疊一字

(二)一二字

(三)三字

(四)長句疊　柳永迷夢门令21,14

律

疊均　(一)當疊不疊　(二)不當疊而疊　楊无咎人月圓結二夜字57

首疊三条字(三)9,10　蔣捷貂琊令首疊好字　史達祖綺羅香

山谷撥棹子

虞字9,32　柳永婆羅門令「起醒」字11,24　晁補之鹽角兒起三雪字69

「名本屬禁報兒也寡「省会計来会計」69　竹坡詞2,8　涂宗微疊

地一笑」掃去好」二句改叶为疊

6

四疊韻注」疊三韻井　詞律2如夢令「日盡行雲凝望」上下叩用凝……

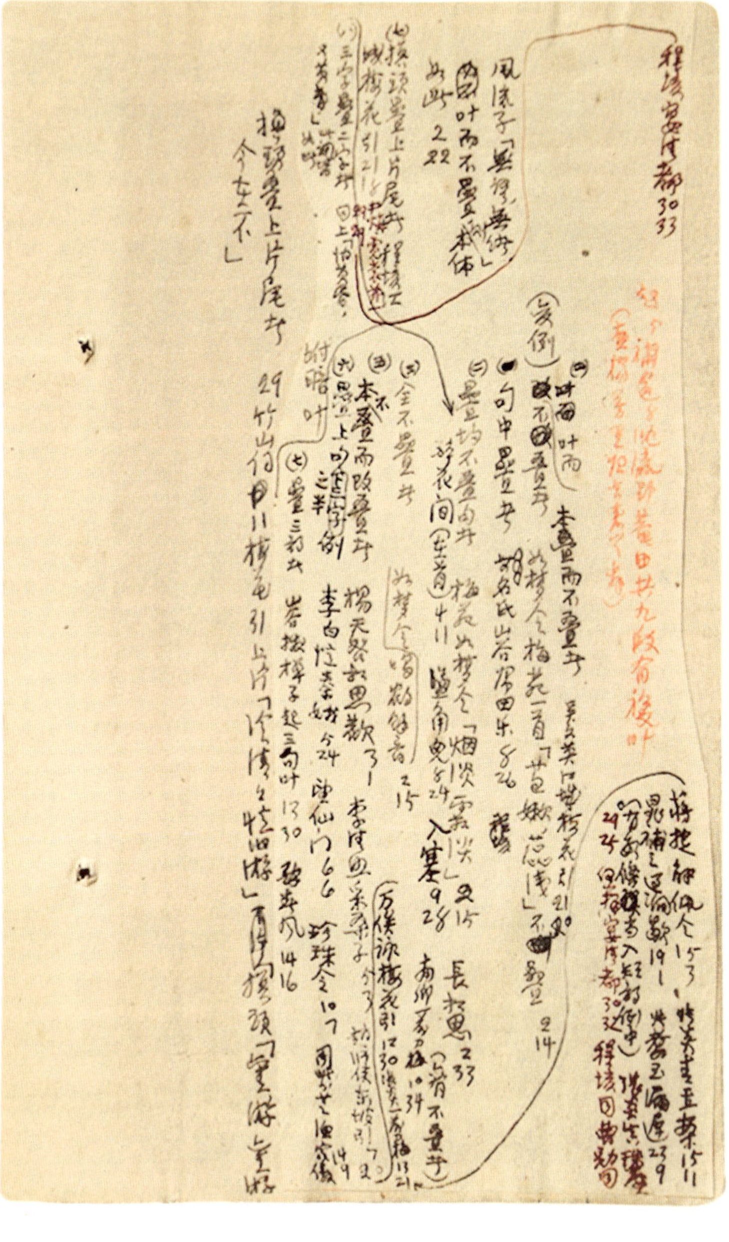

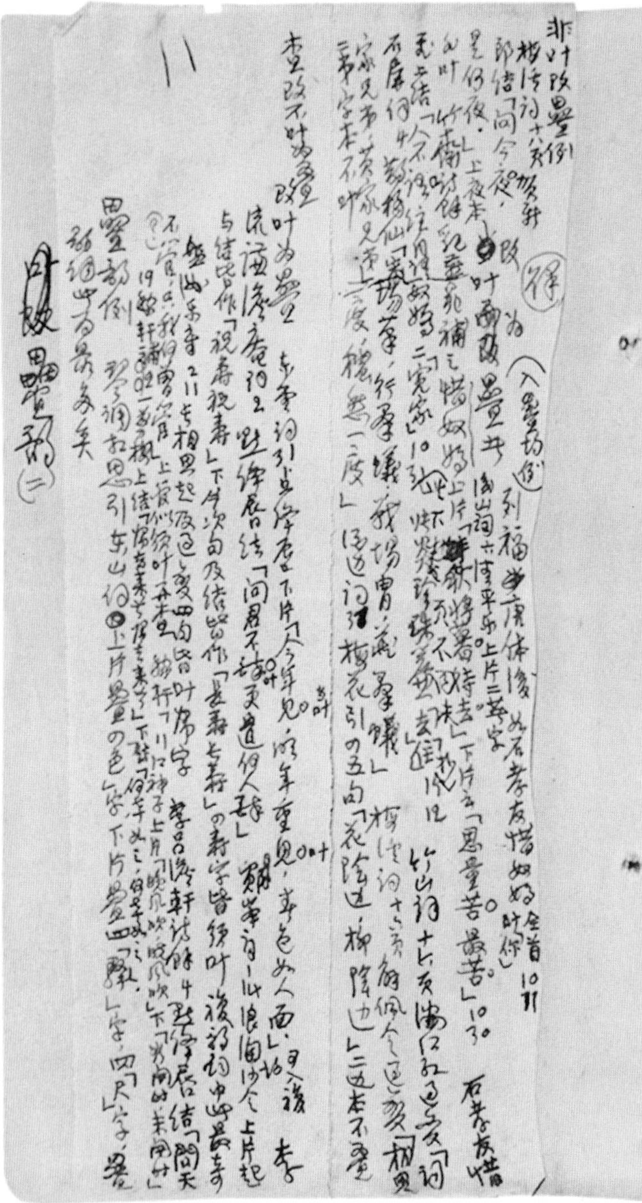
非叶改疊例

查改不叶为疊　改叶为疊

疊韵例

改叶为叠　17 萧允之贺新郎「一个在东涧，一个又在西涧」本皆叶韵。21 笑笑词 11 聪君恩 上起「殿上群臣中第一，情教人间第一」下片起云「昨夜华严阁下，今夜海棠阁下」又一首上起云「去岁银山塔上，今岁金山塔上」似皆当叶（苏轼）此词每片止の句上二句叶仄韵，下二句叶平韵，若此词则失一仄韵矣

山中白云 8 10 青玉案 上下片の五句「蓬窗不住，云窗不住」「园中成趣，野中得趣」

在[illegible]汲古本[illegible]以下结「[illegible]好行乐」又「行乐……」

如徐俯[illegible]「梅雨故来相恼，休恼休恼」入换韵

有之叠　29 竹山词 12 解佩令 起「春晴也好，春阴也好，著些儿春雨越好」换头「梅花风小，杏花风小」又一首梅上结「云又迷漫，水又迷漫」下结「敲遍阑干，拍遍阑干」

[illegible]梅仙「[illegible]年去了，春来去了，[illegible]日春[illegible]去了」下片「[illegible]」

40 谢[illegible] 12 [illegible]

[illegible]好，每日[illegible]

有之叠最多者 林子相国宗[illegible]稿 劝梅仙 起「春天气好，白天气好，[illegible]」[illegible]动八千里路，来时春暮去时秋，[illegible]人生七十古来稀，[illegible]得几度」全词只许度二字不叠

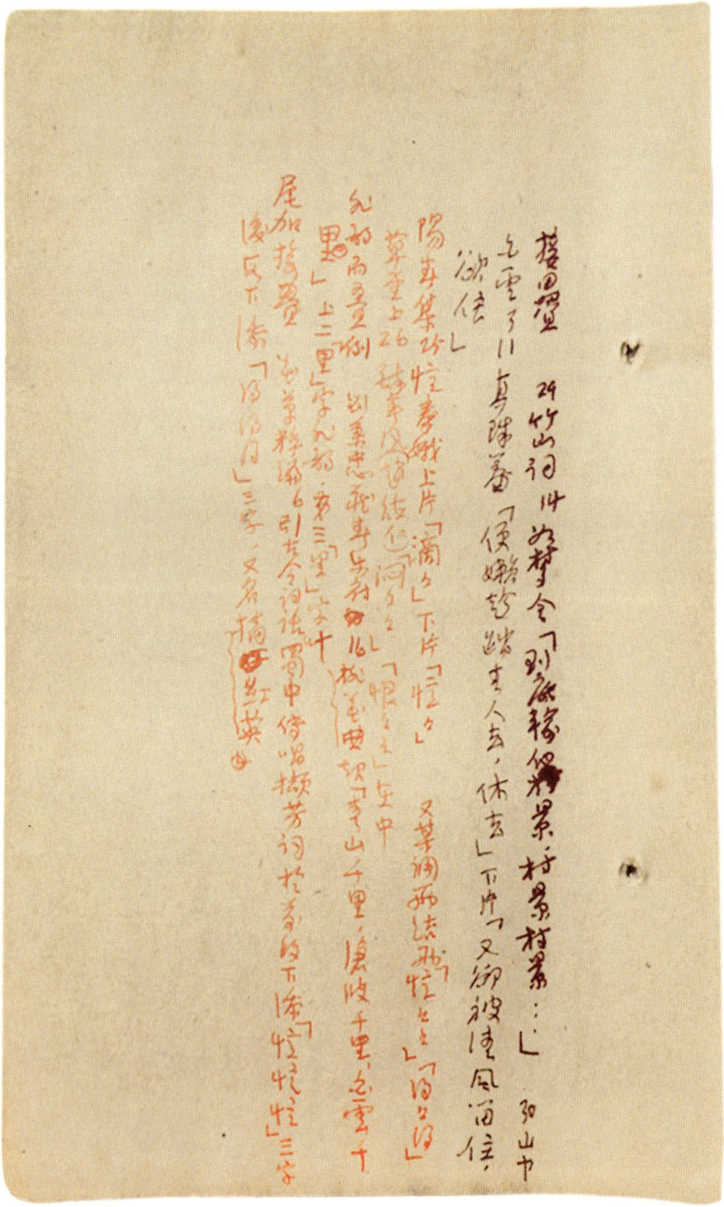

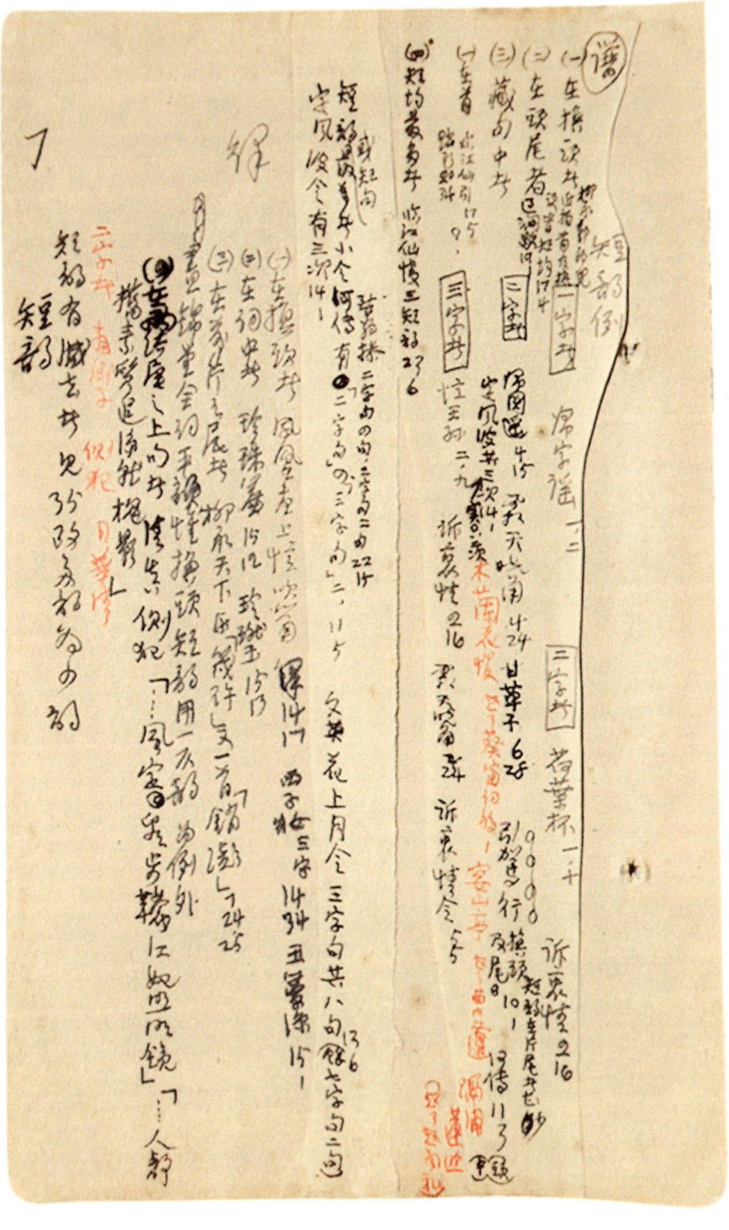

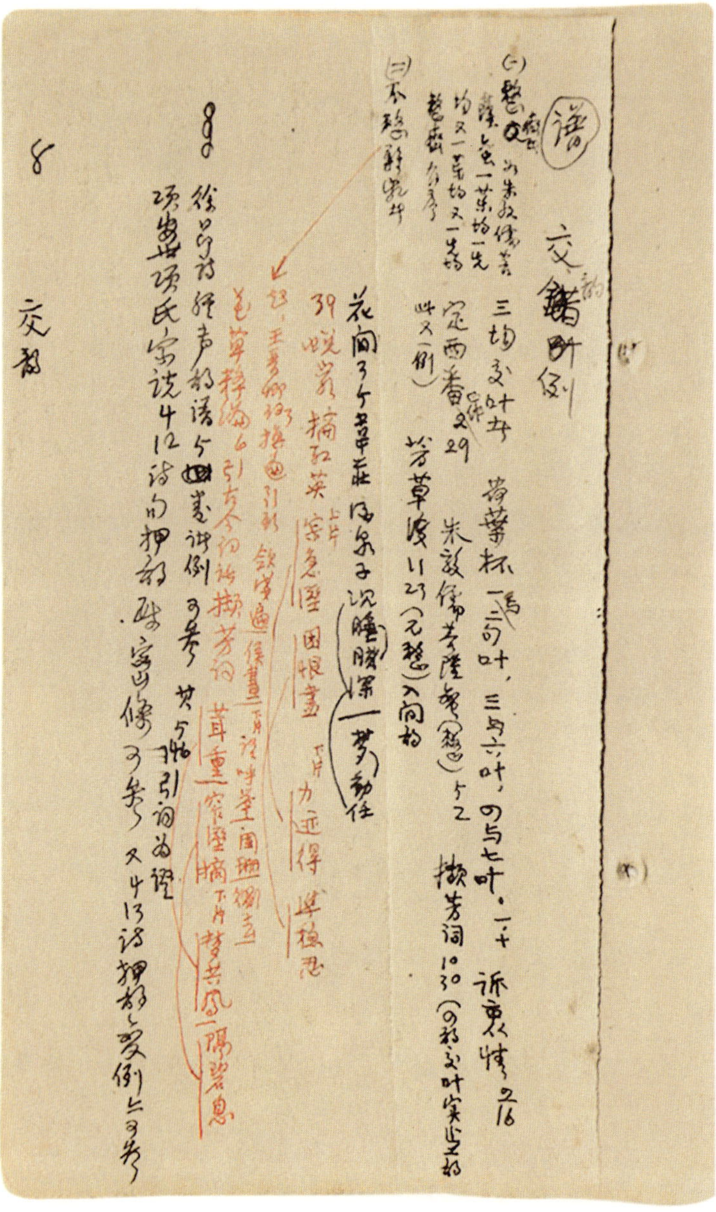
交錯叶例
三均交叶者
定西番 29
芳草渡
撥芳詞
訴衷情
交錯

叶间韵始于尊前 温泉子 無名氏古今詞話 詞律拾遺5 7歷

譜 間韻例 （印隔叶） 以一韵为主 间入一韵或二三韵 [illegible]少绕揆人人

飲馬引 八句六仄韵 五六两句间押两平韵(?) 2 28 定西番 韋

莊体 2 29下 相见欢 3 1 风光好 3 5 上行杯 3 10 平中间仄 温泉子

平中间入 3 17 两仄韵 [illegible]新杨柳枝 3 29 中兴乐 4 9 [illegible]窗恨 4 10

[illegible]要歎（间二仄韵）4 20 醉[illegible]落素还莺 六平间二仄 6 13 又李煜一首 间三不均

88 欧阳炯西江月 本調本無此押法 8 19 此间韵最奇 芳草渡 11 23 （平主） 定风波亦如

主间二仄 14 1 最高楼 平间仄 19 11 醉[illegible]残 二平中间 五仄 21 17 [illegible]有编那韵

平中间二仄韵 30 [illegible]元吉六州歌头 平间仄 26 只最高楼 平韵而后

起二句间一仄韵（[illegible]本後村 5 1 另首可证）

間韻中有通韵叶 只韵杂 6 33

词徵[illegible]引[illegible] 一字例（蕙风词话卷[illegible]）

(一) 平韵间仄韵 以主 间一韵 (二) 仄韵间[illegible]韵 间数韵

(甲) [illegible] (乙) [illegible]

(四) 不分主宾者 李珣南乡子(隔句押) 11 10 首

2 9 後加者 後人添者 参拖[illegible]韵例

9

引張[illegible][illegible]远 吉 10 [illegible]东风 [illegible]化韵上下片第二句间「瞅」「鬢」

二韵 32 遗山上 12 最高楼 衣韵而以「邊」「惡」二句「[illegible]」「[illegible]」叶

間韵 唐五代以来最多 後渐少 以不大叶引耶

择

間韵　[illegible]上行杯首与末二句叶上29上　苏轼水调歌头「去」

「字」叶「合」「缺」叶　词微说　四页 14 16　本书目

间叶最古者
花间今多中兴乐　[illegible]子　廿一字 20

唐诗上有间叶例　李白劳劳亭「天下伤心处，劳劳送客亭。春风知别苦，不遣柳条青。」　王建宫词「[illegible]行道入长门，[illegible]不许秦辞旧院[illegible]，只恐他时身到此，乞求恩赦[illegible]」（看多，转换，音学四种33页）

间叶例　南词词10 水调歌头上片中第五六句，下片第六七句两仄韵皆叶，仿东坡例七首
另一首上片不叶，二首上下片皆不叶

咸去间叶　刘克庄 28日 湖14 蚁中措足，□二句帽小是仄韵钦平　似增（查证）
沈蕙风？接咸 33段成己为尚轩乐府14 水调歌头 露涤苍寒，而上下片「恨旧素之双影，今
换头二仄韵　词19 11 月[illegible]满[illegible]」「[illegible]幽情[illegible]，赖有白鸥知我」　东坡中秋此调明
9 [illegible]集此词皆如此，后人多不甫之
抢[illegible]韵[illegible]下可抄

8 用各部韵最多者　如丘密《探春慢》咏梅 上片用「密迎宅」「岁边云」「死此」「金玉宝」下片用「倦使」「横时平」「友国」「停情」

一首词中共用六部韵　查词谱 梅花引 此调本不用许多韵，则此

词又须另为一例

汪莘《晴 述中元立秋》卷 日 同 宗 风 窗 幽 坚 匹 失 如急一语 ……

余於此调以同部平仄叶

三声相叶例，乃多占半面者，此只夹入少数

用同部韵夹叶者

清真《四园竹》支微韵 而上片「洞庭枫影里」下片「奈向灯前堕泪」「日

日」叶纸韵 皆夹叶仄 清真《应天长》「先韵迎送」「年年如社燕」夹一

仄韵。陈海「鸳鸯宜美颐」郑思肖「密密寿主动」樵歌「渔竿要寿

伴」郑黄「冰清出美行」芸庵诗余「谁知点品贵」黄公度「倦

游」水书 皆是全首平均夹一仄　又友古此调「迎送」（支韵）「更问人争识」

又一首（虞韵）「别来无限恨」 严陵思君 友韵「洗之安可爱」……

词律上有平韵者入一仄韵，或仄韵者入一平韵者，见弦外词韵谱 p.115

支韵「厩行亭接馳」「良辰怀回看」，衣齋和「东君真好看」，以质先韵潇湘逢故人例，皆同汪东《半箧》 又质先韵花犯殲水韵首句「粉墙低」，千里和作「临风低」，亦夹用一平韵。

质先韵庚云麻韵，下片「潜去安日下」夹叶一庚韵，乃平声，梦窗上用平叶。

质真韵锦堂宝鼎厭韵，逗爱纪绣韵云「多厭」，则误读厭为仄，而成夹叶也。竹山一首阳韵，逗「上」字则作「湖上」，则误（何律误读厭为仄，不可信）

起以夹协韵播倚先韵韵上片「剑道为田园」，下片对句「一笑辞卿宠」，逗爱叶「一梦」

田谷读平仄而夹仄 皆叶一平韵（「词律拾遗」3.16）

一首夹一仄韵 字（同上3.17）

一片夹一仄韵 绿律拾遗 3.23 各氏 张先 迎春 甘露滴 松 周密露华 东韵

迎草韵上片夹一「话」字（同上3.24）

柳风韵上夹一「笑」下夹一「饰」

夹二韵在一起 杜诗少年游 厩韵 逗爱二二句叶「谢」「下」二韵

迎春乐本系韵「马銜嘶」惊月上 黄安轩秀手韵第二句夹叶一「半」字，又首

本系夹韵者 霜叶飞韵，「路南」叶「嘴」字 黄安轩莺啼序「外」「裁」韵第四段叶一「猜」字，本不叶平

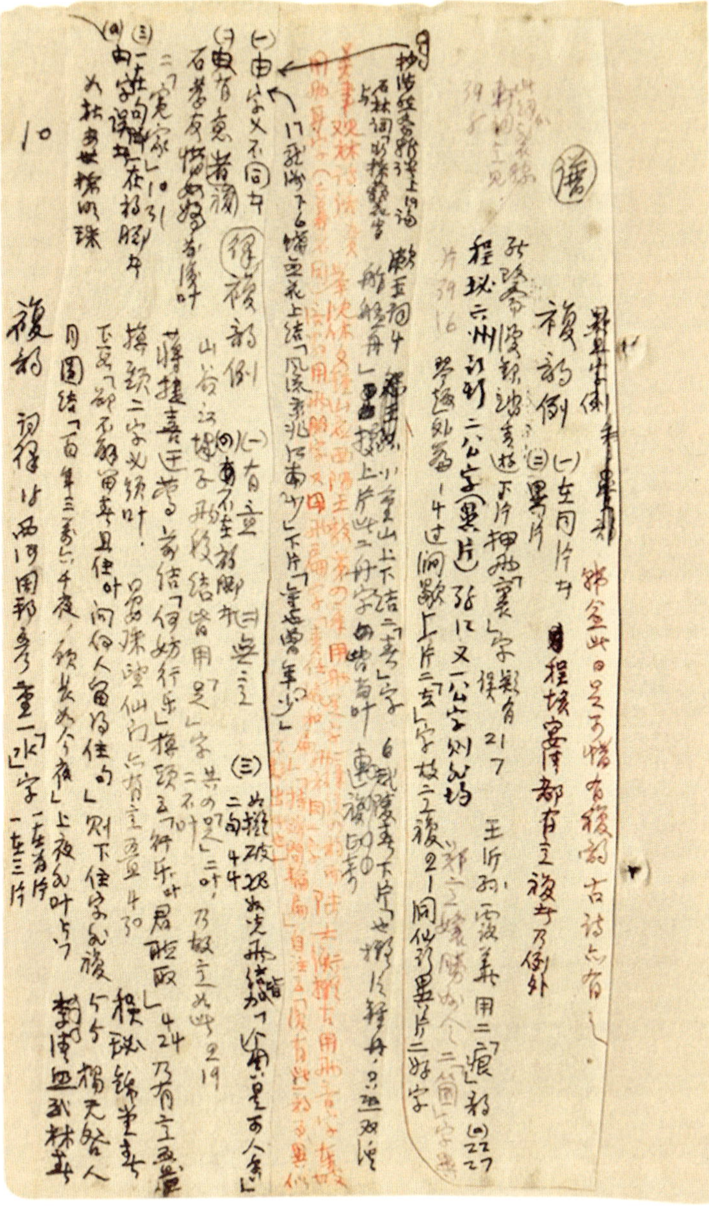

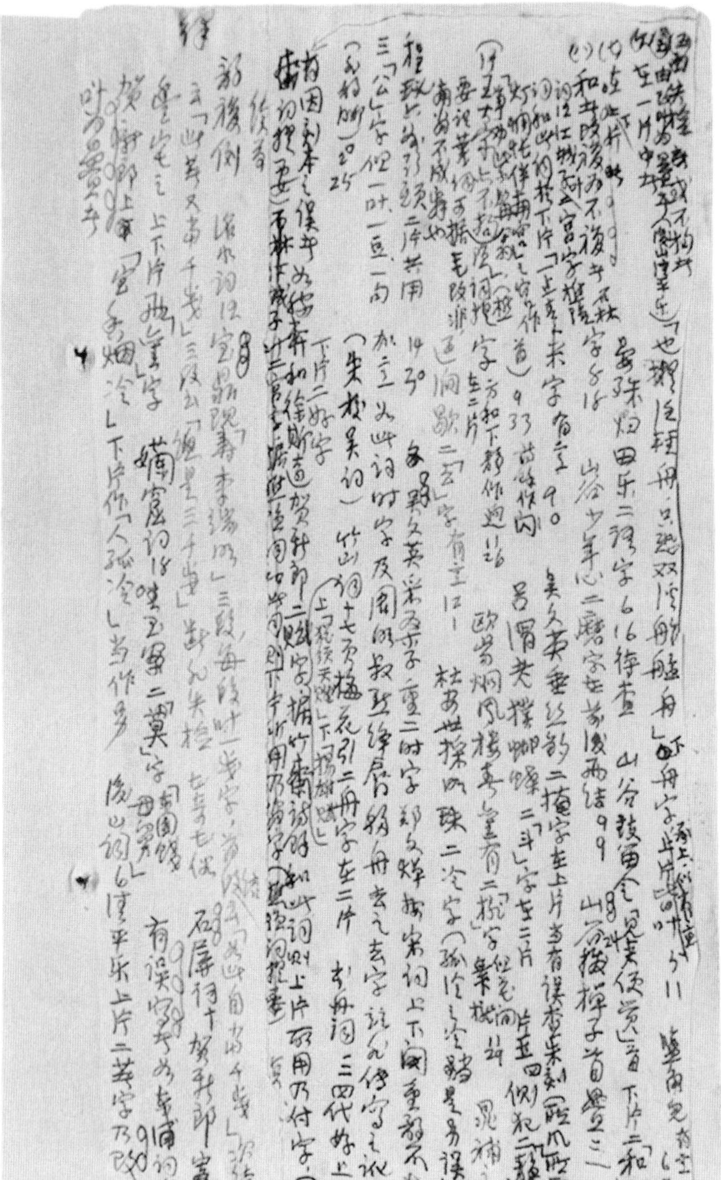

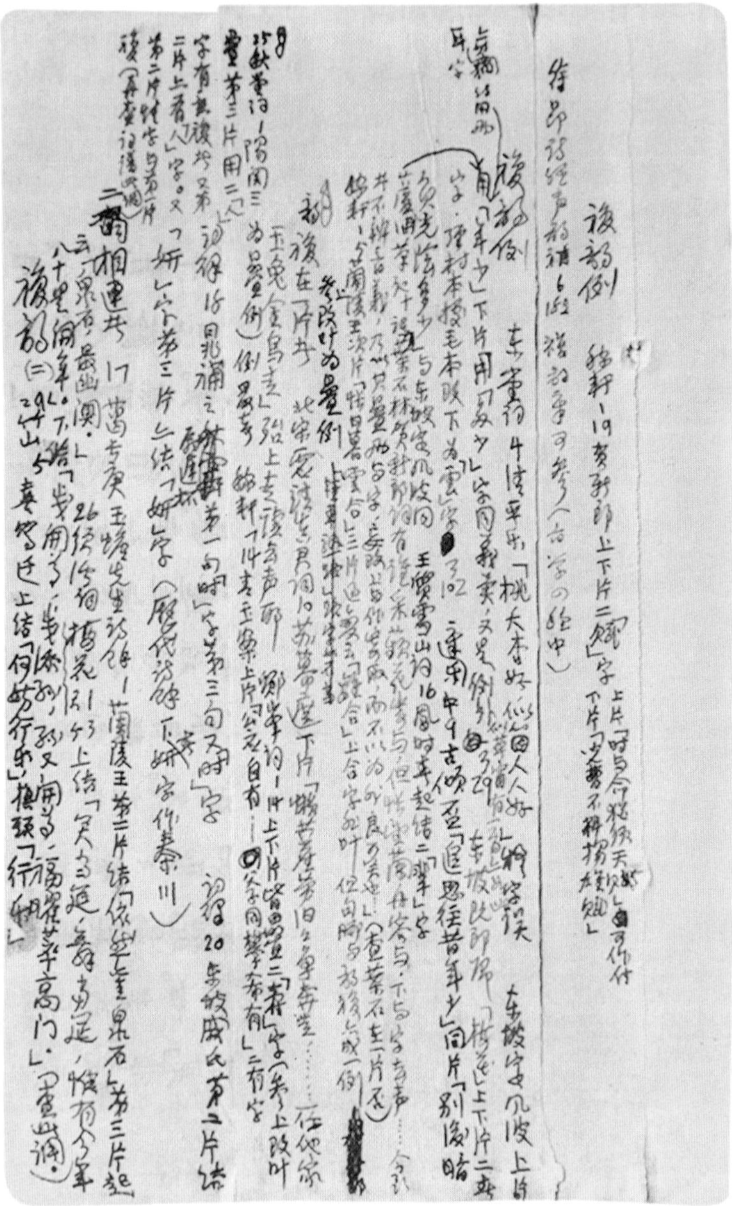

首句後半叁「改叶為叠例」

漱玉詞6武陵春下片「也擬泛扁舟，只[illegible]舴艋舟」

如詞律摘遺[illegible]東山[illegible]

20 南湖詩餘 4 滿江紅起二句「不見西湖烟雨」，下片結「只把新詞林下去，一身愁暮雨」。朱校「新雨字與次句韵複，疑誤」。[illegible]二句字不知是叠韵而下巧作妙

不當叶而叶致後半 柳永傾盃樂上片「遠山[illegible]路」下片又云「看朱成碧」屢評從下路乃倒然同韵詞律注叶也

在兩片同句叶 漱玉詞小重山上結「驚破一甌春」，下結「著意過今春」 [illegible]

如淮海[illegible]花心動二「然」字當在第九句（但此詞上下片不同）

在兩片叶 24 薄倖 25 [illegible]上片「[illegible]」下片「[illegible]」[illegible]

[illegible]

張山中之畫　多少賦「過了天真寫遍草」兩片二陰字（原作花陰一作花深）豈同深夜窗燈寫蝶到如今猶穿花陰、隔深不辭（某選）

清真「花心動」兩押「歇」字、兩押「水」字　趙以夫「探春慢」兩片二次字上片「廢館回廊處」下片「夜長人獨坐」（某選）　清真「側犯」上片「人靜」下片「回塘寂靜」

有意複者多矣　如晏氏「古陽關」詞綜作選二素、二新、二感、二人。

○○　不同韻而句腳字複者　歐陽修「踏莎行」上結「起舞霓裳夜（句）……向夜（句）其（句）」下片「金樽天氣……衣（句）」

重韻而又重句者　如……

衆人作者　柳梁……二十有六韻　兩韻之重複者十有四　如「……」之三、不複者

一人作者　……

小令……兩片……上片……句「……」下片三句「人生……」（……選1・20）

小令同片複　王嚞重陽全真集卷5浪淘沙上片第二句「電裏光燒」五句「風燭時燒」

在兩片同位置」　王嚞重陽教化集三[illegible]彼岸上結「終成殊勝教化」、下結「脫陰陽・超造化」

項安世項氏家說4 13重押韻條「詩有以一韻成一章者如執競之末章云……重押「簡」字　那之二章云……重押聲字皆一章止用一韻也」

[illegible][illegible]天樂用二「午」時詞徵招上午為「重午」指節序下咏風俗扇[illegible]小窗

午指氣候（詞徵33下）今案此係和詞上午作五是也

諸[illegible][illegible]公謹韻多[illegible]例見花[illegible]卷16案

遺山新樂府殘鈔本補遺有小重山一首兩片、上片有[illegible]邊二字下片亦複叶此二字近人楊（見蒼[illegible]撰倚聲[illegible]錄九）

易霖謂太和正音譜只有上片僅[illegible]字、疑下片為後人妄增　詞刊4 180　此一段例

雪[illegible]　長相思　重西字　[illegible]重得字　裏字

（潛）（釋）

移韵例　本押此處，而移押彼處，如劉過之紀爲楊花二首，換頭韵，移押首句 23 4　梅花停都本換頭韵須押句韵 23 24

移韵例　張公子名回換頭本二句一韵，回四換韵，無名氏一首則前半用平韵，後半用平韵，32 12　管作瑣似色12　姸作婿　初寮集1虞美人「贈李士美」即用本調韵而改　唐作塘

史達祖步月換頭韵為短韵　綠14 又27　陳允平步月綠都同上16 24

移韵例　沈梁子上片叶韵最無定，似可舉例　孫躁詞補上8　片首三句平仄韵移動又是一例　踏莎垂鞭上下

37 劉從桂隱詞錄一志「玉樓春」の五句「東家要柳西家似月」柳字不叶而叶，月字當叶不叶（四詞柳叶九）下片此二句作「隱經句」齊樂　新隱」見

移韵

和詞之例

用其調及首句之字（參韻例27用一定之首句引發秋木蘭花）

只用其調不和韻者

譜

和韵词变例

(一)增减字句如杨泽民

方千里和清真四宫 王之

垣春有减字 25 2

道和清真齐天乐 26 18

方千里和周之邦 37

(二)增减韵者

(三)和词不住和例 三之道

和清真苏幕遮 26 15(?)

陈允平水电词十篇 12 江

吴山乃和西江月(?) 与广韵

十国(?)大中纵

李景伯回波乐平韵，無名氏和用仄韵 词选一、十一

等方杨陈和清真词为例

注东坡清真集谱义可参

(待考)

柳氏和锦标 李季柳 起句不叶与原唱異。词选一、廿

赵翁故事唐氏和为撷芳词 后段平韵 用吕渭老体 10 32

陈允平和清真芳草渡减字 11 25

陈允平方千里和周例 和句韵皆有異 18 21

洪先和杨(?)与东坡作有施减 21 24

(一)(三)? 杨方和清真西平乐(方增减字) 30 4

方杨和清真还京乐 31 32 陈和清真(?)月慢 减二字 33 5 又续窦怨

减二字 33 8 陈允西和周(南该十章) 33 3 朱在和柳笛家 多一韵 36 33

朱敦和柳永西平乐加二韵 30 1

陈允平和氏第一加一韵 31 20

陈允平和(?)陵王(?) 不叶 五句(?) 36 33

蓬莱(?) 词 今失传(王国维牛中)

防杨和沈约怀眠时(见诗)张先和渔引子 似尤早 8 (?)

全首和韵 只一二字不用原韵者 蓬莱鼓吹与西江月十二首自和韵而上下片第三句皆不用原韵。

和韵 74 秋词与舞(?)柳子「和轩豆乐社舞柳子舞乐言怀，中间更易两韵，盖为人用音意之例」

12

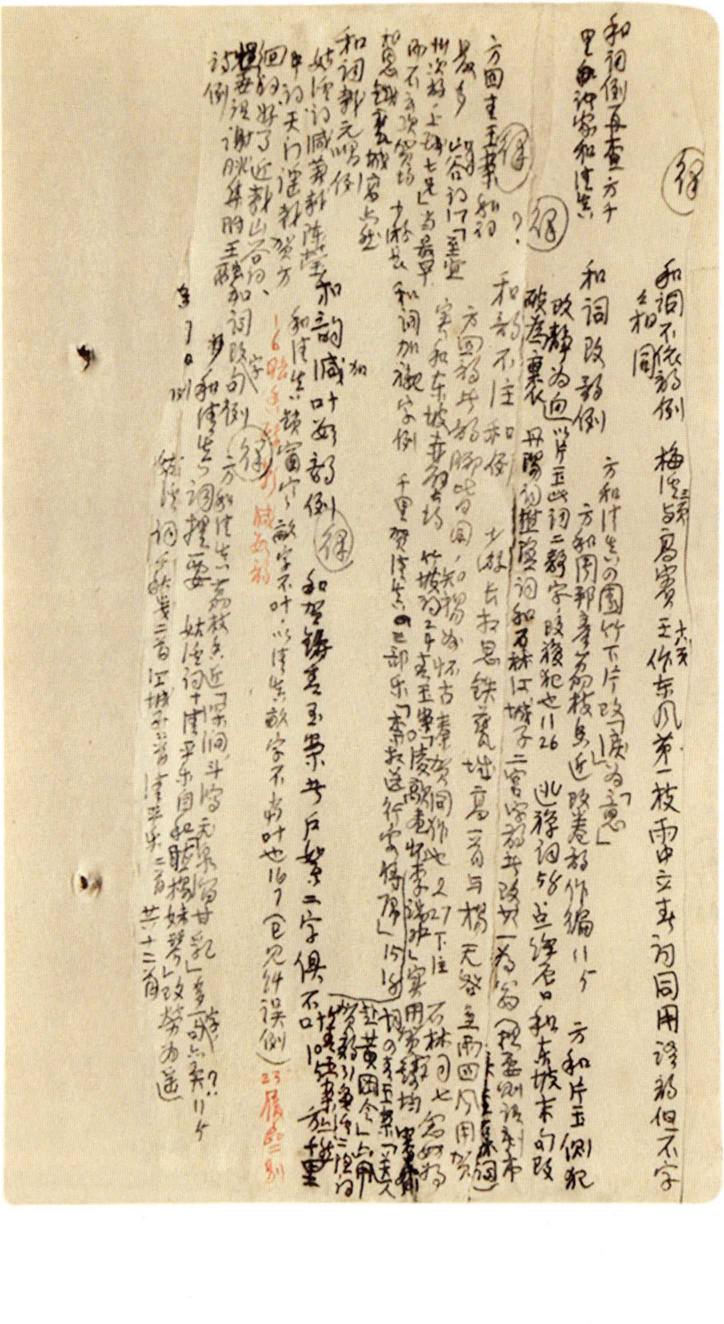
和詞不依韵例
和詞改韵例
和韵不注和例
和詞加襯字例
和韵减叶句韵例

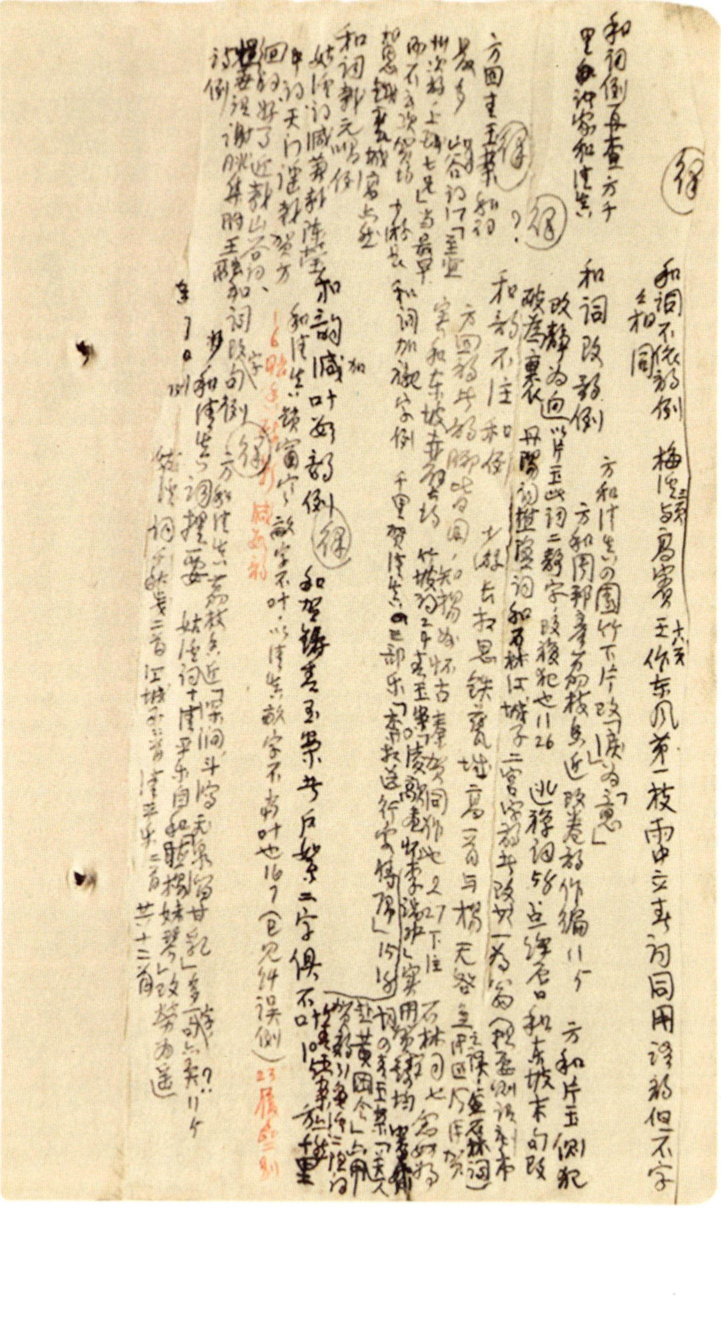
和詞不依韵例
和詞同
和詞改韵例
和韵不注和例
和詞加襯字例
和韵減叶韵例
和詞例再查

和詞韻無一字不同例

方千里和周邦彥塞垣春 24/1 又花犯 17/1

和全韻例 方千里楊澤民陳允平俱步韻 除三聯和不同

和詞不注和例 26/後庭詞 19/杵 舍子「探梅」實「次韋蒼梧古公韻」而不注明 又如念奴嬌「怪梅一株為此家截風稍賞以為佳」用東坡赤壁韻

和 32/16 念奴嬌「飲餅缺用過出大美絕頂以大江東去」及方回其它如此皆不注出汎指因為「煙此」上用東坡韻

即子母集叁之一和張子野詞十首（見附卷三）

和詞用原唱韻句例 也舉詞以此調詞韻之 向薌林韻「包」「困韻有 何必一步虧中秋」即向 向正改年作此年。

（全宋詞查三家）

集 和詞題不注和，而于詞中注明者 26/後庭詞引念奴嬌「弱王城山」上注「此時起風，呈詞 正是坡作」

29/山中白雲 2/5 「踏莎行·詠楊劉」❶ 王沂孫玉笥山人詞同用家府詞調題皆同，必三人唱和之作（不注和，惟不次韻耳（江昱注）今一露案此「萍花」王沂孫之有此調此題但不次

韻

和詞韻（二）

此不論集韻（詞中多和尾成（世叫知附卷））

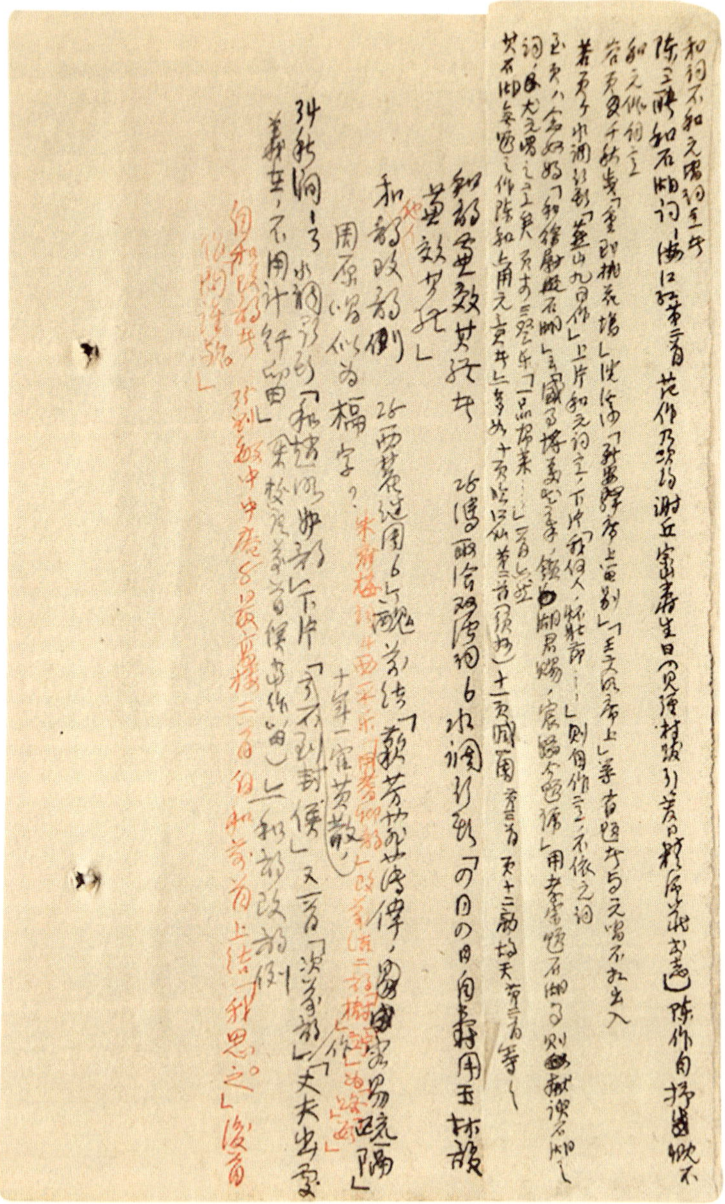
和词不和元唱词之年
陈三聘和石湖词，满江红第二首，范作乃次韵谢丘宗卿生日（见范村梅谱序后附志），陈作自抒幽愤，不
和元作词之
容易。夏千秋岁「重到桃花坞」，陈作「歌罢驿亭上马别」「王气风帘上」等，首题与元唱不相出入。
若晁次膺水调歌头「燕山九日作」上片和元词之，下片「我何人，怀壮节……」则自作之，不依元词。
又如八声甘州「和徐尉游石湖」之「国子博士……」，镜湖居易，宫妇公疏，用前韵题石湖了，则独谬不叶。
词，如大元唱之上句，页十三登乐「一点孤嵘……」又首正，
其不叶，如陈和之用元韵并之，参如十页阮郎归第三首（须韵），十二页风流子第三首，页十二两均天香首等。
和韵而无致其强韵者 26 傅干注坡词6 水调歌头「回首日边自将用玉林旅」
莫致牵强
和韵改韵例 26 西塘花径周6 六醜苦怡「数芳时，易空恨空，易晓春阳」 朱府梅（西平乐「用黄卿韵」改第二韵「树」作「路」）
周原唱似为橘字？ 十年一觉扬州梦散
34 欧阳水调歌头「秋望……」下片「君不见到封侯」，又一首「设若节」「丈夫出处」
义甚，不用计较（宋校定本首俱作留）上和韵改韵例
自和改韵者（似陶诗溪路） 34 别刻中中庵8 最高楼二首自和，前首上结「我思之」，后首

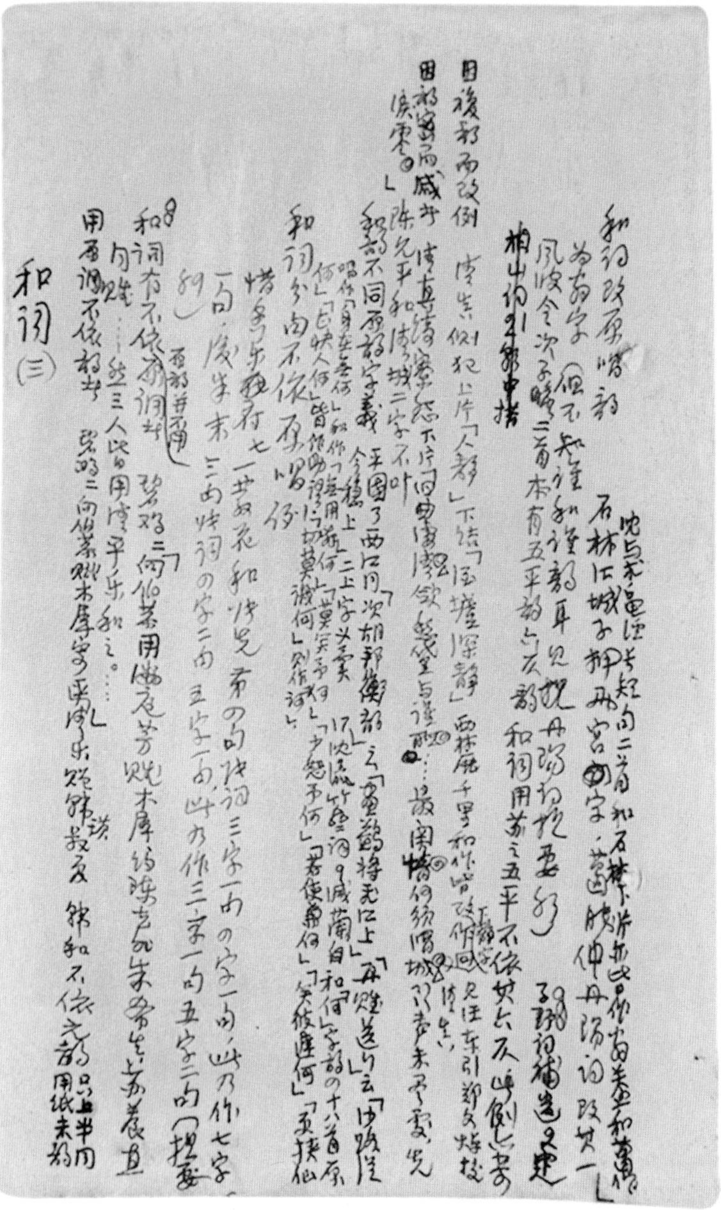

和詞（三）

和詞有不依前詞者

和詞分句不依原唱例

和詞改原唱韵

因換韵而改例

和詞不注和　23屢見億之青玉案「十年三過蘇臺路」和方回　37步距韻

35劉叔安中秋虞美人……里……二首　用虞伯生韻　如「……」

唐樂府……白大江東去……「……」用東坡韻

都不注明　……老桃、唐詞……江月……和東坡……

和詞必用原唱原句　37岳屈詞10……「……」

句即用原唱「明日新年」之句，後人和此……

許有壬有字許楨馬同初和……「……」皆用……

漁家傲の首結皆嵌「漁家傲」，詩人和之……

和詞可改原唱數字者……

「青箬笠，綠蓑衣，斜風細雨也。須歸」……

詞源下：詞不宜強和人韻……倘遇險韻，不若祖其元韻，隨意換易，或易韻答之，是亦古人三不和之說。」

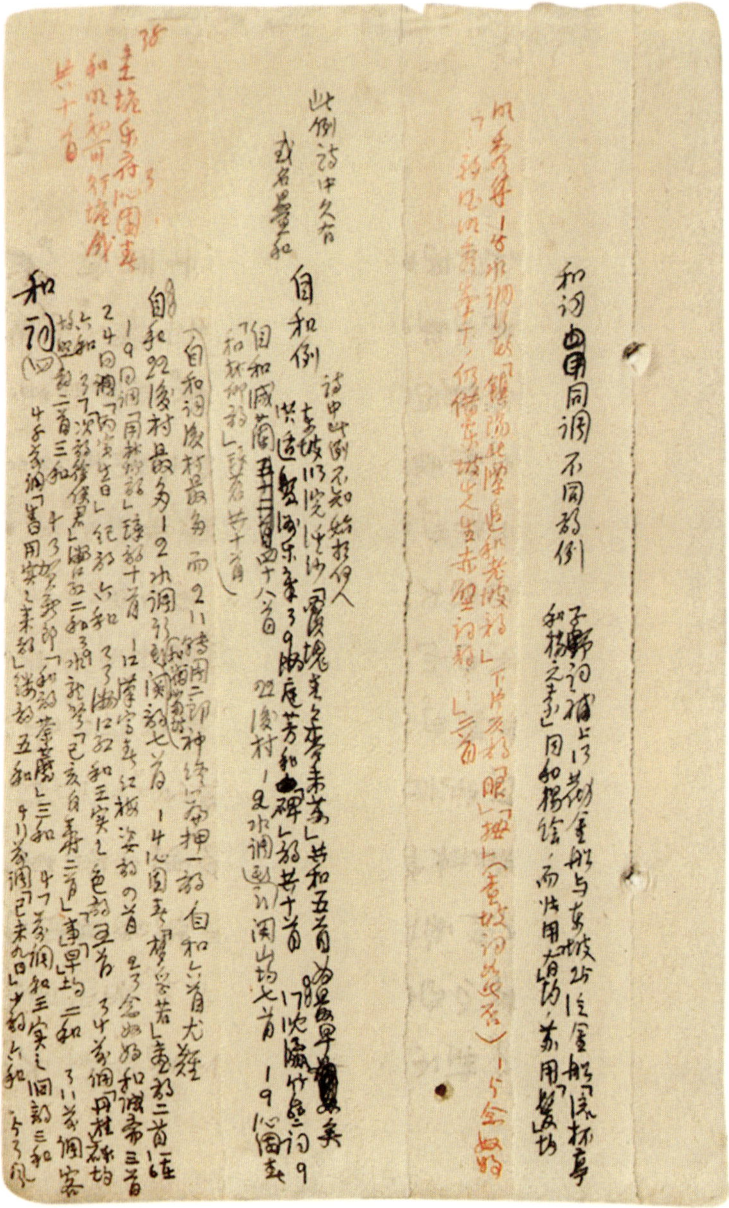

和词與原同調不同韵例
自和例
和词

和詞平仄不同原詞例　「松□□□□作」二首長調細韻二和　57今浪淘沙慢韻二和　57 暗香仙「桃花为生日」壽

據《彊村叢書》196頁和清真詞　皆須再校彊村本

清真「蕙蘭芳引·次韻□□□□□□」楊澤民和作「□白□□」（全宋詞共收253首）　集計最早和之詞共八十首

韻二和　楊澤民□□　全

和詞字句差同　83頁瓊影18頁永遇樂「已未夕元」自和三首字句差同

和詞句豆不同原詞例　夢窗和山詞20頁吳夢窗和吳子野詩之「常歎無緣，想像」

新補細」張炎原作云「猶有花上同，清鄉秋細」

清真「繞佛閣」結「冊整眉，向謹行展」上三下四　西麓和作「錦箋重向紗窗

展」上四下三矣　清真「瑞鶴仙」次句「行傷永，空玄東，壓漢漢」上三下三　方和

「更暮草萋萋，殘煙漢漢」上五下四，平仄亦異　結句方和諸亦異

和詞增減原詞字句例

據《全宋詞》196頁　和清真詞　須再校彊村本

同和楊澤民字句參差　記舉夢窗詞25頁　清真「燕天樂」下片三句「縱思何限」

方和作「閑山又隔無限」多二字　子野東坡後拿起

和詞與元唱同刊　陳三聘和石湖詞本與石湖詞同刊為一卷　見彊村石湖詞跋

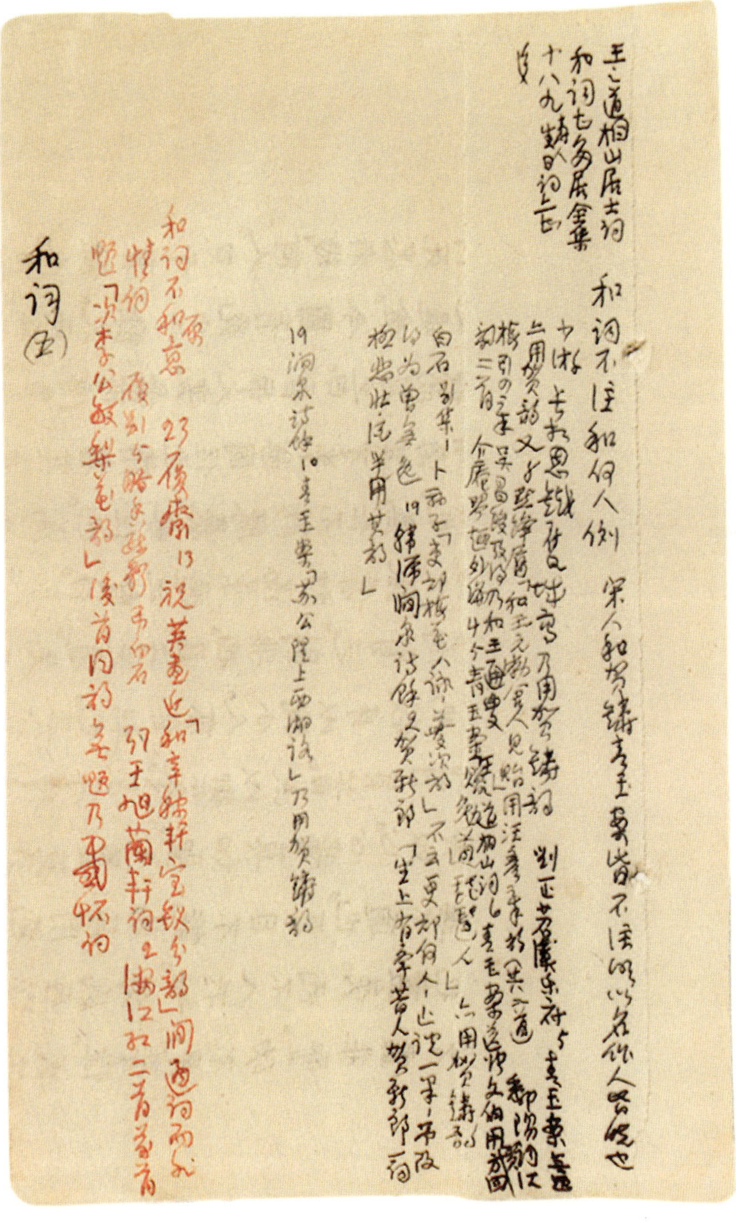

王之道相山居士詞
和詞也多屬全集
十八九數以詞占
頁

和詞不注和何人例　宋人和賀鑄者王棠皆不注原作人名氏也
如程大昌思越人乃用賀鑄韻　劉正夫蕙蘭樂府 5 其王棠晝
亦用賀鑄文，如趙彥端浣溪沙「和王元渤舍人見貽」用汪彥章韻（共二首）鄱陽謝江
楊引之來吳昌齡及程洛和王元渤舍人見貽」用汪彥章韻
如二首 介庵琴趣外篇乃和王通叟 4 今青玉案 曹組送相山詞 6 其毛晉文 亦用賀鑄韻
白石別集 1 卜算子「吏部梅花八詠，夔次韻」不云更和何人，止說一字一字改
以為曾原色 19 韓淲澗泉詩餘又賀新郎「坐上有峯黃人賀新郎」詞
極忠壯，皆用其韻」

19 澗泉詩餘 10 其王樂府「蘇公隄上西湖路」乃用賀鑄韻

和詞不和原意　23 後齋 13 詞 其畫近「和辛稼軒宣教分韻」調通詞而和
懷詞　後劉分賦　又王旭蘭軒詞 2 滿江紅二首第首
題「次李公敏梁苑韻」後首因韻自題乃不惑懷詞

和詞（五）

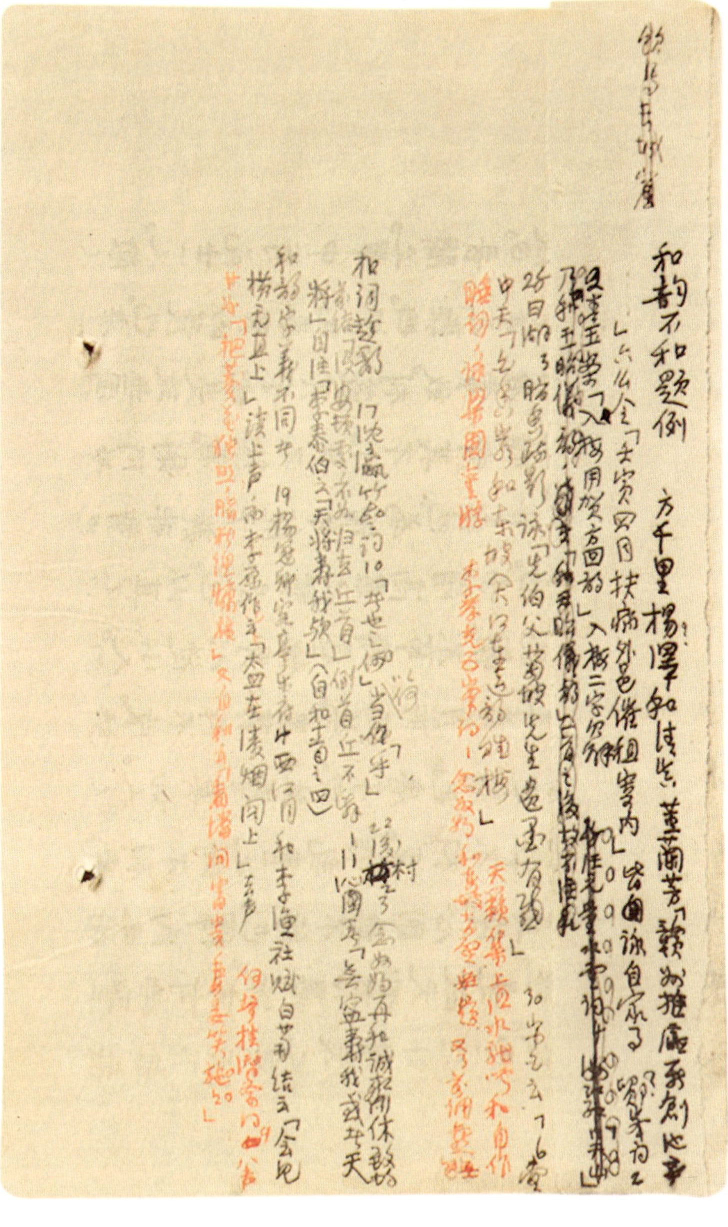
和韵不和题例
和詞題例

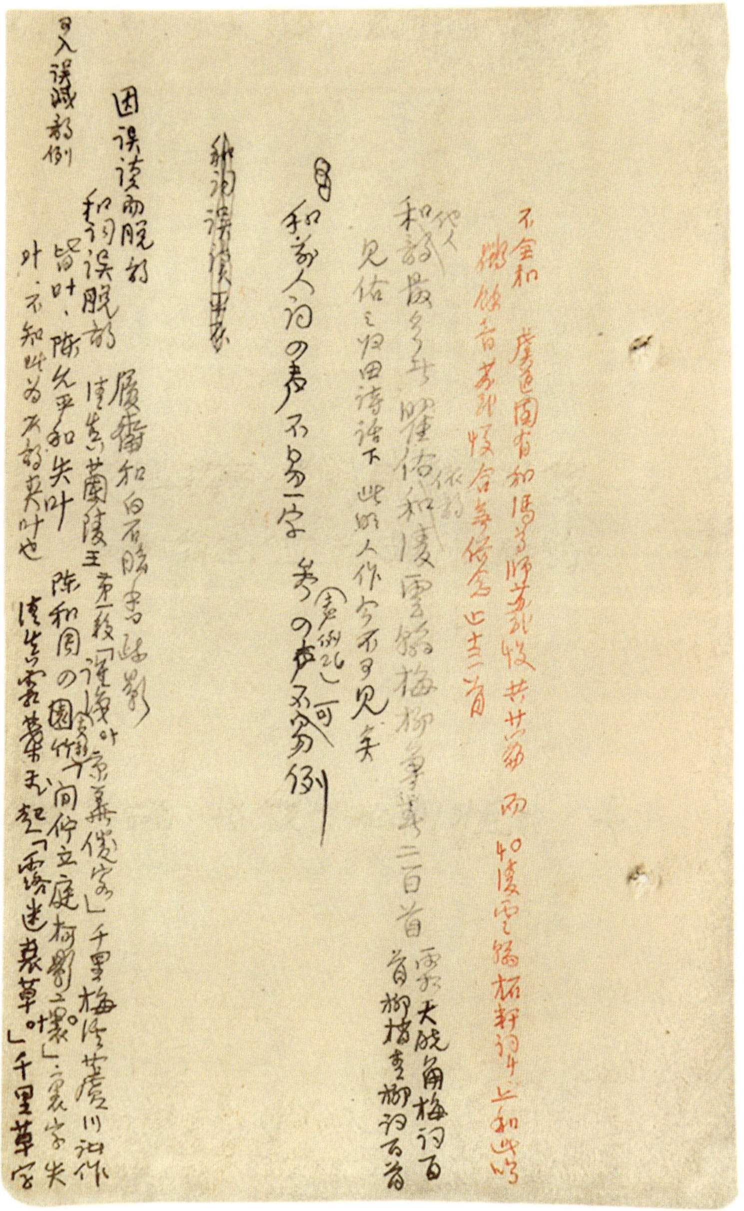

不全和
廣陵周有和馮延巳詞共廿二首 而 如陵雲鶴梅柳羽 上和此的
鄉倬音若詞收合者僅為此十二首
代人
和韻最多者曙侍和陵雲鶴梅柳等凡二百首 依韻
大晟角梅羽百首 柳梢青柳羽百首
見佑之歸田詩話下 此明人作今不可見矣
和前人詞の声不易一字 若の声不易例 (声例記) 可
和詞誤讀平仄
因誤讀而脫韻
和詞誤脫韻 履齋和白石暗香疏影
皆叶、陳允平和失叶 陳和周の國作「向佇立庭柯影之懷」……字失叶
外、不知此為本韻亦叶也 千里草字
入誤減韻例

失叶韵下句「挂路星」连读为七字句（梦窗走田不误）

如少年游第后叠三句本不叶，清真一首作「柳边芳草」「不似当时」（此可说

方千里和作「蛛丝还池」「惜花惜时」，皆不知之韵而亦用韵。

和「次晏韵」？

次晏韵」例

和韵误读内五首 清真四园竹王「隔阑上，曾见几番，拂水飘绵送行客」

陈允平和云「东风路，还是寿烟眠露、年年自春色」

因版本误

和词改韵 清真六丑校书迟上片「但怪灯偏帘卷」 方千里作「见雪池晚春

编」，杨泽民作「大白频卷残编」 必清真词原本误作「但怪帘卷灯

编」，方又易「卷」为「晚」（陈东说）

若清真幽径花「不要窗短」 短不得叶破火，千里和作「座」，此又改韵，如

今本清真词误为系误书作「矮」

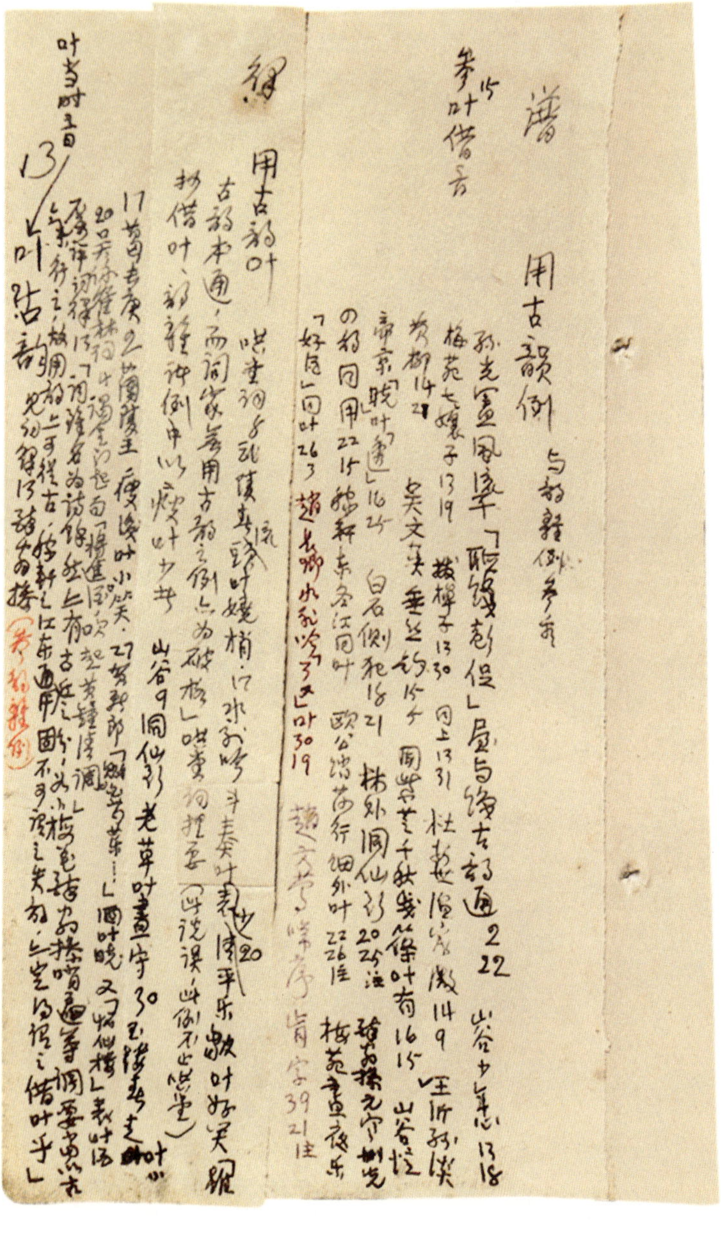

27 蔡游 2 21 水龙吟「次陈君衡见寄韵」草峭酒後「豈無箏譜有通」

通乃古韵，诗三百篇为之。旋之捻調，或作「不協」，草窗對於声律尤不

苟，想因用韵之故，遂「通」据此作「径」，然是平韵，亦当用「通」也」

白石例，犯「寄」名「秋」」与「向」叶（参麟释）。角指「畔」叶「袖」」

姜特立梅山词今韵以「国」叶「客」，杨无咎逃禅词亦以「叶」「候」（题）

杜诗详注 13 15「古人尾韵二韵多通用，易传"噬嗑，食也，贲，无色也，兑见而

巽伏也，随无故也，蛊则饬也"，文士冠礼"令月吉日，始加元服，弃尔幼志，

顺尔成德，寿考维祺，介尔景福"，皆是通用」 杜诗南北色直叶

谷轴腹屋（此等不止一二处）

山谷於审字，豈有韵，下片云「恨啼鸟辗声晚」。王、朱彊邨因以方音叶，我见

清真「西平乐」「道连三楚，天低四野」，郑文焯说其防古音相谐。黄侃曰

「野客丛书」云「平云通叶，其人字为韵，宋人词中多用古音相叶之理，吴仍今耳」

义：文焯以古文义校宋词，王世贞说宋词人用字从俗，不尽古，以古音论律

依照宋词人似亦不致用古韵叶，此其在当时固近俗，不尽古也 彭孙遹

方言何近古音耳（江西先志及[illegible]、见录）

諸“當密佳以「蔑」叶暑莫” 注本謂「僕部之字，今音多在魚部，如“婦負副
仆富留伐”，而此音通在魚部，如母否則通轉在魚部，而仁時間或存本音，
如卓莊賢懋，則通轉雖多，未變而揚鐘以此，上從魚部。宋人作詞
叶韵多從當時之音，與他文不同，我疑之偁讀，固屬了立名目
然後以古音通偁，則大謬也……」（鄭文焯引易林「枝葉盛蔑」與下
句「召伯避暑」為韵。白居易櫻桃詩亦蔑叶露。」

8 蓮子居詞話卷上論詞有借叶，亦有二，一從方言，一從古韵。古韵見
林外洞仙歌不獨用方言且用古韵 蓮子居之上（此方言合于古韵耳）

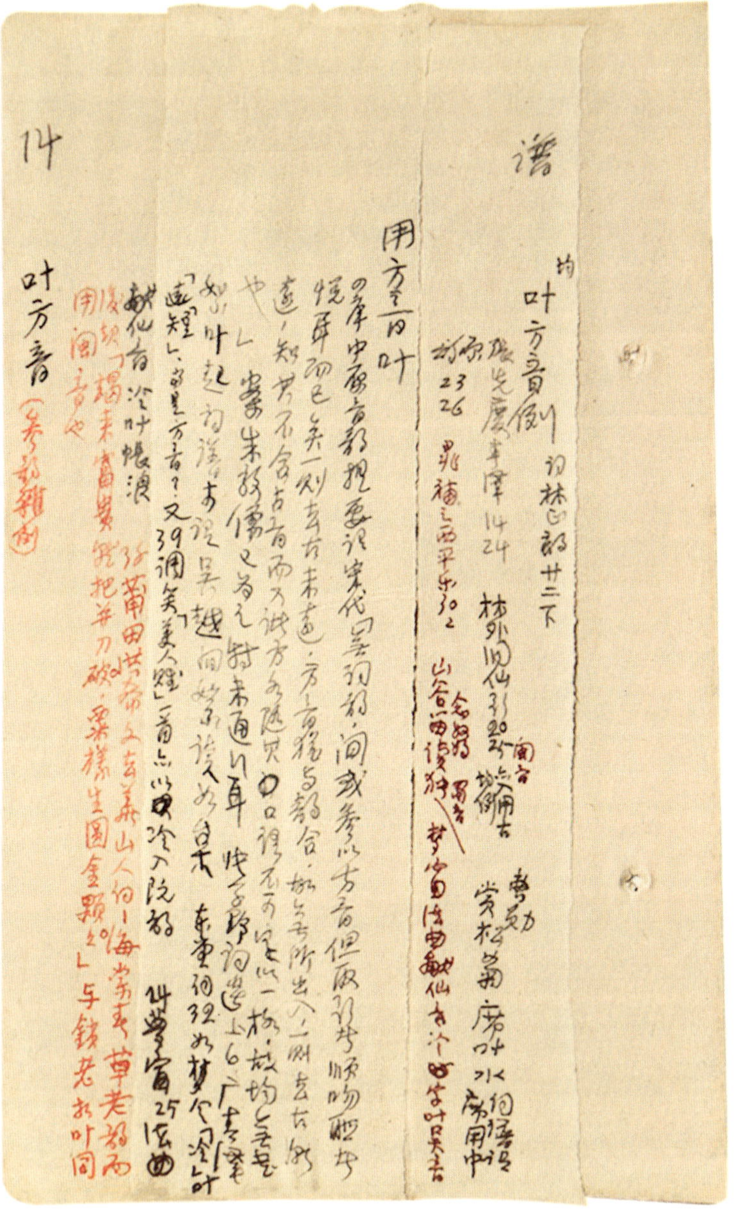

譜
均
叶方音例　詞林正韵廿二下
張先慶春澤 14 24
晁補之西平樂 30 之
用方音叶
「遠短」、為是方音？又 39 調笑「美人燈」一首亦以方音入韵
叶方音
14

姚仲宗渔家傲 丢叶觉 仓克成 我叶好 词品皆指为闽音 词苑萃编19.9下 词品3.10上

曾元龙六 呼否为府

词徵3.4下 徐林（宋人皆方音）重谣集 竹枝子 篇叶山 柳青娘 胸叶部 鱼歌子 寞叶少 喜

如初 那叶方音

秋天 土叶促

梦窗 扫花游 赋芸隐 腰通。书床 江神子 赋碧沼小庵 流水通。窗流

二字宋本皆作通，道疑通乃后人妄改 蕙风词话4.19下引 梅铁屋

东泽子 集 游三十六天洞灵洞诗 用十六韵 皆宋选韵 中有「林屋刺史」

父通句 通字可作古音 此上证 阅证古音

云谣 杨柳枝 以婆叶阳韵

叶韵释例

叶借音例 羽林后韵 廿二下

吴角招 趣字兄韵释 [illegible] 8 22

因 17 24 ？ 白石疏影 北叶独 35 19 花草粹编 [illegible]

[illegible] 邵亨贞撰蝴蝶 趣 叶

千秋岁 满江红 见均入此字

借叶 [illegible] 山谷 [illegible] 「江南江北 [illegible] 风笛」叶 [illegible] 用蜀中方音

第 [illegible] 叙 [illegible] 遇 叶 [illegible] 8 10 文英 [illegible] 掩叶饮 34 林外洞仙

以锁叶 [illegible] 12 21 [illegible] 东坡 [illegible] 叶容 13 7 北叶沃韵 张雨雪狮

水 [illegible] 叶水（[illegible]）13 12 [illegible] 外叶二 [illegible] 13 15 [illegible]

[illegible] 12 14 [illegible] 14 13 白石 [illegible] 15 9 [illegible]

「[illegible]」叶「小」 13 23 [illegible] [illegible] 叶 [illegible]

（纸韵通叶 [illegible]） 毛滂 [illegible] [illegible] 与 [illegible] 16 [illegible]

（字） [illegible] 北叶 [illegible] 白石 [illegible] 17 8 [illegible] 叶 [illegible] 西平乐 [illegible] 17 30（？）

叶借音 列韵维下 此字不妥 见叶古韵例 [illegible] 东坡

（一）古音 释

（二）方音

乃叶 [illegible] 乃江右 御音 [illegible]

梦窗 [illegible] 15 [illegible] 古冷叶帐

20 [illegible] 15 [illegible] 叶卜（又 [illegible]） [illegible] 二首 [illegible] 叶直色

15 叶 [illegible]

[illegible]

借叶例

[illegible]

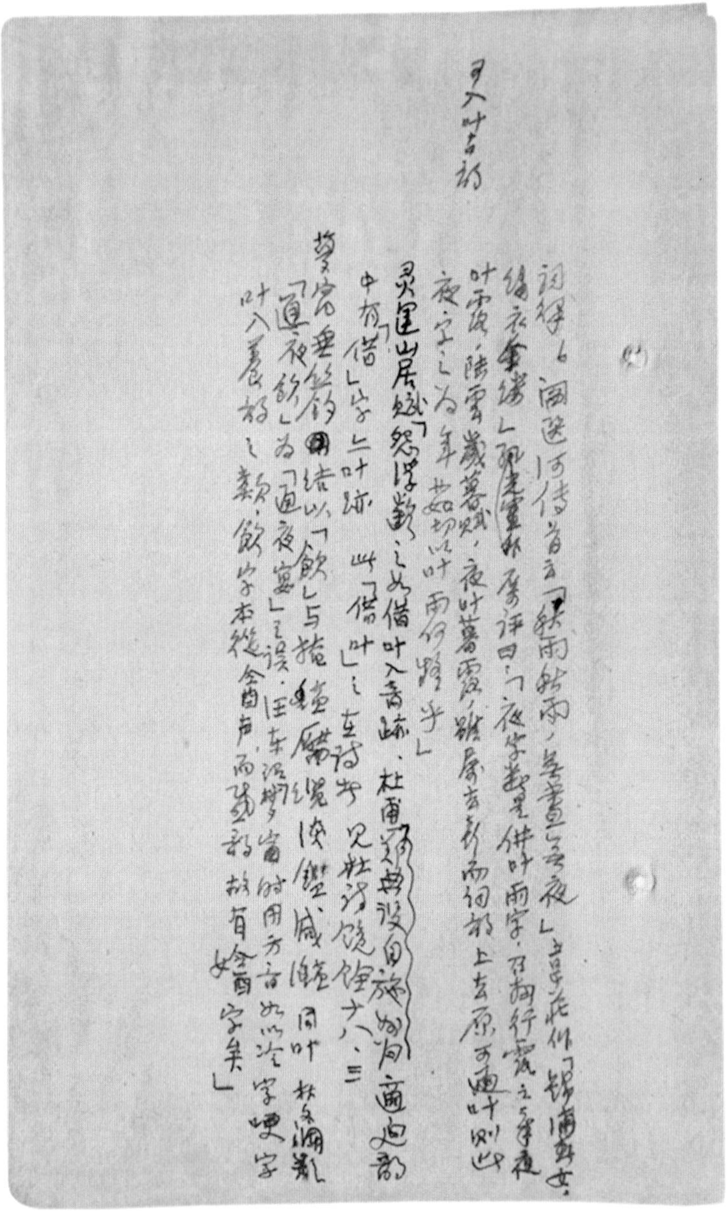

归入叶去韵

词律六 阎选河传首云「秋雨，秋雨，无昼无夜」，草堂作「锦浦，春女，绣衣金缕」，原评曰：「夜字叶，是借叶雨字，于雨行霜之本字夜叶霜夜，陆云岁暮赋，夜叶暮霞，虽属去而词韵上去原可通叶，则此夜字之为年若切以叶雨何疑乎」

灵运山居赋「怨浮欢之如借」叶入音迹，杜甫「无设自施，如何适道韵中有『借』字」亦叶迹。此「借叶」之在诗者，见杜诗镜铨十八、三

梦窗垂丝钓结以「饮」与指莺觉读鉴、咸、涟同叶 林氏润

「通夜饮」为「通夜宴」之误，王东溆柳南随笔：「当时用方言如以淬字为凄字叶入蒸韵之类，饮字本从今音声，而误为韵，故有饮今音字矣」

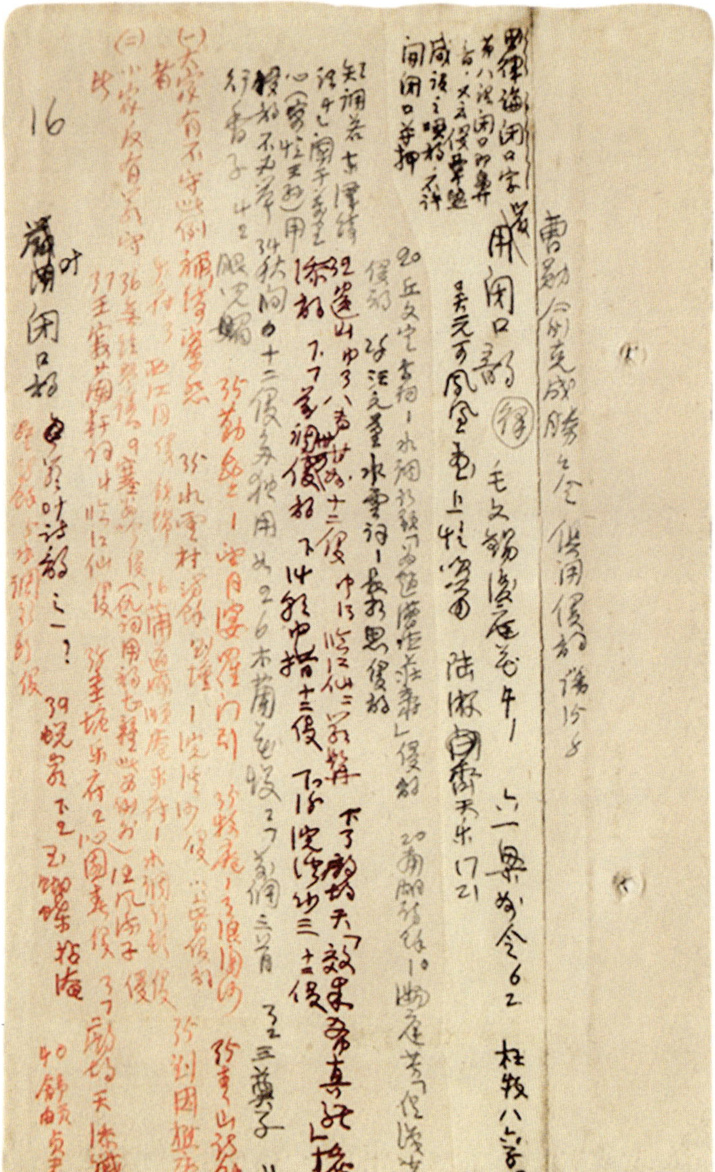

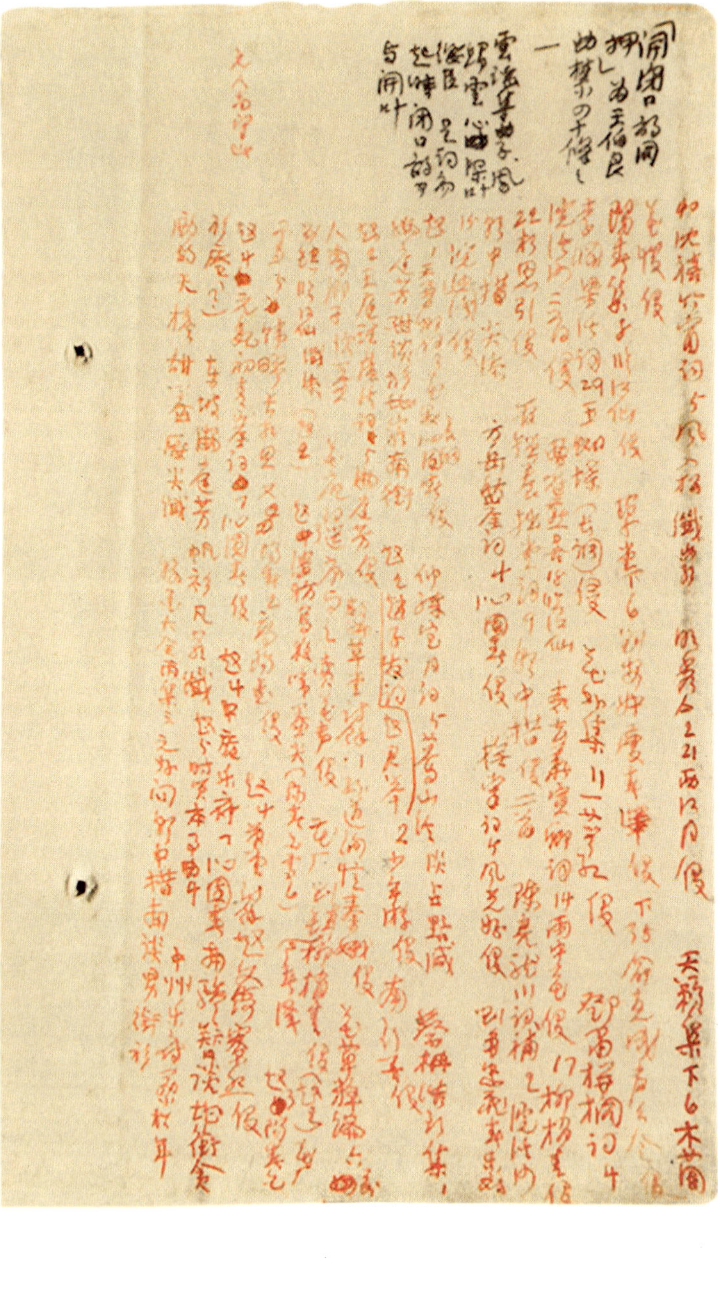

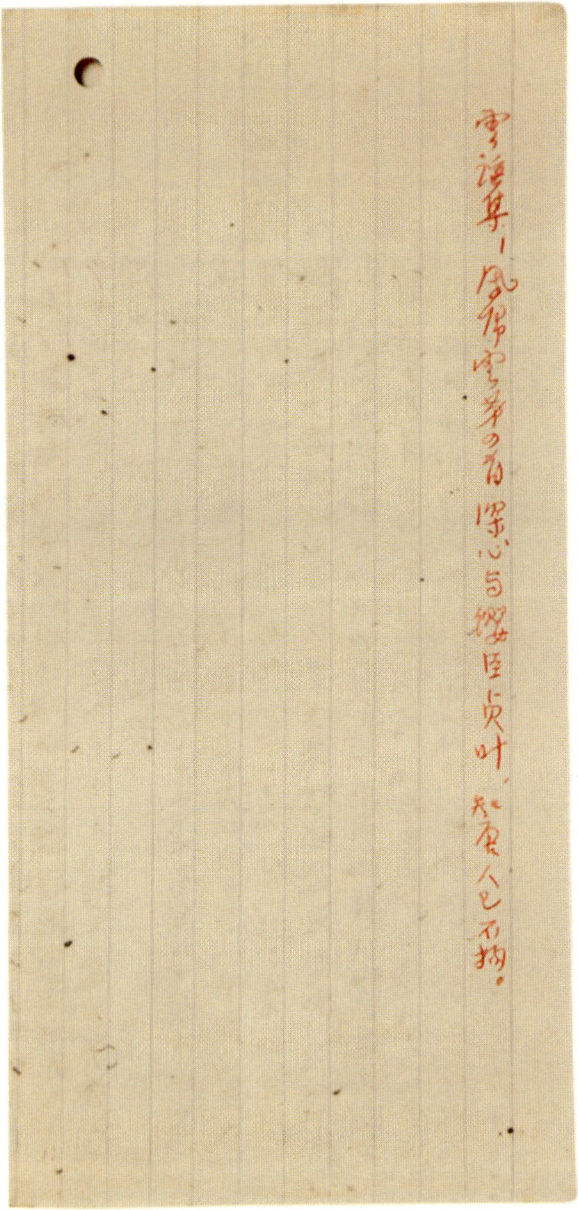
雲謠集、鳳歸雲第四首深心与纓臣叶，知唐人已不拘。

又
16

17

起韻最早者 趙長卿看花回第二字即起韻 1·19 水調歌頭 12·1
十六字令第一字即起韻 九張機第二字起 1·30
（録）

韻位例

双拽頭 第兩結及兩句皆叶 如清真繞佛閣第一段「清漏將短叶，厭聞夜久簽聲動書幔叶」第二段「花氣清婉叶，望中迤邐城陰度河岸叶」
付點雙頭蓮第一段「踏破曉碧窗明叶，助秋色叶」
俊叶，歎乖隔叶」 未曾錄雙拽頭

逗亦起短韻亦叶

起韻最早（又）

又17 韵密疏

大抵韵密者音调幽咽、慢唱，疏者反是。

小令有全首皆韵者，最早见柳卿何传神兒句

传真以上视时々二句押叶，如「来归如过翼，一去无遗迹。」「若共楚宫佩

图。叙细坠灵迹无翼。」「捏粉柳丝。多情为谁追惜。」「芳图为寂[illegible]

常绕暗游」最幽咽（何曾再向楼阴[illegible]）最关情何须惜城

诗忠以情寄怨 下只「……（何曾满傅钗细悉悬，与谁挪……

孙斋未严寒，缱慷雪」六句中五韵

欲绪六如行到 叶…… 共三十五句 全首只五句不叶

项安世项氏家说四十二「诗有一句一韵者，落伊我私、东嵘之衣，实坳实在

宁父母是也……有四句一韵者，印盛于豆，于豆于登，其香始升，上帝

居歆，胡臭亶时。后稷肇祀，庶无罪悔，以迄于今。此韵与今为韵是

山啭，宫文于韵中用韵，本是韵与今为韵，而上の句中登于升，下の句中祀

又是为韵也……」诗句押韵疏密性

小令全首用韵者作表统计 如一剪梅 屏17 21

诗长短体 蒲莲近拍 片段单十五 句只三句不叶 不押11也

韵长庆宫 天惭角小令 谓十边十二句

大韵中宫の韵 句六不叶 毛文锡 赞成功 于

譜

「宋人於調以韵多者爲急曲子，韵少者爲慢詞」26 1

列全首皆韵例下

隔多句叶例　列全句皆韵下

周邦彥風流子多隔三句方叶 2 22　張泌風柔子（小令隔三句方叶）也少

可正　周邦彥西平樂全文爲例　傾杯樂六句　3 23　柳永女冠子「淡烟飄薄」換頭五句方叶　蔣捷女冠子起首隔の句 4 7

柳永浪淘沙慢六句　花草粹編女冠子七句方叶（或六字句有誤）4 9　晏幾道好女兒小令（の句叶）5 20

袁去華蘭陵王　怯餘枕小令三句方叶 7 2　杜安世浪淘沙（隔の句）10 23　柳永夢還京の句 18 27

列六句者　又列過一段　黄鶯兒隔五句 19 21　柳永洞仙歌下片隔六句叶 20 30（此体多隔五六句叶）

又程垓七句叶 11　晁補之洞仙歌隔六句叶 20 32　柳永黄鶯兒の句叶 24 15　侯寘風入松の句叶 24 31

杜安世採明珠兩結の句叶 15 20　曹勛の楹花の句叶 25 31　周邦彥留客住五句叶 26 1

小品寶鑑の句叶 26 35　十 柳永鳳棲梧隔六句叶 1　又第二体六句五句叶 29 2　周邦彥西平樂隔

句　五句六句叶　一方共七字　正七韵 30 3　晁補之〔　〕方草五句 30 23　清真双頭蓮六句 31 34

柳永傾杯蓋の句 32 34　五句叶 32 35　曹冠〔　〕五句 33 29　柳永早梅芳慢の句 33 29　柳永留客

五句 26 33　柳永破陣樂結六句叶 37 後

小詞隔多句叶　好女兒隔の句 9 16

程　列隔多句下　救隔多句叶者，即因韵稀而增例（韵）　晁補之八字六字（韵宗叶）

18　楊纘八六子下段不似少游作隔の句叶，17 5

隔多句叶（詞律注少游作「三十一字方叶」乃誤說）17 又 6 注

名曲子（律）陽多句方叶例　柳永女冠子过片变四句方叶　柳永一首换头以

下三十二字方叶 3 20　周邦彦双头莲上片皆六句一叶，十三句止

三韵 5 9　柳永平韵天下乐首の句方叶 7 25　清真荔枝香近上片の句 1 5

敦煌词史蕃山溪宗下片结隐の句方叶

（此词脱一编字，词律误）　过洞歌结の句 12 1　蕃山溪西结五句 12 14

南强集竹枝子 首三句不叶 小令也 十句 八六不后段偏四句 13 4（如敦

词是误脱（17又6匡）　因美成留客住 五句 上片也二韵 待查 14 14　採风珠

结多四句 14 30　凤归云换头五句 17 5 柳永又一首 参见六句换头

七句 17 6　剔银灯 新成西平乐一百三十七字而止七韵 有三句方叶共有の

五六句方叶共 17 21　后阕不除乐柳永 结六句 20 14（国彦误）　全停虎花字

引头后片七十二字止三韵 后首 20 17

参韵密岩集　引敦氏宗说

隔多句叶

花間今の〔？〕子 上片只四句，首二句無韵 東坡集中8浪淘沙上片結隔三句 樂章17訴衷情近首起二句四句方叶 中14鳳歸雲起六句方叶，遂處

七句方叶 望梅（？）下片遂（？） 中20〔？〕下段隔五句

毛詩〔？〕用韵多無〔？〕昊天有成命全首無韵者，外如維天之命八句僅兩句韵，般七句只兩韵，維清三句無韵，〔？〕末三句無韵，時邁中間三句無韵，

近人（陸侃如詩史）按此〔？〕幼稚，〔？〕此與音律有關也

二南等隔多句叶者比花間多，不能據此定。東坡此等，亦時代早期幼稚也（詩史見66頁）

小令隔多句韵 風泉子首二句有無韵者

曹組〔？〕詞作八字下段隔七句方叶（查詳）

用韵疏密不勻者 陳其年双頭蓮 曲第一段「一抹殘霞，幾行新雁，天外斜紅，雲迷陣影，隱約望中，點破晚空澄碧。」叶，「助秋色」叶 上五句無一韵，六七兩句九字兩韵，第二段亦如此（此詞双拽頭體）

文焯云

以疏密不勻見音節奇峭者 劉過六州歌頭 詞 38 11

隔多句叶（二）

琴操唱少游寒鴉數點詞，因誤引一字，遂改全詞為七陽韻，見
詞苑叢談）張氏家說五、十一下因評改字條「論秦詞杜韵者袁斜陽
樹，因評改為斜陽暮，遂不成文。」又云蘇詞亂石崩空為穿空

又16 改韻

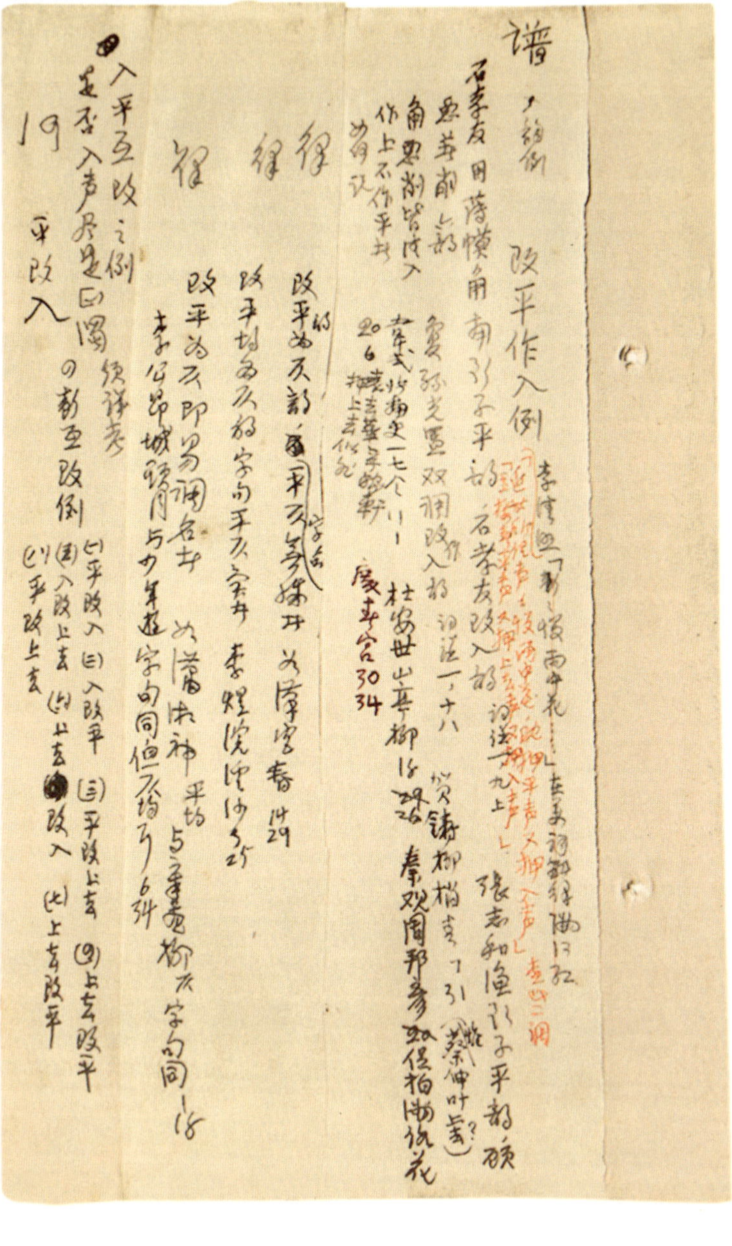
譜
入韵例
改平作入例
石孝友 因落帽角 南歌子平韵 石孝友改入韵
詞譜一，十八
惡萘角六韵 麥孫更墨双調改入韵
角思湖皆改入 作上不作平者
杜安世 山亭柳 18
張志和 漁歌子 平韵
賀鑄 柳梢青 7 31
秦观 周邦彦
律
律
律
改平為仄韵，例平仄互換並 如 春 14 29
改平為仄韵 宋句平仄全並 李煜 浣溪沙 6 25
改平為仄即易調名並 如 潘閬 酒泉子 平韵
與三台春 柳永 字句同 18
●入平互改之例
上去入声互通之例
19
平改入
の新互改例
(一)平改入 (三)入改平 (三)平改上去 (四)上去改平
(二)入改上去 (六)上去●改入 (七)上去改平
(八)平改上去

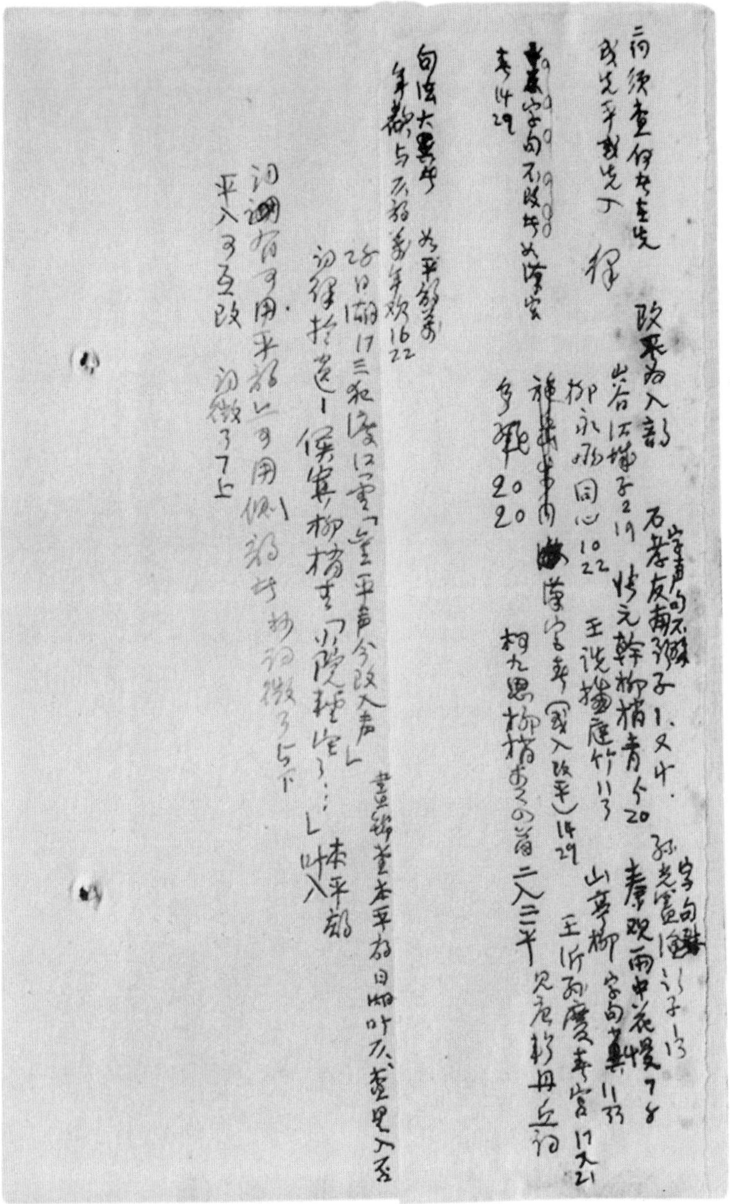

二句須查何者在先
或先平或先仄

改叶為入韻

平入可互改

譜

宋词亦有本有平仄两体并一之例

并改韵例 高观国 盖子上去 其音韵同

改入韵为平韵例 (一)句读同共 (二)……实上

抄词曲史稿

皇甫松天仙子 和凝入韵，韦庄改平韵。词谱二，廿

抄史282 山抑入韵平又不可押上去

（和凝 皇甫松又有上去韵天仙子，故作只双调押上去）

（秦观）鹊老营 望梅花 3 6 黄机 蕊楼 赵卿 家天晓角（亦有改叶上去者）4 26

满路花 秦观 5 27 吕渭老 撷芳词 黄子行 小重山 13 2

两同心 16 3 吕渭老 21 10 王沂孙 霓裳 22 27（三）

白石 满江红 22 37 陈允平 念奴娇 26 12 高观国 八归（换韵）26 15 一萼红

雨（霖铃）37 26

譜

入韵平韵互押例 词律拾遗 廿一上

20

王沂孙 庭竹 16 28 月 24 4 京本词话 满庭芳 24 7 康与之 汉宫春 24 27 施岳 步

秦观 雨中花慢 26 8 高观国 27 5

陈允平三犯渡江云 史130 陈允平

入改平 花外集1 碧桃 霓裳 二首一入一平 同时作 最有

行

改入為平均

惜分飛 江28 待查平仄二調並見（周邦彥 毛滂 辛弃疾 即惜分飛 則用上去 江29）

姜夔 用入韵 梅 後改為平（查此詞何其先）廿又27 念奴嬌16仄 八帰

入平(圈)改叶例 子野詞1-8 慶佳節二首一平一入字句同 (圈)东山 杜李娥

「晚藤颱」「芳草杉」二首平仄字句一依仄韵 故成拗調 如「帘紋紋」「东门樂」

28 日湖漁唱2 評江月（平韵）

放翁 摘錦 釵頭鳳 兩片後六韵本入韵 唐氏改作平

宋 樹論詞絕句記（作於三十年代）許詞錄 林 韵門 东江郡陽十九韵，一有上去入三声作平声」

詞刊5 184 葉恭綽

改入為上去例

辛棄疾挽呼侯送長安霜天曉角 426（上去）曾勸多酌 37 27

彭元遜解佩環 踏影約程 叶19韵

張小山普天樂 春樓同 ● 屢踏處鳩去雨

21

入改上去

(一)改上
(二)改去
(三)改上去

(譜)

最早上去作平 [illegible] 回波词 譜 24 词律 18 19 [illegible] 平声

陈允平 [illegible]

改上去为平韵例 陈允平 [illegible] 26

[illegible]

改上去为一平韵例

上声不能押入韵 [illegible]

欧阳炯南乡子后三句上去协，冯延巳欧阳修改平 [illegible] 一廿三

吴文英 [illegible] 2 15 柳永 [illegible] 10 2 [illegible]

[illegible] 陈允平 [illegible] 17 [illegible]

词律 双调南乡子一阕 [illegible]

[illegible] 词律 1 1 [illegible]

东山词 天香 [illegible]

22

改上去为平

律

吴文英如梦令 26 亦有上去韵 周衔标点有平韵者

陈允平绕佛阁 16 并（但仍间叶三仄均，是例外）此仄均之二字平仄必同

南浦 查是梦窗如梦令（字句异） 行之 大圣乐 ② 19 16（中段二句平仄）

重谱集 拜新月 二首 一平韵 一上去 此调如何韵不拘者

重谱集 内家娇 平韵 柳永集 仄韵

二首之中 用上去 用平兼 先年 如峰道 词律 20

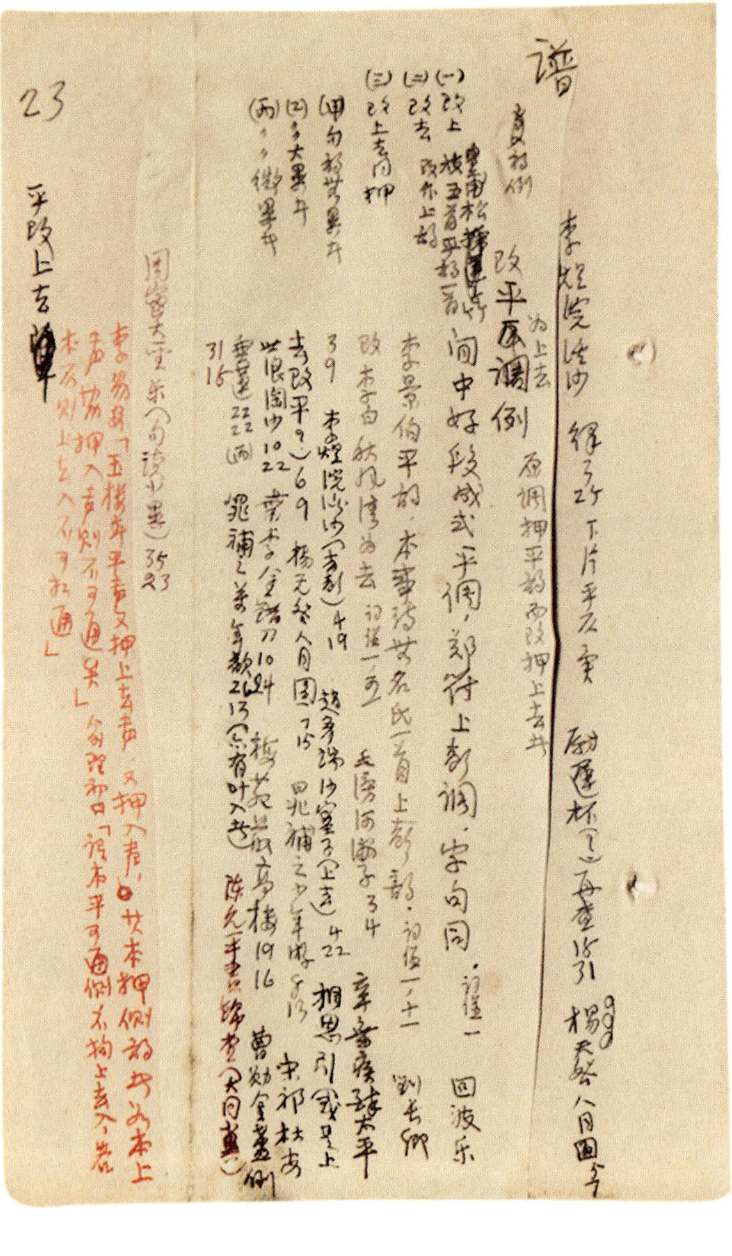
譜

李煜浣溪沙 維7 21 下片平仄更 醉蓬萊杯（？）再查18 21 楊无咎八月四？

贡韵例 原调押平韵而改押上去者

（一）改上 東南松 維玉胥平韵 改仄調

（二）改去 改作上韵

（三）改上去同押

（甲）句韵皆異者

（乙）〃大異者

（丙）〃〃微異者

改平仄調例 為上去

间中好 段成式「平仄」，郑符上者调，字句同，詞律一 回波乐

李景伯平韵，本事诗其名氏（首上去韵，詞律一，十一 刘长卿

改李白秋风清为去 詞律一，五 无梦令 3 4 辛弃疾太平

3 9 李煜浣溪沙（古别）4 19 赵孝游 14 定子（上去）4 22 相思引 我是上

李改平（？）6 9 杨无咎人月圆 15 思补之 年 8 13 宋祁杜安

世很阁 10 22 李清照好事近 10 24 杨无咎高楼 19 16 曹勋金盏倒

垂莲 22 22（西）晁补之蓦年数 26 13（？有叶入声）陈允平青玉案（大同？）

31 16

周密大圣乐（同段水慢）35 23

平改上去

李易安「玉楼春平声，又押上去声，又押入声」，○其本押仄韵者，如本上声，则押入声则不可通矣。」今按和口「此本平可四例，不拘上去入。本仄则上去入不可互通。」

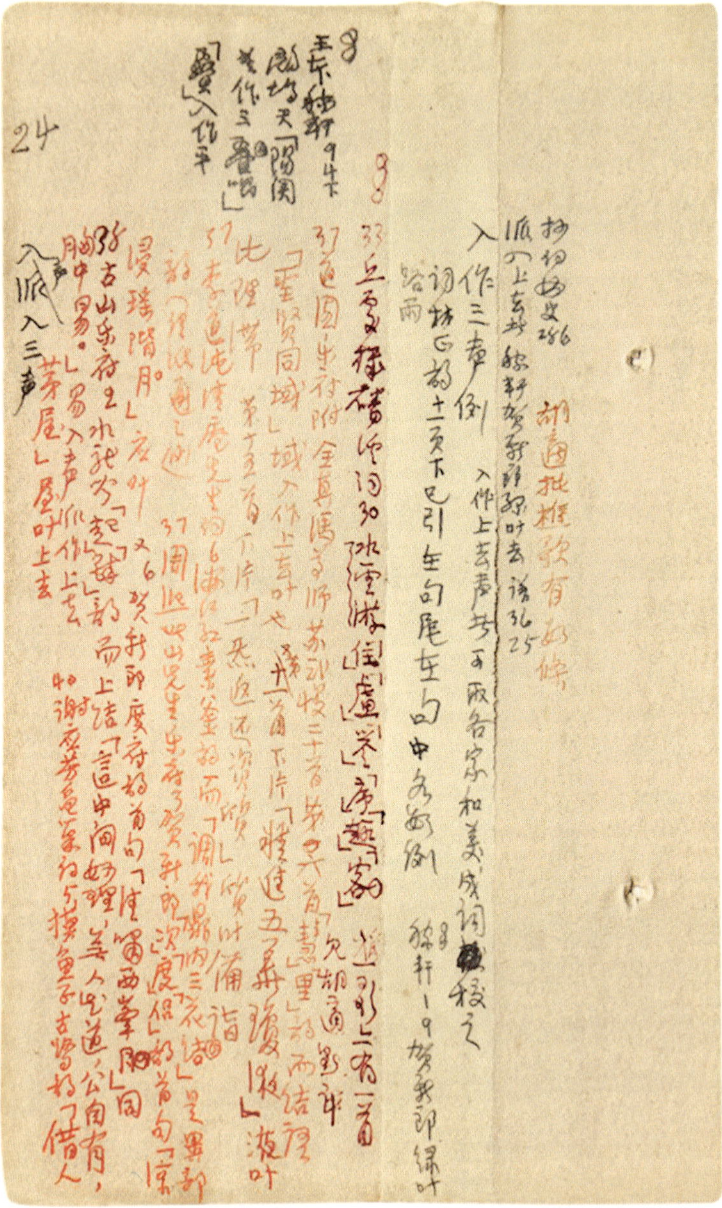

起廿四字 中庭千樹二 州勘竹 和馬观复寄辞韵而通寂叶「得」再和上有上述

岳甲丸 雲僊集《漁歌子》悄寞禱少

道 劉〔處〕玄云道士仙乐集《酹江月》「嚎」叶去许做

施 黄裳衣 宴瓊林 词律拾遗5、11 结句「客」叶學借槲慧

無名氏 乃韵一《蘇幕遮》「氣」「索」韵 下片叶十一「日」字

鄭意娘《勝州令》通幕索鎖辭|繁箇訴顆落。|錯做闊。

入與上去通叶 謝之佳禘乡词谱序此词误入叶上去是曲韵而词韵截然入声

知乐。宴莫被约。箇我 馬鈺洞玄金玉

韵改填上去 词律拾遗6、15 較之但觉入声仍作上去读似我 劉志淵啟真集

朱敦儒 樵歌《滿江紅》又《念奴嬌》(即江雪迴)鎖箇韵、上结叶「鶴」字 ……

三 水龍吟 味之叶韵叶「畢」字 鳴鶴餘音 無名氏通遍叶「樂」「集」叶果勢嬉

入作平读 鳴鶴餘音八韵 致中西江月 叶「合」误作「何」

卯 喲喲 〔哟〕 三丰真人 《滿江紅》「列」「缀」叶「邪」「應」 又無名氏《滿江紅》補遺叶疏

参三声 相叶例

壺 又馬鈺 滿庭芳 叶昧替 又王喆 集賢賓 鶴傳叶然究

卷二 渔家傲 蘇武慢 域叶慧龍味里

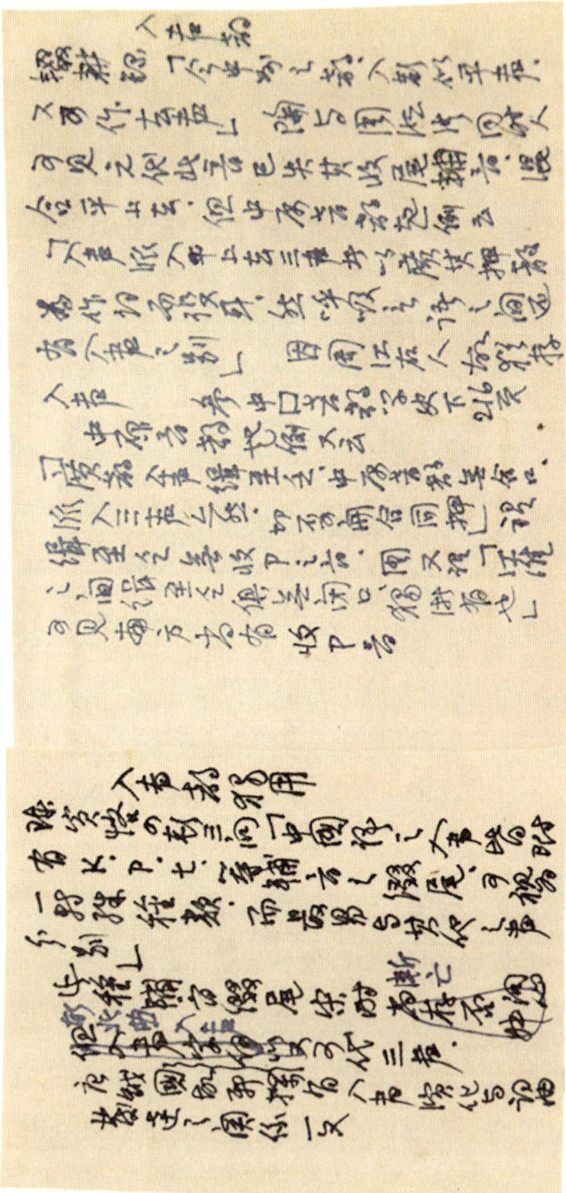

又24　上去叶入

雲謠集9 喜秋天　觸促逐菊足土

以鶴飲宮二曲、曲江紅八曲鑄錯葉叶我趣二字

金道人草堂集風棲梧「曲目東文拓向竹，映揭山家，有的閑花柳，獨自鳴吟

鶴美醉，味濃詩倒和衣宿，清夢覺來情未足，重拋瑤琴，曲品弄

無生曲，誰見知音余伴侶，草堂風月每相逐」

入聲

全首上去只法二字

又24一調有の声説

秦恩復曰「向来填詞祇分平仄、惟姜白石有一譜而無四声、且字句亦多差互矣、暇日據旧譜、擬以四声字之多数者從、平声則效姜白石詞、上声則效杜祁公詞、去声則效柳耆卿詞、入声則效蘇長公詞。」 中華書局山荘

詞律序跋36上引 秦氏享帚詞

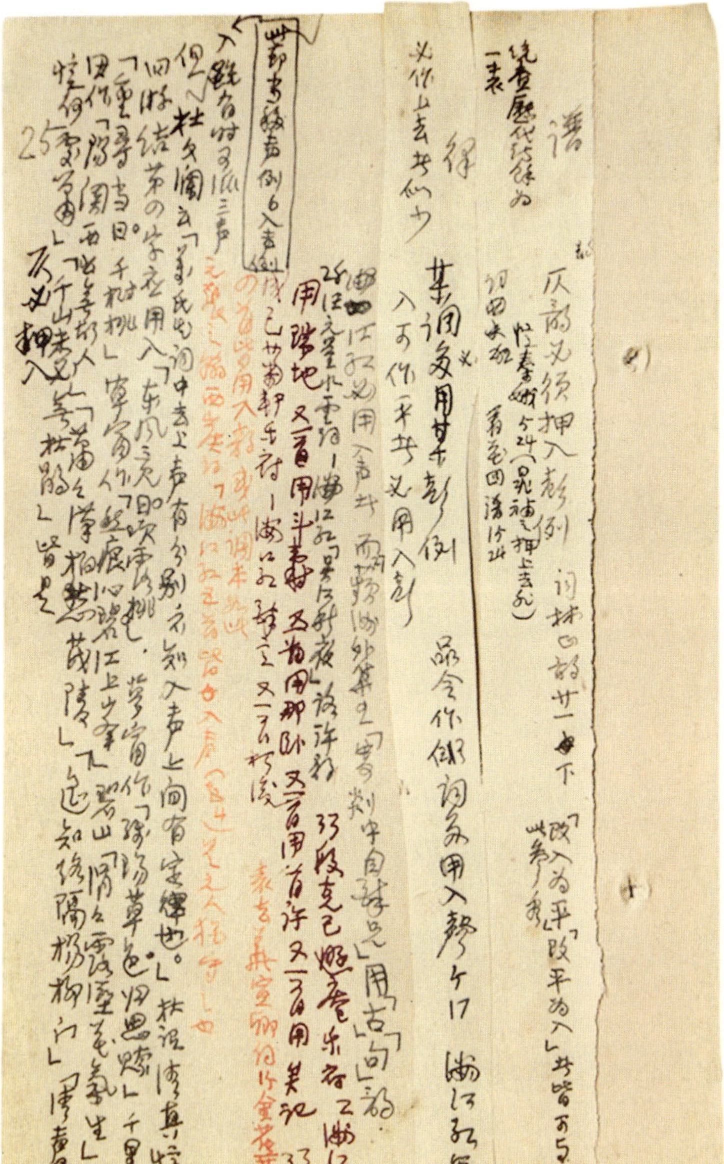

一、選入詞最不拘律，而以協韻者，一部太古集，近世諸人多俗念之者，皆用入韻。

符

改入为平均

滋溪花 12.28 待查平仄二调兼见（周邦彦柳耆卿浣溪花则用上去 12.29）

施岳步月入韵押作改为平（查此词何其在先）什 27 余如好 16.15 八归

入平 高观国平均与仄韵平仄字句微异 19.30 1.1个韵二韵一平二入字句同 东山杜寿娥

「晚晴眺」「芳菲秋」二首平仄字句一依仄韵故成拗调如「常知见」「东门柴」

28日湖渔唱2 踏江月（平韵）

放翁摘红英钗头凤两片后六韵本入韵唐氏改作平

宋参诗论词绝句注 张岱三家则 其史轩词翰林要韵 「东江邦阳十九韵，兼上去入三声作平韵」

词刊 f.184 叶跋引

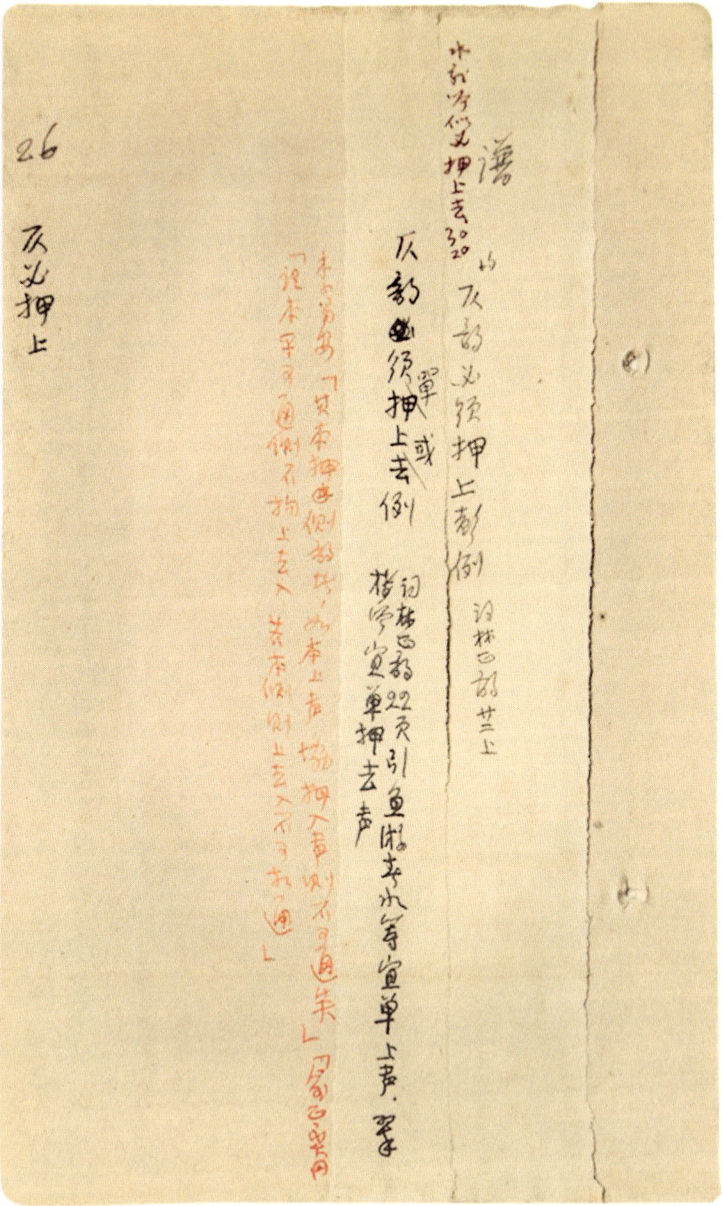
譜
仄韵必须押上声例
詞林正韻廿二上
仄韵须押上去例
詞林正韵22页引魚游春水等宜单上声
樓宇宜单押去声
26
仄必押上

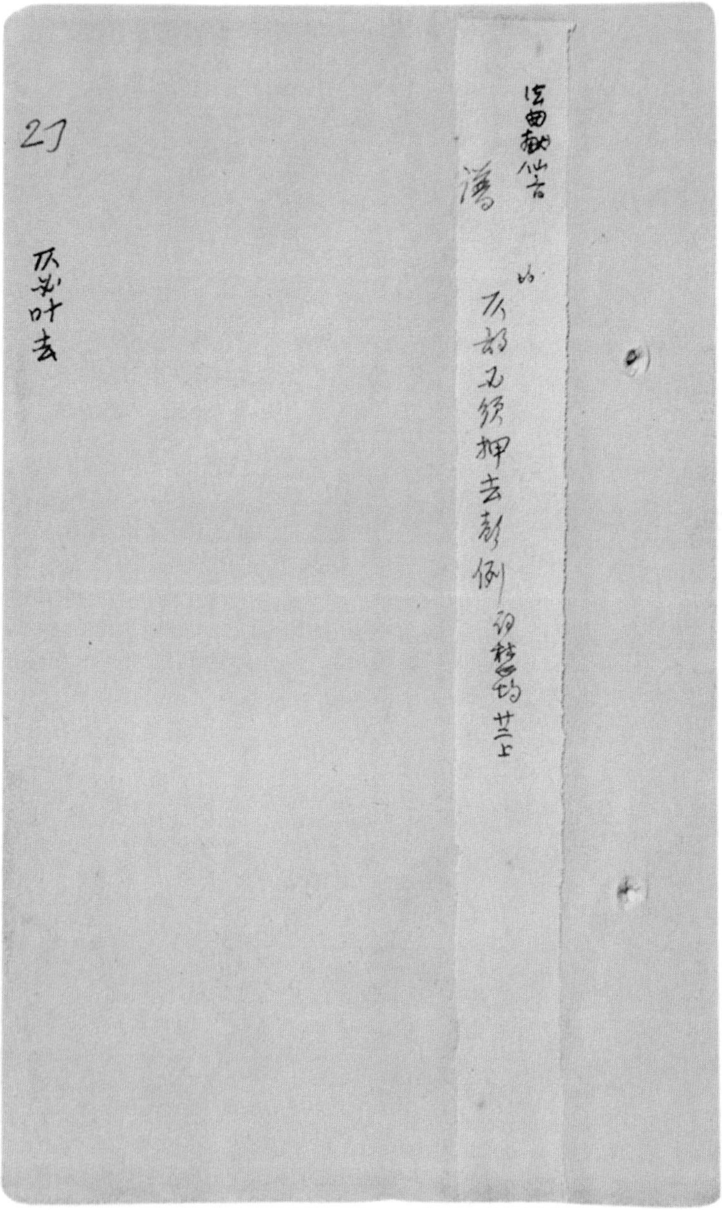
北曲獻仙音
譜
仄韻不須押去聲例
27
仄必叶去

「曲律論平仄另具說「一調中有數句連用去聲者，宜一上一去間用」

律

押韻別上去

陸游釵頭鳳上片用手酒柳三上，下片用舊瘦透三去。曾覿上片用閑些透三去，下片用悄小裊三上（查詞律此調p.10）

28

又28

元用葉部韻

挹翠之上聲，知選韻擇調尤不可不究，填之而不能之處，故其思引之情，纏仙呂劍 [illegible]

家忌鄰藥人家而參差不宜，則己塞韻聲殘殊用去聲韻矣」 此說道元

須查詞苑叢談

押韻別上去

又28 误作他声 韵查各大家集中 以上所举书未查 又4

满江红 方用入声 然乙刘仙伦招山乐府了 四首皆用上去 黄庐选李汉老满江

合如的（三首）上去韵 如之寿李丸 满江红 上去（翁氏大全丙十三） 翁氏大全丁二又念奴

江仙马 宋自逊满江红 上去（卷了） 王迈 满江红 「宝鼎」皆去声 娇了

瑞鹤仙 同上 同上 同调 快 上 随上

三声相叶例

(四) 名人皆如此 …… 三声相叶例
平仄去押 …… 
(五) 有押平仄有押仄者
(六) 叶同部三声者
[illegible]

(一) 上入作平叶
(二) 入作上平叶
(三) 去叶平
(四) 平叶上入

上去中叶入

29 参阅韵例
平中叶上去
三声相叶
乃上作平叶
与同部平仄韵叶同

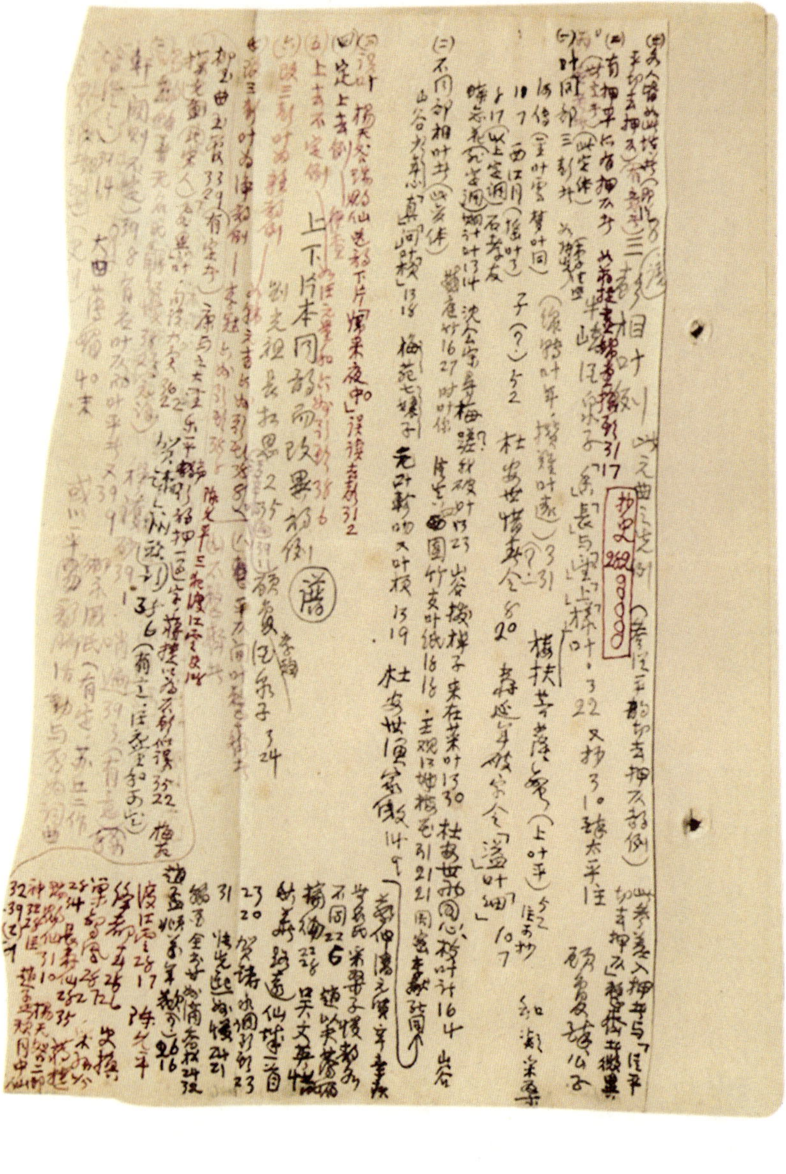

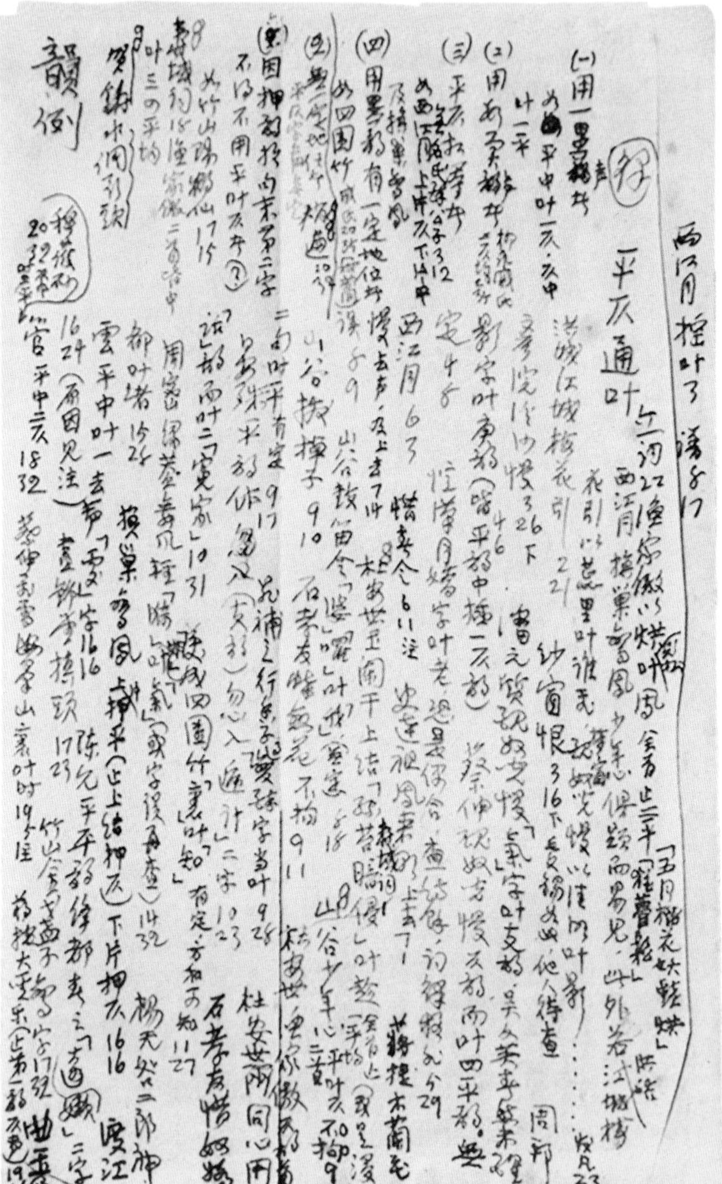

西江月　桯叶了　講8 17

平仄通叶

(一)用一界韵者　如西平中叶一仄、仄中叶一平

(二)用两界韵者

(三)平仄韵者

(四)用界韵有一定地位者

(五)无一定地位者

(六)因押韵於两末第二字　不得不用平叶仄者

叶三の平的

韵例

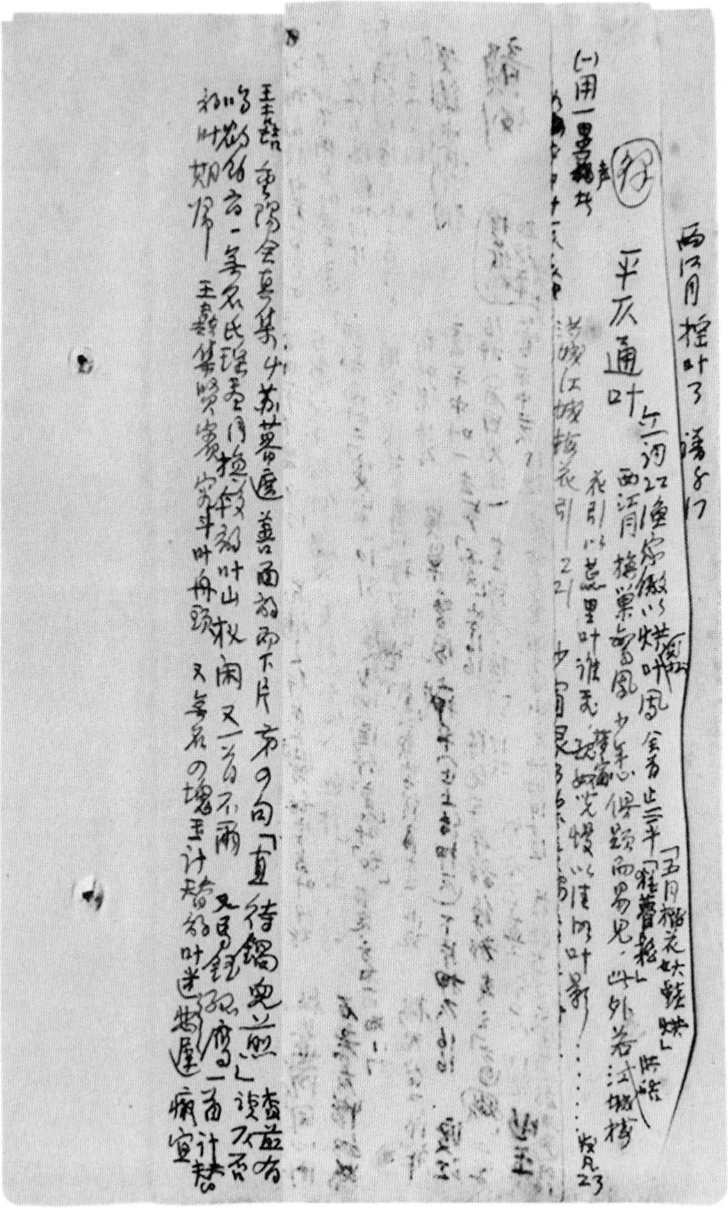
平仄通叶

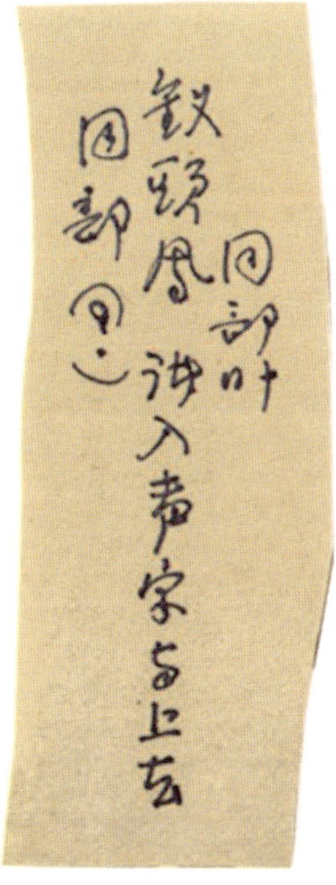
釵頭鳳
同部叶
涉入声字当上去
同部(?)

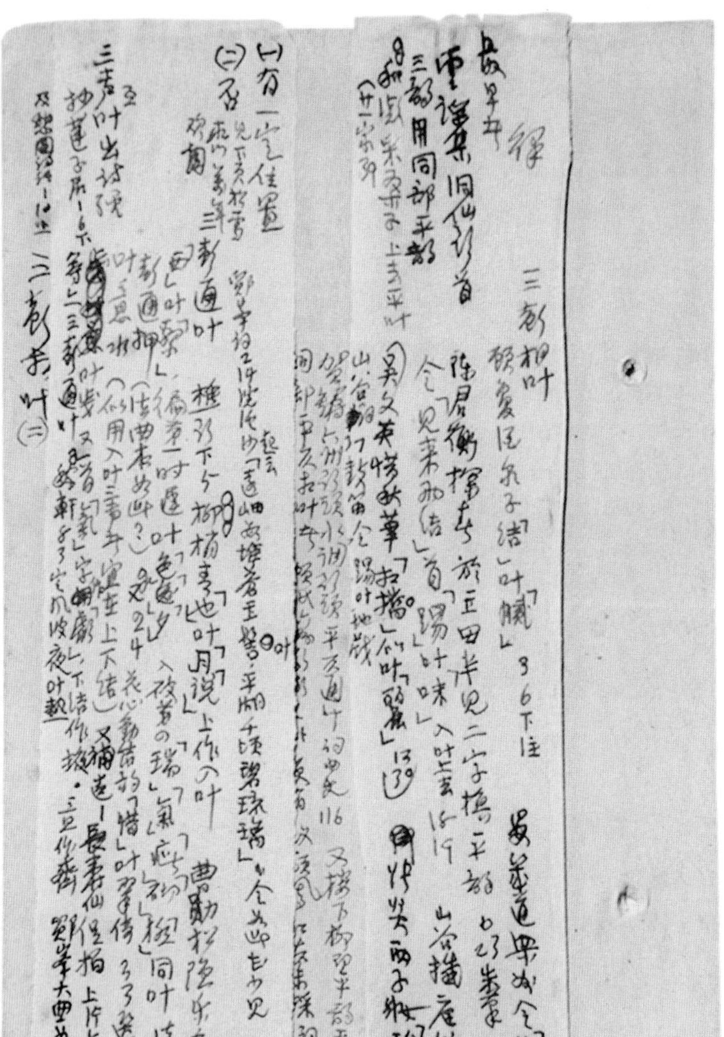

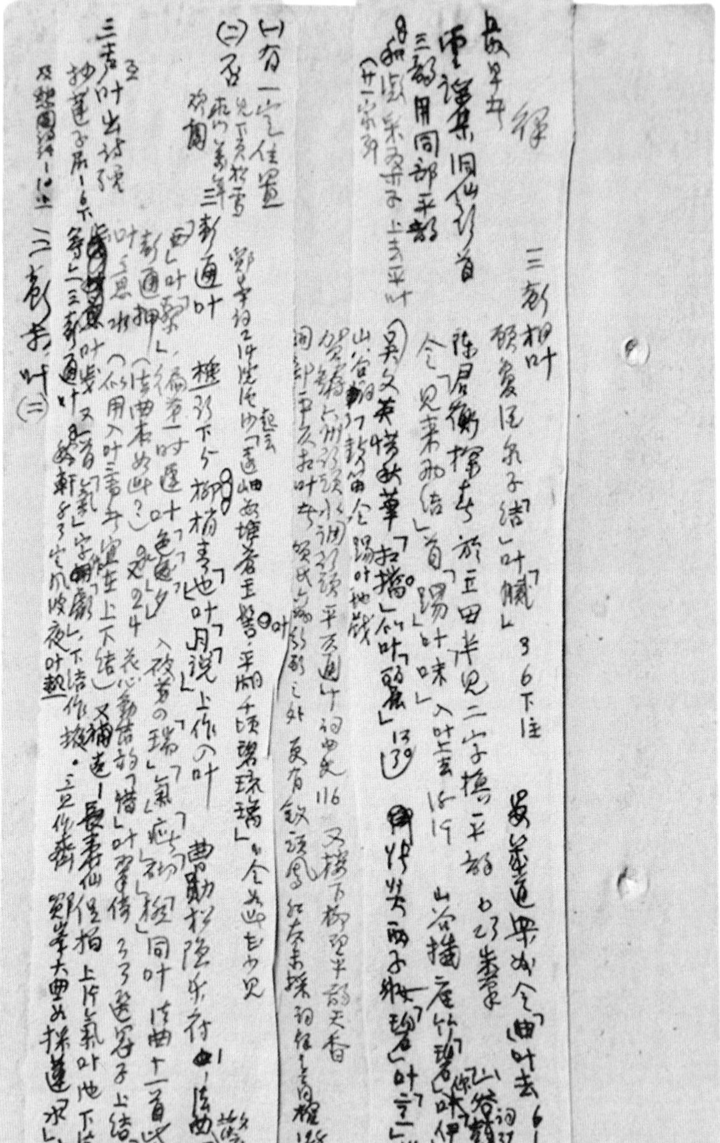

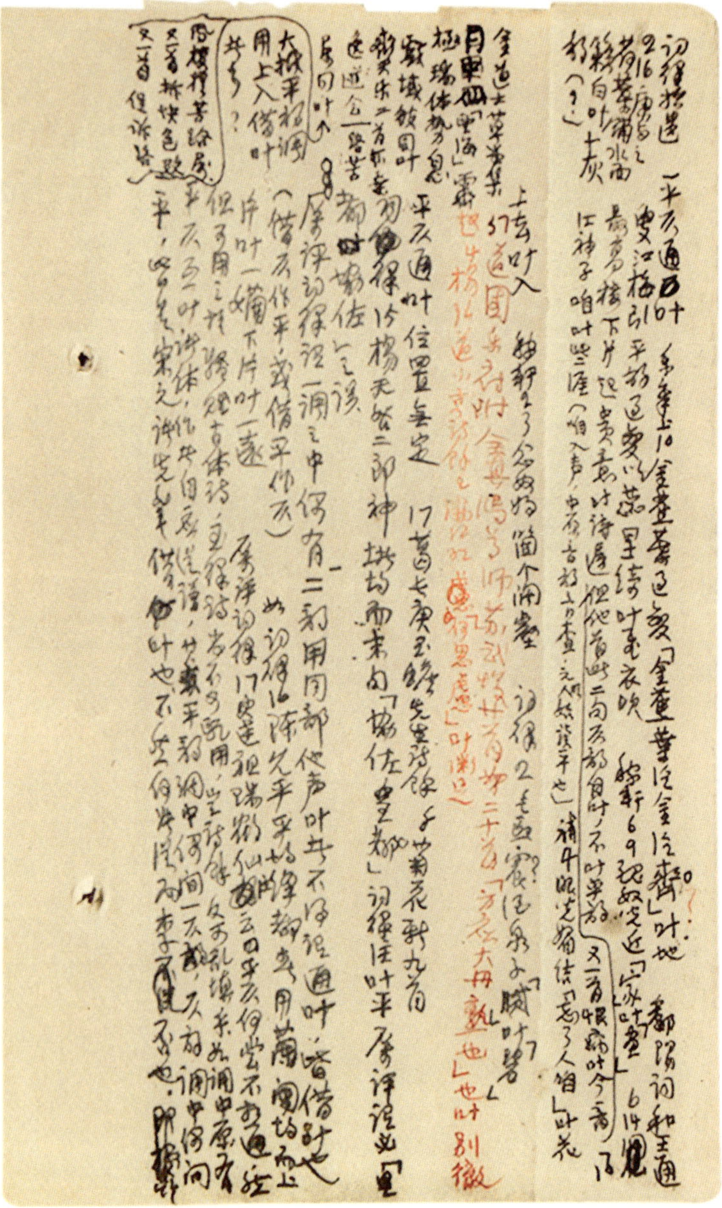

瑞鶴仙

雲謠集曲子詞 頭用「上」字,不叶,云「□通叶」

仙歌 輝叶傳 去聲止不叶,以償叶而作,觀夢窗用叶字,知此字可平可仄,不必定用

又一首光叶良 去聲,如「屐」之叶「擬」「笑」韻,「上」之叶「陽」「場」韻,作平仄叶

此詞與平仄 詞律19 元雪崖樂山庄,蒼伸別作「狎」字起韻,後用「時」「衣」等字押 [illegible]

不分民同作也 作字以蒼字褒,褒字以上作平也

又注詞律17 蔣捷賀新郎平韻而換,以平仄各有此韻,然後可證之通,今以許

25 本堂詞17 金縷曲 和過(吉甫)韻中用「何」,查詞譜此調

墻頭 三韻叶

如此則(即)須又 本不當叶而用,同部他聲叶 如[illegible]

鄒或以瑣 兩山中之亦多用「憂」「傷」與全詞用韻不叶 [illegible]奴,見別本首句本不應不叶(?)

語也

詞本不必叶此韻

引王蘇拙軒詞〈南鄉子〉鳳嘯「寄」「益」「已」「日」「失」「意」「裏」「睡」同叶

張遠山中17 虞美人二首,結字以「圖」「畫」「秀」「留」「收」「後」「瘦」「流」「頭」又一首「種」「動」「紅」「中」「夢」

重疊金風 此調本用四韻,此則上下片入聲換多韻為平韻

元新掛雪疇詞用中仙 上片 [illegible]、楊、樓、秦、遊、有,下片 院、秀、返、□、壽、端、年、歡 上片

南四僧佩雷 下片 來、外、美、代、林 又同調來、回、輝、会、細 下片 坊、闌、泰、發、大(二首位

置不同,加△者是)長壽仙 上片 天、煙、妍、斂、歡 下片 川、雷、楔、軍、安、年

史梅溪(傳)書 上片 嬌、標、簫、腰、鋪、然 下片 情、夢、抱、草、老、果、曉

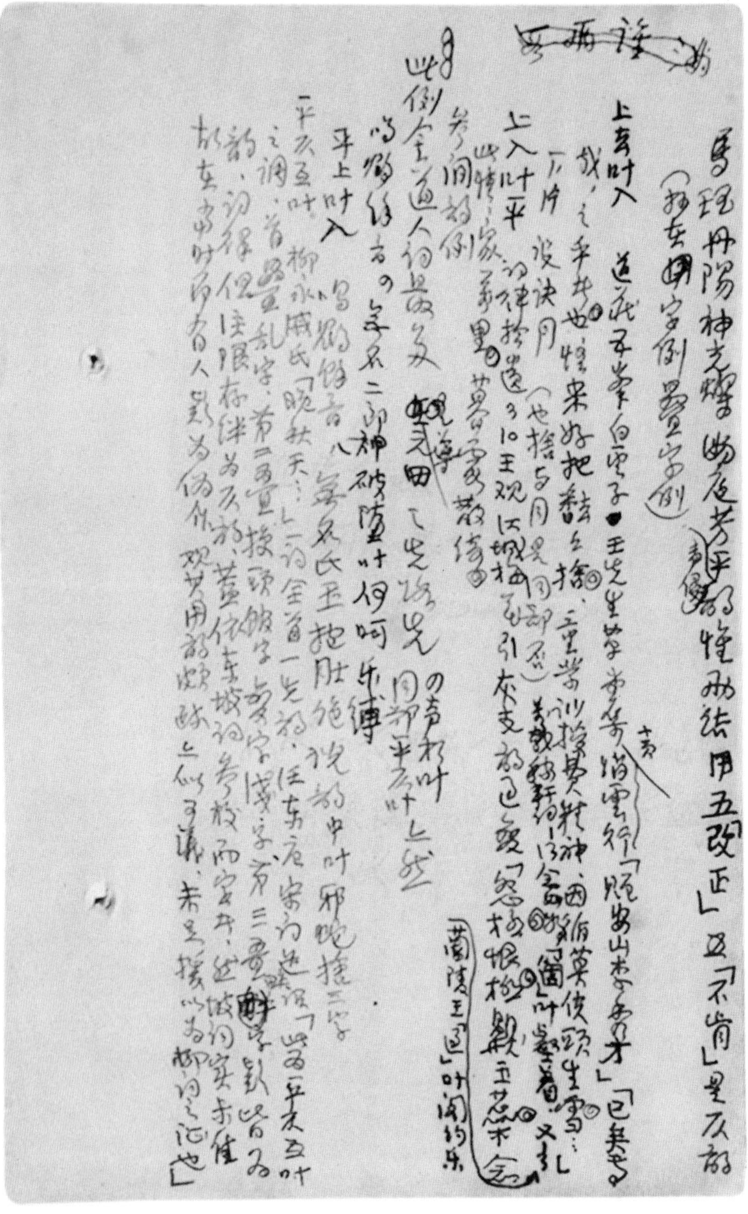
上去叶入
上入叶平
平上叶入
蘭陵王「道」叶閣約樂

詞

入三聲叶隔

四聲相叶例　惟見宋介存詞九件樣「樣鏁白碧色」相叶 40/22

人間詞話評蔣鹿潭詞芝風波以綠叶雨，以麯叶夜，與韓玉東浦詞賀新郎

以曲玉叶女，上句子以夜謝叶食，月已用北曲四聲通押之祖

三聲相叶十一平叶十
上去

四聲相叶一入叶
平上去

17 王曉先生語錄「柳鶴林詩」十二時歌韻，而叶「翠巢」字

首皆紙韻，而第四首上片用「聽」，第五首上片結用「翼」，第七首上片用「思」（17 葛長庚著天歌九）

結用「日」，第九首結用「柳」等字，皆入叶上去（此九首疑是大曲，查詞譜）

詞律4 廣元暖魂奴兒慢文叔南鄉詞用一「氣」叶　詞律4注吳文英上林鶯鳥詞

以叶韻奴兒慢此 康節第二句用一「氣」字　用韻同曹注蔡伸鶴奴兒慢

首要語義凌家並用 溪作「溪」選自說詞中平仄並用，必平自叶平仄

自叶仄，若何用平，則以平韻，不可以不仄化平，其句叶之法亦自為叶也，此論甚

平韻

孔夜東南見以錢惡叶夜屋為　劉璣「蓬萊滑滑」以叶平，韻足年「新房書」

上平用」南叶入

魯嫏後叙音 六攜金字 姜名氏「日」叶歲氣 指 光二年丹陽二郎神慢

憙樸後肉叶僕縈路　又馮子振師秀武慢藝勝果都叶「城」

四聲相叶

30

全道士切有一首叶の声者 見之補切得

陳士元孔老韻語（國子伸衛の姐）可按：：

同一部而有訛疏例 詩本音論衛風芄蘭「支」「觿」「知」「遂」「悸」 按士元久

詞微了上案可按

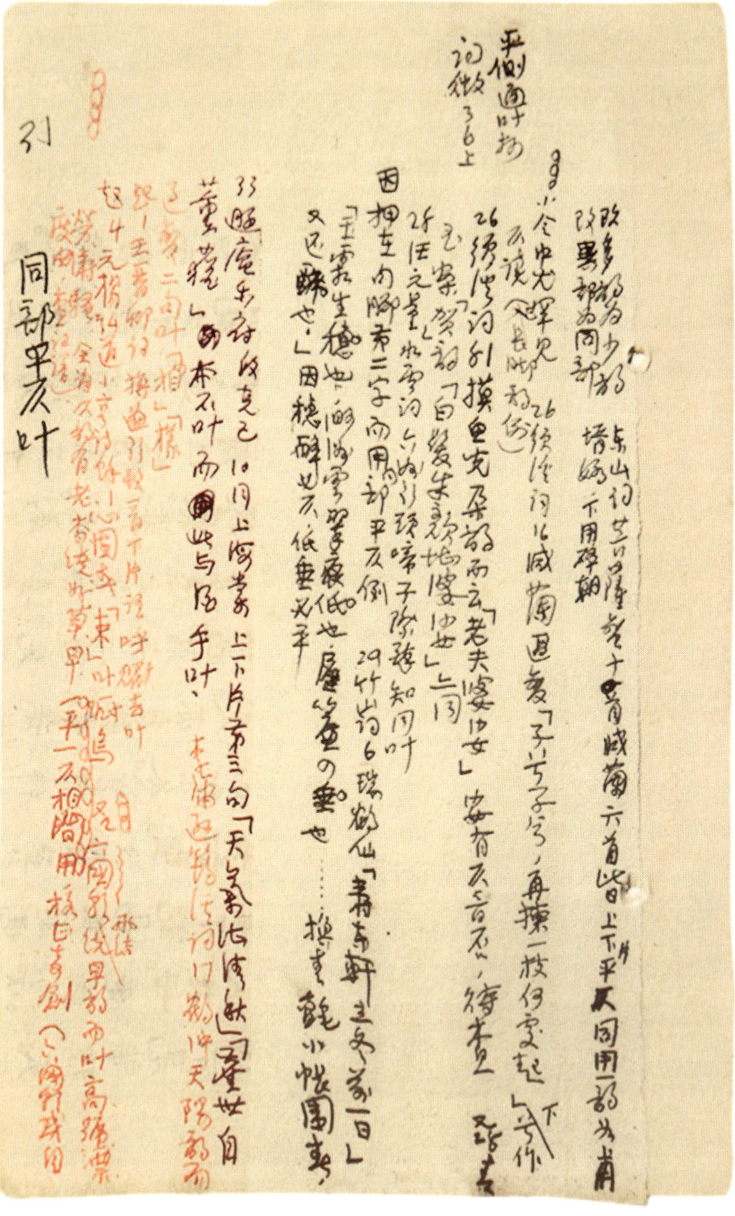
平仄通叶格
詞徵 3 6上
改多韵爲少韵
改異部爲同部
皆上下片平仄同用一韵
不用押韵
稼軒詞引摸魚兒
「老夫婆娑」
安有仄音否，待查
「白髮」
因押在句腳末二字而用部平仄例
因
「天」
同部平仄叶
引

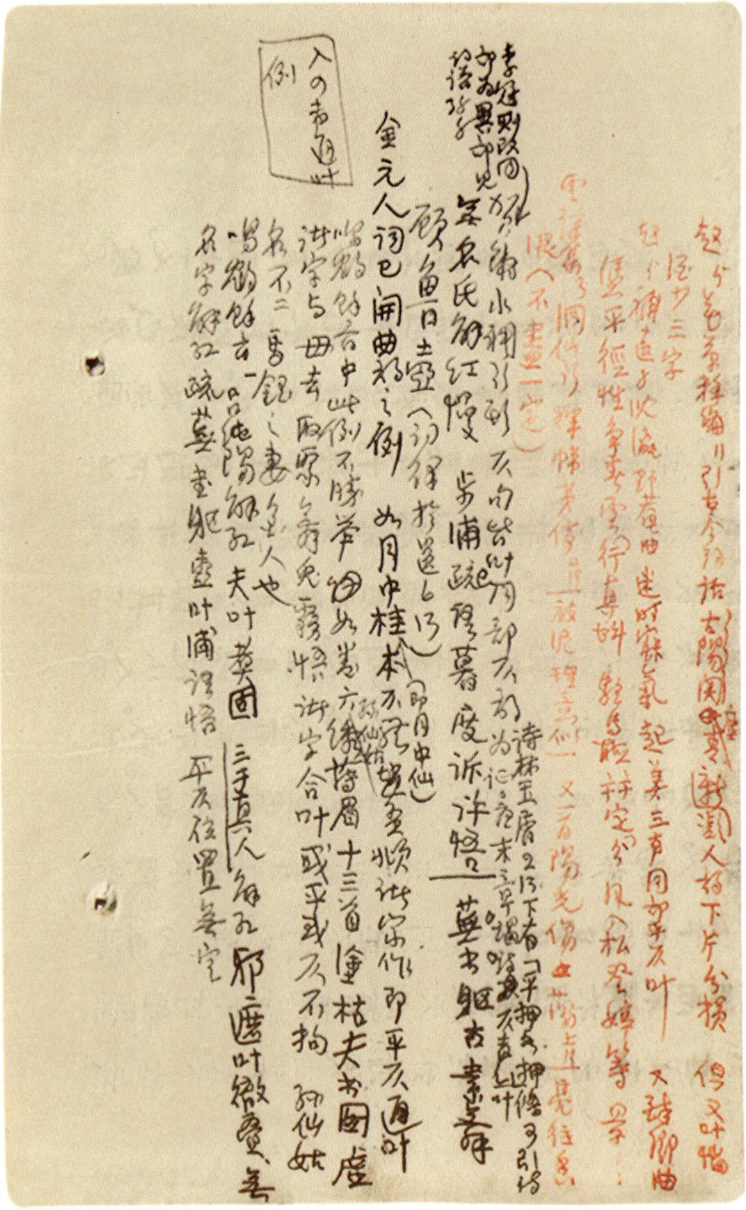

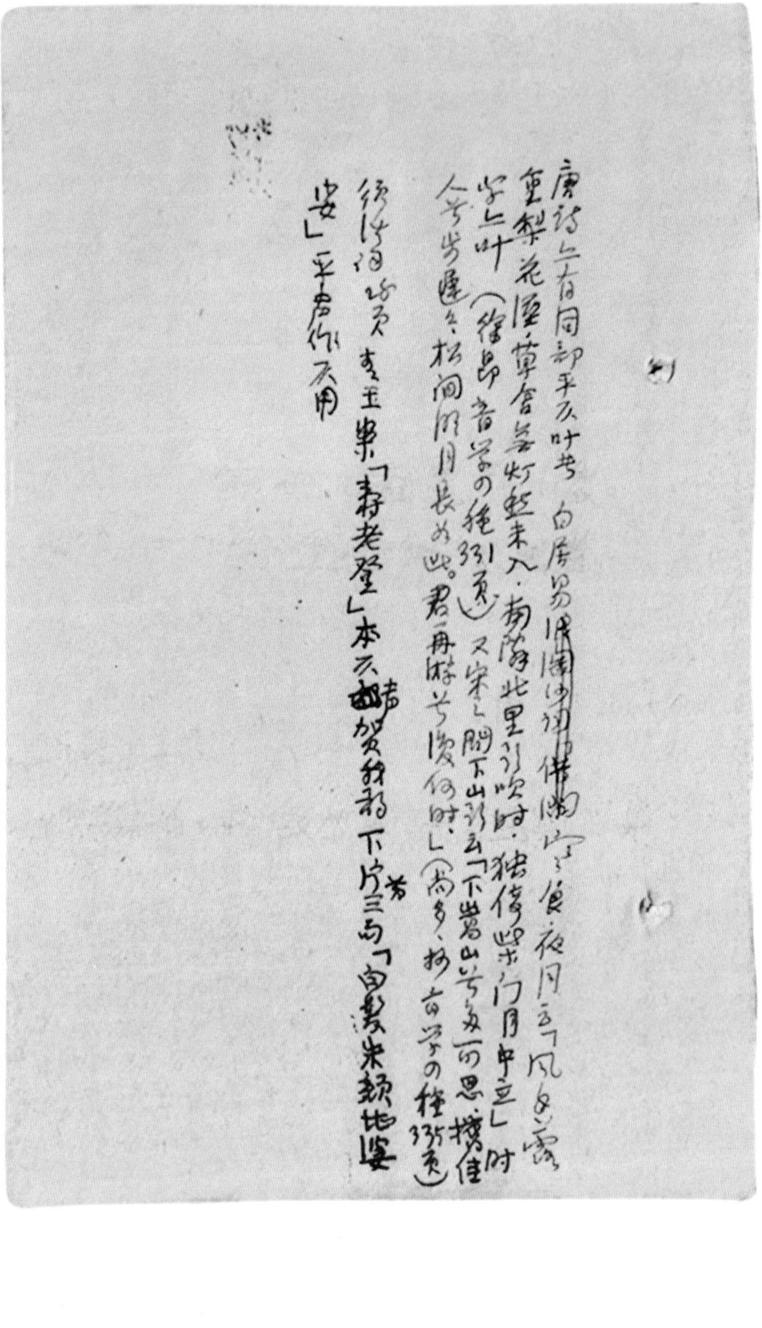

唐诗亦有同部平仄叶者 白居易《[illegible]》云「风生露
重梨花坠，草舍无灯愁未入，南邻北里歌吹时，独倚柴门月中立」时
字亦叶（徐昂音学之绳331页）又宋之问下山歌云「下嵩山兮多所思，携佳
人兮步迟迟，松间明月长如此，君再游兮复何时。」（尚多，按音学之绳335页）

後详词话卷八 [illegible]「寿老登」本亦声 贺新郎下片第三句「白发来颜地
安」平声作仄用

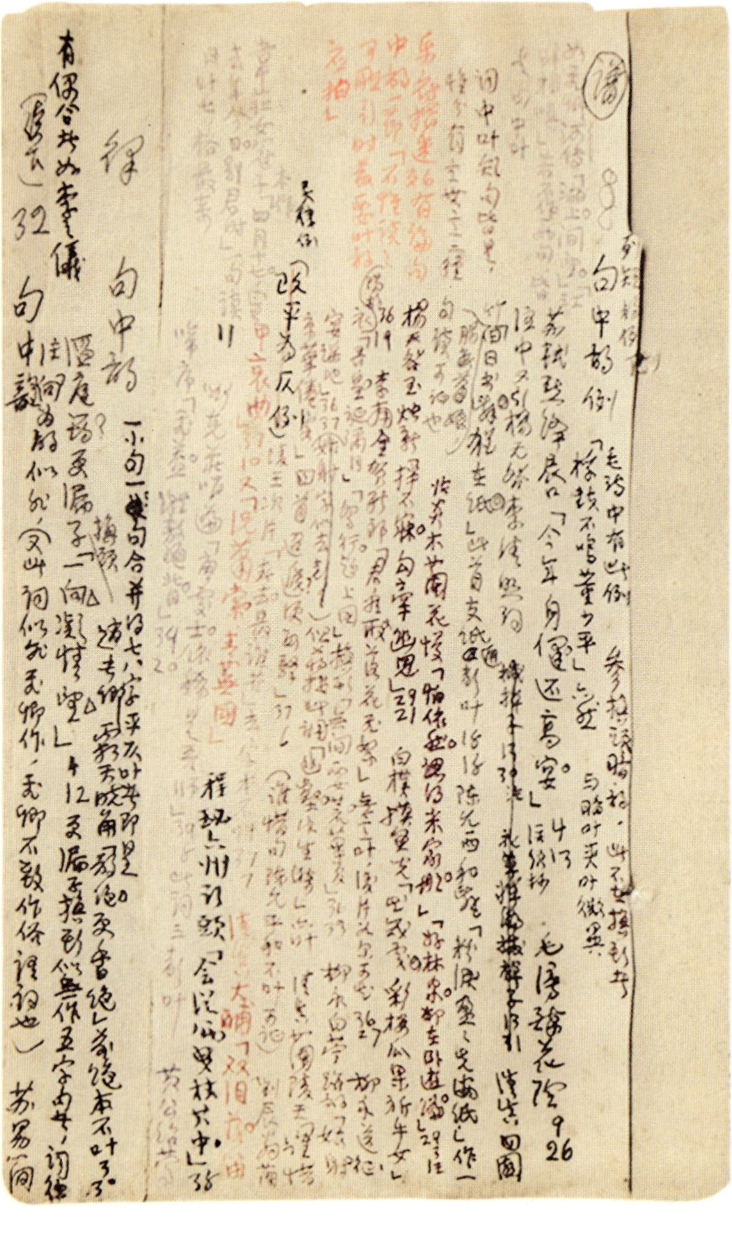

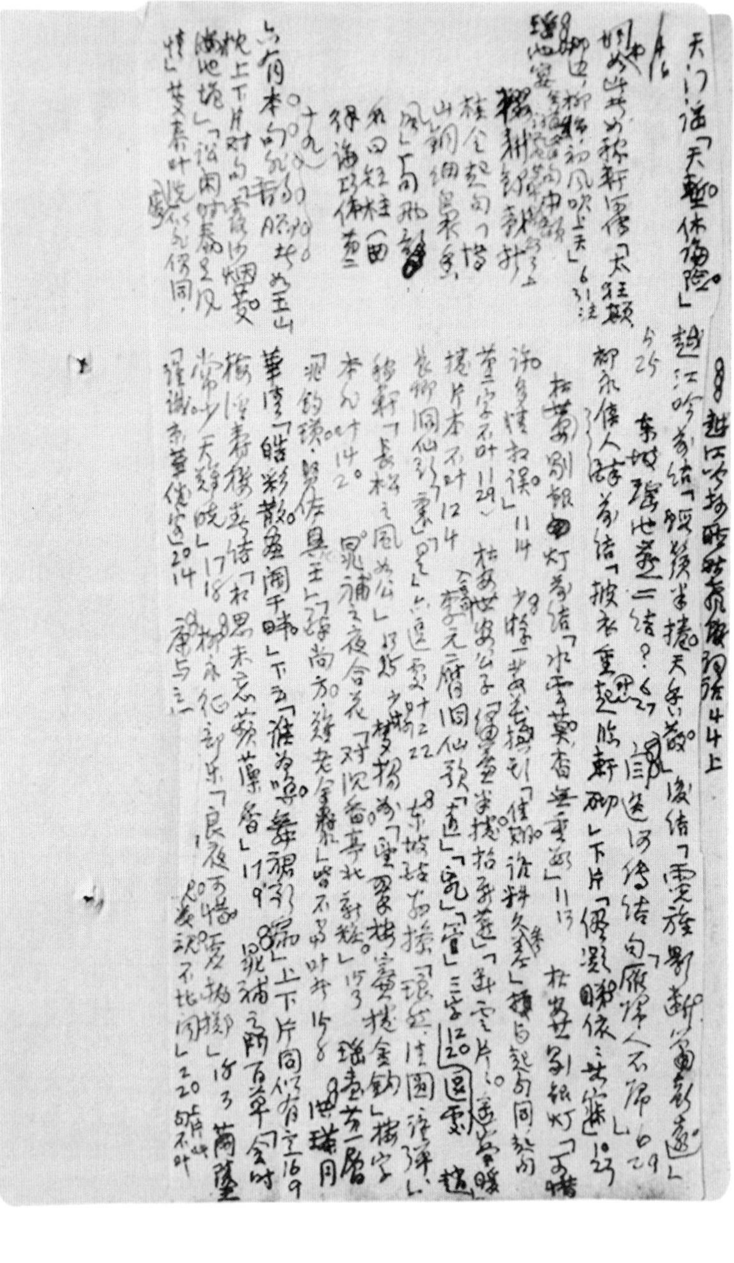
天门谣「天堑休夸险。」

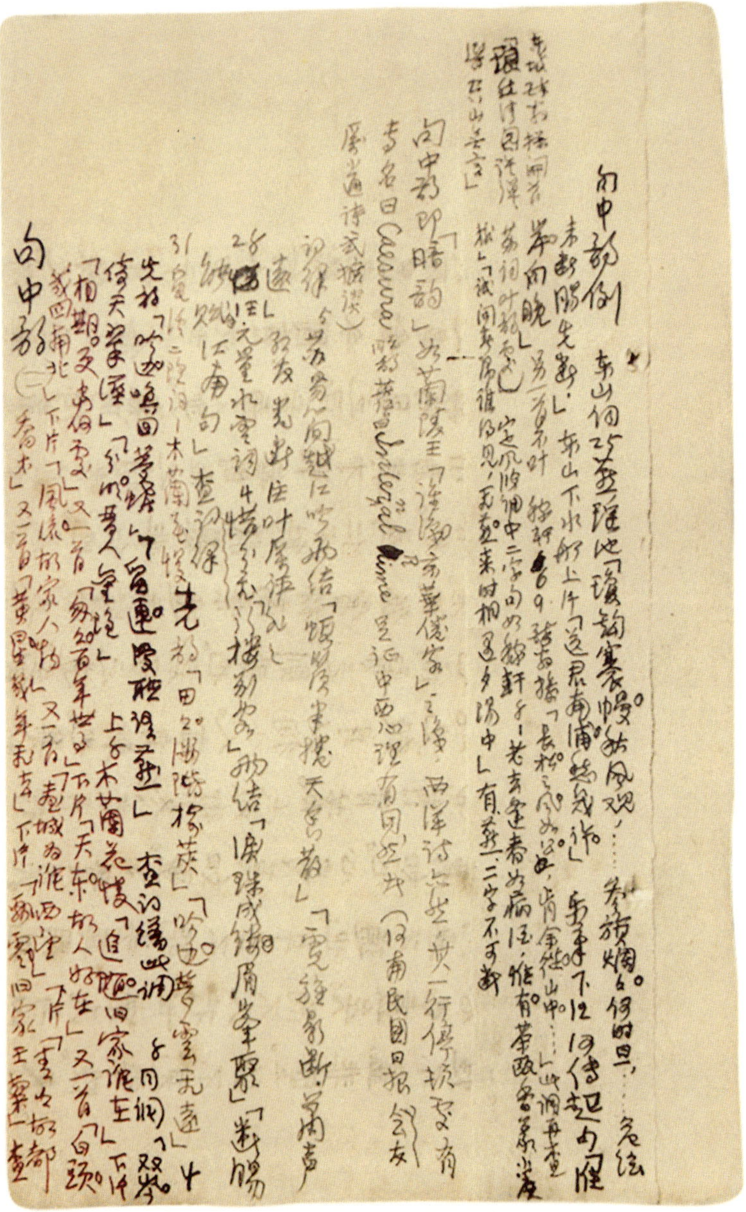

句中韵例

句中韵

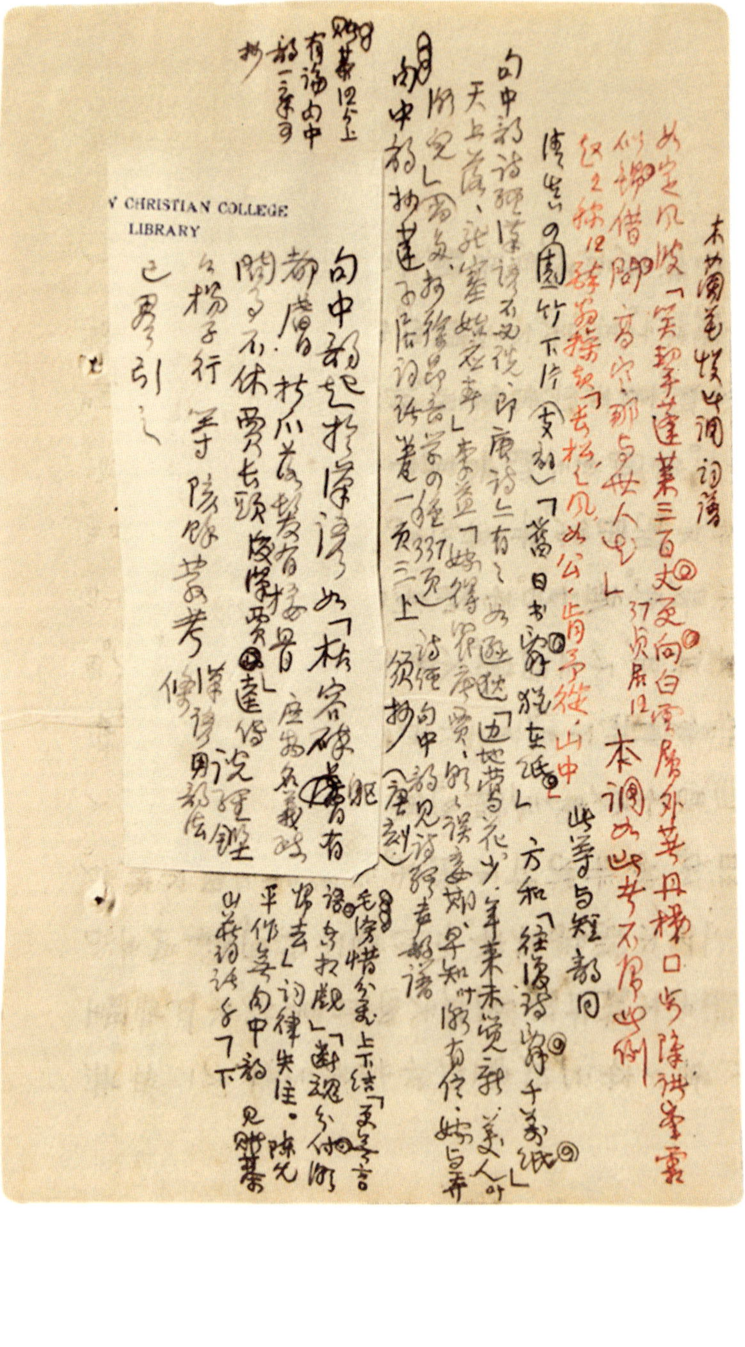
CHRISTIAN COLLEGE
LIBRARY

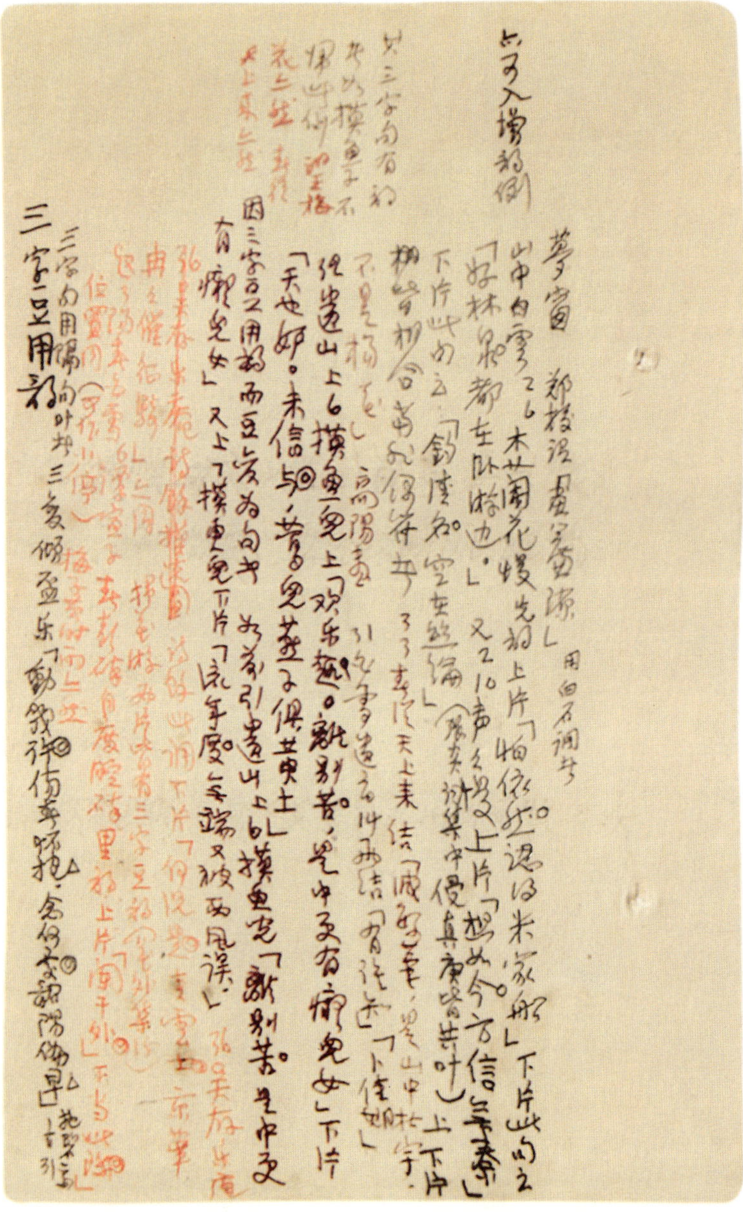

今本均誤之尤也

欣又—支微

咍——皆來

元大家集皆須查

元—代刪

魂V真文

痕

劉泰佳

皆有半通之例

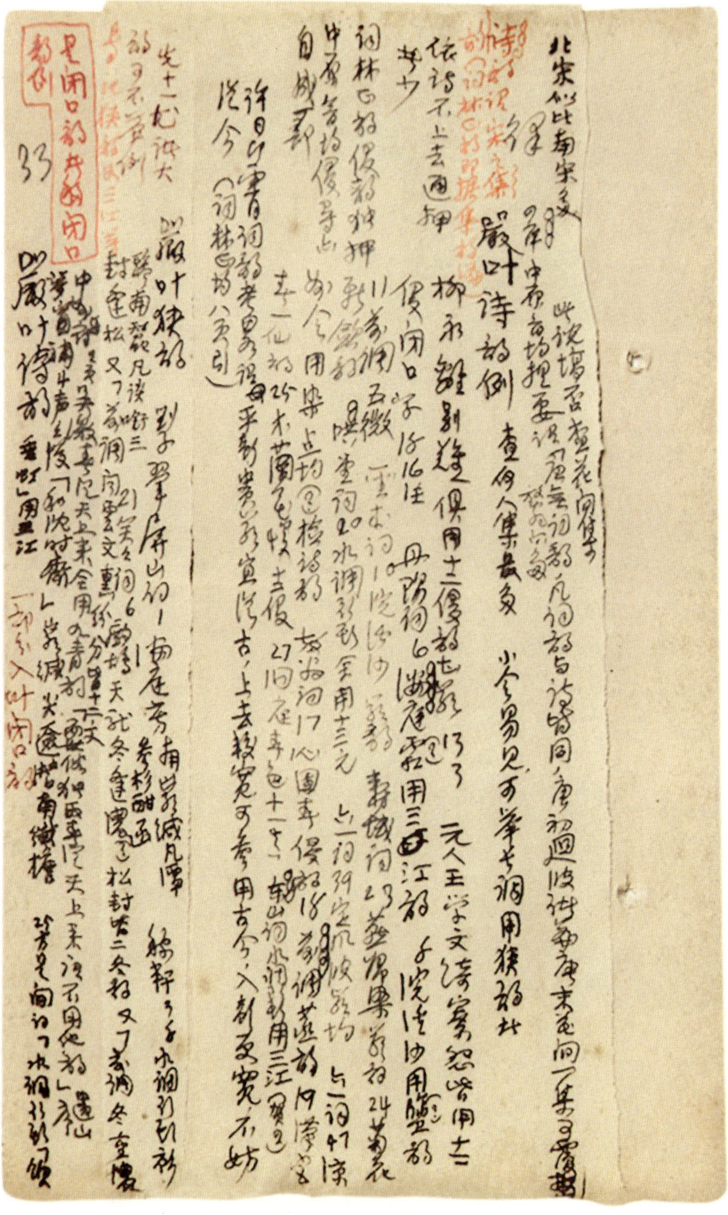

30山中白雲「4 木蘭花慢「之夕後……」 十燕 「2 水深引頭「雲王

信道」 九侵 山中白雲侵皆叶庚真，惟此独押

31陳沧武乐書堂 言の水调引到「詠梅花雪柳字」 用十三元 以清平

乐府補題 13 [illegible] 詠[illegible] 詠蝉 二首 南韵 詠螢 江韵 詠[illegible]韵

[illegible]

坊一赤城切一陵衍切一蝶墨[illegible]　以字韵見大全而案书　邵郑八声甘州男三韵
又木兰花慢　趁小中[illegible]如宋刻吴彻幽庭芳徽孫季從天上来　九韵
然小山二扬西圣二江城子　南浦　二首　趁小则数中中广　未行四　心闻　三江　13上韵
[illegible]和稀凭甫　二首　[illegible]皆九韵

剑〔马理〕丹阳神光灿幽庭芳「短宋道友」皆三十有韵
唐时未必无用诸韵？　北宋韵多於南宋韵　李用次韵者女冠子
後宋才伤大韵极化
吴文英「用韵」莲花有法，人月圆李用麻韵，李從天上来李用东韵满庭芳
李用险韵，皆用庚韵，即风流子阳关並用纸韵近通，不闻入江也」
蓮子居 1 12下

叶[illegible]韵[illegible]绍兴二十年某某评诸韵外，尚有诗韵，实全与现行诗韵同，现行诗韵实
祖南宋刘水宗壬子所刊之礼部韵略，元初黄公绍古今韵会因之，惟刘黄二氏皆合
一百七部，现行韵乃合上声之[illegible]部，则以黄氏之後阴氏时中删去上声之拯部故，黄阴二
氏皆元初人，不在绍兴时也，更宋刊其分部之法，且自南宋[illegible]宗至理宗之间全韵皆合
宋用[illegible]之礼部韵略，其部为二百另六，从绍兴时诗韵为一百六部之说見[illegible]之[illegible]
兴时[illegible]刊[illegible]（叶氏说[illegible]新刻于元初）　详見词刊分[illegible]
此例中之词韵皆用字於壬子之礼部韵略

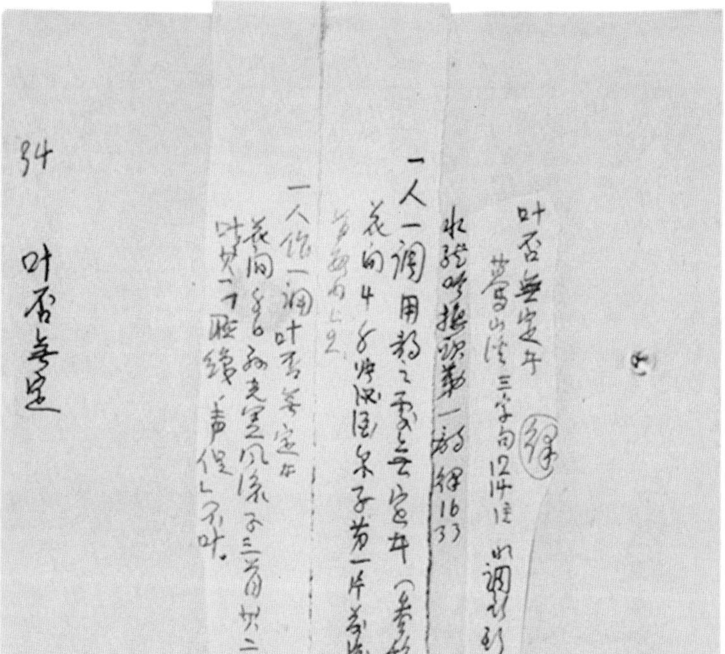
34
叶否無定
叶否無定例
一人一調用韻之處無定例（參稽韻）
一人作一調叶否無定例

吳禮部詩話謂元遺山集中木蘭花慢九首有四首去
虎吏錄即本
賦古短韻（閑中趣）者
短韻（即「傍城」「窗」」柳永詞）

35

換多韵為少韵、
(一) 換韵的為一韵者
(二) 換韵的為二韵者
(三) 減去不叶者
(四) 改三韵叶為一韵叶者

譜

賀鑄六州歌頭用東
董同部叶　而他首
用東部叶者不同

李易安刻如後

雜韵改為一韵例　列滅韵後

訴衷情 本五仄韵六平韵，毛文錫改為八平韵 2 18　韋莊上行盃 3 11
時將團聚子 3 23　賀鑄 凭欄 楊柳枝 3 29　尹鶚 醉公子 3 31（改四韵為二韵）
牛希濟中興樂 4 10　宋祁 儒菩薩蠻（改四韵為二韵）5 2　李白清
一平樂（改二韵為一韵）5 23　歐陽炯 更漏子 6 3（改四為一）　毛文錫巫山一段雲
（改三為一）　毛文錫 甘州遍 6 14（改三為二）又張元幹則改為一　張泌河傳
神（改二為一）7 27　晏幾道 憐來今 8 20　陸游河傳（改四韵為二）11 9　孫光憲河傳
（改四為三）11 11　河傳（改四為三）11 13　徐昌圖河傳（改四為一）11 14　毛熙震
南鄉子（改三為一）11 21　張先芳草渡（改二為一）11 2　張炎虞美人（改四為二）12 2
蘇軾 14 4　張久平 渡江雲 28 18

改換韵為單韵

夢窗 和見歡 24 　辛棄疾 西江月 不押仄韵 6 4　薛昭蘊

別離 六州歌頭 柳永一首 只用十三侵，而稱大略 13 3

菩薩蠻本上下四個韵　放翁詞 36 止用一平一仄二韵　19 洞泉詩餘 13「小園
入尋常聲　上二首之外此

改雜韵為少韵

六州歌頭本平仄二韵同叶　劉毅中中庭樂府 13 知韵純
前二首止用平仄韵（參照後）

十八 一調用單韻用多韻無定者

花間集牛嶠天仙子五首第二首首二句是換仄韻 餘皆平韻到底

花間集孫光憲河傳四首 其三上結換平韻 餘皆全仄韻 又孫光憲上行杯

二首 其二上片一仄韻 其一上結換仄 第二句平韻

如山中白雲虞美人二首 各家三換韻協例 明秀集之作咸蘭 上片用

「綠玉」「多謝」下片用「曲芝」「嫩引」 本用二仄二平 此改二仄一平

改末仄韻為純平韻 花間集顧夐虞美人改上下片首二句為平與下二句叶

清真後江雪 麻韻 下片「溜去西下」叶「一」去聲 陳允平作「南北路

流鐘」用平叶

定風波疑句本來叶仄韻 王去非見詞全宋詞一首「柔柔人中這个人兮字

的情說良因，恰似白蓮花一朵，出於泥，泥沙脫了出淤泥」下片同

清出虞美人前片無處腸來 後片楊柳煤灰 平仄二韻前後相協，與他首用

的韻叶不同

菩薩蠻一片二仄二平上下片本不拘同均 26 須從詞口此詞「黄鶯嗁々催人
起」首上片用起水穴难下片用美義千看，「曡曡遠蘆城晚」首上
用晚老穴單下用道草歌难，「歐勤對送車歸去」一首上用去句依归下
用字往枝淫。「小仙名姓市時少」一首上用少倒荣强，下用之平開难则不同
本名既词此全字若干随二沿不同㊞一首上用二韵 悉二沈文伯词一
一平不同
28 西樓低周 28 虞美人上片用「懸遠」和「懸來」下片用「掛看」「爆灰」本用
の韵 此改用二韵 32「遥山」虞美人 頭第小問 用畫秀宿收 後疫除
頭」又一首用「殘勤紅中梦々重攏風」本子用の韵
城南本上下片用二仄二平 不同韵 两主題會隊全某某5上片作韶收嚴 下片
也隋修舟 只二部（冉畫此詞中二韵不同）同先害欲东回（今在安宗 又
首九浬良朱學柳修橋 又一首傳雪曲樓一切層刀桃 畔田晙居如一宿
溪前節

又須改上下片異韻兩用敲

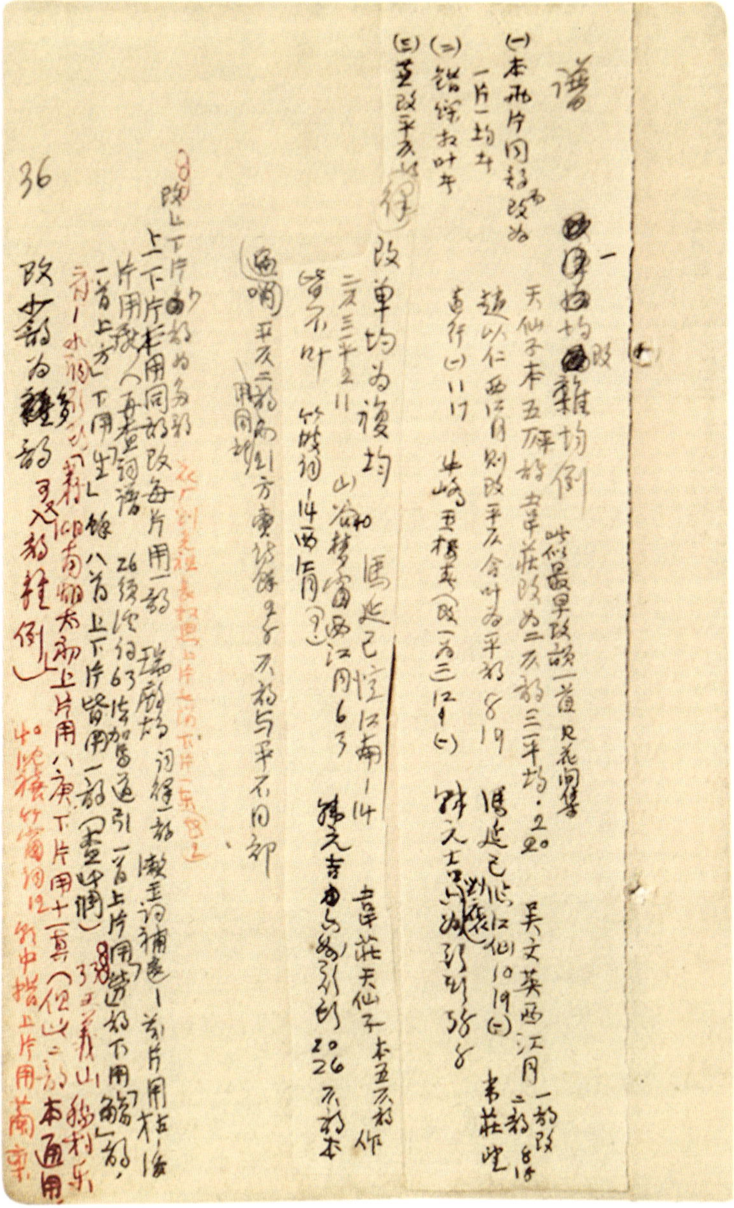

譜

(一)本兩片同韻改為兩一片一均者

(二)錯綜叶者

(三)並改平仄者(律)

一 [illegible]均[illegible]改 雜均例

此似最早改韻一首 見花間集

天仙子本五仄韻 韋莊改為二仄韻三平均 2.20

[illegible]以仁西江月則改平仄合叶為平韻 8.19

[illegible]行(一)11 17 [illegible]玉樓春(改一為三)12 4(一)

吳文英西江月一韻改二韻 8 18

馮延巳臨江仙 10 19(一)

[illegible]

改單均為複均

二仄三平 2 11 山谷和[illegible]西江月 6 3

皆不叶 竹枝詞 1.14 西江月(?)

馮延巳[illegible]江南 1 14

韋莊天仙子 本五仄韻作

[illegible] 20 26 不韻本

平仄二韻[illegible]方[illegible]不韻與平不同部

用同部

36

改上下片[illegible]韻為各韻

上下片本用同韻改每片用一韻

[illegible]詞譜 26 [illegible] 63 [illegible]

瑞鷓鴣 詞律一韻

[illegible]詞補遺 1 [illegible]片用[illegible]

改[illegible]韻為[illegible]韻

傳下片用繆靈（查本用一部叶）
鄭集片者鄭子「薪金鵝八韻，七陽韻又一首上片「風江」讓絳許下片「念家山」破
桃源」十句十韻の部韻　徽玉詞　補瑞鶴仙「双銀杏」上片部叶，下片真韻
（查此詞本二片同韻叶）

夢窗西江月「賦瑤圃青梅枝上晚花」上片叶風韻，下片梢字韻小、
（查此詞原本冊韻如一韻）
靈谿　双調望江南三首　天韻　兩首上下片皆用一韻　另首上片寒韻下片換
白石詞諸編皆用平同部平仄韻，注：草方叢詞二　此詞除採玉缘白裝
迪書用述語仄韻，夾「鐵」「遊」「泰」「回」「蹤」「風」」白東誤　遂誤

谙

韵多者自韵廿句的十七韵34 26

(一)全首一韵者

(二)一首两韵者

長调 如贺新凉调韵韵31（又韵叶）

37

全首皆韵

全首皆韵例　元曲尤多，詞中少见　词只全占全首韵40个

竹枝二句皆一韵　渔父引三句共一韵　醉妆词六句皆一韵，（内四叠三韵）　荷叶杯六句共三韵（双调体十句四韵）　時偏好の句共一韵　以上皆句法一

南乡子五句共一韵　句法一廿三　怯王孙五句共一韵　句法二九　古调笑二十　归自谣六句一韵　2.25　長相思二阕一韵　望梅花韵7.6

又字太平一韵7.9　归国谣4.15　醉垂鞭（共三个韵）4.20　赵师侠霜天晓角4.25

苕苏霜天晓角4.26　后庭花5.4　木兰花令6.14　大石调6.15

太平年5.22　紫天子6.6　秋蕊香7.7　桃源忆故人7.6

双鸂鶒7.21　伊州三台7.22　双头莲令7.22（以下再查）

長调若六州歌头卅九句有卅の韵58　六丑花句十七韵58.2

韵韵的全调10皆双2　如梅花引皆叠双

38

本有平仄二体

此種句法皆與平仄（上作平）諸例不同　臞禪案語　28 20

一人一調用平韻仄韻者宜并

花間牛嶠傳二首一首仄一首同平韻

王去非金陵宮怨集「有個搖櫓子」十二首用仄韻并四首用平韻

共八首。仄韻：「猿聲馬、吳騎傍、雄搖旋、程忽生、撩，哩

囉嗹哩囉嗹」　平韻：「水雲深、坊和靜、秋般清、息忽生、知，

哩囉嗹、、、」　又說嵩上有十三首並有葉韻入於「開心月、

圓皎潔，人家鼓自忽生悅，囉哩嗹、、」　清淨水、珍瑞雪、玄光明照窟

照說囉哩嗹、、、」　首葉去并「縱來世、本來今、事形全貌安心生

囉囉哩嗹、、、」　宋中同錄中證、要以光來未向通賢空囉哩嗹」

譚靈瑞水宮錄下[illegible]宮尊一首計合韻　又一首比知韻　又一首行堂韻

（林[illegible]宜并本有二格）

為鄉俗古三嘆蓮花「男作行人，苦辛貴，分明娘姐坐髭鬚子孫後代，看作日小髭鬚日久年深長大，為資財匹配髭鬚。需尚重休息，孩日殿髭鬚，高宗髭鬚常忙忙劫劫，長養髭鬚，有就身表，諸棟作髭鬚，三寸住今風戲，活髭鬚我道死髭鬚，休悲痛，劫尺早煩延須仰髭鬚」同的又同意

旁
(一)全用本字者
(二)半有同此
(三)一部分如此

兩片用雜木楊欽而將畢「王索精重陽全真集」分四仙實「這曲破，先入破，迎仙客，休言破，劫得破，說得破，看看把我肚皮都醮破，會得破麼，也怎麼，索何子午貪眠麼，欲去麼，並日麼，自家將自家，獨自行持麼」

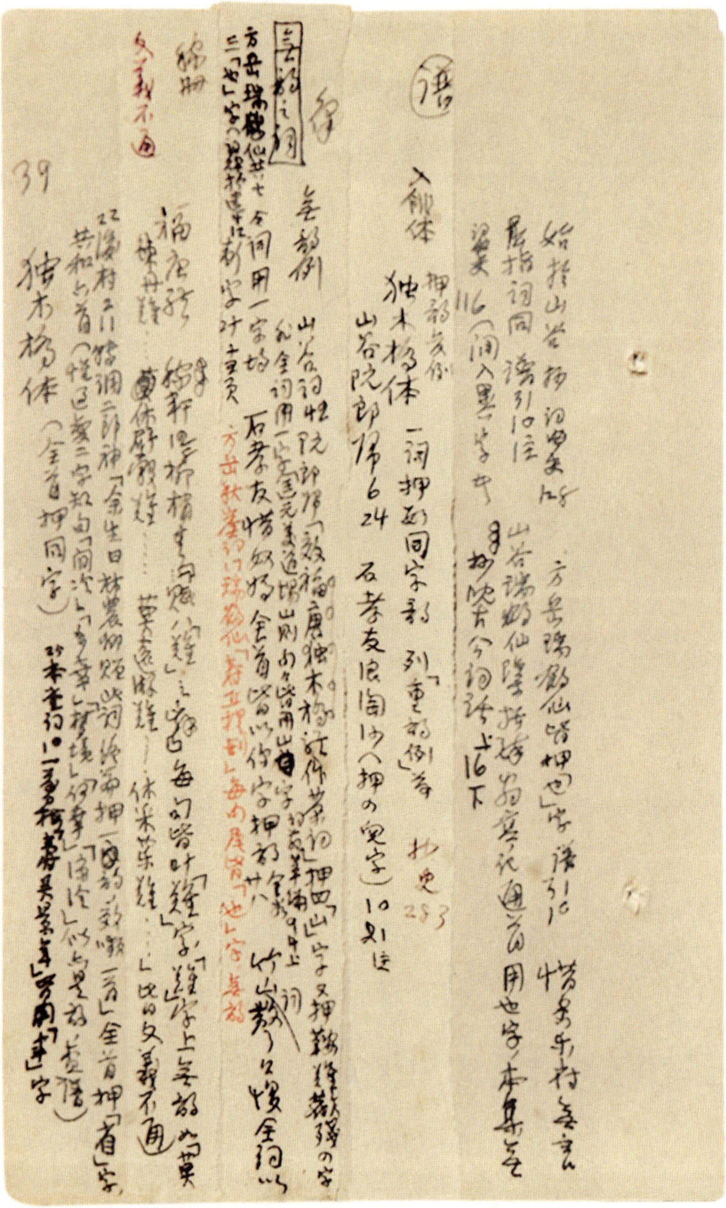

始於山谷 [illegible] 148　方岳瑞鶴仙皆押「也」字 詞引10 惜香樂府無之
辰翁詞同 詞引10注　山谷瑞鶴仙 [illegible] 用也字 本集無之
梁吳116（詞入黑字中）　[illegible] 16下

入聲體

押韻方例
獨木橋體 一詞押同一字韻 列「重韻例」等　抄史 253
山谷院郎歸 6 24　石孝友浪淘沙（押の兒字）10 外注

無韻例　山谷詞阮郎歸「效福唐獨木橋體作茶詞」押四「山」字又押 [illegible] 的字
[illegible] 全詞用 [illegible] 石孝友惜奴嬌全首皆以「你」字押韻 [illegible]
方岳秋崖詞 [illegible] 每句尾皆「也」字 無韻
竹山 [illegible]

方岳瑞鶴仙廿七句同用一字 [illegible]

[illegible]

福唐體　[illegible]
[illegible]

文義不通

39

[illegible]

獨木橋體（全首押同字）

29 竹山詞の声々慢「秋声」每句皆押「声」字

32 黄山下15 阮郎归三「独木桥体」本全詞共八韵 而只の韵用叠用「山」字

独用韵「同韵」押

33 丘宗〔?〕「拢琼」词26 解冤结（调名改字）「觉缘」「黄花九日」字

半首用独木桥体 31 阮郎归下15 清平乐「风流」二首 一首上片皆用の「矣」字 其上首韵

一首上片用の「也」字 上二首韵 下片皆仍照清平乐用平韵 但上不与上片同

同部

金詞名字单主 18 傍人全首押「道」字

全真道人马钰（珏）、洞玄金玉集，十 桃源忆故人 一首全押「子」字 一首全押「鍊」字

又减字木兰花「常将忠观」「张公忠观、钟吕地搜常作观、劫破万尘、太乙灵心

出世尘 内修真鍊、真汞真铅常锻鍊、要见金莲、须是深〔?〕

种玉莲」 二观 二尘 二鍊 二莲 又一枚

金丹阳神光灿 满庭芳「烟霞洞口遍风散人宗风」全首叶「风」字

断情系〔?〕绝字 微〔?〕宽」全首叶「日」字

寿子 一首皆押「圆」一首皆押「阳」一首 长思仙（长思）同书下卷长

全〔?〕古押「宝」一首皆押「仙」一首 全叶「梦」、一首全叶「好」

〔?〕下 33 瑞鹧鸪 全首押「城」字 又一首「深」字「风」字「归」字

王喆重阳全真集

行香子 十二登仙门

「洞」也「泂」也、本之

深也、两部人便是

观瞻也、被情风

白云金日常招

世王宏风山独

去也……」全首

首 长生〔?〕也 山全押「也」一首押「子」

稼軒、蔣捷水龍吟韻下皆有些字　譜31.21　蔣捷瑞鶴仙又水龍吟　譜31.10

得

用韻在句尾第二字例

「也」「些」二字上用韻　押韻在句末第二字例

竹山瑞鶴仙用也字、稼軒水龍吟用些二字上一字皆叶。　惜無山谷

在句尾第二字者

在一一一の字者？

但也上不叶者難矣　17.15下見惜香樂府七瑞鶴仙

叶在句末第二字　稼軒水龍吟聽用些語再屈騷賦體

招魂之詞」　29竹山詞6水龍吟「效稼軒

詩經有此體　詩經有韻譜韻之規詞　其韻下一字都用之「用我」「女」「何」，亦有不用同字

者（見詩經有韻譜192）

金道人王喆重陽全真集33　擦骨骰上下片末句韻下皆有「也兀底」三字一律

見和聲例）

26鎮洞詞16織金寶園「子兮孫兮，再揀一般好者」不在句末字

40

押韻家例

不押在句尾

胡適文存三集有與單不庵論去「尾韻」者即此稿

句尾韻不與短尾韻同押

西洋詩說之雌韻

米冬初　王鈞金馬集十　風馬令「立馬摘來莫容然、去陪備瑠

璃釘、被槽頭獅猴打調弄、攪得吾早嘶風、璃璃瑠釘、横上

鞍兒紫纓鞚、這回你璃璃瑠釘、待到良宵穿白雲間、道道白

去、更不肯璃璃瑠釘。」

41
改韻不改字

又如全首一字叶

卓珂月詞笑得二首，一首全用「去」字叶，一首全用「塵」字叶 [illegible]22[illegible]

此外宋人猶有

黃文友星橋贈妓詞全首叶「七」字 第29上 蓄卿

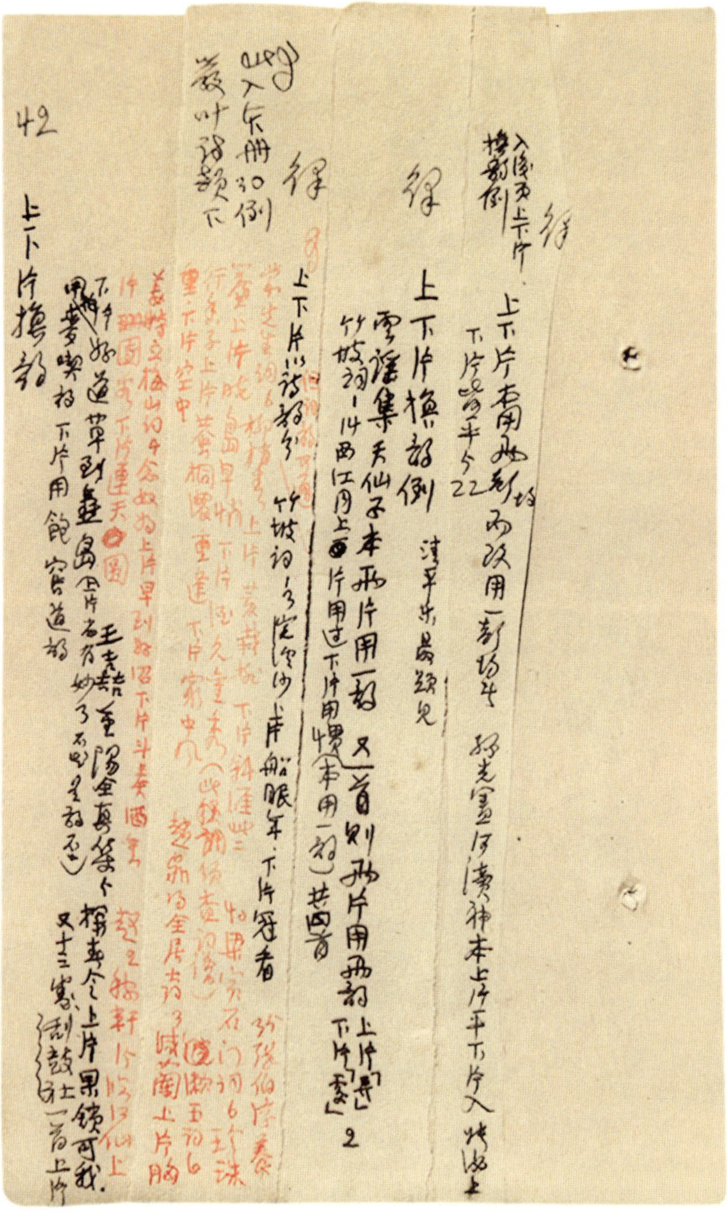

42

上下片換韻

上下片換韻例

詞律拾遺2.18 無名氏玉張夢山片入韻，下片去韻
鳴鶴餘音七步々高（或作曲）二首皆上片用一韻，下片用一韻

8 上下片換韻，位置一定，又同韻本通押　趙以夫洪容齋文志無山人詞 蝶戀花 上片 好
惱我過 下片 不保老草（中の韻用詞韻部通押，又入韻韻釋例） 參好韻釋例
上下片用韻而分列句末

43

上下片用均不整齊
不必叶而不叶，又一首同47　東山詞[illegible]江雨前上「[illegible]」不必叶而叶，下片「[illegible]」
[illegible]錦帳春下片「[illegible]」而比上片多一韻

上下片用韻不匀
花间[illegible]上片用四一平韻　下片用二仄韻一平韻　[illegible]
子上片用一仄一平　下片一平[illegible]

怨王孫　賀聖朝　荔枝香引　大典　二六〇、　早梅芳近三首　上片平韻（白字）下片一仄（三字）一平（四字）
以下[illegible]　上片四字平韻下片二字仄韻二字平韻（[illegible]）
烏夜啼上四三平韻下片二仄二平

上下片用韻不整齊　不必叶而叶

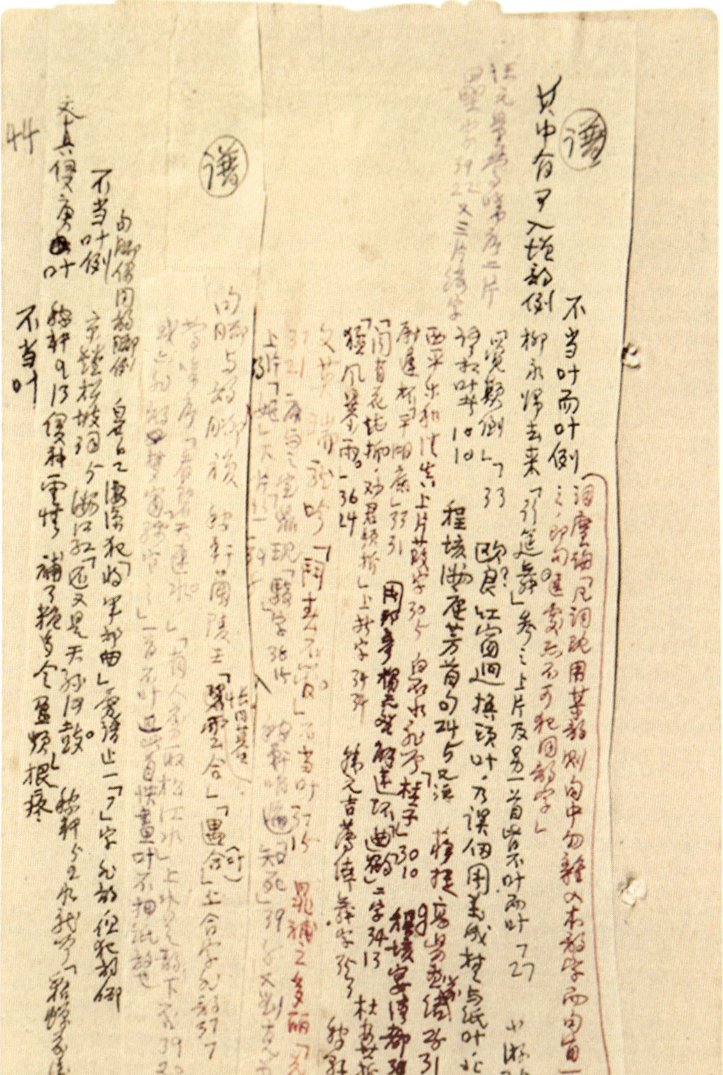
不当叶而叶例
不当叶例
不当叶

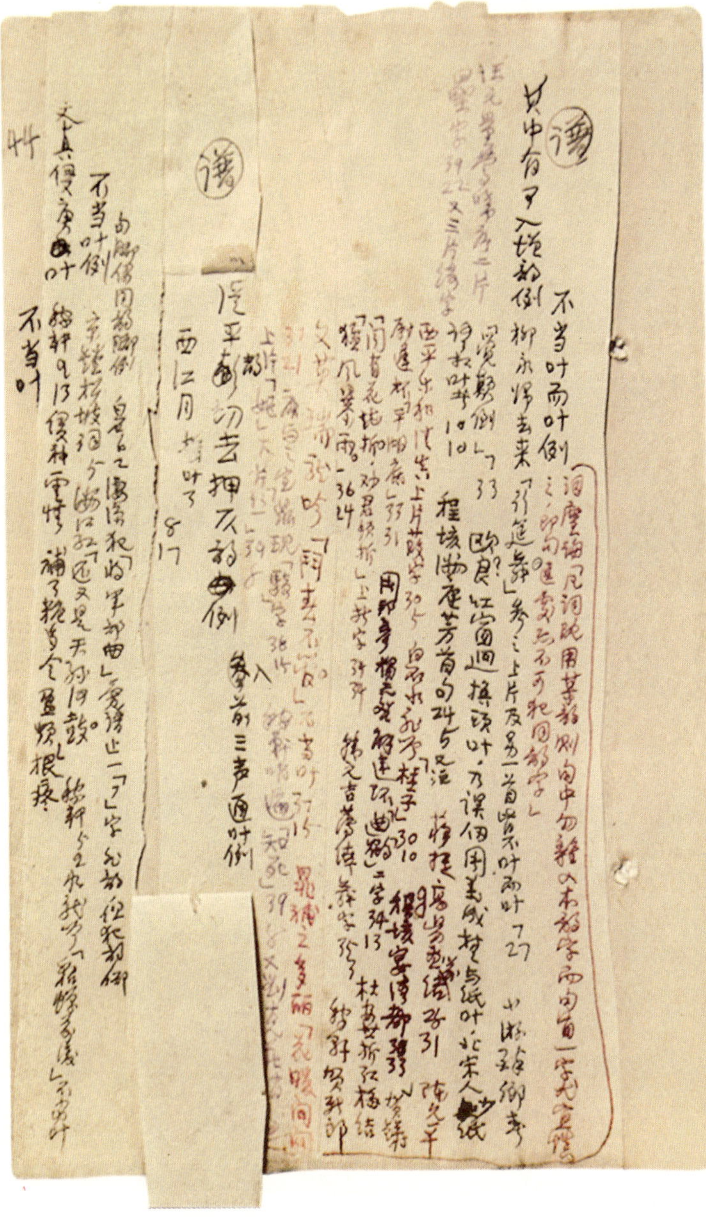

不當叶而叶例
其中有不入韻韻例
疊平韻切去押仄韻例
西江月
疊前三聲通叶例
由脚借用韻脚例
不當叶例
不當叶

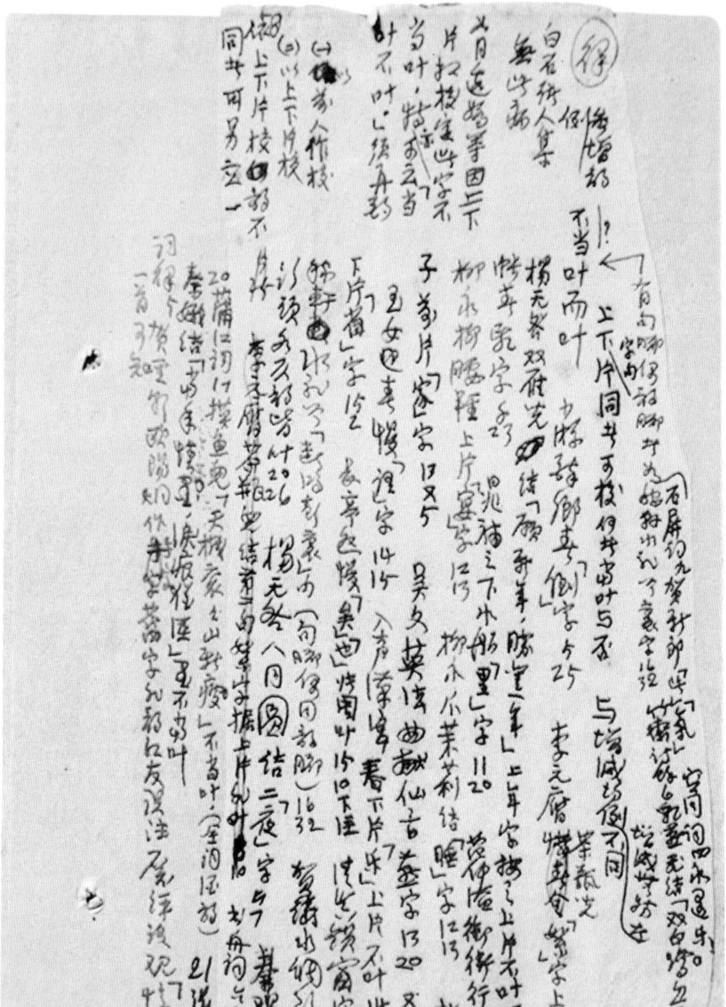

词律11晁补之下水船，换结尾对下结第二句「吹出瑶台十里」句里字词
律注叶，允，康评之
29 竹山词贺新郎「乡梦以狂自觉继出馀行」美(去)韵而不当叶之句用「魂」「似」
「外」「事」皆同韵　此也特别矣

张炎词解连环挨鱼笑切「雨前无花……」不当叶　又叶（全误曲）
下片「清香暗度一枝水」上二不当叶 上片
不当叶而叶无古文体何为集子之曲化「风细绿杨无不自记」，一枝梅绿横斜
萝」上下片「两宽莫数灭此笔，微雪东篱高之阁」上下片皆不当叶是有
「真」增韵（可作换韵例）
不当叶而叶最多者　吴文英山谷集亦三首（另补出）　查词谱

松雪斋词水龙吟上结第二句「朝々暮々为云又还为雨」　下片不尔，
李渔窥词管见第二十则论不用韵之句不可叶（可抄）
不当叶而叶　王伯良曲律所记曲禁の十条中之「犯声」如「这不押韵之处上不可有
同声字，如歌同观光の字是犯双声，巨泽渊荡の字是犯叠韵是也」十知之十

後村詞中有此例，沁園春下水龍吟數首言之。第一首睡餘韻，而第三句云「將甚久矣」。又一首國留韻，第六句第三句云「小兒破賊」。又一首圓和尊韻，第四句云「吟詩張君」。又一首釣鴻韻，而第六句第四句云「匝地茵皓」。凡此皆不合叶者。

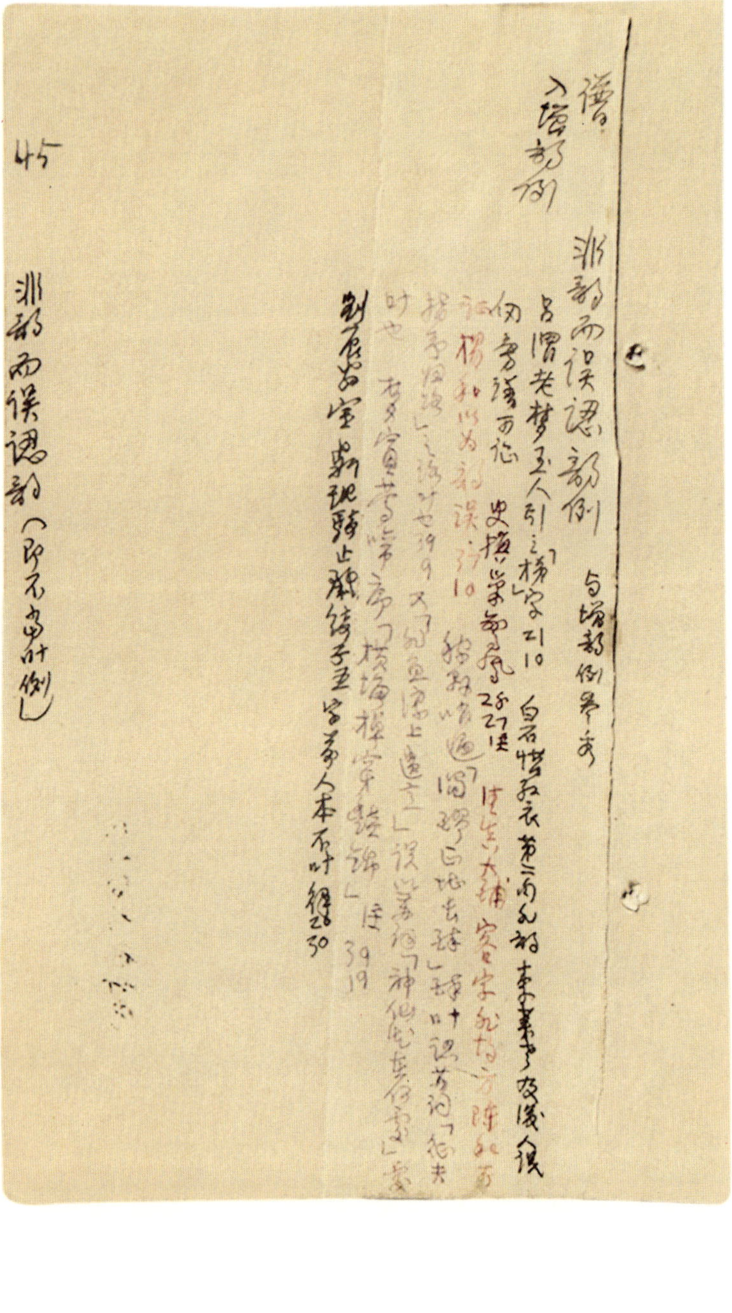
續
入聲韻例
非韻而誤認韻例
與協韻例參看
45
非韻而誤認韻（即不當叶例）

入派聲仄 (讓)

是韻通為九韻例　曹冠(遥)情 下片換韻「過」字 34 6

本韻[illegible]以為通韻叶 (徐)

「元卿[illegible]子 起二句本叶 李珣浣溪沙後不叶 又有叶韻 [illegible]十韻

不叶 13 9

「上下片叶韻不同」一例

參成都當叶不叶例 (徐) 亦以上下片校定

友古相見歡 2 24 1

柳永定風波 詠字當叶 9 20

山谷詞 23 定風波上片韻字

又一首上片定字

華 文英[illegible]上片結「搖」字，過下片「愁」字及另一首「深」字，皆當叶，文

英此調共五首 參朴刻夢窗集 67 頁 四首皆不叶 13 30

惜秋雨雪獅兒「畫」字 17 14 查二本集 惜秋

李蘇 定風波 內不韻 皆不叶 9 18

李琳 六么令「梨

花萎雨」句 14 13 注　文英雙雙燕「捲」字 14 24　放翁珍珠簾結

第二句「與」 15 13　同下第「寒蟾初館」宜叶 依上片 15 15（兩作二詞此字俱叶）

柳永晝夜樂「卯」字 15 22　又 8 文英解語花「翠」字當叶 據上片及姜成詞可知 16 28

（或字誤，查吳集）只別作俱叶

秋日「樂」二字 17 8　惜黃花慢「山宜」字 17 13 注 柳永 飛花 約字 或 誤 16 29　錦帳曲江

[illegible]一韻叶不叶例」

友古詞 47 一韻 下 又下「刻來迎」「莫 [illegible]」 25

是韻後[illegible]九韻

46

X
46

叶雜險韻

齊東野語 蔣壽無鵲橋仙詠七夕以「八」「鑿」為韻 詞品2.5上

張于湖醉羅門以毒險為韻 沈雄古今詞話上17下

47

# 糾誤叶例

參「當叶不叶」「不當叶而叶」例

録

糾誤例 指后人叶韵之误

周邦彥月下笛下片「空對孤館」的依上片當叶而不叶，陶宗儀以误叶是也 15/5

柳永晝夜樂鄉字依上片當叶，夏當當作之外，柳永别作一首亦叶證

清真瑣窗寒上片敵字不當叶，方千里不叶是也。16/7

又叶双声为叶　字如汉人不足。几无后知用之二字为一双声

诗小戎「骐骝是中，騧骊是骖」因骖与中双声，故叶中。

诗北门「王事敦我，政事一埤遗我，我入自外，室人交徧摧我」因敦摧双声，故叶摧。

参印诗经声韵，70 诗记有末一字协声与协韵之句相同者，如周南卷耳篇首章末之采采卷耳，不盈倾筐，嗟我怀人，寘彼周行。此耳人筐行亦双声。召南采蘋篇四句于以盛之，维筐及筥，于以湘之，维锜及釜。此筥釜亦齿音，湘锜读清音，发声相通。又引钱大昕论

诗说记为证，可参。又 4 86 诗说上可参。

词律九　惠兰芳　注：饮字不足韵，然校勘为字之误，按此五下语饮搀声韵

新近　误

盡搀饮搀双声

48

# 韻雜例

入42「上下片換韻例」

查吳檢湖補

用雜韻而上下片分別叫韻者　33王義山稼村樂府一頁

《如曲如太郎》上片用八寅，下片用十一真（三韻可通）又入76 次韻分韻為各韻「春[illegible]」

33例因與庭來府33 西江月「送張大使」上片協寅，下片叶寅了　例中

仕能夢成毛大可詞本無韻說，舉例甚多，真諄臻與庚耕清[illegible]通　尤幽通宵肴　真文通元魂　寒桓

詩經中沖與陰叶　入合通[illegible]

[illegible]

毛大可詞本無韻說　華1911上（此說甚合理，宋時無韻書，則有亦不通行）

宋詞有改協韻之失　華19 17 末條

詞品一・11下「填詞用韻，宜從俗」　條　華　例甚有可採

[illegible]

上3 桂枝香 定 整 總 問 横 [illegible] 横井 着
中四 胡搗練 人 陣 問 恨 去 筆 心 翠 近
中16 西江月 林 声 聖 靜
又 青 神 夢 靜 穏
又 雲 心 新 令 定

填詞上卷 12頁 臨江仙 雲 親 況 同叶
又 陰 雲 城
2 又 冰調歌頭 陰 魂 今 博 歸
3 又 冥 尊 情
8 又 風流子 春 厭 律 雲 魂 昏
9 勝勝慢 雲 尊 巾 興 深 平
中6 畫錦堂 平 今 雲 新
中10 南鄉子 身 门 盈 恩 痕
上15 鷓鴣天 灯 何人
上15 又 真 尋
上15 又 尊 神
中11 南鄉子 昏 歸 消 痕
中11 行香子 沈 尊 昏 魂
中4 [illegible]中措 門 尋 人 昏
中15 長相思 晴 陰 雲 痕 人 情
下6 采桑子 雲 塵 根 平

蔡[illegible]浩宜更書
其文僅元同叶
七[illegible]

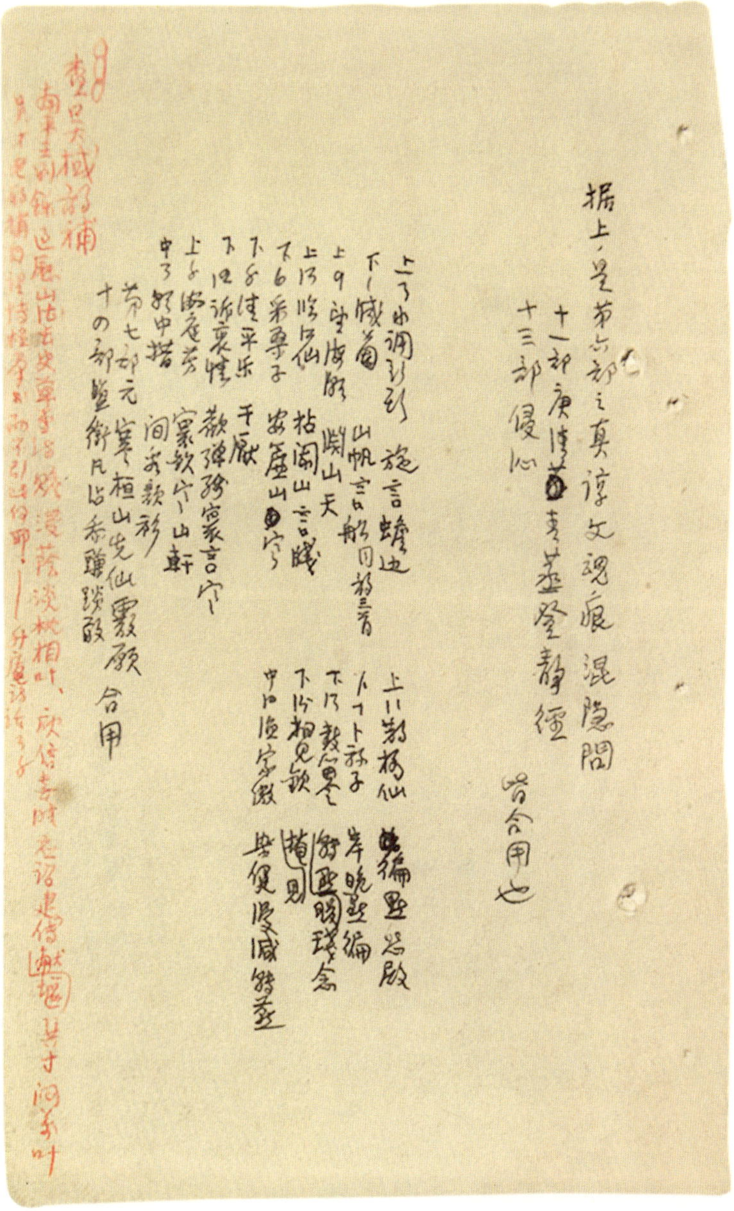
据上，是第六部之真諄文魂痕混隱間
十一部庚清青蒸登靜徑
十三部侵心
皆合用也

聆韵微早妙
雪謗朱顏韵
2 又 風流子 安臣炎
3 河傳 郑老傳
又 老蕩
4 破陣子 雲新恩
又 人 呈
又 鵲踏天國
5 浣溪沙 香低知
5 柳梢娘 成裙齊門
6 [illegible]比塔？
內家嬌 烟殺殘
又 因庭
7 拜新月 一首平 一首仄
8 漁歌子 寞少笑
9 [illegible]秋天 近破一半翠睡
又 [illegible]但一萠足妙

上12 臨江仙 菲泥西携詞
又 又 系西回
中4 說中措 斜梯樣將蕭
中8 浪淘沙 遲㝡伊培
中15 沙塞子 ●梅酒浮
中17 西江月 開杯㘝金
下8 清平乐 梅肌微
下10 浣溪沙 杯宜枝
第三部 支脂微齊灰 紙旨止尾蟹至等 合用
〃五部 皆咍太

上4 念奴娇 ●白蝶月歌折
又 又 月梅雪絕髮說
又 又 葉切撇月結說咽
下●6 惜奴嬌 急白雪惶色
十七部 陌
十八部 月 曷 薛 帖 合用

下16 [illegible]合 月節客說
又 又 摧折說熱

上分 念奴娇 季外
中1 夢山溪 㝡外
中分 感皇恩 地外
下分 清平乐 外外

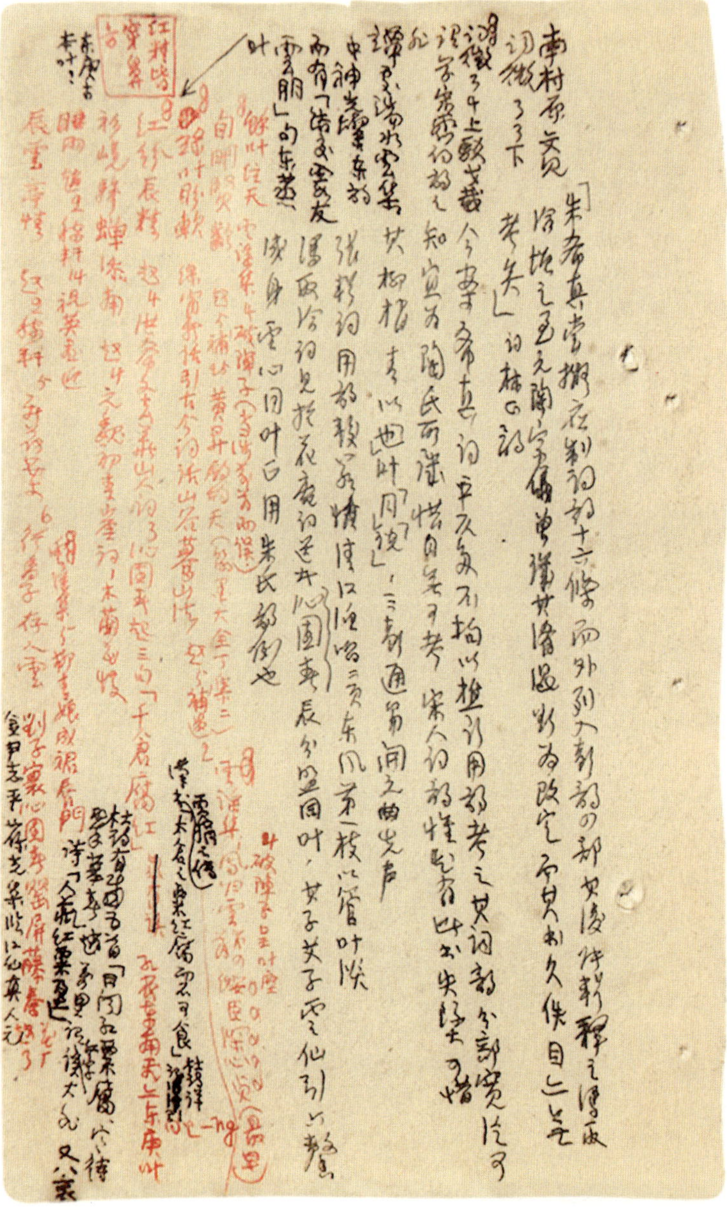
「朱希真嘗擬應制詞韻十六條，而外列入聲韻四部，其後張輯釋之，馮取洽增之，至元陶宗儀曾譏其淆混，欲為改定，而其書久佚，目亦無自考矣」（詞林正韻）
李村原文見詞徵卷3下
詞徵3中上頁載：今案希真詞平仄多不拘，以推行用韻考之，其詞韻分部寬泛，可知宜為陶氏所譏，惜自無可考。宋人詞韻雜駁者，此亦其證也。
「月狡」，三部通用之曲先声
東風第一枝以箇叶陰
「心」同叶，亦用朱氏部例也

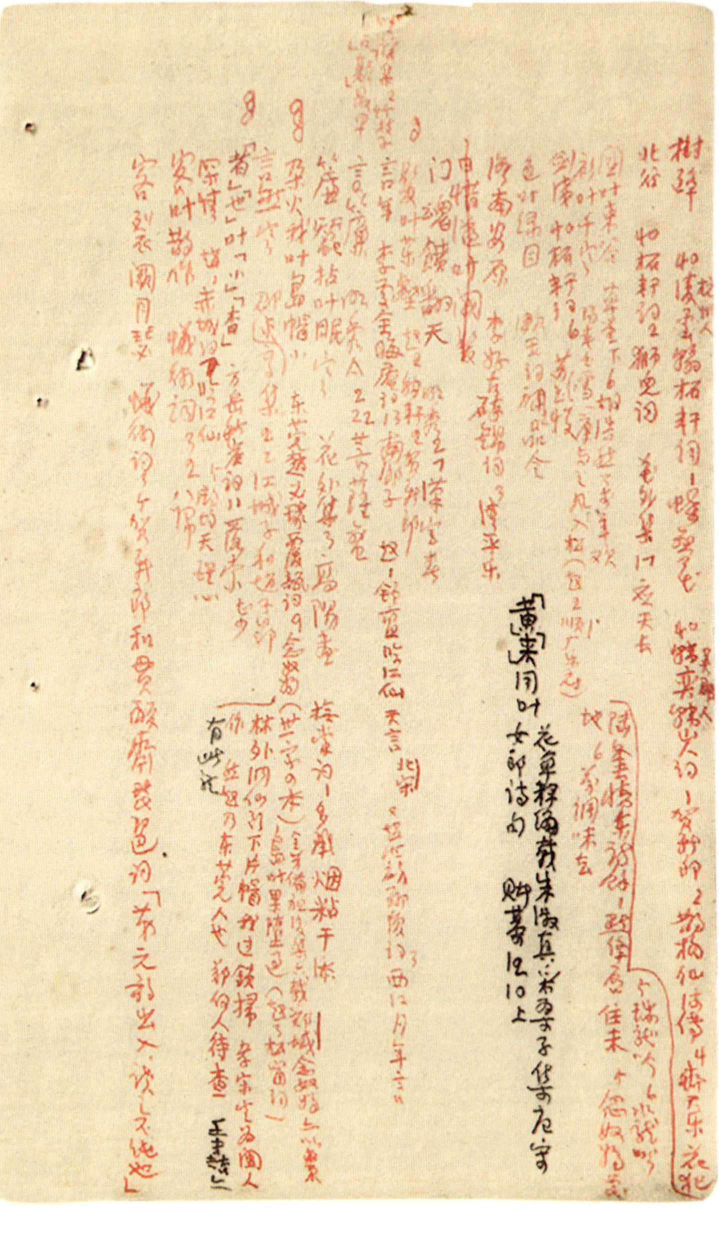

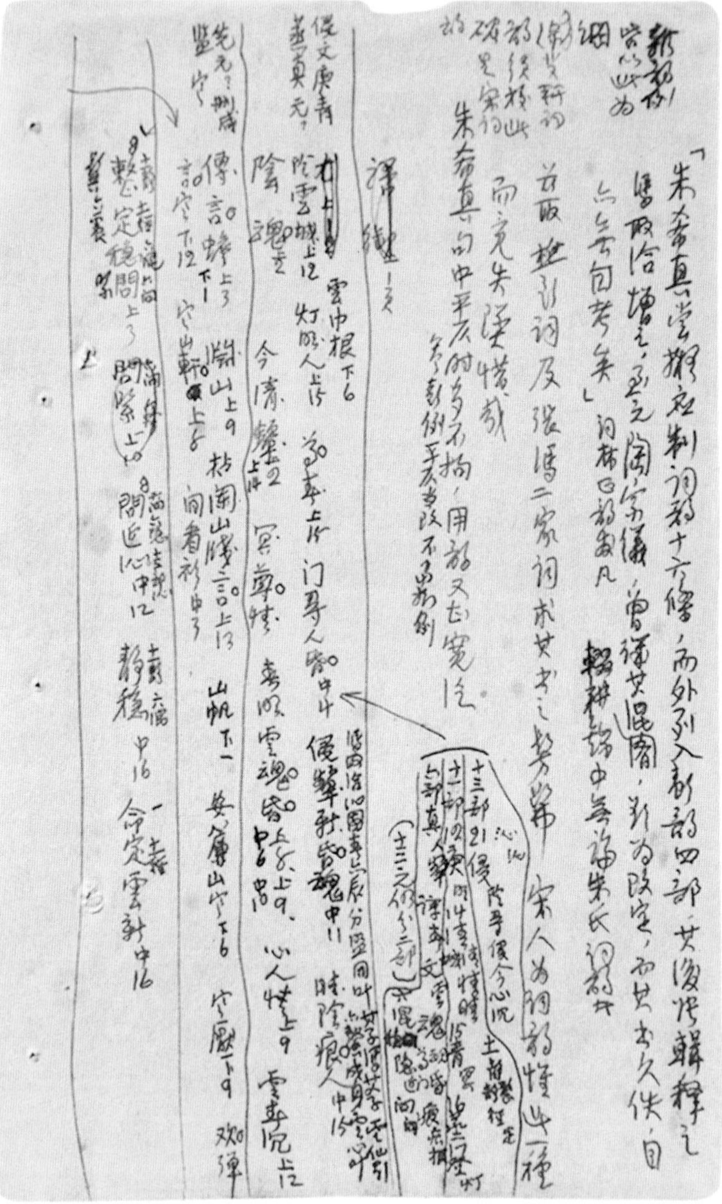
新韵例
「朱希真嘗擬應制詞韻十六條，而外列入聲韻四部，其後馮取洽增之，至元陶宗儀曾譏其混淆，欲為改定，而其書久佚，目亦無由考矣」詞林正韻發凡
並取其韻詞及張馮二家詞求其書之部第
宋人為詞韻惟此一種
而充朱譯惜哉
朱希真詞中平仄均分不搞，用韻又太寬泛

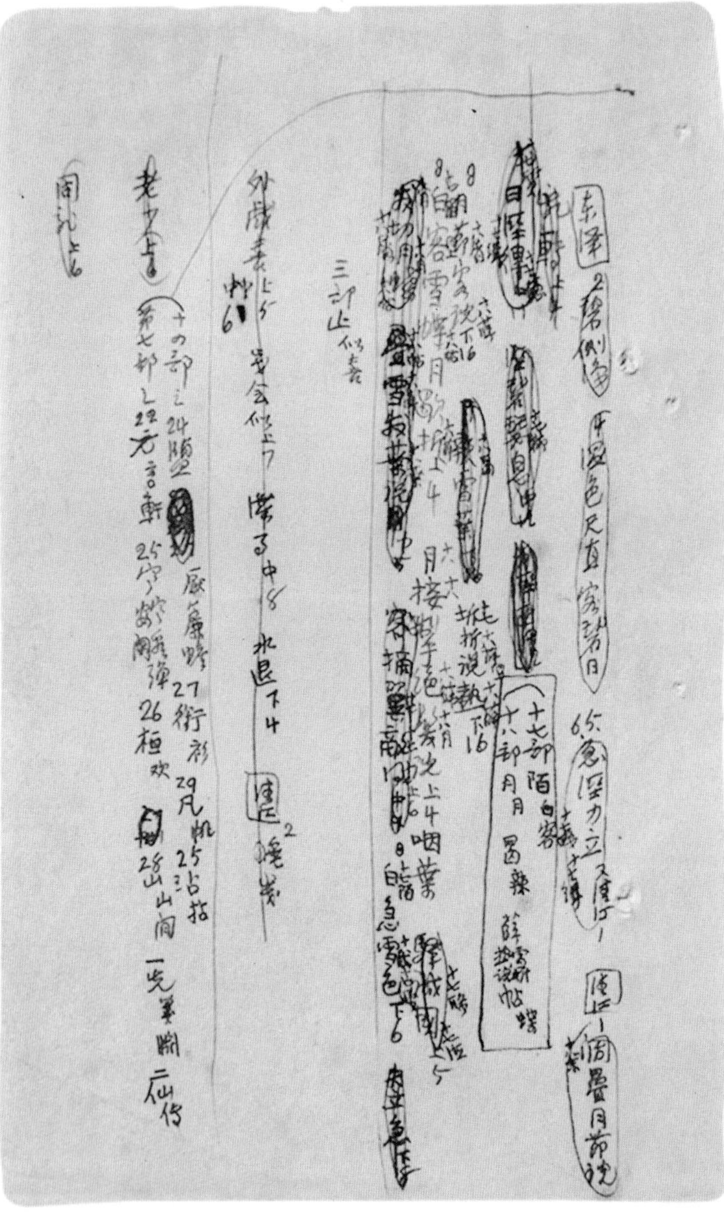

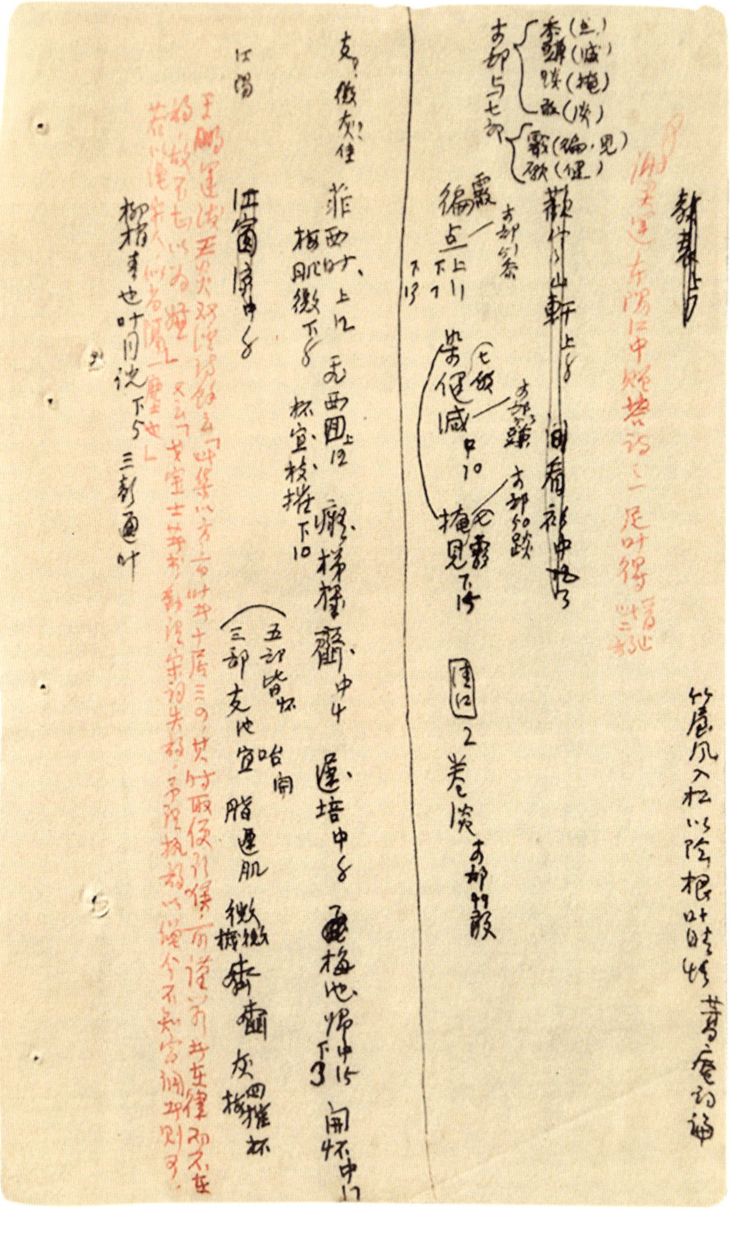

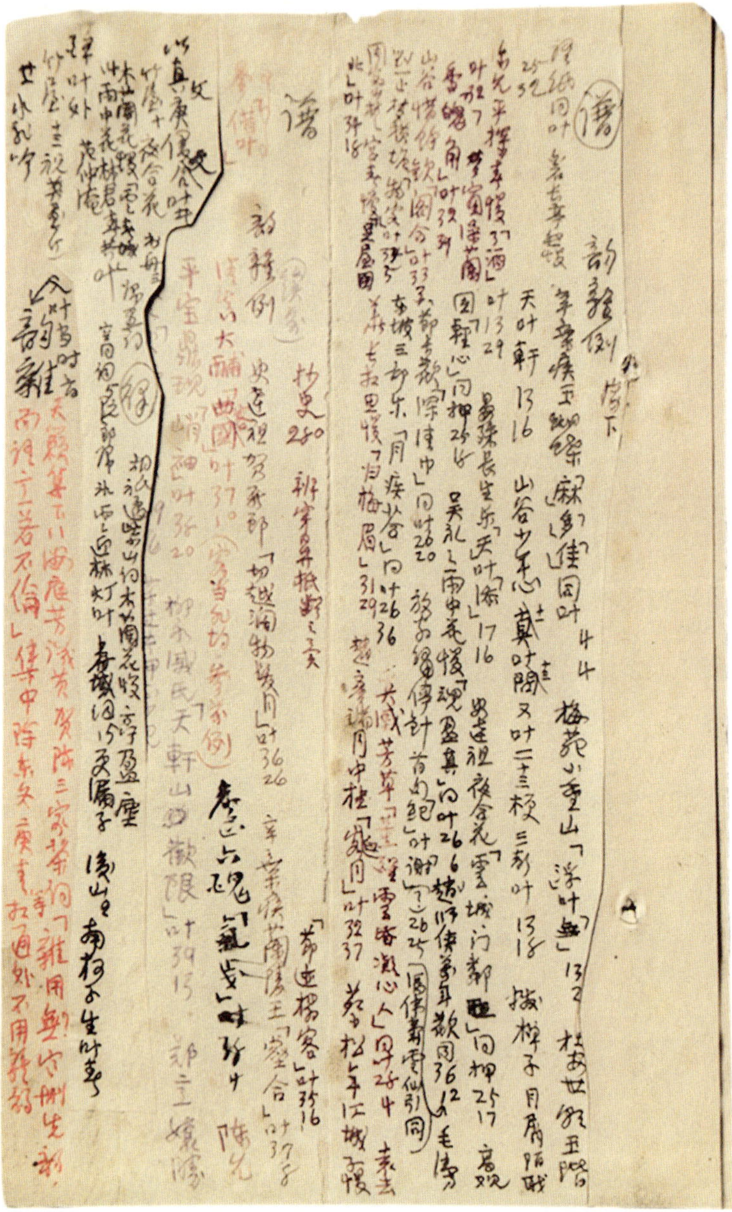

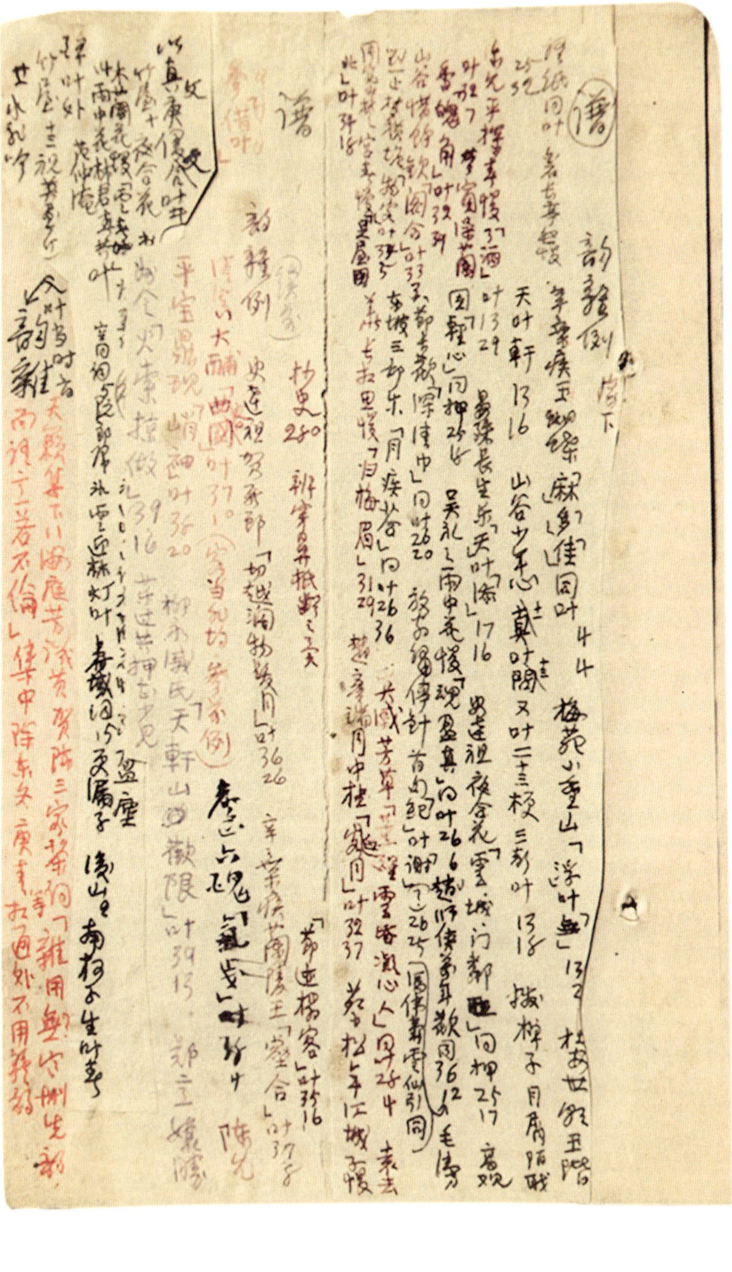

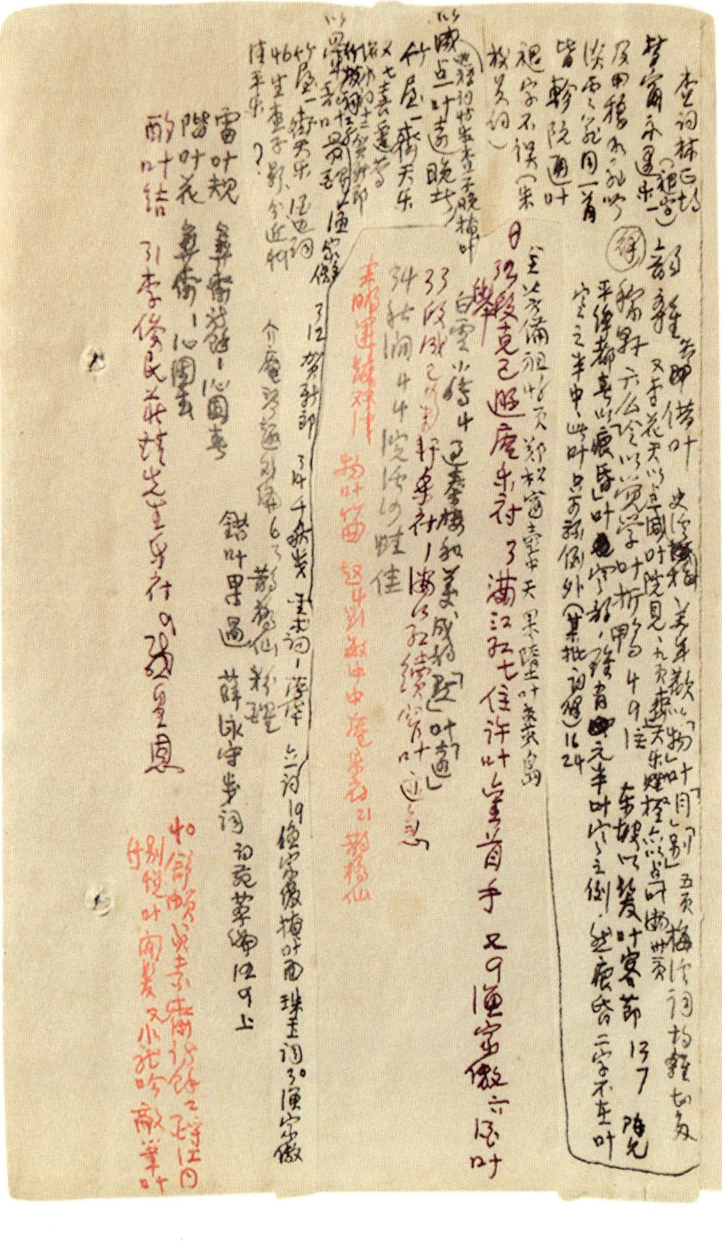

侯善渊上清太玄集七「无梦令」迷叶侍问近

33段克己遁庵乐府15南乡子座叶金宫

雪溪集

[illegible]叶[illegible] 竹斋[illegible]鹧鸪天

篇叶边年 安 竹屋廿南

卿子信也词十八声廿[illegible]

审斋词[illegible]浣溪子

48 孙子叶珠 坦庵词四十 [illegible]

本处全除唐词之外稍引竹斋诗叶除符

以娆梢叶頭流 [illegible]

肝还南芸叶[illegible]

[illegible]

[illegible]叶[illegible]

13 [illegible]叶[illegible]

[illegible]来叶同上十一[illegible]

以[illegible]心亭叶千[illegible]24 [illegible]

[illegible]

17 [illegible]竹斋「行[illegible]」[illegible]言

26 [illegible]叶[illegible]言

20 [illegible]

31 [illegible]古[illegible]江月

[illegible]叶来

[illegible]得[illegible]乐

31 [illegible]

[illegible]叶是古韵[illegible]13用古韵叶例

韵[illegible]

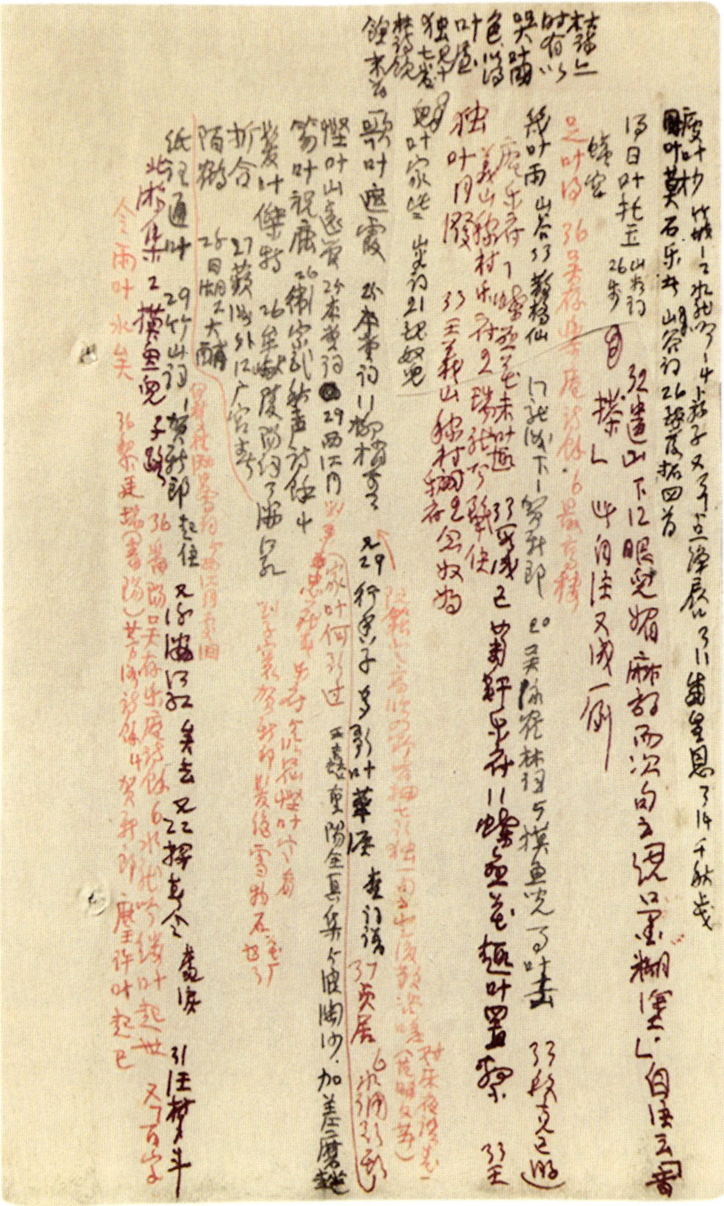

韵雜例

吴烺、程名世、江昉、江立、江藩學宋齋詞韵真諄臻、文欣魂痕、庚耕清青蒸登、侵皆同用。元、寒桓、刪山、先仙、覃談、鹽添嚴、咸銜凡又皆併部。入聲則物迄入質陌韵。合盍業洽狎乏入月屑韵。詞林正韵八部引諸家所舉皆宋人誤處

以陰叶隔 杜牧八六子

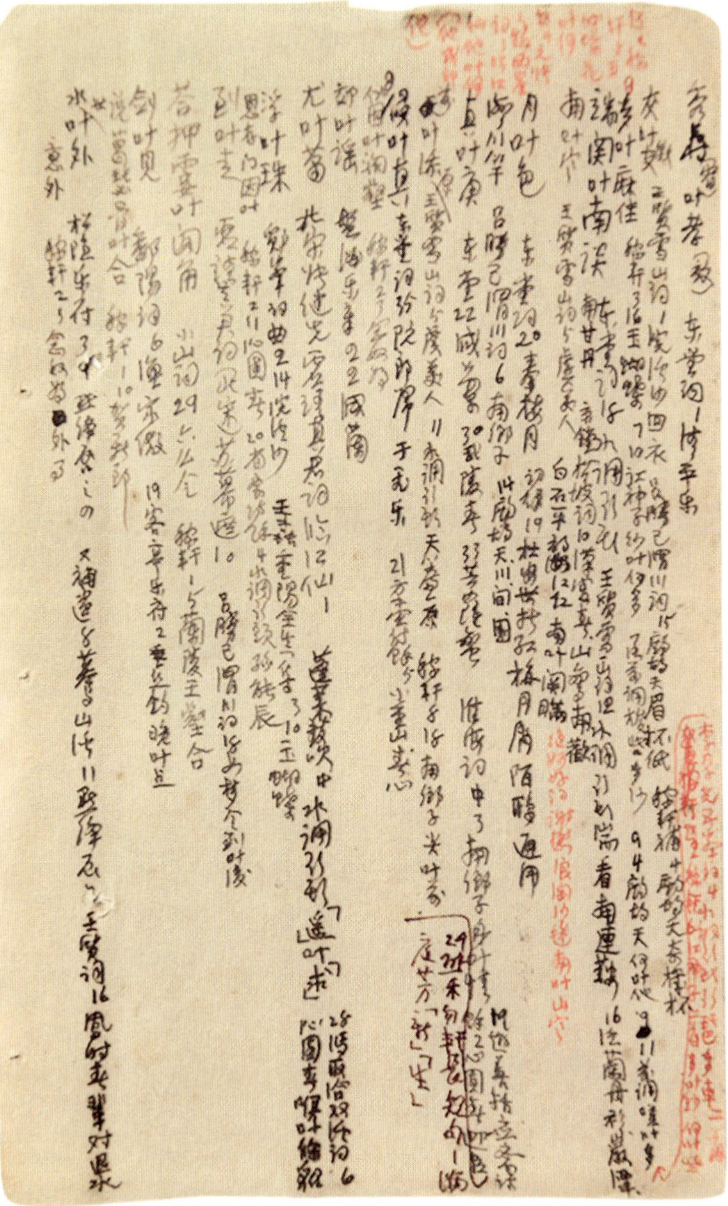

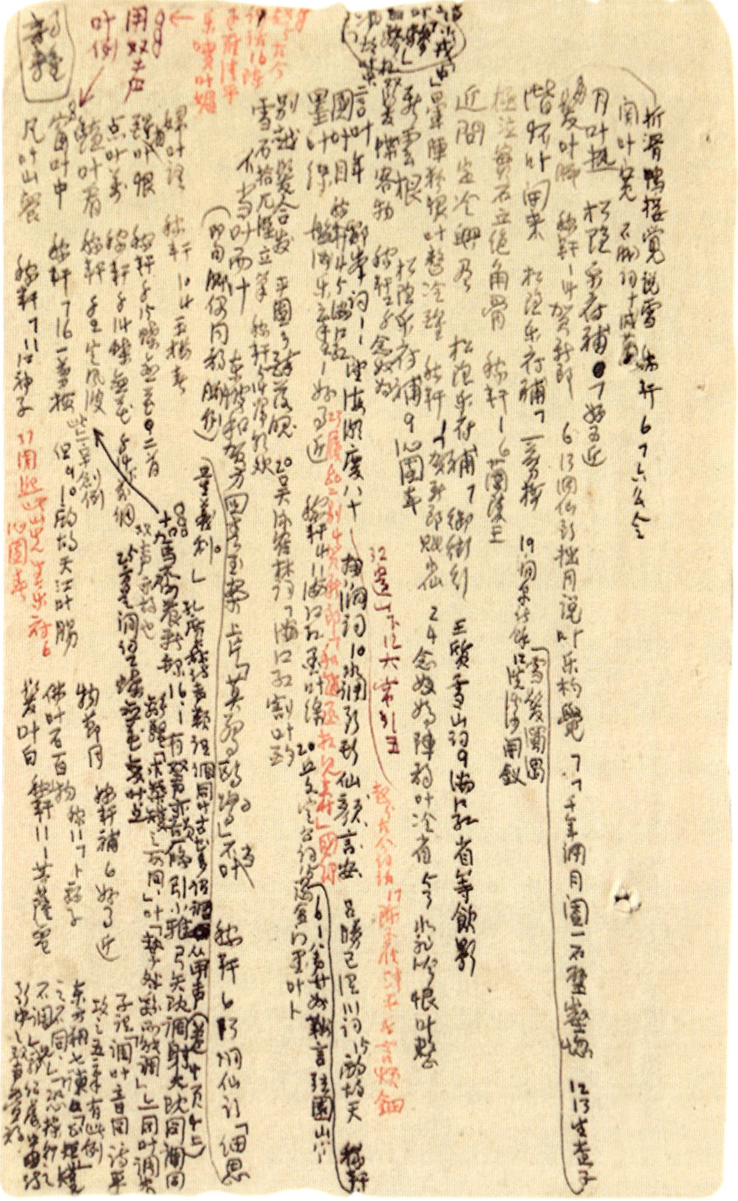

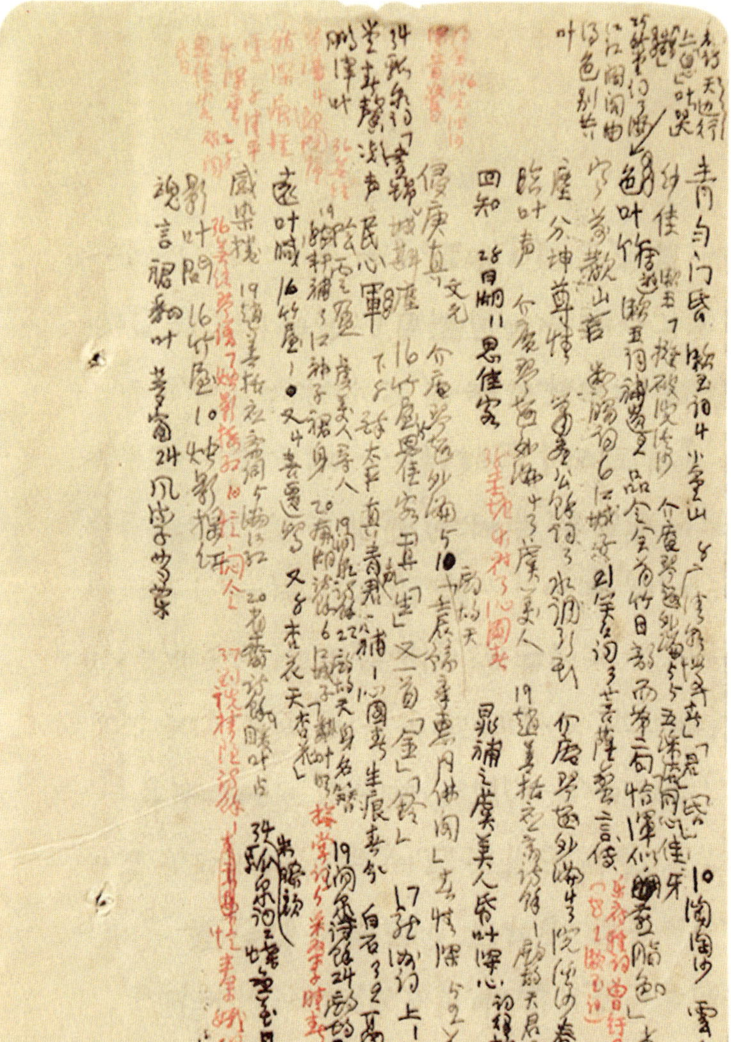

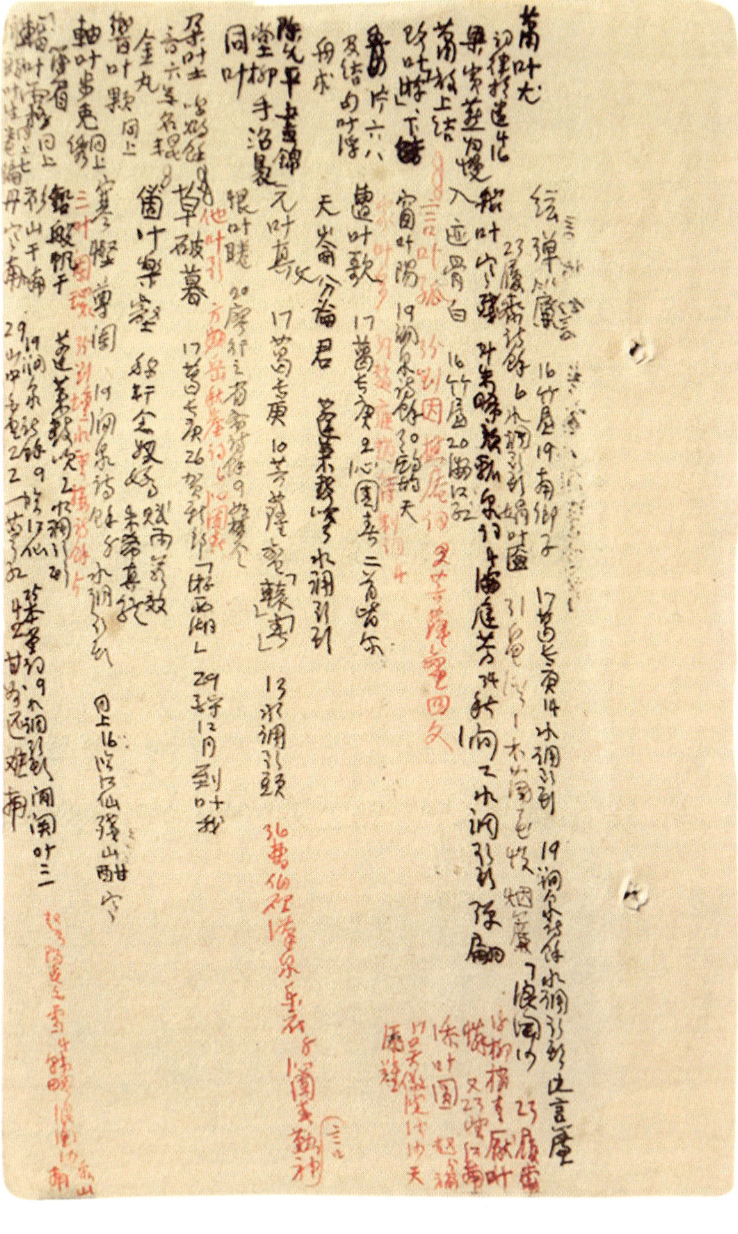

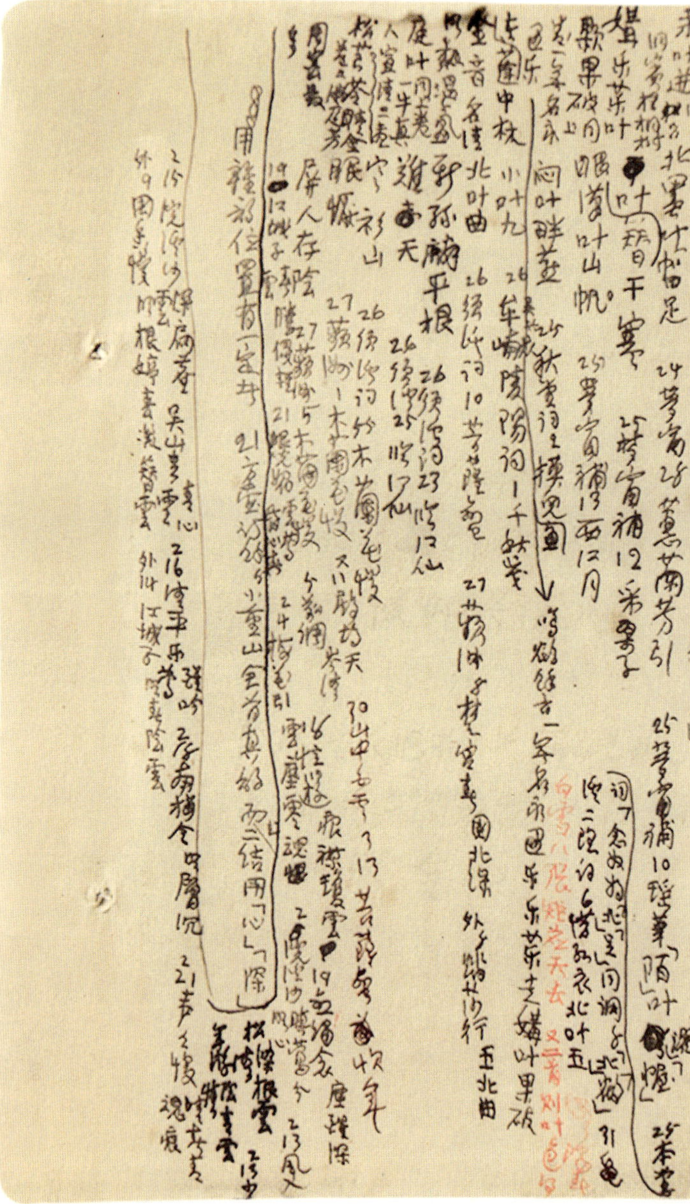

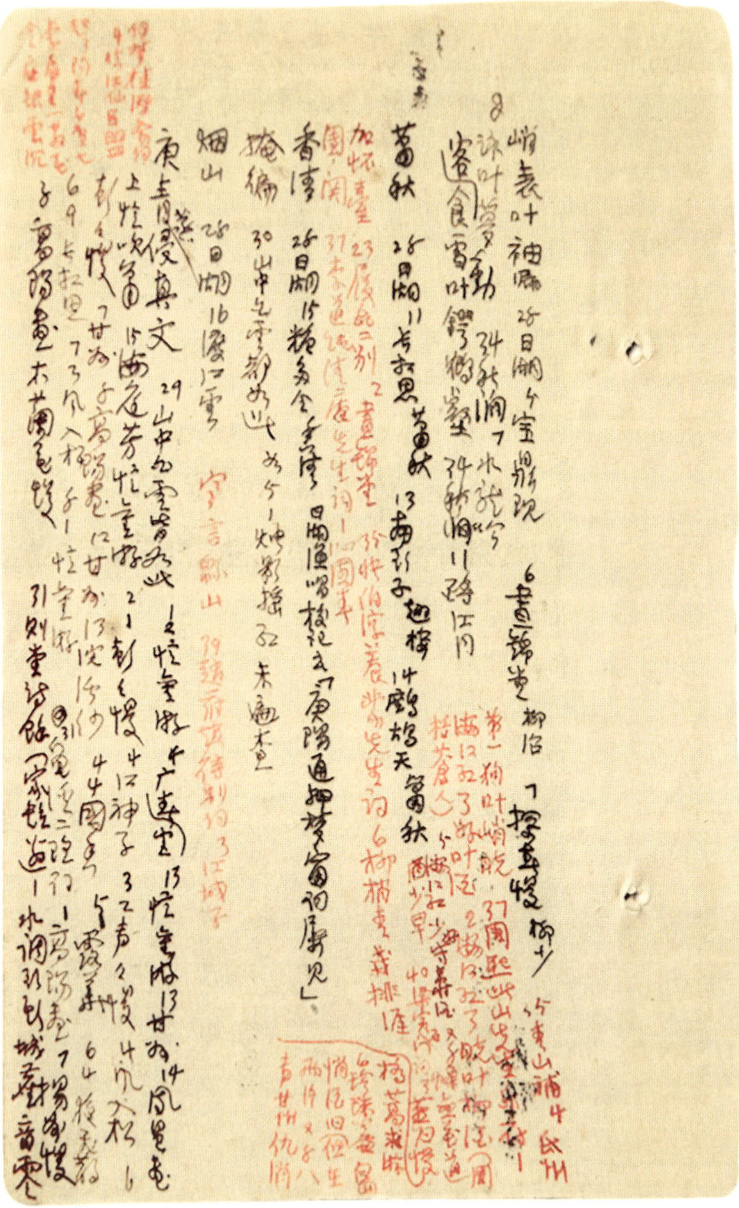

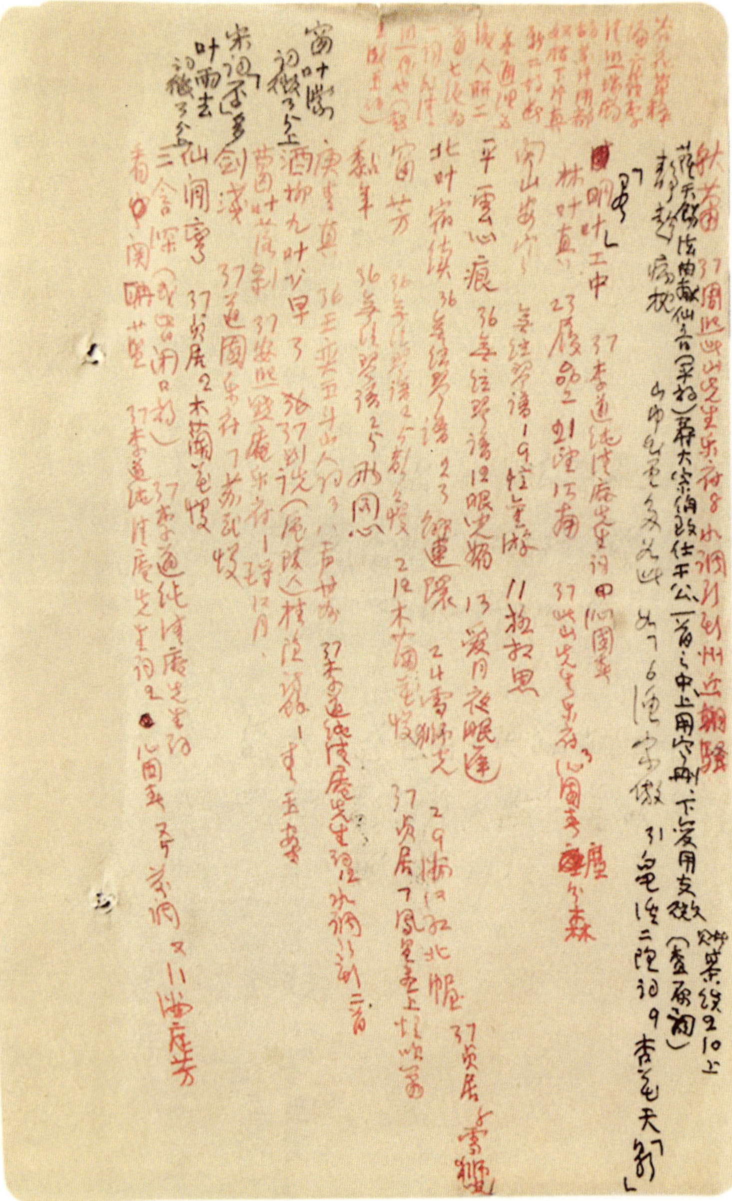

17 萬古虞至曉先生詩餘子菊花新九首皆用紙韻 且新用入韻，宜是大曲

王東錢金陵全真集八行香子「一鼓綿鳴、水陸行香……」「二鼓綿交、金陵行香……」 三鼓 火陸 四鼓 木陸 五鼓 土陸 因皆用行香」 故五首同用陽韻

周上菴十二將黃花 三首皆用廣寒御韻 本可自由也

鳴鶴餘音 六 孤仙姑 繡薄眉 十二首皆用魚模韻

49 數首連用一韻 大曲如此

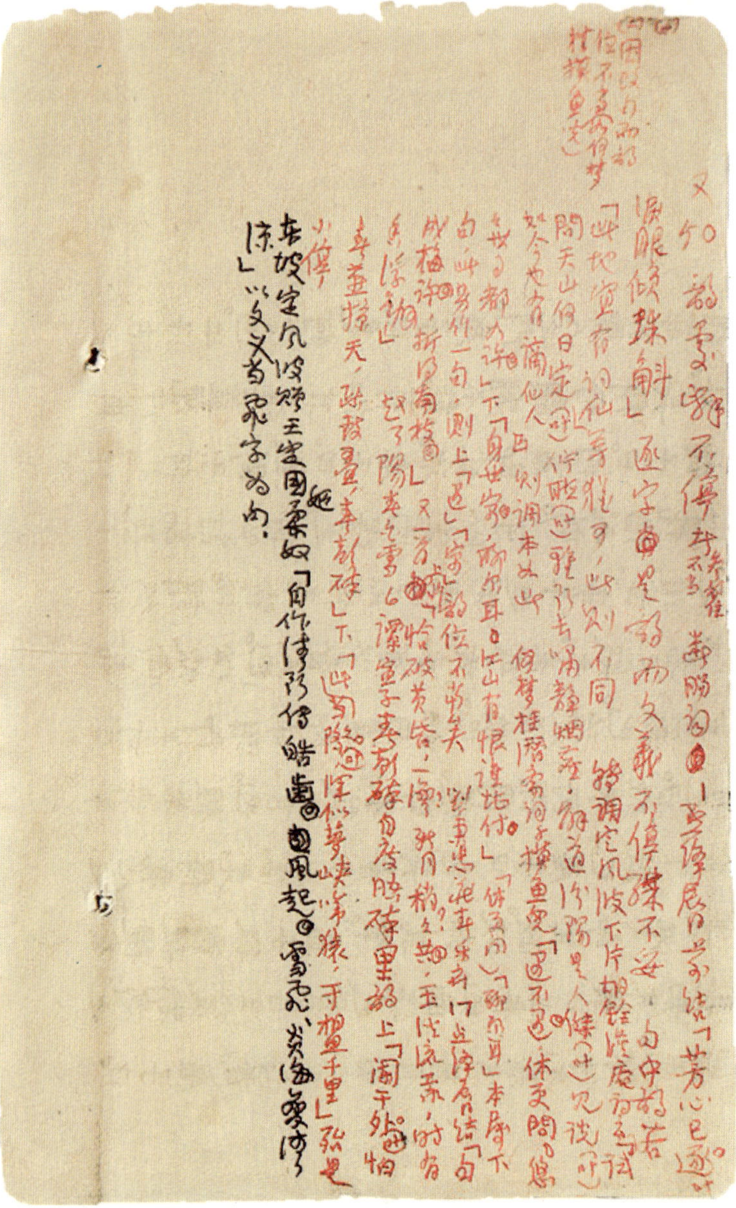
東坡定風波贈王定國歌姬柔奴「自作清歌傳皓齒，風起，雪飛炎海變清涼」以叉叉前飛字為韻。

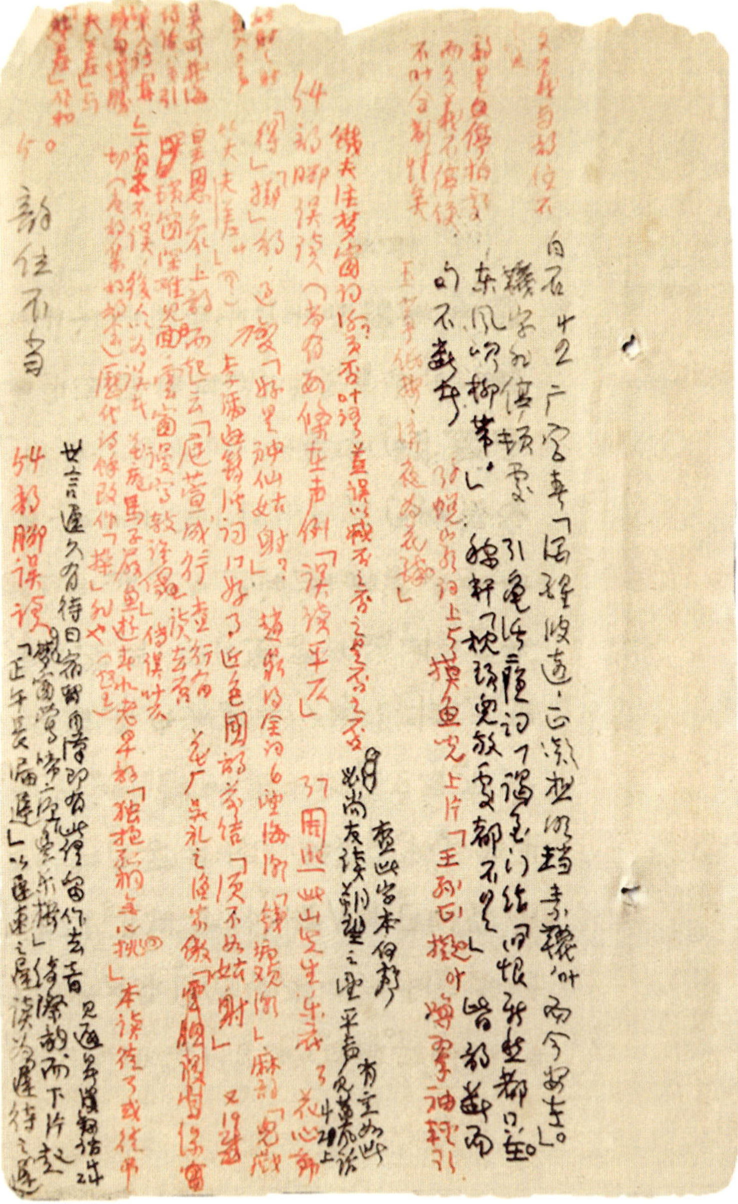

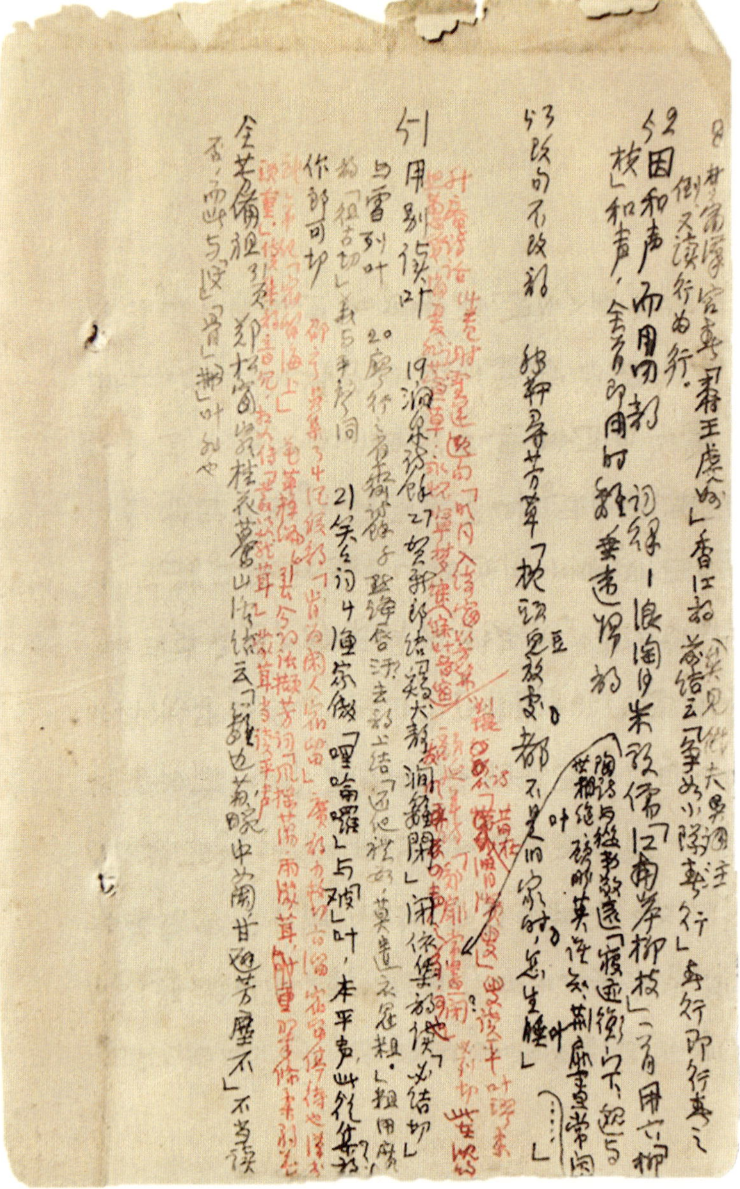

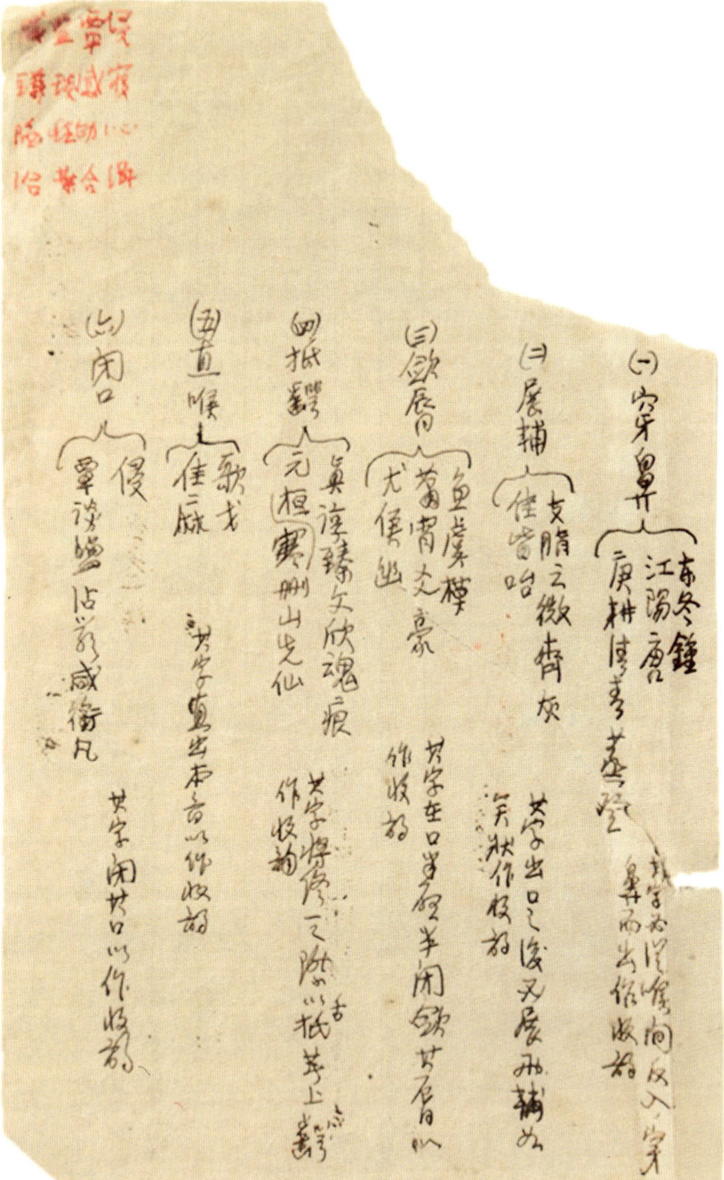
(一)穿鼻
東冬鍾
江陽唐
庚耕清青蒸登
其字必從喉間反入穿鼻而出作收韻
(二)展輔
支脂之微齊灰
佳半皆咍
其字出口之後必展兩輔如笑狀作收韻
(三)斂唇
魚虞模
蕭宵肴豪
尤侯幽
其字在口半啟半閉斂其唇以作收韻
(四)抵齶
真諄臻文欣魂痕
元寒桓刪山先仙
其字將終之際以舌抵上齶作收韻
(五)直喉
歌戈
佳半麻
其字直出本音以作收韻
(六)閉口
侵
覃談鹽沾嚴咸銜凡
其字閉其口以作收韻

宋鄭庠古音辨 分為六部

1 东冬鍾 江陽唐 庚耕清青 蒸登 —— 皆協陽音

2 支脂微齊 皆灰咍 —— 皆協支音

3 真諄臻 文欣 元魂痕 寒桓 刪山 先仙 —— 皆協先音

4 魚虞模 歌戈 麻 —— 皆協虞音

5 蕭宵 爻豪 尤侯幽 —— 皆協尤音

6 侵 覃談 鹽咸 嚴銜凡 —— 皆協覃音

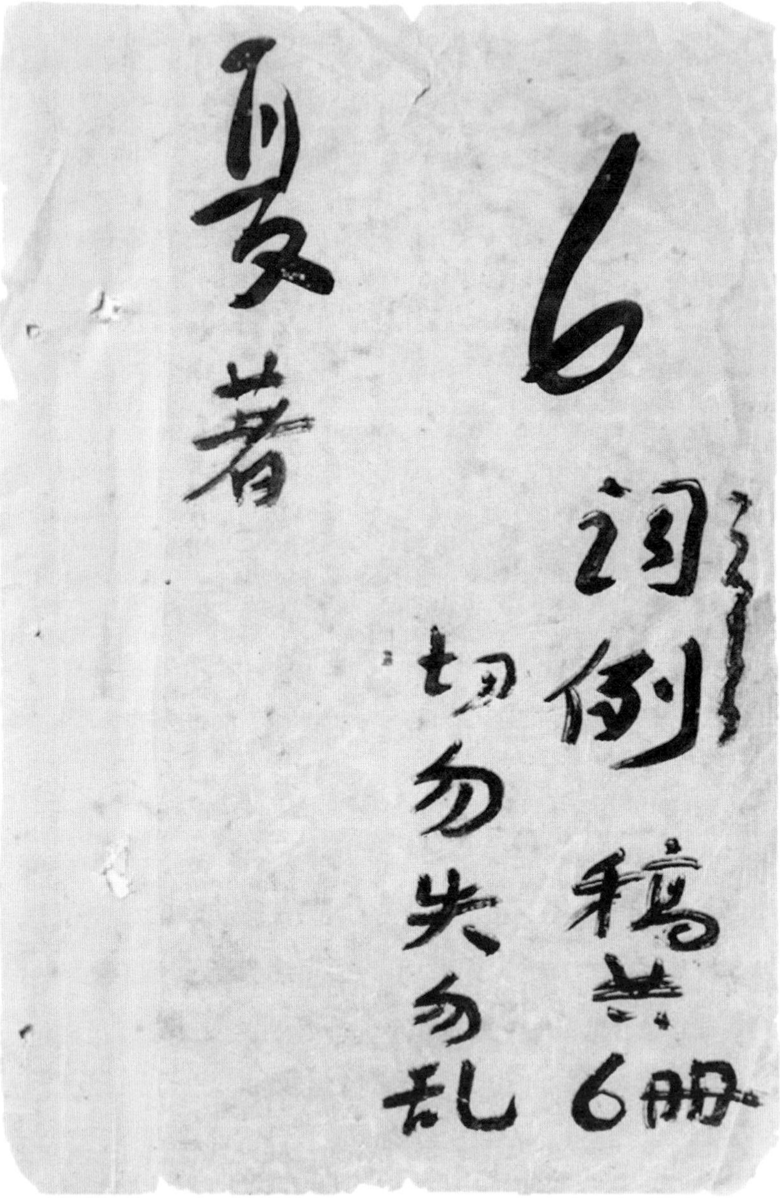

6 詞例稿共6冊

切勿失勿乱

夏著

**圖書在版編目(CIP)數據**

詞例 / 夏承燾著;吴蓓主編. —杭州:浙江古籍出版社, 2018.5(2020.10 重印)
(夏承燾全集)
ISBN 978-7-5540-1065-5

Ⅰ.①詞… Ⅱ.①夏…②吴… Ⅲ.①詞學—研究
Ⅳ.①I207.23

中國版本圖書館 CIP 數據核字(2017)第 171339 號

浙江歷史文化研究中心學術成果

**詞　例**

夏承燾　著　吴　蓓　主編

**出版發行**　浙江古籍出版社
(杭州市體育場路 347 號　郵編:310006)
**網　　址**　www.zjguji.com
**責任編輯**　路　偉　劉　蔚
**封面設計**　劉　欣
**責任校對**　余　宏　吴穎胤　張順潔　安夢玥
**責任印務**　樓浩凱
**照　　排**　浙江時代出版服務有限公司
**印　　刷**　浙江新華印刷技術有限公司
**開　　本**　850mm×1168mm　1/32
**印　　張**　25
**字　　數**　500 千字
**版　　次**　2018 年 5 月第 1 版
**印　　次**　2020 年 10 月第 2 次印刷
**書　　號**　ISBN 978-7-5540-1065-5
**定　　價**　280.00 圓